目录

CONTENTS

U0837914

永夜之城 第一季②

遗失的暗夜圣杯

[英] 西蒙·格林 / 著
杨冰 / 译

哈尔滨出版社
HARBIN PUBLISHING HOUSE

黑版贸审字08-2018-085号
图书在版编目（CIP）数据

遗失的暗夜圣杯 / (英) 西蒙 · 格林 (Simon Green) 著 ; 杨冰译. — 哈尔滨 : 哈尔滨出版社, 2019.10
（永夜之城. 第一季）
书名原文: Agents of Light and Darkness
ISBN 978-7-5484-4883-9

Ⅰ. ①遗… Ⅱ. ①西… ②杨… Ⅲ. ①长篇小说—英国—现代 Ⅳ. ①I561.45

中国版本图书馆CIP数据核字(2019)第211980号

书　　名：遗失的暗夜圣杯
YISHI DE ANYE SHENGBEI

作　　者：[英]西蒙 · 格林　著
译　　者：杨　冰
责任编辑：韩金华　王婉竺
责任审校：李　战
装帧设计：柯　桂　徐胜男

出版发行：哈尔滨出版社（Harbin Publishing House）
社　　址：哈尔滨市松北区世坤路738号9号楼　邮编：150028
经　　销：全国新华书店
印　　刷：天津兴湘印务有限公司
网　　址：www.hrbcbs.com　www.mifengniao.com
E-mail：hrbcbs@yeah.net
编辑版权热线：（0451）87900271　87900272
销售热线：（0451）87900202　87900203
邮购热线：4006900345（0451）87900256

开　　本：787mm × 1092mm　1/32　印张：31.75　字数：508千字
版　　次：2019年10月第1版
印　　次：2019年10月第1次印刷
书　　号：ISBN 978-7-5484-4883-9
定　　价：168.00元（全四册）

凡购本社图书发现印装错误，请与本社印制部联系调换。
服务热线：（0451）87900278

1

玩具熊和圣杯

夜城只有一个教堂，叫圣犹大。我只是因为生意上的缘故去过那里。比起拥有各种不同信仰祷告场所的诸神街来说，圣犹大教堂实在是太逊色。它孤零零地立于一处安静的拐角处，那里阴暗幽晦，没有夜城里随处可见的耀眼浮华的霓虹灯。它从不做广告，也不在乎你常常从它对面经过却从不进去待一会儿。它就矗立在那里，以备你不时之需。圣犹大教堂已十分古老，这座冰冷的石料建筑的历史甚至要早于基督教本身。裸露的石墙泛着灰白，毫无特色，上边既没有标明修建年代，也没有雕刻设计标志，只有一扇扇作为窗户的狭窄切口略微显得有些不同。作为祭台的巨大石板上覆盖着一匹白色锦缎，祭台对面是两排斑驳的长木椅。一个银色的十字架悬挂在祭台后方，仅此而已。圣犹大教堂不是一个寻求安慰的场所，这里没有华丽的装饰，也没有各种各样的宗教饰物。这里没有牧师或者神职人员，也从不举行宗教仪式。圣犹大教堂的作用很简单，它是你在夜城得到拯救和庇护，或是对你的上帝进行最后一次绝望告白的地方。如果想到这间教堂寻求某种精神上的慰籍，你得到的可能比你当初指望的糟糕得多。

你可以听到圣犹大教堂里的祷告声，有时候，这种祷告会得到回应。

偶尔，我会将这间教堂作为碰头地点。想在夜城找到一处安全的场所实在太难。不过，我也只是偶尔选择这里。圣犹大教堂欢迎所有人进去，可并非人人都能再出来。教堂在保护它自己，没人了解它是如何做到这点的。但这一次，一个特殊的理由让我来到这里。我希望这个地方能保护自己不受即将来临的恐怖之事的伤害，不受那个我勉强答应碰面的可怕生物的伤害。

我拘谨地坐在前排坚硬的木椅上，钻心的寒意迫使我瑟缩在自己的白色风衣里。我环顾四周，尽量不让自己显得坐立不安。没什么可看的，没什么可做的，我也不打算浪费自己的时间去祷告。自从孩提时代我的敌人第一次试图杀死我开始，我已经刻骨铭心地知道了一点，那就是除了自己，谁也不能依靠。我不停挪动身体，克制那种想要站起身徘徊的冲动。外边黑夜中的某个地方，一股破坏性的力量正直奔我而来，我静静坐在椅子上，等待它的来临。我一只手伸向旁边座位上的鞋盒，确认从我上次检查以来，它仍未丢失。鞋盒里的东西或许能保护我不受来者的威胁，当然，也可能不行。人生就是如此，特别是在夜城。如果你是美名远扬——抑或臭名远扬——的约翰·泰勒，尤其如此。众所周知，我是个以能找到任何东西为荣的家伙。即便是在这种能力令我陷入如此境地时，我仍然乐此不疲。

我带来的十二支蜡烛已被点燃，在祭台上摆成一圈，但它们未能有效地驱散这个地方无尽的阴暗。空气静谧、寒冷、潮湿，一切显得过于朦胧。我静静地坐在这里，可以听到灰尘散落的声音，可以感受到教堂的年龄，它所经历的无尽岁月似乎正压迫着我。圣犹大教堂是夜城里现存最古老的建筑之一。它的历史比诸神街或时间之塔悠久，甚至比世界上最古老的酒吧——陌生人酒吧的历史还长。事实上，它是一个如此古老、存在时间如此之久的宗教场所，以至于有人暗示说它最初可能并不是一间教堂。他们觉得这里只是一个可以让你对上帝说话的地方，有时候，你还可以听到上帝给你的解答。当然，对得到的解答是否满意，那就是你自己的事情了。

我尽量不打扰上帝，同时希望他也能同样客气地对待我。

我不明白为何夜城里没有别的教堂。并不是因为来到夜城的人都不信教，更重要的是因为人们心里清楚，他们到夜城来是为了做一些上帝不允许他们做的事。灵魂不会在此迷失，它们被用来买卖或交换，或者被随意地丢弃。在诸神街，你可以看到鬼怪、天神，你可以向他们乞讨所有那些你的神不希望你拥有的东西。

许多个世纪以来，一直有人试图毁掉圣犹大教堂。现在，那些人都已经不在了，可圣犹大教堂依然矗立于此。不过，如果我鞋盒里的东西出了差错的话，一切就有可能在今晚改变。

此刻是凌晨三点，夜城一直停留在这个时间。黑夜永无尽头，时间不断延伸。凌晨三点，这是人的防御能力最差的时候，也是恶狼发起攻击的时候。大多数婴儿在这一刻诞生，大多数人在这一刻送命。人们也会在这个时候躺在床上思索，为什么现实的生活与想要的生活有如此巨大的区别。当然，凌晨三点也是与魔鬼做交易的最佳时机。

忽然，我颈后的毛发唰地竖起，心脏也仿佛被一只冰冷的手迅速捏住，几乎停止跳动。我摇晃着站起身，浑身上下不禁一阵哆嗦。此时她已经靠了过来。我能感觉到她的现身、她的凝视和随着她离我越来越近而带来的寒意。我抓起鞋盒，抱在胸口，如同抱着一根救命稻草。我很不情愿地来到过道，转身面对着那扇唯一的门。这是一扇巨大而厚实的单开橡木门，是锁着的，插着插销。可它阻挡不了她，没什么能阻挡她。她就是杰西卡·索洛，一个异教徒，任何事物都无法挡住她。现在，她已经离得很近了，很近很近。空气里一片沉寂，如同暴风雨前的平静，是那种撕裂屋顶、将死鸟从天空抛下的暴风雨。杰西卡·索洛来到了圣犹大教堂，因为我在这里，而我手里有她想要的东西。

我没有带枪，也没有带别的武器。我从来不觉得有这个必要。不管怎样，使用武器在杰西卡·索洛面前占不到任何便宜。没什么能伤害她。很久以前，在她身上发生了某件事，她放弃了自己的人性，成为一名异教徒。现在，她不相信任何事情。正由于她对什么都不会给予完全的信任，所以整个世界以及万事万物在她看来都一文不值。一切都对她没有丝毫影响。她可以去任何地方，做任何事情，而且的确这样做了。她可以干出骇人听闻的惨案，的确也这样做了。她没有道德和良知，不懂同情和节制。在她看来，物质世界如同一张纸，随时可以将它撕碎。她不常离开夜城，这可真是世界的幸运。而对我们这些生活在夜城的人来说，所谓的幸运就是她总是会睡上很长时间，或者消失好一阵子。但等到她醒过来游荡时，每个人都像见鬼似的躲开她。因为一旦她将自己的怀疑集中在某个事物或某个人的身上，后者便会消失，永远消失。即使是在诸神街，每当杰西卡·索洛在夜晚出没时，商人们也会纷纷将店铺关闭，提早打烊回家。

她最近一次发飙便是她最凶残的几次表现之一，她疯狂地咆哮着袭击了夜城里所有的神秘场所，身后只留下一片狼藉和废墟。显然，她是在急切地寻找某件东西。没人确切知道她要找的是什么，当然也绝对没有谁想凑到她跟前去问个究竟。一定是某件特别的东西，并且拥有真正的能量……但这是杰西卡·索洛，人人都知道她不相信任何东西会很特别或很强大。对这个异教徒来说，拥有物质财物还有什么用呢？夜城里从不缺乏具有威力的东西，从许愿戒指到炸弹，这些该死的东西都被拿来出售。可是，杰西卡·索洛不需要这些东西，当她发狂时，仅仅是她那愤怒的眼光就可以让某人或某个地方消失。也就是说，她在寻找的东西如此真实，以至于她不得不相信它……也许这东西真实、强大得足以最终将她杀死，干掉她这个让众人胆寒的家伙。

于是，沃克找到我，让我找出那件东西。沃克代表的是当权派。尽管有人不断尝试，但没有谁真正掌控夜城。无论何时，某些有点儿权势的人看起来将脱离控制时，当权人士们就会联合起来干涉，进行抵抗。沃克是那种冷静而从容的人，总是穿着整洁的都市套装，他从不大嗓门儿说话，因为他没必要这样做。他不欣赏我独来独往的行事方式，但他又会时不时地交给我一些工作，原因在于别人无法做到。还有另一个原因——在他眼中，我只不过是个可以牺牲的棋子。

正因如此，我常常以那些工作为筹码，对他进行勒索。

我能找到任何东西。这是一种异能，是从我那位已经去世的母亲身上继承来的，而我的母亲并非人类。她并没有真的死去，我只不过是一厢情愿地希望她死了。

总之，我查明了杰西卡·索洛正在寻找的是什么。现在，那东西就在我抱在胸前的鞋盒里。她知道它在这里，就来拿它了。我的任务是用十分正确的方式将它送给她，确保不会触怒杰西卡·索洛，请她回到她不向我们这些人发泄火气的地方去。当然，前提是我找到的正是她想要的，而且她还不会一进来就狂怒咆哮，对我怀疑。

此时，她已身在教堂门外，我脚下坚硬的石板剧烈震动起来。她渐渐逼近的脚步发出回音，重重地冲击着这个她拒绝相信的世界。所有的烛光都在疯狂摇曳，好像它们也受了惊吓。阴影在我的周围跳跃。我口干舌燥，双手将鞋盒挤变了形。我把鞋盒放在长椅上，然后站直身子，双手深深插入外套口袋中。装作若无其事并不难，但面对杰西卡·索洛这个异教徒的出现，我无法摆出一副孱弱或优柔寡断的样子。我曾经希望圣犹大教堂多少个世纪沉淀下来的信仰和圣洁能为我提供一些保护，让我能与杰西卡·索洛无信仰的力量分庭抗礼，然而我现在不敢太指望这一点了。她的到来犹如一场风暴，又像一场海啸，如同不可抗拒的自然力量，不费吹灰之力就可将我碾压。她来了，仿佛癌症，令人沮丧。当然，也仿佛是其他所有无法抵御或调和的东西。她是异教徒，与之相比较，圣犹大教堂简直一无是处，我更是一文不值……我做了次深呼吸，努力抬起头。让这一切见鬼去吧。我是约翰·泰勒，真该死，我要摆脱这糟糕的困境，我将让她相信我。

沉重的橡木门上用了很厚的黑钢板包边加固，肯定有二百公斤重，只多不少。可即便如此，它也无法拖延杰西卡·索洛到来的速度。她伴着雷鸣般的脚步声径直来到大门边，接着，她的手指插入厚实的橡木，如同撕碎布料一般将门破坏。整扇门在她手中土崩瓦解，她迈步踏过门框，仿佛穿越一道门帘。她大步走到我面前的过道上，看起来未施脂粉，面容消瘦，脸色死一般苍白，一双光脚令巨大的石板四分五裂。她的眼睛相距很宽，一眨不眨，就像野猫眼睛般炯炯有神，而不似人类目光。她那薄薄的嘴唇不知被什么撑得很宽，看起来既像在咆哮，又像在微笑。她没有头发，耷拉的面部和整个人都显得有些憔悴，眼珠则呈现尿黄色。但她体内有一股能量，这种恐怖的能量驱使她行动，甚至像是在吞噬她。我稳住脚跟，同样瞪眼盯着她。最后，她在我面前猛地停下脚步。她笑了……真难看，就像某件已经腐烂的东西。她的眼睛不会眨动，呼吸不太平稳，似乎有什么东西促使她不得不提醒自己这样做。她身高最多一米五，却显得比我伟岸许多。我能感受到自己的想法和计划正被她的力量驱散，正在脑海里破碎。我强迫自己冲她笑笑，说：

“你好，杰西卡。你看起来……很镇定。我有你想要的东西。”

“你怎么知道我想要什么？”她说，声音令人恐惧，因为它竟是如此接近普通人的声音，“你怎么能在我自己都不知道的时候就知道我想要什么？”

“因为我是约翰·泰勒，我擅长寻找东西。我找到了你想要的。但你必须得相信我，否则，你将永远得不到我为你准备的东西。倘若我就此消失，你便永远不会知道……”

“让我看看。”她打断我的话。我已经是在尽可能地拖延时间了。我小心翼翼地把手伸向长椅，拿起那个鞋盒，送到她面前。她一把夺过去，纸盒在她的凝视下碎裂，暴露出里面的东西。那是一个掉了一只玻璃眼球的旧玩具熊。杰西卡·索洛伸出惨白的双手抓住玩具熊，用野性的双眼一眨不眨地看了又看。最后，她把小熊放到干瘪的胸口，将它拥入怀中，就像一个正要睡觉的孩子。我舒了一口气。

“这是我的。”她说这话的时候依然看着玩具熊而不是盯着我，真是谢天谢地，“当我还是个孩子时，它……就是我的。那是很久以前的事了，那时我还属于人类。我已经很久没有想起它……太久太久……”

“它就是你想要的，”我谨慎地说，“某种对你而言有意义的东西，某种对你来说就像你自己一样真实存在的

东西，某种值得信赖的东西。”

她忽然抬起头，将坚定的目光投到我身上。我尽力不让自己退缩。她像鸟一样把头偏向一边，说：“你在哪儿找到它的？”

“在玩具熊的墓地。”

她淡然一笑，说：“绝不要向魔术师询问他那些戏法中的窍门。我明白这点。我疯了，但我明白这点。我知道我疯了。我清楚自己付出这个代价是为了什么。我已与世界和世上的每一个人脱离关系，现在独身一人，这都是我自己造成的。我独自一人，自言自语……摒弃人性而成为异教徒，这并不是件轻松或者愉快的事。我孑然一身穿行于世界，直到此刻。现在我有了玩具熊。是的，这是某种值得信赖的东西。你相信什么，约翰·泰勒？”

“我的异能，我的工作，或许还有我的荣誉。杰西卡，你身上到底发生了什么事？”

“我也不再清楚了。这正是问题所在。我的过去如此骇人听闻，以至于我自己也必须将它忘记，使其成为虚幻，就像从未发生过一样。但在这样做的过程中，我丧失了对现实的信任，抑或现实不再信任我，现在我只因一种坚持不懈的愿望而存在。我已经很长时间独自一人，身旁充斥着毫无意义的阴影和流言，毫无意义。有时候，我装着在跟某人交谈，但我知道并非现实……可如今，我有了小熊，有了一种抚慰、一种提醒。它告诉我自己是谁，是什么。”她微笑着低头望向躺在她那细木棒一般的臂弯里的旧玩具熊，“我很喜欢我们这一番短暂的闲聊，约翰·泰勒，当然仅限这个地方、这个瞬间。别试图再来一次。我将不认识你，不记得你，到时候不会再这么安全。”

“记住小熊吧，”我说，“没准儿它能引领你找回自己。”但她已经大步走出教堂，重新消失在夜色中。我缓缓地舒了一口气，在倒地之前坐在了前排长椅上。即使是在夜城，杰西卡·索洛也显得如此怪异。想要跟一个只会听自己脑子里的声音的人交谈，可绝非易事，更别说她是个有能力只靠纯粹的意念就毁灭你的人。我起身走到祭台前，开始收拾我摆放的蜡烛。就在此时，我听到外边传来朝教堂跑来的脚步声。不是杰西卡·索洛。这次是人类的脚步声。我迅速撤到教堂深处，隐藏在最昏暗的阴影之下。除了杰西卡·索洛——当然，还有沃克——应该没人知道我在这里。但我的敌人很多。那些恐怖的探子、无面使者，自从我出生起便一直在追杀我。此外，我还因为一时冲动结下了不少仇家。无论现在来的是谁，我都不想让他看到我。

一个黑衣男子从曾经是门而现在是豁口的位置跑了进来。他的黑色服装褴褛不堪，他的脸上则是一副疲惫而呆滞的表情。看上去他已经跑了很长一段时间，似乎惊吓过度。虽然他是从夜色中赶来，却戴着太阳镜，黑得好像甲壳虫的眼睛。他步履蹒跚地走上通往祭台的过道，经过长椅时不得不伸出一只手抓住椅背，以免摔倒。他的另一只手按着胸口处被黑布包裹的某件东西。他不住地回头张望，显然是担心追逐他的某人或某物已经赶到身后。终于，他在祭台前双膝跪地，不住地颤抖着。他摘下太阳镜，扔在身旁，暴露出来已经被缝合在一起的眼睑。他用摇晃的双手将那个包裹放到祭台上。

“圣殿啊！”他呼喊着，粗哑的嗓音仿佛很久不曾用过，“以上帝的名义，圣殿啊！”

寂静持续了好一阵子。接着，我又听到外边有缓慢、沉稳的脚步向教堂逼近。那是一种整齐的、从容不迫的脚步声。黑衣男子也听到了，不由瑟缩了一下，却不愿回头，他那毁了容的脸绝望地面对着祭台。脚步声停止了，就在教堂大门口。夜色中刮来的一阵微风涌入过道，就像人的呼吸。离大门最近的几支蜡烛摇曳起来，随后熄灭。那阵风吹到我身上，甚至吹到我的影子上。它拂过我的脸颊，带着些热气、汗湿，如同黑夜里一股热风，闻起来有种玫瑰油的味道，就是那种用玫瑰压榨出的香水，但它浓烈，令人恶心，几乎让我窒息。黑衣男子在祭台前呜咽着，试图再次念出“圣殿”这个词，却无法发出声音。

教堂大门外黑暗中的另一个声音回应了他。这个声音刺耳而凶狠，却又温柔从容得像苦涩的糖浆，听起来似乎是好几个声音在同声低语，微妙和谐，却又刺激灵魂，好像在用指甲刮擦黑板。这不是人类的声音，跟人类的声音比起来，或多或少总有点儿不一样。

“没有圣殿，对你这种人而言，哪里都不是圣殿，”那个声音说，黑衣男子战栗地听着，“你跑到哪里也逃不出我们的手心。你躲到哪里也逃不过我们的眼睛。把你拿走的东西还给我们。”

黑衣男子还是没有勇气回头去看那些追上他的东西，但他将黑布包裹抱在胸口，尽量让语气中带着轻蔑：“你们不能拥有它！它选择了我！它是属于我的！”

此时已有什么东西站在门口，比影子还黑、还浓。我能感到它的存在、它的压力，就像某种巨大、稠密而绝非人类的东西找到了通往人类世界的道路。它不属于这里，但它还是来了。怪异、耳语般的声音再次响起：“把它交给我们。马上把它交给我们。否则我们将让你灵魂出窍，并把它投入深渊，让它永受地狱之火的灼烧。”

黑衣男子面部扭曲，显然陷入了犹豫不决的苦恼之中。眼泪涌出他紧闭的双眼，顺着他抽搐着的坑洼面颊滑落。最终，他点点头，整个身体绝望地倾倒。他好像不愿再逃跑，甚至害怕得不敢去想反抗。这也怪不得他。虽然我藏在隐秘的黑暗深处，那种令人恶心、无情的声音依然把我吓得够呛。黑衣男子缓缓解开那个布包，样子十分虔诚。一只巨大的银质圣杯暴露出来，上边装饰着珍贵的宝石。在微弱的光线下，它十分耀眼，仿佛遗落世间的天堂碎片。

“拿去吧！”黑衣男子泪眼婆娑，痛苦地说，“把圣杯拿去吧！只是……别再伤害我了。求你了。”

一阵长时间的沉默，好像整个世界都在聆听和期待。黑衣男子的手越抖越厉害，随时都可能将圣杯跌落。怪异的和声再次响起，跟刚才一样沉重、平稳：“这不是真的圣杯。”

一个黑影跃过大门，冲入过道，没等那个黑衣男子叫出声，便已将他击倒在地。我将脊背紧贴在冰冷的石墙上，祈祷藏身的阴暗之处不会暴露自己。教堂里响起巨大的吼声，如同世界上所有的狮子在齐声咆哮。接着，黑影向后退去，慢慢回到过道上，似乎……十分满足。

它掠过敞开的大门，消失在教堂外边。我小心地蹑足向前，观察着那个依然蜷缩在祭台前的人影。此刻，他已是一尊发着微光的白色雕像，身穿破烂的黑色衣服，白色的双手依然握着圣杯，僵硬苍白的脸庞定格在一副永恒的恐惧尖叫表情中。

我收拾好自己的蜡烛，又检查了一下四周，以免留下任何痕迹，然后离开了圣犹大教堂。我选择恰当的路线，缓慢地向家里走去。要考虑的事情很多。圣杯……假如圣杯来到了夜城，哪怕那些对此感兴趣的帮派认为它到了夜城，我们所有人都将陷入极大的麻烦之中。那些愿为圣杯而战的人们甚至会和夜城里最强大的当权人士展开一场激烈的斗争。聪明人会考虑此事的影响，然后给自己放个长假，在硝烟散尽之前绝不回来。但是，如果圣杯真的在这里，在某处的话……我是约翰·泰勒，我擅长找东西。

一定有办法借此赚一大笔钱。

完全有可能。

2

陌生人酒吧的陌生人

“陌生人”是一家酒吧，在那里没人在乎你叫什么名字，顾客们往往携带武器。它是一个适合会见朋友的地方，但更是一处容易令你被骗、被抢、被杀的场所。当然，顺序并不一定如此。几乎任何一个重要人物，或者那些自认为很重要的人，都曾去过陌生人酒吧一两次。游客们不会被鼓励到那里去，因为往往一被看到就遭枪击。我花了很多时间泡在那里，时间长得我都不愿承认。在那里，我的确接到了很多活儿。如果上税的话，我甚至可以将我的酒吧账单看作谈生意必需的开销。

依然是凌晨三点。我顺着哐当作响的金属楼梯缓步而下，稳步走进酒吧。大多数常客的缺席使得这里显得异常安静。到处都有人，要么围在吧台前，要么坐在酒桌旁，另外，还有一大群不能被称之为人的顾客……不过没哪个是重要人物。我在楼梯底部停住，仔细环顾四周。一定是哪里发生了什么大事。夜城常有大事发生，某个小人物便得以扬名。

酒吧里隐藏的扬声器正播放着深红国王乐队的《红》，这说明酒吧的主人又开始怀旧了。亚历克斯·莫里西，老板兼酒保，此刻正跟往常一样站在长长的木吧台后边，假装在擦拭玻璃杯。一名面色难看的顾客正凑在他耳边诉说着什么。亚历克斯是个当你心情郁闷时不错的倾诉对象，但他没有一丝同情心，对自怨自艾完全无法容忍。究其原因，他自己时刻都是个压抑的浑蛋，会为奥林匹克运动会而悲伤。不管你遇到的麻烦有多大，他的麻烦总是最糟糕的。他已经快三十了，但看起来至少要老十岁。他总是为生活中的种种不平感到恼怒，并为此大发牢骚。发火时，他往往要摔东西。黑色是他惯常的装束，包括太阳镜和一顶时髦的黑色贝雷帽——帽子扣在他后脑勺上，遮掩住那块日益增长的秃顶区。

一条家族规定将他困在这间酒吧里，他讨厌待在这里。吧台后的墙壁里，牢牢地嵌入了一个厚玻璃箱，里边摆放着大开本的皮质封面《圣经》，封面上是一枚浮雕银十字架。玻璃箱下的标牌上写着：“如遇天启应验，砸碎玻璃。”

在这家酒吧里，许多失意的老主顾通常混坐在一起。一个身处蓝灰暗影中的烟鬼正在吞噬香烟中的记忆，又同时将自己化作烟雾，喷入本已混浊的空气中。两个女水神正用麦管互相吸食对方，随着体内水位的上升下降，她们笑个不停。那个烟鬼向酒吧深处挪了挪，担心她俩喝得太多，撑破身体表层皮肤。科学怪人男爵缝制的那些奇怪生物中的一个已经潜入酒吧，它坐在高脚椅上，仔细检查，看看有没有什么新死去的东西。男爵无疑是个科学天才，但他的缝纫手艺尚有诸多需要改进的地方。亚历克斯点头打个招呼，推过一罐打开的机油，里边插着根弯曲的麦管。酒吧的尽头，一个狼人蜷身于地板上一块破旧的毛毯之上，正在毛皮中寻找跳蚤。

亚历克斯扫视酒吧，不屑地哼了一声说：“这个样子永远无法让人快活。我必须找些更高档次的顾客。”他旁边吧台上的魔术师的大礼帽微微颤抖了一下。亚历克斯打住话头儿，接着，一只拿着空马提尼酒杯的手出现了。亚历克斯拿过一个鸡尾酒搅拌器，将空杯子重新倒满。他叹了口气：“就在不久后的某一天，我们将不得不将他赶走。伙计，那只兔子对他很生气。”他转身对着那个先前对他说话的音乐家，目光犀利地瞪着他：“你准备再来一杯吗，里奥？”

“当然。”里奥·摩恩喝光最后一滴啤酒，将杯子推向前。他是个瘦高个儿，看起来过于纤弱，恐怕全仗着身上那件厚重的皮夹克，他才不至于飘走。他长着一张苍白的马脸，头发永远乱糟糟的，只有那明亮的眼睛和异常贪婪的笑容让人觉出他的一些生气。一个破旧的吉他箱斜靠在他身旁的吧台上。他极尽讨好地对亚历克斯笑笑：“行了，亚历克斯，你知道，这个地方可能需要一支优秀的现场乐队。整个乐队都回来了，我们将开始一场复出巡演。”

“你怎么能在没出道的情况下就复出呢？不行，里奥。我记得上次我同意你在这里演出，但我的客人们已经清楚地表达了他们的意思，他们宁愿把肚里的肠子呕吐出来，也不想再次听到你们的演奏，我没必要表示反对。你依然定时更改乐队的名字，可是，还有地方向你们发出邀请吗？”

“现在我们叫时髦德鲁伊，”里奥应承道，“对我们而言，这样做的确能带来惊喜。”

“里奥，我可不会邀请你们为这些聋子装模作样地来一场演出。”亚历克斯瞪着毯子上的狼人，“把你的鼓手带走。他正在发低音呢，在这里，那可真是种才艺。”

里奥夸张地四下张望，然后示意亚历克斯靠近。“你知道的，”他阴险地说，“如果你想找到某些新鲜的东西，某些仅仅是有那么一点特别、可以招揽到一些新顾客的东西的话，或许我能帮你忙。”

亚历克斯怀疑地看着他：“跟你说吧，里奥，我对你的一切都不感兴趣。这里的竞争很激烈。滚出去，里奥。马上给我滚出去。”

里奥·摩恩耸了耸肩，咧嘴一笑，喝完杯中的酒，走过去一把拽住鼓手的项圈。他刚才的位置立即被新来的客人占据，这是个肥胖的中年男子，穿着皱巴巴的衣服。他长相粗俗，浑身是汗，神情鬼祟，看上去就像站在某个列队等待警方辨认的嫌犯。他粗犷地冲亚历克斯笑笑，说：

“美妙的夜晚，亚历克斯！的确是个最幸福的夜晚！你看起来气色不错，先生，你气色很好。如果愿意的话，请给我调一杯你最拿手的酒。”

亚历克斯双臂环抱于胸前：“塔特，就在我以为自己的日子不会更糟糕的时候，你却出现了。你有钱付清欠款吗？”

“你伤到我的心了，先生！你真的伤到我的心了！”

塔特摆出一副委屈的样子。但这种表情并不适合他。转而，他换上逢迎的笑脸："我的穷苦生活过去了，亚历克斯！从今天开始，我有能力付钱了，吃惊吧？我……"

话音未落，他就被一个死尸般的高个子推向一旁，那人穿着一件合体的晚礼服，外边套了件带皱褶的黑色披肩。他的脸上死一般苍白，眼里一片令人恐怖的深红，嘴里密布着锋利的牙齿，身上则散发着墓穴的味道。他用毫无血色的拳头重重地砸在吧台上，怒视着亚历克斯："你！给我血！鲜血！"

亚历克斯冷静地拿起旁边一只苏打水管，冲着这个新来的家伙脸上喷去。他大声尖叫，脸在水的喷射下开始溶化。忽然，他消失了，衣服和披肩跌落在地。他变成一只硕大的黑色蝙蝠，拍打着翅膀在酒吧里飞舞，最后从楼梯上飞了出去。

亚历克斯放下水管。

"神圣的苏打水，"他对有点儿吃惊的塔特解释道，"我将它放在触手可及的地方，主要是为了便于配制某些特别的鸡尾酒。血腥吸血鬼……这是本周来的第三个了。一定还会再来的。"

"别想这些了，亲爱的伙计，"塔特有些高傲地说，"今晚是你的幸运夜。你所有的麻烦都将消失。我一定会支付我的酒吧账单的，还不止如此，今晚，所有人喝的酒都算我的！”

即使深红国王乐队的歌曲正在隆隆作响，酒吧里的每个人都竖起耳朵听到了这句话，因为他们从不会错过任何一个获得赠饮的机会。这种好事可不常有。得意的塔特周围开始聚集起一群人，尽管他们很高兴，但还是有些惊讶。科学怪人男爵缝制出的奇怪生物递上他的罐头，要求加满。

亚历克斯依然双手环抱：“绝对不会再相信你了，塔特。你得先让我们看看你那些钞票的颜色。”

塔特从容不迫地环顾四周，确认每个人都已将注意力放在他身上。然后，他从夹克内袋里掏出一大卷钞票。人群里传出低语，显然受到了震撼。塔特把身子转回亚历克斯面前：

“我继承了一笔财产，亲爱的伙计。泰勒最终找到了那份丢失的遗嘱，那上边声明我是唯一真正合法的继承人。现在我已富得流油，连石油大王洛克菲勒在我面前也不值一提。”

“很好！”亚历克斯说着优雅地从塔特手里抽过那一卷钱，数出一半，再把剩下的还给塔特，“这正好够付你欠的账单。希望你支付给泰勒报酬后，他也能把欠我的账还清。”

塔特握着余下的那半卷钞票招摇地挥舞着，轻蔑地说：“泰勒？我有很多老债主，他们等我还钱已经都快失去耐心了。要先还他们。泰勒只不过是一时被我雇来帮我。他可以排个号，慢慢等。”

他放声大笑，想要别人也沉浸于这种氛围之中。然而，每个人都变得十分安静。有些人甚至开始离他而去。亚历克斯从吧台上探出身子，狠狠瞪了塔特一眼：“你打算招惹泰勒？你活腻了吗，塔特？”

胖男人站起来，挺直腰。不幸的是，即使那样也无法让他显得高大多少。他怒视着亚历克斯，恶狠狠地噘起嘴，说：“泰勒吓不倒我！”

亚历克斯一声冷笑：“他会的，如果你想过把那种瘾的话。”他的目光越过塔特，点头招呼我。过了一会儿，其他所有人都转过头看我。直到此时，塔特才终于转过身，看到我站在楼梯底部，知道我一直在看，在听。我向吧台走去，连那些并没挡在我路上的人都匆忙闪到一旁。塔特周围的人群瞬时散开，跑到他们觉得比较安全的位置。塔特站稳脚跟，扬起下巴，试图显得毫不在乎，但却表现得很失败。最后，我在他面前停下脚步。他大汗直淌。我冲他微笑，清晰地听到他吞咽口水的声音。

“你好，塔特，”我冷冷地说，“见到你很高兴。看上去你表现出了常有的那副吓人模样。听说继承的事一切都如你所愿，这真让我为你感到高兴。我希望每笔生意都有一个愉快的结局。如今，你欠我钱，塔特。我真的不喜欢等待。”

“你吓唬不了我，”塔特用嘶哑的嗓音喊道，“现在我有钱了。我可以寻求保护。”

他那粗短的左手伸向右手腕上戴着的一条金色魔法手链，抓住其中两条硕大、难看的符咒，一把拽了下来，将它们扔在我俩之间的地板上。酒吧里出现一阵短暂的摇晃，空中出现一道横亘在不同世界中的门，两道符咒被它们召唤来的两个生物取代。它们愤怒地站在我和塔特之间，这两个巨大的爬虫人肌肉发达，层层叠叠，楔形大脑袋上竖立着一颗颗锯齿状的牙齿。爬虫人看着我，我也看着它们，接着它们又都回头看看塔特。

“他就是你召唤我们的原因吗？”左边的一个说，“你把我们召唤到这里来是为了对付该死的约翰·泰勒？难道你疯了吗？”

“没错，”右边的那个说，“我们不做必败的事。”

话音未落，它们便消失了。塔特尝试了手链上其余所有符咒，但没有哪一个愿意出手相助，塔特越来越绝望。我只是站在那里，一脸平静、轻松，完全不为所动。与此同时，我的心跳也渐渐回到正常速率。那些爬虫人实在大得吓人……有时候，这能帮我赢得“危险而极端残忍的浑蛋”这种名声。塔特最终放弃了对手链的依赖，十分不情愿地将目光挪回我身上。我依然微笑着，他看上去非常非常失望。

最后，他把所有的现金、所有的信用卡、所有的首饰，包括那条魔法手链都给了我，基本上是他所带的全部东西。我让他活着离开了酒吧。他很幸运，因为我允许他把衣服穿走。我坐下来与亚历克斯交谈，别的人都开始继续之前自己在做的事。没有发生流血事件，他们多少有些失望。

亚历克斯给我来了一大杯白兰地：“呃，约翰，这段日子你在哪里混呢？”

“真实世界，”我故意回答得很含糊，“我来到夜城只为工作。这样更安全些。”

“你没有再睡办公室了，对吗？”

“没有了，现在我有了稳定的工作，又有钱住在一个像样的地方了。”我数了数刚才从塔特那里拿来的钱，“事实上，或许是我发达的时候了。”

“待在现实世界吧，”亚历克斯说，“现在你又在这里出现，外边有很多人在找你，他们脑子里可没打什么好主意。其中有些人甚至已经来过这里。你恐怕想象不出某些人愿意出多少钱来换取关于你栖身之地的消息。我拿他们的钱，提供给他们各种各样的谎言。”

“我在世俗世界睡得更安稳些。”我承认。无面使者总是会出现在这里某个地方。这也是我长时间远离夜城的原因。

“回来的感觉还好吗？”亚历克斯问。

“还不知道。最好能再有事可干。我在这里努力工作。我甚至可能属于这里。但是……”

“是啊，”亚历克斯接过话头，“但是，这是夜城，每个人梦里的黑暗面。”他的面容在太阳镜的遮掩下很难看清，但他脸上有某种表情，换在别人身上我一定会说是关心，“问题是，很多人希望你死，约翰，很多人。你知道的……如果你想找个地方玩玩，这里总是欢迎你来制造一些气氛，当然只是暂时的。这里是能让你感到安全的地方。”

“谢谢！”我说，我有些感动，但心里清楚最好不要流露出来，那只会令他尴尬，“我会记住的。那么，有什么新鲜事吗？”

亚历克斯想了想：“令人吃惊，并不多。当然，杰西卡·索洛的事算是新鲜的，不过你已经知道了。不清楚是否有联系，但很多常客在最近都消失了。他们都很低调，希望不被注意。或许跟最新热传的谣言有关，说是天使已经来到夜城。”

听到这，我忍不住扬起眉毛：“天使？真的吗？”

“显然，来自天堂和地狱。迄今还没有谁真的亲眼见到。可能是因为没人知道他们长什么样。上一次天使现身距今已经很久了。是的，还有魔鬼，但他们跟堕落天使可不是一派的……”

“我遇上了……某种东西，在圣犹大教堂，”我若有所思地说，“某种几乎跟异教徒一样令人心烦意乱的东西……夜城里的天使……这是某种象征。”

“他们在这附近最好小心点儿，”亚历克斯爽朗地说道，“这里的某些无耻之徒会偷走任何没有被真正看牢、通上电或受到诅咒的东西。如果某一天早晨我跑到外头，看到天使圣米歇尔靠在砖墙上，翅膀不见了，我一点儿也不会吃惊。”

我一边思索，一边看着他：“你并不太了解天使，对吗，亚历克斯？”

“我尽量避免武断地看待事情，”亚历克斯说，“他们把到处都弄得乱七八糟。”

他没有提及自己的家族，因为没有这个必要。亚历克斯的血缘一方面遗传自亚瑟王，另一方面又遗传自魔法师梅林。梅林就被埋葬在酒窖下的某个地方。他偶尔还会现身，出来维护秩序，让每个人放老实点。在夜城这个地方，死亡并不能阻止你成为一名重要人物。

“忘掉你对天使的所有普通看法吧，”我耐心地说，“所有关于天使的描述都是长着翅膀、穿着长睡衣、并且一定带着竖琴的好人。天使是上帝意志的执行者，他们令他的愿望昭然人间。从精神层面上讲，这与英国空军特种部队差不多。当上帝希望一个城市毁灭，或者想要屠戮一代人新繁衍的生命时，他就会派天使出动。当世界末日最终来临，世界被带至一个尽头，天使会完成所有卑鄙的勾当。他们是强大有力、桀骜不驯的生物。至于堕落天使，我甚至不想去谈论。”

就在这时，我身后传来一个声音，礼貌，文雅，带着某种我辨别不出的口音：

“对不起，打搅一下。你是约翰·泰勒吗？”

我缓缓转身，即使我的心脏差一点停止跳动，我也尽力装作不惊讶的样子，并没有多少人能让我吃惊。对于自己很难被出其不意的行为吓到，我感到很骄傲。在夜城，这是一种生存技巧。

站在我面前的是一个身材矮小、粗壮、皮肤黝黑的人，眼神显得很和蔼，乌黑发亮的头发和胡子都仔细修整过。他穿着一件长而笔挺的外套，从裁剪上就可以看出价值不菲。

“可能是吧，”我说，“这要看你是谁。”

“我叫裘德。”

“你好，裘德。”

他眉头微皱。显然，他还没有确信我的身份。我耐心地笑笑说：“我叫泰勒。我能为你做点儿什么，裘德？”

他看了亚历克斯一眼，然后又看看靠在吧台旁的其他人，他们正使出各种各样的招式，假装没在听我们的对话。裘德回过头迎上我的目光：“泰勒先生，我们能找个地方说话吗？我想委托你一件事，报酬很丰厚。”

“你说的话很有吸引力，裘德。去我办公室吧。”

我带着他走到酒吧后部的一间包厢，我们隔桌对望。裘德环顾四周。显然，对他而言，这里尽是闻所未闻的恐惧。他看起来不像那种常来酒吧的人，不过另一方面，我也不知道他这种人应该在哪儿。这个男人身上有些故事……他不属于任何一种普通类型的人，他像个有秘密的人。他再次用他那温暖的棕色眼睛盯着我，好像希望我能对他有好感，他身体前倾，靠在桌上，开口说话，声音低沉而神秘：

“我代表梵蒂冈罗马教廷，泰勒先生。教皇希望你能为他找到一件东西。”

“教皇打算雇用我？这是怎么回事？有人偷了他的戒指吗？”

“不是这类琐事，泰勒先生。”

“他为何不派一名牧师去办？”

“他早就这样做了。我在……秘密调查。”他又一次环顾四周，看到的一切似乎都没让他感到开心或舒适。他的目光里透露出的并不是某种厌恶，更像是……迷惑，或者甚至可以说是忐忑不安。他回过头看着我，笑容几乎有些羞涩。“这些天，我没能调查出什么结果。我来到这个世界已经很长一段时间了。我来找你是因为我对寻找丢失的东西具有……某些特别的认识。知道吗，我在梵蒂冈通常负责管理禁书馆。那是隐藏在地下的秘密房间，教会将那些对绝大多数人而言过于危险、过于具有煽动性的书籍收藏在那里。”

“就像《彼拉多福音》？”我有些显摆自己在这方面的知识，“《伏尼契手稿》译本？《格伦德尔·雷克斯箴言》？”

裘德微微点头，面无表情：“是的，诸如此类的书籍。我来这里是因为某种具有伟大力量的东西在消失了好几个世纪后，忽然重现于世。当然，它在夜城出现过。”

轮到我点头沉思了：“如果罗马教廷本身也介入此事的话，那么这件拥有力量的东西一定真的很重要。或者……很危险。我们在讨论的到底是什么东西？”

“暗夜圣杯，犹大在最后的晚餐中使用的杯子。”

这打断了我的思路。我不由得靠向椅背，重新思考他的话，我说：“我从未听说过……暗夜圣杯。”

“没多少人听说过，”裘德说，“这对我们而言是件幸事。暗夜圣杯的出现会刺激所有的邪恶，怂恿并加速邪恶力量的扩张与活动，并使一切接触到它的人完全堕落，所以它也叫堕落圣杯。同时，它也是强大力量的源泉……数个世纪来，它被手手相传。据说过去的拥有者中包括十五世纪西班牙宗教裁判所的残酷裁判官托尔克马达、催眠法师拉斯普丁，还有第二次世界大战的挑起者阿道夫·希特勒。不过，假如希特勒曾经拥有了传闻中的物品赐予他的所有神奇力量，那他就不会输掉战争。无论如何，圣杯目前就在夜城中的某处，还没被谁据为己有，但人人都有可能得手。”

这些话令我想用力吹声口哨，但我没那样做，我素有冷静的美誉。我说：“那夜城里有天使也就不足为奇了。”

“已经有了？”裘德猛地探身向前，他的眼神不再和善，“你确定吗？”

“不，”我平静地回答，“目前为止还只是传言。但据说，已经有从天堂和地狱到来的客人。”

“该死。”裘德骂道，这让我有点吃惊。你无法想象这种字眼从一位牧师兼图书管理员的口中说出。“泰勒先生，你得抓紧时间，抢在上帝或是敌人派出的使者直接卷入此事之前为我们找到暗夜圣杯。不要出任何差错，如果要在这里发动一场战争，他们会将夜城夷为平地。”

“只要暗夜圣杯在这里，我就能找到它。”我说，同时给了裘德一个最自信的笑容。他看上去并没有感动或者释怀。

“泰勒先生，虽然你的才能闻名遐迩，但这件事没那么简单。很多人将出于各种各样的理由而搜寻暗夜圣杯。如果落入坏人手里，可以想象，它的力量足以颠覆天堂和地狱之间的平衡。上帝的最后审判日可能提前到来，我们根本都没有准备好。”

“也就是说，如果天使没有毁灭夜城，无论是谁第一个拿到暗夜圣杯，依然可以做出同样的事情？真棒。我喜欢有压力的工作。”

“你会接受委托吗？”

“我能找到一切。我就是做这行的。你正是因此才来找我的，不是吗？”

“有人竭力推荐你，”裘德说，“不过考虑到你的自信，我不打算说出推荐你的人是谁。之前，暗夜圣杯被保存在蓝光之屋，那是深藏在五角大楼下的秘密建筑之一。但不知何故，一个守卫突破所有防御和保护措施，偷偷把它带了出去。当然，他无法掌控它，这个可怜的傻瓜。它只不过是在利用他逃跑。”

我想起在圣犹大教堂里遇到的那个黑衣男子以及发生在他身上的事。那个恐怖的声音提到了圣杯。不过我什么也没说。对裘德我没什么理由保留，但我也还没有准备好完全信任他。我敢肯定，他对我隐瞒了些什么。

“只要它在这里，我就能找到它，”我坚决地说，“但我不知道是否该把它交给罗马教廷。最近，你们的名声可是遭受了一系列打击，各种各样的糗事都与你们有关。”

“暗夜圣杯将由我直接交给教皇，”裘德认真地说，“他将保证它被锁好，妥善保管。如果有必要的话，直到时间的尽头。假如你不相信教皇会做正确的事情，泰勒先生，那你还能相信谁？”

“问得好！”我说。他看得出来，我还是没被说服。他思索了一会儿，说：

“我们只想维持现状，泰勒先生。因为人类还没有准备好应付任何巨变。我有权向你支付二十五万英镑。是现金。预付五万。”

他将一个厚厚的信封放在我们之间的桌上。我没有去拿，不过手指已经痒得不行。该死的！二十五万英镑？

“危险作业津贴？”我说。

“没错。”裘德回答，“等你把暗夜圣杯交到我手上，你将得到剩余部分。”

“听起来不错，”我边说边拿起信封拆开，充满信心地对裘德笑笑，“你做了笔划算的买卖，裘德。”

就在这时，我们俩同时抬头，看见三个高大的绅士出现在我们旁边。他们刻意站得离我们的包厢很近，只差没走进来。我其实已经听到他们过来，但没说什么，因为我不想在裘德谈到钱的时候分散他的注意力。三个绅士齐刷刷地怒视着我们。他们是我一段时间来见过的穿得最好的暴徒，不过仪态将他们出卖得一干二净。或许他们应该穿着印有“我是黑手党职业杀手”标志的T恤。看起来，他们机敏、狂暴、充满威胁，每个人都握着一支枪。三个人都有一种职业的冷静，他们形成一个半圆，把我和裘德围在中间，同时又很好地将我们与酒吧其他部分阻隔开来。没人能看到发生了什么，我们也无法呼救。我也没打算那样做。三个持枪男子中最魁梧的那个冲我一笑，但一点儿幽默感也没有，他说：

“忘了这个只会把教堂长椅磨光的人吧，泰勒先生。从现在起，你为我们工作。”

我考虑了一下，说：“如果我不愿意呢？”

枪手耸耸肩：“你要么为我们找到暗夜圣杯，要么就去死，就在这里，马上。由你选择。”

我挑衅地冲他笑笑，值得称赞的是，他并没有退缩。“你的枪没有上膛。”我说。

三个枪手互相看了看，没弄明白我的意思。我举起握紧的拳头，慢慢摊开，一把子弹接二连三地落向桌面，发出清脆的乒乓声。他们扣动手枪扳机，哑火的结果令他们非常失望。

“我想现在你们应该离开了，”我说，“在我决定让同样的事情发生在你们内脏中之前。”

他们收起枪离开，但并不是逃跑。我礼貌地对裘德笑笑：“孩子就是孩子。把事情交给我吧，看看我能发现些什么。”

“请一定尽快，泰勒先生。”裘德说。他那棕色的眼睛死死盯着我，流露出真诚与恳切。换了别人，这或许有用。他总结道：“我们全都在跟时间赛跑。”

他站起身，我也跟着站起来，说："当我有事需要报告时，怎样才能找到你？"

"你不用找我，"他平静地说，"我会找你的。"

他走出酒吧，没有回头。真有意思，人们明明在做某件事，却要急于掩饰，就好像没有任何事发生一样。对裘德而言，显山露水没什么好处。请注意，有时候必须如此。罗马教廷不会随便把一个人派到夜城来。我走回亚历克斯身边，他正在往那个大礼帽的杯中添酒。科学怪人男爵缝制的奇怪生物则正心烦意乱地拉紧左手手腕的线头。亚历克斯冲我点点头："遇到一个新客户了？"

"差不多吧。"

"有趣的案子？"

"呃，至少可以说是与众不同。我想，这次我得寻求苏西的帮助。"

"啊，"亚历克斯说，"有点棘手的案子。"

忽然，一道闪电带出一声雷鸣，伴随着翻滚的黑色浓烟，一个巫师出现在我身旁。他穿着深紫色长袍，头戴传统尖帽子。巫师很高，很黑，样子让人过目不忘，他留着长长的黑指甲、整齐的山羊胡，眯缝着双眼。他恶狠狠地瞪着我，夸张地冲我比画着："泰勒，要么为我寻找暗夜圣杯，要么就永世遭受我怒火的煎熬！"

就在巫师的注意力都集中在我身上时，亚历克斯冷静地从吧台后拿出一个沉重的锤子，一把摘掉巫师的尖帽子，抡起锤子砸向他的脑袋。巫师惨叫一声，颓然倒地。亚历克斯抬高嗓门儿：“露西！贝蒂！清理垃圾了！”

露西和贝蒂是亚历克斯强悍的保镖。她俩走过来，愉快地将失去意识的巫师拖走。亚历克斯怒视着我：

“暗夜圣杯？”

“相信我吧，亚历克斯。你不会真想知道的。”

他叹了口气：“泰勒，离开这里。这不是笔好生意。”

3

天使的挟持

陌生人酒吧外那条又深又窄的巷子黑暗、阴森、脏乱，一如往常。头顶上巨大的月亮投射出的浓密的蓝色光芒，为卵石铺地的小巷平添了些凄凉、不祥的气氛，就如同我们在梦中走过的那些令人不安的街道，从来不会通向什么好地方。

我朝小巷尽头的明亮城市灯火走去，一路上小心翼翼地避开别人随意丢弃的垃圾。

忽然，一个身影出现在小巷远端的尽头，闪耀的霓虹灯映射出对方的轮廓。我停下脚步，一动不动。我的心脏难受地跳跃了片刻，我忘了该如何呼吸。上次穿过这条小巷时，我便遭遇了敌人的埋伏——恐怖的无面使者找到了我，我是在老朋友剃刀艾迪的帮助下才得以脱身的。当然，是艾迪向那些伏兵泄露了我的行踪。不过在夜城，朋友就是这样。

可这一次，只有一个身影，从轮廓上看显然是女性。当她沿着昏暗的小巷朝我走来时，她四周散发出柔和的金色光芒，为她照亮来路。她是个金发碧眼的女人，十分漂亮。她带着自身的光芒优雅地前进着，就像青春年少的美国影星玛丽莲·梦露，穿着标志性的白色吊带装。并非看起来像，也不仅仅是一个模子里刻出来的，毫无疑问就是梦露本人，魅力四射，洋溢着活力与笑容，如同在她的电影中。甜美性感的梦露，走在属于她自己的聚光灯下。

她在我面前停下脚步，笑容令我眩晕。她的身上散发着一丝汗味、一丝檀香味，夹杂着玫瑰花瓣的味道。尽管她的笑容永远那么撩人心魄，但她眼中并没有与之相应的柔情。

“你好，甜心。”她用安抚的口吻说，“能找到你真是太高兴了。我有个消息要告诉你。”

“很好。”我小心地让回答的语气中不夹杂任何感情色彩。

她露出那经典的笑容，冲我挤挤鼻子，用指尖递给我一个白色长信封：“这是给你的，宝贝。信封里是一张空白支票！上边有大导演霍华德·休斯先生的亲笔签名。他想用暗夜圣杯来充实自己的收藏。你所要做的就是为他找到暗夜圣杯，然后你就可以随心所欲地在支票上填上你想要的数目了。他是不是十分慷慨？”

“请原谅我的提问，”我说，“可你不是已经死了吗？”

她沙哑地笑出声，摇了摇头，晃动的头发犹如徐徐起伏的优美波浪。在她那性感光芒的沐浴下，她的金发如同熊熊燃烧的炉膛。她说：“噢，死去的并不是我。霍华德关心他的朋友们。”

“我宁愿相信他也死了。”

“有钱人不会死，甜心。只要他们不想死，就不会死。他们只不过由于税收原因，去了另一个地方。这段时间，他就混迹在一些真正的实力派人士之间。”

“人士？”

“广义上可以这么说。”

我掂量着手里的信封，开始思考。之前，我从未获得过一张空白的银行支票。这令我蠢蠢欲动。但是……我遗憾地对梦露笑笑：“很抱歉，亲爱的。我已经有一位客户了，我得代表他。”

“我相信休斯先生能付得起任何……”

“钱不是问题。我说话算话。”

“噢。你确定……我做什么都无法说服你吗？”

她深吸一口气，身体朝我凑近。我再次感到呼吸困难。

“天亮的时候我可能会后悔，会恨自己，”最后我说道，“但我必须说不。我的服务是拿出来卖的，但我的人不是。”

她噘起甜美的嘴唇，不悦地看着我：“每个人都有自己的价格，亲爱的。只不过我们还没有弄清楚你的价格罢了。”

“我一贯忠于自己的客户，”我说，“这也是我仅剩的荣耀了。”

“荣耀，”梦露又挤了挤鼻头，“在夜城，这东西能让你走多远？再见了，甜心。”

她给我一个飞吻，优雅地以左脚高跟鞋为轴转身，阔步沿着巷子走去。她的鞋子踩在鹅卵石上没有一点儿声音。她的步态迷人，依然像曾经的那位明星一样，走在属于自己的聚光灯下。我看着她消失在城市街道的霓虹中，然后才低头看了看手中的信封。我的第一反应是想将它撕碎，但理智阻止了我，我小心地将它放入外套内袋。你永远不会知道，什么时候一张署名霍华德·休斯的支票会落入你手中。

我四下环顾，想寻找一处黑暗的大门。它们原本变化不定，但你总是可以找到其中几个离陌生人酒吧近在咫尺的通道。我走向最近的一处通道，跷着二郎腿坐下来。在这里，没人会打搅我，我有事情要做。假如已经有某个重要人物知道我在追踪暗夜圣杯，那么我最好就认为人人都已经知道，或者至少每个相关的人都知道。他们都在找我，派出的人也不会都像玛丽莲·梦露那样赏心悦目、温文尔雅。寻宝的游戏将引发一场你死我活的残酷战争。我最不需要的便是当权人士介入此事。不，我必须尽快拿到暗夜圣杯，也就是说，我得动用自己的异能。其实我一直不愿那样做，因为当我使用自己的特殊技能时，我的意志如同黑暗夜城里的一座灯塔，它会告诉敌人我在哪里。不过，正是我的异能使我成为我，让我在自己所做的行当中如此出色。

借助异能，我可以找到任何东西，或者任何人。无论他们隐藏得多好。

于是，我后背紧贴墙壁，坐在深黑的阴影中，深呼吸，闭上眼，集中注意力。接着，天眼在我的意志深处睁开，这是我的第三只眼，我的神秘眼。能量在我体内盘旋，狂野地咆哮着，它们离开了我，冲向四面八方，将黑夜点亮，使我可以看清一切。数百万个声音形成的雷鸣向我袭来，他们已经察觉了我打开的天眼。我必须奋力集中精神，把视觉限制在自己正在寻找的东西上。这时，有什么东西从精神世界来到我的脑海中，它拽着我的意志脱离身体，夺路而去。我感觉似乎在飞翔或者坠落，小巷和物质世界消失了，我身处某个陌生的地方。

这回轮到我站在聚光灯下。一束光不知从何处投射到我身上，明亮、刺眼，令我如同被钉在针尖上的小虫。我有一种恐怖的赤裸感和暴露感，光线好像能将我体内的一切呈现出来，无论是好的或是坏的。我的周围则漆黑一片，是那种深深的、神秘的黑暗。不知为何，我觉得那是为了保护我，因为我没必要或者还没有强大到能看见隐藏在那可怜的光芒之外的东西。但我可以感到自己并不孤独，我的左右两边都有巨大的能量存在，两支强大的军队正集结在一望无垠的平原上。有一种不停搅动的感觉，有点像是翅膀在振动。我的意志，确切地说更像是灵魂，被劫持了。它被带入精神世界，受困于无形的障碍。这个精神世界既非天堂，也非地狱，但你可以在这里同时看到二者。

一个声音从一边传来，那是很多声音的和声，像是一群人齐唱圣歌，又像是一个唱诗班只在吟唱圣曲的高音部分。这个声音令我浑身起鸡皮疙瘩。它就是我先前在圣犹大教堂听到过的声音，强大、骄横的声音，充满古老、无法辩驳的威严：

“暗夜圣杯又一次失控，它正游走于凡尘。这是无法容忍的。它的力量过于强大，不能放任于人类手中。因此，我们决定再度从荣耀仙境降临物质世界。”

另一边传来第二个和声，嘹亮，混杂，并不协调：“暗夜圣杯已经在凡尘逗留得太久了。阴郁的圣杯，伟大的毁灭者。它必须到适当的人手中，去充分实现它的目的。终于到它表演的时间了。因此，我们决定再度从地狱空间升入物质世界。”

我能想到的只有：“噢，见鬼……”

“告诉我们你对暗夜圣杯了解多少。”第一个声音说。

而第二个声音则在附和：“告诉我们，告诉我们……”

“其实我并不了解什么，”我回答时甚至连撒谎的想法都没有，“我刚开始寻找。”

“为我们找到它！”第一个声音说道。它像命运般无法更改，又如同刺向轮船的冰山。

“为我们找到它！”第二个声音说道。它就像癌症般残酷、无情。

此时，两边的声音都很大，在黑暗中击打着我，但我不让自己退缩或恐惧。如果在这些傲慢的浑蛋面前流露出自己的软弱，我会在瞬间被摧毁，不管有没有理由。但只要他们认为我可能对他们有用，就不会伤害我。我望向黑暗，展现自己不偏不倚的蔑视。天使和魔鬼，他们都站在一种强势的地位说话，言语里尽是狂妄自大。但我很有把握，自己的一个问题就能暴露出他们真正的地位。

“如果你们真的如此强大，”我说，“为何不自己去找暗夜圣杯？我想没什么能瞒得过你们，或者你们的老板。”

“我们看不到它，”第一个声音说，“它的本性将它隐藏起来了。”

“我们看不到它，”第二个声音说，“它的力量将它隐藏起来了。”

“但你能看到隐藏的东西。”第一个声音说。

“因此就做我们的眼目。”第二个声音附和。

“我从不白干活儿，”我淡定地说，“如果你们哪一方能够强迫我的话，你们早就那样做了。所以别再吓唬我了，给我适当的报酬。”

长时间的沉寂后，两个声音一起说道：“你想要什么？”

“消息。”我说，“告诉我关于我母亲的事，我那失踪的神秘母亲。告诉我她是谁，是什么，在哪里。"

"我们无法告诉你这些，"第一个声音回答，"我们只知道那些能让我们知道的事情。即使对我们而言，有些事也是保密的。"

"我们无法告诉你这些，"第二个声音回答，"我们只知道那些流传于黑暗中的事情。有些事即使在我们看来，也很可怕。"

"那么从本质上来讲，"我说，"你们其实只是带着光环的传令员，以需要知道的事情为原则行事。送我回去吧，我还有事要做。"

"你不能用这种口气跟我们说话，"第一个声音声调起伏地说，"挑衅我们将会受到惩罚。"

我扭头望向另一方："你们会让他们那样做吗？如果我受到伤害，你们就要承担风险，可能失去唯一能为你们找到暗夜圣杯的人。"

"别碰这个人。"第二个声音立刻说道。

"你们别用这种口气跟我们说话！"

"我们想怎么说就怎么说！我们一直都这样！"

黑暗中一阵混乱的搅动，两支强大的军队正蓄势待发、兵刃相向。愤怒的声音四起，夹杂着凶狠的威胁和诅咒，以及邪恶的意图。我悄然溜走，返回等候在陌生人酒吧外小巷门口处的躯体。对我来说，这简直易如反掌。短暂离开的这一阵，我的躯体已有些发冷僵硬，我大声呻吟，伸展筋骨，双手互相拍打，以使血液循环再次顺畅起来。我将天眼关闭，设置好所有最强大的精神壁垒。在夜城，假如你不掌握一些保护自己的意志和灵魂不受外界袭击的有效技巧，那么你就活不长久。带着不设防的意志四处晃荡，你的脑袋将会比高峰期的地铁更为拥挤，以至完蛋。

但这确实意味着我不能再使用自己的异能了。只要我卸下防御，打开天眼，天堂和地狱派出的使者们都有可能再次抓住我，然后提供一份令我无法拒绝的报酬。所以，看来我得用麻烦的方式来解决这个问题：搜集大量情况，问些不相关的问题，偶尔还要走回头路。

这也就意味着，我要从“霰弹枪苏西”那里获得的帮助比我原来想象的多得多。

霰弹枪苏西也叫射手苏西，生活在夜城最低俗的地区，位于一条潜藏着各种阴暗买卖的狭窄街道中。那里被各种各样闪耀的霓虹招牌照亮，尽是污秽的小店铺和公寓广告，它们提供所有下流到难以想象的商品和服务。当然，价格也高得离谱。在那个地方，连空气中都弥漫着一种粗俗的味道。霓虹灯闪烁得犹如频闪仪，像一道背景光，将男人、女人、不男不女的人都描绘出来。有些地方乐声不断，刺耳，诱人，另一些地方传出尖叫。

我走在街道中间，避开布满油腻的雨滴和堆满垃圾的人行道。我可不想有谁拉住我的胳膊或是在我耳畔甜言蜜语。我小心翼翼地回避每个人的目光，甚至不去看商店的橱窗。这样比较安全。我不想在这笔买卖的一开始就惹麻烦。苏西的住所就在街道的中部，位于一家皮革店和一家猪肉店之间。从外边看，她的老房子岌岌可危，破败不堪，像是已经废弃。如果除去墙体表面覆盖着的一层层残破招贴画和几处淫秽涂鸦，可以发现墙砖在岁月的污染中已经变黑。所有的窗户都用木条封死。但我知道，那扇掉了漆的门内有坚固的钢板板芯，配有高科技门锁，并且随时都处于保护之下，既有高科技，又有魔力。苏西把自己的安全看得很重。

我是为数不多的几个得到她信任的人之一，知道正确的进入口令。我四下打量，确保没人靠得太近，或是对我表现出太大的兴趣，然后俯身找到隐藏的按键器和对讲格栅。敲门或是呼喊都没有用，她不会回应，从来不。我输入正确的数字，对着格栅念了自己的名字。等了一会儿，一张面孔慢慢地浮出门外，从破裂的木头中形成面部细节。是一张人脸。眼睛睁开了，一只接一只，一只接一只，打量着我。接着，这张丑陋的面孔重又隐入木头，消失得无影无踪。它似乎有些失望，因为根本没法对我进行恐吓。门打开了，我走了进去。我刚闪身入内，门便在我身后重重地关上。

一个光秃秃的灯泡孤零零地挂在低矮的天花板上，将空荡荡的门厅照亮。地板上的血迹看起来还很黏稠。一只老鼠被困在蜘蛛网里，正做着无力的挣扎。苏西绝不是个居家过日子的能手。我迈步穿过门厅，登上通往二楼的摇晃楼梯。空气潮湿，充满霉味。光线如此昏暗，让人觉得是在水下行走。我的脚踏在滑溜溜的木台阶上，动静很大。当然，苏西要的就是这种效果。

二楼是整个房屋里仅有的两个配备了家具的房间，一间供苏西睡觉，另一间供她练习拳击。对她而言，这就足够了。卧室的门敞开着，我朝里看了看，木地板的正中乱七八糟地堆着些毛毯，交缠在一起，乱糟糟的。房间一角是肮脏的卫生间，旁边放着一台她从某个旅馆抢来的小冰箱，外壳已经变形。此外还有一个衣柜、一个梳妆台和一个摆满十几种不同武器的枪架。苏西不在。房间里有一股浓烈、燥热、刺鼻的味道。

至少她起床了。值得庆幸。

我走到楼梯平台上。抹了泥灰的墙壁已经开裂，随处可见麻点般的枪眼。到处都用口红和眉笔写着电话号码、魔法，还有晦涩难懂的助记符，都是苏西有力的笔迹。隔壁房间的门关着。我推开门朝里看。

跟平时一样，房间里很黑，没有外界的光线，听不到街道上的声音，也感受不到外边的世界。苏西重视个人隐私。另一盏光秃秃的灯泡成为主要的光源，拉线开关被系在屋子中间。空罐头瓶随意扔在空荡荡的地板上，还有乱扔的枪械杂志、空空的酒瓶、团成团的香烟盒。影碟和 DVD 沿着一堵墙摞成几堆，看上去摇摇欲坠。另一堵墙上悬挂着一幅真人大小的巨大海报，上边画的是在老电视剧《复仇者》里扮演艾玛·皮尔的演员黛安娜·瑞格。海报下边，苏西潦草地写着“我的偶像”几个字，看起来像是凝固的血迹。

苏西正四仰八叉地躺在一张破旧褪色的绿色皮沙发上，一只手上握着个酒瓶，嘴角叼着一支烟。她正盯着一台巨大的宽屏电视看电影。我走进房间，进入她的视野，让她有充足的时间习惯我的到来。沙发旁靠着一把霰弹枪，就在她触手可及的范围内，而她的脚边则放着一小堆手榴弹。苏西似乎预备好了迎接任何一个不请自来的人。她没有扭头看站在沙发旁的我，而是继续欣赏她的电影。正在上演的是一部成龙的功夫片《飞鹰计划》，已经接近尾声，四个黑人女子穿着皮装，正合力对付成龙，想要将他击败。很棒的场面。音轨似乎完全被尖叫和夸张的呼啸声占据。我环顾四周。从我上次造访以来，这里什么也没变。依然没有别的家具，地板上只是多了一台可以上网的电脑。苏西甚至不再用电话。她不喜交际。如果有人需要联系她，就得用电子邮件，只有这种办法。假如她不想的话，可能好几天也不会去阅读邮件。

跟往常不工作时一样，苏西尽情放松。她上身是一件印有电影《女煞星》的主角克利奥帕特拉·琼斯肖像的T恤，腿上是一条已经洗得没法再洗的牛仔裤。她没有穿鞋，也没有化妆。看上去，离她上一次干活儿已经有一段时间了。她有些超重，小腹的赘肉从牛仔裤裤腰处挤出来，长长的金发一团糟，味道也很难闻。电视屏幕上的打斗仍在继续，她没有挪开视线，对着酒瓶喝了一大口酒，但连烟也没从嘴里拿下，然后将酒瓶递给我。我接过来放到地上，故意摆在她拿不到的地方。

“离我上次来这里几乎已经有六年了，苏斯。”我大声说，以使自己的声音盖过电视声，“六年了，老地方一点儿也没变，依然那么糟糕，乱得让人作呕。整个国家的垃圾恐怕都会在此终老。我敢打赌，这栋建筑之所

泰勒的偶像

以没有老鼠泛滥的唯一原因便是你可能把它们给吃了。”

“油炸起来味道很好，要加一点儿洋葱。”苏西目不斜视地回答。

“你怎么能这样生活，苏斯？”

“这是习惯。别叫我苏斯。坐下来，闭上嘴。你已经打扰我了。”

“上帝，你是个懒鬼，苏西。”我没有坐到沙发上，我的外套才洗干净，“你难道从来没有打扫过这里吗？”

“没有。这样我知道每样东西在哪里。你想做什么，泰勒？”

“好吧，除了世界和平之外，你这里就只有电影明星。我想看看是否存在某些你吃过健康食物的迹象。你不能尽吃些垃圾食品。上一次吃新鲜水果是什么时候的事？服用过维生素 C 吗？”

“主要服用药丸，科学真是神奇。我讨厌水果。”

“我好像记起来你也不喜欢蔬菜。在我看来，你没得坏血病实在是个奇迹。”

苏西窃笑：“我的身体系统遇到健康的东西就会自我毁灭。我喝的汤里有蔬菜，偶尔喝一点儿。通过这种方式，它们可以躲过我的防御。”

我将一个空冰激凌盒子一脚踢开，沉重地叹了口气：

“我不想看到这样的你，苏西。”

“那就别看。”

“又胖又懒，还自鸣得意。你就没有什么抱负吗？”

“轰轰烈烈地死去。”她深吸一口烟，吐出大团烟雾。

我坐在沙发扶手上：“我不清楚自己为什么回到这里，苏斯。”

“因为我们这两个怪物必须团结在一起。”她终于扭过头看我，面无表情，“谁还会在乎我们？”

我径直迎上她的目光：“你本应过得比这好。”

“你又了解多少！你想要什么，泰勒？”

“你在这里虚度了多久了？多少天？多少星期？”

她耸耸肩：“现在我正处于等待生意的阶段。”

“绝大多数人离开工作也可以生活。”

“我并非绝大多数人。而且想想看，不知为何，绝大多数人真的令我沮丧。我的工作就是我的生活。”

“杀人是生活？”

“坚持你所擅长的，我一直这样说。见鬼！我做这些的时候，它就是一门艺术。我在想自己能否被允许……闭上嘴看电影吧，泰勒。我讨厌在精彩情节上演时跟别人说话。”

我坐在她身边静静地看了一会儿电影。据我所知，我是霰弹枪苏西最亲近的朋友。她不喜欢出门去见别人，除非后来要将他们杀死。她只有在干活儿时才真正活着。没有生意的时候，她闭门不出，过着单调的生活，等待下一个机会出门做自己擅长的事，自己生来就要做的事。

“我是担心你，苏西。”

“别那样。”

“你得走出这垃圾堆一样的环境去结识别人。外边有些东西值得去了解。”

“曾经有男人一次次走进我的生活。”

这回轮到我大声嗤之以鼻：“他们往往落荒而逃。”

“他们坚持不下去，这可不能怨我。”她在沙发上挪挪身子，很自然地放了个屁。

我瞪着她，说：“他们离开通常是由于你让他们一次次地看电影《摩托车女郎》。”

“那部电影很经典！”苏西下意识地说道，“主演玛丽安娜·菲斯福尔最出色的演出。它可以与《逍遥骑士》和《地狱天使》等电影齐名。”

“六年前，你为何不开枪杀了我？”我简直不相信自己会问出这样的问题。

“我与你有合约，”苏西说，“重要的合约，与之相关的是一大笔钱。”

“你知道那份合约是假的。一切都是计划好的。你知道……可你还是朝我开枪了。为什么？”

“你要离去，”她平静地说，“除此之外，我还有什么方法阻止你吗？”

“噢，苏斯……”

“你为什么总认为自己是唯一受到伤害的人？你知道我从未失手。如果我想要你的命，你早就死了。”

“难道阻止我离开就那么重要吗？”

她终于转身看着我：“因为你属于这里。因为……即使是妖魔鬼怪也不愿感觉孤单。喂，泰勒，你来这里想做什么？你打断我看经典影片了。”

“又是李小龙的？”我故意逗她玩。因为我知道已经从她那里得到了我们所能承受的最大限度的坦诚。

“别拿无知当个性。这是成龙。”

“有何不同吗？”

“你真是出言不逊。成龙拍了些很棒的电影，而李小龙则是上帝。”

“提到这个，”我不经意地说，“我还真有件案子需要一些帮助。”

苏西坐直身子，第一次把全部注意力放到我身上：“你有一件跟李小龙有关的案子？”

“不。是上帝。有天使来到了夜城。”

苏西耸耸肩，重新将目光挪向电视屏幕：“是时候了。或许他们会把这里打扫干净。”

“或许吧。不过很大的一种可能性是，等他们打扫完毕，这里便所剩无几了。他们在找暗夜圣杯。我的一位客户希望我第一个找到它，我想也许你愿意帮助我，报酬真的非常丰厚。”

苏西不知从哪里摸出遥控器将电影暂停，成龙定格在左右夹击之间。苏西看着我：“有多丰厚？”

“除了开销外，还会有五万英镑。先付给你两万五千英镑，余下的完事后支付。”

苏西开始思索，表情冷漠地说：“这份活儿很危险吗？需要杀死很多人吗？”

“可能……是的，需要。”

她笑了：“那我加入。”

其实，苏西并不真的在乎钱，她从来都不在乎这些。她只享受完成任务的过程，让别人清楚无法从她身上占到便宜。对于她而言，工作的意义在于挑战。她对自我价值的唯一认同方式来自于经受住那些可能将其摧毁的力量的考验。我从信封里拿出裘德给我的钱，抽出一半，扔在她旁边的沙发上。她点点头，不过没去拿钱。她连一个保险箱也没有，因为她坚信没有人会傻到偷她的东西。要是真有人那样干的话，无异于采用一种最痛苦的方式自杀。她关掉电视，在皮沙发上摁灭最后半寸香烟，随手弹开，然后将目光锁定在我身上。

“我现在集中注意力了。天使……还有一个暗夜圣杯。真奇怪。这有些偏离我们通常的生意范围。银弹可以对抗天使吗？”她说。

“即使你把它装进火箭筒里也没用。或许你可以将天使绑在核武器上，然后发射出去，但他连眼都不会眨。天使是最难对付的。”

苏西看了我好一阵。你总是猜不出冷漠面具之后的她到底在想什么。“你的宗教信仰是什么，泰勒？”她问道。

我耸耸肩：“在夜城，没有信仰很难。因为战场上就不会有无神论者。我相信确有一个上帝，造物主。我只是觉得他并不在乎我们。我也不认为他跟我们有多大关系。你呢？”

“我曾经对人们说自己是个堕落的不可知论者，”她轻松地说道，“现在，我告诉他们自己是个再生的异教徒。我曾挂出一幅印度教的迦梨女神像顶礼膜拜，但那些懦弱的家伙说我太桀骜。通常……我信仰枪械、刀具，以及那些具有爆炸力的东西。在我们寻找暗夜圣杯的过程中，这些东西都有可能用到。应该会有竞争，对吧？”

“很多很多。这么说对抗天使或魔鬼，你都没什么问题了？”

她冷笑一声，说：“你只需告诉我瞄准什么，余下的事只管交给我就行了。”她若有所思地皱皱眉头，又说：“我曾听说过一件武器——真言枪，专门用来屠杀天使的。有一次，古董王想用它来收买我，跟我上床……”

“我想，我们把它作为最后一张王牌吧。”我圆滑地敷衍过去。

她耸肩：“那么，我们从何处开始？”

“好吧，我觉得我们应该先去跟恶魔罗德兹派谈谈。”

“那些恶魔崇拜者？我曾经看到厕纸宣传册上画的傻小子们也要比那群装腔作势的家伙更具威胁性。”

“他们的存在并不只是为了迎合大众的目光。”

她哼了一声：“当然不能只是那样。”

好戏应该上演了。我站起身：“拿上你需要的东西，现在就行动吧，苏西。天堂和地狱的使者都在追踪我。我确定我们在与时间赛跑。”

苏西动作不雅地站起来，蹒跚着走出房间，走向她的卧室。我耐心地等她在乱七八糟的房间里翻找想要的东西。等她再次回到我面前时，真正精神抖擞的霰弹枪苏西又出现了。邋遢的T恤和褪色牛仔裤没了，取而代之的是闪着微光的黑皮夹克、皮裤、装饰着金属链和刺钉的高筒靴。她将两条子弹带交叉于丰满的胸前，最喜欢用的滑膛式霰弹枪则插在背上的枪套中，枪柄越过右肩头。她腰带上挂着十几种各式各样的手榴弹。她甚至梳了头，上了些淡妆，看起来干练、凶狠、充满活力。苏西又开始工作了，直面致命危险，这让她高兴得不得了。

“见鬼，”我说，“变身了。”

“这次谁是我们的客户，泰勒？”

“罗马教廷，因此你要注意言行。准备好了吗？”

“教皇会在树林里拉屎吗？我生来就准备好了。”

我让她牢记要远离裘德，然后带她出发。某些人送死的好日子到了。

4

恶魔俱乐部

我们走向上城区。上城区总是最脏、最乱、最庸俗的地方。外表光鲜的人们在这种私人场所干一些丑陋的勾当。上城区的霓虹灯更加艳丽，也更具欺骗性。这里有最好的食物、最棒的酒、最厉害的毒品，一切最劲爆的音乐都属于你，前提是你要付得起价钱。这种价钱有时指的是钞票，有时是自尊，但到最后，往往都是指你的灵魂。物以类聚，人以群分。在上城区，你可以看到每个人的起起落落。

我和苏西并肩走在霓虹灯光照耀下的湿滑街道，她就像一只难以控制的军犬。很快我们便发现，这里的人比平时少很多。许多熟面孔只要一想到来自天堂或者地狱的天使正在造访，便会被吓得躲藏好一阵子。不过这里依然有人来来往往，他们在各种诱惑的吸引下匆匆行走，避免与其他人的目光接触，湿漉漉的唇边流露出期待。即便是在世界末日威胁的笼罩下，行走在通往生意或享乐道路上的他们依然不会耽搁时间。

时不时地，会有一些人在苏西朝他们走去时吐上一口唾沫，接着便迅速无声地消失，溜进四通八达的侧街和小巷。另一些人会躲在门道或阴影下，他们耸着肩，低着头，希望不被人注意。实际上，有少数人走上人行道，甚至踏上马路，都是为了给她让出足够的空间。这本身就是一种危险的举动。在夜城，离呼啸不停的交通工具太近绝非明智之举。并不是所有看起来像汽车的都是汽车，它们有些已经饥肠辘辘。

当你来到上城区，走进配有三车道马路和优雅的古典风格灯柱的整齐广场，经过那些表面高级精致、造价越来越昂贵的豪华住宅时，你已经行走于高级得多的藏污纳垢场所之中。如果想在这里的餐厅就餐，你得提前好几个月预定，并且还得忍受服务员的讥笑。巨大的百货公司出售各种亮丽而无用的奢侈品。酒窖在出售比文明史还悠久的酒水，它们令人疯狂、激动，隐藏着恐怖的内容。武器商店、权力贩子可以为你改变命运、恢复名誉。当然，还有所有最热门的商标和最流行的时尚。爱情可以出售，至少可以出租，还有人担保为你复仇。

这里有各种各样你几乎不敢相信其存在的夜总会。

夜城拥有世界上最好的夜总会，也是最危险的售酒场所，大门从不关闭，音乐从不停歇，兴奋永无休止。没有哪里比这里更时尚，这里的女郎最迷人，这里的环境最堕落，这里的阴暗最凶险。这些地方能将那些粗心大意的人生吞活剥，可这正是其吸引力的一部分。只要你通过了满脸凶相的看门人和他把守的加固门，各种类型的音乐任你挑选，包括某些你坚信已经死去的人的现场演出。为了偿还自己的灵魂留置费，蓝调音乐之王、曾将自己的灵魂出卖给魔鬼以换取演奏才华的罗伯特·约翰逊依然用他那疲惫的手指演奏着。1944 年就已经死去的歌手格伦·米勒和他的乐团还在表演那首《宾夕法尼亚 6-5000》。古董王将米勒关了很长一段时间，但现在将他放了出来。被 1959 年过世的歌手巴迪·霍利疯狂砸烂的吉他反弹起来，好像要发起反击。演出海报上的大标题写着“摇滚极限全明星”。还有已故的歌手兼诗人蜥蜴王，他正沉溺于“阴影降临”乐队的音乐中。此外，还有形态各异却又真实存在的乐手，包括大名鼎鼎的摇滚巨星约翰·列侬。只要你付钱，乐手便任由你挑选。

苏西和我要去的地方叫地狱绝境。它是一个相对较新的娱乐场所，在那些很有眼光的寻欢者之间很受推崇。地狱绝境相当隐秘，人们在那里从乐与痛的交织中获得的享受远远超过这两种体验分别带来的感觉。那里充满了长着尖指甲的爱抚的手，每一个吻都会在唇边留下一丝血痕。很明显，地狱绝境位于地下。从街道上看，这里只不过是一家餐馆而已，其特色是提供那些已灭绝动物的肉。要想去地狱绝境，你必须顺着很长的肮脏石阶下行，走上一条远低于街面的小巷。这里没有闪烁的霓虹，没有耀眼撩人的招贴。除非你清楚自己寻求的是什么，或者要去的是何地，否则你便不是地狱绝境期望吸引的那种顾客。如果你不得不询问某样东西的价格，得到的答案将是“你无法支付的”。

苏西和我走进小巷，不理会排得很长的队伍。在我们经过时，一些人一脸不悦地嘟囔几句，但没人敢说什么。苏西和我的模样众所周知，我们的名声还是挺大的。少数人带着便携式摄像机，以便在万一有热闹可看时派上用场。坚固的铁门是通往地狱绝境的唯一入口，由两个恶魔罗德兹派的人把守。他俩凶神恶煞般地打量着每个人，肌肉发达的双臂环抱于厚实的胸前。

乍一看，恶魔罗德兹派与其他街头帮派没什么两样。

同样穿着黑色的光面皮衣，并且故意弄破，显得时髦，还用沉重的金属刺钉和链条做点缀。他们的脸上涂着鲜艳的帮派色彩，其他地方则花里胡哨地涂着黑色颜料，反射出蓝色的光芒。他们的额头上都绑着魔鬼的犄角，当他们微笑或者发怒的时候，可以看到他们嘴里锉得很锋利的牙齿。不同的是，他们身上还有某种别的东西，它潜藏于他们异常安静和投射出的炽热威胁气氛之下，使得他们绝不仅仅只是另一群帮派崇拜者。当然，没有哪个顾客愿意静静地在队伍中等待而不想插队。他们中的绝大部分都是有钱人家的孩子，打扮得十分新潮，他们的父母或许只需花费积蓄中的一小部分现金便可以买下地狱绝境，但金钱在这里发挥不了作用。想要进大门，靠的不是你是谁，而是你认识谁。

苏西打量着面前的两个恶魔罗德兹。他们站在紧闭的大门前，恶狠狠地拒绝向里边通报我们的到来。苏西想要自己解决这个小问题。她回头看了看小巷，然后冷笑一声：

“泰勒，这真是适合带女孩子来的地方！而我只知道一会儿将不得不为我的靴子消毒。我们有何计划吗？”

“噢，我想我们只能闯进去，冒犯所有必须冒犯的人，再把任何招惹我们的人踢得屁滚尿流。”

苏西淡然一笑："我喜欢的派对。"

我充满自信地径直走向两个恶魔罗德兹派的看门人。苏西紧跟在我身后，一脸怒容。队伍中的一些人开始觉得应该换一家夜总会了。看门人终于让步，通报我们的到来。他们尽量显得冷酷无情、毫不在意，但效果不佳，从紧握的拳头上就能看出来。左边那个一米九高的大个儿俯视着我。

"回到队伍中去，"他扬起嘴角吼道，"不许插队。别想贿赂我们，没有例外。这里只接待会员。总之，你们两个是在浪费时间。我们有严格的制度。"

"所以滚蛋吧，"右边的那个一米九的家伙开口了，"在我们对你们动手之前赶紧滚蛋，以免打扰队伍中的漂亮女士和先生们。"

"让我杀了他们，泰勒，"苏西说，"今晚过得太慢了。"

"让你的人冷静点儿，泰勒，"左边的那个说，"否则我们要请她进去，教她一些礼仪。"

苏西的霰弹枪呼的一声从背上的枪套里飞了出来。当她用枪筒抵住他的鼻孔时，那个恶魔罗德兹立马闭嘴了。

"我倒真想看你试试。"她一边说，一边露出可怕的笑容。

"这位是，"我向这个恶魔罗德兹介绍道，"射手苏西，也叫霰弹枪苏西，还可以称为‘噢，天啊，是她，快跑’。”

“噢，该死！”两个看门人异口同声，调子十分和谐。与此同时，排队等候的队伍中，大多数人觉得该到别处去了，拔腿惊呼而逃。不过还有少数人向前挪动步子，他们兴奋地低语着，目不转睛地期待发生些真实的流血和死亡事件，好为这个夜晚拉开精彩的序幕。被枪口顶着鼻子的那个恶魔罗德兹比刚才站得更稳，而另一个看门人则冲着门边隐藏的对讲器飞快叨咕着。一阵令所有围观者都不安的等待过后，厚重的铁门向内打开，明亮的光线和热烈轰鸣的音乐声涌入深夜的空气中。我从容地步入地狱绝境，摆出一副参观视察的样子。苏西在跟着我走进来之前，恶狠狠地对看门人露齿一笑，但她的枪口始终对着两个恶魔罗德兹，直到门完全关闭。她本想将枪插回枪套，但在环顾四周后，还是觉得端着枪比较保险。

地狱绝境里嘈杂得可怕，隐藏在各处的扬声器传出要命的摇滚吉他声。灯光刺目，亮得让人难受。这里没有柔和暗淡的光线，也没有可以藏身的阴暗，一切都暴露在外，所以你的一举一动都有可能被拥挤在一起的人群欣赏、评论。夜总会的大多数顾客都在宽敞的舞池里肆意狂舞着，他们穿着别致，有穿原始皮草的，有穿橡皮燕尾服的，还有在身上喷满乳胶的。不过真正刺激的活动正在聚光灯投射不到的舞池周围的角落里发生。

光滑的石墙被装饰得很像中世纪的地牢，目光所及之处，尽是些愉快的受难者，他们在拷问台上接受折磨，或是被囚禁于悬空的笼子里，或是享受着某种中世纪刑具的刺痛。痛并快乐的尖叫声此起彼伏，围观的人们时不时爆发出喝彩的吼声。受难者在接受折磨时痛苦不堪地扭动身躯，这令人群的情绪十分高涨。到处都有美得像锋利尖刀的高大女狂人，她们穿着黑色皮衣，系着黑色皮带，昂首挺胸地在人群集中的地方寻找猎物，那涂着油彩的脸上写满傲慢和冷漠。鞭笞和烙刑让所有兴致勃勃的观众欣喜若狂。周围的空气中弥漫着汗液、劣质香水和工业消毒水混合的臭味。

跟牙科诊所里的味道一模一样，真的。

苏西面无表情地注意着四周，一副漠不关心的样子："我原以为恶魔罗德兹派应该是个街头帮派。他们经营这样一个让那些乱花钱的超级变态狂聚会的场所是什么目的啊？"

"他们只不过是扮强盗玩罢了，"我回答道，"这……才是他们真正的本性。"

一个女狂人昂首阔步地向我们走来，手上缠绕着一条又粗又长的鞭子。她用黑色的嘴唇展现出一个难看的笑容。苏西打量了一下，迎上对方的目光。这个恐怖女狂人识趣地在挨打之前便转身向别处走去，消失在人群中。刚才的对视让她知道自己看到的到底是谁。我从容地环顾四周。没有谁向我靠近，人们都忙于参加那些无聊刺激的活动。我经历过太多真正令我印象深刻的事情，而不是这些无聊的受难演出。

终于，我的目光落在一个女性恶魔罗德兹身上，她穿过人群向我走来。人们赶紧为她让路。她身材高挑，金发碧眼，双腿修长。和那两个看门人一样，她穿着破旧的外套，脸上抹着鲜艳的帮派油彩，头顶上也有一对假犄角。她在我面前停下脚步，蓝色的嘴唇微微上扬，冷冷一笑，露出锋利的牙齿。她的眼睛很黑很黑。虽然一定知道苏西的霰弹枪正对着自己，但她没有流露出一点儿担心，她说：

“你回到这里做什么，泰勒？我想，自从你上次造访之后，我们已经表示得很清楚，永远不欢迎你来我们这里添乱子。”

“我只是来转转，”我镇定地回答，“我喜欢你们在这里所做的一切。很有氛围。如果你想享受一会儿折磨的话，只需要买张票就行了。不过，这一切你都了解，对吗？”

“你不属于这里，”女恶魔说，“你们俩都不属于这里。这里发生的一切并非你们这种人乐于见到的，不是吗？”

苏西用力哼了一声，她对萦绕周围、充满汗臭的苦楚氛围完全无动于衷。大多数情况下，她并不关心别人的生活。我心里也很清楚，绝不会流露出半点谴责或怜悯的感情。恶魔会将之视为懦弱的表现。我一直没有多余的时间花在感情上。我可承受不起任何打击，或是丧失哪怕一点点自控力。只有严格的自律，才能让我在夜城里生存。从我还是个小孩时开始，它便令我总是比那些试图杀死我的势力快一步。

我甚至有些渴望去欣赏那些愉快的受虐狂的表演。假装处于危险中，而实际上绝对安全，这种感觉一定很美妙。在夜城，你首先得学会忍受。你不能始终处于愤怒中，那会让你疲惫不堪。

“你想要什么，泰勒？”

我礼貌地冲女恶魔笑笑：“我想见骷髅先生和血液先生。我来这是为了一笔生意。他们越早同意见我，我便能越早办完正事，然后苏西和我就会离开此地。如果只是让我们傻等，很可能会让我们找些麻烦出来。我们已经在你们的客人中发现了一些极度兴奋的家伙。他们来这是为了体验危险的幻觉，而不是真正尝试危险。”

女恶魔迅速环顾舞池。几个年轻人正不怀好意地扫视苏西，开始朝门口晃来。金发碧眼的恶魔怒骂了一声，掉头朝通往二楼的旋转金属扶梯走去。苏西和我紧靠在一起，跟在她身后，穿过兴高采烈的人群。有人掐我的屁股，但他们不敢碰苏西。透过眼角的余光，我看到其他恶魔罗德兹也正挤过人群，朝我们走来。看上去，他们的人还不少。

扶梯通往一间占据整层的私人办公室。一扇铁门将办公室与楼下的狂欢分隔开。女恶魔一边用拳头砸门，一边瞪着头顶上方安全监控器的摄像头。更多恶魔罗德兹登上了扶梯，切断我们的退路。这并不意味着在得到自己想要的东西之前，我有任何退却的打算。苏西正看着下边的人群，上嘴唇微微撇着。

“有何不满？”我轻声问道。

“毫无用武之地的夜晚，”苏西轻蔑地说，“亏我还精心准备了一番。”

我有很多方式对她的话加以评论，但我选择什么也不说。有时候，朋友就应该如此。我向扶梯处俯视，十几个恶魔罗德兹也正瞪着我。我向他们报以微笑，是那种让他们莫名其妙的微笑。不过他们好像没太大反应。

门终于开了，女恶魔领着我们走进这间私人办公室。

门在最后一个恶魔罗德兹进屋后关上了，嘈杂的喧闹声随之消失。我们仿佛置身另一个星球。隔音效果极佳，不过一下子还看不出是魔法使然还是高科技所为。整个这一层被修建成一个舒适的会场，摆放有各种你想象得到的奢侈品。座椅十分舒适，如果有爱犯困的人在其中一张椅子上打瞌睡的话，他一定永远不会醒来。一个巨大的酒柜上放着来自世界各地的酒水饮料，其中甚至还有一些不知来自何处，有烈酒、苦艾白兰地、地狱乳酪。矮桌上的碗中盛满五颜六色的药丸和配置好的粉末。十几个巨大的电视屏幕覆盖于墙面，正播放着不同的电视节目。一张 15 世纪的挂毯上描绘的是撒旦由天使堕落成魔鬼的故事，但挂毯不够长，未能掩盖住墙角处那些新的和旧的血迹。大部分地板是透明的玻璃，应该加固过。我们可以看到脚下的那些人正忙于各自不同的痛苦享受，只是一切安静得出奇。不过楼下的人看到的却是一面镜子，反射出他们的最爱——自己。有人大声地清了清嗓子，我的目光随之穿越办公室，落在血液先生和骷髅先生的身上，他俩正站在沉重的桃木办公桌两侧。他们管理着恶魔罗德兹，正如他们管理着地狱绝境一样。看起来，两个人对我的到来都有些不高兴。

与手下那群帮派成员不同，血液先生和骷髅先生没时间打扮得像传统中的街头混混儿。他们都穿着专业剪裁的“权力套装”，他们笑的时候，口中锋利的牙齿便会闪出金光。看起来，他俩精明、敏锐，办事很有效率。骷髅先生又高又瘦，脸庞上还能看出一丝俊俏。比他淡蓝色的双眼更冷酷的莫过于他的笑容。血液先生是个大胖子，壮得像头牛。他的眼睛呈现出类似白化病人的那种亮粉色。两个恶魔领导都摆出一副习以为常、大权在握的神情。我们身后堆满了拥进办公室的小喽啰。我数了数，总共三十二个，男女各占一半。他们摆出各种傲慢的姿势，三两成群，虚张声势。我懒得理会他们，因为这样才会让他们觉得很受打击。苏西的手中仍旧端着那把滑膛式霰弹枪，枪口正对着血液先生和骷髅先生之间。不过对方似乎并不太担心。

“欢迎光临，”骷髅先生说，他柔和的声音中带着不经意的邪恶，平常得如同呼吸，“你们打扰了我亲爱的顾客们，我们不能容忍这种事情的发生，你说呢？”

“当然不能。”血液先生接话道，他亲切的声音中带着虚假的愉悦，“能请二位喝一杯冰镇香槟吗？我们才开了一瓶。要不要再来点儿鱼子酱？或是嚼点儿什么味道更好的东西？”

他和蔼地用胖手掌一比画，挂毯卷回转轴，暴露出墙角里一个被链条吊起来的小女孩。她只有十来岁，已然死亡。她的头发如夜色般黑，皮肤如瑞雪般白，嘴唇上却一点儿颜色也没有。忽然，这个死去的女孩缓缓抬起头看着我，让我心脏差点儿停止跳动。她的肉体已死，但灵魂还在，被困在躯体内。她的眼睛凝视着我，充满痛苦。她知道自己身上发生了些什么。她的嘴无声地动着："救救我……救救我……"

"下边提供的那些折磨方式无法满足这家伙的需要，"血液先生说，"她坚持要尝试真正的痛苦。我们只能愉快地为她提供帮助。味道不错的新鲜点心，嗯，骷髅先生？"

"这些人类实在太愚蠢了，"骷髅先生有气无力地回答，"不过他们确实是很好的小吃。"

苏西迈步上前，对着小女孩开了一枪。她的身躯挣扎了两下，终于不再动弹。苏西重新给枪上膛，而后冷冷地看着骷髅先生和血液先生。

"我没法容忍这些家伙。"

"没错。"我附和道。

两个强盗头子还在因为震惊与愤怒而发呆。等他们明白发生了什么之后，血液先生立即愤怒地吼道："你

西洋

们忘了自己身在何处了。这里是恶魔罗德兹的地盘！你们现在可不是在家里！”

我说：“我想，我们应该好好谈谈了。所以，把你们的伪装卸掉吧。我们不是观光客。让我们看看你们的真面目。”

一眨眼的工夫，这伙街头强盗和他们的两个头子便消失了，取而代之的是一大群皮肤深红的中世纪魔鬼。这些身高两米四、极端残忍的家伙挤在我们面前和四周，他们红得可怕，散发出地狱烈火的硫黄味，额头上长出卷曲的山羊角，脚上则是分趾蹄，雌雄性征夸张得好笑。同样好笑的还有那些獠牙和尖爪。长长的尾巴垂在他们弯曲的两腿之间，不停地抽动。苏西大哼一声，但面不改色，她瞪着我：“你知道我讨厌吃惊。看来这就是你让我在每一粒子弹上刻上十字架，并且放在圣水里浸泡的原因。”

“我认为应该有所准备，”我平静地说，“请允许我向你介绍真正的恶魔罗德兹——一些微不足道的魔鬼，他们逃离地狱，假扮人类，混居在我们中间，并寻求快乐。”

“例如咖啡！”恶魔接过话头，他们杂乱的声音此起彼伏，“冰激凌！冷水浴！”

“还有所有那些我们可以折磨的人类，”骷髅先生说，

“我们无法劝他们离开。他们付钱让我们那样对待他们！”

“现在，我们并不亲自去实施那些折磨人类的事，”血液先生说，“我们发现委托别人来做更好。我们所有的女狂人全都是人类。没有谁比受过专业训练的人类更懂得如何制造痛苦。你们人类比我们要聪明得多……”

“除此之外，我们有些人对安全这个概念的把握存在问题。”骷髅先生瞪大眼睛说道。

“如果你们都是真正的魔鬼，”苏西说，“那你们是如何逃出地狱的呢？”

恶魔们一片窃笑，互相推搡。骷髅先生哈哈大笑：“怎么了，这里就是地狱，我们并没有逃出去。啊哈，老笑话依然是最好的笑话。”

“回答这位女士的问题！”我说。

骷髅先生耸耸肩：“这么说吧，我们是政治难民，因为这个原因离开地狱。我们躲避那些想要把我们拖回地狱的家伙。”

“既然你们试图躲避，”苏西继续问，“为什么还把你们的这个地方叫作地狱绝境？这岂不是有些引火上身吗？”

“没有谁说过魔鬼是聪明的，”我评述道，“他们的确只是些二流魔鬼。”

恶魔罗德兹们靠拢了些，爪子一曲一伸。地狱之火难闻的恶臭铺天盖地袭来，熏得我眼睛刺痛。我毫不在乎地向他们友善地笑笑。

“你来这里想要做什么，泰勒？”骷髅先生问。

“暗夜圣杯流入了夜城。”我说。

“我们知道。可我们并没有拿到它。”血液先生立刻回应。

“永远别想要得到它，”我平静地说，“它跟你们可不是一路的。但你们认识人。你们有关系。你们能从其他同类那里听到一些消息。因此，如果有人知道是谁拿了暗夜圣杯，或者离暗夜圣杯最近，那一定就是你们。”

血液先生坚决地摇晃着长了犄角的脑袋，坐上办公桌的一角，巨大的体重压得桌子发出很大动静。他说：“我们不知道，我们也不想知道。我们付出很多努力，不愿再被抓回去。如果圣杯真的到这里来了，那么你完全可以相信，所有真正的有权势的人都会冒出来加入对它的追逐，就好像在水中嗅到了血腥味的鲨鱼。”

“夜城里来了天使，”骷髅先生扮了个鬼脸，好像吃到很苦的东西，“级别比我们高得多。他们代表死亡和毁灭，天堂和地狱都决心杀入人类世界。任何以物质为基础的东西都别想与他们对抗。”

“所以我们才耷拉着脑袋，静静地待在偏僻处，”血液先生说，“直到崇高的和该死的天使完成使命，离开这里为止。我们不想被发现、被拖回地狱，至少不想在这里依然存在那么多乐趣等待享受的时候离开。”

“在这个美味的世界，”骷髅先生接着说，“生活是美好的。”

“暗夜圣杯可是极好的猎物，”我提醒他们，“你们可以用它来换取权力、财富和保护。”

“你无法使用犹大的餐杯，”血液先生说，“是它使用你。它充满诱惑和堕落，是那种对傻瓜的诱惑。它绝不会白给你什么。一旦它醒来，诅咒便随之而来。即使是我们，也对圣杯望而生畏。”

恶魔们不安地骚动，似乎提及暗夜圣杯也足以让他们担惊受怕。

“不过，”骷髅先生说，“倒是有一种猎物能让我们从夜城的当权人士那里换来丰厚的权力、财富和保护。”

“哦，是吗？”我礼貌地说，“那会是什么呢？”

“约翰·泰勒和霰弹枪苏西的头，”骷髅先生笑得很难看，“当然，要把头和你们那讨厌的身体分开。这样一来，我们就能报仇，同时也能赢得所有人的尊重。真是个完美的计划。”

“都别乱来，”血液先生急切地说道，“我们能商量一下吗？难道你们都疯了？我们谈论的可是约翰·泰勒和霰弹枪苏西！”

“那又怎么样？”

“我可想让自己的内脏待在原位，而不是溅得到处都是！等到你热腾腾的内脏被扯出来，塞到太阳永远照耀不到的地方，再想去体会什么微妙的乐趣可都是扯淡了！他们都是危险人物！”

“我们人多势众！”

“那又怎么样？”

“可爱的魔鬼，你是个懦夫！”骷髅先生说，“真不知道你当初是怎么成为魔鬼的。杀了这两个人！撕碎他们的身体，吃了他们的血肉，不过要确保他们的脑袋完整无缺！”

“噢，你他妈的闭嘴。”苏西吼道。

苏西端平霰弹枪，冲着骷髅先生便开火。被赐予神圣力量的子弹将他深红的脸撕碎，露出肮脏的黄色头骨。他惨叫一声，向后倒下。血液先生赶紧从桌上跃下，望着他那位在地板上痛苦挣扎的同伴。

“你瞧瞧！”

“用不了两分钟，他便可以自我修复，地球上的武器无法击败魔鬼。”我轻声告诉苏西，她重新将子弹上膛。恶魔开始缓缓包围上来，紧张地准备发起进攻。

“在这种情况下，”苏西用枪对着离得最近的一个恶魔，对我说，“最好是有大批援兵登场。如果不行的话，就得靠你制造一次千钧一发的神奇解救行动了。”

我仔细想了想这个问题。恶魔们还在逼近。骷髅先生坐了起来，用双手收拢被击碎的脸，那些深红色的碎片慢慢地互相弥合到一起。连血液先生也从桌子后边站了出来。

“泰勒！”苏西冲我喊道，“现在就动手吧！”

我微笑着举起一只手。所有恶魔都停下了脚步。

“刚开始，”我说，“上帝说‘要有光’，于是有了光。如果一个人可以召唤生命诞生之初的光，并且不会被它灼伤双眼或是理性，那么这个人便可以让这束光焚毁世界上所有的黑暗。”

很长一段时间无人说话。骷髅先生站起来，透过他那创痕累累的脸怒视着我：“你没有那种力量！”

“我没有吗？”我说。

恶魔互相张望，回想着那些我做过的事和其他那些他们认为我做过的事。我一脸轻松地冲他们微笑。

“那……那就离开这里吧，”骷髅先生说，“离开这里，不要再招惹我们。我们没有你要的该死的圣杯。”

“那就告诉我们它可能在谁那里。”

“去找第四帝国试试看，”血液先生平静地说，“他们曾经付出大笔钱来打听暗夜圣杯的下落。即使不在他们手中，他们掌握的信息也要比我们多。”

“瞧瞧，当每个人都理智时，事情多简单，”我说，“我觉得这给我们大家都上了一课。我们该走了。不用送。”

我们离开地狱绝境，大步走入夜色之中。要说与之前有什么区别的话，那就是街道显得更空旷了。我知道第四帝国的总部在哪里。人人都知道。这是他们大肆宣扬的结果，从在街上散发的小卡片，到黄金时段的电视广告。这些被人们称作新纳粹圣战者或是装甲娘娘腔的人并不缺钱。他们拥有大批信众，定期在上城区角落的古老会场聚会。不管是富人还是穷人，谁都不想他们离自己更近。我听说，他们的会员最近降至一百人左右，他们已经放弃举行整装巡游了，因为上一次游行中，忽然出现在街上的十二个假人把他们打得屁滚尿流。但他们依然拥有坚实的经济后盾。或许他们自己并没有暗夜圣杯，可他们却有钱去打听圣杯在谁手上。

苏西忽然盯着我问：“你真的可以召唤造物之光？”

我笑了："你认为呢？"

"我从来都不清楚你什么时候说的是假话。"

"别人也一样。这就是我要的效果。"

"我想你并没有回答我的问题。"

"啊哈，苏西，你难道不想在自己的生命里留下些许难解之谜吗？"

她哼了一声："我生命里唯一的难解之谜就是为什么总是能容忍你。"

正说着话，一个身影从前方的阴影中从容地迈步出来，堵住我们的去路。那是一个穿着合身服装的都市绅士，他戴着圆顶硬礼帽，拿一把金箔手柄的雨伞，微笑着站在我们面前。他的年龄接近五十，冷冷的眼光、更冷的笑容，看上去风度翩翩、老于世故，身上充满危险，犹如一条蜷伏的眼镜蛇。苏西动作流畅地掏出霰弹枪，对准目标。

"放松点，苏西，"沃克说，"是我。"

"我知道是你。"苏西回答。

在他不疾不徐地走过来时，苏西的枪口始终对着他。值得佩服的是，沃克一点儿也不显得慌乱。那是他的一种风格，除了每天要做的许多重大决定外，没有什么能让他受到触动。沃克代表着当权人士，也就是那些在背后真正运转夜城的人。每个人了解的情况都一样，因此不要问我这些藏在暗处的人会是谁。我不知道。没人知道。有时候，我甚至怀疑沃克自己是否知道他们是谁。不过他还是他们的代言人，他的话就是法律，身后的支持力量要多大就有多大。沃克的话关乎人们的生死，他的话从来不会被当作耳旁风。他停在我们面前，身体随意地斜撑在雨伞上，客气地向苏西举帽致意。

“听说你们在找暗夜圣杯，”他说，“与你们同行的还有夜城里每一个认为自己力量强大的人。另一方面，我的上级命令我将手下所有的人撤出夜城。也就是说，我会让天堂和地狱的天使们自己来一决雌雄。如果有谁在夜城里受到了伤害，那么，他们只能自己负责。我觉得当权人士将天使的到来视作一次小规模清理的机会，可以说是铲除垃圾。你知道的，当权人士不关心个人，他们只放眼长远的宏伟蓝图。”

“想要保持现状。”我说。

“十分正确。他们的看法应该是一方或另一方越快得到那令人胆寒的东西，他们便会越快离开，这里的一切就能恢复原状。他们不希望看到现在这种混乱的情况，这对生意不利。最后哪一方得到暗夜圣杯真的不重要。当权人士会有办法得利。他们总能做到。”

“这实在是太愚蠢了，”我尽量保持原来的音量，不显露出自己上升的火气，“难道他们没有意识到暗夜圣杯有多么强大吗？”

“也许没有吧。或者他们充满信心。但我有使命在身。从官方的角度，我的人都不能卷入此事。但是，从官方的角度来看，你显然不是我的人，泰勒。所以，这些限制对你无效，不是吗？”

我缓缓点头：“所以，我又要为你干脏活儿了，不是吗？去收拾那些禁止你插手的混乱局面。”

“你最擅长于这行，”沃克说，“我对你百分之百信任。当然，如果你搞砸了，一切都与我无关。”他看了看苏西手上依然稳稳地瞄着他的霰弹枪，优雅地扬了扬眉毛，“亲爱的苏西，你还是跟原来一样嗜杀如命。你不会以为这些枪能帮你对付天使吧？”

“总会有真言枪的。”我说。沃克猛地扭头看我。

“你知识的深度和广度始终让我吃惊，泰勒。但我要警告你：有些药剂比疾病本身更糟糕。”

苏西狠狠瞪了他一眼：“你知道真言枪？”

沃克冷笑：“当然，亲爱的。我的工作就是了解这类事情。我知道所有强大得足以摧毁夜城的武器。至于真言枪，只有那些极不负责的人和严重的精神病患者才会想到要用这么一件武器。”

“知道在哪儿能找到这件东西吗？”我问，“据说古董王曾经拥有过一段时间。”

“但却不能控制它，”沃克回答，“这就是你应该了解的。即使我知道它在哪儿，我也不会告诉你。这是为了你好，也是为了其他所有人好。相信我吧，泰勒。你陷入的困境已经够糟了。”

“当权人士们对于天使的立场是怎样的？”我问。假装已经放弃打听真言枪的消息。这根本骗不了沃克，但他还是回答了我的问题：

“他们的立场就是没有立场。我们作为局外人来看待此事，并且无论如何都要等到所有暴力和毁灭都已结束之后才回来，督导重建工作。”

“人们会受到伤害的，”我说，“包括好人。”

“这里是夜城，”沃克说，“好人是不会来这里的。”他对苏西笑笑，“很高兴见到你又出来工作，亲爱的。你知道，我很为你担心。”

“我倒认为你才需要担心。”苏西回答。她的枪口对着他，一动不动。

“难道你们对将要发生的大屠杀一点儿也不在乎吗？”我怒火中烧，激动的嗓音使沃克的目光迅速回到我身上，“如果天使们在夜城发动战争，整个地方都将化为灰烬，或者变成一个大坟场。到那时，你们所谓的现状又将如何呢？”

沃克几乎有些悲哀地看着我：“无论死多少人，夜城都会幸免的。重要人物都将幸免，所有重要的生意也都将幸免。他们是受到保护的。在一个伟大的计划中，其他一切都显得微不足道。泰勒，并不是我不在乎死多少人，而是夜城对我来说，永远都只是一份工作而已。如果我能决定，我将消灭一切离经叛道的表演，然后重新开始。可我得服从命令。”

“那暗夜圣杯怎么办？”

沃克抿了抿嘴，耸耸肩道：“我不会太担心这个东西。它有可能只是另一个宗教斗争的目标，另一件让傻瓜们为之奋斗的假圣物。关于圣杯的各式描述，要比传说中的马耳他之鹰的版本还多。即使这个暗夜圣杯的确存在，据我对历史的了解，它也从未给谁带去过任何真正的快乐或用之不尽的力量。让天使将它拿走吧，带到天堂或地狱。没有它，我们会过得更好。暗夜圣杯只不过是个华而不实、具有诱惑力的梦而已，跟夜城里其他一切东西一样。”

“可是，如果它真的是……每个人所担心害怕的那种东西呢？”苏西问。

“那么幸好还有你和泰勒来处理此事，不是吗？所以，继续行动吧。玩得开心。尽量别破坏太重要的东西。但如果你们真的拿到了暗夜圣杯，千万别傻到想将这可怕的东西据为已有。事实上，我不得不按要求排着队参加一大堆由此引发的葬礼。在这笔骇人听闻的生意中，你们能做到的最好程度就是决定把暗夜圣杯交给谁。这或许不像你们想象的那么简单。知道吗，我清楚你们的客户到底是谁。而你们只是自以为清楚罢了。”

我还准备说什么，但沃克已经背转身去，不慌不忙地走开了。他昂首挺胸，一如往常。他已经把要说的话都说了出来，留给我们适当的疑问。现在，就算是野马也无法从他口中拽出哪怕一个字。我默默地摇头。没人能像沃克那样令你心烦意乱。

苏西的枪口还在对着他，直到他拐过转角，安全地离开我们的视线，苏西才麻利地将枪插入枪套，转身面对着我：“他说的都是什么意思，泰勒？你的客户是谁？”

“罗马教廷，据说如此。”我愁眉不展地思索着，“由一个从事秘密工作的牧师作为代表，他的名字叫作裘德。”

“跟圣犹大的‘犹大’是一个意思吗？”

“也许吧。现在想起来，我根本没有好好查验过他的身份。通常我是不会忽略这个步骤的。这个人的身上有一种东西……能让我信任他。在夜城，怀疑才应该是下意识的反应。假如我们真的拿到暗夜圣杯，我想在我把它交给任何人之前，都得好好问一些让人尴尬且尖锐的问题。走吧，苏西。赶在其他人下手之前，我们快去第四帝国总部。”

承载着我们此刻最后希望的第四帝国的古老会场位于一条安静小巷的尽头，那里是一片很大的居民区。人们在这里互不干涉，打理自己的生意，躲在幕后观察着整个世界。小巷空空荡荡，夜晚安静得出奇。苏西和我步入这条荒凉的巷子，我们的脚步声听起来出奇地响亮而沉重。一直到我们抵达会场旁，也没有谁跑出来挡住我们的去路。这也有些不同寻常。苏西和我在门外停下。门微微地开着。苏西取下霰弹枪，紧盯着门。而我则疑惑地看着她。

“怎么了，苏斯？”

“别这样叫我。太安静了。那些热爱战争的纳粹怪人总是把他们的战争音乐音量开到最大，以便可以随着音乐踱着步子骄傲地走来走去，高呼‘嗨，希特勒！’。现在正是他们平时聚会的时间，但我什么声音也听不到。”她小心翼翼地踮步上前，把脸凑到门缝之间，嗅了嗅说，“无烟火药。烟雾。有人曾在这里开枪。”

她看看我，我点点头。苏西一脚踹开门，端着枪走了进去。我跟在她身后，走得更慢。我没有带枪，我从未觉得有这个必要。很快，我跟上了苏西。她没往里走多远便停了下来。我们站在一起，镇定地环顾着这间古老的会场。没必要再匆匆忙忙了。

被第四帝国当作总部的会堂相当大。对他们目前所能组织起的小规模集会而言，这里实在是太大了。几十个身着整套纳粹党制服的人已中弹身亡。他们躺在倒下的地方，伸长的双手在寻求永远不会到来的帮助，就像是很多被遗弃的玩具战斗小人。墙上也是千疮百孔，挂着的第二次世界大战时期德国纳粹党的万字旗、纳粹海报和古老照片已经被枪火撕成碎片，只留下悬在旗杆上的碎布和衰败帝国可怜的残迹。

苏西高度警觉，她那冷酷的目光掠过会场每一个角落，霰弹枪的枪口也来回转动，在搜寻敌人或是目标。苏西只有在有机会杀人的时候才真的苏醒过来。可是除了我们俩，整个会场里再没有其他会动的东西。第四帝国甚至还没发迹，便已经毁灭。此时，这里属于死亡。

“不管这里发生过什么，我们都没能赶上。”苏西说。

“其他寻找暗夜圣杯的人抢先了一步，”我一边说，一边小心翼翼地迈步向前，“无论他们问了些什么问题，他们一定对得到的答案很不满意。”

“无论这些人是谁，他们都有强大的火力，”苏西谨慎地跟在我身后，“光用手枪不可能造成这么大的破坏。我们看到的是重型武器造成的结果。按照火力的模式，这里至少出现过十几种自动武器，甚至更多。即使这些纳粹成员手中有武器，看起来他们似乎也没有机会使用。被杀死的人还都穿着制服。”她跪在一具尸体旁，用手触摸它颈部的脉搏，摇摇头，站起身，“还有温度。就发生在不久前。”

我环顾四周，估计死亡的人数：“我们在这里看到的至少有……一百个死人。绝大部分是属于他们的组织的。没准儿全都是。”

苏西忽然一阵窃笑：“嗨，泰勒，你会把这一百个死去的纳粹叫什么？不错的开头。”

我停下步子，看着墙壁上悬挂的第二次世界大战时期德国领导人阿道夫·希特勒的巨幅照片。血溅满了他半张脸。我说：“他们说他拥有过圣杯。”

“这个愚蠢的浑蛋到最后也没得到什么好下场，对吗？”

“不错。”我回头看着那些死去的纳粹，试图唤起一些同情心，但没能成功。如果给他们机会，他们会将自己遭遇的一切带给全世界，并在做这些事的时候放声大笑。让他们下地狱吧。一个想法涌上来，我说：“苏西，这是拿枪的人类干的。不是天使。”

苏西点头：“很难想象天使端着冲锋枪的样子。我们现在怎么办？”

“将这里彻底搜查一下。说不定做这事的人会遗漏下什么。然后我们可以依次知道接下来该去哪儿。还记得吗，我是个私家侦探。为我找些有趣的线索，好让我可以神秘地冲它们微笑。”

我们花了几乎一个小时搜寻，终于找到了线索——大厅角落放置的钢琴后的一尊白色的男子雕像。他身着合体的黑色套装，蜷身躲在钢琴边，似乎想要躲避什么。他的旁边就是一扇半开的安全门。他苍白的脸上仿佛凝固着恐怖的尖叫，一定是看到了什么十分可怕的东西。苏西和我仔细地打量着他。

“真是无奇不有，”最后，苏西说道，“大理石雕像？”

“我可不这样认为。”我用一个指尖触碰那张扭曲的脸，然后把指尖伸进嘴巴尝了尝。

“味道不错？”苏西问。

“咸的，”我说，“是盐。”

“一尊盐做的雕像？”

“这并非雕像。我在圣犹大教堂就见过这种作品。某人，或者更确切地说，某物将一个活生生的人变成盐，就像这样。”

苏西一撇嘴：“奇怪。为什么是盐？”

“《圣经》记载，罗德全家逃离罪恶之城时，他的妻子回头去看天使，结果她被变成了盐柱。”

“真恐怖，”苏西说，“太恐怖了。可是为什么只有这个人变了，其他那些人呢？”

我也在想这个问题：“这个人不是纳粹，他没有穿制服。他更有可能是杀死这些纳粹的人中的一个，因为后者无法，或者不愿意将暗夜圣杯交给他们的袭击者。接着……天使出现了。伏击者们从安全门仓皇逃跑，而这个可怜的浑蛋要么跑得不够快，要么以为可以藏在这里。搜搜他的口袋，苏西。”

她看着我：“为什么要我去做？”

“嘿，我不是先尝了他的脸吗？”

苏西哼了声，放下枪，熟练地搜遍雕像的衣服。他面前的地板有一小堆普通的垃圾。我盯着那张无声尖叫的脸，说：

“知道吗，苏西，这个家伙身上有某种我似曾相识的东西。”

“衣服口袋里什么也没有。”

“我原来在什么地方见过他……”

“裤子口袋里也没有……除了手绢里包着的一团已经嚼过的泡泡糖。可真恶心。”

“想起来了！”我高兴地说道，“这个家伙在陌生人酒吧招惹过我，就在今晚早些时候。他想要我为他的老板工作，在遭到我的拒绝后表现得很不好。”

“他为谁工作呢？”苏西站起身，在夹克上胡乱地擦擦手。

“他没说。但即便裘德此行乔装打扮，他还是知道我的客户是个牧师。他把裘德称作‘只会把教堂长椅磨光的人’。也就是说，这个家伙一定是在为某个大人物工作。那个人对于在夜城发生的事情了如指掌。”

苏西皱眉：“沃克？”

“不是。他办事不是那种风格。太粗鲁了。而且，他说过已经让他的手下全都不管此事，我相信他。不会是他，一定是某个拥有实权的大人物。或许是古董王、卑鄙的星光杰克、烟鬼、泪神……”

我的目光落在地板上，雕像的脚脖子下压着什么东西——一个几乎被影子掩盖的黑色盒子。我冲苏西摆摆手，她帮着我用力将这尊盐做的雕像推到一边。盒子很轻，异乎寻常地精巧，就好像粗暴的操作会令它四分五裂似的。我用鞋尖把黑盒子轻轻地推到亮处。它大概有三十厘米长，二十厘米宽，表面呈黑色，一点儿也不光滑。苏西用枪管捅了捅盒子。我们蹲下身子，以便更近距离地观察它。我们都没有鲁莽行事。在应对陷阱上，我俩经验丰富。我花了些时间去研究，最终认出了一个熟悉的符号，是以浅浮雕工艺刻于盒盖上的一个大写字母 C，里边包含一顶漂亮的皇冠。

“古董王，”苏西说，“走到哪儿我都认得他的标志。”

“不管盒子里装的是什么，一定都很重要，”我一字一句地说，“这个家伙停在这里，想要打开盒子，但天使发现了他。”

“会是武器吗？”苏西说。

“有可能。但他根本没有机会使用。”

“我们要把它打开吗？”苏西问。

“给我一分钟时间。”我回答。

当天使满世界盘旋，等待机会再次抓住我的时候，我不能总是开启我的异能来寻找东西。但我可以用我的天眼，我的神秘眼，只需张开一道缝，只需够我查明古董王对这个盒子做了些什么防御就行了。我双手环抱，即使感到有人盯着我，我还是准备撤除所有精神壁垒。几秒钟之后，我就确信盒子没有被防御，也没有陷阱。这个家伙面对天使的时候，一定已经撤除了对盒子的所有保护，想快点取出里边放的东西。我闭上天眼，为自己重新建立好所有精神壁垒。

接着，我打开盒子。

盒子里的味道首先冲击过来。闻起来像是累坏的马、热得发狂的狗和刚出膛的内脏的气味。我将盖子完全打开。呈现在眼前的是一把我从未见过的奇丑无比的手枪，放在黑色绒布衬底上。它是用肉做成的，包括骨肉、布有脉络的软骨、碎骨片，数条苍白的皮肤将这些东西连接在一起。活生生的组织被做成抢的形状。扳机则是一颗长长的犬牙，带着血色的肉做成的枪管闪着潮湿的光。

“那就是……是我所想的东西吗？”苏西说。

“符合对它的描述。”我们说话的声音都很低。

“真言枪……原来还是在古董王的手中。”

“是的。”

“它是……活着的，你觉得呢？”

“问得好。不，别碰它。你可能吵醒它。”

苏西靠近一点儿，怪味迫使她挤着鼻子，然后皱着眉，将头偏向一边。她侧耳倾听，几缕金色的长发垂了下去，差一点儿碰到那东西。苏西直起腰，说：“我想，它在呼吸。”

“真言枪，”我说，“一把经过特别制造，用来杀死天使的枪。见鬼！我们蹚进宗教这摊很深的浑水了，苏西。”

“它是由谁制造的？”她忽然说，“谁会想杀死天使呢？”

“没人真正知道。”骨头做的枪柄上，什么东西吸引了我的目光，是刻在上面的几行微小的字。我费劲地看了一会儿，但没能看清，便说：“苏西，你来看看。你的视力比我好。”

她也凑近身子，将长发绾在身后，慢慢读出骨头手柄上的字：“阿伯瑞克瑟斯工匠，古老的公司，从创世之初为你解忧。”她挺起腰，皱着眉头看看我：“在你听来，这些有何意义吗？”

“意义不大。”

“那么，我们是否带走它呢？”

我哼了一声：“我当然不会把这样一件威力巨大的东西留在这里。它在我们手上会比较安全。”

“太棒了！”苏西说，“我可以使用一件崭新的武器了！”

“别激动，苏西。我不确定我们能否用得了这样一件武器。假如我们杀死一个天使，或者杀死一个魔鬼，我敢保证一定会有人对我们大发雷霆的。”

苏西耸了耸肩：“我们就得为了不被变成盐而战。”

“是的，没错。”我仔细地合上真言枪的盖子，拿起盒子，小心翼翼地把它放入我的外套口袋，紧贴着我的心脏，“不过，我还是觉得我们可以考虑将它作为我们的救命稻草。”

苏西板起脸，但没有反对：“接下来怎么办，你有何高见？”

“只是个粗略的打算。据说真言枪能再造上帝的语言，你知道最初的语言吗？造物之初的圣音，它为万事万物分别赋予十分神秘的名称。不管你用真言枪瞄准什么，它都能识别出目标的神秘名称，然后顺序颠倒地将名称念出，从而令其毁灭。理论上，这把枪可以消灭一切事物。”

“酷毙了！”苏西说。

“据说这把枪也会让使用它的人付出沉重代价，”我严肃地说，“现在没人知道代价是什么。但想想看，数个世纪以来，没有一个人敢使用这可怕的东西，这便足以让我们十二万分地小心。”

“好吧，”苏西说，“没必要那样看着我。我能听明白你的意思。在必要的时候，我会小心的。可是，我们现在去哪儿呢？”

“嗯，假设盒盖上是古董王的标记，我想有理由认为这个家伙和他的同伙们为古董王卖命。这一点很重要。他会为了某件独一无二的东西出卖自己所剩无几的肮脏灵魂，比如为了暗夜圣杯。他也理所当然地会为此随意出卖其他人的灵魂。我们可以打个赌，如果它还没有得手的话，他也一定有关于暗夜圣杯下落的最新消息……因此，我觉得我们应该去拜访拜访他。”

“好主意，”苏西说，“不过没人知道在哪儿可以找到他。”

“是的，这的确是个问题。他的秘密藏身处到底在哪儿，一直就是夜城难解的谜团之一。不过真的不用太惊讶，倘若人们知道他把自己的传奇收藏保存在何处，他们便会排着长队去偷去抢。但一定有人知道。这个家伙肯定能通过某种渠道将消息反馈给古董王，但他的同伙们早已无影无踪。所以，我们还知道其他什么人为他工作吗？”

“疯狂男孩！”

“当然……他们通常不会辜负古董王的信任，即使是我们这种狠角色，也无法让他们就范，但我们现在有了讨价还价的筹码。他一定想要拿回真言枪。”

“而我们只答应亲手交给他。”

“跟我想的一样。出发吧。”

疯狂男孩是一些下流的小浑蛋，经常为古董王工作。他们专门收取保护费，利用自己吓唬人的本事从一些小生意中抽成。他们也很擅长讨债。如果古董王看上了什么特别的东西，而主人家又不愿出让，他就会雇用疯狂男孩去做游说工作。很少有人能抵抗疯狂男孩，也很难找到他们。他们干活儿时会制造足够的噪音和混乱。

苏西和我离开会场，真言枪的盒子装在我的外套贴身口袋里，重重地压在我身体的一侧，烫得我有些难受。苏西是对的，它是活的。

死亡弥漫的大厅外是荒凉的巷道，我们停下来张望。巨大的月亮沉重地挂在天空，又圆又亮，比我在夜城之外见到的月亮大上十几倍。有什么东西从天空中飞过，苍白的月色映衬出它的轮廓：黑色的影子、模糊的人形、巨大的翅膀。就在苏西和我凝望时，更多这种东西飞了过去，进而聚集在一起，越来越多，数以百计，他们遮蔽了月色和星光，让这夜晚显得更黑。

天使已经来到了夜城——天使军团。

5

星光杰克的死亡之舞

夜城里到处都是天使，他们密布在天空，数量如此巨大，以至于遮蔽了星空。一开始，人们聚集到街上，兴奋地指指点点，高声惊叹或咒骂，时不时地还商量着如何在这种新情况下获得好处。接着，天使们开始像捕食的鸟儿一样降落到夜城里，狂暴地挥舞着翅膀，搜寻情报并展开报复，上帝和魔鬼惩罚着每一个胆敢抗拒他们的人。人们被抓着飞入沸腾的天空，过一会儿又在尖叫声中被投入城市的街道。有时候，只有鲜血落回地面。还有些时候，一些更为恐怖奇怪的、不属于人类的东西掉了下来。天使是那种为了达到目的和意图而不顾一切的生物，他们根本不懂得同情。很快，稍有些理智的人们都逃离街道。苏西和我沿着废弃的道路行走，所过之处，入耳的尽是关门上锁的声音，甚至还有人在钉隔板。

希望这样做能有用。

“那么，”过了一阵，苏西说，“你打算什么时候用你的异能来查明这段时间疯狂男孩们在哪里做他们可怕的生意呢？”

“我没有这个打算，”我立刻回答，“上次，当我试图使用异能时，天使们将我从大脑中劫走，拉到一处散发着微光的地方，对我进行讯问。我很幸运地在思维未受破坏的情况下脱身，我可不敢再冒险了。恐怕我们得按老方法来解决这个问题。”

苏西有些不悦：“你是说破门而入、大声喝问尖锐的问题、威胁生命和财产安全，或者其他毫无意义的暴力行为？”

“我想得更多的是搜集线索、汇总信息，做出有用的推测。当然，你的方式也很有道理。”

我从口袋里掏出手机，打给我的秘书。事实上，她是我的秘书、接待员、忘年交，同时也是我所有生意的杂役。我是在以前的一个案子中认识凯茜的，当时我从一栋打算吃了她的房屋里将她救出。我接纳了她，给她提供食宿，现在，我已经甩不掉她了。坦率地讲，她将我在夜城里的办公室打理得比过去有效率得多。她会做整理档案、记预约日志、按时支付账单之类的事情。我对规划组织始终一窍不通。我想那是遗传基因的问题。在为我工作短短几个月后，她已经让自己成为不可或缺的人物，但绝对不能让她发现这点。她现在已经够傲慢了，而且，我还得多付钱给她。

“凯茜！我是约翰。你的老板，约翰。我需要打听一些关于疯狂男孩目前下落的消息。你能查到什么吗？”

“给我一分钟时间查查。噢，伟大的主人，让我看看能从电脑里找出些什么。我好像发现了他们几天前的消息。我可以认为轮到他们挨揍了吗？噢，真是愉快的一天。”听上去，凯茜很开心，不过她总是如此。我想她这样做只不过是要惹恼我，“好的，老板，找到他们了。他们好像又做回收保护费的老本行了，就在布鲁尔街。事实上，电脑正通过水晶球的魔力获得最新资讯，他们正在热辣菜品专卖店敲诈。如果你快一点，或许可以在他们离开前赶到。假如那个金发碧眼的家伙也在那儿的话，尽管给他一个大耳光，就算我赏的。”

当凯茜没有因为打理生意累得够呛时，她还有一部分职责：监控夜城里所有的重要人物，诸如他们在哪里、这一周他们在做什么等。信息就是金钱，要做到防患于未然。通过与那些尚有温度、还会呼吸的家伙愉快地交谈、饮酒和跳舞，凯茜斩获了很多信息。她比任何一个人都会聊、会跳、会喝，在对方已经烂醉如泥的情况下，她依然生龙活虎，这一点对她的帮助很大。凯茜似乎把酒精视作食物，她拥有每个年轻人所具备的永无穷尽的旺盛精力。她那甜美、亮丽、迷人的外表对她也很有帮助，人们乐意与她交谈。他们会告诉她一些绝不可能泄露给其他人的事情，凯茜把这一切都输入电脑。

有一段时间，我独自处理生意，但我已不再有精力去饮酒堕落到黎明，在黎明永不来临的情况下尤其如此。夜城永远是黑夜。幸运的是，凯茜仿佛对烈酒、咖啡因、兴奋剂有着强烈的兴趣，视之为日常饮食，并且她几乎与夜城里每一个看门人和保镖都混得很熟。你或许会感到奇怪，她会和他们说些什么呢？你甚至根本不会注意到他们的存在，毕竟，他们只是仆人。

当然，我有自己的交际圈子、老朋友和老对头。想想看，这么多年过去了，这些人却还是原来那些人，着实让人惊讶。都是些有权有势的家伙，少数几个在绝大多数人眼中根本不像是大人物。我吃的闭门羹并不多，人们会告诉我各种事情，主要是因为他们不敢不说。这些东西也全都被录入了电脑。

在我和凯茜的协作下，大多数重要的人和事都在我们的监视之中。凯茜每天会更新情报，她总是忙于对即将发生的事做出趋势预测，提炼有意义的联系。不过，上个月我们差一点儿丢失电脑里所有的资料，一种病毒控制了电脑，我们不得不请来一位技术人员将它杀掉。

我应该补充一句，电脑服务热线的接线员们一点儿用也没有。

“我获得了一大堆关于目击天使的报告，”凯茜说，“到处都是翅膀和鲜血，好几尊雕像显灵，它们哭泣、流血、自我毁灭。除非铁匠弗里奥兄弟在下周内打造出有效的除害烙铁，否则夜城必将被侵占。这消息对你有何帮助吗，约翰？”

“只有些间接帮助。”

“天使来到了夜城……真是酷毙了。嘿，你能为我从天使翅膀上拔下一根羽毛吗？只要有合适的羽毛，我就能让新买的帽子看起来迷死人……”

“你想叫我偷偷摸摸地从某个天使身上拔下一根新生的羽毛，以便能让你来一次流行时尚发布表演？噢，是的，看起来你会那样做。不，凯茜。离天使远点儿，算是给我个面子。把注意力放在疯狂男孩身上吧。能告诉我为什么要对那个金发碧眼的家伙特别关照吗？”

“上周，在一家夜总会时，他曾想与我搭讪，”凯茜说，“我对他印象不错，因为他和他的兄弟们曾经组建了一个不错的乐队，很热门……尽管如此，他也不应该对我说‘不，不知道’或者‘滚蛋，去死吧’之类的话，因此最后我一个巴掌打在他眼睛上。我发誓，他惊讶的尖叫声达到了高音C。接着他开始哭，弄得我自觉有愧，竟然还跟他跳舞。我得说，他跳得一团糟，根本没按原来的那些舞蹈动作来跳。后来，他拖着我跳近身慢舞，舌头居然往我耳朵里伸。于是我一跺脚，尖钉鞋跟穿透他的脚面，留在他脚上。色狼。”她顿了顿，继续说，“噢，噢！我刚想起来！我有个消息告诉你……是的。地狱绝境的管理层发话说禁止你和苏西到那里去。永远。还有，他们可能要求获得精神损害赔偿和人身伤害赔偿。而大尼娜则说不用担心，毕竟他们不是大螃蟹，而只是些小虾米。”

我挂断电话。你知道，有些谈话不会把你指引到你想去的地方。

很快，我们就到达了位于布鲁尔街上的热辣菜品专卖店。还在街道上，我们就听出有麻烦事正在发生。尖叫声、呼喊声、摔东西声，一切迹象都表明，疯狂男孩们正在捣乱。人们表达出了适度的兴趣，不过都停留在十分安全的距离。男孩们的力量一旦爆发，则很有可能向四面八方扩散。苏西和我挤过人群，小心地来到专卖店敞开的门口，向店内望去。没人注意到我们。每个人都有自己的麻烦。

这是个装潢廉价的地方，装饰着难看的墙纸、过于耀眼的灯光、塑料桌布。之所以用塑料的，是因为前一桌的客人走后，擦擦桌布，便可以供下一桌客人使用。你可以从塑料上擦去任何东西。热辣菜品专卖店的特色菜是火爆红辣椒，品种繁多，一口辣椒就能让你所有的感觉消失，热辣冲天。红辣椒来自地狱。这里有三个厕所，不需要等候，厕纸平时都存放在冰箱里。我们前边说的是原子辣椒，我甚至不愿去考虑它带来的辐射。它只适合某些真正的辣椒爱好者。刚进门，墙上醒目的招牌上写着“今日特价：山葵辣椒”。山葵其实是一种很厉害的日本绿芥末，它本应该在《日内瓦公约》中被列为禁止使用物品，因为它比固体汽油更加劲爆。

招牌下边还有另一个告示，上边写着“免费寿司：鱼肉自备”。创意真是件奇妙的事情。

苏西和我毫不费事地走进开着的店门，看着疯狂男孩们用他们独特而令人讨厌的方式勒索保护费。或许用“消费者恐怖主义”这个词能更好地表述他们的行为。曾经有一段时间，这些男孩子们的确组建了一支成功的乐队，但他们的音乐已经很久没能进入流行音乐排行榜了。于是这群才二十岁出头儿的男孩进入夜城，寻找新的发展方向。作为对他们天赋的回报，古董王为他们提供一种有效的精神药物。显然这种药物被放在一个罐子里，很小的罐子。这段时间，疯狂男孩们主要是受雇去做一些威逼恐吓的勾当。当生意不好的时候，他们便自己想办法赚些零花钱。要么你就承诺定期付给他们保护费，要么他们就保证让你的生意遭受厄运。具体而言，他们会出现在你店铺的门口，向碰巧出现在店中的每个人施展他们可怕的超能力。这些男孩通常会迅速接近某人，使他的精神陷入非同寻常的恐惧和狂躁状态之中。此刻，男孩们正在用自己的超能力来让店里的员工和客人陷入各自不同的恐惧和狂躁中，而且还一直笑个不停。

专卖店里到处都是尖叫哭闹的人们，他们在打翻的桌子间无助地摇晃着。除了侵入脑海的恐怖幻象，他们什么也看不见。员工和顾客们都抓着自己的脑袋，用颤抖的胳膊拍打自己，可怜地寻求帮助。有人躺在地板上绝望地哭泣，抖动得像犯了癫痫。疯狂男孩昂首挺胸地站在所有这些惨象和嘈杂中央，高傲地环顾这一切。就在将别人推进地狱的时候，他们还嬉皮笑脸地互相打闹。

他们总共四个人，看起来如此相似，让人怀疑是批量生产的。他们的皮肤很好，像粉色的泡泡糖，牙齿洁白闪耀，头发很有型。能将他们区分开来的唯一特点是头发的颜色。他们都穿着饰有亮片的白色连衣裤，敞开的衣襟露出胸部浓密的毛发。如果不近看他们的脸，你真的会认为他们魅力无穷。每个人都长着一张浪荡的小白脸，但曾经英俊的面孔上已经爬上了残酷、任性的皱纹，就像堕落幽灵。

专卖店已经成了恐怖袭击中心。人们呼号、尖叫、痛苦啜泣，毫无理由地害怕蜘蛛，害怕坠落，害怕封闭的墙，害怕开放的或包围的空间。其实，只要他们能集中精神，就能明白这些恐惧并不真正存在，可他们的瘾症没有为理性思维留出任何空间。大脑完全被恐惧占据。专卖店的一些店员和顾客真的被那些假象吓坏了。人们忧心忡忡，担心生殖器缩短和消失，担心人们忽然带着法国口音说话，担心别人把度假照片拿给自己看，担心找不到自己的夹克衫。

其中有些的确好笑。但接下来的场景让我改变了看法。一个顾客感到浑身爬满了各种小虫，他想要挠干净，指甲在裸露的胳膊上抓出一道道长长的血痕。另一名男子不愿看到眼前浮现的幻象，用指头挖出自己的眼珠，扔在地上，用力踩踏。在心脏病发作和惊厥的状态下，人们在地板上打滚、哭闹。疯狂男孩看着自己的杰作，哈哈大笑。

“即使在我看来，这也太过分了，”苏西直截了当地说，“把真言枪给我，泰勒。”

“绝对不行，”我立刻回答，“把它留到对付天使的时候吧。如果把它用在别的任何目标上都太大材小用，也太危险。别着急，苏西。我知道你很想试试真言枪，但它没有附带操作手册。我们还不了解使用它的副作用。”

“有什么好了解的？只是一把枪。只需瞄准，然后射击。”

“不，苏西。杀鸡焉用牛刀！”

“那你有何建议？”苏西强耐着性子说，“我不能在这里使用霰弹枪。有太多无辜的人。我们也不能冒险靠得太近，否则这些男孩的力量也会影响到我们。”

“除了打扫卫生，你还会害怕什么吗？他们影响不了我们，只要我们防护好自己的意志。”

她怀疑地看着我：“你确定能行吗？”

“说实话，不确定。但我听说行得通。我们不能只是束手无策地站在这里。”

就当我们站在那里争论时，疯狂男孩中的一个回过头发现了我们。他大呼一声，四个男孩便将他们全部的力量向我们施加过来。他们的魔力笼罩在我们身上，恐惧像玻璃碎片刺入我的大脑，集中精力和依靠意志根本没有用。

在幻象里，我孤身一人站在未来的夜城里，脚下是伦敦的废墟。原来我来过这里，看到过这幅场景，这要感谢时光的颠倒。这里或许是充满死亡和毁灭的未来，而一切似乎都是我的错误造成的。透过模糊的紫色微光，我看到自己被摇摇欲坠的建筑和大片瓦砾包围。空旷的天空中既没有星星，也没有月亮，凝固的空气十分刺骨。而在某个地方，隐藏在最深最黑的阴影中，有什么东西在注视着我。我能感到它的存在，强大而有力，令人恐惧，正一点点向我靠近。它向我走了过来，呼吸里透出血腥难闻的味道。我想逃跑，但无路可去，无处可藏。它已经离我很近了，近得我都能听到它饥渴的呼吸声。它向我走来，要带我离开我所熟悉和关心的一切，最终让我属于它自己。一个可怕的影子始终笼罩着我所做过的一切，从我一生下来便主导着我的生活。此刻很近了，摄人心魄。那巨大的黑色轮廓威胁着我为造就自己而辛辛苦苦做的一切，像要将它们摧毁。

我知道它是什么，我知道它的名字。这种了解比其他任何事情都更令我害怕。在如影随形地追逐着我该死的一生后，她终于还是找到我了。说出她的名字简直就是一种解脱。

“母亲——”我低声说。

这就是我的恐惧，那个未知的生物生下我，并将我抛弃。我忽然间勃然大怒，抗拒并否定这种恐惧，这成了世界上最简单的事情。我的精神壁垒一扇一扇重回阵地，周围死气沉沉的世界开始颤抖，变得模糊、发灰、虚幻。我不费吹灰之力便将疯狂男孩的魔咒赶出我的意志。眨眼工夫，我再次回到了热辣菜品专卖店。

我已经跪在邋遢的地板上，整个身体因为刚才经历的一切而紧张得发抖。苏西跪在我旁边，泪珠从她睁得很大却看不见东西的眼里奔涌而出，她已迷失在自我中。我一只手扶在她肩头，瞬间，我看到了她看到的景象——

苏西躺在医院病房的床上，一条条束缚带将她固定得无法动弹。她的嗓子因为尖叫而疼痛。她奋力想要挣脱那些皮带，但它们比她强硬得多。因此，她所能做的只能是躺在那里无助地发呆，与此同时，她的恐惧正沿着病房的地面，缓缓地、不辞辛劳地向她爬去。它很小也很微弱，但决心使它不断前行。它柔软、血红、仅有模糊的外形，在它慢慢爬向她时，它后边留下一条血迹。当它痛苦地抬起那特大的脑袋看着她时，它几乎已来到了她床边……

我用尽全力使我的精神壁垒同时包围住苏西，然后拖着她走出那里，回到现实世界。她立刻推开我，一个人跪在那儿，紧紧抱住自己，就好像担心自己会四分五裂一样。愤怒和恐惧使她的脸犹如扭曲的面具，眼泪顺着她的面颊滑落。看到她如此脆弱、如此伤心，实在令我震惊。我以为没有什么能伤害霰弹枪苏西。我伸手拍拍她，她那肿胀的眼睛转了转，落到疯狂男孩身上。她伸手去拿背上枪套里的霰弹枪。男孩们瞠目结舌地看着我们，万万没想到我们能从他们的魔咒中摆脱出来。我开始激发自己异能的阴暗面。片刻之后，什么都有可能发生。

就在这时，天使出现了。

一个活力四射、势不可挡的影子忽然蹿进餐馆，它拍打着墙壁，震慑全场。疯狂男孩的力量瞬间偃旗息鼓，就好像被飓风吹灭的四根蜡烛。他们只是呆呆地站在原地，傻乎乎地对着天使眨眼。一开始，天使看起来像个穿着灰色衣服、形象模糊的男子，如此普通的外表使他看起来就跟一般人类一样。你无法死死盯着他，只能用眼角的余光瞥他几眼。接着，他变得越来越真实，越来越清晰，就在你面前，使你根本看不清别的东西。天使抬起灰色的脑袋看着疯狂男孩们，忽然间喷出一团人形火焰。火光眩目、耀眼，让人不敢直视。炽热的巨型翅膀在他身后展开，发出星星点点的光芒。空气中传来一种臭氧和羽毛燃烧的味道。疯狂男孩进入催眠状态，盯着光线的中心。

他们变成了盐。

上一刻，他们还是活生生、会呼吸的人。这一刻，已变成四尊盐做的雕像，比死尸还苍白，身上却还穿着那可笑的亮片连衣裤。四张僵硬的白色脸孔永远定格在无声的恐怖尖叫中。专卖店的店员和顾客脱离了刚才缠绕自己的惊恐，此时却有了真正值得担心的东西。他们鬼哭狼嚎地奔出敞开的店门。我拉着苏西闪到一边，让开路，尽力帮助他们离开。我很想跟在人潮中逃跑。天使的突然出现着实令人讨厌，就好像每一个你所知道的权威人士都联合起来要抓住你一样。

我和权威人士的关系向来不好。

天使用发光的手掌比画了一下，一尊盐制雕像颓然倒地，粉身碎骨。苏西用力在我胳膊上拍了一巴掌，以引起我的注意。

“枪，泰勒。把枪给我，该死。把真言枪给我！”

她的声音又处于她的控制之下了，但眼神里却满是疯狂和野蛮。

“不，”我说，“让我先试试。”

我一把掏出外套内袋里的盒子。摸起来，盒子温暖得有些让人担心。我猛地抽去盒盖，取出真言枪。我无力地站在那里，甚至无法稍稍移动一小步，盒子在不经意间掉落在地。我浑身起了鸡皮疙瘩，皮肤不愿去触碰由肉做成的枪。那种感觉就好像是握着一个死去很久的人的手，但那只手却依然可怕地、恐怖地活着。我感到很热，浑身冒汗。真言枪令人恶心，它醒来了。它在我手中呼吸着，缓慢而沉重的思维慢慢爬到我的意志之前。枪醒了，它想被使用，用在每一件事物身上。它渴望说出那些将会毁灭整个物质世界的颠倒词语。它是被用来对付天使的，但这么多年来，它的胃口已经越来越大。不过，它还是需要有别的人来使用它，去扣动牙齿做的扳机。其实它讨厌这一现实，也讨厌我，讨厌一切有生命的东西。真言枪将它丑恶的念头强加于我的思维之上，打算控制并驱使我，使我成为它的武器。它的思维和想法与人类完全不同。死亡、腐败和毁灭似乎找到了代言的声音，并且野心勃勃，令人胆寒。它知道我的名字，想要念出来。

全靠我所有的自控、所有严格的自律和被疯狂男孩激起的所有愤慨，我才得以迫使自己一次一根地松开握枪的指头，直到真言枪从我手中掉下，砸在地上，但它的号叫依然在我脑海中咆哮。我把那种声音关在我强大的意志壁垒之外，斜靠着身后的墙壁，摇摇晃晃，战战兢兢。

天使消失了。它看到了真言枪，那已经足够。

此时的餐馆寂静无声。店员和顾客都走了，天使逃跑了，疯狂男孩们成了盐。店里只有我和苏西。我整个人都在发抖，双手砸着墙，发出聒噪的声音。我的心仿佛已经被亵渎。我能感到眼泪顺着自己的脸颊滑落。沃克是对的。有些药剂比疾病本身更糟糕。我低头看着地上的枪，旁边是盒子，但我无法让自己弯腰去碰那该死的东西。于是，苏西俯身为我完成此事，把枪收进盒子，但自己实际上并没有碰到它。她把盒子放进她的夹克口袋，然后耐心地站在我身旁，等我缓过劲儿来。这也是她能做的最能安慰我的事。

很快，颤抖停止了，我又恢复过来。我觉得很累，筋骨累，灵魂也累，好像已经有一个星期没有睡觉。我用手背抹去脸上渐干的泪水，深呼吸几下，尽可能给苏西一个让她放心的微笑。看上去很有说服力。苏西心里接受了我故作的笑容，愉快地点点头，一切又恢复正常。苏西总是会被直白的感情弄得局促不安。

“我来带着这个盒子，”她说，“我比你更习惯用枪。”

然后，她耸耸肩，问：“那个天使。你觉得他是来自天堂还是地狱？”

这下轮到我耸肩了：“有何不同吗，苏西？当疯狂男孩令我们陷入自己的恐惧，我曾看到你看到的东西……”

“我们别谈论那些，”苏西淡淡地说，“如果你还是我的朋友的话，那就别谈，永远也别谈。”

有时候，作为朋友就意味着你得知道什么时候让事情不了了之，绝不多嘴。于是，我将身体撑离墙面，走向离我最近的一尊盐制雕像。苏西跟在我身后。那一尊粉碎的雕像铺撒在地上的粉末踩在脚下嘎吱嘎吱响个不停。我看着余下的三张白色面孔，都残留着瞬间的恐惧，永远如此保持下去。有时候，我觉得整个宇宙都是在嘲讽中存在的。

“这下好了，我们连能查出古董王下落的机会也没了。”苏西说道。她的声音和面容完全冷静而轻松。

“不一定，”我说，“记住私家侦探守则中的第一条：

当存在怀疑时，从他们的口袋中寻找线索。”

“第一条守则不是尽早兑现客户的支票吗？”

“找找看吧。”

虽然花了些时间，但最终我们发现了一张压花名片，上边印着一场演出预告，表演者是卑鄙的星光杰克，地点在冥河剧场，时间正是今天。或者说得更准确些，是今晚。

“这么说，星光回到城里了，”我说，“他可不是这些男孩们喜欢的人。”

“一定有某种联系，”苏西说，“我所了解的一个事实是，人们都认为星光过去曾向古董王提供过几件东西。”

“我们去跟这个人谈谈，”我说，“看看他知道些什么。”

“走吧，”苏西说，“我现在很想声色俱厉地跟某人谈谈。或许加上些暴力。”

“不知道你哪一次不是如此。”我优雅地说。

我们穿越夜城的大街小巷，穿越一座困境中的城市。此刻，天使无处不在，他们在夜空中翱翔，时而俯冲下来，从街道上掠去些受害者，将恐怖和毁灭肆意传播开去。到处都是尖叫和哭喊，到处都是火光和爆炸。四面八方的建筑燃起黑色的浓烟。人们被迫来到街上，因为家园、商店、藏身处都在身后坍塌，化为瓦砾。目光所及之处，尽是盐质雕像和死者。有个奄奄一息的人依然在遭受恐惧的折磨，苏西结束了他的痛苦。世界末日光临夜城，这并不美好。枪声和猛烈的爆炸声也在四处响起，当那些可怜而绝望的傻瓜们使用重型武器对付天使时，我时不时地感到整个世界都在震动。但没有什么能阻止天使，甚至连减缓他们的速度都办不到。穿着灰衣的灰暗人残忍地静立于各个门口，或者守望大街小巷，或者从熊熊燃烧的建筑物中走出来却毫发无损。他们无处不在，人们在他们面前号啕大哭，就像等待屠杀的牛羊。

苏西和我走上大街不到五分钟，一个天使猛地从空中扑下来，犹如一颗耀眼的流星，猛烈而无法挽回，他闪耀的翅膀展得很开，直接冲我扑来。我尽力怒视着他，可他依然靠近。苏西将真言枪的盒子从夹克里掏出来，天使立即改变航线，从我们的头顶呼啸而过，像雪白的彗星，照亮我们身后的街道，继而消失。苏西和我停下脚步，看着对方。苏西举了举手中的盒子。

“看来有关真言枪的传言已经广为人知。”

“这就是玄虚的力量。”我说。

她哼了声：“我倒宁愿随便哪一天都能拥有那种赤裸裸的恐吓力量。”

我们继续沿着街道行走，别人都在狂奔时，我们却从容不迫地从血淋淋的混乱中走过。苏西把枪盒放回口袋，又下意识地把拿过盒子的手在夹克上一遍遍反复摩擦，像是想要将手擦干净。

冥河是一个古老、荒废的剧院，远离城市要道，位于夜城中一个比较安静的偏僻处。夜城的日常生活中便充满了戏剧，绝大多数人认为无需再有什么剧场，但我们必须得为那些虚荣、下流的人提供一个在公众面前卖弄的场所。苏西和我在宏大却破落的建筑前止住脚步，站在安全距离外认真打量着它。看起来其貌不扬。剧场正面的木篱笆上贴满一层层海报，有关于当地摇滚乐团的，有关于政治会议的，有关于宗教复兴运动的。双开门上那块曾经骄傲的招牌已被污渍和灰尘弄得面目全非。

夜城里的地产通常不会长时间闲置，总有人会对它加以利用。但这里与众不同。大约三十年前，一个可怜的笨蛋试图在剧院上演戏剧的时候打开一扇通往地狱的门，这件事对地产价值的影响可以说是一场浩劫。三个巫婆吃掉了那个家伙，却没有办法关上他开了一半的那扇地狱之门。当权人士不得不从外界请来一个纠纷解决专家，虽然那道门最终被缝合得比青蛙屁股还密不透风，但这一事件仍然在每个人的心里留下一道难以弥合的裂缝。

即使是未能开启的地狱之门也能为这一块区域奠定基调。

剧场双开门上的大锁一点儿也不令我们惊讶。苏西把锁砸开，我们缓缓走进门厅。里面很脏，灰尘很厚，到处都密结着厚厚的蜘蛛网。光线很暗，凝固的空气中有股腐朽和酸臭的味道。尘埃在随着我们穿门而入的光柱中打着旋，仿佛被这光线的侵入所打扰。我们脚下曾经豪华的地毯已经干燥易裂。整个剧场弥漫着凋谢的乡愁和远逝的好时光散发出的气息。我们如同回到了过去的投影中。古老戏剧的海报依然坚强地攀附在墙上，暗淡、斑驳。看上去，这里已经三十年无人造访了。

“这个剧场的名字可真奇怪，”苏西开口说道，她的声音在寂静中发出巨大的回响，“什么是冥河？它是何时在此出现的？”

“冥河是一条环绕地狱的河流，”我回答，“由自杀的人流下的眼泪汇聚而成。有时候，我觉得了解这方面的知识实在让人烦恼。或许是因为这个剧场专为悲剧而建吧。我们可能来错地方了，苏西。看看四周，这里的灰尘已经很多年没人碰过。”

“可是，”苏西说，“音乐声从何而来呢？”

我侧耳倾听，确定微弱的乐声来自上方某处。苏西拔出霰弹枪，我们穿过门厅，登上通往表演区大门的台阶。音乐声明显变大。我们推开门，走进剧场。很黑，我们站了一会儿，让眼睛适应环境。舞台上，两束明亮的追光紧跟着卑鄙的星光杰克和他那真人大小、活着的碎布玩偶舞伴。他们一边歌唱，一边舞蹈。

乐曲是二十世纪六十年代经典曲目，寻觅者合唱团的《狂欢之后》。卑鄙的星光杰克正在欢声高唱，在满是灰尘的舞台上翩翩起舞，动作不拘一格，有自己的特色。他的装扮像个丑角，身上是一套黑白方格花纹的小丑服，脸上的油彩勾画出一个长着黑色空洞的眼睛、咧嘴而笑的骷髅，他那微笑的嘴唇被画成白色的牙齿，头上则带着一顶时髦的水手帽。他又高又瘦，跳起舞来有些做作，并不优雅。与此同时，他缓缓吟唱着忧郁的歌曲。

他和舞伴兴高采烈地跳着疯狂的两步舞，那个有生命的碎布玩偶几乎和他一样高。她在舞蹈时，四肢出奇地灵活，丝毫没有受到关节的影响。她身穿各种颜色布料拼凑起来的服装，看上去忧伤中带着欢快，她的脸是用稍微抻长的白缎缝制的，上边是艳丽的五官。她的舞蹈有着别样的性感。

小丑和玩偶在整个舞台上跳跃，一点儿空间也不浪费，两束不离不弃的追光紧随他们的舞步跃动和旋转。我回头看看后上方，却找不到追光的光源。音乐也不知由何而来。

忽然，乐曲改变了。小丑和碎布玩偶开始尽情地跳起查尔斯顿快步舞。他们的脚落在舞台上，完全没有发出声音。音乐声里带着奇怪、阴森的回音，好像它必须长途跋涉去某处，并在沿途将自己精力耗尽。尽管卑鄙的星光杰克和他的舞伴全力以赴地去表现，但结果还是让人觉得平淡无味，没有吸引力，没有魅力，没有感情。但扎堆的观众个儿个儿全神贯注、心醉神迷。

卑鄙的星光杰克和他活着的碎布玩偶在为观众——死去的人们唱歌跳舞。此刻，我的眼睛已经适应了阴暗，我能看到观众席上坐满了还魂尸、吸血鬼、木乃伊、狼人和可视度各异的鬼魂。每一种在夜城里不死的或半死不活的东西都在一项严格的互不侵犯公约的限制下被聚集到一起，而换在别的地方，这种公约连五分钟也维持不了。但在这里，没有谁会去破坏停战协定，或者说没有谁敢那样做。他们可以在这里寻回一点点他们遗失或抛弃的人性，去怀念那种活着的感觉。

吸血鬼们就像在家里一样穿着正式的晚礼服和舞会外套，他们优雅地吸食着用保温瓶小心翼翼盛装的鲜血，并在彼此之间传来递去。相比之下，木乃伊看上去明显邋遢得多，他们都裹着黄色的布条，每当他们鼓掌时，就会腾起一阵尘土。狼人们挤作一团，一起号叫着，他们的首领穿着一件用人皮做成的夹克，这是他与其余狼人的区别，夹克背后的刺字说明他是种群之首。食尸鬼们大都不苟言笑，他们用手在一个外卖餐盆中抓东西吃。还魂尸则静静地坐在座位上，一旦有什么死去，他们便很认真地拍手喝彩。他们尽可能远离食尸鬼。鬼魂的体形从庞大到微小的都有，有些鬼魂如此纤弱，以至于他们想要鼓掌时，双手会互相穿越过去。另一些鬼魂则得想方设法不让自己从椅子上跌落。但那些死去的、不死的、半人类的、非人类的似乎都过得很快乐。他们大笑、欢呼、叹息、落泪，一起鼓掌，仿佛是对舞台上上演的一切做出的反应，但实际上，他们的这些举动与舞台表演似乎并没有多大关系。

卑鄙的星光杰克专为死人或者那些感到远离最初人性的家伙们演出。他唤起他们对过去感情的回忆，通过他的歌唱和舞蹈，使他的观众感受到他们自己。他令他们体会再生，哪怕十分短暂。他的客人们会为他所提供的这种短暂幻象付出很大代价……当他们沉迷在那二手情感中时，杰克便搜刮他们超常的生命力，在跳舞的过

程中从他们体内吸出，像一个开心的小寄生虫一样吞咽他们身上非人类的能量。利用这种方法，他已经存活了好几辈子，还想更长久地活下去。很久以前，他曾经对某件他至今害怕大声念出名字的东西做了一个着实糟糕的交易，现在他没法去死。永远没办法。

我不得不将这一切解释给苏西听。她对剧场从来就没有兴趣。最后，她面无表情地哼了一声。

“那么，在这个碎布玩偶身上到底发生了什么？”她问。

“据说，她曾经是一个人，也就是星光杰克的情人。他需要一个舞伴，但他一点儿也不希望有人分享他从观众身上获得的东西。于是，他令她变成现在这个样子——一个活着的碎布玩偶，只会无休止地顺从；一个可以跟上他的每个步伐和奇怪想法的舞伴，却从不会抱怨。当然，这件事发生在很久以前……如果她能幸运地活到现在，她大概也疯了。这下你明白他们为什么把他称作‘卑鄙的’星光杰克了吧。”

“她最初的时候是谁？”苏西盯着舞台问。

“再也没人知道她是谁。当然，杰克除外，不过他那种卑鄙小人是永远也不会说出来的。来吧，让我们上台打翻他的如意算盘。”

“没问题。如果我想的话，甚至可以拧断他的胳膊。”

我们并肩大步穿过观众席正中的过道。离我们最近的死人们甚至没有看我们一眼，他们完全沉浸在舞台上的表演中，故去的情感在他们剩余的心中奔涌澎湃。空气中被施了魔法，但不是巫术。舞曲在悲伤的小调中一首接一首地变换，小丑和他的碎布玩偶翩然起舞，一刻也不停息……仿佛他们不需要休息，不需要恢复体力，不需要调整呼吸。或许他们真的不需要。他时刻都在吸取能力，而她……她毕竟只是个碎布玩偶罢了，大大的眼睛和微笑的唇角也只是画上去的。他们俩都不再受到人类极限的限制。他们仅仅为了观众表现出爱和温柔，自己并不沉醉其中。

一切只是一场表演。

苏西和我跃上舞台，一切戛然而止。音乐消失，星光杰克和他的碎布玩偶立刻停下舞步。他们分别静立于各自的那束追光中。苏西和我向他们逼近。卑鄙的星光杰克冷静而轻松地向我们打招呼，姿势优雅，深黑的眼窝里闪出一丝亮光。碎布玩偶凝固在做了一半的舞蹈姿势中，她转过脸，四肢以难以置信的角度扭曲着，非人类的柔韧性可及。观众们在演出停止的刹那保持着安静，但很快便爆发出排山倒海的嘘声、笑骂声，并迅速上升为公然的恐吓和威胁。苏西怒视他们，但收效甚微。我转身向他们投去最深沉的凝视目光，每个人都闭上了嘴。

“你可真让我印象深刻。”苏西低声说。

“说实话，我也是，”我回答，“但千万别告诉他们。星光杰克！有日子不见了，对吗，杰克？你还在夜城进行着你的世界巡演吗？”

“还在为那些爆满的剧场演出，”星光杰克轻松地说，“他们说剧场已被淘汰……”他的声音柔和清晰，完全不带口音。他可能来自任何地方，出生于任何时候。他坚定的笑容十分灿烂，眼睛始终不眨，“你知道的，大多数有问题要问的人会在座位上发问，这才得体。你想要做什么，泰勒？你妨碍了天才的工作。”

“我们在疯狂男孩一个成员身上的口袋里找到了你的名片，”我说，“他们曾经为古董王工作。”

“我注意到你说的是‘曾经’。我可以假定那些臭狗屎都死了吗？亲爱的泰勒，你回来以后变得特别坚定。”

“告诉我名片的事，杰克，你跟古董王有何关系？”

他毫不在意地耸耸肩：“没什么可说的。古董王派那些男孩跟着我，因为他听说几年前我曾经在法国差一点儿得到暗夜圣杯。我当时正在雷恩城堡挖宝，寻找传说中的马耳他之鹰……”

我心里一惊：“我想你应该放聪明些，杰克，永远不要去寻找马耳他之鹰。这可是私家侦探守则的第一条。”

苏西皱皱眉：“我还以为第一条是……”

“现在别探讨这些，苏西。你继续说，杰克。”

“好吧，想想看，当我的同伴们把那个隐藏在墓穴中的东西挖出来时，我有多么惊讶，我们拿着暗夜圣杯面面相觑。随后，事情变得很不愉快。朋友们为了金钱吵架，实在令人沮丧……总之，当尘埃落定，血液流干后，我不得不灰溜溜、两手空空地离开城堡小镇。但我依然是为数不多亲眼见过暗夜圣杯，并还能活着讲述这件事情的人之一。”

“它看起来像什么？”苏西问。

卑鄙的星光杰克想了想，说：“冰凉，难看，但诱人。不过我还没有蠢到要去触摸它。当我看到它时，我就知道它象征着邪恶。”

“你当然知道，”我说，“因为你自己就做过无数邪恶的事。那么，当疯狂男孩来找你时，你告诉了他们些什么？”

他轻声笑起来，笑声阴险，令人讨厌：“我他妈什么也没有告诉他们。我踢烂他们肥大的屁股，让他们去向自己的主人哭鼻子告状，叫古董王少放他的狗来攻击我。他们能造成的恐惧跟我的情绪不符。你别忘了，我可是这一行的专家。事情就是这样。我没什么更多关于暗夜圣杯或古董王的信息要告诉你了。你们俩恰巧也对表演艺术感兴趣吗？否则，你们俩最好给我离开舞台。我是在这里展现艺术。为什么我旁边总是没有一个拿着长钩子的人等着替我赶人呢？”

“夜城里到处都是天使，”我说，“他们正在寻找任何一个了解暗夜圣杯，或是与暗夜圣杯有联系的人。他们可不是善角儿。他们无需如此。他们是天使。现在，好好想想你的观众们，即使他们愿意保护你，聚合他们全部的力量也无法抵挡哪怕一个天使。死人是变化无常的。相反，如果你能帮助我们追寻暗夜圣杯或古董王的下落，苏西和我会保护你。”

卑鄙的星光杰克缓缓地摇了摇头：“跟你们想的一样，情况糟得不能再糟……天使在夜城。好吧！就这么办。我离开这里。”他转身面对观众说：“女士们，先生们，今晚的演出由于神圣的干扰而取消。晚安，上帝保佑，希望这同样对你们有好处。请排队依次退场。很抱歉，不退钱。”

他用力掰响手指，大步走向自己的碎布玩偶舞伴。她无力地倒向他的肩膀，好像她的体内除了稻草和填料什么都没有。也许真的没有。所以，当杰克果断地走向舞台工作区时，她对他而言似乎完全没有重量。我没有丝毫理由去阻止他。他那里没有我想要的东西，一个并不情愿的搭档只会拖累我们。不过，卑鄙的星光杰克忽然间停下脚步，扭过头向后望去，缓缓挪动脚步，几乎有些勉强。直到这时，我们都才意识到还有另一个人跟我们一起站在舞台上，连那个碎布玩偶也昂起绸缎做的脸注意到了他——我们身后，一个活生生的影子静静地站在那儿，是一个穿灰衣的灰色男子。

他一直等到我们全都看着他，才发出太阳般的光芒，光线如此强烈，人类的肉眼无法直视。苏西和我仓皇后退，举起胳膊遮蔽脸部。杰克转身跑向舞台边缘。扛在他肩上的碎布玩偶只是充满敬慕地用她那双勾画的黑眼睛望着灰衣天使。观众席上一片恐慌，“天使”这个词就像诅咒一样在他们中间迅速传播，到处都是惊恐的尖叫和呼喊。鬼魂们遁形消失，如同破裂的肥皂泡。吸血鬼变成蝙蝠，拍着翅膀逃走。那些还受肉体束缚的家伙则争先恐后地拥上过道，挤向剧场大门。

天使化作一团人形火焰，展开宽阔耀眼的翅膀，带着荣耀，展示那可怕、炫目的光。空气中传来一阵皮肉烧焦和金属熔化的臭味。杰克和他肩头瘫软的碎布玩偶卷入了火焰之中。火苗迅速上蹿，玩偶从头到脚都裹在烈焰中，但她还是透过火焰充满敬慕地盯着天使。星光杰克痛苦而愤怒地咆哮着将她扔到一旁。她扑通一声掉在舞台上，猛烈地燃烧着。她试图向杰克爬去，但火焰太热、太强，而她只是些破布和填充物。她被烧光了，消失了。一眨眼的工夫，除了舞台上一片烧焦的痕迹，她什么也没有留下。黑烟在空气里慢慢升腾，闻起来有紫罗兰的芳香。

杰克看也没看那个刚才被他甩到一旁的烈火玩偶。当他即将跑到舞台边缘时，他的衣服也着了火。首先是水手帽开始燃烧，散发出猛烈的淡蓝色火焰，他的头发也烧着了。接着，小丑服被点燃，火光顿时无处不在。他用赤裸的双手拍打火苗，但很快火头又蹿上来。也就几秒钟光景，杰克的整个身体便被烧得比火炉还热。他尖叫一声，一股发自他燃烧的肺部的黄色火焰从他口中喷了出来，拖得很长。他向前扑倒在舞台上，躺在那里抽搐、挣扎，火头越来越高。很快，火焰将卑鄙的星光杰克吞噬得干干净净，只剩下一点烧焦、发黑的骨头和顺着舞台边缘滴落的油脂。

此时，苏西已经将真言枪从盒子里拿了出来，正稳稳地握在手中，枪口正对天使。但我可以从她扭曲的表情上看出，她正体会着和我上次触摸这把枪时一样的那种恶心的恐惧感。她用坚强的自控力战胜了枪想要控制她意志的企图，尽管握枪的手相当稳定，但她的整个身体还是由于这种与枪的争斗而瑟瑟发抖。她所要做的就是扣动扳机，可她已没有足够的意志力来完成这个动作。

天使把目光从星光杰克的遗骸转向苏西。他看到了她手中的真言枪，转瞬间，他便拍打着刺眼的翅膀，向上冲破剧场屋顶，飞入安全的夜空，消失在我们的视线外。

苏西一动不动，枪口依然瞄向天使刚才的位置。她面色苍白，满脸是汗，眼神呆滞、疯狂。枪仍在试图控制苏西的意志和灵魂，她的整个身体晃得厉害。好在最终她胜利了，甩掉了手上的枪。可能是因为她毕竟是霰弹枪苏西，她是枪的主人，这一点绝非浪得虚名。她胜利了，我一直不清楚这让她付出了多大代价。我也从来没有问。因为她所做的已经向我表明，她所经历的一切有多糟糕。

她忽然一屁股坐在舞台上，仿佛双腿一下子失去了力量。她的双手在膝部剧烈抽搐，整个人就像一个生病的小孩般前后摇晃。她没有哭。她已经哭不出来。她的眼神疯狂、绝望、凶残。她发出一声低沉的呻吟，如同一只受到痛苦折磨的动物。我在她身旁坐下，伸手搂住她的肩膀安慰她。她凄惨地尖叫起来，仓皇甩开我的胳膊逃开，像个害怕挨打的小孩。我小心翼翼地跟在她身后，但又不敢靠她太近。

“没事了，苏西，”我说，“我在这儿。没事了。让我帮帮你。”

“你帮不了。”她看也没看我。

“我在这儿……是我，约翰。”

“但你不能碰我，”她的声音变得如此刺耳，几乎不像出自人类之口，“没人能。我不能忍受别人的触碰，任何人都不行。永远不行。任何人也不能再伤害我。”

我在她面前跪下，试图让她游移的目光落在我身上。我竭尽所能希望帮助她，将她从悬崖边缘拉回来，但错误的语言可能会将她击成碎片，永远无法愈合。以前我从未见她像现在这个样子，毫无防御能力。

“当疯狂男孩引诱出我们的恐惧时，”我缓缓说道，“我看到了你看到的一切。当时我和你在一起，在医院。我看到了……婴儿。”

“没有婴儿，”她有气无力地说，“它是在等待成为婴儿。你看到的是我流产的胎儿。我那么晚才这样做是因为我很羞愧。我太羞愧了，我不敢告诉父母。当事情败露时，我的父母竟然责备我。

“就在我十五岁生日后，我做了流产。那一年，没有生日蛋糕，也没有生日蜡烛。他们逼着我看取出的胎儿，好让我不会忘记这个教训。难道我会忘记吗？我杀了那个侮辱我的人，用一把偷来的枪杀了他。那是我的第一把枪。杀了他后我跑到了夜城，从那以后就一直待在这里。我发誓再也不懦弱，不受欺负。现在，我是霰弹枪苏西，是个用两条腿行走的死人。但我不能被触碰，谁也不能碰我，即使是朋友也不行，爱人也不行。我已经安全了，安全地回避每个人，甚至我自己。”

“你是说……不会让任何人走进你的生活？”我说，“没人能足以令你信赖？”

“不会有，永远也不会有。”

“我真的不知道你到底有多孤独，苏斯。”

“别这样叫我，”她死气沉沉地说，“那个伤害我的人曾经就这样称呼我。”

“噢，天啊，对不起，苏西。真的对不起。”

我从她眼中看出她恢复了些活力，她嘴角露出浅浅的笑意，说：“我这一辈子都会相信你的，约翰。但我无法容忍你碰我。”

我不知道该讲些什么，只能说：“我在这儿，苏西。”

“我知道，”她说，“有时候，这就足够了。”

她站起来，用盒子裹住真言枪，再把枪收回盒中，放入口袋。她站在舞台边缘，把目光投向黑暗中。她似乎又恢复正常了。我走过去站在她旁边。

“只不过是把枪，”她说，但并没有看我，“我知道怎么掌控枪。下一次，我会使用它。”

我点点头。过了一会儿，我们相视而笑，肩并肩一起走出冥河剧场。

我们刚来到街上，我的手机便响了起来。这次是剃刀艾迪，也叫折叠剃刀朋克之神，他自己是这样宣称的。由于他往往会杀了那些对这个称呼表示异议的人，久而久之，便不再有什么人为此而自找麻烦了。当然，他是夜城里最奇怪也最危险的人物之一，那可不是浪得虚名。我认为我们是朋友。不过在夜城，这一点有时候很难说。这次，他有事情告诉我。

“我听说你正在找暗夜圣杯，”他开门见山地说道，“我知道它在哪儿，在古董王手里。”

“我自己已经差不多查到这一点了，”我说，“你凭什么说暗夜圣杯在古董王手里？”

“因为是我交给他的，”艾迪回答，他的声音跟平时一样，像是幽灵在低语，“说得更准确些，他雇我从拥有暗夜圣杯的浑蛋手中把它夺过来。古董王的人弄丢真言枪后，他变得有些忐忑不安，于是找到我。通常，他不会来自找没趣儿，但这一次，他那里有些我想要的东西，于是我们达成协议。暗夜圣杯在十字军勇士手中，他们是基督福音传教士的中坚分子，打算借助暗夜圣杯的力量发动一场针对夜城的宗教战争，去屠戮所有沾染着魔法气息的人和物。任何不纯净、有污点的人都将作为不虔诚的异教徒，被列入待消灭对象中。因为那肯定包含我在内，所以我很高兴能先发制人，发起反击。”

“古董王雇用了你？”我问，“我认为钱对你来说已经完全没有用。”

“我没要钱，”剃刀艾迪回答，“他付的报酬就是十字军勇士最新的下落。我寻找这群浑蛋已经有一段时间了。他们把那些十几岁的离家少年拖到他们的秘密基地，对这些孩子进行洗脑，然后把他们作为间谍派往各处，或让他们诱骗别的孩子。他们将成为宗教战争中牺牲的士兵。”

“也就是说，暗夜圣杯现在一定在古董王手中？”我说。

“是我亲自交到他手中的。丑陋的东西。但我越来越觉得他并不是拥有这件东西的合适人选。我不能去碰他，我得遵守诺言，但你可以。所以你来找我，我会告诉你古董王这些天藏在哪里。然后，你就可以把那该死的东西从他手中夺走，放在某个安全的地方。你认为这个想法怎样？”

“这是我一天以来听到的最好消息。你在哪里，艾迪？”

“在十字军勇士老巢的背后，看看有什么其他有趣的东西。”

“你是说被他们掠夺来的东西。”我说。

他干咳一声：“江山易改，本性难移。你知道凯莱克大街上大谢尔盖的仓库吗？”

“知道。二十分钟后见。你一定知道来自天堂和地狱的天使们已经到了夜城，他们只要怀疑谁与暗夜圣杯有关联，就会把他打得屁滚尿流。”

“我不去招惹他们，他们也没有招惹我。”剃刀艾迪说完挂断了电话。

我收起手机，转向苏西。她和平常一样镇静、沉着、冷酷、泰然自若。我告诉她刚才的通话内容，她皱了皱眉，说：“他为什么不能在电话里告诉你古董王的下落呢？”

“因为你永远也不知道电话那头是谁在听，”我说，“在夜城，没有所谓安全可靠的电话线路。你知道大谢尔盖的仓库在哪儿吗？”

“我还真不知道。”

“谢尔盖是个俄罗斯黑手党成员。你想要什么，他都能为你找到，尤其是在武器弹药方面。或许十字军勇士也是因此才去找他吧。你会喜欢他的，苏西，只要剃刀艾迪还让他留一口气。”

“你认识各种极端的人，泰勒。走吧。我想把这笔生意做完。”

“苏西……”

“走吧。”

于是，我们再次一起肩并肩向前走去。

6

苏西的重生

苏西和我匆匆穿过空旷的大街小巷，大火在夜城里肆意燃烧，如同黑暗中点燃的一堆堆篝火。空气中弥漫着烟尘和飘散的灰烬，以及焦臭味。建筑物在天使之光中爆炸，仿佛上演着地狱里流行的派对。此刻，头顶上飞舞的天使如此众多，以至于他们的躯体遮蔽了大部分月亮和繁星的光芒。多半路灯都碎了。夜城处在它最衰落的阶段，只有毁灭的建筑上跳跃的火焰将夜城照亮。苏西和我顺着阴影前行，遇到光亮的区域便疾跑而过。街道寂静得可怕，没有原来那些永无止境、川流不息的车来人往，能离开夜城的人们早已逃之夭夭，外界的人也绝不会蠢到这个时候踏入夜城。

天堂和地狱的天使已经来到夜城，夜色从未如此黑暗。

来到时间之塔广场时，当地的一切大人物已经来到街上，他们走上空旷的广场，准备与入侵势力做最后的对抗。苏西和我躲在一个隐蔽的大门边观望，期望不被发现。荆棘之主拄着那根由生命之树做出的权杖，高傲地站在那里。闪电在他周围炸响，当天使盘旋着绕过他，而不敢直视他邪恶的目光时，他放声大笑，犹如一只战胜的公鸡。数字视频狂随意地斜靠着一根灯柱，沐浴在动静相谐的等离子光线中，苍白的皮肤上分布着魔法线路。他一边淫邪地窃笑，一边用长长的手指施展着二进制的魔法，用应用描述理论和荒谬的数学原理重写现实。天使根本无法靠近他。皮毛之王懒散地踱进广场，他的眼里充满荣耀，用他可怕的魔力毁灭种种可能。还有血腥刀刃，他身上散发着汗臭、麝香味以及各种糟糕的味道，正不耐烦地又骂又跳，像在等待其他什么人往他那镶了刺铁的大手掌里放些东西。

整个时间之塔广场上充斥着天使痛苦而愤怒的恐怖叫声，因为夜色中的魔法使他们无法触碰锁定的猎物。

天使们在头顶排成巨大的螺旋形盘旋着，他们飞得越来越快，范围越来越广，聚集的数量越来越多。很快，这里聚集的天使数量就会大到再多的魔法也无法抵御他们的地步。到那时，他们便会降落。其中的一个显然失去了耐心，并且为此付出了代价。他飞得太低，太快，广场上的一个大人物一把抓住了空中的他，将他钉在时间之塔的一侧。数十枚冰冷的铁钉穿透他伸长的胳膊和双腿，将他固定在墙上，如同一只将被用来做科学实验的青蛙。但天使依然活着，闪烁着微弱的光芒，像一颗陨落的流星。他那金色的眼睛里渐渐流出神秘的眼泪。他是在用这种极端的方式寻找物质世界的弱点。破碎的双脚下，一对折断的翅膀落在地上。

夜城深处，从某个难以指明的方向传来一种类似巨大发动机徐徐启动的声音，那些更加古老、黑暗、强大的力量开始苏醒，准备捍卫夜城。那些强悍的传奇性生物或人类，在远古的墓穴或早被遗忘的棺椁中骚动，其中的一些几乎和天使一样古老、可怕。

夜城是个十分古老的地方。

苏西和我沿着广场边缘游移，从一个地方奔向下一个相对安全的地方。空气里充满了各种强大力量冲突的紧张气氛，就像深夜的大海中，冰山互相挤压、碰撞。我可不想卷入其中。我知道自己现在不能使用异能，而且苏西此时也已足够清醒，会听我的。夜空中的力量已经十分强大，甚至在无意之中，就可以像碾碎小虫子一样把我们粉碎。我们似乎永远只能在聚集于广场的两方力量之间潜行，我的心一直在胸膛里痛苦地跳跃，速率很高。不过最后，我们还是得以溜进一条无名小巷，仓皇逃命。身后传来尖叫，但我们没有停下来回头张望。我们离大谢尔盖的仓库已经不远了。

当然，剃刀艾迪应该也快到了。折叠剃刀朋克之神有时候是个朋友，有时候不是。他既是个圣人，又是个罪人，两种身份被封装成一个高深莫测而又不洁的包裹。他是你与神性搭界及对上帝表示崇拜的桥梁，但与此同时，又能给你惹来无尽麻烦。他是个令人头疼的代理人，他为好处做事，而好处对他而言其实并不重要。他因为早先犯下的罪孽而过着一种极端的苦修生活。关于他的传说很多。我上一次见到艾迪或许是在时光颠倒中的某个未来场景，在那里我已经杀了他。那是一种出于怜悯的杀戮，我那样做至少有一部分原因是由于在时光隧道中畅游的古董王。即便如此，这事还是很难拿出来讲。我仍在认真考虑，如果有必要的话，自己应该告诉艾迪一些关于这件事的情况。世界的最终毁灭以及我对艾迪未来的内疚，使情况变得复杂。如果我把一切告诉艾迪，按照常理，我几乎可以肯定他会当场杀了我。当然，我所看到的未来是无法避免的。一旦涉及时间，就没有什么是可以改变的。

考虑到这么多事情，我决定最好还是静观其变，如有必要再做其他打算。我擅于把事情拖到最后一刻。见鬼，我都可以因此赢得奥运会金牌了。

苏西和我停在仓库区的边缘，小心地观察着环境。到处都起火了，一些火势还失去了控制。火苗映射的影子像在欢呼雀跃，但似乎人类和天使都已将这里遗弃。战争结束了，战场转移到了别的地方，只留下火焰和废墟。天气又闷又热，就好像盛夏的日子，但更易让人大汗淋漓。我能看到街道尽头的仓库，它只不过是许多无名建筑中间的一栋罢了。它似乎幸运而完好地躲过了劫难。通往那里的路看上去是条坦途，但我还是犹豫了，我在思考。如果剃刀艾迪是为了某个更大的目标，他有可能引我进入某个圈套。苏西在我身边一脸怒容地举着霰弹枪，不停地抱怨，因为她连个进攻目标也没有。

“真是糟糕透顶，泰勒。”她的声音还是那样沉着冷静，但指关节却因为握枪的手抓得太紧而有些泛白。我真的应该坚持让她回家休息，等待康复，但我没有那样做，因为我需要她。她嗅了嗅烟雾弥漫的空气，好像能闻出麻烦的气息，没准儿她真的可以。她的分析挺有道理：“想想看，为什么古董王会告诉艾迪他自己最悉心保守的秘密——那些收藏品的储藏地？艾迪是个可怕的家伙，但为了一笔交易，古董王甚至可以扯断自己奶奶的喉咙。没有充足的理由，我看不出他为什么要让自己的收藏品处于危险之中。所有知道古董王的人一刻也没有放弃追逐他的藏品。”

“没错，”我说，“但另一方面，剃刀艾迪可不是个能让人轻易拒绝的家伙。更重要的是，如果古董王真的被迫泄露出自己仓库的位置，你绝对可以相信，他已经计划好将所有藏品转移到新的地方。假设我们花太多时间才从艾迪那里弄来情报，很可能一切都是白费力气。”

“即使古董王想转移，那也得花时间，”苏西说，“如果他真的拥有大家认为他占有的每一样东西的话，全部转移起来恐怕得很长一段时间。如果他不想引起别人注意，尤其如此。也就是说，他可能已经有了另一个用来转移藏品的安全场所。不用急，我们有时间。我更关心的是我们要站在这里待多长时间。为我找点儿什么，好让我放两枪。”

当然，她是对的。在现在这种非常时期，什么也不做就跟做错事情一样危险。于是，我顺着街道径直向大谢尔盖的仓库走去，就好像对整个世界都毫不在乎。苏西早就厌倦跟着我潜行了，她端着枪，眼睛恶狠狠地扫视着四周。没人向我们射击，也没有天使拖着闪耀的翅片从天空中俯冲下来。

仓库的正面是一大堵墙，没有名字或标志。大谢尔盖不相信广告的作用。要么你知道他的名声，要么你还不够格来跟他做生意。走向前门时，我睁大双眼，随时准备好在必要的情况下匍匐、迂回或逃跑。仓库有可能受到各种高水平防御措施的保护，从量身定做的咒语到防控机枪。没人能从大谢尔盖这里偷走东西后还能活着炫耀。不过始终都有人在尝试。据说，前门由 15 厘米厚的钢板制成，配备顶级电子锁，所有的窗户都装有防弹玻璃和钢制百叶窗。大谢尔盖喜欢有备无患的感觉。

不过，这一切都无法阻止剃刀艾迪。

“如果大谢尔盖没有发疯的话，他早就会把这里封闭，然后找个地方躲起来。”苏西说，“如果真是这样的话，我们该怎么进去呢？”

“我们只能随机应变了。”我尽量让自己的声音听来充满自信。

“啊哈，很好，”苏西说，“随机应变、出其不意、凶猛残暴、绝无怜悯，我已经感觉好多了。”

“不幸的是，”我望着眼前的仓库前门，若有所思地说，“好像已经有人替我们这样做了。”

我们上前一步，显然这间仓库已经经历过一次冲击。好几扇窗户已经破碎，要把装着防弹玻璃的窗户弄成这样可不是件容易的事，金属窗框也已变形，弯曲地悬挂着，甚至完全消失。第一扇门上方的墙壁上有一个洞，似乎是炮弹留下的痕迹，或者遭遇了愤怒的重拳。那扇出了名的15厘米厚钢质门虽然处于种种重型防护手段的保卫之中，但却硬生生地脱离了原位，严重变形的门板此刻正躺在不远处的街道上。我小心谨慎地靠近曾经是钢质门的开口处。苏西手握霰弹枪，紧随我身后。我向仓库里窥视，确信没有发现任何生命存在的迹象，这才警惕地踏入接待大厅。苏西挤到我前边，枪口左右扫描，很想发现什么目标。可能即将发生的暴力冲突已令她相当振奋。

大厅里一片狼藉。所有家具都被毁坏、掀翻，偶尔还可以看到焚烧过的木头灰烬。价格不菲的地毯已经被撕碎、揉成团，像是曾被千军万马践踏过。墙上的一些部位留下了子弹和炸弹的痕迹，摆放在墙角的一株高大的盆栽早已被撕成碎片。如果没有血的话，这种程度的破坏将会很有趣。但到处都洒满鲜血，破碎的地毯被鲜血浸透，绝大部分依然潮湿，踩在脚下吱吱作响。更多的血泼溅在墙上，偶尔还有深红的手印。我躲闪着天花板上滴落的血水，缓慢穿过大厅。我看了看苏西，说：

“要不是因为了解情况，我恐怕会肯定这都是你干的。”

她不悦地哼了一声：“不，这是剃刀艾迪的杰作。我是职业的，他是……冲动型的。墙上的那些宗教绘画又是怎么回事？”

她指了指扭曲地挂在墙上的那些画。它们极其详尽地描绘了基督徒殉教时的场景，着重表现了鲜血、血块和苦楚。墙上还挂着很大的耶稣受难像，十分逼真。几排难看的粗体字写着：“在来得及的时候祈求怜悯。每天，上帝都在审判你。对不虔诚的人，上帝不会怜悯。教会是唯一出路。”

“死心眼儿。”苏西说。

“上次我来此跟大谢尔盖谈话时，还没有看到过这些东西，”我说，“他只认利益，不认先知。因为十字军勇士在这里待了那么长时间，我只能假定他们想向大谢尔盖买很多武器，所以他愿意将整个仓库租给他们。而且他们……把这里弄得像自己家一样。”我在想，十字军勇士到底买了多少枪？

苏西皱着眉头说：“难道他没有想到他们正盘算着发动对夜城的入侵吗？”

我耸耸肩：“即使他知道，他也不在乎。因为他们是预付费的。总有人要获利，那何不让他自己来呢？”环顾着四周的血迹和狼藉，我说："暗夜圣杯负有很大责任。裘德说过，它会招来不幸。"

苏西看着我："裘德？"

"我们的客户。"

"哦，是的。发生了这么多事情，我几乎把他给忘了。可我们现在要去哪儿，泰勒？"

"我想我发现了一点儿线索。"我说。她顺着我指的方向望去。在一扇标有"楼梯"字样的门边，有人用血画了一个很大的箭头。我告诉她："这个楼梯通往三层的办公室。我们最好快去看看。剃刀艾迪正在等我们。"

"太棒了。"苏西说。

我们按照墙上一系列血箭头的指示，沿着楼梯向上走。苏西端枪在前，在每个阴暗的拐角处小心打探。没什么出其不意的惊吓，只有更多的破坏和鲜血。一定有很多人在不久前丧生于此，因为血仍未凝固。可是，一具尸体也看不到。墙上深红的箭头最终将我们引向三楼的一间小办公室。房门已被踢开，摇摇晃晃地靠一个铰链挂在门框上。苏西和我穿过房门，进入办公室。廉价却实用的家具尚且完整无缺，但墙上溅有一长串血渍。不远处有一个镶嵌在墙体内的保险柜，厚实的钢门已被撬开，扔在地上。坐在办公桌后边的就是剃刀艾迪，他正在从保险柜里取出的一堆文件中翻找着什么。他没有抬头看我们，说道：

“你好，约翰，苏西。过来吧，别拘束，等我一分钟。”

苏西径直走到打开的保险柜前，成捆的钞票令她乐不可支，她迅速往自己身上的那些皮夹克口袋里尽可能多地塞钱。苏西向来都是个很现实的人。

折叠剃刀朋克之神看上去跟平时一样，不合体的灰色外套包裹着他瘦弱的身子，那件外套的年代实在够长久了，显得破旧不堪，大概是靠日积月累的污渍和油垢才将这些破布聚合在一起。他那憔悴的长脸露出病态的苍白，深黑的眼窝里是两颗通红的眼珠。他的声音低沉，收敛，犹如鬼魅。他身上的味道一如既往地糟糕。连下水道里死于鼠疫的老鼠都没剃刀艾迪那么难闻。苍蝇们不去招惹他的唯一原因是如果离他太近，很可能会被熏死。他那双有些泛白的手有条不紊地在面前的文件中翻找，时不时拿出一份放入另一堆。

“十字军勇士是一支极端的右派基督教流派，”艾迪最终说道，目光还留在眼前的文件上，“分布范围广，经济基础强，他们随时准备发动宗教战争，让那些……这么说吧，让任何对他们哪怕只有些许嘲笑的人经受地狱磨难。这个十字军勇士的分支正在计划一次对夜城的全面入侵，以求寻获暗夜圣杯。显然，大谢尔盖向他们出售了各种武器，从卖不掉的虎式坦克到肩扛式火箭筒，还有更多超出你我想象的枪支弹药。然后，大谢尔盖赶在这群狗屎惹出麻烦前人间蒸发了。十字军勇士是一群肮脏的浑蛋。从我在这里发现的东西来看，他们打算让夜城陷入一片火海，然后射杀一切会动的东西，直到有人交出暗夜圣杯。不过，他们运气不错。不久前，有人来到这里，提出想把那血腥的东西卖给他们。当然，他们通过对那个可怜的浑蛋实施酷刑，逼迫他说出了它的下落，然后去找到了它……接着，我来到这里，拿走暗夜圣杯。不过是在经过一些不愉快的事情之后。十字军勇士曾经干过很多下流的勾当，我也一直在寻找机会来表明自己对他们有多失望。他们是给宗教抹黑的极端主义者。当然，他们还只是一个小分支，但我想我已经传递出了一个信息。”

“信息？”

“远离夜城。”他第一次抬起头来，苍白的嘴角掠过一丝笑意，“要是我早知道天使会来就好了，他们或许比我对十字军勇士更为不满，这可不是说我对天使有何好感。”

苏西回到我身边，塞满钞票的夹克显得鼓鼓囊囊。我礼貌地咳了咳，想让艾迪把注意力转回我身上，我说：

“你说过你知道在哪里找到古董王，艾迪。我真的需要马上见到他。”

“啊哈，是的。夜城里最大的谜团：古董王的秘密老巢在哪儿。我去过那里。你肯定在怀疑为什么他会向我这种人暴露自己最大的秘密。其实很简单，我让他别无选择。作为从十字军勇士手中夺回暗夜圣杯并交给他的交换条件之一，我提出必须让我简单参观一下他的藏品。”艾迪低声笑了笑，声音缥缈，像风儿吹过枯死的树枝，“他很清楚，我的条件使他进退两难。要么就失去暗夜圣杯这独一无二的宝贝，要么就让我看看他的藏品，这令他很是头疼。要不是他告诉我说自己丢失了真言枪，我还真不知道他还拥有那件肮脏的武器。我知道现在它在你们手中。如果你们尚且理智的话，就应该扔了它。真言枪永远不会赐给谁快乐、富有或智慧。它就是被用来毁灭一切的，它的所有用途都在于此。总之，我想假设古董王能拥有这么一件武器，那他很可能也有别的武器，我想看看到底有些什么。毕竟，没准儿哪一天，他会用它们来对付我。”

我本来有很多话要说，却没有那样做。“我们的确尝试过使用真言枪，”我说，“但没能成功。”

“那个血腥的家伙是活的，”苏西说，“而且很邪恶。”

“真要是这样的话，我很惊讶你们依然活着，”艾迪说，“见鬼，我还以为你们心智健全。”

“古董王的家是什么样子的？”苏西单刀直入。

“很大，”艾迪回答，“比所有人想象的更大。层层叠叠的储物架上堆积的藏品已经到了饱和状态，有些箱子甚至还没有来得及拆包。他的收藏量如此巨大，以至于他自己也无法熟记每件东西的来源。当然，在他死之前，是不会寻求任何其他人的帮助的。”艾迪思索了一会儿，又说，“我可以这样对你们说，他收集到的东西肯定比我们任何一个人想象的都要多得多。他拥有某些你们难以置信的藏品……”

“他的老窝在哪儿，艾迪？”我耐心询问，“我们怎样才能进去？”

艾迪不知从哪里拿出一张电脑芯片卡，小心地放在我面前的桌上。卡片是由黄铜制作的，上边镶嵌着珍贵的宝石。“这张卡可以用来打开他的每一把锁。古董王现在还不知道自己把它给弄丢了，不过用不了很久我就要使用它了。”他说。

“艾迪，”我说，“他的老窝……”

“在月亮上，”剃刀艾迪说，“在一系列深掘于宁静海底的洞穴与隧道中。包括能源、大气，以及人造重力。

我不知道这是他自己建造的，还是仅仅从上一辈那里继承而来……不管怎样，他都将那里变得像家一样舒适，配备种种完备的防御体系，其中一部分显然是从未来掠夺来的。你不得不佩服这个家伙的勇气……很不幸，你们俩怎么到月亮上去，如何闯进他的老窝，这是你们自己的问题。我对此无能为力。古董王用心灵传输法让我体验了一个来回。还有问题吗？”

“有，”我说，“知道有什么好的旅行社吗？”

“啊哈，泰勒，”身后传来一个冷静、熟悉的声音，“你总是喜欢开些不合时宜的玩笑。”

我慢慢转过头。我知道是谁的声音。沃克正一脸轻松地站在门口，从头到脚还是那副城市绅士的样子。苏西已经转过身，将枪口对准了他。沃克向她和我分别摘帽致意。他盯着剃刀艾迪，嘴角一撇，露出一丝厌恶的表情，然后又看着我。

“噢，泰勒，让我看看，你怎么还是跟坏伙伴为伍？你自己可以干得更好。”

“为你干活儿，还是为了当权派？”我充满恶意地对他笑笑，“沃克，如果当权人士们要发火的话，我不会害怕的。他们，还有你，代表着我所蔑视的一切。我有自己的尊严，但与正义感无关。”

“是的，”沃克说，“最好别那样。我恐怕有坏消息告诉你，泰勒。天使似乎已经直接与我的当权派上司们接触过。我知道这的确让人震惊。我的上司们显然还以为自己处于外界无法企及的位置上……总之，天使明确表示，要么当权人士全力配合寻找并交出暗夜圣杯，要么天使就会将夜城夷为平地，屠杀一切生命，哪怕一块立着的石头也不会放过。天使并非最敏感的生物，不过，我想他们也无须那样。”

“我们现在谈论的是哪一种天使？”苏西问，“来自天堂还是地狱的？”

“不知道，”沃克说，“随便哪一种。也许两种都有。这又有什么不一样吗？问题是当权人士们对夜城倾注了太多的心血，他们不能允许这种对自己利益的严重威胁，因此他们已经答应协助天使。确切地说，他们派我来找你，泰勒。我带你回去，我们都坐下来好好聊聊，一起喝杯茶，没准儿还有可口的点心，然后，用你特殊的才能锁定暗夜圣杯的下落。而且，这件事情由不得你选择。你必须跟我走。别发火，泰勒。你可以让夜城躲过灭顶之灾，还让自己的名字进入当权人士的好人名单中，机会仅此一次。有人会对你感激不尽的。现在就走吧，亲爱的孩子，时间紧迫。”

“你以为我们会让你就这样把他带走吗？”苏西的语调虽然平缓却透着威胁，她的霰弹枪稳稳地对着沃克身上马甲的第二颗扣子，一动不动。“原来我从不相信什么当权人士，现在也不打算相信。天使曾经想通过控制泰勒的大脑来寻找暗夜圣杯。这里是夜城，沃克。我们不向天堂或地狱卑躬屈膝。”

沃克失望地看着她：“上级给我的命令中不包含与你或艾迪有关的部分。你们俩随时可以离开，去做自己的事。如果你们要对此事横加干涉，那我就真的无法保证你们的安全了。”

房间里的气氛已紧张到极点。苏西露出不快的笑容，艾迪则一副很不爽的样子盯着沃克。换成别人，早就转身逃跑，但沃克不会。他是当权派的代言人，身后有强大的力量支持。关于沃克的故事很多，他的所作所为也广为流传，但没有哪一件会有愉快的结局。我上前一步，让他注意到我。他脸上带着自信满满的微笑，笑得很迷人。

“这就对了，泰勒。我就知道，你终究还是会做出正确的选择。”沃克说。

“你之前向我保证过，你相信我能处理好此事，”我说，“你说假如我能第一个拿到暗夜圣杯，并且不让其他任何人得到它的话，这对每个人都有好处。”

“世道在变，”沃克冷冷地说，“识时务者为俊杰。我有我的命令，现在你也一样。拜托了，泰勒，我可不想对你动粗。”

“你真的想和我一对一单挑吗？”我声音流露出的某些东西令他眯缝起眼睛，“或许我们不该为了这种鬼事情翻脸。难道你从来都不想知道……难道你从来都不想知道我们是否配得上自己的名声吗？”

沃克看着我，沉思了好一会儿，我坚定地迎上他的目光。我能感觉到苏西已像个压紧的弹簧，随时准备动手。沃克耸耸肩，再度露出他那迷人的微笑：“或许等到下次吧，泰勒。你确定我无法说服你跟我走吗？我身后的势力真的是你不愿面对的。当然，你肯定不愿让自己的朋友们受到伤害，对吧？”

苏西挑衅地冷笑一声：“是的，没错。永远不会。”

“再见，沃克，”我说，“我相信你能找到出去的路。”

沃克摇摇头：“你清楚，你的父亲是不会接受你这种做法的，约翰。他懂得责任和义务。”

“别把我父亲扯进来！为当权派卖命最终为他带来了什么？当他需要你的时候，你又在哪里？他还把你当成朋友！他和我母亲结婚时你在哪儿？或许我们该谈谈我母亲。你愿意吗？”

"不，"沃克说，"我不想谈。"

"不……没人想谈，"我的声音冷漠、低沉而充满仇恨，"真是好笑。"

剃刀艾迪从办公桌后站起身，所有人的目光立即转到他身上。他从未像现在看上去那样，他的身影似乎充满了整个房间。他看着沃克，沃克恭敬地对他微微点头。

"如果约翰不愿意，那他哪里都不用去，"剃刀艾迪用死气沉沉的声音说，"别以为你吓唬得了我，沃克。我可是知道当权派和天使干的丑事的。"

"我也是这个意思。"霰弹枪苏西接言道。

"我见过暗夜圣杯，"剃刀艾迪说，"无论是古董王还是你们，或者天使，都不应该拥有它。它不属于这里，我相信，只有泰勒能处理好它。你们走吧，约翰，苏西。我会好好关照沃克的。"

沃克看着我，眼神里几乎含着些悲哀："你不会认为我是一个人来的吧，泰勒？"

刹那间，一道色彩华丽的影子从他身边穿过，进入办公室，然后以迅雷不及掩耳的速度在敞开的门口扩散开。有什么在经过我身边时击打了我，几乎把我打倒在地，然后向剃刀艾迪猛地撞去。这突如其来的冲击令他双脚离地，撞碎身后关着的窗户，无助地穿越烟雾弥漫的空气，摔向三楼窗外的地面。苏西才转过身，准备举枪瞄准，这个影子就转而席卷回来，只用一记简单而恐怖的抓扯，霰弹枪便从苏西的手中飞了出去。接着，影子开始撕扯苏西的内脏。黑色的皮夹克爆裂成碎片，苏西惨叫一声，腹部裂开一道口子，像巨大的嘴巴。苏西颓然跪倒在地，颤抖的双手握住自己体内流出的内脏。更多的血喷涌出来，浸透她的膝盖和双腿，在她周围的地上汇成一摊。

虽然我只几步就奔到她跟前，在她身边跪下，一把将她拥进怀里，可这一切似乎花了很长时间。我紧紧搂住她的肩膀，尽量不让她颤抖。她的面色苍白如骨，脸上挂满汗珠。她把目光转向我，想要说什么，但嘴巴已经不听使唤。她的眼里没有害怕，只有一种可怕的绝望。她想用一只血淋淋的手去摸索自己的霰弹枪，可枪在房间的另一头。她的另一只手仍在不住地将流出的内脏往腹腔内塞。鲜血和内脏的味道几乎让人窒息。苏西的呼吸开始急促，气喘吁吁，仿佛每次呼吸都需要付出巨大努力。

我和她都清楚，她即将死去。

那个影子忽然在我面前停下，露出一个熟悉的身影，一个多年未见的身影。我早该料到，一定是她。她摆出一副优雅的姿势，露出高兴而满足的笑容。她总是喜欢炫耀。她用戴着白手套的手举着装真言枪的盒子，那是她掏出苏西内脏的同时夺去的。她在我面前神气地摇了摇盒子，像在展示战利品，然后随意地将它滑入一边胳膊下的袖袋，转而对沃克说："我想，这是除了我那高昂的酬金外，另一笔小小的额外收获。你不反对吧，亲爱的沃克？"

沃克想说什么，却闭上了嘴。

"你好，妖女，"我用一种自己也没听到过的声音说，"很久不见了，是吗？"

"噢，好几年了，亲爱的。可你还记得我。遇到老朋友总是件令人愉快的事。"

妖女，这是对"无情妖女"的简称。她高大，优雅，美丽，练达，纤瘦得超乎想象。她镇定，时尚，具有一种邪恶的魅力，对那些诸如伦理与道德、善与恶之类的小事，抱有贵族化的蔑视。她就是她，怡然自得。她的面部充满不可思议的骨感，宽阔的前额，紫色的双眼和一张厚而紧绷的嘴。妖女是个自由职业者——私通、谋杀、盗窃、密谋，只要你出得起钱，她会做一切你希望她做的事情。她一直在做这些，并且总是按照自己的主张去行事。她在欧洲国家的首都间游走，大多数情况下，她并不在夜城。据说她认为夜城与她的身份不匹配。我想她只是觉得远离真正的竞争才会更加快乐。

为了达到目的，她随时准备好在任何地方击败任何人，似乎从来没有失败过，主要是因为她用从许多受害者那里夺来的战利品武装了自己。她的背上披着一张狼人的灰皮，又厚又蓬松。这张皮是她亲手从某个狼人身上剥下来的，现在她的背上随时都披着这张灰白的皮，狼人被掏空的头骨则耷拉在她的前额，像一块头巾。骷髅长长的犬齿位于她紫色眼睛的正上方，并在她额头上留下浅浅的凹痕。它不仅仅是一件外套，她的魔力使得这张毛皮依然活着，并与她融为一体。它已经是她的皮、她的毛，这样她就具备了狼人重生的能力。她佩戴着锃亮的金色胸甲，由龙皮制成，形成了任何东西都无法刺穿的铠甲。她手上戴着的那双盖过肘部的白手套其实是吸血鬼猎物的外皮，是妖女用自己白皙的手从那些还活着的受害者身上剥下的。她的一只手上，尖尖的爪子露在白手套之外，这是因为她将食尸鬼的爪子嵌入了自己的指尖。妖女脚上包裹至大腿的皮靴还是崭新的。我不知道她是用什么制成了这双靴子。妖女的魔法将各种武装变成自己的一部分，这种很现实的考虑使她自己不会被杀死。

妖女简直就是个自我创造的女人。

最令人侧目的是，她的两边脸蛋并不对称。左半边的肤色显然比身体其余部分黑得多。曾经有一个受害者得以靠近妖女并在她左脸上撕出一道口子。于是，当受害者死后，妖女将对方的半张脸替换到自己的脸上。新皮肤更加年轻、紧绷，生长得也很健康。

只要有人付支票，妖女可以去任何地方，对付任何人。要么是因为敌人具有挑战性，要么是敌人身上有什么妖女想要的东西。

我把苏西紧紧搂在怀里，让她摇摆的身体靠在我的胳膊上。此时，她正剧烈颤抖，接着一阵痉挛。血忽然间从她口中喷了出来，顺着她的下巴流淌。我几乎已经感到生命正离她而去。我有一种冲动，想要扑向妖女，扯断她的喉咙，让她为自己的所作所为付出代价。可我不能那样做，我必须更理智、更聪明。无论是肉搏抑或使用魔法，妖女都刀枪不入。至少她自认为如此。我唯一的希望就是保持冷静，镇定地跟妖女对话，分散她的注意力。与此同时，慢慢地、悄悄地向她施加我的异能。顺利的话，她或许根本不会意识到。只要我控制好自己的意志，使它犹如一根冰冷的针，应该就可以让它穿越她的肉体和魔法防御，潜入她体内，做我要做的事情。但这样很危险。哪怕妖女只是怀疑到我有何企图，便会在转眼之间掐断我的脖子，完成她的任务。此外，即便如此轻微地使用我的异能也会像在黑夜中点燃一座灯塔，向那些一直追踪我的人暴露出我的位置。因此，我必须谨慎，必须精力集中，必须让一切在完全秘密中进行。

好在这正是我的长处。

“很久不见了，妖女，”我用平常的声调说，“离我们上次共同完成那笔地狱风暴般的生意有多久了，六年，还是七年？我觉得我们是不错的团队。”

“别妄想唤醒我善良的天性，亲爱的，”妖女的回答冷酷而不悦，“你知道，我没有那种天性。我们曾经是好搭档，约翰，但仅此而已。”

“我听说漫步者在巴黎的地下墓穴四处围捕，最后抓住了你。”

“噢，他几乎做到了，亲爱的，但想杀我实在太难。我可不像躺在你怀里的小宝贝。可怜的苏西。真不知道你看上了她哪一点。”

“你的动作比过去快多了，妖女。是因为补充了维生素吗？”

“看到我的这双新皮靴了吗，亲爱的？你不会认为它们仅仅是配饰吧？我扒了一个希腊小神的皮来做靴子，于是，我拥有了他的速度。”

“认输吧，约翰，”沃克说，“现在就跟我走，我向你保证，苏西会得到救助的。这里没人非得去死。别让你所谓的尊严误事了。这次，我是个好人。我正拯救夜城免于毁灭之灾。”

“我听说，”我还是看着妖女，“无论哪一方的天使拿到暗夜圣杯，世界末日的决战都会提前上演。”

“听你的口气好像这是一件坏事，”沃克说，“黑暗的圣杯不属于人类，约翰。它始终是个麻烦。把它交给更适合控制它的人吧。”

“啊哈，沃克，”我说，“你总是不合时宜地说教。”

我悲伤地看着妖女：“你一定明白，不能相信他和当权派。”

“我谁也不信，亲爱的。但沃克已经付了钱，因此只要钱源源不断地来，我便为他卖命。等到这不幸的生意一结束，他们也不再需要你了，按照约定，我就能在你鲜活的大脑中寻找带给你特殊才能的源泉，然后把它挖出，塞到我自己的脑袋里。于是，你的异能就成了我的。多美好的事情啊。也就是说，你将永远与我同在。亲爱的，现在放下苏西，跟我来。或者你想先过过招？”

我小心地将苏西放下，让她缓缓躺在血液遍布的地上，她依然望着我。我站起身面对妖女。我的衣襟已经完全被苏西的血浸透。更多的血从我拳头的指缝中滴落。我对妖女咧嘴而笑，冷得像冰，我说：“我们过招吧，亲爱的。”

她看着我的脸发笑：“你总不会殴打女士吧，对吗？”

“当然不会，”我说，“难道你听说过这种事吗？”

就在她仍然哈哈大笑时，我忽然集中全力，用我的异能突破她的所有防御，向她发起攻击。我能用我的异能寻找东西。这一次，我找到了被妖女用来将所有战利品联合在一起的小魔法，正是这魔法使她能够掌控各种战利品的特性。用我的意志让她丧失这种魔法，并将其粉碎，这简直易如反掌。魔法消失的同时，妖女尖叫起来，各种刚才还被她控制着的防御随着魔法消散。狼人的毛皮从她后背和头顶脱落，长手套和靴子一面开裂一面腐烂，最终支离破碎，露出她手臂和双腿的肌腱组织。她的半张脸，就是那更年轻的半张脸，从她头上滑落，在尘埃中瓦解。妖女带着半张恐怖的脸，不住地惊声尖叫着。

我上前几步，再次攻击她，折断她的脖子。她还没来得及倒地便已咽气。

我在她旁边蹲下，抓起那张狼人的皮。它已开始破裂，但对于实现我的某个想法而言，它拼合在一起的长度还是足够了。我环顾四周，寻找沃克，可他已不见了。或许是去寻求援军了。我跪倒在苏西身旁。她一动不动地躺在那儿，情况很糟，几乎连呼吸都没有了。我将她的内脏从她腹部的伤口塞回她体内，然后拿出狼人的皮置于敞开的伤口上方。我用双手拼命揉搓这块皮毛，挤出其中的最后一滴血，让它落在苏西的伤口上。才一会儿，我便累得上气不接下气，而苏西伤口的边缘开始慢慢聚拢，继而消失，就好像什么也没有发生过一样。

毛皮已被我拧碎，它已完成使命，我随手扔掉。我再次扶着苏西坐起身，轻轻摇晃靠在我怀抱中的她。她的呼吸开始变得更有力、更均匀。忽然间，她的眼睛睁得大大的，眼神中充满疑惑。过了一会儿，她已能平稳呼吸，简直像个让人难以置信的新生命。接着，她那沾满血的双手伸向自己腹部先前的伤口处。她看了看毫无印记的小腹，什么也没有发现。这下她震颤着笑了起来，扭过头看着我。我冲她点头微笑，她也冲我微笑。

她缓缓探出一只手，用指头触摸我的脸。我一动不动地坐着，生怕稍不留神就会打断这一刻。她的指尖缓缓游移，带着一丝犹豫掠过我的脸颊、嘴唇，就像蝴蝶舞动的翅膀带来的微妙气息。忽然，她挣脱我，几乎是一把将我推开。她背对着我，双手和膝盖支撑在地上，伴随着重重的喘息，她不住地摇头。

“苏西……”我说。

“不。我不能这么做！”她的声音如此尖锐，一定会伤到她自己的嗓子，“我不能。即使面对的是你。”

“没事的。”我说。

“不，不是这样！永远都不会没事。”

她摇摇晃晃地站起来，四处寻找她的霰弹枪，终于从地上把枪拾了起来。接着，她向妖女连开了三枪。

“以防万一，”苏西说，“而且，看看这个婊子把我的夹克弄成什么了。”

我也站起身，看着她果断地背过身，我的生命中第一次不知道该说什么好。门外的走廊上传来匆忙的脚步声，苏西和我同时转身面对门口。我马上想到如果是沃克带着他的援军杀来了，我俩会十分开心的。我们差一点就向进门的方向发起了攻击。可来的只是剃刀艾迪，他唐突地出现在门口，手上拿着那把配有珍珠手柄的折叠剃刀。他看见了妖女的尸体，显得轻松了些。

“你刚才死到哪里去了？”苏西压下枪口。

“从三楼摔下去还要不了我的命，”艾迪用他鬼魅般的微弱声音说道，“但跑上三楼对我来说还是得花点儿时间。不过，看来我不在的时候你们把事情处理得不错。

沃克呢？”

“麻烦找上门时，他就吓坏了，”我说，“他一定很快就会回来，带着后援。”

“有人来了，”艾迪说，“我能感觉到，有人来了，但不是沃克。”

当我们意识到办公室里不仅仅有我们几个时，我们全都警惕地环顾四周。办公桌后是一个穿着灰色衣服的灰色人。再近一点儿，可以看出他的脸色也呈灰色。天使找到了我。

“离开这里，约翰，”剃刀艾迪说，“还有更多的天使在赶来。很多。”他走上前，挡在天使与苏西和我之间，“快走！我会拖住他们。”

他抬起左手，举起的居然是真言枪，空气中顿时充满邪气。天使开始发光，光线越来越亮，完全就像发自另一个地方。苏西和我向敞开的大门跑去。我们全速冲下楼，身后的空气中聚集起可怕的压力。就像暴风雨即将来临，又如血雨腥风的惊雷，触目惊魂的闪电。我们冲入大厅，继续狂奔。一个颠倒着念出的单词在远近之间响彻。有什么在尖叫，声音大得要将我的心震裂。苏西和我跑上大街，不敢停步，整个仓库爆炸了。冲击波几乎将我们震飞，但不知为何，我们还是在跑，一直跑到街道尽头。

最终，我们磕磕绊绊地停下来喘息，并回头张望。大谢尔盖仓库的围墙慢慢向内倒塌，消失在升腾而起的黑烟中。转瞬之间，仓库变成了一堆碎石。

“艾迪能逃出来吗？”苏西问。

“我想会的，”我说，“剃刀艾迪是很难被杀死的。”

“他们不也是这样说妖女的吗？”

“我们最好离开这儿，”我说，“更多天使正在赶来。”

“真可怕。我们要上哪去才能避开天使？”

“陌生人酒吧，”我回答，尽量让自己听起来充满信心，“我有主意了。”

“噢，你的主意总是伴随着危险。”

“闭嘴，快跑。”

7

梅林的神奇魔法

苏西和我在夜城中狂奔，身后紧跟着来自天堂和地狱的天使们。夜空中的天使展开翅膀，在我们头顶盘旋。苏西和我在废墟中的街道上奔跑穿行，而那些冷酷的天使离我们越来越近。夜色中尽是烈火与爆炸、死亡与毁灭。夜城所有那些或崇高或卑劣的威严，这一夜之间都被从天而降的魔爪撕得粉碎。我快速打量一下四周，想要确定所处的位置。对仓库区我并不太熟，现在的我已经完全晕头转向，唯一确信的就是此刻这条路远离家园和安全。我随意冲向另一条街，苏西在我身旁不断向周围开火。流弹差一点儿要了我的命，而她却大气也不喘。

我猛然停下来，因为街道前方出现了什么。苏西也看到了，她一个急停，本能地端起枪。两个模糊的影子顺着街道向我们冲来，熊熊燃烧的烈火作为背景，衬托出他们的轮廓。他们看起来都有点儿……不对劲，不知是为什么。紧接着，数字视频狂那浑身是伤的皮肤一溜烟地跑了过去，他那分离的肉体哭泣着跟在皮肤之后狂奔。苏西和我闪出一条道，让他们通过。我们无能为力。

“看来这座城市对天使的抵抗并未取得很好的效果。”我故作镇定地说。

“那是因为你以为自己看到了一切……”苏西说，“这些天使很顽固。我们得离开这条街，泰勒。但我已没了主意。快想个办法，快。”

头顶传来翅膀拍打夜空的巨大声响。有几百个天使，或许几千个，声音越来越接近地面。我到处张望，寻找灵感。这条街上就我们两人。其他人要么已经躲入地下，要么等着被埋葬。黑暗、庞大、无名的建筑在街两边排开，所有的窗户里都没有灯光射出。苏西和我被敌人层层包围，远离和平的领地，此时一切都只能靠我们自己。这在夜城很正常，真的，只不过这次更为突出罢了。就在情况糟得不能再糟时，他们来了。

不知从哪里冒出来的灰色身影堵住了我们的去路。十二个穿着灰衣的灰色男子异常安静地盯着我们。我看了看身后，毫无疑问，那里有更多的灰色身影。天使找到了我们。我抬头望望天空，甚至在想会有长着翅膀的家伙俯冲下来，从街上抓起我们，飞向别处，但他们没有进攻的迹象。或许他们觉得我们依然握有真言枪。一旦他们弄明白真相，我们必死无疑。

头顶上的身影突然放射出一道明亮、耀眼的光线，吞噬了整个黑夜。苏西和我都叫出声来，不由自主地抬起胳膊遮挡那令人头晕目眩的强光。一直以来，我们只习惯于在昏暗的环境中生活。张开的翅膀犹如燃烧的太阳。我想回头去看，可眼睛一阵刺痛，只能看到灰色的身影幻化为黑色的海洋，缓缓向我们逼近。那种阴影绝非仅仅由于光线被遮掩那么简单，它更加彻底、更加残酷。上空是无法忍受的强光，身后是残酷无情的黑暗。

“噢，见鬼！”苏西说。

“我有同感，”我说，“苏西，千万别向天使开枪。如果他们发现你那样做，对我们会更加恼火。”

“那你说我们怎么办！”苏西脸上闪过一丝微笑，“这些浑蛋的确想得到你，对吗，泰勒?”

“他们想得到我的异能，得到我寻找东西的能力。无论哪一方控制了我，都一定首先用它来寻找暗夜圣杯。”

“好吧，”苏西说，“既然他们胜过我们，人数比我们多，当然装备也比我们强，对我们而言，难道现在不是该破釜沉舟的时候了吗？”

“不，”我赶紧说，“我不会白干活儿。我也不相信任何极端的做法。”

“我真的不认为他们会接受你拒绝的回答。”

“还有一个很大的可能性，无论哪一方都宁愿消灭我，也不愿将我的异能留给他们的敌人。”我看着苏西，“他们只想要我。你可以……”

“不，我不能，”苏西说，“我不会离你而去。这也是我能为你做的。”

光线渐渐铺满街道，身后的黑暗也在靠近。要说出哪一方看起来更烦人，还真不是件容易的事。如此纯粹的场面并不属于物质世界。两股力量交汇时，我真的不愿手足无措地站在那里。我看了看身旁，苏西不悦地高举起霰弹枪。

“这一切都是因为你吗，泰勒？这些家伙难道非要滥杀无辜吗？”

“他们是天使，苏西。我想是他们创造了这个概念。还记得《圣经》里描写的罪恶之城——索多玛城和俄摩拉城吗？我们面对的是来自天堂和地狱的使者……光明与黑暗，而我们被夹在正中间。”

“这可真是我生命中的传奇了，”苏西提高了语速，“快点，泰勒，别让我等了。我们该怎么办？我们能怎么办？”

“我正在想！”

她哼了声：“你总是稳得住，泰勒。”

苏西将枪口转向我们身旁墙上的门，用最快的速度不停开火，不停上膛。门被向内打爆，腾起一阵烟尘和碎屑。苏西从犬牙交错的裂口钻进屋内的那片昏暗中，我紧随其后。

一进屋，我们便藏身于门两侧，后背紧贴着墙，等眼睛适应这里微弱的光线。感觉起来，墙壁厚而坚实，不过我知道这根本无法减缓天使的进度。我仿佛看到包围自己的是一个巨大、空荡的空间。一缕光线从高墙上的狭小窗户里投射进来，我开始辨别出在各种成堆的商品中有一系列狭小的过道。街道上，非人类的声音起起落落。这种声音是纯粹、原始、痛苦的喧哗。两股力量横扫街道，撞击在一起，发出山崩地裂般的响声。脚下的地板在摇晃，这间仓库的墙也在颤抖。狭小的窗口中，耀眼的光线投射进来，将仓库照耀得如同即将激战的战场。仓库上方，巨大的翅膀拍打声一浪高过一浪，仿佛某种远非人类可及的力量已经做出某个致命的抉择。我叹口气，摇了摇头。看上去，我无能为力。这里是夜城，你们这群浑蛋。我们做事的方式可不同寻常……

“知道这鬼地方是哪里吗？”苏西问，“我看到的都是木箱，闻到的全是木屑和猫尿味。”

“如果我没认错的话，有人在此制造幸运魔法。希望其中的一些能帮助我们。我想应该往这边走。”

我从墙后闪出，走进阴暗中，苏西快步跟在我身旁。我们在一堆堆的木箱中摸索前行，向仓库的另一端走去。走了还不到二十步，一束聚集的光便从刚才的进门处射进室内。阴暗在瞬间被驱散，仓库的每个角落、每点陈设都被照得一清二楚。我和苏西发足狂奔。天使们轻而易举地拥入仓库，脚下的地板开始剧烈摇晃，犹如一场地震正在发生。我低下头，继续奔跑。

前方的地面忽然裂开，一道宽阔的地缝顿时呈现在眼前。我试图跳过去，但根本不可能。当我发现蹬踏的脚下空无一物时，心里顿感绝望。我堕入一片漆黑之中，仿佛将要永远消失。千钧一发之际，我一只胡乱挥舞的手抓到了地缝的边缘，并立刻死死抓住。骤然停止的下落令我的肩膀像断了一样疼，我的全部重量落在一只胳膊上。我举起另一只手想要抓住地缝边缘，但总是差那么一点儿。地面还在震动，被我手抓住的那点地方已岌岌可危。我抬起头，看到了苏西，她站在地缝的另一边，正低头看着我。我早就知道她能跳过去。她跪下来，观察我的位置，脸色煞白。

“离开这里，”我说，“他们并不想抓你。我想我宁愿掉下去也不愿让他们利用我。”

“我不能让你摔下去，泰勒。”

“你不能触碰我，不记得了吗？”

“见鬼，还管那些。”苏西说。

她向下探出一只手，我则伸出那只空闲的手，够到了她。苏西的脸庞刚毅、果敢，她死死攥紧我的手，让我觉得那就是生命，那就是友谊。她将我拉出地缝，我俩都在地缝的另一端摔得四仰八叉。刚一脱离险境，她就松开我的手，我们匆忙爬起身。

“被逼到绝境时，你会惊讶我能做出些什么事。”苏西说。

“不，我不会惊讶，”我说，“我尝过你做的菜，还记得吗？”

有时候，幽默一把就可以表达那些我想说却又不能说的意思。

天使们冲破仓库墙壁，蜂拥而入，对他们来说，这堵墙简直只是一层浓雾。相对于他们目前所处的物质世界而言，天使们似乎比一切都要更强大、更坚实。或许他们本身就如此。灿烂的光芒和浓重的黑暗同时侵入仓库，消灭他们触及的一切。苏西盯着我，说：

“告诉我你已经有主意了，泰勒。随便什么主意都行。因为我认为我们已经逃够了。”

“我确实有了主意，”我说，“但我不愿那样做。”

“绝对是个好主意，”苏西紧接着说，“不管是什么，都一定是个绝佳的主意。我很喜欢这个主意。到底是什么？”

“我知道一条能使我们直接到达陌生人酒吧的捷径。不久以前，亚历克斯在我比较沮丧的时候给了我一张特殊的酒吧会员卡，可在紧急情况下使用。一旦将卡片激活，卡里的魔法就会将我们输送到酒吧。亚历克斯之所以给我这张卡，是因为听说了我在酒吧外的小巷中跟无面使者的那次相当不快的经历……”

苏西瞪着我：“你一直把这张卡带在身上，但你却还没有使用过？”

“我怕其中有诈。”

“我能不吃惊吗？”

“魔法会露出尾巴，”我耐心解释，“天使很快就会知道我们去了哪里。我依然希望我们能摆脱他们……可似乎逃跑已不大可能。”

“用你的卡吧，”苏西说，“相信我，现在正是用它的时候。亚历克斯总是夸耀他的地盘受到强大的保护。我认为是时候来验证一下他的话了。”

“他见到我们会不高兴的。”

“他曾经高兴过吗？用你的卡！”

我已经把卡拿在手中。一张简单的浅浮雕卡，用哥特体黑字写着酒吧的名字，还有血红的字书写的“你在这里”。我将拇指按在鲜红的字上，卡被激活了，释放出魔法能量。它飞出我的手心，落在我面前的半空中，释放出闪光和奇怪的能量泡。亚历克斯总是喜欢炫耀自己的魔法。天使意识到正在发生的事情，两方拥上前来。卡片忽然变大，成为一道向我敞开的门。柔和的灯光和欢快的声音渗入仓库。苏西和我迈步跨入陌生人酒吧，门随即关闭，将气急败坏的天使愤怒的嘶吼声切断。

我猜测自己在陌生人酒吧的出场方式一定有更令人印象深刻的时候，却想不起具体时间。当然，我们俩的突然出现，以及大喊“快逃命吧！天使就要来了！”的出场方式，还是相当引人注目的。

酒吧里形形色色饮酒作乐的人好像全都想起自己在别的某个地方有更紧急的事情要处理，纷纷匆忙离开酒吧。有人走大门，有人跳窗户。还有几个留下一阵黑烟便神奇

地消失了，另一些则走属于自己的门，进入某个不那么危险的地方。有人彻底变身成一张酒吧高脚凳，希望不会被发现。有个家伙利用这场混乱越到吧台上，把手伸向收银箱。亚历克斯的保镖，贝蒂和露西，还没等他逃出十步便抓住了他。贝蒂一把夺过收银箱，露西将他揍得屁滚尿流，接着将那个话也说不出来的浑蛋放跑了（更确切地说是一瘸一拐地跑了）。她们有更重要的事去做。亚历克斯站在吧台后边，眼睁睁地看着一切，显得比平时更加痛苦和不悦。当最后一名顾客消失，这里变得寂静后，他将抹布扔到吧台上，怒视着我说：

“太感谢你了，泰勒。我今晚的利润全没了。我就知道不该给你那张卡片。”

苏西和我气喘吁吁地靠在吧台上，亚历克斯不情愿地推给我们一瓶白兰地。我喝了一大口，然后把瓶子递给苏西，她将剩下的一饮而尽。亚历克斯有些吃惊地说：

“我为什么要自找没趣儿给你那些好东西呢？你从不懂得感激。现在又跑来说什么天使要来了？”

“他们就在我们身后，”我说，“而且他们的心情很不好。”

“快对我们说，这里是受到庇护的，”苏西一边用手抹嘴一边说，“我真的很想听到你说这个鬼地方是受到强大庇护的。”

“它是受到庇护，”亚历克斯说，“但有可能……不是‘那种’庇护。”

“是很特别的庇护，”我说，“你是想说这个吗？”

亚历克斯深深地叹了口气，说：“我已经泄露了商业秘密，可是……从根本上来说，整个建筑都受到护卫，那是几个世纪来不同巫师所施诅咒和魔法的积淀。祖父对那些在厕所里随处小便的人施了狠毒的诅咒。当然，我的祖先梅林还埋在酒窖下的某个地方。这足以将那些讨厌的苍蝇赶走，即使是在夜城。不过没人提到过任何关于该死的天使的事情！我不认为有谁想到过会发生现在这种事。当然，他们也不认识你，泰勒。”

“你随时可以把我交给天使，”我说，“我能理解。”

“这是我的酒吧！”亚历克斯嗤之以鼻，“没谁能动我的客人，即使对你也不行。没谁能对我指指点点，告诉我在自己的酒吧里该怎样做，即使是一群天上飞的暴风骑兵也不行。我应该把门窗都封起来吗？”

“如果你愿意的话。”我说。

“那样有用吗？”

“没多大用，其实根本没用。”

“你实在是太有趣了，泰勒，你知道吗？”

苏西背靠吧台，手上端着霰弹枪，警惕地看着四周：

“泰勒，天使还有多久会找到这里？”

“不会太久。”我说。

“至少能允许我问问你俩为何看上去都像被鲜血浸泡过吗？”亚历克斯说，“当然，我并不是关心你们有没有受伤。我只是出于卫生的考虑想了解一下。”

“我遇到了一个老朋友。”我回答。

“我认识吗？”

“妖女。”

“噢，”亚历克斯说，“难道她——？”

“她安息了。”

“很好，”亚历克斯说，“狂妄的婊子。我对她一直没好感。总是一副目中无人的样子，对我酒吧里的点心也不屑一顾。她总是要点最好的香槟，但从来没有付过钱。”

“你不会凑巧在吧台后边藏了一把威力强大的枪吧，会吗？”苏西有些期待地问。

亚历克斯冷笑一声：“即使我有，我也不会傻到拿枪指着天使来招惹他们。总之，我最近听说你和泰勒拿到了真言枪……告诉我，枪还在你们手上。”

“我们把枪弄丢了。”我承认。

亚历克斯看起来很是恼火。他紧握拳头，牙齿咬得咯咯直响，实际上，他气愤得发起抖来，伸手抓住贝雷帽下边的两撮头发，用力地拔着。

“你就是这样，泰勒！我以为你们有真言枪，我觉得大家还有一线希望。但现在没了！你得到了夜城里最强大的武器之一，却把它弄丢了！你这个倒霉蛋，泰勒，你知道吗？你除了带来坏消息，什么都没有，你总是这样！我能预感到我的脑袋正在……这下我们还能怎样保护自己？请天使们好好喝上一杯？露西，贝蒂，采取紧急措施！现在就开始！”

露西和贝蒂开始干活儿，她们将吧台前所有的家具都挪开，腾出一大块空地。那个变身为酒吧高脚凳的家伙在她们粗鲁的动作下低声叫喊着，但不肯现出原形。等清理出了足够的场地后，她们用吧台后的盐瓶勾画线条，铺出一个五角星形。从她们信手画来的样子看，她们干得专业而娴熟。保镖需要掌握特殊技能，尤其是在夜城。我们都站到五角星里，接着露西和贝蒂将图形封闭，通过在五个角画些奇怪的符号将图案激活。贝蒂慌乱地画好最后一个符号，盐构成的线条开始散发蓝白色的能量之光。五角星形从几根线条中吸取力量，那是物质世界活生生的神经系统。不幸的是，天使们的力量来源于某些更加奇怪的地方。

贝蒂和露西一起坐下来，紧紧相拥。她们已经尽己所能。苏西和我背靠背地站着观望。亚历克斯一边念念有词，一边东张西望。至少，他没有把那阴森目光直接投射在我身上，那眼神的意思显然是要说“这全是你的错，做点儿什么！你会有个好办法的”。其实我已经有办法了，不过我还不打算告诉他，因为他不会喜欢我的主意。

楼上，酒吧的前门被撞开。随之而来的是巨大的翅膀拍打声和沉重的脚步声。一道炫目的光撒入前厅，却在通往酒吧的楼顶处突然停下。空气里凝聚起极度紧张的气氛，那种压迫和胁迫感就像即将出现的暴风雨，天使们在陌生人酒吧古老防御的作用下，暂时受到了压制。所有窗户同时破碎，四处横飞的玻璃碎片在空中肆虐，落在五角星发光线条以外的所有地方。一种比夜更黑的阴暗从窗口渗透进来，将窗户吞没，接着缓缓爬上墙壁。

“他们来了，”苏西说，“天堂和地狱的使者。”

“而可怜的人类被困在中间，就像这样，”我说着转向亚历克斯，“现在就看你的了。我们需要你的祖先，亚历克斯。我们需要梅林。”

“不，”他说，“没门儿。我才不会那样做。”

“他是唯一有能力阻挡天使的人，亚历克斯。”

“你根本不知道自己在说什么，约翰。我不能那样做。”

“那就是你伟大的计划？”苏西说，“召唤梅林？他不就是个不死的巫师吗？”

“据某些亚瑟王传奇中的记载，他的全名是梅林·萨坦斯鲍恩，”我说，“人们怀疑他的父亲是魔鬼。”

“我还认为事情不会变得更糟糕了……”苏西生气地板起脸说，“我看到的是我们的处境越来越险恶。你要是同意的话，我现在就可以向他们开火。那样痛苦或许会少一点儿。”

“别紧张，苏西，”我说，“我正在处理。亚历克斯……”

“别让我做这种事，约翰，”他冷冷地说，“求你了。你不知道这种事对我意味着什么。当我将他唤醒，他就会对我附身。他将取代我在这个世界的位置。我必须不再存在，以便他能现身。或许那就是死吧。”

“很抱歉，亚历克斯，”我说，“真的抱歉。但时间已经不允许我表现得仁慈。”

我用异能侵入他的大脑，找出亚历克斯和他那远古祖先间依然存在的联系，用力鼓动：

“梅林·萨坦斯鲍恩，现身吧！”

亚历克斯大喊出来，他沉浸在痛苦、颤抖和恐惧中，不等我们阻止，他便奔出了五角星。他抢在变化开始之前，尽可能地跑到酒吧的远端。整个世界似乎都在战栗，现实开始交替变换……就在亚历克斯所处的位置，忽然间，一个看上去很陌生，或者说很苍老的人出现在这个世界。他庄重地坐在一个铁制宝座上，深黑色的金属上雕刻着躁动的神秘字母。他赤身裸体，死尸般的苍白身体从脖子到脚都覆盖着凯尔特和督伊德教刺青。许多图案看上去令人不快，说得直白点儿是十分讨厌。在古老的图案之间，他的皮肤有些起泡、变色，几处已明显腐烂。这就是他已经死去很长一段时间的表现。他的头发又长又灰，缠绕着垂至肩下，上边的黏土和靛蓝使得一些地方的头发僵直发硬。他头戴一顶槲寄生王冠。颧骨突出，长相丑陋，原本应该是眼珠的眼窝里跳跃着两团火焰。他的胸口正中有一道古老的伤口，皮肤、肌肉和骨骼在那里撕裂开来，露出一个洞。心脏已经没有了，很久很久以前就不见了。他是梅林，阴魂不散，威力无比。梅林坐在他古老的宝座上恐怖地笑着。

据说他拥有自己父亲的眼睛。

他是为了实现某个可怕的愿望而存在的。生、死、现实都要向他的魔法低头。不过有另一种说法，他依然存在是因为天堂和地狱都不愿接收他。

“这次是谁打搅了我？”梅林的声音低沉而灰暗，刺激着耳膜，就像指甲抓挠着灵魂。

“我是约翰·泰勒，”我礼貌地回答，“是我叫你的。

天使已经来到夜城，他们来自天堂和地狱，要寻找暗夜圣杯。他们对这个地方和你现在的后代构成了威胁。”

“妈的，”梅林说，“总是不得安宁。”

楼梯顶端传来一个声音，一个十分和谐的非人类合声：“我们代表最高层次的意志。我们是光明的战士，是神圣法庭的战士。把那个人交给我们，我们需要他。”

另一个声音传来，发自于那覆盖窗户并在墙面上慢慢扩展的黑暗。声音嘈杂，极不和谐，但依然是非人类的合声：“我们代表晨星的意志。我们是地狱的战士，是阴间的战士。别碍我们的事。那个人是我们的。”

“典型的天使，”梅林满不在乎地说，坐在王座上岿然不动，“只知道虚张声势吓唬人。总是欺凌弱小。灵魂的猎狗，没大没小。你们说话都给我小心点儿。我是晨星之子，最好别那样跟我说话。我或许是个反基督者，但我不想担负这个名声。天堂和地狱都已决定了我的自由。是我为亚瑟王建造了卡米洛特宫殿。我创造了一段人类的黄金时代，理性时代。接着，圣杯流入了英格兰那美丽的海滩，然后人人只知道惦记它，全都愚蠢地去追寻，背弃自己对人们的职责。当然，他们都失败了。面对梦想，什么叫作理性？我依然怀念亚瑟。他始终是他们中最好的一个。亚瑟，我曾经和永远的国王。”

“你真的见到过圣杯吗？”苏西敢打断任何人的话，“它看起来是什么样子的？”

梅林的笑容略微柔和了一阵：“它很……美妙，是件美丽、快乐的东西，几乎值得用失去整个世界去换得它，美得几乎足以……让我为自己的见识短浅而惭愧。人不能只靠理性活着。”

“可现在暗夜圣杯到了这里，”我说，“我已经听说无论哪一方的天使得到它，都将是一件很糟糕的事。其中涉及世界末日。”

“暗夜圣杯，堕落圣杯……”梅林将一只腐烂的手抬到胸口的伤洞。“我想这丑陋的东西在此地出现是无法避免的事情。夜城本来是天堂和地狱的天使都不能直接介入的地方，也是一个远离命运暴政的地方。在夜城，即使最高阶层和最低阶层都能只靠代理人来运转。这也是天使在这里弱小得多的原因所在。”

苏西和我对视了一眼。如果这还是弱小的天使的话……“对不起，梅林先生，”我尽可能礼貌地说，“你刚才是说之所以创造夜城是为了某个特别的目的吗？谁创造了它，又是为什么创造它？”

梅林用燃烧着的眼睛看着我，不快地笑了：“问你母亲吧。”

不知为何，我已经料到他会这样说。

“如果这些天使中的一些是天堂的使者，”苏西说，她就像个打破砂锅问到底、不达目的不罢休的家伙，“他们为什么要杀人，把他们变成盐，炸毁那么多建筑？”

“我们只惩罚罪恶，”光明处的合声说，“这里有那么多有罪的东西。”

苏西看着我：“他们真会找理由。”

“当然，”梅林说，“这里所有的天使都被他们的主人抛弃了。可怜的东西，他们不会为自己考虑。因此他们才把这里弄得一团糟。你们并不善于做决定，对吗，男孩们？”

“我们来这里是为了暗夜圣杯。”光明的声音说。

“你敢阻挡我们吗？”黑暗的声音说。

“有何不敢？”梅林说，“这又不是第一次了，对吧？你们现在都给我后退，否则我会把你们的羽毛给油炸了。”

光线减弱了一点，黑暗停止了扩展，但包围的场面依然如前。

“泰勒，”苏西仓促地说，“快告诉我你的主意不止是这个……”

“还不到一半呢，”我低声道，“待在这别动。梅林先生，如果你同意的话，我想我能用一种比较好的方式解决这些麻烦……是的，不可能让所有人都满意，但那将是我们都能接受的一种方式。当然，活着是相对的。我不知道暗夜圣杯在哪儿，但我敢保证我知道它在谁手中。你可以看到一切，梅林先生，因此，你愿意把古董王抓住，并把他带到这里来吗？”

梅林用布满刺青的手懒散地比画了一下，古董王忽然之间站在了我们的五角星中。他东张西望，目瞪口呆，两个眼珠子愤怒得几乎夺眶而出。他想要骂脏话，但当他看到坐在王座上的梅林后，立刻闭上了嘴，深怕给自己惹上更大的麻烦。古董王是个矮胖的中年人，脖子粗短，面色红润，身穿白色的连衣裤和披肩。不过这身衣服根本不适合他。

“哇，”苏西用枪口顶住古董王的耳朵，“现在我所说的好戏才正式开始。”

“噢，见鬼！”古董王说。

“注意言行！”苏西说，“天使们可都在场呢。”

“你好，古董王，”我镇定地说，“你的腿怎么样了？”

“泰勒！我早该料到是你在背后搞鬼！”古董王还想骂骂咧咧，但苏西将顶在他耳朵的枪口向前捅了捅，古董王暂时闭上了嘴。

他怒视着我：“我得长出一条新腿，感谢你在前边那些年里给我找的麻烦，阻止我的时间旅行，害得我未能做成划算的买卖。还有，我总是自己摔跟头，像个傻瓜一样，说得轻巧些，这让我身心俱疲。现在，有人愿意告诉我，为什么要违背我的意愿，把我给弄到这里来吗？”

“因为这里需要你，”我说完迟疑了一会儿，因为我必须先弄清楚，“这套衣服是真品吗？”

古董王尽力站直身子，但没多大改变。他整理着着装，那场面实在不好看。“当然是真品！他们甚至还不知道丢了这身衣服。”

我笑道：“你在下边垫好了那片货真价实的尿布了吗？”

古董王眼睛眯成一条缝：“你想要什么，泰勒？”

“暗夜圣杯……在你手里。”

“是的，现在还在我手上。暗夜圣杯是独一无二的宝贝。它将成为我藏品中的骄傲。收藏协会的那群同仁们要是听说我得到了它，都会嫉妒死的！”

“如果我们不把那该死的东西立刻交出来的话，大家都得死。”我说。

“赶快开始吧！”苏西吼了声，又将古董王耳边的枪管向前推了推。

他一把推开枪口，转过脸瞪着她：“别想威胁我，射手。我所受到的保护你想也想不到。”

“不幸的是，他说的可能是真的。”我说，“所以，苏西，你可以放松些。古董王，如果你还没注意到的话，我可以告诉你，我们现在正处在天使军团的包围中，为了让你交出暗夜圣杯，他们可以将你撕碎，一直撕成分子。同时他们还会让你欲死不能，让你意识仍在，让你惊声尖叫。你真的认为自己受到的保护足以对抗一大群怒火中烧的天使吗？”

他哼了一声，但显然气势受了打击：“他们连我的收藏品存放在哪里都不知道。”

“在月亮之上，”苏西得意洋洋地笑了，“就在宁静海下边。”

古董王已经在捶胸顿足了，他气得在空中挥舞着肥胖的拳头：“我就知道不能相信剃刀艾迪……但他把我灌醉了，这个浑蛋。不过没关系。让那些天使尽管去夺走我的荣耀吧。他们将发现我能召唤比天使更可怕的东西！”

“你谁也骗不了，小家伙，”梅林开口了，他那冷酷铿锵的声音顿时将古董王的自信瓦解得一干二净，“在还不算为时太晚之前，放弃那个堕落的暗夜圣杯吧。它已经在腐蚀你的大脑了。”

“它是我的！”古董王说，“你不能夺去它！你只是想自己得到它！”

梅林淡然一笑，笑声让每个人心头一颤："绝对不会，小家伙。我曾经手握真正的基督圣杯。耶稣最后一次晚餐时使用的圣杯。再也没有什么能引起我的兴趣了。"

"我绝不会放弃暗夜圣杯！"古董王大叫起来，他的脸涨得发紫，"我不会的，你们命令不了我！即使是你，梅林·萨坦斯鲍恩。你还得靠我在某一天为你找到丢失的心脏。所有人都辜负了你，我是你最后一线希望。"

苏西好奇地看着我，我叹了口气说："好吧，我简要地介绍一下这个冗长复杂的故事。很久很久以前，梅林的心被一个年轻女巫拿去。后来，她在一场牌局中输掉了那颗心。失去心脏，梅林的力量只及身体健全时的一小部分。几个世纪以来，那颗心脏就像暗夜圣杯一样被不停转手，而现在……不见了。"

"你难道不能找到它吗，用你的异能？"苏西问。

"或许吧。这也是梅林现在愿意帮助我们的原因。我说得对吗，梅林先生？"

他微笑着点点头，眼窝里依然燃烧着火焰。我没有告诉苏西的是，我绝对不想去寻找梅林的心脏。任何一个心智健全的人都不愿看到梅林恢复自己的全部力量。即使已死，他还是比天使恐怖得多……

"你不能留着暗夜圣杯，"我向古董王明说，"你没有办法对抗天使。你可以相信，他们已经准备好，并十分乐意去毁灭你的全部收藏品，在你的财产中开战，以寻找暗夜圣杯。”

古董王闷闷不乐地板起脸：“他们会这样做的，对吗，血腥的翅膀野人？好吧，你们可以得到它！丑陋该死的东西。梅林，请让我回到月亮上。”

“带上一些伙伴吧，以便确保你是诚实的。”梅林说。

我无奈地看着苏西。“准备好吧。”我说。

转瞬间，苏西、我和古董王出现在了另一个地方。

8

月亮上的猫脸机器人

每次被传输到某处时，我都会看到自己一生的经历在眼前闪过，或者至少是些重要的片段。从这些经历来看，我这一生还是很精彩的。

苏西、古董王和我在某个地方被还原了，周围被有毒的黑烟浓云环绕。梅林从守旧派那里学到了魔法，依然相信传统的特效。苏西用手驱散烟雾，拼命咳嗽，而我则在检查自己应该拥有的两件东西是否都还在。对别人的传输咒语再小心也不算过分。隐藏的排风机很快便将大部分黑烟抽净，终于可以看清周围的情况了。我们所在的是一处绚丽多彩的接待处，悬挂的亮丽丝绸形成四面的墙壁，丝绸上画着七彩的虹，却比彩虹漂亮得多，地面和天花板都修饰着棋盘格子图案。我的双脚深陷入柔软的地面，走在上面，抬腿落腿都是如此突然，令我感觉像晕船。空气中有一种很强烈的味道，闻起来像松树的香气。苏西充满疑惑地望着四周，手里握着霰弹枪，但似乎没有明显的威胁。

古董王拨开一段悬挂的丝绸，露出一个小巧的高科技控制台，所有闪烁的金属和水晶原件显露出来。他用粗短的手指操作控制器，完全不顾其他事情，与此同时，他还在对着控制台嚷嚷着什么，听起来好像是“爸爸回来了”。我注意到一个事实，这里一扇门也看不到。苏西终于止住了咳嗽，她几乎已经咳出了肺，接着，她朝柔软的地面吐了口唾沫。

“我希望梅林能克服自己对那些华而不实的特殊效果的需要，”她抱怨道，“烟雾总是让我的鼻窦难受得要命。”

“男孩都喜欢恶作剧，”我说，“我们不得不接受梅林那些小小的古怪行为。因为如果我们不那样的话，他没准儿会将我们化作青烟。古董王，你在做什么？”

“关闭某些内部安全系统，”他头也不回地说道，“我在这里设置了各种隐蔽的保护措施，我不希望你们进入我的仓库的瞬间遭到枪击。我的一些藏品可能会因此受到损伤。我必须小心。总是有人想闯进来偷走那些珍贵的东西。浑蛋！”

“他们胆子可不小，”我低声道，“竟然觉得自己能从你偷来的许多东西中盗得一杯羹。”

古董王一言不发，依然弓着背在控制台上捣鼓。我在柔软的地面上跳了几下，试试自己的重力。倘若我们真的是在月亮的宁静海之下，那也早有人费了很大劲把这里布置得像个家一样。重力、空气、温度似乎都和平时一样。这也暗示着别的地方一定还有古董王更为先进的藏匿之处。苏西在这有限的空间里一刻不停地到处巡视，不时用枪管拨弄一下悬挂的丝绸。她用鞋跟猛踩松软的地板，还大声叹了口气。

“我一直都说你应该住这种软壁小室的，古董王。”

“我喜欢舒适，无拘无束，”他终于转身离开了控制台，“地里的填料会在人造重力意外波动时对我起到保护作用。保持这个地方正常运转的绝大部分科技来自于我造访过的某个可能的未来，我不得不承认，连我也不太清楚它们是如何起效的。我知道该按哪个钮，但只要稍微有一点儿差错，我就必须回过头去重新尝试。通常，我用机器人来进行操作。待会儿你们会见到它们。”

“这些就是抢劫的麻烦，”我说，“你很难有充足的时间去了解操作手册之类的东西。”

“我才不抢劫！我是在收集和保管！”

“那么那件著名的藏品在哪儿呢？”苏西说，“我们大老远跑来可不是为了看看这像妓女闺房的地方。我们可是在赶时间，还记得吗？”

“经过这里就到，”古董王有些不快地说，“跟我来。”

他钻进一块深褐色的丝绸，打开一道暗门，示意苏西和我先进去，但我们都不动脚步。我们让他先走，然后才紧跟着他穿门而过，他带领我们走进了一个我见过的最大的仓库。看起来这里无限延伸下去，墙离得那么远，以至于我几乎看不到它们。没有屋顶，只有一道明亮的散射光从某处照了下来。巨大的仓库内，堆满了成千上万大小不同的木箱。箱子堆得很高，每个箱子上都有编号。堆叠的箱子间是狭窄的过道。我四下张望，想对他收藏的规模有个大致了解，但光是那些数字就已充斥我的大脑。这里没有陈列藏品，没有可以欣赏鉴别的东西，只有木箱。

“就这些吗？”苏西皱起鼻子问。

“是的，什么也别碰！”古董王严肃地说，“我已经关闭了隐藏的机枪，但我的机器人体内的程序依然会令他们保护我的藏品免受任何一点伤害。或许我不得不让你们在此停留一会儿，但我最多也只会做到这一步。你们来此只是为了一件东西，我会替你们拿。幸运的是，梅林把我抓去时，我刚好将它打包好。看来我必须再次对我的安全防御系统进行全面升级了。”

“不知道为什么，我总以为会看到些更令人印象深刻的东西，”苏西说，“难道你从来不把那些好东西展示出来，供你把玩吗？”

古董王有些吃惊：“现在这样要安全得多。我不欢迎访客，对我而言，拥有一件藏品就代表了一切。是的，刚得到一件东西时，我确实会亲手拿着它，审视它，享受它的种种功能、获得一种满足感……我的确喜欢检查每个细节……细微的局部……”

“如果他这时开始说梦话了，我就得准备呕吐。”苏西说。我只能点头表示赞同。

古董王瞪了我们俩一眼：“但是，一旦最初的兴奋过去，我会立刻将它安全地包裹起来放到这里。真正令我陶醉的是追求藏品的过程。还有，那种战胜竞争对手的感觉，我能得到某件东西而他们却得不到。我真的很喜欢受到新闻媒体的追捧和称赞……当然，在将每件东西放入库房前，我都会用计算机对它们进行扫描，以便在闲暇之时，我可以把虚拟模型拿出来欣赏。毕竟，一些较为精致的藏品经不起太多的……把玩。而且从计算机菜单中找到一件藏品远比在一大堆木箱中寻找一样具体的物件要容易得多。”

就在这时，第一个机器人出场了，苏西和我对古董王的唠叨立刻失去了兴趣。金属人是由光亮的钢铁和黄铜制成的瘦高个儿，它迈着细长得离谱的双腿，顺着狭窄的过道向我们走来，那明晰的线条是对装饰艺术的最好诠释。它平稳地接近我们，显得不慌不忙，每一步都流露着出人意料的优雅。这个机器人隐约有着人类的特性，但有点儿方的脑袋具有典型的猫头特征，例如颤抖的金属胡须和发光的窄孔眼睛。它那长长的手指尽头是尖锐的指甲。更多的机器人出现在四通八达的过道中，最后，我们面对的已是小具规模的一支猫脸机器人部队。我觉得自己听到了它们发出的微弱嗡鸣，音频如此之高，以至于只有我能听到。它们仿佛是在交头接耳。古董王对它们亲切地微笑。苏西的枪在手中晃来晃去，搜索目标。

“放松点儿，苏西，”古董王说，“它们只是来监视你们，没有恶意。陌生人会令它们紧张。是我给它们设计的那种程序。带有些偏执狂特质的那种警觉是最有效的防护。我是在一次很好的买卖中从另一个可能的未来得到这种运气的。它们具备基本而有限的人工智能，同时聚合了猫的大脑，简单，服从命令，在必要的时候异常凶狠。它们真的很乐于追捕……和捕猎得手后的折磨。这些喵喵叫的保镖们守护着我的收藏品。这里是它们为我建成的，并在我不在时替我管理，这可比任何可能出错的人类守卫都要管用。还有，这些日子我可不愿与其他人为伍。我宁愿独自一人和我的收藏品待在一起。我可爱的收藏。”

“恕我冒犯，古董王，”苏西说，“即使是在夜城，你的为人也太古怪了。”

“对于某个并不打算冒犯别人的人而言，我想你干得很棒。”我说。

“一切正常吗，主人？”一个猫脸机器人用颤抖的女低音问。苏西和我一脸诧异地望着古董王。

“一切正常，”古董王颇有架势地回答，“你们都可以去做该做的事了。我的客人们不会待太久。如果有需要，我会叫你们的。”

“遵命，主人！”机器人说。接着，所有机器人缓缓转身，消失在仓库里四通八达的通道中。苏西认真地看着这一切，直到它们全都离去，才回过头望向得意扬扬的古董王。

“它们都必须叫你主人吗？”

“当然。”

“那样叫一阵子后，难道不会让人反感吗？”

“不会。为什么这么说？”

“别关心这些了，苏西，”我说，“我们真的没多少时间了。”

古董王带着我们走进一条狭窄的过道，在外人看来，这里跟别的通道毫无二致。苏西和我跟在他身后，死死盯住他的后背。我们跟得很紧，数百条阡陌小道很容易让人彻底迷失。我的目光在身旁不断闪过的木箱上游移，其中一些除了标有数字，还贴着标签。一张标签上写着：“南极探险一九三六；在得到更老的拷贝前，切勿打开。”尽管仓库里暖和得令人不适，但箱子外却覆盖了一层白霜。另一个大得多的箱子上的标签仅仅写着“罗斯威尔一九四七”，箱子上留有气孔，里边有什么东西在痛苦地低吼。还有一个木箱骄傲地悬浮在离地十厘米的高度。我不清楚箱子里装着什么，但味道很难闻。苏西让我注意一个更小的箱子，它正在剧烈颤抖，几乎快要晃散架。我礼貌地拍了拍古董王的肩膀，指了指那个箱子问：

“你在那里边到底藏了什么鬼东西？”

“永动机，”古董王说，“搞不懂怎样才能让那该死的东西停下来。”

“你在这里藏了这么多令人惊奇的东西，”我说，“你打算与谁分享？有其他人见过你得到的所有这些奇迹吗？”

“当然没有！”他看着我，怀疑我是不是疯了。

“可是……收藏的一半乐趣不是在于向其他人展示自己的财富吗？”

“不，”古董王斩钉截铁地回答，“一切只在于拥有。东西是我的，全都是我的。我的确时不时地喜欢羞辱一下我的对手们，向他们展示我拥有了某件大家都在追逐的东西的证据。我令他们嫉妒得发疯，然后借机嘲笑他们。不过归根结底，除了我自己，没有人知道我真正拥有些什么，这并没有什么关系。知道自己赢了、自己最强就足够了。”

“就这样吗？”苏西说，“难道会有谁带着这么多赢来的玩意儿进棺材？”

古董王耸耸肩：“我压根就没有考虑在自己死后这些藏品的命运会如何。让它们腐烂吧，与我无关。我之所以收集是因为……我擅长这一行。我也只会做这个。而且这些东西……财产……不会伤害你，也不会抛弃你。”

在那一瞬间，他看起来具有人性，也很脆弱。这可不像他平时的样子。

“你希望我们对看到的这些东西向外界保密吗？”我问。

“不！”他紧接着回答，那些令人讨厌的特质瞬间回到他身上，“告诉每个人！让他们在好奇和嫉妒的驱使下发疯！有个问题一直困扰我，那就是我无法在不带别人来这里亲眼看看的前提下证实自己的收藏数量有多庞大。当然，我不会那样做。他们只会背叛我，想方设法偷走点儿什么。有人穷尽一生来谋划如何潜入此地……”

“你并不一直都是古董王，”我说，“我见过你和你父亲一起的照片，那时候你们都还年轻。在那之前……你是做什么的？”

他看着我，毫不掩饰自己的惊讶：“我还以为你已经知道了。我为当权派工作，和沃克以及你父亲一道保卫夜城。在那段岁月里，我们是很好的朋友。我们有远大的理想和抱负……可最后证明，我们的理想和抱负根本不同。在他们解雇我之前，我引退了，开始我自己的事业。总有一天，我将拥有整个该死的夜城。然后，我会让他们对我唯命是从。”

他的话语和言外之意让我走神，以至于我没有注意到所有的机器人正向我们潜来。但苏西看到了。没有什么能逃过她的眼睛。她意识到我被古董王的暗示施加了催眠，于是用胳膊肘用力捅了捅我的肋部。我一抬头，发现我们被一排排安静站立的猫脸机器人包围了，它们用发光的猫眼冷冷地注视着我们。大概有好几百这样的鬼东西。古董王意识到终于被我察觉，于是停止了高谈阔论，兴高采烈地冲我窃笑。他已经离我们有了相当一段距离，我下意识地想要伸手抓住他。机器人们显然很……凶恶。

“我不得不和你走这么久，直到足够多的孩子们能够赶来，”他说话时得意得差点儿颤抖起来，“你们不会真的以为自己可以看到我的收藏和我的家、我所有的秘密，然后还能活着，对吧？让梅林见鬼去吧，还有天使。在这里，没什么能动我。我受到超出你们想象的魔咒和科技的保护，梅林也不可能第二次抓住我。暗夜圣杯是我最伟大的骄傲，是我收藏品中的瑰宝，我不会放弃它！绝不放弃！我就待在这儿——安全的月球，直到所有这些无聊的事情都烟消云散。在那之前，你们也无法向任何人泄露我的秘密。或许我会保留你们的人体标本，让它们把接待处打扮得更漂亮。”

“难道你会杀死一个老朋友的儿子吗？”我说。

“当然，”古董王说，“为什么不呢？”

他向等待命令的机器人一摆手，它们步调一致地冲上前来。苏西的霰弹枪开火了，她飞快地拉动滑杠装填子弹，打爆机器人。在子弹的作用下，一个个机器人被打碎，花洒喷水般的金属和铜皮四射，我们只得俯身躲避。苏西继续开枪，脸上露出狂野的笑容，机器人在她面前粉身碎骨。

狭窄的通道使得一次只能有几个机器人扑向我们。苏西和我背靠着堆积如山的木箱，古董王在另一边跳来跳去，为那些不可避免地被爆炸的机器人弄坏的木箱惋惜地呼叫。苏西从腰带上取下手榴弹，朝机器人最集中的地方连抛了好几枚。机器人和木箱在爆炸声中四分五裂，顿时像下起一阵机械零件雨。古董王咆哮着要求苏西停火，见她毫不理会，他在木箱间跑来跑去，一个个打开朝里窥探，想要找到什么能用来对付我们的武器或装备。不过看上去他的运气并不太好。苏西从弹药带上取下子弹，给枪装弹，接着又像在金属鸭子射击场一样将一个个机器人打爆。此刻的苏西狂野地笑着，眼神里充满激动与快感。

但机器人持续向前逼来，看起来没完没了。古董王一定买了一大堆便宜货。其中一个已靠得很近，用带尖指甲的手向我袭来，我决心不再忍让。这里远离夜城，我不用担心天使会再次抓住我的灵魂。于是我打开第三只眼——我的天眼——利用我的异能锁定机器人思维中的自动关闭命令。我知道命令一定存在。古董王不相信任何人，即使是对他自己创造的生物也一样。他必然有

办法关闭这些机器人，以防它们造反。我执行了在那些猫脑中找到的命令，所有的机器人忽然间停顿下来。少数机器人离我们已经很近很近。苏西慢慢放低还在冒烟的枪口，深吸了一口气，回头看着我。

“你随时都可以这样做，对吗？”

“的确如此。”

“那你为什么要等到这时候？”

“你看上去很享受这个过程。”

苏西想了想，笑着点点头：“你说对了。我是很享受。谢谢你，泰勒。你总是知道该怎样让一个女孩享受一段美好时光。”

“尽是些可怕的流言、谣传和谎话，”我说，“古董王……古董王？你在哪里？”

我们发现他就在不远处，正精疲力竭地在又一个打开的木箱旁哭泣。箱子里的东西被塑料片覆盖着。古董王可怜地用一只手在里边捣鼓，然后抬头望向我们。他冲我吐唾沫，但不是故意的。

“看看你们都干了些什么……这么多可爱的东西被毁了……我得花上好几个星期来弄清楚我的损失到底有多大。你们俩都是恶棍，不尊重艺术，不尊重数个世纪流传下来的财富……我这里有武器，强大的武器！即使是你们也斗不过它们！我拥有《圣经》中记载的耶利哥号角，巨妖格伦德尔的毒药，甚至传说中遗失的道恩之剑。可我现在却找不到它们！”

“快把暗夜圣杯交出来，”我的声音并不友好，“你越快交出来，我们离开得越早。”

古董王点了几下头，擦了擦眼泪，最后将手伸进面前的塑料垫片中。

“梅林抓我的时候我刚将它包裹好。它是我最大的骄傲，可是……把暗夜圣杯放在这里总是令人烦恼，空气总令人战栗，影子仿佛都长着眼睛。我还听到一种声音，是窃窃私语……啊哈，在这里。”

他取出一个已经破损了的小铜碗，铜碗在柔和的光线中散发出微弱的光。碗上布满凹痕，色彩暗淡，一点儿也不光鲜。我们都长时间地看着它，接着，古董王将它交给我们。我犹犹豫豫地接了过来。

“就是它？”苏西说，“这就是暗夜圣杯？犹大在最后的晚餐用来喝水的杯子？就是这件难看的东西？”

“你认为会是什么样？”古董王脸上露出一丝笑意，像在把握最后一个机会展示自己的专业，“你以为或许它应该是个华丽的银杯，上边还镶嵌着珠宝？浪漫的中世纪浮华外表。耶稣的门徒都是些贫穷的渔夫。他们就是用这种东西喝酒的。”

“这是真品，”我说，“我能感受到。它像你曾经有过并隐藏在无尽梦魇中的每一种邪恶想法。”

“是啊，”苏西说，“似乎只要它存在，就会污染空气。”

古董王一脸奸诈地看着我：“你可以自己拥有它，泰勒。你可以的。这个普通杯子比你想象的要强大得多。它能令你富有，受人膜拜、尊崇。它能满足你灵魂深处的每一种肮脏的渴望。它能回答你的所有问题。关于你过去的真相，关于你的敌人……甚至关于你的现在。”

我看着暗夜圣杯，它仿佛正勾引着我的心。苏西认真地看着我，但什么也没说。她相信我会做出正确的选择。最后，或许正是这种信任给了我力量，我毅然扭过头去。

“把它装进袋子，古董王。我不想碰它，那会弄脏我的手。”

古董王从箱子的垫片中抽出一个航空行李袋，将暗夜圣杯装了进去。他甚至显得有些如释重负。我接过袋子，将背带挎到肩上。

“梅林！”我提高嗓门儿说，“我知道你正在听着。我们拿到它了。带我们回家。”

梅林的魔法在我们周围聚集，准备将苏西和我传送回陌生人酒吧，送到天使面前。在最后关头，当古董王确信传输咒语已经起效，不可终止时，他向前一步，吼出了最后一段恶毒的语言：

“你不是唯一能找东西的人，泰勒！有一次，为了答谢他人对我收藏的帮助，我曾与别人达成一致。我为你的母亲找到了你父亲！我令他们结合在一起。你的一切都是我造成的！”

我愤怒地伸手想要掐断他的喉咙，但苏西和我已经被魔法带走。我听到的最后的声音便是古董王在月亮上的笑声，很大，很刺耳，好像他的心脏也要因此而破碎。

9

圣杯的归宿

我们又一次出现在陌生人酒吧。苏西掩面准备躲避浓烈的黑烟，不过这一次烟雾并未出现。她狐疑地看着四周，梅林在那里，他已经不再坐在黑色的铁制宝座上，而是斜靠着长长的木制吧台，布满刺青的手上端了一瓶高级威士忌。他笑得很难看，喝了一大口酒。我瞥了一眼梅林胸口的洞，那里曾是他的心脏所在地，不知怎的，我竟有些希望看到威士忌从洞里流出来。

“欢迎回来，遥远的旅行者们，”梅林说，“考虑到你们都很敏感，所以这一回我没有施放烟雾。你们是典型的当代年轻人，不接受传统。假如我往你们手心里扔一只蝾螈之眼，或许你们都不知道该怎么用吧。”

我走上前，他停止说话。“送我们回去！”愤怒令我双手紧握成拳，“现在就送我们回去。如果能再次抓住古董王，拽着他肮脏的屁股拖到这里来就更好，好让我赤手空拳地揍他，直到他说出真相。”

“放松点儿，别像只老虎似的，”苏西紧靠在我身旁，她的声音出奇地温柔，“在我们的搭档中，我才是唱白脸的，你忘了吗？”

“事情在变，”我回答，但目光没有离开梅林，“我希望你马上把古董王带到这儿来，马上。他了解真相，关于我的母亲，还有我的父亲。我会把他的骨头一根根打断，然后让他把每一块都吞下去，直到他告诉我我想知道的一切。”

“噢，”苏西说，“你可真顽固，泰勒。”

“很抱歉，”梅林说，他依然靠着吧台，完全不在乎我的声音和眼神里流露出的暴怒，“古董王已经带着他的藏品从月球表面下的老窝消失了，我看不到他。这应该是不可能的，但这就是你们当下的时代。毫无疑问，最终我会找到他，但那要花点儿时间。对于一个纯粹的人类而言，他的隐藏能力令我惊讶。”

我气愤得难以呼吸，想揍所有人，甚至包括梅林。苏西在不接触我的情况下，尽可能地离我很近很近，用她的存在使我冷静下来。炽热的愤怒渐渐从我的脑海中散去。每次都是因为想到家庭而令我头脑发昏，每次也都是朋友们令我恢复理智。

“别再想了，约翰，”苏西平静而明理地说，“总会有下一次的。他不可能一直躲着我们。他逃不掉的。”

“现在该我说话了。”梅林说，“你们的那个袋子里是堕落的暗夜圣杯吧。我站在这里就能感觉到那可怕的东西。我不能离它太近，太多糟糕的回忆……还有太强烈的诱惑。或许我是死人，但我可不蠢。”

“谢谢你的帮助，”我迫使自己这样说，语调差不多恢复了正常，“相信我们还会再见的。”

“噢，是的，”梅林说，“我们还有未完的买卖，你的母亲和我。”

不等我追问，他便不见了，消失在深藏于酒窖下的古老墓穴中。这个高傲自大的浑蛋总是要让自己做最后的对话总结。这里的空间忽然伸缩抖动了一阵，随后亚历克斯回到了我们中间，一屁股坐在五角星的正中，一边大声呻吟着，一边慢慢地摇脑袋。他意识到自己手中拿着一瓶威士忌酒，于是喝了一大口。吞咽的时候，他差点窒息，不过还是缓了过来。

“我早该料到他会动我的珍藏，”他酸溜溜地说道，

“该死的。我讨厌他附身。我的脑子里会连续几天充满乱七八糟的拉丁文和古老的督伊德教圣歌。”他忽然打了个寒战，无法恢复平时的状态。他看着我，我知道在他那占据整个眼眶的瞳孔之后充满了被出卖的神情：“你这个浑蛋，泰勒。你怎么能那样对我？我还把你当成朋友。”

“我们一直都是朋友，”我说，“我知道有时候这会让你很难受。对不起。”

“你总是说对不起，约翰。可这永远无法阻止你蹂躏人们的生命。”

我一言不发，因为我无言以对。他是对的。他挣扎着想站起来。我伸出手想拉他一把，但被他挡开。露西和贝蒂飞快地走过来，一边一个把他搀扶起来，直到他自己能稳稳地站住。他看着挂在我肩上的航空行李袋，用手中的威士忌酒瓶向它指了指：

“就是这个吗？你就是为了这个而用我的身体与灵魂冒险的？把那该死的东西拿出来，让我好好看看它。我有这个权力吧？我想看看它。”

“不，你不能，”我说，“它很卑污，有毒，看得太久会让你的眼睛在头颅里腐烂。它很黑暗，很邪恶，能腐蚀触碰它的任何东西，就像对待他最初的主人犹大一样。”

亚历克斯冲我冷笑一声：“给我看看，泰勒。我有权知道自己是在为什么遭罪。”

我解开航空行李袋，拿出那只铜碗，小心地只抓住它的边缘。铜碗摸上去很热，我的身上泛起鸡皮疙瘩。那种感觉就好像有新来的人进入了酒吧，而这个人又是那么可怕、恐怖、熟悉。我思维中的一部分想要将铜碗扔掉，而另一部分却想揽它入怀，永不松开。亚历克斯向前靠了靠，想看得清楚，但没有试图伸手来抚摸。我也不会让他那样做。

“就是这个东西？”亚历克斯说，“我连便宜的红葡萄酒也不会用它来装。”

“你不会有这个机会的，”我努力让自己语调平和，然后将铜碗塞回袋子，汗珠一颗颗地挂在我的眉毛上，“这个肮脏的小东西将直接交给罗马教廷，希望他们能好好将它锁在那里某个极其安全的地方，直到世界末日来临。”

“真有那么简单就好了。”沃克说。

我们循声望去，这个当权派代表人物的声音不疾不徐地从金属楼梯顶部传入酒吧。看起来，他还是严守着城市绅士的派头，冷静而圆滑，仿佛是这一刻的主宰。他扫视了一眼酒吧粉碎窗户外的一片漆黑，但丝毫没有感到不安，就好像这是他日常生活中常见的景象似的。

或许的确如此。无论如何，他是沃克。亚历克斯怒视着他，说："太漂亮了。你他妈到这里来做什么，沃克？你是怎么进来的？"

"我来这里是因为天使们希望我在这儿。"沃克轻松地回答，踱着步子穿过大厅走向我们，直到接近五角星的盐线旁才停下脚步。他低头瞥了一眼，又将目光挪开，意思是说他见过比这些高明得多的手法。沃克只需一个眼神，或是扬扬眉毛，便能表达出很多意思。他笑容可掬地向我们脱帽致意："天使们与当权人士联系，并且达成了协议，当权人士派我来执行。虽然这间酒吧的防御体系足以抵抗大多数地痞流氓，但对我而言却构不成阻碍。当权派已经向我授权，我可以去任何需要去的地方，以便达成他们的愿望。而这一次，他们想要的是暗夜圣杯。他们打算把它交给天使，作为回报……他们将得到某种未来的报酬。当然，夜城目前所有的暴力和毁灭也将终止。"

"交给哪一方的天使？"我问。

沃克耸了耸肩，笑容很灿烂："我想，这还有待决定。就看谁的出价更好。我觉得哪一种可能都存在。不过，这跟你一点儿关系也没有，对吗？把暗夜圣杯交给我，我们就都活命了。"

“你清楚这是不可能的，”我说，“得到暗夜圣杯的天使是不可信的，当权派也一样。你们心中都不具备人性最善良的一面。你觉得可以从我这拿走暗夜圣杯吗，沃克？这次我没有看到什么后援。你真的准备好跟我单挑了吗？”

沃克若有所思地看着我：“也许吧。我真的不想杀了你，约翰。但我必须执行命令。”

苏西忽然冲到我前边，站在五角星边缘，怒视着沃克的脸：“你让妖女攻击我，害得我差点儿没命。”

“有时候，即使是我也得按命令行事，”沃克说，“不过我真的很遗憾看到这种事发生。”

“但也无法阻止你再次那样做，对吗？”

“是的，”沃克回答，“我身处的位置不允许我徇私舞弊。”

“我应该一枪把你打死。”苏西说道。她的声音带着死亡的萧瑟，冷得像冰。

沃克毫不畏惧：“苏西，不等你扣动扳机，你就会先没命。我告诉你，我所受到的保护超乎你的想象。”

我迅速站到他们之间。“沃克，”我的声音立即吸引了他的注意，“有些事我们得谈谈。这些事你本该在很久以前就告诉我。古董王提到了一些过去的日子里有趣的事情，那时候，你和他，还有我父亲，是亲密无间的朋友。”

“啊哈，没错。”沃克说，“古董王，可怜的马克，拥有那么多财富，却永远不满足。很多年没跟他聊聊了。他现在过得怎样？”

“就快要疯了，”我说，“不过他的记忆力一点儿问题也没有。他依然记得是他找到了我的母亲，并让她和我父亲在一起。如果真的像他说的那样，你们三个关系很好，那么你一定了解这件事。是谁派他去找我母亲的，又是为什么要那样做？你在所有这些事情中扮演着什么角色？你怎么能在之前那么长时间里从来都不向我透露半点儿，沃克？关于我父母，你还知道些什么不愿与我分享的事？”

最后，我已经是在冲他大喊大叫，几乎唾沫横飞。但他一动不动，脸上冷静的表情也毫无改变。“我知道各种各样的事情，”他终于开口，“伴随着恐惧而来。我告诉你那些你有必要知道的事情。但有些事情我不能提起，即使对老朋友也不行。”

“别仅仅把我们当成普通的老朋友，”苏西说，“把我们当成拿着霰弹枪的老朋友吧。告诉他他想知道的事情，沃克，否则我们就要见识见识你那珍贵的防护到底有多强大。”

他扬起一道眉毛："结果可能会很不幸。"

"让结果见鬼去吧，"苏西说，她的笑容里充满不悦，"我什么时候害怕过结果？"

或许他从她的眼中和心里察觉到了什么。或许他清楚苏西的霰弹枪不是别的霰弹枪。于是，他遗憾地笑了笑，开始使用他最古老的法术之一。当权派们赋予了他一种令人无法抗拒的声音，无论对象是死是活，抑或介于两种状态之间，一旦他用那种声音说话，神仙和魔鬼都会乖乖地听他的：

"放下枪，苏西，向后退。其他人都站着别动。"

苏西立刻放下枪，退回五角星中间。其他的人一动不动。沃克对我说：

"约翰，把袋子给我。快点。"

但我身旁袋子里的东西燃烧得像一块红炭，煽动着我的愤怒，为我体内的怒火源源不断地补充能量。我能感受到沃克声音的力量，但它控制不了我。我原地不动，对沃克笑笑，他的信心第一次有所下降。

"去死吧，沃克，"我说，"或者，待在那儿别动，等我过来揍你，逼你说出实情。我的心情很差，只能找个像你这样的人来发泄一下。你惨叫的时候还能用这种声音说话吗，沃克？"

我踏出五角星，跨越盐画的线条，没有什么能阻挡我。我能感觉到自己在笑，但那似乎根本就不是我自己的笑容。我已经准备好做一些可怕的事情，恐怖的事情。我会觉得很享受。沃克渐渐后退，说道：

“别这样做，约翰。攻击我就是攻击当权人士，他们不会容忍的。你也不希望他们像你的敌人们那样对你紧追不舍吧。”

“见鬼去吧，”我说，“让他们也见鬼去吧。”

“这不是你在说，约翰，是暗夜圣杯在说。你也是因此才躲过我的魔法。听我说，约翰，你并不知道，这些年来，为了保护你，我利用自己在当权人士中的地位替你做了多少事。”

尽管一部分意志并不愿意，但我还是停下了脚步：“你保护我，沃克？”

“当然，”他说，“不然的话你认为自己这些年来能够一直活着？”

“噢，你希望我那样想，对吗？但我很清醒。你属于当权派，沃克。从身体到灵魂。现在你害怕了，因为他们赠给你的声音对我不起作用。也许是因为暗夜圣杯，也许是因为我从母亲或父亲那里遗传来的什么东西。你告诉我，你现在打算说些关于我父母的事了吗？”

“不,”沃克说,“现在不行。永远都不行。”

我叹了口气，从肩上卸下航空行李袋，让它摔落在地。好像有什么东西因为震惊和愤怒而呼喊，也可能那存在于我脑海中。我用鞋尖踢了踢袋子，对它冷笑一声。我是自己的主人，从现在到永远。我看着沃克：“为什么每个人似乎都知道关于我父母的一切，唯独我像个局外人？”

“事实上，根本就没人真正了解,”沃克说，“我们都只是在背后猜测、议论。”

“你不能拿走暗夜圣杯,”我说，“我不相信你们。”

“我，还是当权派？”

“有什么区别吗？”

“那将很残酷，泰勒，没有必要的残酷。”

“你伤害了苏西。”

“我知道。”

“离开这里,”我说，“今天你带来的伤害已经够多了。”

他看着我，又看看仍然静静地站在五角星中的苏西和其他人。他向他们点点头，他们的麻痹感消失，顿时放松下来。沃克又对我点了点头，然后转身迅速走上金属楼梯，步出酒吧。苏西一把拾起霰弹枪，但当她端起枪时，他已经消失了。她瞪着我，失望地咬着下嘴唇：

“你放他走了？他做了那么多坏事，你却让他走了？他差点儿杀了我，你却让他走了？”

“我不能让你杀了他，苏西，”我说，“这样或许对我们更好。”

“干得好，”一个熟悉的声音说道，“真令我印象深刻，泰勒先生。”

我们齐刷刷地转头去看，是我的客户，那个来自罗马教廷的神秘牧师，他正耐心地站在吧台旁，等着我们注意到他。他身材矮胖，穿一身黑色的昂贵长袍，黑头发，黑胡子，目光慈祥。

亚历克斯怒视着他：“怎么谁都可以自由出入……好吧，你是怎么躲过两派天使和我那一流的防御系统进到这里来的？我开始觉得自己在防御系统上是浪费一大笔钱了。”

“没人能阻挡我去必须要去的地方，”裘德平静地说，“这是神圣法庭赋予我的权力。”

“你不仅仅是个罗马教廷的使者，对吧？”我说。

“是的。不过罗马教廷并不清楚这一点。我想谢谢你为我带来了暗夜圣杯，泰勒先生。你做得很出色。”

“嘿，还有我的帮忙。”苏西说。

裘德对她笑笑：“那么也谢谢你，苏西。”

“瞧瞧，”我提高了嗓门儿说道，“多么文明！多么愉快！可你究竟是谁，你打算怎样带着暗夜圣杯越过将这里团团围住的超自然部队？为了得到它，他们已经毁了半个夜城。你怎么能确保它不被夺去？”

“让它变得对他们毫无价值，”裘德言简意赅，“能把杯子交给我吗？”

我犹豫了一小会儿。关键在于，他是我的客户。我从来没有背弃过一个客户，而且他支付了我一大笔钱用来为他寻找暗夜圣杯。我把航空行李袋递给他，他伸手进去拿出了那个铜碗，将袋子扔到地上，开始仔仔细细地研究起这件战利品来。很难读懂他脸上的表情，但我想或许是某种疲惫的快乐。

“比我记忆中的小了些。不过，上次我拿着它已是很久以前的事了，”他平静地说，“差不多有两千年了。”他抬起头来冲我们微笑，“在很久很久以前，我的名字叫加略人犹大。”

我想，我们全都惊呆了。没有谁怀疑他的话。亚历克斯和他的保镖们退到了五角星的远角。苏西的枪口调向这位客户。我一动不动，但我能感到恐惧令我脊背发凉。裘德，犹大。我早就该想到其中的联系……可是即使身在夜城，你也不会料到在一天之内遇到两个《圣经》

中的神话人物。

“泰勒，”苏西有些紧张地说，“我想我们很有可能必须展示出我们的尊严。”

“放松些，”裘德说，“事情没有看起来那么糟。是的，我就是那个将耶稣出卖给罗马人的加略人犹大，后来我带着耻辱上吊自杀。不过耶稣已经原谅了我。”

“他原谅了你？”我说。

“当然。他宽恕一切。”裘德对着手中的杯子微笑，开始了他的回忆，“他是我的朋友，也是我的恩师。他找到我，砍断我脖子上的绳子，将我从死亡中救活，对我说我已被原谅。我跪在他的脚下，说：‘你必须走，但我将留下，直到你回来。’从那以后，我就开始苦修。并不是因为他要求我那样做，而是因为我自己要那样做。因为我没有原谅自己。”

“永世流浪的犹太人。”我轻声说。

“我在罗马教廷待了很多年，”裘德说，“用一个又一个的假名字，在背后静静工作，努力监督他们。现在，我终于有机会除去我那古老的罪恶遗留下的最后一件遗迹。服务员，请给我一些葡萄酒。”

酒吧外，黑暗中响起了抗议声。光明中的声音回答了他们，然后两支天使军团再度搅和在一起，两股不可思议的力量就像古老的时间本身一样持续不断地发生着冲突。锯齿状的裂纹在墙面上扩展开，黑暗在窗口喷涌，光明在楼顶的门厅闪耀。天使的声音越来越大，他们在战歌声中毫不怜悯地践踏着脚下的世界。裘德没有理会他们，耐心地端着他那古老的杯子站在吧台旁。

亚历克斯看着我说："他是你的客户，你去给他弄些酒。我可不会离开这个五角星。"

"这是你的酒吧，"我说，"你去为他服务。我想天使们现在不会招惹你。听起来他们这会儿都很忙。"

亚历克斯小心翼翼地跨过盐线，在确信没有发生什么可怕的事情后，他一口气跑到吧台边，抽出一瓶收藏的红酒，拔出软木塞，用略微颤抖的手把瓶子送到裘德面前。裘德点点头，伸出杯子。亚历克斯倒了些酒进去，裘德用手在杯子上画了个十字：

"这……就是他的血，为我们所有人而流，为了免除我们的罪而流。"

他将杯子举到嘴边，喝了一口。就在那一刻，天使之间的战争停止了。四周鸦雀无声。黑暗慢慢撤离了破碎的窗户，光明则从楼梯顶部淡去。不知从哪里传来一阵唱诗班完美和声哼唱的颂曲，美得让人难以接受。裘德喝光最后一滴酒，满足地叹了口气，将杯子放下。歌

声达到嘹亮的高潮，然后慢慢减弱。还能听到巨大翅膀拍打的声音，越来越远，最后消失在无法想象的远方。

“他们已经走了……”苏西说。她终于放下了枪。

“他们在这里已没有什么意义，”裘德说，“现在，它只是一个杯子而已。以主的名义，它又变得纯洁起来。就像我一样，受到祝福。”

“那么，”我有些喘不过气来，“现在又该怎样？”

裘德拾起航空行李袋，把杯子塞了进去，说：“我把它带回罗马教廷，将其束之高阁，让它慢慢淡出人们的记忆。它只不过又是个古老的杯子罢了，对任何人都没有一丁点儿特殊的重要意义。”

他对我们微笑，像在为我们祈祷。

“不用付酒钱了，”亚历克斯说，“免费。”

苏西叹了口气：“谁说充满奇迹的时代一去不返？”

“你为全人类做了一件伟大的事，”裘德向我微微欠身，“也让我得以纠正一个古老的错误。谢谢你。现在我真的得走了。”

“我不想破坏这个场面，”我说，“可是……”

“罗马教廷会支付你余下的费用，泰勒先生。还会有一大笔奖金。”

“能与你合作我很愉快，”我说，“即使这次对夜城来说有些不幸。”

他笑了：“我想你会发现光明天使已经修复了他们造成的所有破坏，并尽可能使一切恢复正常。不管怎么说，他们是好家伙，只不过他们的思想有些局限性。”

“那些受到伤害的人们怎么办？”苏西说。

“受伤的人会痊愈的，但死去的人只能死去。只有一个人能够起死回生。”

苏西跨过五角星的边线，向他走去。她的霰弹枪已经装进枪套。她径直来到他的面前，紧紧盯着他问：“你会原谅自己吗？”

“也许吧……当他最终回来，我能够再次当面向他说声对不起的时候。”

苏西缓缓地点了点头：“有时候，你必须原谅自己。那样人生才能向前。”

“是的，”裘德说，“有时候，一开始并不是你的错。”

他探出身子，温柔地吻向她的前额，而不是脸颊。苏西没有退缩。

“嗨，裘德，”我说，“你能告诉我关于我母亲的真相吗？”

他看着我：“恐怕不行。相信你自己，泰勒先生，信心是我们最后的希望。”

他转身离开，登上金属楼梯，走进夜色之中。最后一刻，亚历克斯在他身后呼喊：

“裘德，耶稣到底长什么样？”

裘德停住脚步，想了一会儿，然后回头说：“比你想象的更高大。”

“祝你一路顺风！”我说，“不过，请你别再回来。你们这些人总是太会惹麻烦，即使对夜城而言也是如此。”

永夜之城

第一季 ③

复活的夜莺

[英] 西蒙·格林 / 著
杨冰 / 译

哈尔滨出版社
HARBIN PUBLISHING HOUSE

黑版贸审字08-2018-085号
图书在版编目（CIP）数据

复活的夜莺 / (英) 西蒙·格林 (Simon Green) 著；
杨冰译. — 哈尔滨：哈尔滨出版社, 2019.10
（永夜之城. 第一季）
书名原文: Nightingale's Lament
ISBN 978-7-5484-4883-9

Ⅰ. ①复… Ⅱ. ①西… ②杨… Ⅲ. ①长篇小说—英国—现代 Ⅳ. ①I561.45

中国版本图书馆CIP数据核字(2019)第211981号

书　　名：复活的夜莺
FUHUO DE YEYING

作　　者：[英]西蒙·格林　著
译　　者：杨　冰
责任编辑：韩金华　王婉竺
责任审校：李　战
装帧设计：柯　桂　徐胜男

出版发行：哈尔滨出版社（Harbin Publishing House）
社　　址：哈尔滨市松北区世坤路738号9号楼　邮编：150028
经　　销：全国新华书店
印　　刷：天津兴湘印务有限公司
网　　址：www.hrbcbs.com　www.mifengniao.com
E-mail：hrbcbs@yeah.net
编辑版权热线：（0451）87900271　87900272
销售热线：（0451）87900202　87900203
邮购热线：4006900345（0451）87900256

开　　本：787mm×1092mm　1/32　印张：31.75　字数：508千字
版　　次：2019年10月第1版
印　　次：2019年10月第1次印刷
书　　号：ISBN 978-7-5484-4883-9
定　　价：168.00元（全四册）

凡购本社图书发现印装错误，请与本社印制部联系调换。
服务热线：（0451）87900278

目 录

CONTENTS

1

幽灵发电厂

夜城里有各种各样的能量在无拘无束地肆意流动，但能量的源头必须十分可靠，而且完全不能受外界干扰。不管怎样，夜城里所有那些闪烁的霓虹灯总要有电才能工作。作为一个城中之城，夜城要从很多源头获取能量，有非法的，也有超自然的，比如来自于献祭的鲜血、被囚禁的小神，以及被俘获于时空门内的心灵和微小黑洞。还有其他一些源头，庞大而可怕，有悖常理，难以言喻，只要瞥一眼它们神秘的运转状态，人们就会发疯。这并不是说夜城里的人很喜欢探究真相，只要霓虹灯依然闪烁，车流依然奔腾不息，他们就不会在乎电能的来源。不过，唯一切实可靠的电能来源是普罗米修斯电力公司的超现实发电站。或许魔法的亮光更为闪烁华丽，但在夜城，尖端科技从来都不逊色于任何巫术。

普罗米修斯电力公司是近几年来一家相当成功的公司。它成立不到六年，便因为值得信赖和超低的价格树立起良好的声誉。夜城电力供应总量的大约百分之十二来自这家公司。因此，最近发生在监管严格的发电站里的蓄意破坏是绝不被允许的，沃克清楚地表达了这个态度。沃克代表当权人士，代表那些躲在幕后操纵夜城的神秘人物。偶尔他会在自认为合适的时候交一些活儿让我去做，因为我不多嘴，值得信赖，而且被牺牲掉也无妨。

我站在街道尽头的阴影中，静静地打量着普罗米修斯电力公司所处的那栋笨重建筑。其实没什么可看的，只不过是用玻璃和钢筋搭建起来的又一座高塔罢了，上边几层用作办公室，中间几层是实验室，用于研发，底层是公共关系部，堪称现代效率奇迹的高输出率发电站本身可能位于地表之下。我之所以说可能，是因为据我所知，只有为数不多的人亲眼见过它。一切都处于自动运转状态中，只有一个控制中心，尽管已经过去了六年，但依然没有人知道它到底是怎么回事，或者它究竟是如何工作的。在夜城，要严守这样的秘密并不是一件容易的事情。

在普罗米修斯电力公司成功发展的整个过程中，我都不在夜城。当时，我试图在普通世界里过普通生活，但未能成功。现在，我回来了，很想见识一下普罗米修斯的幌子下到底隐藏着什么。我喜欢去了解别人不了解的问题，这使我在这么多年过去之后依然活着。我步出阴影，径直向办公楼走去。一小队保安和雇佣警察守卫着这栋建筑，他们注视着周围所有事物的动静。离大门最近的那些人发现了正在靠近的我，很多枪口立即对准我，拉开保险栓的声音响成一片。如果换作别人，见到这种阵仗恐怕早已心虚。

我在大门前停下脚步。雇佣警察都穿着笔挺的银色滚边深蓝制服，在我面前排成一排。我冲他们笑笑，向那位身材高大、有些发福的警官点点头。他露出寒冷、谨慎的目光，一动不动，目不斜视，不过我们俩都能听到他身后的那些手下在低声念叨着我的名字，其中一些人开始画十字祈祷，或是本能地发出叹息。我让自己的笑容更为灿烂，因为我清楚自己的笑可以令他们不安。自从我成功地避开来自两派的天使，找到暗夜圣杯之后，名声就一路飙升。当然，绝大多数都是胡扯，可我无意去澄清那些传闻，尤其是恶毒的谣言，没有什么比一个好的，或者更确切地说，一个坏的——名声更容易赶走那些令人讨厌的苍蝇。

“恐怕我得请你出示证件，”那个领头儿的警官说，“任何未经许可的家伙想要硬闯，都会被打死。”

“你知道我是谁，”我镇定地说，“我是应邀而来的。”

那个警官略微放松了些，快速说道：“这是我整晚听到的第一个好消息。你好，泰勒，实际上见到你很高兴，这整件事令我的人十分害怕。”

“有人被杀了吗？”我皱着眉头问，“我听说这是一起蓄意破坏的案子。”

“目前还没有人死亡，但受伤的却相当多。”警官愁眉不展，“不管是什么家伙在这个地方捣乱，他都根本不把任何人放在眼里。在过去的三个晚上，我已经失去了四十个手下，而我们对这个幕后使坏的家伙还一无所知，每次发现破坏的时候都太迟了，没有发现任何线索。我们已经把这里看守得密不透风了，可那个混蛋依然进得去。”

“会是监守自盗吗？”我问，以此表明自己在听。

“我们最初也是这么想的，但里面已经一个礼拜没有人了。案子发生以后，老板让所有员工回家了，他是目前还留在这栋建筑中的唯一一个人。以防万一，我还对全体员工进行了常规安全检查，结果什么也没查出来，他们中的绝大部分在这里逗留的时间都不够长，不可能暗中进行严重的破坏活动。”

“那你的人还害怕什么？”我冷冷地说，“如果他们再紧张一点，或许就端枪对射了。”

警官哼了一声：“我告诉过你，那个人神龙见首不见尾。我为这栋建筑安排了密集的守卫，内部安装有闭路电视监控，红外线监控和运动传感装置也在运转，可那个来去自如的家伙根本没有在这些东西面前现身。”

“夜城里有很多东西可以随心所欲地按照自己的意志来去任何地方。”我提醒他。

“难道我会不懂这一点？可这里应该是高科技、低魔法的区域，任何大型魔法使用者出现在这里，都会触发所有的警报系统。不管是谁或是什么东西想要把这里给毁了，都超出了我已有的经验。”

我微微点头，尽量在不经意间流露出自信：“这也是他们请我来的原因，因为我可以找出别人找不到的答案。再见。”

我从警官身旁走过，迈向大门，忽然间，雇佣警察中的一个家伙挡住了我的去路。他是个体格强壮的年轻人，一双大手里握着的半自动步枪像是儿童玩具。他用自认为充满威胁目光的眼睛恶狠狠地瞪着我。

“禁止携带武器，每个人都得搜身，”他一字一句地说，“这是规矩，谁都不得例外，泰勒，即便是像你这样刚刚发迹、唯利是图的家伙也一样。”

警官刚准备说些什么，被我的手势打断了。要是真到了连一个愚蠢的雇佣警察也对付不了的地步，那我就该退休了。我冲他挑衅地笑笑。

“我不用枪，从来都不用，它们的缺陷太多了。”

我缓缓举起双手，然后摊开手掌，一把子弹从我手中滑落，掉在地上，吧嗒作响。那个雇佣警察目瞪口呆地看着我。

“你的枪没子弹了，”我说，“现在，在我决定在你身上做出某些与之相似的不愉快的事情之前，赶紧从我面前消失。”

他还是扣动了扳机。当看到毫无动静后，他的喉咙里传来紧张的吞咽声，急忙退到一旁。我径直走了过去，就像他不存在一般。我穿过厚实的前门，走进门厅，身后传来警官训斥那个家伙的声音。

我踱入豪华的接待区，如同走进自己的领地，可惜未能达到我想要的效果，因为这里一个人也没有。我听到身后电子锁被锁住的声音，有人知道我来了。我环顾门厅，很快发现了隐藏在屋顶角落里的那些摄像头，所有的小红灯都亮着。于是，我静静地站在那里，好让摄像头能清晰地拍下我的形象。我觉得自己看上去应该还不错，身上那件白色的风衣比平时显得干净些，而且我还能确定自己刮过胡子。外表相当重要。藏在某处的扬声器发出开启的声音，接着，一个熟悉的声音传入空旷的门厅。

“约翰，很高兴在这里见到你，请到经理办公室来找我。门厅尽头那道蓝色的门。按照箭头的指示走下去，别随便乱逛，到处都有我设下的陷阱。注意身后，我们没法预料那个搞破坏的家伙什么时候又会开始下一次破坏活动。”

我走进蓝色的门，跟随墙上的箭头向前走。奢华的接待大厅之后，就是普罗米修斯电力公司的办公区了。这家公司的内部构造体现出鲜明的实用性，光滑的墙面映衬着狭窄的走廊，门上都编了号，地毯已经有了磨损的痕迹。四周一片寂静，好像整栋建筑都在紧张地等待某件坏事的发生。最终，箭头将我引向一扇挂着普罗米修斯电力公司标识的门，迎候我的是公司总经理本人——文森特·克雷默。

他冲我点头微笑，上前与我握手，不过显然有些心不在焉。毫无疑问，这个男人正陷入深深的忧虑之中。

他招呼我走进他的办公室，自己迅速朝走廊里看了一眼，然后将门关紧、锁上。他示意我坐在访客位置上，自己则坐在华丽的红木办公桌后。办公室看起来舒适宜人，墙上挂着美丽的版画，地上铺着深色的地毯，墙角放着一个技术含量很高的酒柜，整个一副成功人士办公场所的派头。但是，办公桌上堆满了纸张，几乎覆盖了整个桌面，办公室的一堵墙上全是闭路电视监控屏幕，发电站内部的每个细节都尽收眼底。我站在屏幕前看了一会儿，假装对此比较感兴趣。其实对我而言，它们只不过是机器而已，我连涡轮和茶壶都分不清，除非其中一个的外边覆盖着茶壶保温套。此时，一切看起来都在有序地运转，员工通道上一个人也没有。我将注意力转移到经理身上，他又露出一个心不在焉的微笑。

我和他是几年前认识的，彼此都不太熟悉。文森特·克雷默是工作狂人，他总是试着将那些还不稳定的技术投入使用，想借此大显神威，进而变得极度富有。最终他做到了，靠的就是普罗米修斯电力公司。文森特身材高大，穿着无可挑剔，我过去一年赚到的钱可能也无法买到他身上那套昂贵的西装，只是他脸上过早地出现了皱纹，脑袋上一根头发也没有了。

“很高兴再次见到你，约翰，”他的声音平稳、优雅，带着做作的镇定，“自从你回来之后，我听说了很多关于你的趣事。”

“你也干得很棒，”我礼貌地应答，“你觉得富有和成功是你追求的一切吗？”

他短促地笑了一声：“至少占很大一部分吧。你对我的骄傲和乐趣有何评价，约翰？”

“印象深刻，不过我还没有打算对此大加赞赏。对我而言，科技总是那么神秘，连怎样开关录像机都不得不请教我的秘书。”

他迎合地笑笑：“我需要的是你的其他本领。约翰，我需要你帮我查出到底是谁想要害我破产。”

说完，他闭上了嘴，因为他看到我正盯着桌上唯一的一张照片。那是一张镶在一个简单的银色相框内的结婚照，新娘、新郎、伴郎，还有我。六年了，照片上的那一幕在我的记忆中依旧如此清晰，如同昨天发生的事。那本来应该是两个年轻人一生中最幸福的日子，却成了人们谈论至今的悲剧，因为凶手仍然逍遥法外。

新娘是梅琳达·达斯克，也就是吊死鬼那美丽的女儿，新郎名叫奎因，也被称作射日者。她一袭华丽的白色婚纱，拖着长长的精致后摆，他则身穿自己最好的套装，黑色的皮衣上镶嵌着令人眼花缭乱的金属和银饰。

我们穿着租来的男式礼服，站在这对愉快的新人两旁，也是一脸喜气。文森特·克雷默是伴郎，而我则是新娘最亲密的朋友。梅琳达和奎因——夜城最古老、最有权势的两个家族的继承人在结婚当天就被谋杀了。

在夜城，完美的结局并不多，即便是名门望族，也难免遭遇悲剧。梅琳达代表着黑暗，她掌控着阴暗的巫术，奎因象征着光明，他所控制的强大能量来源于太阳本身的动力。他们的先人，最初的吊死鬼和最初的射日者，是数百年来势不两立的死对头，世世代代以来，两家的纷争从未休止，积累的仇恨越来越深。梅琳达和奎因是这场持久战中的最后两位主角，彼此发誓要与对方拼个你死我活，可他们在一次难得的休战期中巧遇，接着便是一见钟情。

他们秘密约会了好几个月，但最终还是暴露了。双方家族十分震怒，交战迫在眉睫。可是梅琳达和奎因的立场很坚定，依靠自己掌握的力量，他们威胁各自的家族，说如果不允许他们结婚，就与家族脱离关系，与对方私奔。最后，他们的努力成就了一场庄严的婚礼，双方家族所有成员一个不落地出席，一方面是为了显示自己的实力，另一方面是防止对方捣鬼。婚礼现场随处可见名人面孔，沃克亲自负责安保工作。那里本该是夜城最安全的地方。

文森特和我还兼任接待员，负责将人们带到各自的位子上，并对他们搜身，以防有人携带武器进场。我们还让大家都遵守秩序，随时准备应对一切突发事件。那时，我们都是年轻人，还在创名声。人们管文森特叫机械师，因为他能制造出或修理好任何东西。“魔法的确是一种捷径，但技术才是最值得依赖的东西”，这是他常常挂在嘴边的话。为了这场婚礼，他特地做了一台七彩纸屑自动抛撒机，并在操持婚礼的间隙对其修修补补。他和奎因是自小玩到大的朋友，他曾多次冒着生命危险为这对爱侣牵线搭桥。梅琳达是我仅存不多的几个青梅竹马的朋友之一，因为她拥有的力量，我的敌人不敢对我和她轻举妄动。

婚庆仪式进行得很顺利，双方家族怡然自乐，没人说错话或是弄丢戒指。当一切都结束后，每个人都鼓掌欢呼，我们中的一些人甚至认为战争将从此一去不复返。新娘和新郎喜气洋洋地携手步出教堂，两个人似乎都令对方更加完美。七彩纸屑自动抛撒机终于派上了用场。

大家摆出各种姿势拍照留念，互相举杯庆贺，宿敌之间隔着一段距离点头致意，甚至会给彼此几句礼貌的问候。两位新人接过装满高级香槟的新婚酒杯，一边祝愿他们的家庭幸福，一边憧憬着美好的未来。十分钟后，新娘新郎身亡。新婚酒杯被下了毒，毒性剧烈，无论是魔法还是科技都没能把他们救活。不管下毒的是谁，致人死地的目的都很明显。奎因颓然倒地而亡之前一点征兆都没有。毒性在梅琳达身上发作得比较晚，她将死去的丈夫搂在怀里，眼泪落到他苍白的脸上。接着，她扑倒在他身上，离开人世。

要不是沃克和他的手下在场，这场婚礼庆典将演变成一场大屠杀。两个家族都陷入了疯狂，互相指责。沃克设法将双方分隔开，直到他们在报仇雪恨的誓言中离去。接着，沃克组织了一次全面的调查，动用了他能想到的一切资源，可什么也没有发现。值得怀疑的人不少，双方家族中曾经对婚礼和休战协议表示过强烈反对的成员都有嫌疑，可是没有证据。与此同时，两家人展开了持续不断的巷战，一旦抓到对方独自出行的人，便会残忍地将其杀害。最终，当权人士介入，威胁说要把两个家族全都驱逐出夜城，这才结束了这场纷争，双方极不情愿地签订了停战协议。那已经是六年前的事了，梅琳达和奎因被分别葬在两家的墓地里，尸骨早已寒冷，但至今没人知道是谁干的，也不知道其中的原因。各种关于那场谋杀的推测铺天盖地，不过这也没什么好奇怪的。

我本可以尽力找出凶手，可就在那场婚礼之后，我自己的生活很快便陷入绝境，最后我带着射手苏西留在我背里的子弹逃离夜城，发誓再也不回来。

“多么可怕的悲剧。”文森特说，他拿起照片端详着，“我还怀念他们，感觉就像我身体的一部分已经随他们死了。有时候我在想，自己之所以把这张照片放在桌上，是为了纪念自己最后一次真正的开心。”他放下照片，冲我笑笑，“我真希望他们能看到这个地方，看看我最伟大的成就。可现在，有人，或者有什么东西，却想要将之破坏，因此我请沃克与你联系。约翰，能帮帮我吗？”

“也许吧，”我说，“我还在找感觉，看看这里到底发生了什么。跟我详细说说整个过程，从头开始。”

文森特靠向老板椅的椅背，十指交叉于昂贵的马甲前。说话的时候，他的声音冷静而连贯，但眼睛却时不时地往监控屏幕上瞟。

“是两周前开始的，约翰。和任何一天一样，一切运转如常，直到一个主涡轮忽然停止工作。我派人勘察后发现它是被蓄意破坏的，干得很不专业——整个涡轮内部只是被简单地……扯破。我的人不到一小时就将它修好了，使它重新投入生产。但就在这时，发电站整个系统陷入瘫痪，就在我们忙于修理时，别的设备又冒出了新毛病……光是更换备件，我们就花了一大笔钱。所有的破坏行为都像是外行所为，全靠蛮力，是野蛮的破坏。

“没有人看到过破坏者。你已经见到我雇用的安保人员了，可他们跟瞎子没什么两样。我在每个角落都安装了摄像头，它们也没能捕捉到任何画面。我请专家检查了所有录像带，依然毫无头绪，我们甚至弄不清这个混蛋是如何进出的！破坏越来越严重，维修和重建已经开始跟不上破坏的节奏，这迟早会影响我们的电力输出的。很多人都在依靠我们提供的电能。”

“如果公司倒闭，你也就完了。”我心里这样想，可表面上还是保持着应有的礼节，没有把这话说出来。

“会不会是你的竞争对手干的？”我问，“也许是某个同行，希望从你的损失中获益？”

“竞争永远存在，”文森特眉头紧锁，“可是，假如我们破产，没有其他人可以强大到取代我们的地步。普罗米修斯满足了夜城电力需求的百分之十二，如果我们倒闭，整个夜城都将陷入电力紧缺和灯火管制中。谁也不希望那样的事情发生，因为如果我们真的倒闭了，其他竞争者将被迫超负荷发电，冒着设备毁坏的风险来堵住电量缺口。”

“那么，”我说，“有没有什么讨厌你的人？你最近新结下了什么仇家吗？”

他淡然一笑：“如果这是一个月前，我恐怕还会说自己在这个世界上一个仇人也没有，可现在……”他再次看着办公桌上的结婚照，“我梦到了……梅琳达和奎因，梦到他们死去的那一天，我不得不想……会不会是那个杀害他们的混蛋盯上了我。”

我不明白他为什么会这样想，问道：“怎么会是你？为什么要等六年？”

“也许凶手认为我了解某些事情，或许，约翰，一切再度开始都是因为你回来了，自从你回到夜城，很多可怕的宿怨和仇恨纷纷浮出水面。”

见他提起这些，我决定换个话题：“我们谈谈实际损失吧，你刚才说……是外行干的。”

“绝对是，”文森特说，“这个破坏者显然不具备真正的专业技术知识。这里有不下十处关键部位，任意一处受到干扰，都能使整个发电站陷入瘫痪，不过外行是分辨不出这些部位的。当然，普罗米修斯的核心是一处秘密制造场所，是我发明的，它被藏在一个金属储藏室内，受到一流高科技防护系统的保护，没有正确的密码，再强大的人想要打开储藏室，也得费一番功夫。”文森特身体前倾，用恳求的目光看着我，“你必须帮助我，约翰，我们谈论的不仅是我的生计。如果普罗米修斯被迫关门，整个夜城的能源水平都会降低，人们会因此丧命，成千上万人可能陷入险境。”

我早该料到事情会是这样，但我总是容易被悲伤的故事感染。

文森特带我参观发电站，也就是外人永远没有机会看到的地下部分。这里一尘不染，安静得出奇。实际上，那些发电机的体积比我想象中的小很多，运转时几乎不发出噪声。到处都是控制面板、仪器仪表、读数显示屏等各种散发冷光的高科技产品，我对这些一窍不通，不过，我还是时不时地故意发出惊叹声。这一切都是在文森特还是一名机械师而非总经理时设计出来的。在参观过程中，他一刻不停地为我介绍他的电站，我对大部分内容一只耳朵进，一只耳朵出，不过，在警惕破坏者出现的同时，我仍然时不时点头和微笑。最后，文森特把该讲的都讲完了，我们在洞穴似的大厅尽头停下，面前是一扇紧闭的巨大钢质金属门。他看着我，显然是希望我说些什么赞赏的话。

“这里都……很干净，”我说，“令人印象深刻，不过还是很难想象你就是凭借……这些，为夜城提供了那么多电力，我原以为发电站的规模要比这大十倍。”

文森特得意地笑了：“能源并非来源于此，所有这些机器只是把已经产生的能源转化为电力，秘密在于这扇封闭大门后的特殊生产过程。如果非要自夸一句的话，可以说它是一个科学奇迹。”

我忽然将目光转移到金属门上，开玩笑地说：“你该不是准备告诉我这里藏着一个核反应堆吧……”

“不，没有……”

“或是某种稀有元素……”

“没那么粗糙，约翰，我的生产过程相当安全，不会产生任何有害物质。不过很抱歉，我恐怕不能让你参观，有些东西必须成为秘密。”

忽然传来什么声音，我们同时回头去看。大厅另一端，一台机器开始剧烈抖动，浓浓的黑烟不断从里面冒出来，随即警报声大作，机器自动关闭。文森特害怕地退到金属门边。

“他就在这里！那个破坏者……之前他从未离得这么近，这次他一定一直跟踪着我们……你带枪了吗，约翰？”

“我不用枪，”我说，“我从未觉得有这个必要。”

“通常我也不带，但自从这该死的事情发生后，我就觉得带着这其貌不扬的小东西要安全得多。”文森特从夹克口袋里掏出一把银光闪闪的手枪，它看起来很有威慑力，很具未来派特点。文森特举起枪，自豪地说道：“这是一把激光手枪，通过放大光源来攻击黑暗力量。它是我的另一项发明，我一直打算对它进行改进，但发电站耗去了我的全部精力。我看不到人，约翰，你看到什么人了吗？”

离得更远些的另一台机器忽然爆炸，冒出更多的黑烟，其他机器也明显发出了嗡鸣声，就好像它们不得不更卖力地运转似的。第三台机器如同手榴弹一般炸得四分五裂，锋利的金属碎片几乎布满整个大厅，头顶的灯闪烁了一下便熄灭了。这时，到处都是阴影，又浓又黑，其他一些机器开始发出可怕的噪声，但破坏者依然没有出现。

文森特脸色苍白，挂满汗珠，手在颤抖，激光手枪漫无目的地晃来晃去，试图找到目标。“来吧，来吧！”他尖锐地吼道，“现在你是在我的地盘上！我已经准备好迎战！”

我的眼角闪过一道白色影子，我立刻转过头去看，但它已经消失。接着，它又出现了，两台机器间的阴影中穿过一道白光，它闪烁着来回运动，眨眼间出现又消失，整个大厅成了它肆意跳跃的场所。微弱的白色光芒就像飞逝的月光，但我想我已经能辨认出那是一张苍白、神秘的脸。它躲进阴影里，不再冒险跑到亮处，不过它已经离得越来越近，是冲我们而来，或者是冲我们身后的那扇钢质金属门和普罗米修斯那神秘而脆弱的心脏而来。

我的第一反应是那是某种鬼魂，或许是个恶作剧小鬼，因为这能解释为何闭路监控摄像头什么也拍不到。假如力量够强，鬼魂可以在任何科技或魔法主导的地方行动。倘若真是如此，那么文森特需要的就是一名牧师或伏魔师，而不是私家侦探。我如此这般向文森特提出建议，他愤怒地耸耸肩。

“在没有开始建设这个地方前，我就让我的人对这块地的背景进行了全面调查，他们没有发现什么特别的事情，据说整片区域完全不受魔法或超自然力量的影响。正因为如此，我才选择在此修建发电站。我是一名机械师，我会修建东西，这是一种天赋，就像你寻找东西的天赋一样。约翰，我不了解什么鬼魂，你是处理这类事情的专家，我们该怎么办？”

“那得看看这个鬼魂想要做什么。”我说。

“它想毁了我！我觉得这一点很明显，它到底是什么东西？”

白色的影子在黑暗中闪来闪去，从一边急速窜到另一边，离我们越来越近，它散发着微微的寒光，手臂伸得很长，模糊的脸上露出凶恶的目光。忽然，它比画了一下，顿时所有散落在地上的机器碎片腾空而起，金属暴风雨般地向我们扑来。我用胳膊护住头，尽量用自己的身体挡住文森特。这场金属碎片雨结束得跟开始一样唐突，我们抬起头来，看见某个苍白、危险的东西正蹲在一台机器上，用超自然的力量将它撕碎。文森特怒吼着扣动了激光手枪，可没等光束近身，那家伙便已经跳开。我后背紧贴着门，机警地环顾四周，这里没有其他出口，没有安全门，因此我做了自己唯一能做的事，使用我的异能。

我不太喜欢过于频繁或过长时间地使用它，因为它能帮助我的敌人们找到我。

我屏息静气，集中精力，我的第三只眼，也就是我的天眼缓缓睁开。跟我预料的一样，我可以清楚地看到她。或许是因为我的精神目光捕捉到了她，并最终令她安静下来，她走出阴影，进入明处，坦然地站在我们面前。她冲我点点头，然后用深邃的眼睛怒视着文森特。虽然已经和结婚照片上大相径庭，但我还是立刻认出了她，梅琳达·达斯克。在这死去的六年中，她还是穿着那套华丽的白色婚纱，但岁月已使婚纱变成碎片，映衬着她尸体一样苍白的躯体，她那乌黑的头发垂到肩头，形成浓密的发卷，她的嘴唇呈浅紫色，她的双眼……很黑很黑，就像脸上的两个深洞。她看上去很生气，焦躁而凶残，吊死鬼的女儿，黑暗力量的女主人，依然拥有那种冷艳、不同寻常的美丽。她抬起一只手，责难地指向文森特，待在坟墓里的日子令她的指甲变得很长。我望向文森特，他正呼吸急促，整个身体不停地颤抖，不过他似乎并不感到太意外。

我关闭异能，但她没有离开。我向前一步，她那可怕而坚毅的目光转向我，我举起双手，向她表明自己没带任何武器。

“梅琳达，”我说，“是我，约翰。”

她转过脸去，我并不重要，她的全部注意力、全部怒火都放在文森特身上。

“文森特，跟我说说，”我镇静地说，“到底发生了什么？你其实早就知道是谁了，对吗？对吗！为何她对你如此愤恨，以至于她在六年后还要从自己的墓穴中走出来？”

“我不知道，”他回答，“我发誓真的不知道！”

“他知道，”梅琳达开口了，她的声音清晰而宁静，就像在我耳边低语，似乎穿越了不可能穿越的距离才让我听见，“你选择的这块地很棒，文森特，尽管你可以避开我的家族势力，可你还是在夜城，你在发电站修建之前所做的那些秘密献祭，你践踏的那些无辜鲜血，还有你许下的那些诺言……它们可以让你抵御任何人，但对付不了我，我是黑暗的化身，每个影子都是我的通道。我花了六年时间寻找你，只要我唯一在意的东西还在这里，你就别想拒我于千里之外。我要报仇，文森特，亲爱的好朋友文森特，为你对我和奎因所做的一切。”

这时，我终于明白了。我看着文森特，这一瞬间，我惊讶得忘了愤怒。

“是你杀害了他们，”我说，“你谋杀了梅琳达和奎因，可你是他们的朋友啊……”

“最好的朋友。”文森特不再发抖，声音也平稳下来，“我愿意为了你们俩做任何事情，梅琳达，可就在机会到来时，你却辜负了我，因此我在新婚酒杯里下了毒。做这件事也出奇地容易，有谁会怀疑伴郎呢？谁也没有，即使是沃克也没有。”他忽然微笑着望向我，“我早就猜到这里的小麻烦一定就是梅琳达，但我需要你来为我证实这一点，因此我让沃克代表我联系你，你寻找东西的异能可以将她固定在一个位置上，让她现形。你所要做的就是让她待着别动，我的激光手枪会将她摧毁，令她粉身碎骨，使她永世不得恢复人形。替我干吧，约翰，我会让你成为普罗米修斯的股东，你会比自己想象的更加富有，更加有权势。”

“他们也是我的朋友，”我说，“夜城里再多的钱也无法令我背叛朋友。”

“做我的朋友吧，约翰。”梅琳达说。此刻她离我们已非常近，我能感觉到从她身上辐射出的墓穴中的寒气。“最后一次做我和奎因的朋友吧，找出文森特力量的源泉，他的秘密源泉。”

文森特向她开枪，光束径直穿过她微薄的身形，但看不出究竟有没有伤到她。

我再度召唤自己的异能，用我的天眼，我的神秘眼注视着那些被隐藏起来的东西，很快我便知道文森特的秘密所在了，并清楚该怎样接近它。我转身面对钢质金属门，输入正确的密码，厚重的门缓缓开启。文森特大叫着什么，但我懒得去听。我走进去，梅琳达飘忽在我身后，这里就是文森特为自己特别构建的地下场所，也是文森特得以轻松产生能源的原因所在。是奎因，射日者。

他倒是和结婚照片上的样子很像，不过跟梅琳达一样，他的身上也有一些改变。奎因还是穿着黑色皮衣，

可是金属和银饰已经很脏，还受到了腐蚀。他的身体被装在一个灵魂瓶里，那是一个巨大的玻璃器皿，被用来容纳逝者的灵魂。电缆穿过瓶壁，插入奎因的眼窝、被扳开的嘴和身体上割开的洞。奎因这位射日者的能量直接来源于太阳，而现在他却成了一块电池。灵魂瓶通过限制他死去的躯体俘获了他的灵魂，使他受到控制，电缆将他的能量传输给文森特的机器，进而转换为供应夜城的电力。

太有创意了。话说回来，机械师从不害怕做出伟大的构想。

梅琳达围着灵魂瓶转，看着发生在她死去爱人身上的一切，却无法依靠自己鬼魅的力量去触碰他。我用指尖轻触玻璃瓶壁，试试这个灵魂瓶的强度。

“离开那里，约翰。”文森特说。

我回过头，看到文森特已经走了进来，他的激光手枪瞄准了我。他哈哈大笑，不过笑声有些孱弱。

“普通的枪对你没用，约翰，我明白这一点，我也清楚你能对子弹耍一些小伎俩。可这是把激光枪，它毫无疑问能要你的命。你眼前的装置很精巧，它直接从奎因体内获得能量。因此，你最好照我说的话去做，你得用你的异能将梅琳达控制住，别让她乱动，然后我好杀了她。否则，我就杀了你，慢慢地、残忍地杀了你。”

“如果杀了我，你靠什么阻止梅琳达？”我说。

“噢，我敢肯定自己能想出办法的，因为现在我已经确认就是梅琳达在捣鬼，或许我可以为她制造另一个灵魂瓶。”

“到底怎么回事？”我小心地保持声音平静，双手也一动不动，“你们三个是多年的好朋友，比亲人还亲。到底发生了什么，文森特？是什么让你变成一个凶手？”

“是他们，”他淡淡地说，“在我最需要他们时，他们却不肯帮我。你知道的，这个发电站是我的梦想，它终将成为可靠电能的源泉，钞票会随之源源不断地涌入我的腰包。它会是我伟大的杰作，让它运转起来所需要的一切就是奎因。我相信，通过在实验室里研究他的能量，我能找到令发电站运转起来所需的东西。可是，当我将自己的想法告诉他时，他却一口回绝，说什么他的秘密就是家族的秘密，不能与他人分享。我为他做过那么多事，可换来的却是这样的回答！我跟梅琳达说起这事，希望她能说服奎因，可她也不愿过问。她和奎因一起编织着新的生活梦想，那个梦想里却没有安排我的位置。

“但我已经把所有的钱都投入到这个项目里，其中很大一部分是从一些招惹不起的人物那里借来的。我万万没有想到奎因会拒绝我，可这个项目已箭在弦上，必须继续下去。因此，我杀了奎因和梅琳达，那是他们自己铸成的错，他们将自己那自私的快乐凌驾于我的需要、我的成功之上。我本可以让他们成为股东，让他们富有的。在他们死后，我的经济合伙人将奎因的尸体从他的坟墓中挖了出来，在墓穴里留下一个假货，然后将他带到这里。他死了还是得为我工作。如果你愿意，可以把他称为……我无言的合伙人。”

梅琳达看着我，似在无声地恳求。灵魂瓶内一片通明，没有可以供她利用的阴影。我仔细打量着灵魂瓶，文森特的枪瞄向我的腹部。

“想也别想，约翰，如果你弄破瓶子，也就切断了奎因和我那些机器间的联系，整个发电站就会停止运转，夜城就再也得不到我提供的电能，每个地方都会停电，数以千计的人将会死去。”

“是吗？”我说，“这些与我有什么关系？”

对我而言，利用我的异能找到这个灵魂瓶的切入点，并在上边弄出一道裂缝，实在是件再容易不过的事情。奎因需要的就是这些。他死去的躯体颤动起来，忽然通体放射出亮光。灿烂的阳光，亮得肉眼无法直视。文森特和我不得不用胳膊护住眼睛，同时背过身去。灵魂瓶无法容纳射日者释放出的能量，最终爆炸了，玻璃片四射。我转过身，眯缝着眼去看，奎因拔掉脸上和身上的电缆，大步走了出来。电缆在地上不住地拍打着，就像抖动的四肢。

死去的男人看着鬼魂，他们相视而笑，这是自婚礼后他俩第一次相见。文森特抓着激光手枪，磕磕绊绊地跑上前。他的视觉并没有完全恢复，我也无法判断他的枪口到底打算对准谁，不过我不想冒险。于是我弯下腰，从地上捡起一根抖动的电缆，抢前一步将一端插向文森特的眼睛。电缆刺中他的眼窝，伴随着文森特恐惧的惨叫，他自己的机器开始抽取他生命的能量，还没等倒地抽搐，他便已经咽气了。

梅琳达·达斯克和奎因——吊死鬼的女儿和射日者——虽然死了却再也不会分开，他们完全沉浸在重逢的喜悦之中，不再关心那些诸如复仇之类的次要事情。他们已经消失了。奎因的尸体躺在地上，就在他的老朋友文森特旁边。我看着奎因的尸体，考虑是否应该将他送回他的家族，也好早日入土为安。不过我还不清楚这里到底发生过什么，在两个家族还维系着剑拔弩张的休战协议时，或许别把事情重新搅和起来更好。毕竟，文森特会首先向谁寻求经济支持呢？除了两个家族中的小部分人之外，他认识的人中还有谁会愿意在他一次次地失败后依然借钱给他呢？

我留下身后死去的人，走出了神秘的地下室，再一次利用自己的天眼找到了发电站的自我毁灭装置。我知道一定有这样的装置，文森特对于守护自己的秘密向来很上心，我确认了好几次，然后启动计时器。我告诉外边的安保人员赶紧跑，我的声音和眼神中的某种东西说服了他们。当整个普罗米修斯电力公司在巨大的定向爆破中腾空而起时，我已经离它有三个街区的距离。我头也不回，继续前行。

这绝非是我最成功的案子，因为我的客户死了，所以我得不到任何报酬。发电站的毁灭或许会让沃克发狂，天知道这将给夜城带来多大的损失，但一切都已不重要了。梅琳达·达斯克和奎因曾经是我的朋友，没人能在杀害我的朋友后逃之夭夭。

2

神秘的寻人启事

当事情统统搞砸后，每个人都得有地方可去，躲入某个避难所，直到该死的风暴过去。我通常会去陌生人——世界上最古老的酒吧。作为一个相当不错的饮酒场所，陌生人酒吧位于一条并不总是存在的小巷尽头，隐藏在深深的夜色中。你尽可以在此豪饮，抑或沉思，也可以躲避很多人，大多数人不会固执地追到这个地方来。酒吧是由一个叫亚历克斯·莫里西的人经营的，他不允许在自己的酒吧里发生任何麻烦事，尤其是我招惹的麻烦。

我在角落的一张桌子旁坐下，这样我就不必时时注意身后，可以尽情地喝上一瓶苦艾白兰地。这种酒很烈，味道有点像超级名模的眼泪，如果邻桌的客人划燃一根火柴，没准就能将酒点燃。我低垂着脑袋，悄悄地打量着四周。如果说已经有人注意到我的出现，那他们也将自己的兴奋隐藏得很好，当然，也没有谁奔向出口去告发我。或许关于这次我是如何肆意地将一切搞糟的流言尚未传到这里吧。很多人对我破坏了夜城百分之十二的电力供给这件事一定相当不满，包括沃克。我装着毫不在意地耸耸肩，如果他们开不起玩笑，那就不应该雇用我。

这是陌生人酒吧难得的一个安静夜晚，所有的灯都已熄灭，整个酒吧由蜡烛和马灯照明，间或还有会发光的手，它们使这里披上一层宜人的金色微光，就像一张发黄的老照片。亚历克斯在我拿酒的时候向我解释说整个夜城到处都在停电，我只是点点头，敷衍两句。亚历克斯对停电带来的不便和营业额的减少很是恼火，不过这也没什么奇怪的。陌生人酒吧的老板兼服务员是一个不怎么开心的瘦弱小老头，肤色有些苍白，他只穿黑色衣服，因为还没有人发明出更深的颜色。他头戴一顶时髦的黑色贝雷帽，以便遮掩住头上那块秃顶区，设计师品牌太阳镜使他那种一成不变的愤怒眼神变得柔和了些。

他是我的朋友，有时候是。

一台可移动 CD 机正在播放音乐，声音轻而易举地压住了几个正在饮酒的常客的低声交谈。酒吧固定的顾客群或许都走上了夜城的大街，利用这难得的灯火管制时间袭击别人，并带上战利品溜之大吉。在来电之前，夜城经营场所里的气氛会相当紧张。亚历克斯的宠物秃鹫栖息在钱柜上，喉咙里发出咯咯声，恶狠狠地瞪着任何一个看起来离得太近的人。酒吧的强悍保镖贝蒂和露西正在另一端忙活，她们凶神恶煞般地展示着雕像般的身体上青筋毕露的肌肉，而白面迈克尔则正拿着一个登记簿，确定到底谁已经买单，可以先放行。

我那个不到二十岁的年轻女秘书凯茜·巴雷特正伴随着蜂巢星团的《甜蜜漫步》音乐，在一张桌子上疯狂起舞。凯茜在我身边替我打理生意，她金发碧眼，活力四射，总有使不完的精力。是我将她从一栋准备吃了她的房子里解救出来的，然后她就跟定了我，在那个问题上我几乎没有机会表态。在她对面桌面上跳舞的是宿命小姐，他身着皮装、披着斗篷，戴着面具，脚上穿着高十五厘米的尖底高跟鞋，是夜城里著名的超级英雄异装癖者——是个将自己打扮得如同除暴安良、替天行道的超级女英雄的男人。事实上，他的确是个超级英雄，但要以女英雄的方式出场。凯茜和宿命小姐跳得神采飞扬，鞋跟在桌子上踏出《恶魔与天使》中的鼓点。我忍不住笑了，他们是酒吧里最亮丽的风景。

我往酒杯里倒满深紫色的液体，一饮而尽，心里依然怀念着梅琳达·达斯克和奎因。他们最终得以相守，也实在是件令人欣慰的事。我的朋友并不太多，他们要么就是被我的敌人杀死，要么就是被我杀死。在夜城，道德并不可靠，背信弃义的事随时可能发生，无论是爱情或者忠贞，都会在更重要的事情面前沉沦。我仅有的几个关系持久的朋友都是“危险人物”，甚至有些疯狂，例如剃刀艾迪和射手苏西……他们过去都曾试图杀了我，我并不计较，至少不太计较。在夜城谋生很难，通常寻死才不难。我喝了一口酒，享受着音乐，我一点也不匆忙，可以把整瓶酒喝完。

我从未认为忧伤是件轻松的事，但上帝清楚，我所经历的伤心事已经太多了。

我环顾酒吧，想找些什么来分散自己的注意力。一个水手醉倒在吧台上，他背上的文身伴随着他低沉的鼾声无声地争辩着某些哲学问题。长木吧台另一端，一具木乃伊正喝着杜松子酒和滋补液，并且对身上发黄的绷带进行必要的修补。大约就在他们俩中间，一个慈眉善目的醉汉身穿溅满血渍的实验室服装，正竭力向漠不关心的亚历克斯·莫里西解释逆向颅相学的基本原理。

“听着，颅相学是一门维多利亚女王时期的古老科学，它声称通过研究头骨的隆起状况，可以确定一个人个性的主要特征，这些隆起的尺寸和位置显示了不同的性格特征，明白了吗？嗯，逆向颅相学认为，何不通过用铁锤击打某人的脑袋来改变一个人的性格特征，直到他的头骨在其适当的地方鼓起适当的包！”

“我们中有人需要多喝一点，”亚历克斯说，“因为你的话居然有点道理了。”

凯茜忽然重重地坐在我对面的椅子上，急促地喘息着，肆意挥洒愉快的汗水，高兴地冲我微笑。她不知从哪里拿过一杯新开的香槟，饥渴地大口喝着。凯茜总是喝香槟，并且总有办法缠着我，让我付账。

“我喜欢跳舞！”她兴致勃勃地说，“有时候我在想，整个世界都应该沉浸在音乐和舞蹈之中！”

“这里是夜城，毫无疑问，此时此刻一定有某人在某个地方做着你所说的事情。”我说，“你的舞伴去哪儿啦，那个舞蹈女王？”

“噢，他急着去厕所了，好补补妆。知道吗，约翰，我刚才从那边看到你在独自沉思。这回又是谁死了？”

“你为什么会认为有人死了？”

“你只有在失去亲近的人时才会喝这种讨厌的苦艾

酒。我才不会用这东西来发泄情绪呢。我想普罗米修斯电力公司的事情不太复杂吧？”

“我真的不想谈论这些，凯茜。”

“不行，你难道总是喜欢一副可怜兮兮的样子生闷气，还污染其他人的空气吗？如果你不注意的话，最终你会变得像亚历克斯一样的。”

凯茜总有办法把我逗乐。“没有那种危险，我跟亚历克斯不是一类人。那家伙能为了奥林匹克运动会而垂头丧气，当他自己参与其中时，他会因为只获得铜牌而自怜自艾，正因为如此，陌生人酒吧才从未有过酒水特价的时候。”

凯茜叹了口气，探过身子，一副怒不可遏的样子：“快接下一个案子吧，约翰，你心里清楚，你只有在工作时才能体会到真正的快乐。我并不是说这样做对你的健康有多大好处，因为你所擅长的案子毕竟有局限性，但你得多出去面对各种各样的人，那些不打算杀死你的人。知道吗，前几天我从网络上找到了一个全新的单身人士约会网站……”

我耸耸肩：“我见过类似的网站。‘嗨！我叫特里克西，我身患绝症，拨通电话你就会相信我说的话！把你的信用卡号告诉我，我保证只需三十秒，你就会感动得热泪盈眶！’不，凯茜！我对自己独自沉思的状态很满意，这是我的性格。”

凯茜噘起嘴，耸耸肩，她绝不能容忍长时间的闷闷不乐。她喝完最后一点儿香槟，愉快地打了个嗝，然后充满期待地环顾酒吧，寻找下一个舞伴。我从来都不认同她的观点，但绝大多数情况下，她都是对的，只有我的工作才能使我的生命有意义。可自从上次成功为罗马教廷找到暗夜圣杯让我赚了二十五万英镑以及额外的奖金后，我便对接受什么样的工作变得更加挑剔。或许就算是为了把普罗米修斯事件的阴影从我的脑海中摒除，我也应该考虑寻找新案子了。

“真无聊，”凯茜双手拍打着桌面说，“坐在你豪华的新办公室里，却整天无所事事，实在太无聊了。我知道一切都很舒适，我也很喜欢所有的新家具、新设备，但是，一个成长期的女孩不能把她的生命浪费在浏览骗人的网站上。跟你一样，我也得做点什么，自立更生，除暴安良。在我传递给你的所有讯息中，一定有能让你感兴趣的，丢失的影子那件案子怎么样？或者那个在牌局中遭人作弊而输掉青春的家伙？”

“别激动，”我严厉地说，“我忽然想到一个奇怪的问题，在你外出跑到那些可疑的酒吧疯饮狂舞时，谁在照看我昂贵的夜城新办公室？”

“啊哈，”凯茜咧着嘴笑了，“我从未来订购了一些非常非常好用的计算机。这段时间的实践证明，它们可以完全自动地处理生意，它们甚至可以接听电话，毫不嘴软地应付讨债人。”

“这些计算机到底是从多久以后买来的？”我狐疑地问，“我的意思是，我们谈论的是人工智能吗？它们会要薪水吗？”

“别紧张！它们只是数据迷而已，夜城吸引了它们。我们何不让它们找些令你感兴趣的事情出来呢？”

“凯茜，我之所以接下普罗米修斯电力公司的案子，就是为了让你不再叽叽喳喳……”

“不，不是那样！”凯茜急切地说，“你接那个案子是为了让沃克欠你一个人情。”

我皱起眉，喝了一大口酒：“好吧，就算是那样，可事情的进展并没有如我所愿。”

“噢，上帝，”凯茜说，“等他下次造访时，我又得关上所有门窗，然后藏到办公桌下吗？”

“或许我们俩完全脱离办公室一段时间会更好。”

“事情有那么糟吗？”

“相当糟。让沃克去和那些计算机争吵吧，看看他有多郁闷。”

说话间，忽然出现一道明亮的光，一个男人不知从何处跌入陌生人酒吧，他摔倒在吧台前的地板上，身上的新丝绸衣服已成了碎布。酒吧里所有的金属物体都在释放静电，空气里充斥着浓郁的臭氧味——通常这种气味是时光旅行所特有的。新来的家伙呻吟着坐了起来，用手背抹去鼻血。他显然刚经历了一场激烈的打斗，并且肯定输了。我认识他，不过假如在大街上相遇，我会装作不认识他的。他叫汤米·奥博利文，跟我一样，也是个私家侦探，不过他的专长是处理那些存在于物质世界的案子。他爬起来，背靠吧台，双手拉扯着身上破碎的丝绸，接着看到我正盯着他，就用颤抖的手指着我，伤痕累累的脸上满是怒容。

“你！泰勒！全都是你的错！我会让你付出代价的！”

“我已经好几个月没见过你了，汤米。”我平静地说。

“是的，但你会见到我的！就在未来！只是这一次我将做好准备，好好准备！我会备好枪！威力巨大的枪！”

他还在唾沫横飞地指责我，但我不能被他激怒。我看向亚历克斯，他冲自己的两个保镖做了个手势。贝蒂和露西快步上前，她们总是乐于处理这类事情。汤米还犯了一个错误，他居然威胁起她们来，两个女孩轻而易

举地将他打倒在地，踢得他痛苦难当，然后提着他的四肢，将他扔出了陌生人酒吧。

凯茜严肃地看着我："这是怎么回事？"

"打死我也不知道，"我坦诚地回答，"没准儿我会弄清楚的，很快。"

"对不起，"一个带着法国腔的声音礼貌地说，"我能和约翰·泰勒先生谈谈吗？"

凯茜和我同时循声望去。站在我们面前的是个衣着笔挺的矮个中年男人，他的头发梳得油光发亮，笑容成熟而迷人，给人一种风度翩翩的感觉。他不可能在我毫无察觉的情况下进入酒吧，还走到我位于角落的桌旁，可他已经在这里了，真真切切。他礼貌地向我点头，然后冲凯茜笑笑，亲吻她伸出的手。她向他报以灿烂的笑容。按照常理，我决定不欣赏他，我真的讨厌鬼鬼祟祟的家伙，他们的突然出现往往弄得我一惊一乍，这对我的健康非常不利。我示意这个法国人坐下，他仔细地打量一阵那张空着的椅子，然后从口袋里掏出一方洁白的手帕，在椅面上擦拭几次后才屈尊坐下。我恶狠狠地盯着他，提醒他注意谁才是这里的老大。

"我就是约翰·泰勒。"我的语气并不友善，"你离开家乡很长时间了吧，先生。我能为你做点什么？"

他微微点头，面不改色地说道："我叫查尔斯·查布伦，多年来我都是巴黎最受尊敬的银行家之一。泰勒先生，我千里迢迢来到这里，就是为了与你见一面，并想看看能否雇用你为我提供专业的服务。"

"是谁向你推荐我的？"我严肃地问道。

他再次露出迷人的微笑："你的一个老朋友，一个不愿表明身份的老朋友。"

他说得没错。"我有很多那样的朋友，"我承认，"你想要什么，查布伦先生？"

"请叫我查尔斯，我来这里是为了我女儿，你或许听说过她，她现在是夜城的当红歌手，人人为之痴狂。她把自己称作罗西尼奥尔，不过这显然不是她的本名，罗西尼奥尔在法语里是夜莺的意思。她决心成为一名职业歌手，大约五年前，她不顾家人的反对，只身来到伦敦，然后是夜城。最近几年，她的歌唱生涯相当成功，在夜城，只要是有她演唱的那些夜总会，一定会人满为患。我听说甚至有一家大公司要与她签订唱片合约，一切都显得很顺利。

"可是，自从她接受了卡文迪什夫妇的投资后，就只在卡利班巨穴夜总会里唱歌，而她也……变了。她与所有的老朋友和家人断绝了联系，既不接电话，也不回信。她的新投资方也不让任何人靠近她。他们说之所以那样做，完全是遵照她自己的意见，并且将这种情况解释为使她免受那些过于热情的歌迷的骚扰。可我不太相信，她母亲也担心得快要发疯了。卡文迪什夫妇肯定已经控制了我们女儿的意志，让她仇视家庭，并且他们正在利用她。因此我来到这里寻求你的帮助，泰勒先生，希望你能弄清事情的真相。”

我看向凯茜。涉及音乐的领域是她的强项，夜城里没有哪家酒吧是她没有光顾过的，她或多或少都在那里喝过酒、跳过舞、纵情狂欢过。她已经在点头了。

“是的，我知道罗西尼奥尔，还有卡利班巨穴夜总会，还有卡文迪什夫妇。卡文迪什夫妇掌握着卡文迪什家族的财产，他们几乎染指夜城里的各种重大生意，他们还是房产界的大亨。不过在最近的天使之战后，市场出现崩盘，很多人在那场灾难中失去大把的钞票，卡文迪什先生和卡文迪什夫人转而投身于娱乐业，他们经营夜总会，对团体和个人进行投资……虽然还不够强大，但他们已迅速使自己成为一支不可忽视的力量。看到卡文迪什夫妇到来，别的代理人只能祈求上天保佑了。”

“他们是哪一类型的人？”我问。

凯茜皱眉道：“没人知道。他们不常外出，喜欢通过中间人来协助工作。在谈判中，他们会不择手段，不过想想看，哪个好人会在娱乐行业中待太长时间？卡文迪什产业的根基可以追溯到几个世纪前的祖传家财，可是人们议论说现在这些财产的主人对金钱如饥似渴，为了赚钱可以不顾一切。还有人猜测，上一次他们试图将西尔维娅包装成为超级歌星就是个丑闻，但后来他们花了一大笔钱平息了此事。夜城里总有流言蜚语，或许那些关于罗西尼奥尔的言论是真的，我希望她的经纪人能仔细检查唱片合同的附加限制性条款。”

“他没有经纪人，”查布伦说，“卡文迪什夫妇就是罗西尼奥尔的全权代表，能明白我为何如此担心了吧？”

我若有所思地看着他，我敢说他一定有事瞒着我。

“是什么促使你的女儿来到伦敦，然后又来夜城的？”我问，“巴黎有自己的音乐殿堂，不是吗？”

“当然，但想要成为明星，你就得去伦敦，这是众所周知的。”查布伦叹了口气，“她的母亲和我从未把她的歌唱事业放在心上。我们希望她从事更令人尊敬的行业，这是出于对未来和老年以后的规划。可是，她真正在乎的只有唱歌这件事。也许是我们给她的压力太大了。我在银行为她安排了一次面试，只是一份仅需入门水平技能的岗位，但报酬颇丰。然而，她却跑到伦敦。当我派人找她时，她却又消失在夜城。现在……她遇到了麻烦，这一点我很肯定。当我一想到这些……我希望你能找到我的女儿，泰勒先生，请代替我确认我的女儿过得很好、很快乐，没有上当受骗，没有受到侵害。我并不是要求你强行将她拖回家，只是请你确认一切正常。告诉她，她的朋友和家人都在关心着她；告诉她……如果她不愿意，可以不理睬我们，但如果偶尔能得到一些关于她的消息，我们便会感激不尽。泰勒先生，她是我唯一的孩子，我得确信她过得快乐而安全，你能理解吗？”

“当然，”我说，“可我真的不明白你为什么要找我，很多人都能处理这类问题。我可以替你引荐一个叫沃克的人，他是当权人士的……”

“不，”查布伦坚决地说，“我需要的是你的帮助。”

“但这并不像是我通常处理的案子。”

“有人正在死去，泰勒先生！正在死去，都是由于我的女儿！”他花了一点时间让自己冷静下来，然后继续说，“最近，罗西尼奥尔的歌似乎都是些伤感的曲子。她演唱的这些悲伤歌曲威力如此强大，以至于听众中已经有人在回家后自杀而亡。已经死了那么多人，连她的投资方也难以将事情压下去。她不再是快乐的夜莺，已然成了一只魔音鸟！我想知道在我女儿身上到底发生了什么事，在你们夜城，这样的事情是有可能发生的。”

“没错，”我说，“这样一来，这或许是我处理的那一类案子了。但我得先警告你，我的收费可不低。”

查布伦笑了，话题回到了他擅长的领域：“对我来说，钱不是问题，泰勒先生。”

我也冲他笑笑：“真是优质客户啊，这让我一整天以来终于有了件快活的事。”我转向凯茜，“回办公室用你那神奇的新计算机弄些背景资料。我想知道关于卡文迪什夫妇和他们的公司、目前经济状况的每个细节，他们是谁的债主，又欠谁的钱，然后再看看能否找到一些关于罗西尼奥尔为卡文迪什夫妇工作前的消息，她在哪些地方唱过歌，她的歌迷又是些什么人，等等。查布伦先生……”

我回过头时，他已经不见了。他不可能在如此短的时间内从出口离开，可他确实已不在酒吧里了。

“见鬼，这个神出鬼没的家伙，”凯茜说，“他是怎么做到的？”

“我们的查布伦先生可比我们看到的要神秘得多，”我说，“不过，这在夜城并不奇怪。凯茜，在处理我刚才说的那些事情的同时，也查一下查布伦先生。”

她轻快地点点头，抛给我一个飞吻，然后迅速转身离去。我站起来走向吧台，将软木塞塞回苦艾白兰地酒瓶，递给亚历克斯。我不再需要它了。他接过酒瓶放到柜台下，有些得意地冲我微笑。

“我知道那只可爱的小夜莺，她很瘦，挺对我胃口的，但她喜欢叽叽喳喳。几年前，为了提升这里的档次，我曾经雇用过她，安排歌舞表演。可那也没有用，这个酒吧注定是要关门的，你不能指望着靠一把椅子和一根鞭子就使这里变得高级。”

“亚历克斯，你又开始偷听别人讲话了？”

“当然，我耳听八方，这是我的酒吧。总之，这个罗西尼奥尔很漂亮，拥有一个天生的好嗓子，更重要的是，她的要价很低。在那段日子里，为了混口饭吃，为了积累经验，她哪里都愿意去唱。她具有那种歌唱的需求和饥渴，你能从她脸上看到这一点，从她声音里听出这一点，而且那不是自负。对她而言，那更像是一种责任。我不能说她那时候就已经与众不同，但我始终觉得她会走得很远。如果你不坚持善待自己的天赋，那它还不如一堆狗屎，她很清楚这一点。”

“那时候她都唱些什么歌？”我问。

亚历克斯皱了皱眉：“我确信她只唱自己写的歌，内容欢快、乐观，你知道的，就是那些甜美但却没法让人记住的东西。她在这里唱歌时显然没有人会自杀，不过应该承认，这里的听众都是些恶棍。”

“这么说，她完全不像她父亲描述中的那样，像一只致命的魔音鸟？”

“一点也不像。不过，夜城会改变每一个人，而且往往是变坏。”亚历克斯顿了顿，用抹布擦拭吧台上的污渍，以便在说话时避开我的目光，“据说，沃克在找你，约翰，他可不是一只开心的小兔子。”

“沃克从来都不是，”我装作不在意地回答，“不过万一他来到这里找我，你一定没有见过我，对吧？”

“有些事永远不会变的，”亚历克斯说，“去吧，离开这里，你让这里的气氛变得压抑。”

我离开陌生人酒吧，踏入夜色。一个接一个的霓虹招牌又亮了起来，就像地狱里的路标。我决定把这视为好兆头，继续前行。

3

卡利班巨穴

如果你想见识夜城真正的夜生活，就必须去上城区。在那里，你会找到最顶尖的设施、最刺激的娱乐、最具诱惑的诅咒，它们迎合各种人的不同的口味，一定能让你获得满足，或能让你灵魂堕落。你永远只有在上城区才能得到如此体验，这正是它的吸引力所在。那里距离陌生人酒吧很远，于是，我挥舞着双手，站到奔流的车流边缘，拦下一节箱式客车。

我认出这节箱式客车是一长串客车链的一部分，或许我根本就不该踏入。无论是对身体还是灵魂，湿滑路面上川流不息的车辆都是很大的威胁。我让自己舒服地坐在深红色的软皮座位上，箱式客车一头扎入车流中。

车厢高高的木墙十分结实，狭窄的窗户都安装有防弹玻璃。当然，它们还被用来阻挡其他一些东西。车厢前后都没有牵引设备。这家特别的运输公司是由一个和蔼的捣蛋鬼家族操持和运作的，它们的车要比人类的交通工具快得多，更大的优点在于，它们不和乘客搭讪。捣蛋鬼的行动也够敏捷，能在如织的交通中保护它们的箱式客车不受别的交通工具冲撞。夜城是一台奇怪的吸引机，被它吸引来的交通工具很多，过去的，现在的，未来的，很大一部分是食肉的。有些出租车以被玷污的圣酒为燃料，而闪烁着光芒的银弹车则要依赖魔鬼的眼泪和天使的小便，那些貌似轿车的东西始终饥肠辘辘。

一群无头骑士挥舞着斧头，想要挡住客车的去路，操作客车的捣蛋鬼像拨弄碎纸片一样将他们弹开。从这以后，呼啸的交通留给我们的空间稍微大了些，过了不久我们便来到了上城区。虽然最近能源不足，但这里的灯火并未减弱，只是光线稍微暗了一点，上城区对可用能源总是有优先使用权。凌晨三点的世界，只要你有钱，夜色中的享乐就永不停歇。

你可以在上城区找到最棒的餐厅，可以品尝到失传了好几个世纪的特色美食，还有更特别的餐馆，能够提供用想象中的动物肉烹饪的菜肴。如果你没吃过渡渡鸟大腿、大鹏鸟煎蛋卷、肯塔基油炸蜥蜴、北海巨妖寿司、新鲜狮头怪，或是皇冠鬣蜥眼的话，那实在是枉活一生。当然，吃这些东西的风险完全由你自己承担。在上城区，你总能找到值得为之付出生命的食物。

书店里陈列的作品包括那些著名作家秘密创作但却不打算出版的图书、暴病而亡的作者请人代写的书、成卷的精神文学、密教谋杀艺术、被禁止的科学和被遗忘的常识、未来旅行指南等。一家书店的橱窗里展示着一本新版图书，就是令人闻之色变的恐怖小说《黄衣之王》，它的内容能使人发疯，随书销售的是一副特别的玫瑰色眼镜，供阅读此书的人使用。

街道上的人们行色匆匆，各自追寻着七彩霓虹下的诱惑。鼻孔里充满美味饮食的香气，微微张开的门缝里飘出摄人心魄的音乐，剧场和酒店外等候进场的人们耐着性子排起长队，围聚在四周的小贩在出售最新一期的《黑夜时报》，一些更加鬼祟的人潜入武器店或者酒吧，在那些地方，只要有钱，你就能一览小说里著名的女主角们的风采。当然，并不是主角本人，不过在这种地方，本来就没有真东西。上城区里有人们能想象得到的一切形式的娱乐产品，如果你不够机灵，有些项目能活生生地吃了你。

夜总会也是形式多样，种类繁多。音乐、豪饮、寻欢，一切都比消费者们的期望要刺激一点点。有些夜总会很早就存在，辉格党人和托利党人一边喝咖啡一边争论，然后坐下来靠恶魔诱饵游戏打赌；罗马人在去竞技场的间隙，斜靠在躺椅上，贪婪地围着二十多道菜大快朵颐。还有一些夜总会跟现代的一样时髦，但却要有品位得多。你会很惊讶地发现，有相当多的大明星来到上城区献唱，只为换取丰盛的晚餐。

箱式客车载着我深入上城区内部黑暗的核心区域，街道变得越发拥挤。到处都是绯红的脸蛋和明亮的眼睛，人人都兴致勃勃地渴望在自认为需要的娱乐项目上大肆挥霍一番。人群中，那些靠在酒吧里和夜总会里谋生的人飞奔于各个娱乐场所之间，他们以此赚钱，支付各种账单，并让灵魂得到安慰。歌星和演员、魔术师和即兴表演喜剧演员、脱衣舞娘、舞女和特技表演家依靠豪饮、烂醉、兴奋剂来保持旺盛的精力。夜色中的女士们浓妆艳抹，画着黑眼圈，涂着口红，只要能赚到钱，年轻的女孩对任何事情绝不会说不。她们踏着音乐的节拍徘徊，抑或静立于角落，打量来来往往寻欢的人。

这里毕竟是夜城，总会有隐秘的陷阱等待着那些粗心大意的人。烟雾缭绕的酒吧里，迷失的周末可能会持续好几年；夜总会里，人们控制不住地想要舞蹈，哪怕脚掌已在舞池里留下鲜红的血印。这里还有供你出卖自己身体、意志或灵魂的市场，当然，也可以出卖别人的。魔法店铺销售各种威力强大的神奇物品，不过店铺绝不会向你保证这些东西和广告上描述的一样，他们甚至不敢保证当你回过头来投诉时，这家店铺是否依然存在。

也有无家可归的人，他们待在阴暗的过道和巷口，衣衫褴褛地伸出肮脏的手，向过往行人乞讨。流浪汉和离家出走的年轻人各自碰着运气，绝大多数路过的人会扔给他们几枚奇怪的硬币，或是说上几句安慰的话。因果报应在夜城绝不仅仅是个虚无的概念，很多混迹街头的乞丐都曾经声名显赫。在夜城，很可能你会在转瞬之间一无所有。因此，最好不要鄙视这些人，因为他们或许依然握有一丝能量。而且，没准儿某一天，你也会在街头流浪。车轮是圆的，我们都将起起伏伏，没有哪里的起伏能比在上城区来得更快。

箱式客车最终在卡利班巨穴夜总会前将我放下。我看了看计价器，然后再大方地添上一点小费，把钱投入收银箱。没人会欺骗捣蛋鬼，招惹了它们的话，它们会非常在意，会让你的房子四分五裂，而不管你是否还在房间里。客车返回车流中，我从容地打量着眼前的这家夜总会。人们从我身边匆忙经过，显得很不耐烦，我懒得去管，只是用心感受着这个地方。它宏大、奢华，与众不同，如果你不预约，不可能进得去这种地方，更别说找一张位置不错的桌子。卡利班巨穴不是什么人都可以来的，当然，这一点成了它巨大的吸引力之一。用哥特体书写的“罗西尼奥尔”几个霓虹字悬挂在大门上方，闪烁着耀眼的光芒，向人们预告每晚有三场演出。紧闭的前门上悬挂的招牌表明此时正是中场休息时间，暂不开门营业。即便是最高档的夜总会，也必须在两场演出之间抓紧时间清场、打扫卫生。对我这种人而言，这也是在周围打探的最佳时机。不过首先，我得确认这不是某个骗局的一部分。

我的那些敌人想置我于死地。我不知道他们是谁或者为什么，但从我还是个孩子时开始，他们就不停地派出各种力量试图杀害我。这跟我失踪的母亲应该有些关系。在父亲发现她并非人类之后不久，她就消失了，在不多的余生里，父亲终日酗酒，直到死去。我愿意认为自己很坚强。有时候，我可以连续好几天不去想我那失踪的母亲。

我观察着身旁经过的人，但没有发现熟悉的面孔。如果有人试图跟踪我的话，在箱式客车上我应该已经有所察觉。不过手头的这件案子可能就是一种将我骗到此处的伎俩，以使我陷入埋伏。以前就发生过类似的事情。唯一能确信这里没有秘密陷阱的办法就是使用我的异能——能让我找到任何人和任何东西的天眼。这本身就有危险性。当我睁开自己的第三只眼——我的天眼，意志就会在无尽的夜色中熊熊燃烧，所有人都能看到我所处的位置。敌人们一直在张望。不过我必须确认自己没被骗入圈套，因此我开启天眼，审视更广阔的世界。

即使是在夜城，也存在各种隐藏于天上或地下的秘密境界和神秘空间。我可以看到身边尽是幽灵，它们一成不变地奔跑着，就像转圈的发光视频碟片，被时间定格在一个个瞬间。它们发出的光如此强烈，连我都无法直视，明亮的十字标记穿透路边建筑和行人们的身体，就好像他们并不存在一般；如织的人流中，黑暗、交缠的东西附着在人们的背上，妄想、饥渴、沉溺，其中的一些认出了我，露出锋利的牙齿，挑衅地发出警告，让我别管闲事；巨人踱着大步子，比夜城最高的建筑还要高；一些发光的小人飞来飞去，他们永远身负不为人知的使命，偶尔他们会毫无理由地跳到这个或那个行人的身上，但绝不去打搅对方。

不过真正吸引我的天眼注意的是守护卡利班巨穴夜

总会的魔法层。纵横交错的魔法、咒语和具有强大杀伤性的神秘字符覆盖着夜总会的每一个出入口，毫无疑问，它们正在释放恶毒的能量。这是重型的坚实防护，即使你天赋非凡，但如果不是专业人士，也无法营造出这种保护层。也就是说，仅仅为了保护这个崭露头角的演唱场所，有人付出了一笔不少的财富。然而，所有这些保护措施都不是针对我的，因此也不会是陷阱。我合上天眼，若有所思地看着面前紧闭的大门。只要我不使用魔法，这些防御就发现不了我，所以……我只需要想出一个进去的办法就够了。

幸运的是，大多数魔法防御都不是很聪明，它们也无须如此。想到这里，我笑了，于是迈步向前，用力敲门。在一阵涟漪中，一张奇丑无比的面孔从木门门板中浮现出来。这张面孔恶狠狠地怒视着我，门板上的油漆发出响亮的噼啪声。它张开木头嘴唇，露出参差不齐的木头牙齿。

“别在这儿待着。走开，快走开。现在是夜总会的中场休息时间，不会有名人出现，不会给你签名，而且你也不能在后台入口徘徊。如果你想买票，那就去售票处预订吧，一个小时内就会开门。然后你再回来，或者别回来了，反正我也不在乎。”

话一说完，这张面孔就开始隐入门中。我再次敲打那张面孔宽阔的前额部位，它吃惊地望着我，一脸愕然。

“你必须让我进去，”我说，“我是约翰·泰勒。”

“真的吗？恭喜你了。现在滚蛋，坐车离开。我们现在闭门谢客，不营业，你怎么还站在这儿不动？”

没有什么比靠谋略战胜一个爱出风头且自我感觉良好的幻影更简单的了。我摆出一脸耐心的笑容说：“我是约翰·泰勒，来这里和罗西尼奥尔聊几句。开门吧，否则我会对你做出各种可怕的事情，而且是故意去做。”

“好吧，先生，请原谅我这种小人物，总有一天我会出人头地的。我有命令在身，除了名单上的人，或者知道口令的人，没有谁可以进去，即使我有那个心，也无权对你通融，何况我还不想帮你。”

“沃克派我来的。”这句话总是值得一试。只要人们还正常，他们对沃克的恐惧便甚于对我的恐惧。

门上的脸用力哼了一声：“有证明吗？”

“别犯傻了，当权派什么时候需要考虑证明文书之类的东西了？”

“没有证明就别想进去。你现在赶紧滚蛋！像只兔子一样蹦走吧！”

“如果不呢？”

两只巨大而多节的手忽然从木门里伸出，奔我而来。想躲开是不可能的了，于是我没有逃避。相反，我上前一步，走进这双手能够触及的范围之内，一拳打向木头面孔，并用拇指用力按压它的一只眼睛。木头面孔咆哮起来，我压住不放，它的双手迟疑了。

“干得漂亮，”我说，“松开胳膊。”

它们迅速缩回门板里，无影无踪。我从面孔的眼眶中抽回指头，那张面孔愤怒地看着我。

“你这个混蛋！我要告发你！你看我敢不敢！”

“让我进去，”我说，“否则会有……不愉快的事发生。”

“没有口令，你休想进去！”

“很好，”我说，“那口令是什么？”

“那是你得告诉我的。”

“我已经说了。”

“不，你没有！”

“我说了。难道你没有听吗，门？我刚才跟你说了什么？”

“什么？”面孔咆哮着，“什么？”

“口令是什么？”我厉声质问。

“箭鱼！”

“回答正确！现在你可以让我进去了。”

门锁自动解除，木门缓缓打开。当门在我身后关闭时，那张面孔明显地抽搐了一下，它在闷闷不乐地嘟囔着什么。

夜总会的大厅看起来非常豪华，或者至少可以说非常豪华，透过挡在我面前的庞大食人怪兽，我所能看到的它身后那一点景象就足以显示出这里的奢华了。这个怪兽有两米高，几乎也有两米宽，穿着一件超大的无尾礼服，扎着领结。它凶猛地展示着自己的肌肉，同时把关节掰得咔吧直响。只看了一眼它凹陷的前额和残缺的下巴，我便确信想通过交流来绕过这个看守是不可能的。于是我灵敏地走上前，死死迎住它的目光，然后狠狠踢中它的要害。怪兽一阵呻吟，眼球居然陷入眼眶里去了，接着，它向一旁倒下，重重摔倒在地上，蜷曲成一团，不再动弹。它们长得越高大，有些部位就越易受到攻击。我轻而易举地过了怪兽这关，穿过大厅，走向通往夜总会内部的门。

夜总会内部的灯大多数是熄灭的，巨穴到处都是昏暗的阴影。光秃秃的石壁支撑着压得很低的石顶，打了蜡的光滑地板上摆放着桌椅，远处是一个升起的舞台。此时椅子都堆在桌面上，桌椅周围和地面上都是散落的彩色纸带。夜总会里唯一亮堂些的地方就是右侧的吧台，这时只对夜总会员工和演艺人员开放。十几个夜猫子似的人围聚在吧台旁，就像一群被火光吸引的颓废蛾虫。

我向他们走去，没人妨碍我。他们认为既然我进来了，那么一定是因为我本来就该出现在此。我向正在打扫卫生的服务员点点头，实际上这是五六只穿着服务员制服的猴子，正赶着为下一场演出做准备。它们一边悲伤地哀鸣，一边拿着抹布四处擦拭。目前，有很多猴子在夜城担当仆人的角色，它们甚至还产生了一些派别。

当我走到吧台旁时，那些穿着薄纱或裹着毯子的女士看也没看我一眼。空气中充满了杜松子酒的芳香和一种厌世的气氛。到了演出时间，这些女士会换上华丽的服装，穿着网格裤袜和高跟鞋，头上会插上高耸的翎毛，头发也盘得齐齐的，脸蛋上涂抹着厚厚的脂粉……但那得等到演出开始，而不是现在。空荡荡的夜总会里人为营造的微光中，和声演员和伴唱歌手以及舞蹈演员都未施脂粉，头发只是用发夹卡住，冷酷的嘴时不时吸两口香烟。她们就像在无休止的战斗中轮换休息的士兵。

吧台招待狐疑地看着我。他是某种小精灵，不过我始终无法区分他们。

“别紧张，”我说，“我不是移民局的，我只是个有特殊任务的调查员，想花点钱看看是否有人愿意帮我的忙。”

女士们顿时对我产生了兴趣。冷酷的眼神、坚毅的嘴唇，见不到钱，她们绝对一个字也不会说的。我吸了一口气，从内袋里掏出一卷现金，扔在吧台上，伸出一只手压在钱上，然后扬了扬眉毛。

“我来这里是要见罗西尼奥尔，”我大声说，“在哪儿能找到她？”

一个夹着便宜塑料发卡的红发女士用力哼了一声：“祝你好运，亲爱的。我是她的伴唱歌手，可她甚至不愿意跟我说话，那只小夜莺骄傲透了。”

“没错，”一个浅黄头发的女士说，“眼高于顶，不愿与我们为伍，就像超级巨星小姐一样。去和伊恩谈谈，舞台上那个就是，他是她的助理。”

她向阴暗的舞台点了点头，我隐约看出一个矮小强健的男人正在摆放一套架子鼓。我松开压住钱的手，表达我的谢意，转身离开吧台，女士们开始瓜分酬劳。身后传来她们混战和恶语相向的声音。我用指节敲了敲舞台，引起那个助理的注意。他从架子鼓后站起身，冲我点点头。在向我走来的过程中，他总有些晃悠，靠近后，我发现他微微弯曲着双腿，胳膊粗壮，穿一件描绘着《旅鼠会唱布鲁斯吗？》图案的 T 恤。对于一个驼背而言，他的长相算是相当标致的。

“你好，伙计，我叫伊恩·安杰，明星、旅行音乐家们的经纪人，还出售幸运符。我祖父曾经感受过维多利亚女王的气息。我能为你做些什么，先生？”

“我想和罗西尼奥尔谈谈，”我说，“我叫……”

“噢，我知道你是谁，亲爱的，该死的约翰·泰勒，极其自私的家伙，私家侦探、皇宫中的国王，不知道你是否相信，但我对那些传言多半持怀疑态度。我猜你来这里是为了自杀事件吧。应该是，天下没有不透风的墙。我警告过他们，我说过他们不可能永远隐瞒下去，但这里有谁听过我的话呢？你是怎么想的？”他冲我咧嘴而笑，用一只压扁的打火机点燃半截已经熄灭的雪茄，“那么，约翰·泰勒，你来是要找我那小女孩的麻烦吗？”

“不。”我认真地说。在这貌似愉快的交谈后，伊恩蓝色的眼睛冷得像冰，从他的相貌也能看出，他是一个对于处理问题具有很强见解的人，这种见解甚至包括了某些非常规手段。“我只是对这里发生的事情感兴趣。或许我能找出一个解决问题的办法，我就是干这一行的。”

“没错，我听说过一些你做的事情。”他思考了好一阵子，然后耸耸肩，“听着，伙计，我和罗西合作了很长时间。我是她的助理，我安装设备、调试音响、播放她的音乐，做各种琐碎的杂事，以使她不必再去操心。

是我在照顾她，对吧？我一个人干三个人的活儿，并且一刻也不愿闲着，因为她值得我这样做。我曾当过各种明星的经纪人，但她才是最棒的，她将声名显赫，绝对的声名显赫。最初，我是她的经纪人，是第一个看到她的潜能的人。我把她带到夜城，让她起步，我知道总有一天她会离我而去。没关系，像她那样的声音一辈子也难得听到，我只想成为她传奇人生中的一部分。”

“我还以为罗西尼奥尔是受卡文迪什夫妇管理的。”我说。

他耸了耸肩：“我知道她需要更好的发展。我无法像卡文迪什夫妇那样为她提供广阔的发展空间。他们很强大，他们有优越的社会关系，但是……”

“继续啊。”他停顿得太久，我试着鼓励他。他板起脸，拿出嘴里的雪茄，眼睛盯着明灭的火光，不去看我。

“这本该是罗西的巨大突破。卡利班巨穴，整个上城区最大、最华丽的夜总会，是一个最值得来此一游、观看节目、欣赏歌曲的地方，也是最值得注意的地方，可一切都错了。自从来到这儿之后，她就变了。她开始只唱哀伤的歌曲，她的歌声如此具有杀伤力，以至于听众中有人回家之后便自杀了。有时候，他们并不在家里结束生命，天知道已经有多少人……卡文迪什夫妇想尽一切办法对事实加以掩盖，一直隐瞒到唱片合约签署之后，但最后事情还是败露了，不过他们乐于为对罗西音乐的新闻报道创造话题。”

“难道这没有使前来听歌的人减少吗？”我问。

伊恩差点儿笑出声：“没有……正是这一点令人毛骨悚然，不是吗？事情的败露反而使她对某种类型的歌迷更具吸引力。毕竟，这里是夜城，人们都在追寻新的刺激，俄罗斯轮盘机上个星期才……”

“卡文迪什夫妇对这种现象做了什么调查吗？”

“他们？完全没有！他们甚至没有在这里露过脸，只是派了些打手过来盯着，吓唬那些来此调查的新闻记者。”他淡然一笑，“他们也不太喜欢私家侦探。伙计，你要小心。”

我面无表情地点点头：“在哪儿能找到罗西尼奥尔？”

“她还是我的女孩，”伊恩说，“即便她近来没多少时间留给我，她依旧是我的女孩。你是来帮助她的，还是只对流血事件感兴趣？”

“我来帮助她，”我说，“能够阻止无辜的人白白送命，这样的事总是最能引起大家的兴趣，不是吗？”

“她在化妆室，就在后边。”他为我指了指方向，然后便不再看我，目光中流露出奇怪的伤感，“我真希望我们没有来过这里，她和我。这不是我希望看到的。要是让我决定，我会说把钱收好，把合约揣起来，这里有点不对劲，可她不再听我的了。她很少离开化妆室，我只有在舞台上为她的演唱忙活时才能见到她。”

“她不在这里时都会去哪儿？”

“她一直在这儿，”伊恩语气平淡地说，“卡文迪什夫妇在楼上为她安排了一个房间，很舒适，配备了各种奢侈的生活用品，可那终究还是一个该死的小房间，我想罗西自从踏进这里后便从未离开过。她没有私生活，不关心除了下一场演出以外的任何事情，这对一个正在成长的女孩的健康是很不利的。不过，自从罗西和该死的卡文迪什夫妇达成协议后，她的职业生涯中便没有什么健康的事情。”

我正准备转身，伊恩叫住了我。

“她是个好孩子，但……别想从她那里打听到太多消息，好吗？她已经不再是她自己了。现在，我已不知道她到底是谁。”

我轻而易举地找到了罗西尼奥尔的化妆室。把守着化妆室大门的两个仪表堂堂的绅士可不是什么普通的贴身保镖，卡文迪什夫妇在内部安全方面显然花了血本。这两个贴身保镖穿着阿玛尼时装，左边眉毛上都文着一个符号，表明他们属于暴怒之龙部落，也就是说他们是魔法师、武术家和格斗之王，这种肌肉发达的卫士通常是负责保护帝王和皇室的。正常人见到他们会立即转身，赶紧消失。可我径直走了过去，如果这样就被吓得退缩的话，我将一事无成。我在他们面前停住，友好地笑了笑。

“嗨，我是约翰·泰勒。我真的希望不会发生什么不愉快的事。”

“我们知道你是谁。”左边的一个说。

“私家侦探，骗子，大言不惭的家伙，牛皮大王。”右边的一个说。

“还有人说你是野心家。”

“也有人说你是会一点法术的诈骗犯。”

“我们是格斗法师，神秘战士。”

“而你只是一个人，只会假把式。”

我站在那里一言不发，依然保持着友善的微笑。

左边那个看了右边那个一眼：“我想我们该去喝杯咖啡，休息一会儿了。”

右边那个看着我：“半小时够了吗？”

“四十五分钟。”我冷冷地回答，让他们清楚我也可以耍酷。

两个格斗法师向我微微欠身，然后不慌不忙地走开了。他们或许能够战胜我，但他们永远不知道怎么做。虚张声势是我的强项，但实际上对我此行帮助更大的是：大多数情况下，夜城流传着许多关于我的传说。我敲了敲化妆室的门，没人应答，于是我推门而入。

罗西尼奥尔坐在椅子上，她正面对化妆室的镜子，端详着自己的身影。直到我关上门，她也没有回头看一眼。她面容平静，充满忧伤，似乎陷入了自己的凝视中。我背靠着门，端详起镜前的她。她是个娇小的孩子，只有一米半高，苗条、妖艳，穿着一件纯白的 T 恤和一条浅色牛仔裤。

她的头发乌黑发亮，又长又直，与她那张在化妆室灯光照射下苍白得可怕的脸形成鲜明对比。她有着高高的颧骨、细长的鼻梁、淡紫色的嘴唇，似乎没有化妆，双手轻轻交叠于膝盖上，从她的表情上看不出她到底在想些什么。我大声地喊出她的名字，她缓缓转过头来，面对着我。在那一瞬间，我甚至怀疑是不是有人为了让她安静，为了控制住她而迫使她吸过毒，不过当我与她四目相对时，这种怀疑便不复存在。她的眼睛很大，褐色的眼球颜色很深，接近黑色，她的目光中充满了激情。她轻轻扬起苍白的嘴角，对我淡然一笑。

“最近来看望我的人不多，我喜欢这种状态。你是怎么通过守在门口的两条看门狗的？”

“我是约翰·泰勒。”

“啊哈，这足以解释很多疑问。或许你是全夜城唯一比我名声更糟的人。”她的英语说得很好，里边带着的法国口音恰恰令她更加迷人，“那么，声名狼藉的约翰·泰勒怎么会对我这种可怜的小夜总会歌手感兴趣呢？”

“我受雇来看看你过得好不好，确认你一切正常，没有被人利用。”

“真好。是谁雇的你？我猜，总不会是卡文迪什夫妇吧。”

我真心地对她笑笑：“我的客户希望保密。”

“那么在这件事中没有我说话的余地？”

“恐怕是这样。”

“我们谈论的是我的生活，泰勒先生。”

“请叫我约翰。”

“好吧，你也可以叫我罗西。你还没回答我的问题，约翰，你凭什么认为我需要你的帮助？我可以明确地告诉你，我在这里很安全，也很开心。”

“那，门外为何站着两个肌肉发达的家伙呢？”

她撇撇嘴，做出鄙夷的怪相：“他们阻止那些疯狂歌迷对我的骚扰，那些热情过头的人，我的听众！只要有可能，他们就想占据我生活的每一刻，我得给自己留些时间。”

“那么朋友和家人呢？”

“我不想谈论他们！”罗西两手环绕在胸前，生气地瞪了我一眼，“当我需要他们时，他们又在哪里？他们可以好几年对我不闻不问，不给我回信，对我一点也不支持，任我自生自灭。讽刺的是，当我的事业开始起飞，当我开始有了一些名气，当空气里有了金钱的味道，这个时候，忽然之间我的家人和所谓的朋友都冒了出来，他们想沾我的光、找份工作、求得我的施舍，甚至也想跻身于聚光灯照射的舞台上。让他们见鬼去吧！让他们全都见鬼去吧！刻骨铭心的经历已经让我学会除了自己谁也不信！”

“甚至连你的助理伊恩也不信？”

她第一次露出真诚的笑容：“伊恩，是的，一个多么甜蜜的男孩，即使是在我对自己都失去信心的最糟糕的那段时间里，他也相信我。只要我愿意，他会为我留出栖身之所。可到了最后，我成了明星，我将决定他的栖身之所。”她略微耸肩，“即便是最亲密的朋友，也不能总是踩在梯子的同一级上，总有人会被甩在脑后。”

我决定转变话题：“我听说你住在这里，夜总会？”

“是的。”她转头，重新盯着镜子里的自己。她在搜寻着，但我不知道对象是什么，或许她自己也不清楚。“我在这里觉得很安全，”她缓缓说道，“我受到了保护。有时候，似乎整个世界都想将我瓜分，我只能在这里待着。当明星真不容易，约翰，你可以学习音乐，掌握乐章，知道怎样更好地表达一首歌，但没人会教你如何成功，如何应对一举成名和大红大紫，人们各有所需……我还能相信的便是我的投资人，卡文迪什先生和卡文迪什夫人。他们只对我赚到的钱感兴趣……这我应付得来。”

“最近有一些传言，”我认真地说道，“关于神秘难解的自杀……”

她回头看着我，露出悲哀的笑容：“约翰，你应该比所有人都清楚，不能相信这些传言，这都是道听途说，肆意夸大，好让我的名字成为人们口中出现频率最高的词。人人都说是听朋友的朋友提起此事，但没有谁能说出真正死去的人姓甚名谁。夜城最爱流言蜚语，坏消息更胜于好消息。我只是一个热爱歌唱的歌手……倘若你实在担心的话，可以去和卡文迪什夫妇谈谈，我相信他们能让你释怀。现在，如果你能原谅的话，我得开始准备了，演出马上开始。”

她再度转头盯着镜中的自己，一只手托着脸颊，又陷入了深思。我走出房间，她甚至不曾注意到我已经走了。

4

梦游人和灾星

我回到夜总会吧台，脑子里响起《独一无二的娱乐界》那具有讽刺意义的旋律。我与罗西尼奥尔的见面并不像我预料的那样，但是……很有趣，退一步说，我对她的第一印象很含混。她看起来十分机敏，尤其是她的言谈，可毫无疑问，罗西尼奥尔有什么地方不对劲，她好像失去了什么……比如她身上的某种精神被移除了，或是受到了抑制。她看起来并没有受到毒品伤害，但有可能被魔法控制，更有可能被窃取了灵魂，控制了思维，甚至已经完全被某种东西迷惑。夜城从来不乏诱惑。大人物们都会想要拥有一个像罗西尼奥尔一样前途无量的歌手……噢，见鬼，没准儿她只不过是疯了。夜城也不乏疯子。等她献唱时，我得再来看她的演出，听听她的声音究竟有何不同，看看她对听众们做了些什么。当然，我得事先做好必要的防范，某些防范。有许多会魔法的生物，大多数是雌性，它们能通过歌声带来恐惧和死亡，海妖塞壬、水中女神、班西女妖、香蕉女郎翻唱乐队……数不胜数。

来到吧台，我借用他们的电话打给我在夜城的新办公室，看看凯茜关于卡文迪什夫妇的调查进展如何了。小精灵招待没有阻拦我，见我过来，他赶紧退到吧台另一端，去擦拭那些已经无需清理的酒杯。此时那些裹着毯子或穿着薄纱的女士一人手里一瓶杜松子酒，正围在一起叽叽喳喳，就像被天堂驱除出来的一群不修边幅的鸟。我故意背向她们，听筒紧贴耳朵。

我不再在夜城使用手机了，那会让别人很容易找到我。此外，这里的信号往往容易出错，到头来你有可能接通各种错误的号码，跟各种多维空间里来自过去、现在和未来的各种人或物通话。有时候，你正通着电话，听筒里会传出某些低语，像是在讲述什么可怕的事情……我的最后一部手机已经被我埋在一处肮脏的地方，为了确保安全，我还在上边撒满了盐。

铃声刚响一下，我的秘书便接起电话，仿佛正在等我拨过去一样："约翰，你在什么鬼地方？"

"噢，随处走走，"我小心说道，"怎么了？出了什么问题？"

"被你说中了，沃克来过办公室。约翰，他表现出的那种独有的镇定和安静说明他对你真的很不满。他想知道你在哪里，开始是恐吓，后来上升为公然威胁，他提到了监狱，还有驱逐，还有些涉及烧滚的热油和烟囱之类的话。幸运的是，我当时可以诚恳地告诉他，对你的行踪一无所知。你付给我的钱不足以让我对沃克撒谎，知道吗，他曾经逼得一具尸体站起来回答他的提问。"

"我知道，"我说，"别担心，有我。沃克现在在哪儿？"

"也在随处走走吧，他在找你。他说已经拿到了某种写着你名字的东西，我敢保证那绝不是什么授权书。你真的令半个夜城陷入黑暗了吗？需要帮助吗？要我替你联系射手苏西或是剃刀艾迪吗？"

"不，谢谢你，凯茜，我自己能应付沃克。"

"你在做梦吧，老板。"

"告诉我，你发现了什么有关卡文迪什夫妇的消息？那些有用的、有趣的消息？"

"说实话，不太多，"凯茜有些无奈地回答，"与卡文迪什先生和卡文迪什夫人直接相关的线索很少，我甚至查不出他们的真名，常规资料数据库里完全没有他们的信息。他们很注意保护自己的隐私，即便是我从未来购回的计算机也无法突破那些保护他们生意记录的防火墙。对了，他们目前不太高兴，为了排解郁闷，他们发送电子邮件辱骂比尔·盖茨。我给我所有的朋友和关系户打了电话，可是一提到卡文迪什夫妇，他们大都拒不开口，即使我们通话使用的是安全线路，他们依然害怕多说。当然，这是夜城，你还是可以找到愿意说的人的……这取决于你是否相信那种人。”

“快告诉我你了解到的信息，凯茜。”

“好吧……目前的传言说，考虑到最近卡文迪什夫妇所做的生意，变卖财产，追讨债务，不放过任何短期交易的机会，他们很有可能极为缺钱。缺现金，不是资产。有人猜测要么就是某位大人物发生了严重问题，不会为他们赢得预期的回报，要么就是他们需要钱来扶持一个新的大人物，没准儿两种情况皆有可能。有明显的迹象表明，卡文迪什夫妇最近放弃了他们过去的保守投资风格，转而对高风险或高收益的投资产生了浓厚兴趣，但有可能这只是市场变化造成的。”

“他们是从什么时候开始介入娱乐行业的？”

“啊哈，”凯茜说，“他们是近两年才使自己成为那些有前途的新兴天才的一流经纪人、投资人和赞助人的。他们花了很多钱，但至今也没有得到多大回报。还有传闻说他们之前在卡利班巨穴对新歌星西尔维娅的包装出了严重的问题。西尔维娅曾一度看起来好像真的能走红，去年，她的照片充斥着音乐和时尚杂志的封面，但她忽然间消失了，从那之后再也没人见过她。西尔维娅彻底失踪，这在夜城可不是件容易办到的事情。”

“把大概情况跟我说说，凯茜。”

“好吧。卡文迪什产业是一个举足轻重、声名显赫、涉及广泛的商业巨头，它的绝大部分资金仍以不动产和股份的形式存在。他们的娱乐业探险得到了巨额资金投入，可尽管他们的名册上已经有了数十位艺员的名字，但却只有罗西尼奥尔是唯一有潜力的闪耀新星。他们从她身上赚到了大笔金钱，他们不能让她成为下一个西尔维娅。”

“有趣，”我说，“谢谢，凯茜，有机会我要亲眼见识见识。如果沃克再来的话……”

“我明白，躲进洗手间，假装办公室没有人在。”

“你必须这样做，”我说，“现在告诉我在哪里可以找到卡文迪什夫妇。”

接下来最合逻辑的行动似乎就是去找卡文迪什夫妇问一些不太礼貌的问题了。

我离开卡利班巨穴，踏入无尽的黑夜，目标是穿过上城区，前往商业区。路程不远，当我离开演艺场，走向商业区时，路上的人少了很多。最后，我穿过一条略显荒凉的街道，明亮绚丽的夜总会不复存在，取而代之的是安静冰冷的建筑，娱乐中喧闹的夜城也被工作中沉寂的夜城代替。商业区紧邻上城区，是夜城里最体面的地方，这里所有的绅士都穿着西装，夹着公文包，拿着雨伞。不过你还是得提高警惕，在夜城，生意人并不仅仅是人，高维或低维空间的来客也会在这里开店，希望赚一桶金。作为金钱流动的中心，这里的斗争和其他地方一样激烈。

卡文迪什产业所处的建筑就在凯茜说的位置，那是一栋古老的维多利亚时代大厦，从外表上看，它依然保持着古老的风格，没有铭牌或号码牌，除非你要来此办事，或者知道怎样找到这里，再或者卡文迪什夫妇向你发出邀请，否则你很难找到它。卡文迪什夫妇不仅取得了成功，而且唯我独尊，就像他们的夜总会那样。我站在离大厦前门有一段距离的地方认真打量着这栋建筑。卡文迪什夫妇用重重魔法守护着属于他们自己的小小王国，那些魔法很强大，以至于无须开启我的天眼来探测，其中的一些便已显形。我有一种无数小虫在皮肤上爬行的感觉，空气中有紧张的气氛，来自于那些看不见的恐怖守卫和随时可能降临的可怕危险。显然，大厦受到了某种来自于天堂或地狱的保护。这种感觉不足以吓跑那些有正当的事情需进入大厦办理的人，但却可以令不速之客，乃至无辜行人感到害怕。当然，它也完全能够让绝大多数访客提心吊胆，甚至让他们不敢耍诈。

大厦没有设置什么隐秘的防御措施，卡文迪什夫妇希望每个人都明白他们是受到保护的。

我沉着地走到前门，装着拥有充分正当的理由似的推开大门。什么也没有发生。我像走进自己家一样大步踏入门厅，尽力掩饰此行的目的。门厅宽敞而豪华，显得很舒适，墙上挂着画，花瓶里插着鲜花，商人们坐在奢华的软皮沙发上，一边阅读《黑夜时报》，一边等候轮到自己办事。我走向接待处，一个年轻男子和一个年轻女子立即迎到我面前，似乎我的到来在他们的意料之中，夜总会里的那两个格斗法师一定向他们通风报信了。我微笑地看着挡住我去路的一男一女，打算说几句无关紧要的话，但没有开口。毫无疑问，他们都是梦游人。两人都穿着深黑色的衣服，脸色苍白，面无表情，他们双眼紧闭，处于睡眠状态中。梦游人可以将睡梦中的身体出租给他人使用，通常，他们会成为契约佣工，并以此赢利。他们不会过问在自己身体上发生的事情，任何损伤都由他们自己负责。他们的主人，或者更确切地说，他们无意识的傀儡躯体的主人，可以做他们想做的任何事情，只要合约还有效，主人们就可以放纵任何爱好或幻想。这就是生意。

对我这样的人而言，真正的问题在于，梦游人不会被花言巧语欺骗或愚弄，也就是说，我陷入了真正的麻烦。因此我耸耸肩，笑着对他们点点头，然后说："带我去见你们老板。"

男子一拳打向我的头。他的动作太快，我甚至没看到拳头打过来。我倒在地上，女子踢向我的肋部。我想要爬起来闪到一旁，可他们紧逼在我周围，两个人都拼命踢我，我已经听到肋骨断裂的声音。他们不依不饶，我无处可退，只好蜷缩成一团，尽力护住脑袋。这突如其来的袭击如此凶狠，以至于我无法集中精力，使出我常用的防身技巧。我所能做的只是承受，并暗暗发誓一定会报仇。

殴打持续了很长一段时间。

我无意中瞥了一眼大厅里的其他人，居然没人朝我这边看。他们都知道明哲保身的道理，他们人人都跟卡文迪什夫妇有生意往来，可不想让自己冒险。我也清楚呼救是无益的。我紧紧地蜷缩着，每一击的降临都令我浑身一颤，要是让那些该死的敌人听到我的惨叫，他们不知道该有多开心。就在这时，我的头上挨了重重一脚，一切顿时变得模糊起来。

我能意识到的下一件事便是在一个上升的电梯里。我瘫倒在地，两个梦游人则分列左右，依旧面无表情，双眼紧闭。我静静地躺在那里，一动不动，以免引起他们的注意。我觉得自己浑身上下都是伤，疼痛令我泛起阵阵恶心，思维变得有些涣散。我慢慢动了动手指，然后是脚趾，一切正常。呼吸起来有些刺痛，这说明我的肋骨有骨裂发生，甚至是骨折。我满嘴是血。我让血顺着嘴角流出，伸舌头舔了舔牙齿，有几颗已经松动，但至少还没被打掉。我希望自己没有哭，发生这种事时我讨厌哭泣。我已经很久没有挨过这么重的毒打了，没准儿接下来的一个礼拜小便里都会带血。我忘了夜城里的第一守则——不管你自认为有多恶毒，总有人比你更凶悍。但是，这趟行程也并非完全没有收获，我来这里是寻找卡文迪什夫妇的犯罪证据，现在我被打便是极好的证明。

电梯猛地停住，我浑身一颤，疼痛几乎让我忍不住叫出声。电梯门打开，两个梦游人弯下腰，将我抬了出去。我没有去揍他们，一方面是因为我此刻不具备这个能力，但更重要的原因是他们正把我带向我想要去的地方，去见他们的主人，卡文迪什夫妇。他们将我架进一间办公室，然后像丢垃圾袋一样把我重重扔在接待处前的地板上，厚厚的地毯吸收了一部分跌落产生的冲击力，但我依然痛得要命，立刻昏迷了过去。

当我再度苏醒时，梦游人已经不在了。我小心翼翼地缓缓扭头，看到办公室内间的房门紧闭。我稍稍放松一点，强迫自己靠双手和膝盖将身体撑起来，每一下都会带来新的剧痛，我向豪华的地毯上吐出一大口黏稠的污血。终于，我将身体右侧小心翼翼地靠在接待处的桌子上，勉强坐了起来，舒展着左边的肋骨，有人得为此付出代价。

我伤得不轻，发抖、恶心、头晕目眩，但我明白在梦游人回来把我拖到卡文迪什夫妇面前之前，我必须重新振作起来。他们不想让我死，至少现在还不想，这顿毒打是为了在对我进行审讯前让我服输。哈，那他们就错了，我从不服输。我倒是很想知道他们认为我了解什么内幕……我用颤抖的手从口袋里掏出一块手帕，轻轻抹去充满瘀伤的脸上遍布的血渍，一只眼睛已经肿胀得很厉害，根本没法用它看东西。擦过脸的手帕变得一团糟，我把它扔在昂贵的地毯上，让其他人去为地毯感到可惜吧。

我向桌子后头眺望，看到了一个适合于出现在任何高档办公室里的漂亮秘书，这种人宁可咬断自己的胳膊也不会让你在未曾预约的情况下去见她们的老板。她故意忽视我的存在，电话铃响了，她用冷冷的调子应答，完全一副商业口吻，就好像眼前没有一个半死不活的私家侦探正在用血把她奢华的地毯弄脏一样，可能这只是办公室里平凡的另一天吧。

我背靠办公桌缓缓转身，咬牙忍受阵阵袭来的剧痛。当我终于缓过气来时，我意识到除了自己之外，办公室里还有别人。事实上，这里人还不少，把椅子占了个满满当当，他们翘着二郎腿，背靠墙。是一群年轻、苗条、时髦、无知的男孩女孩，他们懒洋洋地听着音乐，翻看时尚杂志，相互交头接耳，品评对方的刺青，或是拿着小镜子打量自己精心的装扮。他们穿着清一色的黑色制服，脸色苍白，抹着深黑的眼影，打了唇钉的紫色嘴巴上饰有银色圆环十字链，乍一看还以为是皮肤煞白、眼睛像窟窿的死亡小丑。一个蜷缩在椅子上又瘦又高的女孩注意到我在看他们，于是放下手中名为《咬我呀》的杂志，冷漠地打量着我。

“见鬼，他们把你揍得可真够惨的，你到底怎么招惹他们了？”

“我什么都没有做，”我尽量让自己听上去没什么大碍，“只不过很多人以为我有什么事。你们在这里做什么？”

“噢，我们只是闲逛罢了。我们听候差遣，替明星为歌迷们发签名照，干一些力所能及的活儿，只要能帮得上忙。作为回报，我们会听到所有最新的小道消息，甚至有时候能遇上在此露面的大明星。当然，我们的最爱是罗西尼奥尔！”

“当然。”我说。

“噢，她是最棒的！唱起歌来就像一个黑暗天使，一切爱和死亡都寄托在一个赏心悦目的人身上。她仿佛是在用灵魂歌唱，让你觉得明天一切都将结束……我们所有人都崇拜罗西尼奥尔！”

“说得对，”一个骨瘦如柴的男孩用他那阴森的腔调说道，“我们都爱罗西尼奥尔，我们愿为她而死。”

“是什么令她如此与众不同？”我问，“值得为她去死？”

他们像看外星人一样看着我。

“她是那么的酷，伙计！”一个刚刚成年的女孩生气地甩了甩长长的黑发，我知道这就是我得到的全部答案。

“那么，”另一个人说，“你，你认识，别的什么名人么？”

“我叫约翰·泰勒。”我说。

他们全都毫无表情地看着我，然后继续看他们的杂志或是谈话。如果你不了解音乐娱乐界，你便一无是处。没人对我的状况或困境有丝毫的关心，他们不愿冒险去做任何有可能令自己被赶出这间办公室，从而失去与明星见面机会的事情。歌迷，真的很可爱。

办公室内间的门打开了，那两个梦游人再度出现。他们径直向我走来，我毫不退缩。他们野蛮地抓住我，将我半拖半拽地拉进里边的办公室。我又一次被摔倒在地，好一阵子才缓过神来。门在我身后被重重地关上。我强迫自己跪在地上，然后两手下垂，保持住平衡。面前出现了两个坚定的身影，都皱着眉。我故意望向一边。内间办公室的装修出奇地守旧，几乎还停留在维多利亚时代的风格：笨重的家具和刻板的装饰，数百本大开本图书排列在墙上，就像家具一样古老而陈旧，没有花朵，房间里很闷，味道很重，如同穿了太久的衣服。

最后，我望向面前的这对主人。卡文迪什夫妇就像一对稻草人，虽然站着一动不动，可他们身上依然散发出某种难闻的气息，仿佛只要稍不留神，两个人就会摔倒。他们穿着西装，没有特点，没有个性，亘古不变。他们脸色白得不健康，皮肤出奇地完美，没有瑕疵或污点，十分紧绷，像是经历过无数次整形手术。他们表情漠然，因为他们或许一生之中都不曾体验过真正的感情。

他们忽然一起迈步，站在我面前，步调出奇地一致。卡文迪什先生一头黑色短发，在他看来，我仿佛只是个需要解决的问题而不是敌人。卡文迪什夫人也是黑发，长度及肩，她体格不错，嘴巴很薄，几乎看不到嘴唇，眼睛也细得像条缝。

他们让我想到蜘蛛，好像正在凝视着撞到他们网上的猎物。

“你来这里不是谈生意的，”男的冷不防开口说道，语气冷酷而清晰，“不谈生意，我说得对吗，卡文迪什夫人？”

“的确如此，卡文迪什先生，”女的附和着，腔调和丈夫如出一辙，“我敢说，他一定不怀好意。”

“你为什么要干涉我们的生意，泰勒先生？”男的问。

“你必须得解释清楚。”女的说。

他们说话的方式惊人地一致，几乎毫无二致。我打心眼儿里讨厌他们那严厉尖刻的眼神。我装出善意的微笑，嘴角流出一小股鲜血。

“请告诉我，”我说，“你们真的既是兄妹，又是夫妻吗？”

虽然我已做好挨打的准备，可拳脚真的如雨点般落下时，我还是痛得要命。最终梦游人在某种讯号的指示下停住手脚，他们抓住我的肩膀，将我搀起来。

“我们喜欢使用梦游人，”男的说，“最佳仆人，我说得对吗，卡文迪什夫人？”

“一点也没错，卡文迪什先生。他们从不顶嘴，从来不敢背叛主人。”

“卡文迪什夫人，这年头，找到得力助手太难了，恐怕这是一个时代的特征吧。”

“正如你原来说过的，卡文迪什先生，没错。”这一男一女在对话的整个过程中一直盯着我，从未互相瞟上一眼。

“我们听说过你，约翰·泰勒，”男的说，“不过没太深印象，而且我们也不想去忍受你的傲慢无礼。我们是卡文迪什夫妇，我们拥有卡文迪什产业，我们是既有财富又有名望的人，我们绝不容忍任何人干涉我们的事务。”

“说得很对，卡文迪什先生。”女的说，“泰勒先生，对我们来说，你一文不名。通常，我们根本不会正眼瞧你。你只不过是身世不明的小鬼，我们则是一家大公司。”

“歌星罗西尼奥尔是我们的财产，”男的说，“卡文迪什夫人和我拥有她的演出合同，她的事业和生活都由我们安排，对我们的东西，我们一定会保护好。”

“罗西尼奥尔属于我们，”女的说，“我们拥有我们花名册上登记着的一切事物和每一个人，我们从不放弃任何属于我们的东西。”

“除非有很大的利益驱动，卡文迪什夫人。”

“你说得对，卡文迪什先生，谢谢你提醒我。我们对那些抱着不良企图来打探内幕的人很反感。这么些年来，很多自诩为英雄的家伙曾经试图干预我们的事务，我们依然强大，可他们却衰败了，聪明人应该从这些事实中吸取教训。”

“你们打算怎样阻止我？”我的声音不像自己希望的那样清晰，我的下嘴唇肿得很难受，“这些睡美人不可能总守着我。”

“通常，我们谴责暴力，”男的说，“它太……不足为奇。因此，我们会在必要的时候让别人为我们实施。假如你敢再招惹我们，假如你敢再找罗西尼奥尔的麻烦，你就会变成瘸子。假如你选择对我们的警告置之不理的话，你就会死，以一种足以令其他那些打算干涉我们生意的人胆寒的方式死。”

“当然，”女的说，“我们是讲道理的人，不是吗，卡文迪什先生？”

“我们是生意人，卡文迪什夫人，这是最重要的一点。”

“因此，让我们来谈谈生意，泰勒先生，你打算要多少钱才肯为我们工作，只为我们工作？”

“成为我们的人，泰勒先生。”

“成为卡文迪什产业珍贵的一部分，然后光明正大地享受我们对你的友善、给你的报酬和对你的保护。”

“门儿也没有，”我说，“我只被雇用，不被出售，而且我已经有客户了。”

梦游人走到我两旁，我不由自主地蜷缩起来，等待又一顿暴打。任何一个识时务的人都会妥协，可我太愤怒了，他们已经剥夺过我的自尊，剩下的只有我的反抗。

卡文迪什夫妇异口同声地叹息着。“你太让我们失望了，泰勒先生，”女的说，“我想这次，我们会让合适的当权人士出面对付你的。我们已经联系了沃克先生，投诉你不受欢迎的造访，他对你的下落很感兴趣。看起来，他已经有些迫不及待地想要抓住你了。现在，他已经在赶来的路上，并要亲自把你从这里抓走，以示对你的厌恶。你到底做了些什么令他那么不爽，泰勒先生？”

“抱歉，”我说，“无可奉告。”

梦游人又开始行动，我把手伸到外套内袋里，抓住用来应急的小包裹中的一个，很快我就从形状和质地判断出它的用途。我掏出这个小包裹，在梦游人扑上来之前将它打开，把胡椒粉撒到了他们脸上。黑色的粉末进了他们的鼻子里和眼睛里，不等反应过来，他们已经吸入了不少粉末。接着，他们都开始大声打喷嚏，情不自禁地浑身颤抖，眼泪从他们闭着的眼睛里喷涌而出。两人向后退去，高频率的猛烈喷嚏使他们无法站立，胡椒粉的作用在持续，喷嚏也在继续。

两个梦游人都被呛得弯下腰，眼泪不住地从紧闭的双眼中挤出，很快，两人都清醒过来，剧烈的颤抖作用于他们身上，这种物理反应如此强烈，以至于两人都脱离了强迫睡眠的状态。他们完全清醒过来，痛苦得要命，互相搀扶着站稳脚跟，泪眼汪汪地环顾着四周。我蹒跚着站起来，怒视着他们。

“我是约翰·泰勒，”我用最冷酷的声音说道，“你们让我感到很讨厌。”

两个醒过来的梦游人一边打喷嚏，一边看着我，然

后又看看对方，接着转身就跑，争先恐后地朝门口冲去。尽管嘴唇开裂红肿，但我还是咧嘴笑了。有时候，精心准备的下流手段总能派上大用场，比如说胡椒粉和盐。我的口袋里总会装两包这些东西，盐可以用来对付还魂尸，用来绘制保护圈或保护五角星图案，盐还是很好的清洁剂，胡椒粉也有相当广泛的用途。我的口袋里还有别的东西，其中一些的确算得上是很卑鄙恶毒的东西。此时此刻，我很想把每一样都用在卡文迪什夫妇身上。

我本该说，我是等到实在受不了时才使用胡椒粉的，但实际情况是，我是好不容易鼓起勇气才使用它的。

我愤怒地瞪着卡文迪什夫妇，他们也盯着我，一动不动。这时，男的忽然转身，从办公桌上拿起一只银色的铃铛，快速摇起来。

一个透明的五角星形在办公室的一个角落里燃烧起来，这个五角星符号在被激活的同时，线条开始放射出耀眼光芒，转瞬间，屋子里多了一个人，一个我认识的人。他穿得很正式，深蓝色的晚礼服，雪白的衬衣和蝶形领结，外边披着斗篷，配有鲜红的内衬，他那仔细打理成型的头发乌黑发亮，山羊胡也一样，他的双眼呈淡蓝色，嘴角挂着一丝高傲自大的讥笑。别的人恐怕都会被这种装束唬住，但我很清楚他的把戏。

“你好，比利，”我说，“打扮得不错，你什么时候开始当上服务员了？”

“你看上去可是一团糟啊，约翰。”新来的一边说，一边优雅地踏出透明五角星，火焰很快就在他身后消失了。他理了理袖口，一脸不屑地看着我。“真脏！我一直都在说，总有一天，你会陷入无法脱身的麻烦。还有，别叫我比利，我是星尘伯爵。”

“不，你才不是呢，”我说，“你是个灾星，星尘伯爵是你父亲，一个比你高尚得多的人。我记得你，比利·莱瑟姆，我们一起长大，而那时你也是个没用的小混球，我想你本打算成为一名会计师的吧？”

“会计师没有前途，赚不了什么大钱，为卡文迪什夫妇这种人服务才有赚头。为了能让我偶尔来应付今天这种场面，他们可付了我不少钱呀。还有，既然我父亲已经死了，我当然可以继承他的头衔，我就是星尘伯爵。而且，恐怕我现在就必须杀死你，约翰。”

我嗤之以鼻：“别来招惹我，比利·莱瑟姆，我可见过比你还会虚张声势的家伙。”

为什么坏事总是砸在好人头上？正是因为比利·莱瑟姆这种人要从中获益。从本质上来讲，他具有一种能够改变和控制所有“可能性”的力量。这个灾星能看清命运间错综复杂的联系，能在混乱中理出头绪，然后找出能使一切变成可怕坏事的那百万分之一的可能，最后将这百万分之一转化为事实。他能招厄运，让好事变成灾难。他把自己的快乐建立在别人的痛苦之上，热衷于毁掉别人的生活，让他人花费一辈子时间构建的幸福在顷刻间化为乌有。当他还是个孩子时，他就以此来恶作剧，现在则靠它赚钱。他是个灾星，别人的不幸就是他的力量源泉。

“你不够资格成为星尘伯爵，”我生气地说，“你的父亲是夜城的幕后英雄，是真正的当世强者，是受人景仰的大人物，深受人们的敬畏和尊重。他将一生都奉献在引导宇宙巨能之上，造福了整座城市。”

“可到头来，这些为他赢得了什么？”比利说，看起来也很气愤，“他跟尼古拉斯·霍布结了仇，毒蛇之子就像捏死一只苍蝇那样毫不费力地杀死了他。受人景仰又怎样？忘了什么好名声，忘了那些背后的虚名吧，我要钱！我喜欢一身铜臭！我要变得极度富有！现在这个头衔是我的了，夜城的居民都要敬畏我！”

“你的父亲……”

“已经死了！我一点都不怀念他，反正他总是对我感到失望。”

“真糟糕，”我说，“我不知道你为什么会这样。”

“我是星尘伯爵！”

“不，比利，你只会是灾星，你给每个人带来厄运，包括你自己。你永远无法成为像你父亲那样的人，这点你也有自知之明。你的梦想太渺小了，你只是个带来坏运气的臭小子，一个卑鄙下流、出卖自己的恶棍。”

他气急败坏，呼吸急促起来，脸涨得通红，但他还是极力克制住了自己，尽其所能地装出最不屑的语气。

“你现在看起来也没多了不起，约翰，那两个梦游人结结实实地教训了你一顿，现在只要一阵风就可以把你吹倒。这种情况下，要在你的心脏上制造一个血块，或是让你大脑里的血管来一次爆炸，这应该不太难。或许，现在就该送你上路了。约翰，我可以对你做出很多下流的事情来，糟糕的可能性太多了。”

我冲他笑笑，露出布满血迹的牙齿：“别惹我，比利·莱瑟姆，我现在的心情真的很糟。你希望我怎样使用我的天眼找出你真正害怕的东西？也许如果我真的去尝试的话……没准儿能找到你父亲留下来的东西……”

他的脸变了色，忽然间就像个穿了大人衣服的小孩。可怜的比利，他的力量的确非常强大，可我玩这套把戏的时间比他长得多，再加上我那令人闻风丧胆的好名声……我向卡文迪什夫妇点点头，然后转身走出了他们的办公室。我拖着受伤的身体，尽可能迅速地逃离了这栋该死的大厦。

没有人胆敢阻拦我。

5

魔音鸟的诅咒

我一定是老了，要是以前的话，挨这样的一顿毒打根本算不了什么，现在，我已不像原来那样经得起拳脚。刚一迈出卡文迪什夫妇的大厦，我就差一点儿站立不稳，头上冒出一阵冷汗，每次呼吸都像有人在拿刀刺我，眼前一阵阵地发黑，嘴里还在流着血。这可不是好兆头。我在意志力的驱使下强迫自己一刻也不停歇地继续向前走，我得让自己离大厦足够远，以确保他们无法再用大厦的防御魔法攻击到我。即便是已经安全了，我依然得走下去，我头重脚轻，在人行道上每落下一脚都不得不小心翼翼。或许我这副样子很狼狈，肿胀的脸，满是血迹的风衣，但我绝不能显得软弱无力、不堪一击，在夜城，总有贪婪的秃鹫在你头顶盘旋，随时准备扑向任何看起来像是猎物的东西，我可不想成为猎物。因此，我必须目视前方，径直行走。我借助窗户的反光瞥了一眼自己，大吃一惊，我看上去和自己感觉到的一样糟糕，我得赶快离开人来人往的大街才行。

我需要疗伤，还得休息一段时间，但这里离家太远，而我又不能去任何常去的地方，沃克的人此时一定守在那里。我也不能打电话向朋友求救，沃克派的人一定能监听到。那个人即便一无是处，做事还是很彻底的。

好吧，当所有朋友都帮不了你的时候，能帮忙的就只剩下敌人了。

我拖着虚弱、疼痛的身体沿着大街行走，恶狠狠地瞪着每个路过的人，以防有人趁火打劫。最后，我来到了公用电话亭。我无力地靠在电话亭墙上，能休息一下的感觉可真棒，让我差点忘记了自己为何来此，不过过了一会儿我还是摘下了听筒。拨号音很大，很稳定，我着实松了一口气。在夜城，公用电话亭之类的公物很少遭到破坏，因为电话亭有自卫功能，据说它们曾经吃掉那些居心叵测地闯进来却不打电话的人。

我不知道普现在的电话号码，他总是换号，不过他也总是会在电话亭里留下自己的名片，以便人们在紧急情况下能找到他。我迷迷糊糊地看到那张熟悉的卡片——雪白的底色配上血红的浮雕像，用颤颤巍巍的手拨通了号码。这时，我的一只眼睛已经几乎看不见东西了，手也令人担心地感到麻木。听到电话拨通的等待铃声，我再度松了一口气。趁着等待的时间，我打量着面前玻璃墙上贴着的其他卡片，大杂烩——卖魔法药水的、卖符咒的、按钟点收费的爱情女神，以及如何为了找乐子和获取暴利而折磨一只山羊。

电话线另一头有人接起了电话："最好有要事找我。"

"你好，普，"我尽量让从肿胀的嘴里发出的声音听起来和平时一样，"我是约翰·泰勒。"

"你以为你这是在干什么，给我打电话？！"

"我受伤了，我需要帮助。"

"如果我成了你的赌注的话，那事情恐怕真的很糟。为什么找我，泰勒？"

"因为你总是宣称自己是上帝的仆人，你应该会在别人需要帮助的时候伸出援手。"

"我帮的是'人'，不是你这种讨厌的家伙！只要你一天不死，并且不被埋葬在肮脏的地方，夜城里所有的人都会不得安宁。说个理由来听听，为什么我要为你而出门，泰勒。"

“好吧，如果慈悲不能使你那样做的话，普，听听这个怎样？就我目前所处的这种虚弱状态而言，我很容易受到各种攻击，包括被人控制并附身。你真的想要有什么地狱来的怪物进入我的身体，再控制我的天眼来对付你吗？”

“你可真够卑鄙的！”普说，我可以听得出他在考虑，“好吧，我会为你开一扇传送门。不过纯粹是我不想看到你死在其他人的手上，因为除非我亲手了结你，否则我无法确认你到底死没死。”

电话挂断了，我放下听筒。除了家人和朋友，世界上与你关系最亲密的人莫过于一个老对头了。

我忍着浑身疼痛，慢慢转过身来，推开电话亭的门，向外看了看。我的前方凭空出现了一扇门，就在人行道中央，就一扇门，突兀地立在那儿，破旧不堪，大块的油漆已经脱落，从一个粗糙的豁口处可以看到裸露的木头，那里本该是门牌号的位置，或许被人偷走了。普自己选择住在环境恶劣的贫民区，也许他认为自己的说教正是那里迫切需要的。我离开电话亭，费尽最后一丝力气走向那扇门。幸运的是，其他人都未靠近它，大概是因为它看起来如此粗劣，人们对它不屑一顾吧。我沉肩撞去，门在我面前打开，里面漆黑一片。我蹒跚向前，转眼间就出现在普的客厅里。门在我身后迅速关闭。

我一头扑向前方空着的桌子，心怀感激地靠在上边喘气。喘了好一会儿之后，我开始四处打量。没有看到普，客厅里的装饰简单而干净，一张不曾细磨的木头桌子、两把手工粗糙的木头椅子、用了很久的地毡、受过潮的壁纸，为了防止别人窥探，仅有的一扇窗户上还涂抹了肥皂。客厅里唯一的光源来自窗户外面的街灯。普严格遵守着自己立下的清贫简单生活的誓言。有一面墙上镶嵌着隔板置物架，上边摆放着各式各样的驱邪用品，都是些有用的小东西，可以用来帮助你在危急时刻求得生存，而且价格也十分公道。

客厅另一端的门砰的一声打开，普出现在了门口。他那些伟大的头衔立即涌现在我的脑海中，无赖牧师、恐怖分子、上帝的神圣战士。

“别在这里胡来，混蛋！这里是圣地！我以上帝之名警告你，别把邪恶带到这里来！”

“放松点，普，”我说，“就我一个人，而且现在我这么虚弱，恐怕连一只小猫也打不过。咱们停战吧？”

普用力哼了声：“好吧，停战，你这该死的家伙。”

“很好。我现在能坐下来吗？我的血流了你一地。”

“坐，快坐下来！别让血流到桌子上，我还要在上面吃饭呢。”

我重重地一屁股坐下，发出大声的呻吟。普慢步上前，白色的拐杖在前边探路。他穿着普通的牧师服，外边套一件缝补过多次的破旧灰色长袍。他佩戴着质朴的白色牧师领圈，瞎掉了的眼睛上蒙着一条很干净的灰布。他的头很大，眉毛高贵地上扬着，蓄着狮子般的灰色长发，下颌很刚毅，一张嘴似乎从来不曾笑过。普的肩膀很宽，但身材却很瘦小，这使他看上去总像是好几顿没吃饭的样子。他摸索到另一张椅子边，让自己舒服地在桌对面坐下，把拐杖斜靠在桌腿上，然后用力地吸了口气。

“我能嗅到你的疼痛，孩子，你伤得有多重？”

“应该相当重。”我说。这种声音连我自己听起来都像是勉强撑出来的。“我现在只希望大都是皮肉伤，可我的肋骨却说还有别的可能，头也一直很晕，处于昏迷的边缘。我真的挨了一顿毒打，普，我已经不像原来那么年轻力壮了。”

“没有多少人可以永远年轻的，孩子。”普站起身，准确地走向存放货物的木架。普的眼睛是瞎的，但这未能阻碍他的行动。他沿着墙慢慢地踱来踱去，在寻找什么。我只求不是在找匕首、砍刀或是解剖刀之类的玩意儿。他一边找东西一边嘟哝着。

“野狼克星、乌鸦爪、圣水、曼陀罗根、银匕首、银子弹、木桩……我一定还留了些大蒜……占卜杖、研磨皿……啊哈！”

普转身朝我走来，得意扬扬地拿着一瓶淡蓝色的液体。但他又停了下来，撇了撇嘴，另一只手伸向挂在腰间的人骨念珠。“事情怎么会这样呢？你，孤独而无助地待在我家里，在我的控制中……我应该杀了你的，诅咒之子、救世主之敌……”

“我无法选择自己的父母，”我说，“再说，大家都说我的父亲是个大好人。”

“噢，他的确是个好人，”普出其不意地说道，“虽然我从未亲自与他共事，但我听说过他的故事。”

“你见过我母亲吗？”

“没有，”普说，“但我见过在你出生时隐现的预言。我并非生来就是个瞎子，孩子。我用双眼换来无上的知识，而这些知识惠我良多。约翰，你会成为我们所有人的催命鬼的。但我那愚蠢的良心不容许我狠下心肠将你杀害，至少不能在你主动来此向我求助时杀了你。如果这么做……我会良心不安。”

他缓缓地摇了摇大脑袋，向前跨出几步，在桌子旁边停下，把盛着蓝色液体的药瓶放在我面前，然后又坐回对面的椅子上。我看了看这个瓶子，上面没有任何标签，完全无法判断这到底是良药还是毒药，或者别的什么。普的足迹遍及世界各地，收集的东西可以说是满坑满谷。

“好日子要结束了，”坐下后，他忽然说道，“夜城很古老，但不会永远存在。”

“这句话你已经说很多年了，普。”

“但这依然是事实！我知道人们所不知道的事情，我能看见肉眼看不见的东西。然而，我所看见的未来越遥远，一切景象就越模糊。今天我在这里救了你的命，或许就代表夜城中其他人将会面临万劫不复的命运。”

“没人有那么大的影响力，”我说，“就算有也不会是我。药瓶里装的是什么，普？”

他哼了声：“一些喝起来让人很难受的东西，不过能够治愈你所有的伤。一口气喝下它，然后就舒服了。不过借助魔法都是要付出代价的，约翰，世事总是如此。喝了它，你会睡上整整二十四个小时。醒来时，身上的伤都会痊愈，不过你将会衰老一个月。这道加速治疗魔法药到病除，而代价就是你一个月的寿命。是想要放弃，还是快快好起来？”

“我没得选择，”我说，“我正在办一件案子，我想此刻正有人需要我的帮助，拖延不得。再说，谁知道呢，或许我能想法找回这失去的一个月。这里是夜城，怪事常常发生。”我顿了顿，看着普，“你大可不必帮我的。谢谢你。”

“慈悲为怀有时候真是令人讨厌。”普严肃地说。

我拧开锈迹斑斑的金属瓶盖，闻了闻里边蓝色的液体，一股紫罗兰的香味扑鼻而来，显然是为了掩盖药水本身的臭味。我一口气将整瓶油腻腻的液体倒入口中，还没来得及体会其可怕的味道，一阵黑暗已经袭来了。

再度转醒时，我发现自己躺在桌子上，这时才终于松了一口气，因为不管我再怎么信心满满，普还是有可能趁此机会结束我的性命。他曾经很多次试图杀掉我，只是都没有成功。我慢慢地坐起来，身体有些发僵，不过浑身上下已感觉不到疼痛了。普已经为我脱掉风衣，并将它折好，当作我的枕头。我在桌缘外晃了晃双腿，慢慢伸直……感觉不错，很不错，疼痛消失了，头也不昏了，就连嘴里的血腥味也通通不见了。我伸手在脸上一摸，惊讶地发现已长出胡子了，看来这一觉当真睡掉了我生命中的一整个月……我站起身，走到墙上的置物架前，在普的货物中翻了一阵，终于找到一面小镜子。看着镜中的自己，我着实吃了一惊——我不但满脸都是脏兮兮的胡子，而且都已经有点花白了，我的头发也都长得到处打结。我看起来……野蛮、蒙昧，像凶神恶煞。我不喜欢这副新面孔，不想看到自己长成这副模样，简直跟普平常猎杀的那些怪物没什么两样，这足以成为他追杀我的理由。

“虚荣啊，虚荣，”普走进房间说，“我就知道你一醒来就会找镜子。把镜子放回去，它可是很贵的。”

我依然拿着镜子，愤然道：“我看起来乱七八糟的！”

“你应该感谢我还记得隔一阵子就为你掸除一次灰尘。”

“你有剃须刀吗，普？我得把胡子刮了，它已经开始发白了。我不想留着它。”

普不怀好意地咧着嘴笑：“我有一把折叠剃刀，想要我为你刮胡子吗？”

“不，”我说，“我不相信任何拿着锋利刀片靠近我喉咙的人。”

他咯咯笑着递给我一把珍珠刀柄折叠剃刀。我没有用水，对着镜子刮了胡子，终于又像我自己了。胡子刮得不是很好，甚至都没有刮干净，但我可不想被割伤。

我把剃刀还给普，然后伸了伸懒腰，活动了一下膝关节，觉得已经可以再战江湖了。普坐在椅子上，如同一尊雕像，完全无视我的存在。

“一旦离开这里，”他忽然开口说道，“你将再次成为我的猎物。”

“当然，普。你不希望人们觉得你变得软弱了。”

“总有一天你会死在我手上的，孩子。你眉心印有野兽的记号，我看得出来。”

“哎，”我若有所思地说，趁机转移了话题，“我还想请你帮最后一个忙……”

“上帝呀，我帮得还不够多吗？出去，出去，在你把我的名声完全毁掉之前，滚出去！”

“我需要乔装改扮，”我一动不动，坚定地说，“我必须继续调查手头的案子，但又不能让人认出我来。来吧，你一定有什么简单的暂时性的伪装手段可以让我……”

普认命地叹了口气：“就当是给我自己的一个教训吧，永远不要帮助不该帮的人，因为人性就是会食髓知味、得寸进尺，混蛋。你接下来要去哪儿？”

“一家叫作卡利班巨穴的夜总会。”

“我听说过那里，邪恶的洞穴，酒吧里的东西贵得离谱。看来我最好把你打扮成一个哥特人，那儿附近总是聚集着一些邋遢的哥特人，多你一个也不会引起别人的注意。我会改变你的外貌，给你套上一层简单的幻象装，不过它只能维持两个小时，当然也无法糊弄住那些真正厉害的人……”他又一次在置物架前走来走去，拿起这件东西，放下那件东西，最后终于拿着一根磨尖了的土著指向骨朝我走来。他用它朝我这边比划了两下，嘴里用土著语叽里咕噜念了几句什么，然后把骨头放回了货架。

“就这样？”我问。

普耸了耸肩：“当然，如果你喜欢的话，也可以要求我为你来一套配合肢体表演的颂歌，不过我通常将这种仪式留给付钱的客人。那些仪式都是糊弄人的。如果你好好想想的话，就会明白魔法从来都只是力量和意志，而不在于它的来源。照照镜子吧。”

再一次，我在镜子里看见了一个陌生男子的影像。大片七弯八拐的文身覆盖了整张脸，纠缠在一起的线条形成一系列古老的毛利族图腾。蓬松头发映衬下的新面孔连我自己都完全认不出来。

“你还需要换件衣服，”普说，“你的风衣很脏了。”他取出一件皱巴巴的皮夹克，背上有金属纽扣拼成的“上帝赐予我力量”几个字。“穿这件吧。”

我穿上夹克，有一点大，并不合身，不过我要去的地方没人会在乎这个。我向普道别，客厅的门在我面前敞开，那片熟悉的黑暗再度自门后涌现。我踏入黑暗，转眼间，我已再次出现在上城区，离卡利班巨穴夜总会只有几分钟路程。我听到身后重重的关门声，无须回头便可以确定，它已经消失不见了。我笑了笑。或许普以为留下我的风衣能占到便宜，因为像那种沾满我血迹的个人物品将成为各种魔法进攻的定位依据。当然，普也可以利用它来向我发起各种恶毒的攻击。幸亏我早就对它做过一些保护措施，在风衣内部施入了自毁咒语，只要我离开衣服一定距离后，它便会自动烧毁。此刻，普多半已经发现这个事实了。

当然，在离开前我已仔细地将放在风衣口袋里的东西通通放到我的新夹克里来了。

普很聪明，但我棋高一着。

当我回到卡利班巨穴时，人们已经排着长队等待观看罗西尼奥尔的演出了。我从未在同一个地方见过那么多哥特人。他们全都穿着黑色的衣服，脸上的表情阴郁不定，就像凝聚了一整片乌云一样。他们都在喋喋不休地谈论着什么，为夜色增添了一种不安的喧闹。时不时会有人高喊罗西尼奥尔的名字，周围的人立马会随声附和，直到呼喊声渐渐消失。

黄牛党在队伍旁边徘徊，争先恐后地向迟来的人们高价兜售门票。从来都不乏自愿挨宰的人。越来越庞大的人群中不仅仅是些哥特人，还有带着保镖和随从的名人。你可以从他们东张西望的脑袋辨认出那些名人，他们是在看有没有摄影记者。毕竟，作为名人，如果你到了某个时尚场所而不被别人知道，那还有什么意义呢？

长龙般的队伍一路排到了街道的另外一角去，不过我可不会老老实实去排。我径直站到最前头，就好像我本来就该拥有那个位置一样。没人胆敢对我说什么，只要你自信满满，并且用恶狠狠的目光瞪着那些对你的出现有所怀疑的人，你就会惊讶地发现，他们都将乖乖地躲到一旁。一个黄牛很没礼貌地讥笑我脸上的刺青，于是我故意向他撞去，顺手从他身上扒走了一张位置最好的票。有时候，我乐于扮演命运幕后推手的角色。

卡利班巨穴终于敞开了大门，队伍拥上前。卡文迪什夫妇雇用了大批实力雄厚的安全力量——地狱穴居者——来把守入口，维持秩序，但即使是他们，在面对如此众多的罗西尼奥尔的疯狂歌迷时，也会感到很大压力。人们大呼小叫地不断向前挤，地狱穴居者保安们很快意识到，如果受阻，这群人将变成一伙儿愤怒的暴徒。他们来这里是为了见罗西尼奥尔的，没人能阻挡他们。因此，地狱穴居者只管收票，并将交了票的人往里推。如果换作我，我会要求他们对每个人搜身，防止他们带入武器之类的东西，但显然，此时任何试图减慢歌迷进场速度的事情都有可能引发一场骚乱。歌迷们离他们的目标、他们心中的偶像已经越来越近，此时的他们实在太过饥渴了。

夜总会里所有的桌椅都已被挪开，以便腾出一大片空地搭舞台。歌迷们一拥而入，无比兴奋地吼叫着，很快就将整个场地挤得水泄不通。我顺着人潮流动，最后终于挤到了舞台前方，连胳膊肘都伸展不开，脖子后就能感觉到别人兴奋急促的呼吸。夜总会里的气氛已经热烈过头，我被挤得几乎透不过气。我充满期望地朝吧台方向望去，那里有各种酒水，但要想穿过挤得严严实实的人群走到那里，恐怕得花上好一阵子。事实上根本没人在乎吧台，所有歌迷都只关心一件事，就是罗西尼奥尔，他们最爱的黑夜女主角。

夜总会里的人实在太多了，拥挤得就像畜栏里的牲口。不过这是意料之中的事，毕竟卡文迪什夫妇明摆着就是那种只要有钱可赚，绝对不会关心公共安全的人。

聚光灯投射下一束强光，照亮了舞台后方的一只黑色巨鸟。这只黑鸟看起来凶狠、残忍、狂野、邪恶，似乎隐含着某种不祥征兆。我环顾四周，发现到处都可以看到这只黑鸟图样，歌迷的T恤、夹克、文身，以及挂在银链上的银吊牌，简直无处不在。我还可以看到像其他人一样拥挤在人群中的名人，随从们奋力在他们周围形成一个保护圈。没有什么重量级的大人物，但时不时能看到一些有名的面孔：已经骨折的名角塞巴斯蒂安·斯塔格瑞弗、妖精服装设计师迪利弗朗斯·王尔德、巫师桑德拉·钱斯，另外非常引人注目的正在夜城做巡回演出的纳兹古尔超级天团也在现场，这些名人们看上去和其他所有人一样异常地激动。

虽然空气里充满了兴奋和激情，但夜总会里的整体气氛却十分诡异，仿佛不是歌迷在等待偶像出场，而是一群饥饿的野兽在等待进餐时刻的到来。热烈的氛围和汗水淋漓的现场给人的感觉如同一群人拥挤在汽车残骸周围，正以看好戏的心态等待着伤者从车内被抬出。这些人来此并不仅仅是为了听歌，还期待能够见到死神现身。整体气氛透出魔法的影响，黑暗、强大的魔法，来自人心深处所有黑暗的角落。

人群逐渐安静下来，所有吵闹的杂音突然隐去，期待的心情凝聚到了顶点，就连我也忍不住屏息以待。有事情要发生了，所有人都可以感觉出来。是某种强大、超乎寻常的事，我们都迫不及待地想要亲眼目睹，我们渴望目睹。至于即将发生的会是好事还是坏事，已经无关紧要了。我们是在参加一场圣会，为我们的女神欢庆。人群已鸦雀无声，所有的目光都投向舞台，乐器和话筒架已经放在舞台上了。等待，等待，此刻所有人的呼吸都变得一致，犹如一个个饥肠辘辘的猛兽，犹如被某种难以名状的东西吸引到悬崖边缘的旅鼠。

罗西尼奥尔的乐队成员们微笑着挥手跑上舞台，人群再次疯狂。他们挥舞双臂，大声欢呼，不停地用力跺脚。乐手们拿起等候已久的乐器开始演奏。没有开场白，没有热身，直入主题。伊恩·安杰，那个快乐的驼背助理，坐在架子鼓前敲鼓，他同时也在拨弄贝司和弹钢琴，因为舞台上有三个伊恩。我真希望他之前就跟我提到这一点。接着上台的是伴唱歌手四重唱，她们身穿老式康康舞演出服，头发梳得很高，画着亮红的嘴唇，眼睛炯炯有神，显得华丽、迷人。她们出现得恰到好处，拉开嗓门就演唱起来，她们踏着节拍，踩着鼓点，身上的吊饰闪耀发光，与音乐相辅相成，十分和谐。接着，她们提高了音量。罗西尼奥尔上台了，人群的狂呼声掩盖了音乐。她穿一身别致的黑色晚礼服，手上戴着一双长长的黑色晚宴手套，这使她原本就苍白的皮肤更显得没有血色。她的嘴唇涂成了黑色，眼影也是黑色，这使得她看起来犹如老黑白照片中的人物。她光着脚，脚指甲也抹成了深黑色。

她伸出双手抓过放在舞台前方的话筒架，紧紧握住它，仿佛那是唯一支撑着她站在众人面前的东西。在整个演出过程中，她很少松开手，除非是要续点上一根烟。她原地不动地站着，嘴唇贴在麦克风上，身子轻轻摇晃，就好像是在亲吻爱人。她的嘴角从一开始便叼着一根香烟，在演唱的间隙，甚至在一首歌演唱的过程中，她都会不住地吸烟。

她唱的全都是自己创作的歌曲，《神佑的输家》《美丽众生》，以及《黑玫瑰》。这些歌的旋律都很好听，伴奏与歌手演绎得也很专业，但这些并不是重点。她的声音，她那充满苦楚的声音就像一把匕首划向听众。她歌唱失去的爱和最后的机会，歌唱狭小空间里的微小生命，歌唱腐朽与堕落的梦境。在演唱过程中，她深情款款，就像亲身经历过所有那些痛苦，体味过人心所有的黑暗。她的歌声里透露出深深的绝望和无助之情，充满了失落和心碎，令听到的人无不动容。

很多人已是满脸热泪，包括我自己。罗西尼奥尔也对我产生了影响。我从未听过、感受过任何像她的歌曲和声音一样的东西。夜城永远停留在凌晨三点，也是灵魂最黑暗、最脆弱的时刻，可只有罗西尼奥尔能将这种感觉化作言语，令人们心中充满感动。

不过话说回来，尽管心中无比感动，但我始终没有完全失去自控力，可能是因为我比正常人更常接触黑暗的事物，也可能纯粹是因为我是怀有其他目的而来的吧。我强迫自己把目光从罗西尼奥尔身上移开，手伸进夹克口袋，掏出一块光滑的圆形徽章，它会在附近有魔法作用的时候发出耀眼的光，可当我冲着罗西尼奥尔举起徽章时，连微弱的光芒都没有闪现。看来，罗西尼奥尔身上并没有魔法加持，也没有恶灵附身，甚至连一点点强化歌声的魔法效果都没有。

不管她是以什么方式影响了听众，这股力量都是直接来自她本身，以及那奇幻无比的歌声。

听众们已经完全被她吸引，全都一动不动，全神贯注地注视着他们的女歌唱家，像是想用眼睛和耳朵将她吸收，所有人都沉浸在如此跌宕起伏的汹涌感情中，除了站在原地着魔般地摇摆之外，他们唯一能做的就是在两首歌中间举起手来鼓掌而已。三个伊恩·安杰和四个伴唱歌手看起来已经累得精疲力竭，为了跟上罗西尼奥

尔的节奏，他们已经大汗淋漓，可人群根本看也不看他们一眼，所有人的眼中都只有罗西尼奥尔一个人。她像抓着救生索一样始终握着话筒架，烟一根接一根地点，歌一首接一首地唱，仿佛这就是她生命的全部意义所在。

就在她唱完一首歌后的短暂间隙里，一个泪痕未干的男人挤到舞台前，冲她微笑着掏出一把枪。从罗西尼奥尔出现的那一刻起，那个人崇拜的眼神就没有离开过她。我看到了正在发生的一切，可我离他太远，无法阻止。我所能做的只是眼睁睁地看着他举枪向自己的头射击，顿时脑浆四溅，沾满罗西尼奥尔裸露的双脚。

枪声一响，三个伊恩·安杰猛地抬起头，合音天使们吓得挤成一团，目瞪口呆。罗西尼奥尔两眼无神地看着死去的男人。他依然站在那里，拥挤的人群使得少了半边脑袋的他无法倒地。短暂的安静后，人们渐渐回到现实中，就好像从同一个将他们引向某物的灰暗噩梦中惊醒……我很清楚，因为我也有这种体验。我的部分意志认同这种感觉。

接下来，人们疯狂起来。他们尖叫、嘶吼或咆哮着，似乎在震惊后愤怒了，他们毅然决然地向前拥去。他们渴望，也需要走到舞台旁，走到她身边。他们用拳头和胳膊互相搏斗，像野兽一般自相残杀。人们被挤扁，拖倒，踏在脚下。那些离死去男子最近的人将他撕成了碎片。人群中散发出一种恐怖的庆祝气息，仿佛这正是他们期待已久的时刻，虽然他们并没有意识到这个事实。

我两手在舞台边缘一撑，当场跳上舞台。罗西尼奥尔从呆滞中回过神来，转身逃离舞台。见她消失，人群里爆发出愤怒和不满的嚎叫，他们开始往舞台上爬。伴唱歌手们奔到舞台边缘，用力地踢向那些试图上台的人。三个伊恩·安杰也上前用自己又大又硬的拳头支援。可惜他们势单力薄，根本挡不住愤怒的歌迷。地狱穴居者开始从后方围上，他们不管歌迷们是否愿意，只管将他们一个个打倒在地，扔向出口。我紧追罗西尼奥尔而去。一个伊恩·安杰伸出胳膊来抓我，可我很善于躲避不友善的双手。在我冲进后台的同时，第一波歌迷已经拥上舞台。

在后台，没人试图阻拦我。那里的每个人都有自己的事要处理，看也不看我一眼。我看到之前那两个格斗法师出现了，他们步履匆匆，闪入一道侧门，拳头上已经闪烁着黑色的光芒，这说明他们在准备某种魔法攻击。假如斯塔格瑞弗和桑德拉·钱斯不插手的话，他们应该能够制伏人们。但如果那两位插手，这里将发生一些极其不愉快的事。确定格斗法师已经走远之后，我才向罗西尼奥尔的化妆室走去。

她依旧孤零零地坐在那里，不过这回是背对镜子。她的眼神迷茫，目光涣散，还未从刚才发生的事情中缓过神来。她试图用手帕将脚背上的血迹擦干净。从她此时明显悲伤的表情来看，这是我见过她最具生命力的时刻。我关上化妆室的门，她猛地抬起头来。

“出去！从这里出去！”

“没事了，罗西，”我赶紧说道，“我并非你的歌迷。”我集中精力，卸下普施加给我的伪装，毕竟那只是小法术。随着脸上刺青的消失，罗西尼奥尔认出了我，她精疲力竭地瘫在椅子上。

“感谢上帝，真高兴看到一张熟悉的面孔。”

说完，她开始发抖，浑身震颤，惊吓的情绪又笼罩了她。我脱下皮夹克，轻轻地披在她的肩上。她握住我的手，用力捏着它们，似乎想要从中获取力量和温暖。然后，她突然投入我的怀抱，像个溺水的人一样死死地搂住我，把那张满是泪痕的脸深埋在我的胸口。我尽自己所能地安慰着她。不管外表多么强悍，人的生命中总会有些需要他人安慰的时刻。过了一会儿，她终于放开我，我也慢慢向后退开。接着我蹲下身去，捡起手帕，帮她把脚上的血迹擦拭干净，好让她有时间稳定情绪。等我擦拭完毕，想找个地方扔掉手帕时，她看上去已经平静了些。

我站直身子，坐在化妆室的桌子上，把手帕放在一边："罗西，以前你遇到过这类事情吗？"

"不，从来没有。我的意思是说，曾经有传言，可是……不，至少没在我面前发生过。"

"你认识那个人吗？"

"不！我从来没有见过他！我不跟……不跟歌迷打交道的。卡文迪什夫妇是那样要求我的。他们说，那样做的一部分目的是为了树立形象，增加神秘感。我以前都不相信那些谣言……我以为那都是卡文迪什夫妇为了做宣传而故意对公众编造的故事。我从来没有想过……"

"我们不会为了宣传而造谣，亲爱的罗西尼奥尔。"一个冰冷而熟悉的声音从我身后传来。我站起身回头看去，卡文迪什先生和卡文迪什夫人站在化妆室门口，气焰十分嚣张。他们就像两只带来不祥之兆的乌鸦一样溜了进来，不再搭理他们的财产罗西尼奥尔，而是用冷漠、思索的目光凝视着我。

"你看起来身体很棒啊，泰勒先生，"男的说，"我说得对吗，卡文迪什夫人？"

“完全正确，卡文迪什先生。简直是健康男人的典范。”

“或许某些关于你的传言也不全都是唬人的，泰勒先生。”

我只是笑了笑，闭口不言。让他们去猜吧，这种事对增强我的声望很有帮助。

“我们还以为你会吸取教训，泰勒先生。”女的说。

“恐怕不会，”我说，“我有学习障碍。”

“那我们就得更用心地‘教’你了。”男的说，“要那样做吗，卡文迪什夫人？”

罗西尼奥尔看来看去，一脸困惑：“你们认识？”

“当然，”男的说，“夜城里的每个人最终都将认识我们。亲爱的，别担心你自己，最重要的是，别为刚才演出中的不幸意外担忧。卡文迪什夫人和我会处理好一切的。这种小事你应该放心交给我们处理，毕竟我们可是收了你四成的佣金呀。”

“多少？”我怒了。

“泰勒先生，我们来之不易的专业技能可不便宜，”女的说，“不过这也不关你的事，我说得对吗，亲爱的罗西尼奥尔？”

他们的目光似乎令她畏缩，她盯着地板，像个犯错后受到批评的小孩。“是的，”她小声回答，“您说得对。”

“外边是怎么回事？”我问。

“我们正在疏散人群。”男的说，“虽然临时中断演出很对不起客人，不过我们已经在门票上写得明明白白，无论发生何种情况都不能退票。”

“我相信，为了看下一场演出，他们还会再来的。”女的说，“每个人都不顾一切地想要听到亲爱的罗西尼奥尔的歌声。”

“发生了这种事，你们还希望她继续演出？”我说。

“当然啦，”男的说，“演出必须继续。再说，我们亲爱的罗西尼奥尔就是为了唱歌而活的，对吗，亲爱的孩子？”

“是的，”罗西尼奥尔依然盯着地板，“我生而为了唱歌。”

“有人在死去！”我大声说，想唤起她的反应，“而且不仅仅是这里，不仅仅是现在。这还只是最近的一起自杀，也是公开的一次。人们正在因为听到罗西尼奥尔的歌声而自杀！”

“谣言，”女的说，“臆测，无非是些闲言碎语罢了。”

“总会有些过于痴狂的人，”男的说，“那些精神错乱的可怜人飞得离火焰太近，他们总是容易被火焰吸引。你无须为自己担忧，亲爱的罗西尼奥尔。夜总会很快便会清理干净，下一场演出的准备即将做好。我们会在适当的位置增派保安，下足功夫，确保你的安全。把一切都交给我们吧。”

“好的。”罗西尼奥尔说。此刻，她的声音有些低沉，像是快要睡着了似的。是卡文迪什夫妇的出现使她恢复到我第一次见到她时的那种灰暗状态，而在这种状态下再跟她交谈已没多大意义。于是我耸耸肩，从她肩上取回我的夹克。她对此毫无反应。我穿上衣服，卡文迪什夫妇退后两步，让到一边。我步伐坚定地向化妆室的门走去，卡文迪什夫妇缓缓地退到一旁，让我通过。就在我即将离开房间的前一刻，罗西尼奥尔唤住了我。我回过头去，看见她抬起头来，声音虽然不大，但很坚决。

“约翰，弄清楚到底发生了什么。我需要了解真相，求你为我查清楚。”

“当然，”我说，“我最擅长解救困境中的少女。”

6

变身的千眼巨人

凡是有礼貌的客人都知道要在主人露出不欢迎的意思之前离开，特别是不请自来而且主人还想取他性命的那种客人。于是，在一片嘈杂混乱中，我悄悄从那个病态的后台溜走，最终找到一扇无人看守的门走了出去。夜总会后面的小巷出奇地干净整洁，光线也很亮，不过，我还是惊扰了六七只负责清洁的猴子，它们正在全神贯注地玩着骰子游戏。我急忙低声道歉，匆匆离开。你要是搅和了猴子们赢钱的好事，它们可以变得十分可怕。

我悄悄转过夜总会拐角，偷偷往那条通往大街的巷子里打量。巷子里暂时还空荡荡的，但大街那头不断传来的阵阵骚动声音表明那里麻烦依然不少。我小心翼翼地往前走，时不时警惕地回头张望，最后终于来到拐向卡利班巨穴夜总会正门旁边的街角。已经有人打碎了路灯，我停下来，躲在黑暗中观察，骚乱已经飞快地扩展到夜总会外边。

卡利班巨穴大门前，愤怒的人们已将暴乱演变为公然的咒骂，不满的情绪还在高涨之中。表演进行到一半被人赶出来已经让歌迷们很不爽了，更过分的是对方居然还坚持不肯退费。一小部分人——主要是那些名人——完全不适应被这样粗暴地推搡，所以已经开始以暴力的手段表达他们心中的不满。夜总会的窗户被打碎，招牌被砸扁，所有易碎物品通通变成了人行道上的小碎片。人数有限的安保人员此刻已经退回夜总会，从里边锁上了前门。越来越激愤的人们把这视为一种挑衅，于是开始踹门，甚至有人撬起人行道上的地砖作为进攻的飞弹。

在暴动的歌迷外围聚集了更多的居民。夜城的居民都很喜欢欣赏免费的余兴节目，特别是在牵涉暴力冲突及蓄意破坏行为的时候。在暴动的原因被传开了之后，许多围观的居民也忍不住加入暴动，以示团结。很快，一大群愤怒的人便捡起手边任何可当成武器的东西袭击卡利班巨穴夜总会。在夜城，具有破坏性的致命武器唾手可得，多得令你咂舌。

一阵摩托车的轰鸣声宣告了安全部队的抵达。沸腾的暴动人群最外围的人纷纷回头张望，近百个地狱穴居者正猛地停住胯下的重型机车。他们迅速下车，呼喊着自己的作战口号，挥舞着各种简单粗暴的武器猛扑向前。暴徒们转而迎过去，很高兴能有机会面对活生生的靶子来发泄自己的怒火。两边人马情绪同样高涨，当场大打出手，半条街迅速沦为战场，顿时血肉横飞。四周围观的人一直后退到安全距离以外，远远地对新来的令自己扫兴的安全部队发出嘘声。

在我看来，这是个离开的好时机，因为卡文迪什夫妇的注意力已经全都集中在这个更紧迫的问题上了。我绕着沸腾的暴力圈子外围行走，坚决拒绝任何试图把我拖入混战的请求，迅速朝商业区走去。我已经想起另一个人，我要去向他寻求答案。当有什么事你拿捏不准时，就去找通晓万物的人，即使他们什么也证实不了。我指的是那些新闻记者、八卦专栏作家，以及所有受雇于夜城唯一的专属报刊——《黑夜时报》的那些爱管闲事的人。

没过多久，我便来到了《黑夜时报》总部所在的大楼——维多利亚之屋，这栋建筑非常庞大，因为它必须如此。每隔二十四个小时，一份全新的《黑夜时报》就会在这厚厚的灰色石壁下被撰写、编辑、制版、印刷、发行，而这一切都在其卓越的老板兼编辑的监控之下，他便是朱利恩·阿德文特，也就是传说中的维多利亚时代冒险家本人。阿德文特必须将报社所有运作通通集中在同一个屋檐下完成，唯有如此才能确保报社的安全以及报导的独立性。我在报社正门前停下，抬头看了看栖息在屋顶上的一群石像鬼，其中一个正在无精打采地挠痒痒，没有任何一只对我显露出丝毫的兴趣。这是个好现象，因为当报社不把你当作朋友的时候，这些石像鬼是最先以行动表明立场的人，而在需要活动筋骨的时候，它们也绝对不会手下留情。

有史以来，《黑夜时报》一直以其揭露全部真相而闻名，能够登上《黑夜时报》的报导就一定是事实——至少也是无法证明不是事实的八卦消息，这使得它并不受夜城里大人物们的欢迎。事实上，后者一直试图用魔法、暴力、政治途径以及商业手腕来迫使报社关门，但《黑夜时报》依然强大，其经营历史迄今已超过两个世纪，而且始终坚持当初的办报宗旨，这使得它所拥有的朋友和忠实读者就像它的敌人一样多。有一次，一个愚蠢的家伙试图通过派一群恶棍打手威胁卖报的摊主这种方式来影响《黑夜时报》的销售，结果这群恶棍被纯真电锯小姐妹给砍成了肉酱，导致附近的排水沟足足排了三天才终于恢复畅通。

我谨慎地踏上台阶，走向前门，打算只要发现情况不对，就逃跑。我通常是很受《黑夜时报》的同人们欢迎的，不过这年头还是小心驶得万年船。维多利亚之屋拥有真正强大的魔法防御系统，其防御的强势、完备、坚固及广阔程度令卡文迪什大厦的防御系统看起来跟玩具没什么两样。这里的防御魔法是两百多年来一层一层加持上去的，基本上就好像一颗坏心眼儿的洋葱头一样，其中有一道音波法术可以阻止大部分的闲杂人等接近防御范围，除非是在豁免名单上或是有正式生意往来的人，否则根本连靠近大楼都办不到。当然，我也不是真的没办法突破这些防御，只是除非有人拿枪指着我的脑袋强迫我这么做，不然我绝对不会轻易尝试。曾经有个笨蛋试图夹带一枚炸弹进入维多利亚之屋，结果防御魔法将他变成了个什么东西——没人知道到底是什么，因为稍稍看他一会儿，你就会忍不住把吃过的所有东西都吐出来。有人告诉我，说他——确切地说应该是它——现在在下水道里谋生，所以老鼠的数量越来越少了。

我有些紧张地推开前门，什么事也没发生，我松了一口气。不过以防万一，我还是警觉地四下打量了一阵，然后才迈入大厅。我面带微笑地大步向前，表示我没有心怀不轨。表面形象很重要，尤其是在新闻工作者面前。大厅很宽敞，四面八方的武器发出的射线覆盖每个角落。接待员坐在一个由防弹玻璃围成的小房间里，外边还有散发着淡蓝色光芒的五角星结界。有人说即使你能用核武器摧毁整栋大楼，接待员仍将安然无恙。绝大多数人相信这一点。

见我进来，接待室里的老太太放下手中正在编织的毛衣，透过老花镜的上方看了看我，然后冲我甜蜜一笑。很多人都以为她是个慈祥的长者，但我无意中获悉她用来编织的毛衣针是用人的股骨头制成的，假如她笑起来时嘴张得很大，你会看到她所有的牙齿全都磨得很尖。

“啊哈，你好，泰勒先生，真高兴又见到你回来，你看上去气色不错。我猜你是要跟老板本人谈谈，对吗？”

“没错，珍妮特。你能给朱利恩打个电话，问问他是否愿意见我吗？”

“噢，没那个必要，你这个小淘气，你最新的壮举已经传到了阿德文特先生的耳朵里，他很想在你依然记得比较清楚的时候，听你把过程详细道来。”她摇了摇灰白的头，忧伤地叹息着，“你是一个非常顽皮的孩子，泰勒先生，总是招惹麻烦。”

尽管我并非完全像她说的那样，但我只是笑着点点头。朱利恩一定还不知道普罗米修斯电力公司毁在我手上的事吧？珍妮特摁下一个隐秘的按钮，大厅后部的电梯门打开了。她是唯一能从外边打开电梯门的人，她对此一直十分负责。有人说她寸步不离她的小房间，而在她的房间里也从来没有出现过别人。我穿过大厅，尽量放慢步伐，不让自己显得很急切，然后踏入等候着我的电梯。电梯门无声关闭，我摁下了通往顶楼的按钮。

顶楼是编辑部，我是那里的常客，我的意外造访应该不会触发太多警报声。年轻的时候，在我还没有被迫匆匆逃离夜城之前，我常常为编辑们收集情报。每当阿德文特需要寻找目击者或逃犯的藏身处时，我寻找东西的异能就派上了用场。虽然近来我没帮过他什么忙了，但他依然欠着我很大的人情债……倒不是我喜欢把人情债放在嘴边，只不过长久以来我都是以生意伙伴来看待这段交情，因为伟大的维多利亚时代冒险家一直就是个无懈可击的正直的人，只要我站在这类人身旁立刻就会浑身不自在。一旦他们了解了我，对我这样的人是不会欣赏的。

我一直不清楚朱利恩对我那多变可疑的事业了解多少，我也不想去问。

伴随着清脆的声响，电梯门打开了，我走进通向编辑部的平坦而空荡的走廊。走廊里唯一的装饰物便是被仔细珍藏在玻璃展柜里的《黑夜时报》历史上的各种头版头条，大多数事情要早于我所出生的年代，不过，在走向那个大编辑室的过程中，我还是看到了一些最近发生的新闻。“天使之战无果而终”“血洗塞尔特庆典”“新禁欲恐慌”“谁在盯着当权派？”另外还有一则较为庸俗的小道标题：“桑德拉·钱斯吃了我的染色体！”这是在朱利恩·阿德文特休假的那个月发行的。我在大编辑室外边停住，看着挂在门框上的烫金的《黑夜时报》座右铭——让所有新闻都见鬼去吧！

编辑部的大铁门上刻满了防御符咒，能够阻止任何人进入。不过铁门一下子便认出了我，礼貌地自动打开。门一开，立刻传来房间内的嘈杂声，我打起精神走了进去。长长的房间里到处是人，有的在办公桌前办公，有的在彼此高声交谈。有几个人在桌子间跑来跑去，传递重要的备忘录和校订信息，当然，更重要的任务是分发那能让每个人全身心投入工作的热咖啡。编辑部永远都是如此忙碌、嘈杂，这里的人每天三班倒，随时掌握所有发生在夜城里的重要新闻，计算机永不关机，椅子也始终保持着温度。有几个人回头看我，要么笑笑，要么扮个鬼脸，然后继续自己手头的活儿。这里可不是让你在饮水机前驻足徘徊打诨的地方，人人都在认真对待自己的工作。

这里跟五年前我离开的时候一模一样，依然乱糟糟的。桌面上摆满了计算机设备、参考书籍，以及魔法跟高科技采访器材。数不清的纸张四下飞散，扰人的电话铃声始终响个不停。墙上的大屏幕里显示了夜城的当前时间和裂缝里的时间，另外还有一幅大地图实时描绘着夜城不断扩张的面积。偶尔地图上某个细节位置会像眨巴眼睛一样明灭，那是真实的夜城地形在自我更新。天花板上的大风扇缓缓地扰动着空气中的烟雾，这是个从来不禁烟的工作场合，在夜城里担任记者必须承受异乎寻常的工作压力。

我走在中间的过道上，不时向那些熟悉的面孔点头微笑，但大多数人没时间搭理我。新来的记者们从我身边一闪而过，他们奔前跑后，总想赶在别人前面。通信部处在一道魔法带无声的环绕下，与房间的其他部分隔开，好让其中的人员能够不受干扰地透过电话、水晶球或是魔法蜡像获得最新线索。我看到送件小弟奥托朝我跑来，于是停下了脚步。奥托是个友善的捣蛋鬼，这时正化身为一道小旋风在办公室里飞奔。他在我面前时隐时现，犹如微缩的龙卷风，十分准确地将他携带的报纸放进收藏夹或是送到需要的人手中。

“你好，你好，泰勒先生！很高兴你又回到我们中来。你的夹克真不错呀。是来找那个老头的，对吗？”

“猜的没错，奥托。他在里边吗？”

“嗯，难道这还用问吗？他在办公室里，可是他在那里是不是为了等你……待着别动，让我进去看看。”

他哼着电视音乐里的调子，如离弦之箭冲向大房子尽头那间装了隔音玻璃的小房间。从我所站的位置刚好可以看到朱利恩·阿德文特坐在编辑办公桌后，正对某篇报道进行最后的校对，助理编辑则在他面前团团乱转。没过多久，朱利恩校稿完毕，助理从桌上抓起那几页纸向印制部门跑去。朱利恩抬起头，看见冲进办公室的奥托，然后朝我的方向望来。

我环顾了一下四周，几乎没人在意我。尽管我原来为《黑夜时报》出过很大力，可他们并不把我当成自己人，我并不具备他们那种对新闻的神圣渴望。对于做新闻的人而言，只要不是自己人，永远都有可能变成敌人，为了不让自己难做，他们绝对不会跟将来可能成为报道题材的人走得太近。

并不是所有报社职员都是人类，报社的理念就是所有种族都有平等的工作机会。一个半透明的幽灵正通过一台老式电话机与幽灵世界通话；两只分别叫真相和记忆的大乌鸦在房间里飞来飞去，它们刚完成作为真相检验员的日常工作返回；一个有异装癖的妖怪正在计算第二天的星座图，头上那蓬松的金色假发与他的犄角很不协调，他是一个具有病态幽默感的躁郁症患者，这可能对他的工作有所帮助，他负责的专栏或许偶尔令人苦恼，但从来不会让你感到无聊厌倦。他随意地冲我点点头，我走到他身边。他理了理身上那条鲜艳的绿色短裙，愉快地对我微笑。

“你好，约翰！看看是谁又淘气啦？讨厌的沃克早些时候来这里找过你，他看上去可不像只快乐的小白兔。”

“难道他有时候是吗？”我平淡地说，“我相信一切都只是误会。知道总编为何想要见我吗？”

“他没有说，不过这种事他从来都不会说。你最近在干吗呀？”

“噢，一些乱七八糟的事。有什么未来的消息可以说来听听？”

“还是你来告诉我吧，亲爱的，我只不过是在这里混口饭吃而已。”

我们相视而笑，他继续愁眉不展地写自己的星座专栏，从他写作的内容来看，明天处女座的人运气大概不太好。

我顺着中间的过道走向总编室，步伐尽可能地慢。我并不清楚朱利恩都知道些什么，或者他以为自己知道些什么，但我并不打算向他透露任何不必要的信息。在这里，掌握信息就是掌握权力，整个夜城都是这样。报社里的大部分员工都假装没有注意到我的出现，我对此习以为常。在我左侧，一台打字机正噼里啪啦响个不停，一个几年前被谋杀的记者正在打字机上敲打着，追求新闻真相的神圣使命并没有因为死亡而停摆，他是《黑夜时报》里为数不多的几个真正的幽灵记者之一。

就在我快要走到总编室的时候，一个八卦专栏作家突然将椅子滑出，挡住了我的去路。千眼巨人阿格斯是一个会变形的家伙，他可以变成任何人或任何东西，因此他可以轻易地混入守卫最为森严的场合去打探消息。所有八卦消息都逃不过他的法眼，而他也绝对会把所有查探到的消息公诸于世。他的好奇心永无止境，但羞耻心却几乎为零。他一周收到的死亡威胁要比报社收到的所有消息还要多，基于这个原因，阿格斯从来不以真面目示人。此刻，他扮演的是著名记者克拉克·肯特，也就是《超人》系列电影里由克里斯托弗·里夫所饰演的那个记者。

“请告诉我，”他说，“关于射手苏西的事是真的吗？”

“可能吧，”我说，“她最近又杀了谁？”

“噢，这回的八卦可比杀人刺激多了。据一个相当可靠的消息称，亲爱的苏西一直在隐藏一个不可告人的家族秘密……”

“别去管那些，”我冷冷说道，“否则的话，即使苏西不要你的命，我也会杀了你。”

他不屑地看了我一眼，唰地变成了我的模样：“或许我应该扮成你的样子去问她本人。”

我一把掐住他的喉咙，将他整个人从椅子上拎起来，使自己面对着他的脸，或许，应该说是我的脸。“别干这种事，”我说，“任何时候都不要化身成我，再说我也不需要你来蹚我的浑水。”

“放下他，约翰。”朱利恩·阿德文特说。我转头看去，他正站在自己办公室的门口。“你也知道，除非使用火焰喷射器，否则你是无法杀死他的。进来吧，我想和你谈谈。”

我将阿格斯扔回他的椅子。他冲我吐了吐舌头，变成沃克的样子。我跟着朱利恩进了他的办公室，在心里暗暗记住要订购一只火焰喷射器。他将门重重关上，然后示意我坐在访客的椅子上。我们就座之后，不约而同地打量了对方一会儿。

“你怎么穿这种夹克，约翰，”他终于打破僵局，“这显然不是你的。”

“是一个十九世纪的老家伙给我的。”

朱利恩·阿德文特笑了，我也冲他笑笑。或许我们从来都不算是朋友，彼此也互不欣赏，但不知何故，我们却始终相安无事，可能是因为我们有太多共同的敌人吧。

朱利恩·阿德文特是著名的维多利亚时代冒险家，是那个年代最伟大的英雄。在维多利亚女王时代，他骁勇善战，打败了各种邪恶力量，似乎一次也没有失败过。他身材魁梧，体格强壮，以一种彻头彻尾的男子汉气概展现出令人难以置信的优雅。他留着一头乌黑的头发，眼睛炯炯有神，帅气的外表不输任何电影明星，只可惜过于严厉的眼神和不苟言笑的嘴破坏了整体的美感。朱利恩的生活里向来缺乏任何形式的娱乐，这么多年来他始终刻板地穿着自己那个时代的黑白礼服，身上唯一的色彩只有扎在脖子上的紫色领结，以及一枚维多利亚女王亲自赠送给他的银质胸针。必须承认，比起比利·莱瑟姆那个灾星来，朱利恩要优雅得多。

有大量的专著、影片，甚至电视连续剧介绍过这位维多利亚时代的冒险家，其中绝大部分都是在推测他在一八八八年顶峰时期忽然神秘失踪的原因。直到一九六六年，他忽然通过时间隧道出现在夜城，这才解开了这个世纪之谜。原来，他被自己唯一深爱的女人出卖了，她将他引诱进由他最大的敌人——邪恶夫妻档的假面杀手——设下的陷阱。他们将他骗入事先准备好的时间隧道，他所记得的第二件事便是被投入了未来，再也无法回到自己的年代。

是金子到哪里都会发光的，作为一个如此伟大的人物，朱利恩·阿德文特很快便在夜城站稳了脚跟。他进入《黑夜时报》当记者，不久就成为顶尖的调查记者，原因之一是他不畏惧任何强权，二是被他无情追踪报道的对象也通通不是他的对手。现在的朱利恩依然在批判邪恶，惩罚犯罪，只不过采用的是一种新的方式。他的成功有一部分原因是他拥有一大笔财富，早在他消失的一八八八年之前，他已经在某个秘密银行的账户存下一大笔钱，在经历将近百年的利滚利之后，他已经不再需要为钱发愁了。后来，朱利恩成为主编，接着变成《黑夜时报》的老板，而《黑夜时报》在他大刀阔斧的改革下成为夜城良知的试金石，也令那些希望将见不得人的勾当继续下去的家伙如坐针毡。

不管喜不喜欢，夜城人人都读《黑夜时报》，虽然有些人只是想确认自己有没有被卷入新闻。

朱利恩·阿德文特是一个独立自主、自力更生的人，他并非天生具有英雄和冒险家的特质与天赋。最初，他只不过是个小小的药剂师，在一家小规模的实验室里靠拮据的研究经费过活。不过机缘巧合，他发现了一种独一无二的神奇药剂，是一种用来破解人类大脑终极秘密的神秘新化合物，这种药剂能使一个人完美无缺，抑或邪恶无比。他本来可以成为一个魔鬼，一个纵容自己存在于各种暴力与邪恶间的生物，但他选择成为道德高尚的好人，朱利恩·阿德文特凭借这种药剂成为一名英雄。魁梧、强大、坚定、敏捷、英勇、高尚、果敢，这些词都能在他身上得到体现，加上无可挑剔的骑士精神，他成了那个时代最伟大的冒险家。

作为一个如此完美的男人，他已经无法容忍自己的魅力有一丁点儿降低。这些年来，他一直试图重新调配药剂，但一直没能成功。一些未知因素被他遗忘，最初的盐巴中混入了一些不被了解的杂质……于是，至今为止，朱利恩·阿德文特仍是独一无二的大英雄。

至于他的宿敌假面杀手——维多利亚时代的夜城里最恶名昭彰的犯罪组织首脑，永远带着红皮面具的夫妻档——则早就埋没在历史的洪流之中，再也查不到任何蛛丝马迹，成为只有在维多利亚冒险家的传奇故事里才会被人提起的一个名词。有人说他们没能跟上时代的潮流，所以被其他坏蛋取而代之；也有人说他们老了、累了、打不动了，于是被后生小辈拉下台去。朱利恩曾经运用《黑夜时报》庞大的消息源去追查他们的下落，但假面杀手却谜一般地消失在历史和传说的迷雾中。

而那个背叛朱利恩的女人，她甚至连成为传奇故事中人物的资格都没有，名字都已经被人遗忘了。据说，朱利恩说这是他所希望的能给那个女人的最好惩罚。除此之外，他再也没跟任何人提起过那个女人。

如今，他坐在总编辑办公桌后，带着嘲弄的微笑，深邃的双眼看着我。朱利恩依然用黑白分明的眼光看待世界，尽管他在当代夜城有过各种生活经历，但他仍然不会与社会的阴暗面进行任何交易。也就是这个原因，他很难界定我这个人究竟是属于善良还是邪恶的一派，也就常常弄不明白该怎样对待我。

“我正在汇总一些关于夜城大范围停电事故的线索，”他忽然说道，“当然，我想你恐怕对此一无所知吧。”

“当然。”

“那么沃克两眼冒火、怒气冲冲地跑到这里来找你，大概也完全是个巧合吧？”

“朱利恩，我自己也解释不清。目前我正全身心地忙于处理一个新的案子，调查卡文迪什夫妇。”

朱利恩眉头微锁：“噢，我知道，神秘的卡文迪什先生和卡文迪什夫人。他们不是什么好人，可又总能钻法律的空子。尽管他们在夜城有极大的影响力，但我对他们的了解仅限于一些传闻和没有事实依据的流言蜚语。或许我该再度关注一下他们了，看看最近他们都卷入了哪些无耻的勾当，反正他们也有些日子没起诉我了。不过别转移话题，约翰，沃克为什么找你？”

“别问我，”我故作诚恳地说，“你知道的，沃克总能为了芝麻绿豆点儿大的事就要寻找我。你会告诉他我来过这里吗？”

朱利恩放声大笑：“应该不会吧，我亲爱的孩子，我对他比对你更加反感。那个家伙拥有太大的权力，但在行使权力的过程中却太失公平，我真的认为他根本没有任何道德观念。这段时间，我花了些精力在他身上，接下来，我会出一期特刊，内容是关于他的。我亲口问过他是否了解灯火管制背后的真相，可他什么也不肯透露。他知道的比说出来的多得多……不过，这是他一贯的处事风格。”

“停电事故到底有多糟糕？”我小心冀冀地问道。

“很糟糕，几乎半个夜城的能源供给都中断了，其中一些地方损失惨重，价值数亿的生意遭到破坏，数千人受伤，目前还没有证实有人死亡的消息，但最新的报道随时都在传回。不论这事是谁干的，他都击中了夜城的要害。当然，我们并未受到影响。维多利亚之屋有自己的发电机，每一处都能自力更生。爆炸发生前，有人看到你在普罗米修斯电力公司出现过。”

我若无其事地耸耸肩：“说是有人在他们公司搞破坏，我被请去做安全评估，不过等我到的时候一切都已经太迟了，能活着离开那里是我的运气。”

“破坏分子到底是谁？”

我再次耸肩：“现在我们可能永远无法知道了。”

朱利恩不耐烦地叹了口气：“我看得出来你没说实话，约翰。”

“我知道，”我说，“但按照官方对我的限制，我只能说这些，我得遵守承诺。”

他用深邃而坚定的目光若有所思地看着我：“我可以对你施加各种压力，约翰。”

我咧嘴笑了笑：“你可以试试。”

我们都无声地笑了。就在这时，奥托风一般地闯了进来。他不知从哪里掏出一张八寸的照片放在朱利恩的办公桌上：“很抱歉打断你们的谈话，先生，不过图片部想知道沃克的这张照片能否用于下期报纸。”

朱利恩瞟了一眼照片：“不行，他看上去还不够奸诈。告诉图片部，去照片档案柜挖，弄出些能让沃克显得很不诚实的东西，这应该不会太难吧？”

“没问题，老大。”

奥托抓过照片冲出办公室，门随之重重关上。

我猜测也许朱利恩的思绪已被打断，不再执拗于普罗米修斯电力公司的事情，于是告诉他我曾去过卡利班巨穴夜总会，罗西尼奥尔的一个歌迷在她面前自杀。听到这个消息，朱利恩脸上立刻有了光彩。

“你在现场？你亲眼看到骚乱了吗？”

“现场目击，朱利恩，我全都看到了。”

接下来，我当然是别无选择，必须立即将依然历历在目的所有细节毫无保留地告诉他和他的一名记者。我表示同意，一方面是为了分散朱利恩的注意力，另一方面是因为走之前我还得请他帮我个忙，我想让他觉得自己有义务帮我。朱利恩有很强的责任感，也始终积极偿还人情债，而我则恰好相反。朱利恩用内部对讲机叫一个名叫安娜贝拉·彼得斯的年轻女记者进了办公室。我尽力掩饰自己的不自在，这个安娜贝拉我认识，她对我则更为了解。她已经就我重返夜城一事做了好几次报道，除了深入探讨我回来的原因之外，还臆测了许多可能对夜城造成的一系列后果，其中一些猜测出乎意料地准确。她手里拿着一台迷你录音机冲进朱利恩的办公室。这是个穿着色彩缤纷的羊毛衫的年轻人，她的脸很长，露出做作的笑容和锐利、冷酷的目光，她握住我伸出的手，用力摇了摇。

“约翰·泰勒！很高兴见到你，很高兴见到你！能和你坐下来聊一聊，真是件令人愉快的事情。”

“真的吗？”我说，“你在上一篇报道中还说我是夜城的不定时炸弹呢。”

“这个嘛，你本来就是呀，”她理所当然地说，“你在普罗米修斯电力公司都做了些什么？”

“我们已经谈论过那件事了，”我语气坚定地说，“现在要说的是卡利班巨穴夜总会的暴动。”

“噢，罗西尼奥尔引发的自杀事件！很好！不可思议的题材，不可思议的题材！她的双脚真的都沾满了那个人的脑浆吗？”

“真是坏事传千里啊。”我评述道。安娜贝拉在我对面坐下，打开录音机。我把事情的始末通通讲一遍，对我本身在这个事件里所扮演的角色尽可能轻描淡写地带过。我装作不经意地提到我是因为调查卡文迪什夫妇的案子才碰巧出现在那里的，完全没有提关于罗西尼奥尔的部分，因为我从不和记者探讨案情。再者，将卡文迪什夫妇定位为这件事情中的反面人物，这也有利于我稍后向朱利恩寻求帮助。过去，我们曾经为了一些共同的兴趣而共过事，不过每次合作的过程总是不太愉快。我告诉他们，自己随着被驱逐的观众退到了外围，只是站在安全距离之外看着骚乱引发的暴力伤害。朱利恩点了点头，仿佛对我描述的一切已心满意足。安娜贝拉关上迷你录音机，乐呵呵地笑了。

“十分感谢，约翰。一旦我将这些适当地整理出来，它将成为一个爆炸性新闻。不过有些遗憾的是，你本人没有更多地卷入暴力冲突。”

“很抱歉，”我说，“不过下次我会尽量卷进去。”

“最后一个问题……”她偷偷地再次打开录音机，我假装没有看到，“近期有些传言满天飞，说最初夜城是出于某个特殊的目的而被创立的，这好像跟你失踪母亲的真实面目和身份有些关系。你对这些传闻有何评价？”

“对不起，”我说，“我从不去听流言蜚语。如果你查明了真相，记得告诉我一声。”

安娜贝拉叹了口气，关闭录音机，朱利恩为她打开门，她迫不及待地跑回自己的位置上写稿子去了。朱利恩关上门，重新回到我面前。

“约翰，你通常不会这么爽快地与媒体合作的。没猜错的话，你有事要我帮忙？”

“这事绝对不会违背你的良心的，朱利恩。如果我说打算将卡文迪什夫妇扳倒，你应该不会反对吧？”

“当然不会，他们是人渣，是寄生虫，他们的出现令夜城腐化，就像我那个年代的假面杀手，甚至还不及假面杀手有格调。可是他们财多势大，人脉又广，你怎么会认为自己有能力动得了他们？”

“我正在追一条线索，”我认真地说，“与他们的最新捧红的歌手罗西尼奥尔有关。你对这个女孩了解多少？”

朱利恩思考了一会儿，用内部对讲机呼喊八卦专栏作家阿格斯。变形人走了进来，现在是美丽模特的样子，但穿得像个修女。她在我旁边坐下，习惯性地调整了一下姿势，露出完美的大腿。朱利恩瞪了她一眼，吓得她立刻坐直了身子。

“抱歉，老板。”

“罗西尼奥尔。”朱利恩说道。这也是阿格斯需要的全部提示。

“是的，当然我听说过自杀事件，每个人都听说过，所有人都认为这与罗西尼奥尔的歌声有关，称她是只魔音鸟，可还没人能拿出确凿的证据。本来我们都以为那是一种宣传炒作的伎俩，反正死去的都是些没有名气、无关紧要的人，当权人士也没有介入调查，这些所谓的当权者若非迫于形势根本就不会主动管事。但是……据说卡文迪什夫妇这次赌上了所有资金押在罗西尼奥尔身上，他们需要靠她来飞黄腾达，真正的飞黄腾达。他们实际的财务状况要比绝大部分人所认为的要拮据。他们把大部分资金投入到夜城的房地产上，天使之战后，房地产全面崩盘，这些钱也就血本无归——保险公司当然不会理赔上帝与魔鬼之间的战争所造成的损失，这些条款都印在保险合约上，只是字比较小而已，卡文迪什夫妇签约的时候应该看得更仔细点才对。

“总之，罗西尼奥尔是他们新的财源，他们不能允许在这位歌坛新星身上出现任何闪失，尤其是在他们上一次大力培养的歌星西尔维娅出事以后。你可能不知道她，约翰，她是在你离开夜城的那段时间里走红的。当时她是最闪亮的明日之星，宛如天籁的嗓音，天使面孔，魔鬼身材，拥有无可比拟的巨星魅力。但她消失了，十分神秘地消失了，就在盛大开幕之夜来临的前夕，现在没人知道她的下落，尽管传言很多，但已有一年多的时间没人看到过她了。”

“她本来可以拥有一切的，”朱利恩说，“名声，金钱，成功，然而为了某个不知名的理由，她选择放弃一切，销声匿迹，这在夜城来说可不是件容易的事。”

就在这时，外面的编辑室里传来一阵骚动，各种超自然的警报系统同时被触发。朱利恩和我立马起身，透过办公室的玻璃墙，我们看到一个黑色的身影在编辑室里呼啸而过，桌子椅子被掀翻在地，计算机被砸碎。记者们和其他员工纷纷寻找掩护，真相和记忆两只乌鸦在屋子里飞来飞去，尖声惊叫。阿格斯越过我的肩膀张望，那双眼睛瞪得大大的。黑影子停了一会儿，四处搜索新目标，我这才看清，那是罗西尼奥尔。她穿着一套很小的黑色服装，身子被包裹得紧紧的，这使她显得异常凶险，脸上绝非人类的表情。她看到了正在注视她的朱利恩和我，于是举起一张很重的木办公桌，朝小房间这边扔来。桌子将房间的玻璃墙砸了个洞，在对面的墙上狠狠一撞，才轰然落地。我们躲闪及时，才所幸未被砸中。

朱利恩和我很快返回粉碎的玻璃墙边，阿格斯则躲在总编办公桌下。

“见鬼，她到底是怎么进来的，我们那些层层防御都没起作用吗？”阿格斯吼道。

“不要说脏话，”朱利恩低声说，“唯一的答案就是——一定有人从夜总会跟踪你到了这里，约翰，是你把她带到这儿来的。”

“噢，得了吧，朱利恩，如果有人跟踪，我一定会发现的。”

“那不是罗西尼奥尔，”朱利恩斩钉截铁地说，“人类不可能拥有这种力量，多半是卡文迪什夫妇召唤的恶灵，他们偷偷在你身上放了某样东西吸引这只怪物来找你。”

“没人在我身上安放任何东西！”我气恼地说道，“没人有那个能力。”

话虽这么说，我还是检查了自己的口袋，尤其是普给我的那件夹克，但没有发现任何不该存在的东西。假罗西尼奥尔恶狠狠地冲向一群正试图搭建路障的记者，朱利恩有些按捺不住了。他冲出办公室，进入大房间，直奔假罗西尼奥尔而去。或许他现在的身份是一名编辑，但他依然是个彻头彻尾的英雄。我犹豫了一下，也跟着他进入外间。我实在不明白自己怎么可能把那个家伙带到这里，可朱利恩的话已让我觉得自己负有责任，他很善于让人自省。阿格斯依然躲在屋里。

假罗西尼奥尔在大房间里肆虐，纤细的手臂随便一挥就将一台台计算机显示器砸得粉碎。众员工左躲右闪，尽可能远离她的魔掌。她力大无穷、威猛无比，仿佛行走在一个纸扎的世界，脸上的微笑丝毫没有变化，两眼也一眨不眨。一个记者动作稍慢，就被她一只手抓住肩膀，当场抡到墙上。朱利恩几乎已冲到她面前，她放下手上那具瘫软的尸体，呼地转身面对朱利恩，猛然出击。朱利恩奋力躲过了这突如其来的一拳。要是被击中，他的脑袋恐怕就得搬家。朱利恩抢身上前，一拳击中对方的下巴，不过似乎对她没有造成任何伤害。

就在我小心翼翼地向前移动时，捣蛋鬼奥托来到我身边："你一定得阻止她，泰勒先生，不能让她毁掉整间报社，你得阻止她！"

"有什么好建议吗？"我眼看朱利恩躲过另一记猛拳，"我只是有点担心，假如我们伤害或是毁灭面前这该死的东西，有可能会伤害到真正的罗西尼奥尔。"

"噢，你无须担心，"奥托说，"她并非真身。好吧，就算她是，可她现在显然是要把我们可敬的总编打趴下。那家伙完全不是人类，它是个冥想灵体，是由思维形态上升而成的任何一种人形。你一定从真正的罗西尼奥尔身上带来了什么东西，或许微小得连你自己都没有注意到。"

我努力回想，我敢肯定罗西尼奥尔没有交给我任何东西，也就是说，如果真有的话，一定是被安置在我身上的。我再次检查所有口袋，还是一无所获。朱利恩闪躲腾挪，不时出拳击中假罗西尼奥尔，逼迫她后退，但却无法对她造成任何伤害。那个异装癖妖怪忽然从身后抓住假罗西尼奥尔，将她的手牢牢扭在她的身体两侧。朱利恩一看机不可失，奋力举起一张桌子，朝她头上砸去。假罗西尼奥尔躲也没躲，她用胳膊肘狠狠捅向身后的妖怪，摆脱了他的纠缠，继续向朱利恩发难。在这激烈的战斗中，她甚至大气都不喘一下，我只好心不甘情不愿地加入战斗。

我逡巡在假罗西尼奥尔身后，拿起一个沉重的镇纸，朝她的后脑勺砸去。她转身面对我这个新敌人，朱利恩一脚踹向她的膝盖，她蹒跚了两下，失去平衡，朱利恩和我一起向她发起进攻，每一击都竭尽全力，但她一扭身便甩开了我们。我俩后退几步，将她围在中间。她缓缓转身，好让我俩都在她的视线内。我看看周围，想找些其他可用的武器，终于，我的目光落在一件带着尖头的大物件上。很好。我正要伸手去拿，躲在一张被掀翻的桌子后面的安娜贝拉愤怒地冲我低声嘶喊：

“混蛋，不准动它！那是我的年度最佳记者奖杯！”

“很好。”我说完，抓起那个难看的东西，用尽全力掷了出去。假罗西尼奥尔伸手在空中接住了它，直接掷

回，我赶紧俯身，奖杯擦着我的头皮而过。朱利恩冲着自己的办公间怒吼：

“阿格斯！你这胆小的家伙，快从我那里滚出去！我有主意了！”

“我可不怕你，除非你拿着火焰喷射器。我不离开！你可没付钱让我跟魔鬼打架！”

“快滚出来，否则我扣你工资！”

“真是欺负人。”阿格斯小声说道，颇不情愿地自总编辑室走出，脸上的表情极尽和蔼可亲之能事，在朱利恩怒视的目光中，走向打斗区的边缘。

“变成罗西尼奥尔！快！”

阿格斯开始变形，很快就变得和罗西尼奥尔一模一样。冥想灵体看到凭空冒出的假罗西尼奥尔，十分茫然地停止了动作。朱利恩冲我比画，指了指一张翻倒在地的桌子。我很快就猜出了他的想法，我们合力抬起桌子。冥想灵体罗西尼奥尔刚缓过神，我们就像飞驰的火车一样从她身后偷袭过去。她失去平衡，向前扑倒，我俩都扑到桌上，将冥想灵体牢牢地压在地上。她在我们身下挣扎，想将我们顶开脱身。我利用这一点时间开启天眼，终于找出了她跟罗西尼奥尔之间的联结。原来有一根罗西尼奥尔的头发贴在我的夹克上，由于头发和夹克都是黑色的，之前一直没有发现，八成是在我搂着安慰她时留下的。正所谓好心没好报，在夜城尤其如此。我捡起这根头发，拿给朱利恩看，脚下的桌子还在晃荡不停。朱利恩掏出一个金色的花押字打火机，点燃了头发。头发瞬间被烧尽，桌子轰的一声落在地板上，桌下什么也没有了。

朱利恩和我相互搀扶着站稳，我俩都气喘吁吁。办公室乱得尤如飓风过境一般，记者和其他员工慢慢地从废墟中露出头来，有人找到尚且能用的电话叫救护车。朱利恩看着我，黑色的眼睛十分冷酷。

“一定是卡文迪什夫妇的杰作，简直欺人太甚，胆敢袭击报社就必须付出代价。我想，我得送一张赔偿账单给那两头卑鄙的猪，然后，派出我最强大的阵容对他们的所作所为展开全方位的调查。此外，约翰，我建议你去找一下死亡男孩，如果说还有人知道西尔维娅的下落，那一定就是他了。”

我点点头。这正是我想请他帮的忙。

朱利恩·阿德文特回头看着他那毁灭殆尽的报社：“攻击《黑夜时报》的人绝对要付出代价。”

7

外星来客

我乘坐朱利恩·阿德文特自己那辆劳斯莱斯银色魔鬼离开了《黑夜时报》报社，他希望确保我安全到达目的地，不会死在任何接近他或者《黑夜时报》办公室的地方。我将这视作一种体贴的表现，留下他和那些没有受伤的职员整理罗西尼奥尔冥想灵体留下来的一片狼藉。开车的司机是个苗条弱小的女士，美得像一朵小花，她穿着一套白色皮质工作服，尖尖的司机帽压得很低，盖住了一头蓬松的金色鬈发。她问了我目的地，然后就拒绝多说一个字。有时候，我对女人还是有一定魅力的，或许朱利恩警告过她别搭理我。我在光滑的红色皮座椅上愉快地放松四肢，任由自己享用汽车内置酒吧存放的高档白兰地。即使只在这种头等车里待上一小会儿，对人的身心也绝对有益。劳斯莱斯呼啸出发，平稳地驶入夜城拥挤混乱的车流中。尽管夜城唯一的交通规则就是适者生存，但大多数车辆都自觉地离劳斯莱斯远一点，因为如此昂贵的交通工具一定配有先进的防御和火力系统。

但总有不信邪的家伙，不是吗？我无聊地瞥了一眼车窗外，脑子里试图回忆在上次与死亡男孩的接触中双方相处是否和睦。就在这时，我渐渐意识到一辆陌生的破旧黑色轿车从侧面向我们靠了过来，很快我就明白那不是一辆普通的车。我坐直身子，集中注意力观察那辆车，一切细节都不对劲，而且那辆车的车轮根本没转。我看了一眼女司机，她正直视着前方，显然一点也不担心。我又看了看黑色轿车，车门的轮廓只是些画在车身上的线条，丝毫没有一点深度，虽然后车窗并不透明，但我能从前车窗看到司机，他一动不动。我敢肯定他是一具死尸，他的存在只不过是为了增强真实性，瞒过普通人的眼睛。

劳斯莱斯开得飞快，那辆假车也一样。它离我们真的很近了，它面对我的一侧车身开始出现一条裂缝，并且慢慢地越裂越大，接着裂缝犹如一张嘴般张开，露出一排排正在饥饿地翻滚的血色纤毛，它们都长有邪恶的倒钩，猛烈地抽打着劳斯莱斯的车窗。我退到另一侧的座位上，而那些纤毛则徒劳地刮擦着防弹玻璃。女司机将手伸向汽车仪表盘上的火力控制台。

一只巨大的脚从上方踩了下去，长长的爪子刺穿假轿车的车顶，车子猛然停下，殷红的血顺着利爪的抓痕喷射而出。那东西在道路上前后扭动，想摆脱爪子的控制，但却没法如愿。忽然，假轿车被举了起来，脱离路面，开始撕心裂肺地尖叫，可以听到巨大翅膀拍打的声音，那个像是一辆车的东西消失了，被抓进了夜空之中。它犯了个愚蠢的错误——它是如此想要得到自己的猎物，以至于忘记了夜城的第一准则：无论你是多么强大的掠食者，总有比你更大更强更饥饿的掠食者存在，如果你漫不经心，它就会悄然潜至你的身后。

劳斯莱斯继续前行，交通如常，仿佛什么都没有发生过。我又多喝了些白兰地酒。

大概过了半个小时，我们来到了夜城公墓，死亡男孩目前就在此工作。公墓是用来为那些死在夜城的人举行葬礼的，它位于夜城的边界线上，因为没有谁想离这里太近。虽然可能是因为即使在夜城也有一些忌讳，但大部分原因在于，公墓发生过的为数不多的几次事故都是真真正正的大事故。

管理方骄傲地宣称能提供各种你想要的服务、仪式或葬礼，包括一些你最好想也别想的方式，以免晚上睡不着。他们的座右铭是：你的葬礼你做主。在夜城，除非举行了某些恰当的仪式，否则你不能确信逝去的亲友是否能获得真正的安息，因此，花钱请该领域的专业人士来操持葬礼是值得的。他们所费不赀，但是物超所值，有时候即使无法提供死者的尸体，他们也一样可以把事情搞定。

因此，在这种极其严格的管理运作制度下，一旦发生事故，必将成为轰动一时的大事故，这时，公墓的管理层便会收起自己的骄傲，打电话请夜城里最精通死亡的专家——恶名昭著的死亡男孩出马。

车子离公墓还有相当一段距离时，女司机便把车停了下来。我仅仅能辨认出街道尽头的那栋建筑。我刚钻出汽车，关上车门，劳斯莱斯便全速倒退，掉头冲向上城区那更为熟悉的危险之中。这样也好，不然我还真不知道该给多少小费。我走上街道，这里安静而荒芜。所有门窗紧闭，没有一点儿灯光。我的脚步声显得又大又沉重，每个人都能知道我来了。

在即将走到公墓大楼时，我的神经已绷得很紧，随时准备迎接任何意料之外的状况。面前巨大的尖顶大厦是由古老的砖石建成的，一扇窗户也没有，顶端是山形屋顶。随着岁月的流逝，大厦向各个方向不断扩建，此时它的范围已经很大了，多变的建筑风格也互不搭调。这是一栋黑暗、消沉、压抑的建筑，只有一个入口。钢质大前门上刻着各种符号和属于死亡世界的语言。拱形房顶上矗立着两个烟囱，供后边火葬场焚尸时使用，不过现在并没有黑烟伸入夜空。据说后头还有大片的墓地，但我从来没有看到过，也不想去看。我从不参加葬礼，那只会令我沮丧。即便是当年我父亲去世，我也仅仅参加了追悼仪式，我太了解隐藏在亲朋入土为安带来的虚假安慰背后的那种痛苦与失落，也可能是我见过太多的人死去，无法忍受一直和别人说永别。

我在前门旁边看见死亡男孩的爱车，慢慢朝那边晃了过去。众所周知，死亡男孩非常爱惜这辆来自未来的闪亮银色跑车。此车造型典雅，流线非凡，衬托出无比的生命气息，而且没有任何轮胎，它以液态星光作为动力，静静地飘在距离地面三十厘米的半空之中。传说它配备了曲速引擎以及变流护盾，并且在必要的时候能够变身成为一具机器人。车窗都经过磁性处理，无法由外部看入车内，不过此刻车子的右前门并没有关上，一条人腿露在外面。那条腿没有因为我的接近而移动，于是我弯下腰向车内看去，只见死亡男孩坐在驾驶座上开心地对着我微笑。

“约翰·泰勒，很高兴再次见到你，欢迎来到夜城最受欢迎的景点。”

“真的吗？”

“绝对是，人们拼死都要来这里。”

他大声笑起来，然后就着威士忌瓶喝了一大口酒。死亡男孩今年十七岁。自从三十年前被人谋杀的那天开始，他就一直是十七岁，再也没有改变过。我知道他的故事，人人都知道。他在一次被抢劫的过程中遭遇杀害，这种事时有发生，即使夜城也是如此。为了抢夺他口袋里的信用卡和零钱，他被木棒活活打死在大街上。由于失血过多，他倒在人行道上，可人们要么从他身上跨过，要么从他身旁绕道而行，都不愿跟这件事扯上关系。故事本应到此结束，可他却带着满腔的愤怒和超自然的力量死而复生，誓要向杀害自己的小混混们报仇。凶手们一个接一个死于非命，却没有任何人跟他一样为了复仇而回到人间。相传这是因为死亡男孩的手段太过凶残，所以死在他手上的小混混宁愿待在地狱里也不敢回来报仇。不过尽管仇已经报了很多年了，死亡男孩依然受制于复活的合约条款而必须继续行走于夜城之中。

“你和谁签订了合同?”别人常常问他。

“你认为是谁?”他总是这样回答。

他的确应该认真阅读一下那个限制条款的。他就这样继续存在着,成了一个在死去的肉体中继续存在的灵魂。特别值得一提的是,他是自己的主人。他行善积德,因为他必须如此。这是他摆脱合同束缚的唯一机会。他是那种能对你起到帮助的伙伴,因为他感觉不到疼痛,能承受很大的伤害,并且不惧怕世界上的任何东西。

据说他花了很多时间研究自己的处境,比夜城里的任何一个人都清楚死亡的各种事情。

他伸着瘦长的胳膊和腿,从车里钻出来问候我,然后又没精打采地靠在车子上。他又高又瘦,一件深紫色的大衣罩住了黑色的皮裤和牛皮靴,衣领的一边插着一枝黑玫瑰,衣服是敞开的,裸露出布满疤痕的残体。作为死而复生的亡者,他的尸体不会腐烂,但伤口也不会愈合。由于缺乏躯体保护意识,当他受到伤害时就会用针线、钉书针或是强力胶进行再次缝补、粘贴,偶尔,他不得不借助胶带来完成对自己的修复,看起来的确不太美观。

他把酒和饼干递到我跟前,但我谢绝了。

“我不需要食物，也不需要饮料，”死亡男孩若无其事地说，“我不会感觉到饥饿或口渴，甚至也不会喝醉。我这么做只是为了寻找那种感觉。由于我对任何事情的感知都已很迟钝，只有这种极端的感觉才能让我有所体验。”他从口袋里掏出一个银色的药瓶，往手掌里倒出五六粒各式各样的药丸，就着一大口威士忌吞了下去，“神奇的东西，是找精通古老的奥比巫术的女人为我精心调配的，想要得到足以对死人起效的药物，可不是件容易的事。别这样看着我，约翰，你一直就是个过于敏感的人。是什么风把你吹到这鸟不拉屎的地方来了？”

“朱利恩·阿德文特说你正在这里处理一件案子。假如我能帮你解决，你愿意和我一起应付另一件案子吗？”

他思考着我说的话，同时一边吃另一块饼干，一边将碎屑从领子上拍掉：“也许吧，这要看你的案子危不危险、暴不暴力，有没有邪恶势力可供铲除。”

“绝对可以满足你的需求。”

死亡男孩笑了：“那就当我们是搭档吧。当然，前提是我们都能活着完成我目前的任务。”

我冲着安静、沉睡的公墓点了点头：“这里发生了什么事？”

“问得好。公墓似乎出人意料地停了电，所有妖魔鬼怪都失去了控制。我跟他们说了多少年了，告诉他们必须准备自己的发电机，必须花这笔钱，可是……总之，尸体冷冻区严重受损。我之前也警告过他们不要搞这种玩意儿，但是，喔，不行，他们一定要跟上时代的潮流，要满足客户的需求，”他顿了顿，“我自己曾经亲自尝试过一次，想看看我能否通过睡在冰块中来等到某人找出把我从困境中解救出来的方法，可没用，我甚至感觉不到一丝寒气，只是躺在那里，无聊到爆……而且后来我还花了好长时间才把碎冰碴子从头发里弄出来。”

我装作倾听的样子点点头，但内心却在无声地大骂，搞了半天又是因为我炸了普罗米修斯电力公司而捅的娄子，好心没好报……

如果这里的问题出在尸体冷冻区，那我们的麻烦就真够大的。尸体必须在被冰冻和保存前死去，也就是说灵魂应该在之前已经脱离肉身。然而，有些人对于灵魂的归宿存在强烈的怀疑，因此将尸体冷冻法看作自己最后的希望。为了将灵魂和肉体捆绑在一起，他们在肉体死后请一个死灵法师举行一些必要的仪式，然后将尸体冷冻，就这样安全可靠地存在下去，直到世界末日来临，或者直到停电的那一天来临。这里本该有各种各样的安全措施，可是……一旦遇到停电，防护措施就会通通失效。尸体将会解冻，束缚灵魂的法术也会失灵，最后成为一群没有宿主的躯壳，随时可能被外来的力量附身。

“那么，”我尽量让语调平和，“知道是什么上了尸体的身吗？”

“恐怕目前还不清楚，事情依然有些混乱。大概两个小时前，这里的工作人员全都尖叫着跑了出来，并且拒绝回去继续干活儿，大部分人都已经逃得无影无踪。想想这些人每天在这里从事的可怕工作，我想我们完全可以预计那该死的问题一定糟糕得很。根据我与尚未变得歇斯底里的一个管理层员工的交谈，有五具刚刚解冻的尸体需要处理，它们全都被某些来自外界的东西控制了。你说公墓方难道不是目光太短浅吗？唯一的好消息是，围绕着公墓的魔法防御依然完好，仍在发挥作用。所以不管里边是些什么东西，此刻它们还在里边待着。”

“恢复电力不就行了吗？”我充满希望地说。

死亡男孩无奈地笑笑：“你还搞不清楚状况，约翰，电力在不久前就恢复了，可破坏已经造成。停尸间的新房客们怡然自得，现在它们的影响已遍及整栋大厦。公墓自己的死灵法师试着从远处安全的地方用常规的方法制伏那些不速之客，但显然，侵入者似乎并非普通的小鬼或恶魔。我们面对的是上层异界的生物、远古时代的神祇、隶属外黑暗界的多角世神——就是那些叫黑暗夸特的混蛋，它们不会被你每天辟邪驱魔的仪式给吓跑。不，这些难缠的怪物已经掌控大局，在现实世界中打开了一扇穿越时空的传送门，倘若我们不想办法立即把门关上，说不清还会有什么东西闯进来。因此我们得进去，亲自执行引渡法案。我们有机会亲自面对这些家伙，这不是很幸运吗？”

“我并不打算用幸运这个词。”我回答。他漫不经心地笑了。

我看了看脚下的地面。一道白色的线条穿过砂粒层，它是围绕公墓的保护区域边界，是在数个世纪前用盐、银绘出的，用来限制某些东西的进出。它依然完整无缺，这算是个好迹象，古时的死灵法师的确有两下子。我蹲下身，用指尖稍稍触碰了一下白线。很快，我便感受到了防御墙的存在，它像一道能撼动空气而且没有尽头的雷霆。同时，我也能感受到从另一个方向袭来的压力，有东西想要冲出来，那东西很讨厌将它囚禁的那堵无形的围墙，它愤怒地撞击着这道屏障，而撞击的力道还在持续增强中。我收回指头，站起身。

“噢，没错，”死亡男孩喝光最后一滴威士忌，顺手将瓶子抛向一边，“无耻，不是吗？”酒瓶在砂粒地面上摔得粉碎，但动静很小。死亡男孩好奇地盯着公墓的大门，“只要力道够大、撞得够久，再强力的魔法屏障都会有溃散的一刻。时间不多了，如今只能靠你我二人进去消灭来自异界的坏蛋。噢，我是如此钟爱挑战！别那样看着我，一定会很有趣的！跟紧我，约翰。管理员说我的咒语能穿过防御，可要是你和我走散了，你就出不来了。”

“别担心，”我说，“我会好好躲在你身后的。”

死亡男孩大笑起来，我们一起穿过魔法屏障。

一种来自精神的强大而卑鄙的力量同时击中我俩，使我们踉踉跄跄，差点摔倒。有什么东西躲在没有窗户的大厦的盲区里盯着我们，有什么弥漫在空气中，像是可以触摸到的雾气，这是一种完全超出人类思维范围的黑暗、可怕的东西。它带着仇恨在跳动，像是在哭喊、在呕吐，仿佛带着你自己的血液散发的味道。来到公墓，感觉如同跋涉于漫无边际的粪池，与此同时，你所爱的人还在往你脸上扎刀子。死亡男孩只管昂首阔步，迎着阴霾前行，径直向前门走去。看来在已死之人的眼里，任何造成恐惧的力量都不算什么。我咬紧牙，双手抱肩，以免自己在迎接精神攻击的过程中崩溃。

我们没有遇到什么实质上的障碍便到了门口，死亡男孩拧了拧把手，我从他的表情看出来门显然不应该上锁。他用力推了推，依然打不开。死亡男孩收回手，若有所思地看着门。我伸手拍拍大门，居然很软，做门的材料似乎在被慢慢抽空。我身上泛起一层鸡皮疙瘩，赶紧缩手，在夹克上擦拭干净。死亡男孩大脚一抬，猛地踹向大门。厚实的钢板和银皮向内飞去，似乎毫无重量。门板脱离铰链，向内倒地，发出柔和的声音。死亡男孩踏进大门，走入门厅，我赶紧跟上去。他摆出一副轻蔑的姿势，双手叉腰，瞪着面前的阴霾。

“嘿！我是死亡男孩！滚出来，让我教训教训你们！来吧，尽管放马过来！我才不怕你们呢！”

“你明白了吧？”我说，“这就是为什么其他人不愿与你合作的原因。”

“一群胆小鬼。”他冷冷地说。

空气中弥漫着混合了鲜血、腐肉以及内脏的种种臭气，形成一股令人恶心至极的味道。宽敞的大厅里唯一的光源来自一道在空中慢慢逡巡变化的薄雾，发出淡蓝色的磷光。我的眼睛渐渐适应了灰暗的光线，不过在看清楚四周墙上的景象之后，我真希望自己不要适应。四周的墙面上挂满了一层一层的人体残骸。

至少地面是干净的。死亡男孩全然无视墙上的惨状，大步前进，我则紧紧跟在他身后。这种情况下如果没有像他如此镇定的人走在旁边，只怕任何人都会被逼疯。我们的脚步声十分沉闷，四周围绕的阴影深邃异常，感觉像是走在一条狭窄的通道上，远离正常的世界，通往一个……总之不是正常世界的地方。

当我们几乎走到大厅中央时，才第一眼瞥见了等待着我们的东西。借着磷光迷雾的照明，我们看见大厅另一边的阴影深处站了五个巨大的身影。它们是从难以想象的低温中解冻的尸体，死而复生之后又被来自异世界的非人灵体附身，此刻已经失去了原有的人类形体。附身在这些尸体上的灵体太强大、太猛烈、太不自然，根本不是人类的躯体可以塞得下的。于是尸体被拉长、被放大，被体内强大的压力挤成一种不自然的形状，变成十分恶心恐怖的怪物，只能以惨不忍睹来形容。它们的表皮不断蠕动，似乎体内的内容物已经超越了三度空间所能容纳的极限。人类的躯体在这种情况下应该早就被扯成碎片才对，但是这五具尸体却在附身灵体的强大意志力之下顽强地凑在一起。它们需要这些尸体，唯有靠着这些空洞的宿主它们才能存在于物质世界中。我很想偏过头去不看它们，因为这些尸体的形状实在太过复杂，正常人类的心智根本无法承受这种景象。

我觉得我们靠得太近了，于是一把拉住死亡男孩的胳膊，让他停下来。他不悦地看着我。

“我们得先了解点情况，”我低声说道，“跟它们谈谈。”

“那你跟它们谈。替我找出些能让我发起攻击的目标。”

其中一只怪物探身向前。它足足有两个人高，宽度也差不了多少，皮肤紧绷到了极限。它挺起修长的脖子向我们凑来，眼中不断流出血泪，一滴一滴地落在地板上，发出阵阵白雾跟阵阵声响。不少骨头刺穿了它脸上的皮肤，形成许多不规则的尖角。当它开口说话时，声音就像一群孩子在猥琐地低语。

“我们是至原生命，纯粹的概念生物，始于造物最初，在意识的光环尚未被限制于狭小的物质空间时便已存在。我们置身于物质世界之外，没有肉身，永不死亡。从有时间开始，就有了我们。我们一直守候在世界的边缘，等待时机侵入，最终要向所有那些妄自尊大的低等生物展示我们的蔑视与仇恨。我们是至原生命，我们是这里最优秀的生物，我们要待在这里，看着那些胆敢妄想的行尸走肉被踏成肉泥，变回原形。”

“典型的嗜杀魔鬼，”死亡男孩说，“活了几千年了，唯一会做的事就是抱怨上天的不公，觉得自己没有在整个历史中获得更好的地位。不必废话了，直接开打吧。来呀，让我们见识见识你们能有多厉害！”

“你就不能理智点儿吗？”我厉声呵斥道。但话没说完，便停了下来，因为冷冻人的脑袋转向了我。

“我们认识你，小王子，”那种孩子的低语声再度传来，“约翰·泰勒，是的，我们还认识你的母亲。”

“你们知道她什么？”我感到口干舌燥，但尽力不让自己的声音颤抖。

“在这个烂到谷底的世界里，她最初是什么，最后还会是什么。她正要回来，是的，很快她就会回来。”

“可她是谁？她是什么？”

“去问那些将她唤起的人，去问那些将她召回的人。她将重临大地，没有任何人能够阻止。”

“你们害怕她。”我几乎有些奇怪地说道。同时，我心里想，你们也害怕我。

“我们是至原生命。在她回来接管世界之前，我们还有时间在这里好好玩玩。和你玩玩，小王子。”

“真他妈的有趣，”死亡男孩说，“但是废话太多了。掩护我，约翰，我有了一个计划。”

他发足狂奔，冲向离得最近的一个冷冻人。

“这就是你所谓的计划？”我尖叫起来，立马跟上他，因为没别的招儿可使。只有在这种情形下，我才会希望自己有枪，威力十足的枪，里边装着核弹头。

死亡男孩探手去抓说话的那个至原生命拉长的脑袋，对方的整个身体忽然扑向前，将他严严实实包裹得像一只困在琥珀中的甲虫。它想要附在他身上，可死亡男孩的躯体已经被他自己的灵魂附过了，他的咒语使得其他任何力量都无法再进到他的体内。至原生命有些震惊，它无法承受死亡男孩诡异的身体，不得不将他吐出来。死亡男孩狠狠摔在地上，但很快又站了起来，寻找可以踢上几脚的机会。至原生命极其和谐地提高了嗓门儿吟唱起来，它们使用的是一种比人类语言更高深的语言，那些贴在墙壁上的死尸听到后，如同受到了鼓舞。它们顺着墙慢慢滑落，穿过地面向死亡男孩和我逼来，残肢肉泥组成的尸海一起一伏地从四面八方朝我们聚拢，扭曲的胳膊、大腿被作为武器抛射过来，胃液和酸水灼烧着木地板，眼球在肢体海洋里翻滚沉浮，那些断掌上留着的指甲，像锋利的手术刀一样瞄准了我们。

我从夹克口袋里抓出两把盐，在死亡男孩和我周围铺撒成一个圆圈，吼叫着让死亡男孩必须待在里边，我不太确定传说中他那刀枪不入的身体能经受得住百十来个不死肠胃的侵吞与消化。烂泥般的身体组织在盐圈面前停住，接着，它们开始向高处堆积，预备形成拱形，以便跨越盐圈继续扑向我们。我警惕地观察着四周，死亡男孩则毫不畏惧地击打着逼得最近的那些组织，他嘴上也没闲着，一直在念叨着各种咒语，从精灵语到古埃及腐蚀语，但似乎都没有什么显著的效果。这片尸海处于至原生命的能量控制下，这种能量自天地初开时就已存在，就连死亡男孩也不曾接触过如此古老的怪物。

我看了看至原生命，发现它们也正看着我，反而不太理会死亡男孩。我想起自己刚才的预感，它们似乎对我有些害怕，为什么呢？我有什么让它们害怕的地方？我甚至不具备死亡男孩拥有的那几种战斗魔法。我的异能只是找东西，可我看不出这时候它能有什么用。想想，好好想想！我认真地打量着被至原生命侵占的那五个变形的躯体，的确，它们看起来很可怕，但同时也……绷得很紧，拉得很薄，并不稳定，人类的躯体根本无法容纳至原生命，或许只要稍加刺激就可以让它们自行爆炸……

脑子里的想法尚未完全成型，我已开始发足狂奔，脚踩在腐烂的人体器官上直打滑，我径直冲向离得最近的那个说话的至原生命，嘴里大叫着：“你们以为自己很强吗？有本事附到我身上来呀，你们这些混蛋！”心里却想着:“要是猜错就完蛋啦!”至原生命被我的气势所慑而微微向后退缩了一下，不过我已经扑到它身上了，猛地撞向它的心脏位置。它的躯体像泥潭一样吸住了我，我急忙用手挡住自己的口鼻，以免腐烂的血肉渗入体内。一股寒气袭体而来，难以想象的寒冷，就像虚无太空中的黑暗真空，但比那更糟的是，我能感受到有一股不明的强大意识和我一起待在那种寒冷和黑暗中，从四面八方向我挤压过来。忽然，我听到一阵凄厉的惨叫，一种带着愤怒、觉得自己被出卖了的叫声。那具被侵占的躯体爆炸了。

至原生命想要附上我的身体，却没办法将我的灵魂赶出体外。它体内实在塞满了太多东西，总得有一样必须被挤出去，结果最先受不了的就是它所附身的尸体。尸体爆炸了，血肉模糊，尸块飞溅，爆炸的威力使其他四具尸体产生了连锁反应，它们像一串鞭炮一样挨个儿爆裂。转瞬之间，一切都结束了，死亡男孩和我站在那里环顾四周，周围是一大堆已经不再移动的尸块，正在腐蚀分解。死亡男孩望着我。

“人们还说我太冲动，难以相处呢。瞧你刚才都对它们做了些什么?”

“我想我令它们消化不良了。而且，或许我多少还是有些与众不同。”

死亡男孩皱着眉头：“天啊，我身上好臭，你也一样。真希望他们在公墓的某个地方准备了澡堂，还有高级洗衣房。”

经过彻底的沐浴后，死亡男孩和我重新穿上已经被彻底洗过的衣服。当确信危险解除后，工作人员三三两两灰头土脸地回到公墓，他们一边叹气、抱怨，一边收拾残局。这是一个漫长恼人的大工程，需要很多装尸袋、强健的肠胃、大量的水桶和抹布，以及大瓶的消毒剂。公墓管理层出面，简短地对我们表示了感谢，并向死亡男孩承诺支票已经寄出，然后就离开了。他们一定会说到做到，因为绝对没有谁发疯到想招惹死亡男孩。当死亡男孩和我离开公墓时，两个年轻人摇摇晃晃地走了进来，他们抬着一个巨大的木箱，箱子的一面写着“空气清新剂”几个字。

我们走向死亡男孩的未来汽车，车门自动打开，死亡男孩坐到方向盘前，我小心翼翼地坐在副驾驶的座位上，车门又自动关闭，仪表盘上的控制按钮和显示界面比航天飞机上的还多。死亡男孩不知从哪里弄出一根超长的能量棒，狼吞虎咽地咀嚼起来。几下吃完后，他把包装纸揉成一团，随手扔在车上。他郁闷地盯着挡风玻璃，似乎想要张口大叫，但却积攒不起那么大的体力。

“我很累，”他突然说道，“我总是很累，我很讨厌总是这么疲惫不堪。无论是跟远古的神斗争，或者只是平平常常地度过一天，一切都这么难。你无法想象死亡是怎样的一种生活，好多东西我再也感觉不到了，比如微风、花香，甚至冷和热，我没有胃口，没有需求，也从不睡觉，我甚至记不得辛苦奔波一天之后，舒舒服服地坠入梦乡是什么感觉了，就连情绪对我而言也已经成了记忆中的幻影。当最糟糕的事业已产生后，你实在很难强迫自己再去在乎任何事了。我只能继续走下去，不停地行善，因为我没得选择，我一次又一次地将自己置于险境，只为能够感觉到某些事情……你还想让我做你的搭档吗，约翰？”

“我需要你的帮助，”我说，“需要你那种透彻的洞察力，虽然不是什么惊天动地的大案子，但是……很有趣。”

“啊哈，好啊，”死亡男孩说，“我喜欢有趣的事情。我们要去哪儿？”

“这就得问你了。我在寻找一个名为西尔维娅的过气歌手，她曾经在卡文迪什夫妇手下工作。朱利恩·阿德文特觉得你或许知道她藏身于何处。”

死亡男孩看了我一眼，脸上浮现出一个奇特的表情：“约翰，我不知道你对那种女人会有兴趣，真让人惊讶，这跟我想象中你的品位不太一样，我想这应该不是你的本意吧……”

“她跟我正在调查的案子有关，”我说，“你知道她在哪里吗？”

“知道，我还知道她目前在做些什么。你是在浪费时间，约翰，除了工作，她对其他任何人或事都漠不关心。”

“我还是得跟她谈谈，”我耐心地说，“你能带我去找她吗？”

他耸耸肩：“为什么不呢？看看你见到她以后的表情也是件有趣的事。”

死亡男孩的未来轿车在夜城的街道上呼啸而过，没有任何车辆胆敢接近，多半是害怕光子鱼雷之类的未来武器。我根本听不到引擎的声音，也感觉不到任何疾驶中的震动。虽然我们比路面上其他交通工具行驶得都要快，但我感觉不到车子在加速。很快我们便脱离了车流，拐入某条小街道。我们驶过一排排典型的郊区风格住宅，最后在一座没有什么特别之处的房子前停下。即使是夜城，也有它安静的区域，而这里则是最为安静的一处。

死亡男孩和我钻出轿车，车门自动落锁。天空中下起阴沉的小雨，我用夹克盖住自己的头。夜色变得灰暗而阴郁，浓密的乌云遮蔽了星星和巨大的月亮。在昏黄街灯的映射下，周围的场景看起来有些简陋、落寞。附近没有别人，绝大多数房子的灯都亮着。死亡男孩带着我穿过一个植物生长茂盛的花园，来到一扇大门前，他停下脚步，示意我敲门，他的表情又变得那么难懂。没有门铃，于是我开始敲门，门应声而开，似乎对方早就在等待着我们的到来。

开门的男人真不如在脑袋上挂上一串霓虹灯，写上“皮条客”几个字，他的长相、站姿、笑容全都散发出一种热情却又肮脏的感觉。他穿着一件黑色的东方式样丝绸大衣，上边绣着红色的中国龙图案，身材又矮又瘦，一时显得雌雄难辨。他的十根指头上都戴着硕大的银戒指，左边鼻孔上还穿着银色的鼻环，那一头乌黑的头发被整齐地梳向脑后。他的脸让人隐隐觉得有些不自然，那感觉十分诡异，似乎跟他的表情有关系。他脸上始终挂着笑容，但这笑意始终没有进入那双精明的黑眼睛里。

“见到新面孔总是令人身心愉悦，”他的声音略微有些含糊，“欢迎到这里来，还是如此有名的人物，传说中的死亡男孩，以及再度返回夜城的约翰·泰勒。先生们，能认识你们是我的荣幸。我叫格雷，很高兴为你们服务。”

“我们要见西尔维娅，”死亡男孩说，“至少，约翰要见见她。”

“那是当然，”格雷说，“没人来这里是为了见我。”他笑盈盈地对着我，“我们这里百无禁忌，随心所欲，亲爱的西尔维娅更是非常愿意配合。”

“不需要预约吗？”我说着瞪了死亡男孩一眼，他本该早点告诉我这是什么地方。

“噢，西尔维娅总是知道什么时候有人要来，”格雷说，“她总能赶在下一个客人到来前，应付完前一个客人，您可以直接去找她。当然，我们得先谈好价钱，在一个如此完美的世界里，我们本不该谈论这种俗气的事，但是，唉……”

“我不想花钱买她的服务，”我说，“我只是要跟她谈谈。”

格雷耸耸肩：“不管你想跟她做什么，费用都是一样的。而且，只收现金。”

“你去吧，约翰，”死亡男孩说，“我会跟格雷好好谈谈的。”

他走上前，格雷往后退。在死亡男孩冲自己逼来时，人们都会有这样的本能反应。很快，格雷恢复了正常，伸出一只手挡住死亡男孩。他俩之间闪耀出一阵魔法的光芒，但很快便消散了。格雷背靠墙壁，眼睛瞪得大大的。

“你是谁……你是什么东西？”

“我是死亡男孩，你只需要知道这一点就行了。快去吧，约翰。我可不想在这里等上一整晚。”

我伸手把身后的门关上，从死亡男孩和格雷身边走过，沿着狭窄的楼梯往上走。西尔维娅在二楼。我可以感觉到，这栋房子散发出一种寒冷、阴森的感觉，到处都有黑暗深邃的阴影。楼梯上没有铺地毯，只有光秃秃的木台阶，但上楼的时候我依然没有发出任何声响，感觉就好像穿行在梦魇里才会出现的那些房屋中一样，熟悉却又恐怖怪异，每一扇门窗都隐藏着一个威胁，目光所及之处都泛滥着可怕的凶兆。距离仿佛在被压缩、拉长，不知道费了多长时间，我才登上楼梯顶端。

我的面前正对着一扇门，一扇可怕的门，它的背后隐藏着恐怖的秘密。我站在门口，呼吸急促，可我说不清这是出于恐惧还是期待。它是西尔维娅的门，不用别人来告诉我这一点，我能感觉到她的存在，就像夜空中即将来临的风暴带来的压力。我用一个指尖推了推门，门平缓地打开，是在请我进去。我闻到一种令我鼻子发痒的味道，但我还是走了进去。

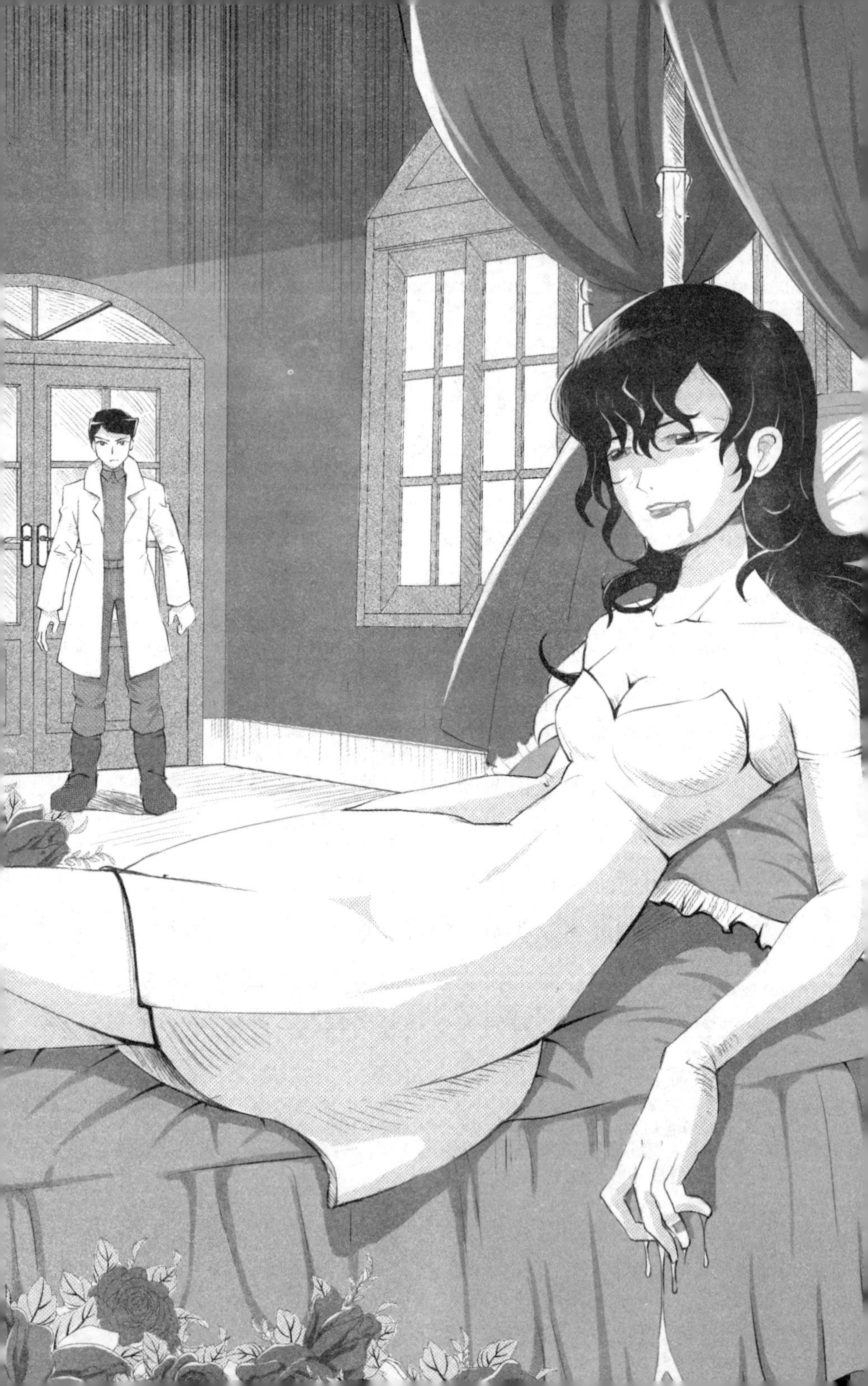

这是个房间，红色的房间，充满着玫瑰花瓣颜色的光线和摇曳阴影的房间，温暖、潮湿、凝固的空气中弥漫着汗液、麝香、好闻的头发混合的气味。看不出光源藏在哪里，但影子却无处不在，这个房间散发出的氛围似乎脆弱得不能暴露于强光之下。我有一种宾至如归的感觉，根本不想离去。

我像是进入了地狱接待处，并且我喜欢这里。

女人慵懒地躺在宽大的床铺上，她面带笑容，那种吸引力太可怕了。她在深红的床单上缓缓蠕动身子，就像一摊鲜血中的一条蛆。她的脸和身体始终在游移、变换，每时每刻都略有不同，甚至连她的身高和体重都不曾固定。她可能是一个女人，也可能是一百个女人，或者是一百个女人的合体。她的动作缓慢而倦怠，即使在丑陋得令人难以忍受的时候，她的面孔依然透露出一百种不同的美丽。她的骨架起伏如同潮涨潮落，嘴唇的颜色变幻无常，深邃的双眼能令任何男人感到恶心呕吐同时又感动落泪，这是一种从未有过的感觉。她的形象无比柔情，让整个房间蓬荜生辉。

明知对自己有害，我却依然想要靠近她。

“约翰 · 泰勒，”床上的女人开口说，她的声音温柔而亲切，那是很多女人合在一起的声音，“他们认为你会来这里，我说的是卡文迪什夫妇。我已经期待很久了。是他们使我成为现在的我，尽管结果并不完全像他们当初计划的那样。那时候，我只不过是个歌手，一个很棒的歌手，但对于卡文迪什夫妇而言还不够，他们需要的是一个对每个人都充满吸引力的超级巨星。这便是他们得到的，这便是他们的钱买到的：一个会变形的女人，一个怪物。”

她放声大笑，但这笑声里没有幽默，没有人性。她在床上缓慢翻滚，但绝没有重复的姿势。我浑身泛起鸡皮疙瘩，无法转移视线。只有纯粹的意志使我依然原地不动，静立于门边。我不能靠得更近，我不敢……

接着，她懒洋洋地抬起一只手，伸到不停变换的嘴边。她的手指上有些红色的黏稠物，她将手指伸进嘴里，开始慢慢咀嚼、品尝，满足地享受着个中滋味。当我的眼睛适应了房间里玫瑰色的光线后，才发现屋子里还有其他人，躺在床后的地板上。一个男人一动不动地躺在那里，他的身子大部分隐没在阴影中。是个死人。

西尔维娅总能应付完前一个客人，格雷说过这话。

看到我的表情后，她又一次大笑：“女孩必须得生活，成为我是得付出代价的，幸运的是，付钱的人不是我。他们送上门来，所有的男人和女人被他们自己也不知道的欲望引到我身边，我令他们沉沦，成为我的血肉。当他们手忙脚乱时，我则在吸取他们的一切。我吸干他们的欲望、他们的热情、他们的信念和他们的毅力，最后是他们的生命。不过到了那个阶段，他们也不在乎这些了。然后，我把他们全吃光。他们的生命令我长存，他们的血肉帮助我保持优美的身段。稳定和混乱之间总是需要一个平衡，假如我得不到我需要的东西，我的样子会变得令你厌恶。噢，别这么吃惊，约翰！卡文迪什夫妇的魔法能让我成为你渴望的所有女人，你会喜欢的。来找我的人都知道将要冒的风险，但他们乐此不疲。”她瞟了一眼地上的那具尸体，“别为他难过。除了我，他对自己或其他任何人都已毫无价值，他是带着微笑死去的。看得出来吗？”

我无法言语，无法回答。

“我得……我得跟你谈谈，西尔维娅，是关于卡文迪什夫妇的事。”许久我才找到自己的声音。

“噢，我已很久没想起他们了。我不关心外面的世界，我已经在这里建立了自己的小世界。我从未离开过我的小世界，并以它为荣。你来这里是要告诉我夜城里的事吗？那里依然充满罪恶吗？我离开夜城来到这里已经多久了？”

“刚超过一年。”我边说边上前一步。

“才一年？对我来说恍如隔世。不过在天堂和地狱，时间总是过得很慢。”

我又上前一步，是她的身体在用一种与世界一样古老的语言召唤着我的身体，我知道那会让我付出自己的生命和灵魂，但我不在乎。只有身体中的一小部分，那些躲在我内心深处的一小部分仍在尖叫，它们在乎。为了拯救自己，我做了唯一能做的事，唤醒我的异能，用我的天眼审视西尔维娅的内心，试图找出她被卡文迪什夫妇改变之前的最初自我，唤起她的回忆，然后将她带离这个世界。

西尔维娅尖叫着在床上抽搐，全身的皮肤沸腾冒泡，接着一个人形显现出来，一具尸体脱离其他形象站了起来，变形停止。西尔维娅躺在床上，蜷缩成一团，呼吸困难。如今的她恢复成一个正常的女人，拥有一副清秀、普通的面孔。西尔维娅慢慢坐起，神智已恢复正常，她用人类的目光打量着我。

“你做了些什么？你都对我做了些什么？”

“我让你做回你自己，”我说，“现在你自由了，完全正常了。”

“我没有说过自己要变得正常！我喜欢刚才的样子！

不管我是什么！……我是个女神，你这个混蛋！变回去！把我变回去！”

她猛扑向我，像一只蹿起的野猫，张牙舞爪地想要抓我的眼睛，撕咬我的喉咙。我跃到一旁，她扑了个空，陌生而受限的身体使她不再挥洒自如。她撞向门边的墙壁，想要逃走，但发现自己办不到，她的皮肤被玫瑰花瓣装饰的墙面吸住，墙不愿意放她走。我终于明白玫瑰色的光线来自何处。她大声呼喊着，用拳头砸向墙壁，拳头也被墙壁吸住了。她已经沉入其中，就像没入玫瑰色的池塘，她的身体在被吸收，正如她吞没其他人一样。还没来得及发出最后一声惨叫，她已经消失了。空气中的气氛突然变得诡异，仿佛有一双属于饥肠辘辘的掠食者的眼睛转而盯上我的方向。

我夺门而出，一口气奔下楼梯。

我在楼梯口停住，尽力放慢呼吸。我的心咚咚直跳，像一把榔头在胸口锤击。夜城从来不乏诱惑，你要学习的第一课就是当你逃出生天时，千万别再回头。西尔维娅消失了，那个房间也将很快因饥饿而死亡，只要那些可怜又该死的傻瓜不再去喂养它……我环顾周围，看到了格雷。他正瑟缩在角落里，浑身发抖，失声痛哭。我又看了看一派轻松地斜靠在前门上的死亡男孩。

“他这是怎么了？”我问。

“他想知道死亡到底是怎样的感觉，”死亡男孩说，“于是我告诉了他。”

我看着格雷，不禁打了个寒战。他双眼睁得老大，但一点神采也没有。

“那么，”死亡男孩说，“你跟西尔维娅的事都谈完了，对吗？”

“她死了，”我说，“卡文迪什夫妇在她身上做了某些手脚，将她变成了一个魔鬼。或许他们也对罗西尼奥尔做了同样的事，我必须再去见见她。”

“介意我也跟着去吗？”死亡男孩说，“不会干扰你的。”

“欢迎，”我说，“但让我出面和她交谈，好吗？”

8

无面使者的第二次死亡

跟大多数城市一样，在夜城，总是无法在需要的地方找到停车位，尽管有很多高档和低档的四维停车场，但它们从来都不是盖在有用的地方。如果随便停车的话，通常车子不是被偷走、被吃掉，就是车主一离开，车子就立刻进化成完全不同的东西。死亡男孩就将他的未来轿车停放在离卡利班巨穴夜总会门前街道不远的路边，然后钻出车门，头也不回地走开。我跟上他，但很不放心，忍不住回头去看车。闪耀的银色轿车在潮湿庸俗的街道上显得格格不入，已经有些不怀好意的目光盯上了它。

“在这个地方，恐怕光靠自动锁来保护你的车是不够的。”我提醒他。

“我的车会照顾自己的，”死亡男孩毫不在意地回答，“车上的计算机系统能够控制各种防御武器，而且它充满极度的恶意，完全没有怜悯之心。”

我们走在湿滑的街道上，路上的行人一看到我们就纷纷让道。闪耀的霓虹如往常一样刺眼俗丽，热烈的萨克斯管音乐和重低音贝斯声从我们经过的夜总会传出，不绝于耳，一小群人正在向某种低级神灵奉献一场街头喜剧表演，围观的人们拿着便携式摄像机进行拍摄，一只眼睛和嘴巴都被缝上的玩具熊在向人们分发抗议动物实验的传单，夜空中不时飘来不同文化背景下的菜肴的香味。

最终，我们远远地停下来，观察卡利班巨穴夜总会。夜总会的外部已被彻底的骚乱弄得如一片废墟，一队专业修复者正在现场忙活，他们收拾战场，十分迅速而精确地进行重建。在夜城，破坏和大规模毁灭是经常发生的事，因此向来不乏那些愿意承担快速修复和重建工作的公司，价格通常十分昂贵。目前，他们的工作重心多半还放在处理天使之战遗留下来的混乱与毁坏上，不过卡文迪什夫妇的手头似乎已拥有足够多的现金来聘请某些公司马上为他们进行修复工作。三个建筑魔法师正在施展搬移法术，将招牌重新拼接在一起，看着那些散落在人行道上的碎片腾空而起，像一副复杂的拼版玩具那样灵巧地拼接到一起，实在是件有趣的事情。旁边有个可怜虫在想办法把大门推回原位，边推还边忍受附在门上守门的幻象大头满嘴恶毒的咒骂。

四周围满了看戏的人，夜城的居民对免费的娱乐表演总是充满兴趣，这种时候会有其他一些人跑来向人们出售些不相干的东西，例如T恤、正常人不可能会去的夜总会的免费入场券，以及各式各样的熟食，这些食物不但超贵，而且通常不太卫生，只有刚刚来到夜城的观光客才会傻到买这种东西吃。

当看到一个衣着污秽的蠢货付出大笔钱买来一个所谓的肉馅玉米圆饼时，死亡男孩忍不住嗤之以鼻。“千真万确，”他大声说，“观光客们绝对敢吃下任何东西。这根本是个充斥着不实广告的鬼地方，要是哪个家伙敢把食物的成分大声说出来的话，你看还有谁会去买！‘签子上蠕动的东西！用叫不出名字的怪物的肉做的馅饼！吃下去立刻拉出来的快餐！’”

“消费者自求多福，”我轻快地说，“这句话应该是夜城的座右铭。一切不可貌相……”

我们饶有兴趣地看着一个建筑魔法师对着一堆木屑施展时间倒流法术，只见他一不留神，法力稍微失控，时光倒转得太快，以至于木头开始萌生枝丫，进而长出叶子，我们跟人们一块儿向法师报以热烈的嘲笑声。接着死亡男孩透过他的死亡之眼仔细观察了一会儿卡利班巨穴。

“这里到处都有新施加的恶毒魔法防御，”他低声说，“它们掩饰得很好，但对于一个已死的人，你藏不住太多的东西。绝大多数是侦测变形和拦截的咒语，约翰，相当多的一部分是专门针对你的出现而设计的。我们目前所处的位置刚好处于魔法影响的范围之外。看来卡文迪什夫妇真的不希望你再度出现在他们的夜总会里了。”

“情况到底有多糟？”我问。

“这么说吧——哪怕你只是触发了其中任意一种可怕的小陷阱，它们就会像刮刀一样将你切成碎片。”

“该死！”我说，“可我还是必须进去见罗西尼奥尔，有什么办法吗？”

死亡男孩低头沉思。旁边的人一见他皱起眉头，以防万一，都躲得更远了。“我能进去，”最后他说，“那些法术只对活人有用。”

“不行，”我说，“首先，罗西尼奥尔不会跟你谈，她只愿和我对话。第二，以你的做事风格，一定会触发所有的警报。不到万不得已，我真的不想引起卡文迪什夫妇的注意，他们握有一张王牌——灾星。”

“啊哈，是的，小比利，肮脏的家伙，他要是真的变成王牌的话，或许真的很危险。”

“问题在于，罗西尼奥尔依然在她夜总会里的房间内，由两个重量级的格斗法师负责看守。我之前骗过他们一次，但第二次恐怕只能强攻了，天知道他们还安排了什么陷阱……”

“那你想怎样，约翰？”死亡男孩有些不耐烦地说道，“我们不能在这里傻站着，这会暴露我们的行踪。怎样才能接近你那快要死去的小歌女？来吧，想些旁门左道，这是你最擅长的。”

“既然我们无法进去找她，”我一字一句地说，“那她就得出来见我们，我们得送个口信给她。夜总会的大部分员工就在附近，他们等待着修复工作的完成。我们只要找到一个可以收买的，请他帮我们带个口信给罗西尼奥尔就好了。”

“天知道他们在哪儿，”死亡男孩充满怀疑地说道，“你想怎么做，难道要用你的异能锁定他们？”

“不，”我说，“我可不这么想，近来，我的异能用得太多、太频繁。每次开启天眼，我的思维就像黑夜中闪耀的灯塔，我的敌人们能借此机会找到我，你也见过他们派出来杀我的东西。他们现在还没找上门来实在是我的幸运，现在我们应该采取简单的方法行动。我们去附近的酒吧、咖啡馆和餐厅碰碰运气，说不定会遇到他们，这些家伙一刻也离不开物质享受的。”

我们沿着街道走了不远，便在一家叫蜜蜂甜心的主题咖啡馆找到了他们，咖啡馆的女服务员都被迫穿着黑黄条相间的肥大蜜蜂装，头顶上戴着环状触角，屁股上还有锥形的尖刺，她们踉踉跄跄地在桌子间蹒跚，尽管脸上带着专业的笑容，但她们看起来不太开心。卡利班巨穴夜总会的伴唱歌手们缩在一个角落里，各自喝着廉价的咖啡，正在高谈阔论，吞云吐雾。在场的还有伊恩·安杰，就是那个助理兼乐手，他是唯一在看到我和死亡男孩走向他们的桌边时依然显得很高兴的人。

“噢，又是你，”一头淡银灰色头发的伴唱歌手说，“你为我们带来的麻烦与不幸还不够多吗？在你出现之前什么事都没有，你出现之后，有人在舞台前自杀，还有人在我们店外暴动，当权者真应该限制你入境才对。”

“他们已经试过了，”我冷冷地说，“可我还是好好地待在这里。我需要有人帮我带话给罗西尼奥尔。”我的目光在他们脸上游移，希望能得到一个会心的微笑，但看到的只有带着怒色的面孔和紧闭的嘴唇。这不能完全怪他们，实在是我自己恶名昭彰，所以正常人喜欢把坏事怪到我头上来。

“你这位没有时代感的白脸朋友是谁？”一个金发女郎问。

“死亡男孩。”我回答。整个咖啡馆顿时安静下来，伊恩·安杰向后一推椅子站了起来。

“我们到外边说话，”他低声说，“请原谅这些女孩，因为事关她们的生计，所以讲话比较冲一点。”

我们走到咖啡馆门厅，其他顾客和服务员小心翼翼地打量着我们。伊恩·安杰皱着眉头看着我：“我很担心罗西，自杀事件发生后，卡文迪什夫妇完全控制了她的一举一动，告诉她该怎么做、怎么说、怎么思考，他们关心的似乎只是该怎样就自杀事件向音乐界的媒体进行解释。实际上罗西现在就是个处于武装看守下的囚犯，你还打算帮助她吗？”

“当然，”我说，“你能给她带个口信吗？”

“或许吧，”伊恩说，“至少，我其中的一个分身应该能办得到。”

“他们中哪个是你？”我问。

“全都是，”伊恩·安杰欣然回答，“我是所谓的分裂性三胞胎，一个灵魂，三个身体，彼此之间没有分别，这也算是一种特色，我妈老是说我的出生是命运跳针的结果。现在，另两个我正在夜总会里忙着重新布置舞台，他们能通过我听到你说话。口信是什么？”

“都不是什么好消息，”我说，“原来卡文迪什夫妇曾经试图打造一个超级巨星——西尔维娅，为了使她更受欢迎，他们对她施加了巨大的魔法，结果将她变成了一个怪物，一点也不夸张，我亲眼看到了他们在她身上所做的一切，看到她变成的那副模样，我不希望同样的事情发生在罗西尼奥尔身上。我想让她悄悄地溜出夜总会与我在某个安全的地方见面，一起研究接下来该怎么做，因为我不相信卡文迪什夫妇会优先考虑她的权益。对罗西而言，溜出来应该不太难，保镖们通常更关注那些想要潜入的人。”

伊恩眉头紧锁：“西尔维娅，我有一阵子没想起这个名字了，但我一直想知道在她身上发生了什么事。行了，我其中的一个分身会去告诉罗西的。卡文迪什夫妇此刻不在夜总会，或许她会听我的。只要卡文迪什夫妇不在附近，她就会比较自主，也比较聪明。”

“几乎可以肯定他们在用某种手段控制她，”我说，“他们会不会已经对她做了什么？”

“我不知道，”伊恩回答，“卡文迪什夫妇与罗西私下会面时，不允许其他人靠得太近。毫无疑问，自从她住进夜总会的那间屋子后，与原来的表现就截然不同了。你认为正是卡文迪什夫妇做的一些事导致了接二连三的自杀事件发生？”

“有可能。”我说。

“好吧，”伊恩说，“要是我能把口信传给她，并且能把她带出夜总会，你打算在哪里与她见面？必须是安全的地方，能让她有安全感的地方，不会让她引起别人注意的地方。你也知道，她现在名气不小。”

“我知道一个十分适合名人的地方，”死亡男孩说，“可以让她藏身于尽是名人的人群中，告诉罗西尼奥尔去女歌星夜总会见我们！”

女歌星夜总会是上城区里一处名气最大，或者说声名最狼藉的夜总会，在那里你可以听到娱乐史上所有最著名的女歌手的演唱。当然，都并非本尊，甚至不是女人，但他们的装扮很成功，与原型十分接近，近乎完美，因为这些人对自己的偶像极度痴迷——他们已经学会通灵，有时候还能将对方的个性、生活习惯等小细节也都模仿得惟妙惟肖。无论是死去的还是活着的，最伟大的娱乐明星都会来到女歌星夜总会，至少她们的化身会去。

显然，死亡男孩以前来过这里。看门人拉开俱乐部的门，向我们深深鞠躬，没有人询问我们是否是会员，甚至没人管我们要服务费。保管衣物的女服务生是二十世纪六十年代巨星西拉·布莱克的打扮，身穿黑色紧身衣，从她看死亡男孩的眼神便能猜出他是个常客。西拉竭尽所能地表示出对我的漠视，我已习惯了，死亡男孩是夜城的名人，而我则更像是个反面人物。我们走进夜总会，到处都是流光溢彩的丝绸和鲜花，家具陈设都具有典型的装饰派风格，目光所及的每个角落都充满各种媚俗风尚，天花板上挂满了枝状吊灯和迪斯科闪光球。

夜总会里挤满了人，喧闹不已，在女歌星夜总会，夜晚就意味着跳跃。死亡男孩和我跟着女服务生在密密麻麻的桌椅间穿行，今晚，所有女服务生都扮成丽莎·明妮莉在《酒店》里的造型。我们在角落里的一张桌子旁坐下，我向丽莎点了杯超贵可乐，接着便是必须做的例行说明："不，我不要无糖可乐！我要一杯真正的可乐！男人喝的可乐！里边也不要插该死的吸管！"死亡男孩要了一瓶杜松子酒和他们这里最好的雪茄烟。我在收支表上记下了可乐的价钱，在夜城如果没有记账习惯，那你可能随时面临破产。

"要是罗西尼奥尔不来怎么办？"死亡男孩提高嗓门

儿，盖过周围的喧嚣，“她要是出不来呢？”

“那我们就得想想别的办法了，”我说，“放松点，欣赏一下演出，我们可是花了不少钱的。”

“你说我们是什么意思，伙计？”

这时伊莲和芭芭拉正在舞台上合唱《我如此了解他》，不少其他著名的面孔在夜总会的大厅里穿行张望，时不时在酒桌旁停下来跟客人聊着八卦，借以增加自己的曝光度，其中有玛丽莲、多莉、芭布拉和达斯汀。伊莲和芭芭拉一曲终了，妮可在手风琴的伴奏下，用她那哀婉的声音及造型对着话筒为大家演唱《上海百合》，我只希望她不会演唱大门乐队的那首《最后》，在我的耳朵出血前，我只能忍受这么多痛苦了。

隔着几张桌子，两个朱蒂正互相抓扯，打得不可开交，围观的人欢呼雀跃，纷纷下注。

就在这时，伊恩·安杰拉着罗西尼奥尔进来了，并没有引起谁的注意，因为人们都以为她是另一个异装癖者，只不过比一些人装得更像那么回事罢了。伊恩护着她走到我们桌前，为她拉出椅子，并将她介绍给死亡男孩，自己却礼貌且坚决地不肯坐下。

“我不能闲逛太久，我必须回去，夜总会里还有很多事情要做，我不想出错。”

“带罗西来这里遇到了什么麻烦吗？”我问。

“令人惊讶，没有。我只是对保镖们说约翰·泰勒在夜总会里出现了，于是他们都跑去找你，我们就大摇大摆地出来了。听着，我真的得走了，罗西，记住你的下一场演出一小时后就会开始。”

罗西尼奥尔让他亲吻了自己的脸颊，他匆忙离去，驼背使他的步伐看起来十分奇特。女服务员丽莎过来看罗西尼奥尔要喝什么。在她研究酒水单时，我认真地打量着罗西尼奥尔。她看上去有些不同，尽管依然是煞白的面孔，黑色的头发，黑色的衣服，但她似乎显得敏锐了些，意识似乎也更加清楚。她抬起头，迎上我的目光，爽朗地笑了。

“啊哈，约翰，能出来透口气真是太好了。你知道我想要喝什么吗？我想要五杯威士忌，我想把它们一杯杯地排列在我面前，然后一边喝一边看着它们，一口气喝完。在卡利班巨穴夜总会，卡文迪什夫妇根本不允许我喝酒，说来也怪，我基本上也不想喝，我坚持食用他们提供的健康饮食，从不抱怨，这些可都不像我的为人。蛋糕！我想吃蛋糕！给我拿你们这里最大、最浓的奶油巧克力蛋糕，还有一把大调羹！我想要吃所有有害健康的东西，现在就要吃！”

女服务员高兴地回答："遵命，女孩！"

我示意女服务员给罗西尼奥尔拿她想要的，丽莎摇摇摆摆地踩着高跟鞋走开了。罗西尼奥尔喜笑颜开。

"卡文迪什夫妇管得很严，很多事情都不准我做。他们根本不像是我的经纪人，反而更像是我老妈。"

"我注意到他们并未阻止你吸烟。"我说。

她不屑一顾地哼了一声："我倒想看看他们试一试。"她忽然收起笑容，严肃地盯着我，"伊恩告诉我说，你为我挨了毒打，不过已经痊愈了，而且你还查出了某些关于我的那位前辈的事情，我记得她的照片曾经出现在各种杂志的封面上，可后来……无影无踪。她到底怎么了，约翰？卡文迪什夫妇对她做了些什么？"

我把经过详细地告诉了她，连那些恐怖的细节也没有遗漏，想以此吓唬住她。死亡男孩意识到我在做什么后，时不时地瞟我一眼，但没有开口。他已经喝下半瓶杜松子酒，转而开始吃雪茄。当我终于把故事讲完时，罗西长长地叹了一口气。

"真没想到，可怜的家伙，发生在她身上的这些事是卡文迪什夫妇做的吗？"

"很有可能还不止如此，"我说，"他们有没有主动为你……为你做过什么奇怪的事情？"

“没有，从来没有。”罗西尼奥尔的语气坚定而果断，“我不准他们对我施加魔法，我不需要依靠那些该死的东西获得成功，我是个歌手，我所需要的一切只有我的歌和声音。”她顿了顿，忽然皱起眉头，“不过，必须承认……自从我住进夜总会的那间小屋子，事情变得不一样了。现在，我的歌都是些悲伤的曲子，我的记忆里出现了一些裂痕，我无时无刻不感觉到冷，感觉到累，当卡文迪什夫妇在我身边时，我的一举一动……根本不像是自己的所作所为。他们会不会是在我不知情的情况下对我施加了某种魔法？”

“有可能，”我认真地说，“他们或许做过某些事情，然后又令你忘掉那一切。在我看来，卡文迪什夫妇不在乎所谓的道德。”

女服务员端着托盘上的五杯威士忌过来了。当酒杯在她面前一字排开时，罗西尼奥尔显得十分开心，然后连着喝下两杯。她大口喘息了一阵，接着愉快地哈哈大笑起来，就像个小孩子刚刚做了某件调皮的事情，却没有受到责罚一样。“真棒！太棒了！要的就是这种感觉！”她冲我露出迷人的微笑，然后又掉头看着死亡男孩，“呃，死亡到底是怎样一回事？”

“别告诉她！”我厉声说道，接着略带歉意地看着眼前这位目瞪口呆的歌星，“很抱歉，不过对有些问题，最好不要知道答案，尤其是涉及他。”

“就好比他为什么把雪茄吃进去而不是抽掉？”

“诸如此类。”

她又冲我笑笑，笑容里的温暖与热忱与我之前见到的有些疏离的个性大相径庭。“据说，有时候你自己就会回避问题，神秘的先生。”第三杯威士忌下肚后，她的法国口音更加明显了些，她仔细地打量着我，“你不会真的认为卡文迪什夫妇会做什么伤害我的事吧？我是说，他们得靠我赚大钱呢。”

“或许他们当初也认为自己是在帮助西尔维娅，”我说，“但自杀真的发生了，罗西，我不信任他们，你也不该信任他们。只要你开口，死亡男孩和我就会立刻带你离开他们，我们会为你找到某个安全的地方休息一下，再请一些律师仔细研究你的合同，或许还会请几个专家来确认你身上有没有被施法。你无须担心，我能保证你的安全，我知道有许多人会非常乐意担任你的保镖，或许不是什么很好的人，但……”

“不，”罗西尼奥尔礼貌但却坚决地说，“谢谢你的好意，约翰，我也知道你一心想要帮我，可是……”

“可是什么？”

“可是现在是我好不容易等来的机会，要成名就靠这次了。没有人拥有比卡文迪什夫妇更宽广的人脉，他们的确可以为我赢得某家主流唱片公司的合约。我不能走，我得唱歌，我一辈子都在等这一天，我决不能在这个时候放弃，至少不能只因为你的猜测就放弃。你并没有任何实质证据证明是卡文迪什夫妇干的，不是吗？”

“的确没有，”我回答，“但自杀事件……”

她扮了个鬼脸，说道：“相信我，我没有忘记，我永远不会忘记那个可怜的男人在我面前扣响扳机时的场景，他怔怔地看着我的眼睛，他在微笑……我不会让这种事情继续发生的。我总认为我的歌应该让人们感到愉快！我希望振奋他们的心，让他们得到宽慰，让他们能有足够的勇气面对世界……倘若卡文迪什夫妇当真做了什么腐化我的歌和我的声音的事……”她用力摇了摇头，“噢，我不知道！我不知道该怎么办！”她端起第四杯威士忌，忧郁地盯着酒杯。

我们好一会儿没有说话，各自思索当前的状况。舞台上，惠特尼正在演唱《我会永远爱你》，罗西尼奥尔大声嗤之以鼻。

“一直不喜欢这个版本，嗓音太尖锐了。”

“我喜欢多莉·帕顿演唱的版本，”死亡男孩出其不意地说道，“感觉比较温馨。”

我看了他一眼：“你总让人充满惊奇，不是吗？”

“你猜不透的。”死亡男孩说。

奶油巧克力蛋糕端上来了，罗西尼奥尔将第四杯威士忌放到一旁。蛋糕真的很大，上面还涂满了厚厚一层黑白相间的奶油。罗西尼奥尔发出“噢！啊！”的惊叹声，两眼绽放出生命的光辉。她抓过调羹插向蛋糕，很快嘴角便沾满了巧克力和奶油。我认真地打量着她，心中慢慢浮现一个不祥的念头，也许这个罗西尼奥尔与我之前在卡利班巨穴夜总会见到过的她不同的原因是，眼前这个是一个完全不同的罗西尼奥尔，是另一个冒牌货，就像在《黑夜时报》办公室里那个会变形的家伙一样。这就能解释很多事情了，包括她怎么能如此轻而易举地溜出来跟我们碰面。

“恐怕我得去一趟洗手间。”我大声说，同时给死亡男孩一个眼色。

“好吧，”他说，“谢谢你连这种事都要说出来与我们分享，约翰。”

“这是我第一次来这家夜总会，”我说，“你何不领我去男卫生间呢？”

“我从来都不需要去那种地方，”死亡男孩说，“这是死亡带来的为数不多的好处之一。”

我瞪着他，趁罗西尼奥尔大快朵颐的时候，冲他使劲挑了挑眉毛，他才终于明白了我的暗示。我们站起身，告诉罗西尼奥尔得失陪一会儿，然后向旁边一扇标有卫生间字样的门走去。一进去就看到凯莉正撩起裙子站在小便池边撒尿，死亡男孩和我装作对自动贩卖机很感兴趣的样子，一直等到他方便完。凯莉刚一离开，死亡男孩便狠狠地瞪了我一眼。

“最好是有要事，约翰。跟你单独待在这个鬼地方，对我的声誉毫无疑问会有损害。”

“闭上嘴听我说，卡文迪什夫妇已经派出了一个冒牌的罗西尼奥尔来对付过我——一个具有邪恶超自然力量的变形人，你有办法分辨出那个家伙到底是不是真正的罗西尼奥尔吗？你总是说没什么能瞒得过死亡之眼。”

“噢，当然，我已经查过她了。”

“结果呢？”

“她是真身，不过她已经死了。”

我盯着他看了好半天，良久才疑惑地问：“她已经怎么了？”

“她的身体周围没有光环，我一见她就看出来了。”

“那……你怎么不说？”

“她是死是活又不是什么大不了的事，你的目光不应该如此狭隘呀，约翰。”

“你是说，她已经死了，和你一样？”

“噢，不，和我不一样。我是个特例，看她神采飞扬，精力旺盛，不可能是个还魂尸。不过没有光环，你是不可能活下去的，人人都有一个光环。”

“真的吗？”我有些分心，“我的光环看上去是什么样子的？”

“主体呈紫色。”

“她怎么可能不知道自己死了？”我感到心中燃起一把怒火，“此时此刻，她就在外边，一切迹象都表明她还活着，死去的人不会为奶油巧克力蛋糕兴奋不已。”

“正视现实吧，否认是没有用的。或许这就是卡文迪什夫妇做的事，他们控制了她。你想要我把真相告诉她吗？”

“不，我想应该由某个人更婉转地告诉她。她说过想要知道真相，而不管真相到底是什么。”我怒视着干净的白色瓷砖，“该怎样告诉别人他们已经死了？”

“用你的嘴巴。毕竟，死亡又不是最凄惨的事。”

“此话怎讲？”

死亡男孩看了看我，故作神秘道：“相信我，约翰，你不会想要知道的。”

“噢，闭嘴。”

等我们回到桌旁，罗西尼奥尔已经吃掉了大半个奶油巧克力蛋糕，喝完了剩下的两杯威士忌。看到我们又出现，她停止吮吸指头上残留的奶油巧克力，开心地冲我们挥手，脸颊上泛起红晕，痴痴地笑着。死亡男孩和我坐下来，盯着她。

“我还想喝酒！”她兴冲冲地说，“每个人都应该无拘无束地痛饮！你们不来点儿蛋糕吗？我可以向她们再要一把调羹，不要吗？你们不知道自己错过了什么美味！你们两个干吗都阴沉着脸？是在厕所的墙壁上发现自己的电话号码了吗？”

我深吸一口气，尽可能简单而直接地说出了死亡男孩的发现，然后静静坐在那里等她的反应。她浑身一颤，但表情依然冷静，她慢慢地舔净调羹背面的巧克力，目光悠远，仿佛陷入沉思，是在考虑某项商业提案，或是怀念某个逝去的远方亲人。当她终于看着我时，她的目光十分坚定，神色毫不慌张，声音似乎也不是非常惊讶。

“这就可以解释很多事情了，”她说，“我记忆中的裂痕，为什么我总是很冷，为什么当卡文迪什夫妇在我身旁时我总是如此听话，是他们干的。如果换作原来的我，真实的我，绝不可能容忍他们那样对待我。我离开他们，来到这里，就好像从某种黑暗和倦怠的梦中苏醒一样，只不过……我永远不可能从这个梦中醒来了，对不对？我已经死了。”

我想将她揽入怀中，安慰她，告诉她一切都会好起来，但我向她承诺过绝不欺骗她。她用牙齿咬了咬下嘴唇，然后转头看了看死亡男孩，又看着我。

“你们能帮我吗？或者至少查出那两头卑鄙的猪到底对我做了些什么？”

“我可以试试，”死亡男孩答道，声音出奇地温和，“我可以看出所有活人看不出来的东西。既然你我都是死人，要在我们之间建立联结应该不难。”他握住她的手，又示意我握住他另一只手。虽然稍有疑虑，但我依然照做了，他对格雷做的事我还记忆犹新。死亡男孩淡淡一笑：“别把自己吓得尿裤子了，约翰，我只是要窥探罗西尼奥尔的思维，并唤起她生命中的最后片段，我想她的记忆断层应该是受不了刺激而造成的，只要你们都与我相连，你便能看到我看到的一切。不过要记住，这只是过去的幻影，我们无法介入干涉，无论我们怎么想，过去的都无法更改。”

他紧握我的手，忽然间，我们来到了某个地方。没有使用咒语，没有动用超能力，只是依靠一个死了三十年却仍不愿躺下的男人的意志力。我们所处的是卡文迪什夫妇的办公室，我就是被拖来这里殴打、血流满地的。卡文迪什先生和卡文迪什夫人正笑看着心神不宁、愁容满面的罗西尼奥尔，她显然在跟他们理论什么，但他们根本没在听。卡文迪什夫人一边说着些宽慰的话，一边倒了一杯香槟递给罗西尼奥尔，罗西尼奥尔抢过她手中的酒杯，一饮而尽，然后将酒杯往地上一甩，接着，她两腿一软，整个人重重地摔倒在地上。她躺在那里，身体抽搐，口吐白沫，而卡文迪什先生和卡文迪什夫人就那样看着，笑着，直到最后，她再也没有动静。这时，卡文迪什夫妇朝某个站在黑暗里的身影看了看，但我没法辨认出这个人是谁。

忽然，我们再次回到了桌边，死亡男孩松开我们的手。罗西尼奥尔在颤抖，但她的嘴巴紧闭，抿成一条线，她强迫自己冷静下来。

“卡文迪什夫妇对我下毒？”罗西尼奥尔说，“他们为什么会想要谋杀自己的摇钱树？”

“问得好，”我说，“我想我们要用直截了当的暴力手段去向某些人求证。”

“你也可以问问他们对她做了些什么，”死亡男孩说，他疑惑地盯着罗西尼奥尔，“你跟我见过的任何还魂尸都不一样，毫无疑问，你已经死亡，可在你身上却残留着一点生命的气息。”

“会不会是卡文迪什夫妇为她弄了一份跟你一样的合同？”我说，“或许他们是作为她的投资人替她签的。”

“不会，”死亡男孩坚定地说，“这种合同只能出于自愿，这点很关键，你不会只是失去灵魂，必须是出卖灵魂。”

“可是，”我说，“任何一种能起死回生的魔法都被大人物掌控。虽然看不清是谁，但可以肯定的是，办公室里还有另一个人。据我所知，卡文迪什夫妇掌握着的唯一狠角色便是灾星，虽然他总有一天会成为跟他父亲一样厉害的强者，但再怎么说他也不是死灵法师。”

“这与那些听过我演唱后自杀的人有什么联系？”罗西尼奥尔问。她依然控制着情绪，面容冷静，但声音已变得越来越尖锐。

“你进入过死亡国度，”死亡男孩说，“当你再度回来时，某种东西跟着你一起回到了人世，当你演唱时，它伴随着你的歌声出没，使你变成一只魔音鸟，就是它在杀人。”

“他们怎么能这样？”罗西尼奥尔说，“卡文迪什夫妇怎么可以做出这种事情？即使我写的是一些忧伤的事情，但我的歌向来都是崇尚生命、积极向上的，我想用歌声来催人奋进，而不是毁灭他们！卡文迪什夫妇摧毁了赋予我生命意义的东西！”她看起来已经濒临崩溃，但依然凭着坚定的自制力支撑下去，她的手在桌面上握成拳头，“我不会让这种事情继续下去，不能再有更多的人因我而死。我想要回我原来的声音，我想重新拥有生命！”她盯着死亡男孩，又盯着我，“你们能帮助我吗？有人有办法吗？”

“我连自己都帮不了。”死亡男孩静静地说。

“我们现在还不要放弃所有希望，”我马上接话，“死亡男孩，你自己也说过，她与你遇过的其他还魂尸都不同，我们先查清他们到底对她做了些什么，有些死亡魔法是可逆的。”

“你以为卡文迪什夫妇会坐视不管吗？”死亡男孩说。

“这事由不得他们。”我冰冷的声音令死亡男孩都不得不侧目。

就在此时，我们周遭陷入一片死寂，音乐与演唱戛然而止，周围的交谈声烟消云散，我们环顾四周，发现所有的女歌星都盯着我们。每个异装癖者、每个假冒的名人都瞪着黑眼珠，恶狠狠地怒视着我们，他们化了妆的脸忽然变得奇怪、扭曲，换上一副死一般的表情，这种感觉如同突然被狼群包围。罗西尼奥尔、死亡男孩和我慢慢站起身，空气中突然弥漫了一股杀戮的气氛，那一瞬间，所有人的脸上同时感染了一种诡异的笑容，玛丽莲从宽松的袖子里抽出一把刀，这仿佛是一个信号，其他数十个女歌星也跟着抄起了家伙，从砍刀、刀片到大口径手枪，什么武器都有，还有几个人将酒瓶和玻璃杯在桌上敲碎，把锋利的一侧对准了我们。

“他们被附身了，”死亡男孩低声说，“我看得出来，他们的光环发生了改变。他们通过通灵术获得各自女偶像的天赋，但通灵的途径被某种来自外界的更加强大的信号占据。现在，这些人的体内有某种新来的、邪恶得多的东西。”

“会不会是至原生命？”我说，“来找我们的麻烦了？”

“不是，”死亡男孩说，“这种信息依然来自人类。”

达斯汀忽然摇晃上前，眼睛一眨不眨地瞪着罗西尼奥尔：“我们是你最疯狂的歌迷，我们崇拜你，我们爱慕你，我们将为你而死，你不应该在这里，我们来此带你回你该去的地方。”

“真见鬼，”我说，“是卡文迪什夫妇办公室外面的那些小鬼，来自地狱的歌迷会。一定是卡文迪什夫妇将他们附在这些女歌星的身上，派他们带回罗西。”

“你不能待在这里，”达斯汀不理睬我，继续对罗西尼奥尔说，“这些人对你没好处，你必须跟我们走，回到卡文迪什夫妇身边，他们才能帮你变成超级巨星，现在就跟我们走吧。”

“如果她不愿意呢？”我说。

达斯汀一刀划向我的喉咙，我一低头，躲了过去。其他女歌星举起手上的武器蜂拥而上，朱蒂、凯莉、妮可、布朗蒂……所有人都冲了过来。在外界强加的愤怒与怨恨的作用下，这些名人的脸孔扭曲变形。某个可怕的家伙在威胁要将他们心中的女神夺走，为了不让这种事情发生，他们宁愿去死或是去杀人，在他们的脑海中，自己此刻的行为是在拯救他们的偶像。达斯汀又一刀砍向我，我抓住他的手腕，用力挤压，直到他被迫松开指头，扔掉刀，接着，我将他推到一旁。这时候，死亡男孩正像扔布娃娃一样举起那些女歌星抛向四周，不过对方人多势众，步步紧逼，而且手里都拿着恐怖的武器，例如尖底高跟鞋、长发针，以及爪子般的指甲。凯特·布什尖叫着冲向我，手里握着一把很长的匕首，我一把拽过死亡男孩，把他当作人肉盾牌，挡在我们之间，匕首深深扎入他的胸口，直没至柄。

“你这个混蛋，泰勒！”死亡男孩说，但接着他自己又哈哈大笑起来。我举起他已死的身躯挥来舞去，抵挡进攻，他的身体遭到各种袭击，但他没有出声反对，我想他已经具有抵御攻击的超凡能力。罗西尼奥尔站在我身旁，出手毒辣，她扯住那些异装癖者的假发盖住他们的眼睛，然后猛踢他们的下身。我的背撞到了身后的墙上，我越过死亡男孩的肩头招呼罗西尼奥尔掀翻我们的桌子，设置路障。她摆脱妮可的纠缠，将桌子推倒，很快，我们三个全都躲在了桌后。

“真烦人，”死亡男孩说，“我可以施展法术瞬间煮熟他们的脑袋。”

“不！”我赶紧说，“我们不能杀死他们！不关这些人的事，他们也是受害者。”

“噢，见鬼，”死亡男孩说，“又到了做好事的时候了，是吗？”

那些女歌星保持着阴森的沉寂，在我们周围聚集，他们挥舞着武器，张牙舞爪地想要抓到我们。我们暂时不会有事，但却被困在这个角落，完全无路可退，要不了多久他们就会合力掀开桌子，到那时……我懊丧地骂了一声，极不情愿地做起我最擅长的事来。我集中精力，开启我的第三只眼——我的天眼，去找那些歌迷用来控制女歌星的介质。忽然间，我看到了女歌星的头上都有一条微微发亮的银线，然后跟着这些银线找出了源头——惠特尼正站在舞台上指挥大局。我对死亡男孩比了比惠特尼的位置，他一拳极速击向目标，惠特尼毫无意识地倒在舞台上，所有银线支离破碎。

顿时，魔咒解除，攻击我们的女歌星们都成了穿着女人服装、涂脂抹粉并且一头雾水的男人，他们原地不动，震惊而困惑，有些人相互支撑，彼此安慰。附身对当事者的身心都是一种伤害。有那么一会儿，我还真的以为已经度过危机了，不过事情并没有想象中的那么简单，我也本该更警惕些的。

忽然间，异装癖者尖叫着四散逃开，原来不知从何处冒出了十几个黑色的恐怖身影，都是些高大险恶的家伙，穿着套装，没有五官。我的异能使用得太频繁，终于在敌人面前暴露了行踪，他们派来了无面使者。异装癖者刹那间夺门而逃，消失得无影无踪，我也想跑，不过已经来不及了。无面使者缓缓向我们逼近，它们是死亡与恐惧的化身，力量强大，锐不可当，它们具有人类的形体，但行动却不受肌肉跟骨骼的限制，宽檐帽下隐藏的面孔只是拉伸的皮肤，没有任何五官轮廓，它们没

有眼睛，却看得一清二楚。其中一个举起一只手，露出了手指顶端套着的注射针头，针尖里滴出浓稠的绿色液体，我不禁一抖，罗西尼奥尔死死抓着我的胳膊，掐得我生疼，死亡男孩第一次皱起眉头。

“我是不是应该假设此刻我们的处境比刚刚还要糟糕？”

“噢，没错，”我说，“它们是无面使者，是我的敌人放出来追击我的猎犬。你无法伤害或是了结它们，因为它们并非真实存在，只是形象而已，不会受伤也不会死，你我都无法阻止它们。”

“那你通常都是怎样对付它们的？”罗西尼奥尔问。

“我没命地跑，我这一辈子中，许多时间都花在逃离无面使者的追杀上。”我再次施展异能，拼死想要找到一条出路，但结果令人失望，附近没有出口，掀翻的桌子根本不能阻挡它们的脚步。眼睁睁看着十几个恐怖的身影向我们走来，犹如无情的癌症，又像悲惨的命运。这时，一个女性的身影不知从哪里冲了出来，扑向其中一个无面使者，发动袭击的是凯莉，经过刚刚的附身后，所有的装扮跟气质都不复存在，如今他只想找个目标发泄满腔的怒火。他一刀捅向无面使者的胸膛，后者柔软的身躯吸收了攻击力，没有受到伤害，反而将刀和凯莉的手都牢牢吸进体内，紧接着，无面使者用一只手随意一挥，凯莉顿时四分五裂，被撕成一百多块。地板上溅满血迹。

“妈的，”死亡男孩骂道，“真够狠毒的。你知道吗，我在好奇……你最多能把我砍成多少块之后我依然能把自己拼为一体？”

“别想这种无聊事，帮忙想点办法出来。”我厉声道。

“男士们，”罗西尼奥尔说，“他们离我们很近了，没时间了，你们有谁想出办法来了？”

“我还在等你想呢，”死亡男孩说，“我只是一具会走路的尸体而已，我所有的把戏在这些怪物面前都没有用处，你惹上的敌人可真难缠呀，约翰。”

“好吧，”我口干舌燥地说道，“这样办，死亡男孩，你带着罗西赶快逃，既然你们对它们不构成威胁，或许它们不会找你们麻烦，它们的目标只有我。”

“它们将怎样对付你？”罗西尼奥尔问。

“如果我幸运的话，它们会赏我个痛快，”我说，“不过我的运气总是不好，无面使者又恐怖而令人绝望，你们快跑吧，拜托。”

“我不能丢下你不管，”死亡男孩说，“做好事，还记得吗？现在放弃你，会使我的修行倒退很多年。”

“我也不会离开你，”罗西尼奥尔说，“因为你是我能摆脱卡文迪什夫妇、重获自由的唯一希望。”

“求你们了，”我说，“你们不明白，如果你们留在这里，他们将会对你们做些……可怕的事情，我原来见过这种事情发生。”

“你会想出办法的，约翰，”罗西尼奥尔说，“我知道你行。”

我却很清楚地知道，除了逃跑，自己根本无法对抗无面使者，它们是我的夺命恶魔。走在最前头的无面使者伸出死尸般膨胀苍白的手抓住了我们用作障碍的桌子一角，只轻轻一掀，桌子便被抛到一边。死亡男孩打起精神，而我则将罗西尼奥尔护在身后，用身体挡住她。就在这时，所有的无面使者都停下了步子，扭过没有面孔的头，像是在听什么只有它们才听得到的声音。它们开始摇晃、颤抖，接着便一个接一个地倒下，腐烂为一摊黏液，在地板上四下流淌。前一刻，十几个恶狠狠的家伙还在逼近我们，这一刻却除了缓缓扩散的难闻污水，什么都不存在了。死亡男孩和我面面相觑，接着，我们一起扭头，望向一阵轻柔、嘲讽的笑声传来的方向。屋子尽头的舞台上站着西装笔挺的比利·莱瑟姆，那个灾星，他脸上露出十分得意的表情，他的左右两边站着的两个做公墓从业人员打扮的分别是卡文迪什先生和卡文迪什夫人。

“我告诉过你，约翰，”灾星说，“我比你想象的要强大得多，我是星尘伯爵，一切事物的克星，像这种丑陋的怪物根本不是我的对手。现在，你占据了某些本不属于你的东西，而我要来收回它。”

“来吧，亲爱的罗西尼奥尔，”卡文迪什先生说，“你快赶不上演出了。”

“你可不想演出迟到，对吧？”卡文迪什夫人说。

罗西尼奥尔依然死死地拽着我的胳膊：“我不会跟他们走，别让他们带走我，约翰，我不要继续接受他们的控制，变回那个只会微笑点头、附和他们每一句话的傀儡，我宁死也不要回去。”

“只要你不想去，没有人可以强迫你。”我说，不过连我自己都觉得这个回答的可信度不高，我依然对灾星轻而易举地消灭那些无面使者感到震惊，他已然成为力量的主宰，就像他的父亲星尘伯爵一样，而我却仅仅是个有些异能的人，当然，还有个坏名声……我抬起头，故作神秘地看比利·莱瑟姆。

“我们原来已经玩过这样的把戏了，比利，退后，否则我要使用我的异能了……”

“你不敢，”灾星咧着嘴，邪恶地笑了，“你不敢在敌人已经知道你的确切位置时使用异能，假如你愚蠢到再次开启你的天眼，你认为接下来他们会派出什么呢？说不定是那些即使是我也无法对付的东西。不，现在你唯一的选择就是抢在你的敌人追捕到你之前，交出那个女孩，然后偷偷摸摸地离开这里。”忽然，他放声大笑，“你再也吓唬不了任何人了，约翰，等我告诉每个人你是怎样畏缩无助地躲在一张桌子后面，而我随手一挥就把那些你怕得要死要活的怪物变成一摊液体时，你便再也吓唬不了任何人了。现在，你给我退下，约翰，否则我将用我的力量找出让你永世不得超生的厄运。”

9

假面杀手的真面目

于是，这成了我职业生涯中最混乱、最糟糕的案子之一——在女歌星夜总会的舞厅里决战。唯一的麻烦就是迄今为止卡文迪什夫妇手中握着灾星这张超级大王牌，他将无面使者化成色彩斑斓的污水的实力，着实令我刮目相看，或许在雇主面前被我羞辱真的严重刺激到他的自尊了吧。总而言之，他一定是受了什么刺激才激发出了体内的潜能。如今的他全身散发出一股可怕的能量，你能真切地看到他周围的空气在爆发、翻腾、盘旋，厄运正等待时机破壳而出，诅咒活着的人们。

我们两拨人马分列舞厅两端对峙着，隔在我们中间的是一堆打翻在地的桌椅和无面使者残留的黏液。卡文迪什夫妇和灾星站在入口旁，而我、死亡男孩和罗西尼奥尔则站在舞厅的角落。好人和坏人，面对面地等待一场不可避免的战斗。

我装作若无其事，暗地里环顾四周，搜索出口，如果出口近在咫尺的话，我绝对不会想要应付这种对抗。

“杀了他们。”卡文迪什夫人用她尖锐清晰的声音说道。

“不，”灾星说，两个卡文迪什同时惊讶地望向他，他微微一笑，丝毫不为所动，“我要先让他们吃点苦头。”

卡文迪什夫妇面面相觑，两人都想说什么，但没有开口，他们认真打量着灾星，心中明白这位雇用来的重量级人物与他们之间的关系刚刚发生了些改变，但他们不确定到底变成什么样子了。

“你们都到台上来，”灾星说，“我希望你弄清楚自己到底有多失败，约翰。我要把一切解释给你听，以便你可以明白你真的一点希望都没有了。”

“我为什么要照你说的做呢，比利？”我说，心里很想知道他会怎样回答。

“因为我会告诉你真相，告诉你我们到底对可怜又可爱的罗西尼奥尔做了什么。”灾星说。

一听到这句话，我就知道自己会屈服。于是，我故作镇定地耸了耸肩，朝舞台走去，其实我浑身的寒毛都已竖起了，我能感觉到有某种坏事即将发生，它的目标正是我。死亡男孩和罗西尼奥尔跟我一起走了过去，灾星对卡文迪什夫妇低语了几句，他们跟着他走到舞台的另一侧。我们彼此间谨慎地保持着一段距离，接着大家都望向灾星，想看看他到底要怎样表演。他露出一个残忍的笑容，就像掠食者准备玩弄他的猎物一样。

“我们故意让罗西尼奥尔从卡利班巨穴夜总会逃出来，”灾星轻松说道，“好利用她来找出你的行踪，我们耐心地等着，终于等到那个自以为忠心不贰的蠢蛋伊恩·安杰跑来传信。接着，卡文迪什夫妇要我跟踪罗西尼奥尔，把一切……处理干净，不过我说服他们跟我一起来，约翰，我想让他们看着我将你拿下，让他们好好欣赏我一点一点把你摧毁。最近他们不常出门，从他们苍白的脸色你就能看得出来，对吧？就连躲在石头底下蠕动的虫都没他们这么白，他们真的不愿意出门，不愿意在公共场所亮相，但我要他们来这里，所以他们就不得不来。稍微想一想，难道你不为这些事情感到吃惊吗？”

“也就是说仆人成了主人，”我注视着卡文迪什夫妇，“或者你们愿意的话，也可以说是养虎为患。当然，这并不是第一次了，你们还记得西尔维娅，对吧？”

“迷人的女孩，”卡文迪什先生说，“我总是说她会名扬天下，不是吗，卡文迪什夫人？”

“你说得没错，卡文迪什先生。”女的若有所思地望着我，“你最近见过这个可爱的女孩吗？”

“是的，”我说，“她已经成了怪物，于是我帮她解脱了。”

“噢，很好，”女的说，“我们也很讨厌没有处理干净的事情。至于灾星——他是我们亲爱的朋友和同盟，我们为他骄傲，相信有朝一日，他的成就必将无可限量。”

“说得太对了，”男的说，“一个值得关注、值得研究的人。”

“伊恩怎样了？”罗西尼奥尔忽然问道，“你们对他做了些什么？”

“啊，是的，”灾星说，“我总是不太在意这个变化多端的小矮子，让我们这么说吧，他这个三重唱……现在已经变成了二重唱。”他为自己的风趣大声笑起来，罗西尼奥尔将头扭向一边。灾星看向卡文迪什夫妇，说道：“告诉他们吧，把一切都告诉他们吧。我希望在让他们经历恐怖之事前，先了解一切，明白自己是怎样的一败涂地。你们可以先告诉他们你们的真实身份。”

“为什么不呢？”男的说，“反正他们也没机会说给别人听了。”

“由你来说吧，卡文迪什先生，”女的说，“你总是善于言谈。”

“但你向来都是个更好的故事家，卡文迪什夫人，我可不会让你埋没自己。”

“谢谢你能这样说，亲爱的，但是……”

“快说！”灾星说道。

“我们不像外表看起来的这么年轻，”男的说，“随着年月的变迁，我们换过不少名字和身份，但其中最出名的大概还要算十九世纪时的那个绰号——假面杀手。”

“没错，”女的看到我们的表情后，第一次露出了笑容，“那就是我们，古老的伦敦中毫无争议的罪恶之王，维多利亚时代最伟大的恶棍。在那个治安良好的年代，我们犯下无数罪行，嘲笑警察与政客，甚至打败了伟大的朱利恩·阿德文特本人。”

“或者应该说，是你打败了他，”男的说，“荣誉归于有功之人，亲爱的。”

“但没有你我是办不到的，亲爱的。我说到哪儿了？啊，是的，后来我们跟大家一样受到商业影响，发现只要手段运用得宜，做生意可比犯罪好赚多了呀。于是，我们放下那著名的面具，切断所有与过去的关系，改名换姓，在商业界重新开始。因为竞争者大都胆小怕事，所以我们的生意成长飞快，没多久就成为一家大企业。企业都是永垂不朽的，所以连带我们也得到了永垂不朽的生命。夜城就是这样一个无奇不有的地方。只要我们的生意兴隆，我们便会精力旺盛，只要公司存在，我们也将存在，金钱就是力量，力量就是魔法，当然了，当卡文迪什地产公司开始走下坡路的时候，我们的生存也就开始受到威胁。”

“这就是为什么我们必须无所不用其极地捍卫我们的公司，”男的说，“因为这关系到我们的命运。”

“你们是贪得无厌的秃鹫，”死亡男孩说，“从其他弱者那里搜刮利益，踏着别人的尸体往上爬。”

“最赚钱的生意就是这种啊，”卡文迪什夫人说，“我们生于资本主义时代，现在成为资本主义的化身。”

“所以你们始终称彼此为先生和夫人，”我这样说只是为了让他们觉得我在听他们的故事，“你们换过太多名字，需要随时提醒自己当前的身份。”

“没错，”卡文迪什先生说，“但这无关紧要。”

“朱利恩·阿德文特会发现你们的，”我说，“他从来不曾忘记你们。”

卡文迪什夫妇彼此会心一笑。“我们也从未忘记他，”女的说，“因为在那个故事中，在那个广为流传的传说中，有一部分是亲爱的朱利恩从未告诉过别人的，他生命中的那个至爱，那个将他出卖给假面杀手的女人，就是我。我永远都不会忘记当他揭下我的假面后，脸上露出的震惊与恐惧的表情，真是差点儿没把我给笑死。”

“他哭了，”男的说，“确实哭了，落下真心的泪水。不过话说回来，朱利恩本来就是个多愁善感的人。”

“他怪不得别人，只能怨自己，”女的说，“他遇到我的时候，我还是个歌舞团里的舞女，只不过是那些长着一张漂亮脸蛋、嗓音平平、双腿修长的女人中的一个罢了，可他却对我着迷。那个年代里，绅士们总是喜欢舞女。他带我步入上层社会的生活圈，提供各式各样高级的奢侈品，但有些东西却不愿提供给我，他自以为是在拯救我，却没有先问问我是否想要被他拯救。

“既然他无法给我真正想要的东西，我自然得找个愿意提供的人。在朱利恩主办的一次社交晚宴上，我结识了身旁这位慷慨的绅士，也就是著名的假面杀手。他带我进入了一个全新的金钱与享乐的世界，我似乎就是为这种生活而生。于是，我也开始戴一副假面具，我发觉，与躺在可怜的朱利恩的怀抱中相比，罪恶之王带给我的刺激要强烈得多。最后，当我一把将他推入时间隧道时，我一点儿也不难过。”

“告诉他们，”灾星不耐烦地说，“告诉约翰你们对罗西尼奥尔做了什么，我想看看当他知道自己无力挽救她时，脸上会是怎样一副表情。”

“随着名气的增大，我们的罗西尼奥尔开始变得有些过于独立，”卡文迪什先生说，他的声音有些僵硬，甚至倦怠，似乎说这些只是为了满足灾星的愿望，“她开始在不事先征求我们同意的情况下，擅自与他人会面。我们在她默默无闻的时候就签下了她，辛辛苦苦地将她捧红，而如今只因为唱片公司的人质疑我们的合约不公平，她就想要毁约。那些唱片公司的家伙向罗西尼奥尔保证他们可以提供更好的条件，而且还会找律师帮她解决跟我们的合约纠纷，于是她就跑来找我们，说如果不提供更优的条件，她就走人。”

“忘恩负义的女孩！”卡文迪什夫人说，“当然，我们不会允许她做出这样的事情的。我们已经在她身上投入太多钱了，现在正是要开始赚钱的时候，怎么可能放她离开。是我们发掘她的，是我们一手打造她的，是我们捧红她的，我们将罗西尼奥尔变成了一件潜力无限的商品，当然有权保护自己的投资。别以为你是在为正义而战，泰勒先生，这个卑劣的女孩不需要拯救，毕竟，你要从哪里把她拯救出来呢？金钱还是名望？我们向她保证过会将她打造成超级巨星，我们会做到的。不管怎么说，她是我们的财产，谁都别想夺走她。”

“那么选择的自由呢？”我说。

“那跟这有什么关系？”卡文迪什先生说，“我们谈论的是生意，罗西尼奥尔跟我们签约的时候，她就已经放弃那种无关紧要的东西了，罗西尼奥尔是卡文迪什的财产。”

“这就是你们谋杀她的原因？”死亡男孩说，“就因为她想要离开你们，过自己的生活？”

面对这样的指控，卡文迪什夫妇似乎不以为然，反而还有点洋洋自得。

“我们并没有真正杀死她。”女的说。

“至少还没死透。”男的说。

“她还没有完全死去，”女的说，“我们给她的毒药将她带到死亡的边缘，然后，灾星出手干涉，于命运之中找出百万分之一的机会，让她停留在死亡的大门之外，于是她就有了一个长期濒临死亡的经历。当她从死亡线上回来时，已经被之前看到的景象吓坏，意志和活力虚弱不堪，这使她变得温顺，她将我们铭记于心，将我们视为再生父母和不可侵犯的权威。当然，我们必须让她与世隔绝，只有这样才能维护好这种有效的情感联系。

但即便如此，她还是偶尔会显露一些反抗的意图……或许我们必须从头再来一次，以确保她的心智能够合乎我们的期许。”

“你们这些混蛋！”罗西尼奥尔说。

“噢，安静些，孩子，”男的说，“艺人们总是不明白怎样做才是对他们最好的。”

“但最精彩的部分是，”灾星容光焕发、喜形于色地说，“最精彩的部分是，她之所以能够在死亡边缘游走全都是因为我，因为我的魔法，我的力量，所以她才能够活到现在，她的生命已无可避免地和我联系在一起了。假如你攻击我，约翰，假如你杀了我，就等于亲手把她送往地狱，永远永远都不可能再回来了。所以，你现在威胁不到我了。”

“或许你说得没错。”死亡男孩低声说，“可你又要拿什么来威胁我呢？我刚刚认识这个女孩，她是死是活根本不关我的事。倒是你，你胆敢侵犯我的领地，我无法容忍。我想我该杀了你的，比利男孩。”

“不准那样叫我！那已不再是我的名字！我是……”

“你永远都是个招人讨厌的小孬种，比利。”

“我要……”

“你要怎样？杀了我？我已经死过了，也去地狱逛过了，还顺手偷了件T恤回来。你的力量还不足以撕毁我的合约。”

“恐怕不一定。”灾星忽然笑了起来。这令我有些不安，我真的讨厌那种笑容。灾星上前一步，死死盯住死亡男孩：“这么些年来，你的确出色地将自己缝缝补补为一体。虽然受过很多伤，但你总是有办法用强力胶跟胶带把自己粘回去，不过……要是这些东西其实都不够黏怎么办？要是你的修补全都……无效，该怎么办？”

他用一只手做了一个简短的砍杀姿势，死亡男孩的身躯似乎爆炸了。他的背弓起来，黑色的胶带忽然散开，像飘忽的彩带一样落下，针脚和补丁纷飞，轻柔地散落在舞台上，他的衣服只剩下碎片，没有流血，也没有任何体液，但转瞬间，死亡男孩惨白的皮肤上所有伤口通通爆裂开来。他脚下一软，开始往下倒，重重地摔倒在舞台上。他的一只手掌整个断掉，但指头还在抽动。死亡男孩静静地躺在那里，伤口慢慢裂开，犹如盛放的花朵慢慢越裂越大。我从来不知道他曾经受过这么多伤。罗西尼奥尔死死抓紧我的胳膊，但却忍住没有叫出声来。我也只是站在那里，因为我想不出任何办法能够救自己的这位朋友。

“星尘的意思就是，”灾星洋洋自得地说道，“一切都将土崩瓦解。现在看看你自己这副德性，死亡男孩，嚣张不起来了吧，是不是？你还能感觉到疼痛吗？我真心希望你还能。你所签的合约条件一定很宽，不然绝不可能承受这么多伤害……可到头来，它对你一点好处也没有。我看呀，卡文迪什先生和夫人，这份荣幸应该让给你们两位，送他上路吧。我可不想让人家说我自私到独享乐趣。”

卡文迪什夫妇对视一眼，无声地叹了口气，然后上前满足灾星的要求。他们从死亡男孩身上跨过，皱着眉头打量他那依然倔强地存在着的躯体。

“我们可以将他投入焚化炉。”卡文迪什先生说。

“没错，”卡文迪什夫人说，“我特别喜欢把活人丢进焚化炉。”

“不过这家伙还是尽快解决比较好，”男的说，“只要有一点点机会，像死亡男孩这样的大人物都有逃脱宿命的习惯。”

“要是我们在敌人面前总是如此冒险的话，我们也不会存活这么久了，卡文迪什先生。”

“说的一点也不错，亲爱的。”

他们同时从衣服底下的枪套里拿出一把手枪，对着死亡男孩的心脏跟前额各自开了一枪。他在地上痉挛几下，接着两眼完全失去神采，瘫在地上再也不动了。卡文迪什夫妇转头向我看来，我对他们冷笑了一声。

“你们枪里再也没有子弹了，你们这些混蛋。”

卡文迪什夫妇又扣了扣扳机，但枪没有响。他们同时耸了耸肩，退回到灾星身后。

“我们始终信赖我们的代理人。”男的说。

“你一直都想干掉他，亲爱的比利，”女的说，“他是你的了。”

灾星迈步上前，脸上挂着傲慢的笑容，好像世上的一切已尽在他的掌握之中，他无须为任何事情着急。“你的袖子里还藏着些鬼把戏吧，嗯，约翰？不过，你从来都是靠着这些小把戏骗吃骗喝，你那个宝贵的天赋根本不算什么，跟我的力量完全没得比。你无法阻止我杀死你，再将罗西尼奥尔物归原主。我该怎样杀死你，约翰？让我们来商量一下杀死你的方式……癌细胞正伺机而动，只需要轻轻一推，它们便会膨胀、扩张，每个关节还潜伏着关节炎，细菌和病毒也预备在你的血液里沸腾……或许它们同时爆发会更有趣。你甚至有可能像死亡男孩那样爆炸！又或许……我该找出百万分之一的机会让你出生的时候就是个长相恐怖的畸形儿，然后让你一辈子畸形下去，让所有人都明白愚蠢到惹火我的人会是什么下场。”

他能做得到，他拥有强大的力量，而我拥有的全部却只是一种不敢再用的异能。此刻，我的敌人们已经知道了我的确切位置，假如我开启天眼，使用异能，他们会直接攻击我的心智，在顷刻间控制我的意识和灵魂，到时候……就会有很多比死还要痛苦的事情等待着我了。可是，如果不使用异能，我没有其他办法阻止灾星、拯救罗西尼奥尔。我只能靠……我自己了。忽然，我笑了起来，把灾星吓了一跳，他的笑容变得有些不自然。

“比利呀，比利，”我冷静、轻松、不屑一顾地说，“你从来都不曾明白魔法的本质，魔法的强弱并不依赖我们驾驭的力量或是继承的天赋，而在于意志和决心，以及隐藏在它们之后的心智和灵魂。”

我紧盯着灾星的眼睛，他纹丝不动地站在那里。那一刻，整个世界狭小得仿佛只剩下我们俩在互相逼视，这是意志间的碰撞。我们都被带到了耀眼的心灵舞台上，一层一层地扒开对方的心灵防御，挖出深埋其中的真实自我。尽管比利拥有强大的力量，尽管他能做出许多恐怖的事情，但是在我的目光凝视之下，他毕竟还是先低头了。实际上，他略微后退了几步，呼吸也急促了些，面色苍白，渗出汗珠。

“你他妈到底是谁？”他低声道，“你是什么东西？

你不是人类……”

“他可比你更像人类，你这个小变态！”罗西尼奥尔说着从我旁边走过，来到灾星面前。当灾星看着她时，她开始对着他唱歌。她的歌声强而有力，尤如一把瞄准灾星的武器一般。我迅速后退，两手死死捂住耳朵。站在灾星身后的卡文迪什夫妇也掩住耳朵赶紧退却。罗西尼奥尔面对灾星放歌——一首关于爱情不再、爱人消逝、心灵背叛、一切心底的秘密暴露无遗的哀伤歌曲。她就那么对着他唱，他无法移开视线，无法退避，像一只被蛇催眠的老鼠，又像一条被鱼钩钩住的鱼。她用一首充满困扰、孤苦和破坏性的无情哀歌使得他寸步难行。她将自己遭遇的一切全部还给了他。她唱得越久，也就越像在讲述他一生的故事，可怜的小比利·莱瑟姆，这个本可以像他父亲一样成为伟大的强者的人，却除了被雇作帮凶外，始终一无是处。

卡文迪什夫妇已经逃得远远的，瑟缩在一起互相安慰，我是如此用力地捂住自己的耳朵，以至于担心这样会将颅骨压碎，可即便如此，隐隐约约飘来的歌声还是令我思绪翻滚，心神不宁，我的心脏似乎就要在胸腔内撕裂，眼泪顺着脸颊滚落。此刻，比利·莱瑟姆最终被迫面对真相，他低声说道：“爸爸，我只是希望你能以我为荣……”接着他便消失了。风声急窜，迅速填满了比利身体消失处的空间。比利将他的力量施展在自己身上，选择了那百万分之一的机会，终于让自己从来不曾出生在这个世界上。

罗西尼奥尔止住歌声，但她声音的力量仿佛还在空气中回荡。她身体一晃，随即往地上瘫去。我抢在她落地前一把抓住了她，可我也失去了平衡，跟她一同摔倒在地。我坐在舞台上，将她拥在怀中，这才发现她已然气若游丝，即将不久于人世。她的呼吸越来越微弱，心跳也越来越缓慢。这些日子全仗着灾星的力量她才能在死亡的门前徘徊不去，如今灾星一死，延迟许久的命运终于前来索命。她的生命力迅速流失离体，就像被某人拧开龙头放干了一样。我紧紧拥抱着她，企图用意志力阻止这一切的发生，但是徒劳无功。

“我向你保证过一定会救你。”我麻木地说。

“你向我保证过会让我知道真相，”罗西尼奥尔努力嚅动着苍白的嘴唇，“对我来说，这就够了。即使伟大而非凡的约翰·泰勒也无法兑现所有诺言。”

就这样，她死了，不再开口，不再呼吸，生命完完全全离她而去。我依然呆呆地搂着她，轻轻摇晃，依然想给她些许安慰。

“噢，亲爱的，”卡文迪什先生说，“多遗憾啊，这下我们只能另外找个歌手重新来过了。”

“没关系，卡文迪什先生，”女的说，“事不过三嘛。”

我抬头看着他们，眼里充满杀气。他们开始往枪里装子弹，但他们的手不住地颤抖，迟迟装不进去。就在这时，死亡男孩说话了。他的肺所剩不多，只能发出十分微弱的声音，幸亏大厅之中十分安静，所以他的话还是清清楚楚地传入我的耳中。

“事情还没完，”他茫然地盯着天花板说，“罗西尼奥尔死了，不过灵魂还没到达地狱。还有时间，约翰，只要你拥有意志和勇气，便还有时间救她。”

“你怎么可能还没挂？”我几乎呆滞得忘了惊讶，“你身体里一半的器官撒满舞台，老天，他们将你打得脑浆四溅！”

他轻声笑笑，是一种诡异、可怕的声音：“我的躯体已死多年，实际上，所谓的内脏器官已不再需要了，那些东西对我来说一点用处都没有。身体只是我行走世间的一个形体，一个给我生命假象的象征，就好像我喜欢吃吃喝喝一样，一切都只是为了让我有活着的感觉。你还有机会救罗西尼奥尔的，约翰。我能借助你生命的力量来驱动一种魔法，让我们灵魂出窍，进入黑暗的国度，前往生死的边境。我死而复生时，死亡之门为我保留了一条缝。我可以透过这条缝去找她，但真要把她带回活人的世界还是得靠活人才能办到。我不想骗你，约翰，这样做你有可能会丧命，我们有可能全都穿过最后那道门而永远无法回头。但如果你愿意尝试，如果你愿意拿自己的性命放手一搏的话，我向你保证，我们绝对有机会成功。”

“你真的办得到？”我问。

“我告诉过你的，”死亡男孩说，“我了解所有跟死亡有关的事情。”

“噢，管他的，”我说，“我从未让任何一个客户失望过。”

“这样的心态会害死你的。”死亡男孩说。

“要是卡文迪什夫妇趁我们出窍的时候攻击我们怎么办？要是他们摧毁我们的肉体，让我们回不来怎么办？”

“我们会在出窍的同时回来。或者，我们根本就不会再回来。”

“那动手吧。”我说。

死亡男孩施展法术，我们两个当场死亡。

运用我此生所剩的寿命，死亡男孩带着我进入了死亡国度。有生以来第一次，我见识到一个比夜城还要黑暗的世界。在这永恒的黑暗之中，就连一丝星星与月亮的光芒都看不到。这里是最寒冷的牢房、最漫长的坠落。这里是一片虚无，除了死亡男孩跟我之外一无所有。我只是一种存在，无形的存在，一种没有声音的尖叫，若不是心知死亡男孩就在身边，我绝对没有办法保持冷静。我们没有发出任何声音，也听不到对方的言语，不过我们依然能够彼此交谈。

“这里什么都没有，什么都没有……”

“事实上是有的，约翰，但你才刚刚‘死去’，无法感知到它。你运气够好的了。”

“罗西在哪儿？”

“将黑暗想象成一条隧道，它将引领我们走向光明。它是一条出路。往这儿走……”

“是的……可是，在什么也没有的情况下，怎么会有什么方向感呢……”

“别再问了，约翰。你不会想要知道答案的。现在跟我来。”

“你原来到过此处。”

“我的一部分始终在此。”

“你这样回答是想让我感觉轻松些吗？你真的是个让人毛骨悚然的家伙，难道你不知道吗？”

“你不会明白的，约翰。往这儿走……”

我们坠入另一个方向。将这片黑暗想象成一条通往某处的隧道，这的确有用。我很肯定我们正对着某个地方坠去，只不过因为没有可供参考的地标，根本无法判定我们的速度跟距离。按理说我应该感到害怕、恐惧，可我的情绪正在消逝，就连思想也开始变得模糊，似乎这个地方完全容不下这种属于活人的东西一样。但接下来，我开始感到有什么在我前头，是某种特别的东西，正在召唤我。我看见些微光辉，如七色虹彩融为一体，渐渐绽放出耀眼的光芒，散发出舒适宜人的暖意，好似黑夜中的一座灯塔，为迷途的灵魂指引一条回家的路。接着我感到身边出现另外一个存在，终于找到了罗西尼奥尔。

“你们是天使吗？”

“不是，罗西。我想天使已经不愿意理我了。我是约翰，旁边的是死亡男孩。我们来带你回家。”

“可我能听到音乐，好美妙的音乐，我希望能够永远徜徉在这些旋律之中。”

对她而言是音乐，对我而言则是光芒，那光芒就像是在一段漫长的旅途之后终于见到家庭的温暖；又好比一整天的辛劳过后终于能够放下一切彻底休息，一天结束了，工作完成，欢迎回家。

“噢，约翰，我想我不愿意回去。”

“我明白，罗西。我也有这样的感觉。就好像……我们在做一个游戏，而现在游戏已经结束，我们也该回到属于自己的地方了……”

我感觉到握住了她的手，我们向着光明和音乐前进。死亡男孩早就等在那里了，他毫不犹豫地抓起我们的手，硬生生地将我们拖离了死亡国度，回到活人的世界、我们的身体之中、所有的烦恼里。

我猛地坐起身来，贪婪地吸着空气，仿佛在水中窒息了很长一段时间一样。光明再度充满四周，心中浮现一片清明，一股从来不曾感到过的旺盛活力袭体而来。万千种感觉同时渗入我的皮肤，无数的声音也在刹那间钻入耳里。罗西就在此时醒来，她兴奋地一头扎进我怀里，我们久久拥抱在一起，仿佛永远不愿放开对方。但最终我们还是松开手，站起身来。我们回到了具有自身规则的现实世界，再度拥有所有活人该有的情绪与烦恼。死亡男孩站在我们身前，身上所有的伤口通通恢复原状，唯一的不同在于如今他的额头上多了一个超酷的弹孔。

“我早告诉过你我了解关于死亡的一切，”他得意扬扬地说道，“噢，约翰，我利用你的部分生命能源修复了灾星对我身体造成的伤害。我想你不会介意的，相信我，对你没多大影响，你不会舍不得的。”

我瞪着他：“下次你得先问问我。”

死亡男孩扬起一边眉毛：“我真心希望没有下一次了。”

“在这次令人咂舌的行动中，我们到底耗费了我多少生命力？”

“少得惊人。约翰，你可比外表看起来的强大太多了，真的，你的潜力无穷无尽。”

“你们已经死了！”卡文迪什先生的声音略微有些刺耳，听上去几乎要哭出来，“你们全都死了，可现在你们又都活了！这不公平！”

“夜城就是这么麻烦，”卡文迪什夫人怒气冲冲地说，“死人都不肯乖乖待在地底下。下次一定要记得随身带些燃烧炸弹。”

“说得对，卡文迪什夫人。不管刚才经历了什么超常的事情，他们现在看上去都很虚弱，因此我认为，还是老方法最可靠，请他们的脑袋吃子弹吧。这一次，要他们多吃几颗。”

“没错，卡文迪什先生。既然我们得不到罗西尼奥尔，别人也休想得到。”

他们用重新装好子弹的枪瞄准了她。我抢上一步挡在中间，却没有能力做任何事。来回死亡国度一趟已经掏空了我体内所有力量，暂时我是无能为力了。我看向死亡男孩，不过他也只能耸耸肩。

“对不起，我也筋疲力尽了。罗西尼奥尔，还能唱歌吗？”

“亲爱的，我现在说话都有困难，不过我们一定还有别的办法！”

卡文迪什夫妇端着枪，不疾不徐地向我们靠近，看着敌人无助地站在自己面前，这两个人陶醉不已。他们即将开枪射杀我们，而我却没有魔法能阻止他们。可我从来都不是依靠魔法度过危机的人，在夜城摸爬滚打这么多年，我仰仗的一向都是机智跟反应。于是，我一直等到卡文迪什们站到面前，才从衣服隐蔽处抓出一把胡椒粉，撒向他们自命不凡的笑脸。胡椒粉进入他们的眼睛，两人一同可怜地尖叫起来。我猛击他们的手腕，把枪打落在地，然后照着两人的后脑勺一阵痛打。死亡男孩从下盘踢他们的脚，他们跌坐在舞台上，蜷缩在一起，用手疯狂地抓挠泪流不止的眼睛。

“调味品，”我轻松地说，“出门的时候一定要带着它们。等当权派到这里后，我还会向你们的伤口撒盐。”

正在这时，一个不省人事的格斗法师从后台飞出，头冲地栽下来，浑身是血地摔倒在舞台上，激起巨大的回响，另两个格斗法师也在与某个看不到的敌人的对抗中节节败退，迅速退到舞台上。他们极速舞动着双手，施展防御魔法，就像是小孩在玩翻绳子的游戏。在他们面前，禅宗魔法在空气中隐隐发光。但是，朱利恩·阿德文特，伟大的维多利亚时代冒险家本人，绝非是他们能匹敌的。他带着强大的能量猛扑上台，技巧老道地躲过袭来的咒语，围着两个晕头转向的格斗法师绕圈、出击，拳风凶猛，动作飞快，几乎无法看清，与此同时，他的姿态出奇地优雅，脸上始终保持着笑意，举重若轻地击溃那些邪恶的法术。

当了三十多年的编辑，他的身手依然矫健，丝毫没有退步。

最终，他站在三个不省人事的格斗法师面前，呼吸平缓。真是个狠角色，果真如传说中所说的那样厉害，死亡男孩、罗西和我情不自禁地为他鼓起掌来。他看到了已被制伏的卡文迪什夫妇，冲我咧嘴浅笑。

“我想恐怕根本就不需要增援部队了。干得好，约翰，我们还担心来得会不会有点迟。”

直到沃克从后台大步走来，我才意识到他刚才用的词是“我们”，我开始有种很糟糕的感觉，脑子里出现的只有一个念头，那便是“见鬼，这下我真的麻烦大了”。

沃克踱着步子走到红肿着眼睛呜咽的卡文迪什夫妇面前仔细打量，脸上保持着一贯的淡定，让人完全无法猜透他的心思。沃克穿着他那标志性的西服，戴着圆顶礼帽，他代表当权派。在夜城，他很有可能是最危险的人物，他被赋予的权力可以让他凌驾于任何人或任何事情之上，如果你识时务的话，最好别招惹他。要是我现在还有体力，一定撒腿就跑。

卡文迪什夫妇意识到了朱利恩的出现。他们迫使自己站起来，挑衅地看着他。他目光冰冷，对着他们的脸观察了好一会儿。

“我一直都知道你们是谁，”最终他开口说道，“臭名昭著的假面杀手，依然是恶人，依然未受惩罚，但我始终无法证实这一点，直到现在。”他看着我，“我知道，如果说有谁能战胜他们，那便是你，约翰，因为你是唯一蠢到胆敢与他们对抗的人。所以，在你找过我后，我便联系了沃克，从那时起，我们就一直在跟踪你。当然，是暗地里跟踪。刚刚卡文迪什夫妇得意扬扬地诉说自己的罪行时，我们其实就在后台偷听。不过我听得太专心了，差点没注意到这几个格斗法师的偷袭，我早该料到卡文迪什夫妇不会只带一个保镖来的。”

“我代表当权派说几句，”沃克对卡文迪什夫妇说，“那就是你们属于历史。”

“一切由他们开始，”朱利恩说，“他们为了夺得我的神奇药剂拿去变卖，将我推入时间隧道，这正是他们的劣根性：不肯老老实实正正当当地赚钱，一定要靠欺骗的手段。只可惜那笔生意对他们一点好处都没有，因为当我在转瞬之间被投入八十年后的未来之后，他们发现我所有的笔记中根本就没有记录下药剂配方，我习惯把一切都记在脑子里。”

他顿了顿，然后直勾勾地盯着卡文迪什夫人，她却挺直了身体坦然而立，但一只眼睛依然流着眼泪。传奇的维多利亚时代冒险家和他传说中失去的爱人，被背叛者和背叛者，一个多世纪后第一次面对面地站到了一起。

“艾琳……”

“朱利恩。”

“你完全没有改变。”

“噢，别看着我，我的样子很难看。”

“虽然你换了名字和身份，但我一直都知道是你。”

“那你为何从来不曾找我？”

“因为你用锋利无比的刀刃刺穿我的心脏，那么，即便是最伟大的爱情，也会死去。我知道是你，但我无法证明，你和你的丈夫自我保护得很好。到后来，我也就不在乎了，已经是很久以前的事情了，我从来都不是一个喜欢活在过去的人。”

她瞠目结舌地看着他，几乎有些惊恐：“过去的那么多年中，我们一直等待着你追上我们。我们在自己的周围编织起层层保护网，这些年来，我们始终都隐藏在……对你的恐惧中，可你却丝毫不在乎。”

“我要开始新的生活，艾琳。在夜城，有比你更糟糕的事情需要我去战斗。”

她将头扭向一旁说：“有时候，我以为你一直没有行动只是因为……因为我。”

“我的爱很久以前便已经死了，我根本不了解现在的你，艾琳。”

“你从来都不曾了解过我，朱利恩。”

卡文迪什先生站到妻子的身旁，叫道：“废话少说！我们都清楚你来此地的目的！你那珍贵的复仇计划就要这样完成了吧！今天就把一切做个了结，杀了我们吧！”

“你们也从来不曾了解过我。”朱利恩说，他看了看沃克，“带他们走，终止他们的生意，拆掉他们的大楼，毁坏他们的力量，让他们接受审判，关押收监，让他们也做回普通人，尝尝被人剥削的滋味，对他们这样的败类来说，还有比这些更好的惩罚方式吗？”

“很荣幸为你效劳。”沃克冲朱利恩摘帽致意，“我的人已经在赶来的路上了。”

朱利恩意味深长地盯着沃克：“这两个人可能认识各种各样的高层人物，知道许多不为人知的秘密，别让他们逃脱制裁。”

“绝对不会，”沃克轻松地答道，“我一直都在寻找打垮卡文迪什夫妇的借口。他们是麻烦制造者，总是兴风作浪，始终不能和其他人和平相处，他们甚至有可能很快就会成为当权人士的威胁。我们不能坐视不管，对吧？”

他缓缓转身看着我，我打起精神。“好啊，约翰，”沃克说，“你可让我一阵好找啊，怎么能这么淘气呢，嗯？不过……别担心，你帮我抓住两条这样的大鱼应该可以弥补你给夜城造成的麻烦。只不过，你得记住……”

朱利恩目光一闪，显然嗅到了一条大新闻：“约翰，他指的是什么？”

“我怎么知道！”我愉快地撒了个谎。

10

夜莺的守护神

一周后，我在卡利班巨穴夜总会欣赏了罗西尼奥尔的新演出。全场爆满，她的演唱掀起了一阵风暴，听众们无比陶醉。

在过去的一周中，很多事情发生了改变。卡文迪什夫妇不得不卖掉卡利班巨穴夜总会来支付法律判决的赔偿金。墙倒众人推，越来越多曾经被他们欺压的人站出来对其进行揭发，他们面临的指控与日俱增，一时间，这竟成了夜城里一项最流行的活动。

罗西尼奥尔有了新的投资方，一些识货的经纪公司看准机会明智地为罗西尼奥尔提供了一份公平合理的合同，他们在她身上投入了很多钱，她将越来越火，据说在一位大腕级制作人的包装下，她已经在录制第一张唱片。

那个夜晚的夜总会真可谓多姿多彩，听众摩肩接踵，人山人海，连过道上都挤满了跳舞的人。我是一个人去的，死亡男孩已经开始处理另一件案子，而朱利恩·阿德文特有稿子要审，我本可以邀请我的秘书凯茜一道，可当罗西尼奥尔回归主流后，她立马对她失去了兴趣，凯茜只关注非主流的事物。

在两个伊恩·安杰、一个新鼓手和全新的伴唱女郎的配合下，罗西尼奥尔用她那清晰灿烂的声音歌颂爱情、光明与新生，感动着所有那些聆听的心。尽管她还是一手紧抓话筒架，一手拿着一根缭绕的香烟，但此时的她充满活力。人们喜爱她。在热烈掌声的触动下，她三次返场献唱，再也没有人看上去想要杀死自己。看到自己的案子有了完美的结局，总是令人心旷神怡。

演出完毕，我穿过后台来到她的化妆间。令我惊讶的是，守门的竟是死亡男孩，他那副优雅的样子看起来有些别扭。

“这就是你的新案子？”我问，“难怪你不愿谈论此事。对你来说，当保镖恐怕有些屈尊，对吗？”

“只是暂时的，”他带着强烈的自尊回答，“直到她和她的投资方能找到某个他们彼此都信任的人为止。”

“她本可以问问我的。”我说。

“啊哈，”死亡男孩说，“约翰，她正试着忘掉发生的一切，说真的，你可不能怪她。”

“你额头上的弹孔怎样了？”我故意转移话题。

“补了些灰浆进去。”他淡淡说道，“等我的头发再长长一点，人们就再也注意不到它了。”

“那背上的洞呢？”

“别问了。”

我敲了敲化妆间的门，然后走了进去。房间里摆满了鲜花，我也该带一束过来的，可惜我永远也考虑不到这类事情。罗西尼奥尔正在镜子前卸妆，她似乎并不太乐意见到我。她简单地给我一个拥抱，在我脸颊旁空吻一下，我们面对面地坐下来。她的脸很红，刚才的演出依然令她有些喘不过气来。

“谢谢你所有的帮助，约翰，真的很感激。我本来要给你电话的，但为了新演出，我忙得不可开交。”

“刚才我就在舞台下欣赏，”我说，“演出很棒。”

“的确很棒，不是吗？约翰……请别误会，但，我不想再见到你了。”

“我有点想不明白，”过了一会儿我说，“为什么有这种想法，罗西？”

“你让我回想起太多可怕的时光，”她坦诚地说，“我必须抛开一切，不断前进。现在，我又活了，对事情的看法也发生了变化。我是为了歌唱而生的，这是我需要的一切，我的生命中无法容纳下其他任何人，尤其是你。约翰，我感谢你为我做过的一切，可是……此刻，我想尽可能过上正常的生活。我不会一直停留在夜城，这里只是一个起步的地方，我正在获得成功，约翰。”

“是的。”我说。

“总有一天，我会为你写一首歌的。”

“好极了。”

她转过身面对镜子继续卸妆：“你从来没有说过——是谁雇你找我的？”

“你父亲。”

她呼地转头看着我：“约翰，我父亲已经死了两年了。”

她从包里翻出一张老照片，毫无疑问，上边的那个男人正是在陌生人酒吧雇我的那位，原来他是个鬼。不过在夜城，这不算太奇怪。

罗西尼奥尔满心感动：“他始终在保护我。”

“好吧，”我说，“我想我也得不到这件案子的报酬了。”

我和罗西尼奥尔吻别，留给她最美好的祝愿，然后嘴里哼着小调，离开了她的化妆间。

永夜之城

第一季 ①

怪兽腹中的女孩

[英] 西蒙·格林 / 著
杨冰 / 译

哈尔滨出版社
HARBIN PUBLISHING HOUSE

黑版贸审字08-2018-085号
图书在版编目（CIP）数据

怪兽腹中的女孩 / (英) 西蒙・格林 (Simon Green) 著 ; 杨冰译. — 哈尔滨 : 哈尔滨出版社, 2019.10
（永夜之城. 第一季）
书名原文: Something from the Nightside
ISBN 978-7-5484-4883-9

Ⅰ. ①怪… Ⅱ. ①西… ②杨… Ⅲ. ①长篇小说—英国—现代 Ⅳ. ①I561.45

中国版本图书馆CIP数据核字(2019)第211979号

书　　名：怪兽腹中的女孩
GUAISHOU FU ZHONG DE NÜHAI

作　　者：[英]西蒙・格林　著
译　　者：杨　冰
责任编辑：韩金华　王婉竺
责任审校：李　战
装帧设计：柯　桂　徐胜男

出版发行：哈尔滨出版社（Harbin Publishing House）
社　　址：哈尔滨市松北区世坤路738号9号楼　邮编：150028
经　　销：全国新华书店
印　　刷：天津兴湘印务有限公司
网　　址：www.hrbcbs.com　www.mifengniao.com
E-mail：hrbcbs@yeah.net
编辑版权热线：（0451）87900271　87900272
销售热线：（0451）87900202　87900203
邮购热线：4006900345（0451）87900256

开　　本：787mm × 1092mm　1/32　印张：31.75　字数：508千字
版　　次：2019年10月第1版
印　　次：2019年10月第1次印刷
书　　号：ISBN 978-7-5484-4883-9
定　　价：168.00元（全四册）

凡购本社图书发现印装错误，请与本社印制部联系调换。
服务热线：（0451）87900278

目录

CONTENTS

1

一座没有白天的城市

私家侦探们身形各异，可惜没有哪个长得像电视明星。他们中有些人从事保护性工作，有些人拿着便携式摄像机徘徊在廉价旅馆周围，希望能为手头的离婚案拍到证据，只有少得可怜的私家侦探曾经调查过扑朔迷离的凶杀案。还有一些人追寻并不存在，或是不应存在的东西。至于我，我替人找东西。有时候我宁愿自己找不到那些东西，但干这一行的就得这样。

当时，我门上的招牌写的是泰勒侦探社。我叫约翰·泰勒，高大、黝黑，长得不是太帅。过去经手的案子在我身上留下的疤痕让我引以为荣，我也从未让客户失望，前提是他们至少已经预付了一定酬劳。

如果你是个大大咧咧的人，我的办公室对你而言就还算舒适。反之，如果你比较挑剔的话，这里则会让你觉得难受。我待在这里的时间很多，我甚至没有什么私生活。它是廉租区的一间廉租办公室。稍有发展前景的生意都已搬离此处，这也为我们这种在合法与非法之间的灰色地带谋生的人腾出了更多空间。这种地方连老鼠也只是路过，不愿停留。我的隔壁一侧是个牙医诊所，另一侧是个会计事务所，两家都刚开业，不过赚到的钱都比我多。

乔安娜·巴雷特来找我的那个晚上，雨下得很大。这场寒冷、猛烈、无情的雨会让你庆幸自己待在屋里，静享安全和干爽。我本该看出这是某种征兆，只可惜我向来不善于领悟此类兆头。天色已晚，夜幕正浓，大楼里其他人都已下班回家，只有我仍坐在办公桌后，一边看着关掉声音的便携电视，一边任凭电话中男子的叫喊声传入耳朵。他想要钱，这个蠢货。我适时地用充满同情的声音回应他，只等他自己厌倦后挂断电话。就在此时，门外走廊里传来脚步声，朝我的门口靠近。脚步平稳从容……是个女人。真是有趣，女人总能成为最好的客户。她们嘴上说自己要打探消息，但通常她们真正想要的却是报复；只要得到想要的，她们付起钱来毫不吝啬。复仇女神可不会只停留在地狱里，这一点我早该明白。

脚步声在我的门外停住，一个修长的身影开始打量房门毛玻璃上的子弹孔。我早该把那块玻璃换掉，但它能提供一个很好的话题。客户们喜欢在雇用私家侦探时感受某种传奇和危险的气氛，即便他们只是想处理几份文件时也是如此。门开了，她走了进来。这是个面容姣好、金发碧眼的高挑女子，她的身上散发着富有而高贵的气息。当她置身于我办公室里破烂的家具和开裂的石膏墙之间时，立刻显得格格不入。

她的服装优雅有型，一定价值不菲。当她说出我的名字时，声音里透出的那股贵族气质足以割破玻璃。她要么念过最好的寄宿学校和女子精修学校，要么就是花了大把时间修读朗诵课程。她可能有些过于苗条，清瘦的脸上只施了淡妆，与其说她美丽，倒不如说她端庄。从她让自己保持的站立姿势来看，她一定是个控制狂。一双完美的嘴唇也表明她习惯于让别人对她唯命是从。我就是如此注意细节，这是我的工作。我尽量装作毫不在意地冲她点点头，示意她坐下，那是屋子里仅有的另一张椅子，就在我的办公桌对面。她坐下了，并没有先掏出一块手绢将座位擦拭干净，这一勇敢的举动增加了我对她的好感。我看到她在环顾我的办公室，这时电话里的声音变得更加歇斯底里，威胁我付钱，赤裸裸的威胁。那个女人的表情很平静，甚至有些漠然，不过，当我随着她的目光也打量了一下自己的办公室后，对她这种反应便不再感到奇怪了。

一张破烂的办公桌，装着几张标签纸的收纳盒，一个转了四手的档案柜，以及一张靠在墙上的摇摇欲坠的沙发，沙发上皱巴巴的毛毯和塌陷的枕头表明有人经常在此睡觉。办公桌后有一扇单开窗户，外侧装有栅栏，起风的时候，玻璃撞击宽松的窗框，发出吱吱嘎嘎的响声。地毯上有许多小洞，桌上的便携式电视机是黑白的。墙面上唯一的色彩来自一份免费赠送的美女挂历。屋子的一角堆满了用过的外卖披萨盒。即便不是天才，也可以看出这里不仅仅是间办公室，还有人以此为家。同样明显的是，办公室的主人并不是个天天向上的好家伙。

我选择了生活在真实的世界里，当时似乎有许多很好的理由促使我做出这种选择，不过实际情况从未让人轻松。

我忽然觉得自己听够了电话里的那个声音。“听着，”我用冷静而理智的语调说道，这种语调如果应用得当，足以让对方闭嘴，“如果我有钱，我会给你，可问题是我没有钱。所以你能做的就是排个号，好好等待。当然，也欢迎你去起诉，我可以推荐我的一位律师邻居帮你代理这个案子。他需要这份活儿，所以当你告诉他自己想找谁要账时，他不会笑话你的。不过，假如你愿意再耐心地等一等，没准有一沓钞票刚才已经走进我的办公室……你知道的，那种歇斯底里对你的血压没有好处。我建议你深呼吸，去海边散散心，大海总能抚慰心灵。我会再打给你的，慢慢等吧。”

我用力挂断电话，冲访客礼貌地笑笑。她没有回以微笑。不过我知道我们的相处会很融洽。她朝桌上仍在沙沙作响的电视扫了一眼，于是我把电视关掉。

“它是我的伙伴，”我平静地说，“就像一条小狗，比狗强的地方是，你不需要花时间带它出去遛弯。”

“你难道没回过家吗？”她的语调表明她只是出于好奇，而非关心。

“我现在正在找房子，那种宽敞、空荡而又昂贵的地方。不过我也喜欢这里，一切都近在手边，下了班就没人来打搅我——我是说通常没人来打搅。”

“我知道很晚了，可我不想被人看到来这里。”

“我能理解。”

她轻声哼了一下：“你办公室的门上有个洞，泰勒先生。”

我点点头："蛀虫干的。"

她暗红色的嘴角垂了下来，那一刻我以为她要起身离去，我对人有这样的影响力。不过她控制住了自己，用那种令人生畏的目光瞪着我。

"我叫乔安娜·巴雷特。"

我面无表情地点点头："你这样说似乎是讲，我对你应该有所耳闻。"

"对别人都如此，"她说，语气里有了一丝不悦，"不过，我想你不会去看报纸的商业版，是吗？"

"除非有人付钱请我去看。我能认为你很有钱吗？"

"相当有钱。"

我露齿而笑："正是那种优质客户。有什么我能为您效劳的吗？"

她在椅子上稍稍动了动身体，谨慎地将硕大的白色皮手袋抓在身前。她并不想待在这里跟我这种人说话，毫无疑问，她通常会让别人来为自己处理此类令她不快的事情。但有什么事正困扰着她，是件私事，一件她无法放心交给其他任何人去办的事。她需要我，我看得出来。见鬼，我仿佛已经开始数钱了。

"我需要一个私家侦探，"她唐突地说，"有人向我……推荐你。"

我理解地点点头："这么说你已经找过警察，还有所有的大牌私家侦探，可谁也没能帮上你的忙，也就是说你遇到的不是个普通问题。"

她生硬地点了点头："他们太让我失望了，全都让我失望。拿我的钱，交给我的却尽是些借口。都是些浑蛋。因此，我找来所有欠我人情的人，动用全部人际关系，最终有人向我提到你的名字。我知道你擅长找人。"

"只要价钱合适，我可以找到任何人或任何东西，这是一种天赋。我办起事来既顽固又坚定，诸如此类的一大串形容词都适合我，只要能接连不断地收到支票，我就绝不会放弃。但是，我不当保镖，不接离婚诉讼，也不做刑事罪案调查。见鬼，遇上这类案子，我就什么头绪都找不到。我只是寻找东西，不管这些东西愿不愿意被找到。"

乔安娜·巴雷特不以为然地冷冷看了我一眼："我不想听说教。"

我轻松地笑笑："这是服务的一部分。"

"我也不在乎你的态度。"

"没多少人在乎。"

她再次慎重考虑是否应该离开。我看出她内心在斗争，但我的表情平静而轻松。像她这种人如果不是真的走投无路，是绝对不会来这么偏僻的地方的。

“我女儿……失踪了，”最终，她不情愿地说，“我希望你能为我找到她。”

她从大手袋里掏出一张8寸乘10寸的光面照片，用力压在桌上，推到我面前。我并没有去碰，只是打量着照片。这是张半身照，一个愁眉不展的少女正闷闷不乐地盯着我，透过她那鼠窝般的金色长发，我可以看到一双眯起来的眼睛。如果不是眉头锁得那么紧，她应该算得上漂亮。看起来，整个该死的世界都让她愤怒，就好像她是个在与世界打赌的过程中受骗的笨蛋。换句话说，她跟她妈简直就是一个模子刻出来的。

“她叫凯瑟琳，泰勒先生。”乔安娜·巴雷特的嗓音突然小了些，更加和缓，“只有叫她凯茜，她才会搭理你，当然前提是她乐意搭理你。她十五岁，马上就要十六了，我想找到她。”

我点点头。到目前为止，我们还在谈论我熟悉的话题。“她失踪多久了？”

“才一个多月。”她顿了顿，接着勉强补充道，“我指的是这一次。”

我又点了点头，这使我看起来像在沉思：“最近发生了什么让你女儿心烦的事情吗？”

“有一次争吵。其实都是吵过无数次的话题，天知道。

我不知道她为什么要逃走，她已经拥有了自己想要的一切，一切。”

她又在手袋里摸索，掏出香烟和打火机。烟是法国烟，打火机则是纯金的，上边有花押字。因此我决定抬高价格。她稳稳地点燃一支烟，吐烟时却又显露出些许紧张。人不应在这种场合下吸烟，这太容易暴露你的秘密。我把自己唯一的肺部造型烟灰缸推给她，然后继续研究照片。我并不太为凯茜·巴雷特担心。看上去她能照顾自己，也能对付任何一个愚蠢得想要招惹她的人。我认为是时候了，该开始询问一些具体问题了。

“凯瑟琳的父亲呢？你女儿跟他相处得如何？”

“谈不上相处。她两岁时，他就离我们而去，这是那个自私的浑蛋对我们做过的唯一好事。他的律师为他赢得了女儿的探视权，但他几乎从未行使过这项权利。我仍然不得不追着他索要生活费。当然，并不是因为我们需要这笔钱，但凡事都要有原则。另外，在你问我之前，我先回答你，没有，她从来没有惹上与毒品、酒精、金钱或是糟糕男友等有关的麻烦。我很在意这些。我一直在保护她，从未碰过她一个指头。她只不过是个沉闷、不懂感恩的小婊子。”

在那一瞬间，她的眼里闪出一丝光芒，可能是泪水，但只是一闪而过。我往椅背上靠靠，装着思考刚才听到的一席话，不过其实没什么好思考的。寻找离家出走的孩子算不上什么大案子，不过当时我手头既没有别的生意，也没有现金，而且还有许多账单等着要付，情况紧急。这一年过得并不怎么样——事实上已有很长一段时间过得不怎么样了。我将身体倾向前，胳膊肘撑在桌上，摆出一副严肃而诚恳的神情。

“这么说来，巴雷特女士，我们眼前这位实际上是富家千金的可怜小姑娘，除了爱，她觉得自己什么都不缺。没准她现在正躲在地铁里乞讨，吃着残渣剩饭和坚硬的面包，睡在公园里的长椅上，结交各种不良少年，还对自己说这是一次伟大的冒险。她混迹于底层社会，跟形形色色的人打交道，她认为这样做是为了再次引起妈妈的关注。实际上我对她并不太担心。等到黑夜渐凉，她便会回家的。”

乔安娜·巴雷特已经在摇头，昂贵的头饰随之震颤，她说道：“这次不会的。到目前为止，我已经请了许多专家找了她好几个星期，没人能找到她的踪迹。她原来的那些……朋友也都说未曾见过她，即便是我愿意付出大笔报酬，他们还是那样说。她仿佛从地球上消失了。过去，我总是可以查到她的下落，我到处都有眼线。可是这次，全部努力换来的只是一个我从没听过的地名。告诉我那个地名的人就是向我推荐你的人，他说要想找到我女儿，就得去那个地方——夜城。”

我立马挺直腰，仿佛有一只冰冷的手攥住了我的心脏。我早该知道的。我早该知道，无论你逃得多远，往事也绝不会放过你。我直视着她的双眼问道：“你对夜城有何了解？”

她虽然没有退缩，但看得出来她有些害怕。如果有必要，我的声音可以十分吓人。为了掩饰慌张，她将抽了一半的香烟摁灭在我的烟灰缸里，以便暂时避开我的目光。

“不了解，”最终她说道，“一点也不了解。之前我从未听说过这个地方，我手下的人中有少数几个知道那里……他们并不愿意跟我谈论它。倘若我坚持要问，他们就请辞，离我而去。他们宁可放弃赚一笔天文数字的金钱，也不愿谈起夜城。他们看我的眼神，就好像觉得我……觉得我有病，因为我想了解那个地方。”

“我一点也不吃惊。”我的声音恢复冷静，但还是很严肃。她再次看着我。我小心翼翼地选择措辞：“夜城是伦敦的黑暗之心，神秘而隐匿。它是伦敦的阴暗面，是那些真正狂野可怕事物的集散地。假如你的女儿真的找到了通往夜城的路，那她就真的有麻烦了。”

“正因如此，我才来找你，”乔安娜说，“我知道你在夜城工作过。”

“不，很久没有了。我逃离了那里，并且发誓永远不回去。那是个糟糕的地方。”

她笑了，终于回到了她所熟悉的话题：“我给你的酬劳会十分大方，泰勒先生。你想要多少钱？”

我仔细考虑这个问题，多少钱才值得我重返夜城？你的灵魂又值多少钱？还有你的理性、你的自尊？不过这段时间生意萧条，我需要这笔钱。伦敦这片土地上也有坏人，而我欠他们的钱足以让我失去健全的身体。我仔细考虑这个问题。找一个离家出走的少女不会太难，只不过是件“闯入——找人——离开”的工作罢了。如果够幸运的话，没准别人尚未意识到我进入夜城，我便已经离开了。我看着乔安娜·巴雷特，说出的价格是原本打算的两倍。

“一千英镑一天，额外的花费另计。”

“那是一大笔钱。”她不由自主地说道。

“你女儿值多少钱？”

她觉得我说得对，于是坚定地点了点头。其实她并不在乎我要多少，对她那种人而言，我这种人的要求只不过是九牛一毛罢了。

“找到我女儿，泰勒先生，钱不是问题。”

“那就没问题。”

“把她带回我身边。”

“除非她愿意，否则我不会违背她的意愿硬把她拽回家。我干的可不是绑架的勾当。”

现在轮到她倾身向前，虚张声势了。她的目光坚定，声音仿佛能刺破坚冰：

“你收了我的钱，就得照我说的办。你去找到那头被宠坏的小母牛，不管这次她让自己陷入怎样的麻烦，你都要帮她脱身，然后将她带回家，送到我面前。也只有到那个时候，你才能拿到钱。听明白了吗？”

我只是坐在那里冲她微笑，完全不为所动。我见过很多比她还要厉害的人。跟那些在夜城里等待我的一切比起来，她的愤怒与威胁根本不值一提。而且，我是她最后的希望，这一点她和我都很清楚。没有人会在雇用私家侦探时首先找到我，这与我的要价无关。我历来坚持按照自己的方式行事，不管真相如何，都要追查到底，也不在乎这一过程中会伤害到谁，哪怕是我的客户。这些为我赢得了声誉。他们口口声声地说想了解真相，只要真相，除了真相什么都不在乎，但实际上他们中很少有人是认真的。一个小小的善意谎言能带给他们更大的慰藉，可惜我不善撒谎。正因为如此，我才从未赚到过那种足以让我混入巴雷特女士所在的高级社交圈的钱。只有在连祈祷和占卜都试过后依然走投无路的情况下，人们才会来找我。乔安娜·巴雷特已经没有人可找了。有那么一会儿，她曾试图用目光征服我，但却办不到。她似乎安心了些，又在手袋里寻找起来，拿出一张签好的支票，扔到我桌上。显然，是她实施B计划的时候了。

“这是五万英镑，泰勒先生。事成之后，还会有一张同样面额的支票。”

我面无表情，但已心花怒放。十万英镑啊，我可以为了这笔钱去把神秘失踪的幽灵船全体船员都找出来。这几乎值得我重返夜城了，但只是几乎。

“我有一个……条件。”

我笑笑：“我想也会有。”

“我要跟你一起去。”

我再次坐直身子：“不，没门。想也别想。”

“泰勒先生……”

“你根本不清楚自己在要求什么……”

“她已经失踪了一个多月！她原来从未走失过这么久，现在在她身上什么事都有可能发生。我一定要在场……当你找到她时，我一定要在场。”

我摇头，但我已经知道自己会在这场争论中败下阵来。每当涉及家庭感情时，我都会心软，这缘于我对自己的家人毫无了解。乔安娜仍未哭出来，但她的眼中有泪光在闪烁，她的嗓音也头一次颤抖起来。

“求你了，”说出这句话很难，但她还是说了，不是为了自己，而是为了女儿，“我必须跟你去，我必须了解实情，我不能再坐在家等待电话铃响。你熟悉夜城，带我去吧。”

我们对视了一阵，或许彼此都看到了对方平时不为人知的内心更深层的一面。最终我点了点头，我们都知道我会这样做的。但为了她好，我试着再次向她讲道理。

“让我告诉你夜城的故事吧，乔安娜。人们说伦敦是雾都，每个人都清楚无火不起烟。官方地图上是这样标注的，夜城是这个城市中心一处大约三平方公里大小的狭长地带，连接着上世纪修建的贫民窟和出租屋。实际上，夜城要大得多，就好像空间在不情愿地扩张，好为那些在夜城安家的黑暗、邪恶以及诡异的东西提供栖身之地。有人说，现在的夜城其实要比包围它的城市还大。如果你好好想想，这话道出了一些人性与欲望的困扰，更不用说那些非人类生物的欲望。夜城一直是个鱼龙混杂的地方。

“夜城永远是无尽的黑夜，时间永远停留在凌晨三点，黎明永远不会来临。人们进进出出，在不可告人的欲望中堕落，寻求在阳光照耀的世界里不可饶恕的快感和享乐。在夜城，任何东西都可以拿出来买卖，没人会表示异议，没人关心这些。那里有一个夜总会，只要你付钱，就能欣赏到在五角灵符中无尽燃烧的堕落天使吸取婴儿的鲜血，你也可以买到斩落的山羊头，用它预测未来，不过那种完美的抑扬五步格诗十分晦涩难懂。夜总会里有一个房间，专门用来禁锢沉默，抑制色彩。只要价钱合适，在另一个房间里，一个死去的尼姑将向你展示她身上的圣痕。如果你愿意，她会让你把手指戳进身体上的那些血洞，毕竟，她再也不会复活。

“所有那些令你深感恐惧或是梦寐以求的东西都会出现在夜城狭窄的街道上，又或许会在某家夜总会昂贵的会员包厢里耐心等候你。如果它们没有先找到你的话，你能在夜城找到任何东西。它是个集病态、神秘、危险于一身的地方，你还是想去那里吗？”

“你又在对我说教了。”

“回答这个问题。”

“怎么会有这样的地方存在，就在伦敦的市中心，人们却一无所知？”

“它之所以存在是因为它一直就存在，它之所以仍是个秘密，是因为当权者，真正的当权者，希望保持这个秘密。你可能会在那里送命，连我这个熟悉夜城的人也可能死在那里。我已经许多年没有回去过，但至少我曾对那里熟悉。即便如此，你还想去吗？”

“我女儿在哪儿，我就去哪儿。”乔安娜坚定地说，“虽然我们的关系并不总是……如我希望的那么亲密，但我宁愿自己下地狱，也要换她回来。”

我对她微笑，笑容里露出一丝幽默：“没准你真得如此，乔安娜。你可能真的要下地狱了。”

2

重返夜城

我叫约翰·泰勒。每个生活在夜城的人都听过这个名字。

我在平凡的世界过着普通人的生活，作为回报，很长时间以来，没有人想要杀我。我喜欢隐姓埋名，这能让压力得到释放——那种被人认出、成为追踪目标的压力。噢，不，目前我还不想对此做任何解释。如果你像我一样命途多舛的话，便会学会不再为小事抓狂。可是，即便是日常生活中的小问题，累积起来也会成为大麻烦，于是，我全然不顾自己优秀的判断力，再度返回夜城。五年前，我离开夜城，面对死亡的步步逼近和朋友的无情出卖，我逃之夭夭，并咬破嘴唇发誓，无论如何，决不重返夜城。我应当有这个记性的，上帝就是如此乐于让人们违背自己的誓言。

是上帝，或是其他人。

我将回到一个人人都认识我的地方，或者说我觉得他们会认识我的地方。假如我愿意的话，我可能已经成为一名斗士。或许我过于在乎那些通往夜城的路上必然遇到的小精灵们。说真的，我从未那样野心勃勃。不过我总是尽量不在公开场合说真话，我也从来不是你们所说的那种爱热闹的人。所以我独来独往，形影相吊，坚持按照自己定义的尊严过日子。我的生活如此糟糕，但这并不全是我的错。我认为自己是个侠客，可是女孩竟在背后捅我刀子；我的剑将龙的鳞甲砍得四分五裂，而我的圣杯却只是威士忌酒的瓶底。我要回去，回到那些老面孔、老地方、老伤痕中去。我能做的，只是希望这样做是值得的。

不引起注意是不可能的。在夜城，约翰·泰勒这个名字是个魔咒。五年的背井离乡不会改变这种状况。当然，这并不是因为他们中有任何一个人了解真实的我。在十个不同的地方打听我的情况，你就会得到十种不同的答案。我曾被称为术士和巫师、骗子和浑蛋，或者诚实的无赖，显然他们全都错了。我从不让人与我走得太近。对有些人而言，我是个英雄，在其他人眼中，我却是个恶棍。我的角色似乎位于两个极端之间。除了找人，我还可以做些别的事情，其中有些是相当令人震撼的。我提出问题，人们通常都会回答。即便在夜城，我也常常是个危险人物，但那是五年前的事，当时命运还没有用爱的车轮将我击倒。不知道我体内那股能让自己成为真正危险人物的能量是否还存在，我想应该还在吧，就好像想挥动球棒将某人从自行车上抡下来的欲望一样，你永远不会丧失这种本能。

我从不带枪，也从不认为有这个必要。

我的父亲酗酒而死。在发现自己的妻子并非人类后，他始终无法相信这个事实。而我根本不认识她。跟我住在同一街区的人们轮流照顾我，他们多少有些不情愿，对我也时冷时热，这令我从未真正感到自在。我对自己的身世充满疑问，直到现在依然在寻找答案。或许我也是为此才成了一名私家侦探。如果你解决不了自己的问题，那么在为别人的问题寻找答案的过程中，自己也能得到某种慰藉。工作时，我总是穿一件白色的长风衣，一方面是因为它比较适合我，另一方面是穿起来便于行动，最重要的是它能构建起我所希望的形象，躲在风衣里，我能隐藏真实的自己。我喜欢令人们手忙脚乱。我不再让任何人接近，既是为了保护他们，也是为了保护我自己。

从记事开始，我就一个人睡，随意吃些对身体没好处的东西，我还自己洗衣服。对我而言，自给自足的感觉十分重要，谁也不靠。我没有女人缘，但我也承认这完全是我的错。尽管生活给我带来各种各样的麻烦，但我依然是个浪漫主义者。我最亲密的女性朋友是个赏金猎人，在夜城，她也是个特立独行的人。她曾经想要杀了我，并非出于仇恨，只不过是生意罢了。

我喝酒很多，但通常没什么影响，我看重的是它令人麻醉的作用。有很多事我都不愿想起。

现在，拜乔安娜·巴雷特和她的问题女儿所赐，我要回归地狱，回到那个从我记事开始就不断有人想要杀掉我的地方，其中的原因我一直搞不明白。也只有回到那里，我才会感到自己真的还活着。在夜城，我不只是个私家侦探，这也是我离开那里的原因之一。我不喜欢自己将要扮演的角色。

可是真见鬼，当我带着乔安娜·巴雷特一起走向伦敦街道之下的地铁时，却没有那种回家的感觉。

选择哪个地铁站或是哪条地铁线路并不重要，每条线都通往夜城。地铁的唯一特点便是每个站点看起来都一模一样，同样贴着瓷砖的墙壁，同样丑陋的检票机、亮得刺眼的灯光、大得出奇的电影招贴和广告海报；布满灰尘的自动贩卖机和唯一的游客一样，无言地期待吐出点什么；无家可归的人们裹着肮脏的毛毯，在各自的栖身之所或坐或躺；他们乞讨零钱，或者只是想短暂逃避原来的生活环境。当然，还有无休止的匆匆脚步声，购物者的、公司职员的、游客的、商人的，还有媒体记者的，人们都在匆匆赶往另一个地方。伦敦尚未像东京那样达到饱和点——在东京不得不雇人用蛮力将最后几个人推进车厢，以便车门能顺利关闭。不过，我们的情况正在向那个方向发展。

乔安娜紧跟着我穿过地道。显然，她对周围的环境或是人群并不适应。毫无疑问，她只习惯于更美好的事物，比如身着制服的司机驾驶的加长版豪华轿车，还有随时随地准备好的冰镇香槟。带她穿越拥挤人群时，我尽量克制自己不要笑出声。由于她没带零钱，我不得不付钱买了两个人的地铁票，我甚至得告诉她怎样用地铁票通过检票机。

所有的自动扶梯都在运转着，我们进入了地铁系统的内部。我相信自己原来的本能，任由它引导着我随意拐来拐去，直到最后发现了我要寻找的标记。它是用一种只有知情人才认得出的语言写下的，想要理解它则更难。如果你感兴趣的话，我可以告诉你那是天使的语言。它是一种人造的语言，很久以前就被创造出来，供人类与天使对话。不过，就这门语言而言，我只碰到过一个能正确发音的人。我抓住乔安娜的胳膊，拽着她挤进记号下边的侧面隧道。她生气地甩开我，抽出胳膊，不过还是在我的催促下，走进标有“维修”招牌的门。她的抗议戛然而止，不用问，这是因为她发觉自己所处的地方像是个储藏室，里边有许多穿着英国铁道制服的稻草人。我随手关上身后的门，就在它将我们与外边嘈杂人群分开的瞬间，这里出现了片刻难得的宁静。墙上有一部电话。我抓起听筒，里边没有传出拨号音。我只冲着受话器说了一个词：

“夜城。”

我挂断电话，充满期待地盯着墙壁。乔安娜一脸困惑地望着我。紧接着，暗灰色的墙面从上到下一分为二，向左右两侧平稳地抖动着分开，形成一道狭长的隧道。隧道内裸露的墙面一片血红，犹如敞开的伤口，无源的光线昏暗而朦胧。一股陈腐的香水和碾碎的花瓣散发出的味道弥散开来。隧道深处传来各种声音混杂的低语，时起时浮。音乐的旋律若隐若现，如同许多交织在一起

的电波。不知何处响起了修道院的钟声，迷惘、孤寂、哀伤。

“你想要我走进那里吗？”乔安娜终于说出话来，“看起来就像通往地狱的道路！”

“差不多。”我平静地回答，“这是通往夜城的道路。相信我吧，至少我们旅程中的这一段是很安全的。”

“我很不舒服，”乔安娜死死地盯着隧道，就像一只面对毒蛇的小鸟，她的声音很小，“我觉得……很不真实。”

“噢，的确如此。不过这是寻找你女儿的最佳路径。假如你无法面对，那么现在就请回头，接下去要面对的情况只会越来越糟。”

她抬起头，咬了一下嘴唇说：“请带路吧。”

“乐意效劳。”

我向前走进隧道，乔安娜紧随其后。于是，我们告别了身后的世俗世界。

我们穿过连接隧道，出现在一处车站的月台上，这里乍一看跟你想象的没什么两样。乔安娜深深地舒了一口气。我什么也没说，还是让她自己去发现更好些。我领着乔安娜走上月台，身后的墙壁无声地闭合。我最后一次出现于此离现在已有五年了，不过一切都没有改变。乳白色瓷砖贴面的墙上随处溅有已经凝固的陈旧血迹，也有被诸如爪子之类的东西刨开的深槽，还有各种各样的涂鸦。跟过去一样，依然有人写错“邪恶生灵”这几个字。

月台对面弧形墙面上挂的站名表依然未变。影落街、夜城、血田、诸神街。海报依旧古怪、烦人，如同噩梦中的画面。名人的脸孔在为电影、景点和那些通常只悄悄讨论的服务卖力地打着广告。乔安娜的反应令我愉快，显然她本该停下脚步，张大嘴巴发呆，但她不愿让我看她的笑话。于是，她一路睁大眼睛，在接二连三不可思议的场景中跌跌撞撞地往前走。

到处都有卖艺的人，他们演奏着新奇的曲子，面前地上的帽子里是各个地方的钱币，有些早已绝迹，还有一些从未出现在这个世界上。一个男人用拉丁文咏唱音乐，吟唱着十三世纪的单恋歌谣，不远处，另一个弹吉他的人则在倒着演唱鲍勃·迪伦的歌曲，吉他略微有些跑调。我分别在这两个人的帽子中扔了些硬币。说不定在某个时候的因果报应中，你就会需要这些额外的功德记录。

再往月台深处，一个穿着漂亮西装但长相粗鲁的驼背正跟一个身着全套纳粹党卫军制服的丑陋侏儒聊得热火朝天。一个来自伊丽莎白一世时期宫廷的贵族则在与一个光鲜亮丽、身高约两米的异装癖者亲切交谈，前者一袭皱领抽丝服，后者穿着合唱团的女装，很难说他们中哪一个看起来更怪异。一名包裹在未来太空盔甲中的妇女和一个浑身布满刺青、泼满颜料的裸体男子正在一起品尝着什么，扎在竹签上的食物看上去还在蠕动。乔安娜此时已完全停下脚步。我拍了拍她的肩膀，吓了她一跳。

“别像个观光客一样。”我冷冷地说。

“这是……”她连话也说不出来，“这是什么地方？你把我带到哪儿来了？他们到底是些什么人？”

我耸了耸肩说：“这是离夜城最近的路。当然，也还有其他路，一些是公开的，一些不是。谁都有可能走上错误的街区，开启错误的大门，最终到达夜城。不过，其中绝大部分不会存在太长时间。一直以来，伦敦与夜城互相摩擦，以至于它们之间的阻隔已十分薄弱，到了危险的临界状态，总有一天它们会撞到一起，夜城里所有的流毒将四散开来。但我计划在那天到来之前就安详地死去，躺进自己的坟墓。不管怎样，这仍是一条最安全的路。”

“那这些人呢？”

“只是些人罢了，过着他们自己的生活。你现在看到的是绝大多数人都无法接触到的另一个世界——地下之城，隐蔽的道路，神秘的人们行走其上，从事种种神秘的生意，他们追寻的目标和任务，你我只能猜测。世界比我们了解或是希望了解的更大，它迟早会把人们送往夜城。在地铁中，你会遇到形形色色的人，只要古老的停战协议还有效，你便不会受到伤害。人人都来到夜城，神话角色、传说人物、旅行家和探险家、多元空间的访客、不死的神仙、死亡行者、精神病人。别瞪着眼睛。”

我带着她走下月台，她一言不发，这说明她十分震惊，她甚至对我拽着她的胳膊也没有表示异议。面前的那些人没有张望，没有中断谈话，似乎也没有意识到我的出现，只是退到一旁，让我们通过。有几个人用手画着十字，他们以为我没有看到，这种古老的保护手势是用来对抗邪恶的。看上去我根本没有被遗忘。一个穿着破烂灰色长袍的牧师佩戴着简陋的白领圈，眼睛上覆盖着灰色眼罩，正在我们前方高声叫卖。

“乌鸦爪！”他刺耳地尖叫着，“圣水！符咒！对付恶魔的木刺和银弹！你们知道自己需要这些东西！别等到最后被别人发脾气暴揍一顿、瘸着腿回家时再来我面前哭鼻子！”

乔安娜和我走到跟前时，他停止了叫卖，充满疑惑地用力吸气，硕大的瞎眼探向一侧。他的手指在人骨制成的念珠上急速动作。忽然，他上前一步，挡住我们的去路，伸手指着我破口大骂。

“约翰·泰勒！”他大声喝道，几乎是把这几个字吐出口的，“遭天谴的家伙！你这个魔鬼、浑蛋！天生的毒药！滚开！滚开！”

“你好，普，”我轻声说，“很高兴再次遇到你。原来你还在干着老行当，生意如何？”

“噢，还行吧，谢谢关心，约翰。”普朝着我的方向暧昧地笑着，暂且把他平时的腔调抛在一旁，“我卖的东西都是出行的保险，不是死到临头，没人会真正相信自己需要这些。他们总是哀号说，事情不会发生在他们身上。但事实上，在夜城，这种事是有可能发生，会发生的。往往很突然，很残酷，也很恐怖。如果他们留意的话，我这是在普度众生，一群蠢货。那么，约翰，你回到这来做什么？我想你应该更明智些，你清楚夜城对你而言不是个好地方。”

“我在办一件案子。别担心，我不会停留太久。”

“人们都这么说，”普低吼道，他有些不安地在破旧的长袍里扭动肩膀，“但我想，我们都在做必须要做的事情。这次你找的是谁？”

“只不过是个离家出走的孩子，名叫凯瑟琳·巴雷特。你听说过这个名字吗？”

“没有。不过，按照自己的意愿，我现在已不关心这些事情。听我一句忠告，孩子，艰难的日子即将来临。我听到一些消息，一些坏消息，某种新的事物已经进入夜城，人们又在谈论你的名字。你要小心，孩子。如果有人要杀了你，我倒宁愿那个人是我。”

他猛一转身，继续高声叫卖。没人比他与我更熟，与其说他是个老对头，不如说他是我的家人。

一阵狂风袭来，月台随之震颤。列车呼啸着驶入车站，减速停车——车身很长，却没有一扇窗户，犹如闪着光芒的银弹。车厢由坚固的钢管制成，只有厚重而坚实的车门凸显在车体完美的外表下。伴随着嘶嘶声，车门缓缓打开，人们或进或出。我已预备再次拉住乔安娜的胳膊，但已没这个必要。她高昂着头，毫不犹豫地大步踏入面前这节车厢。我跟着她，在她旁边坐下。

车厢里空空荡荡，这可真让人欣慰。我一直不喜欢拥挤，一切都有可能混迹于人群之中。坐在我们对面的男人正全神贯注地阅读俄语报纸，报头下的日期表明这份报纸应当在下周出版。车厢内一尘不染，靠近中部坐着一名少妇，全身朋克装束，一直裹到她脸上扎的几根刺钉下，狂野的绿色莫霍克发型笔直矗立在几乎剃光的脑袋上。她正在阅读一本皮面精装的大号《圣经》，看上去书的内页是空白的，但她眼睛一眨不眨的样子似乎又说明她是某所神秘学校的研究生。我知道，对她而言，也仅仅是对她一个人而言，书页上写满了神圣的至理名言。

乔安娜环顾车厢，我试着透过她的眼神来了解她的想法。由于一扇窗户也没有，这里看起来更像蜂房，而不是某种运输工具，浓烈的消毒水味道让我不可避免地想起牙科手术。没有线路图，但乘客们清楚自己是要去哪儿。

过了一会儿，乔安娜问我："这里为什么没有窗户？"

"因为没人想看到车厢外的景象，"我回答，"我们必须穿越怪异、荒芜的地方才能到达夜城。沿途是些危险而奇特的地方，它们能摧毁你的视线和思维。我所知道的大致如此。我从未想过要瞥上一眼。"

"那司机呢？难道他不需要看清楚到了什么地方吗？"

"我并不觉得有司机，"我若有所思地说道，"我也没听说谁见到过哪怕一个司机。我想，列车在这条线路上已经跑了这么久，它们完全能自己运行。"

"你的意思是说操作列车的不是人类？"

"也许那样更好，人类的能力如此有限。"我冲她笑笑，她一脸愕然，"你缓过神来了吗？"

"没有。"

“别担心，你会适应的。”

就在这时，什么东西从外边撞上我们对面的车厢侧墙，将那个俄罗斯人击倒在地。他小心翼翼地捡起散落在地的报纸，坐到车厢中部去了。厚实的金属墙向车厢内凹陷出一块，因为车外的猛烈攻击而变形。朋克女孩头也没抬，依旧看她的《圣经》，不过此时她开始了默诵。金属墙上的凹坑越来越深，在难以置信的压力持续作用下，一整块车皮向内凹陷，似乎随时会被撑破。乔安娜瑟缩在座位上。

“别担心，”我向她保证，“它进不来。列车仍在保护之下。”

她仍有些惊恐地望着我。这是文化冲突所致，我早就预料到了。“我们不会受到攻击吧？”最后她问道。

“古老的停战协定，相信我，你真的不会希望了解详情，特别是你前不久才吃了东西。”

车厢外，不知是什么在愤怒地咆哮，听起来绝非人类。渐渐地，这种声音减弱下去，列车将那东西甩到了屁股后边。凹坑一个个地消失，金属墙缓缓恢复原状。紧接着，又有什么东西，或者说很多东西，追着车厢奔跑并跃上车顶，轻盈、急速、步调一致，就如同很多巨型昆虫。车厢里的灯光闪烁起来。听起来，有一大堆这种东西聚集在了车顶，不停地进进退退。声音传来，尖锐、嘹亮、混杂，如同自言自语的和声。一种拖着长元音隐隐的刺耳蜂鸣令我脊背发凉，蜂房冷姐妹们又开始徘徊了。

“出来吧，出来吧，不管你是什么，”那个和声用单调的音阶说道，“出来吧，来跟我们玩耍。或者让我们进来，让我们进来，我们会陪你玩耍，直到你受不了。我们要将黏稠的手指插入你的基因库，用有生命的手术刀为你塑造子宫……”

“让它们闭嘴，”乔安娜紧张地说道，“它们的声音让我受不了。它们就好像在我的大脑里抓挠，想要钻进去。”

我看了看俄罗斯人和朋克女孩，他们依然专心致志地做着自己的事。我又抬头看了看天花板。

“滚开，不要再骚扰我们，”我厉声说，“按照协定的条款，这里没有你们想要的东西。”

“是谁敢这样跟我们说话？”许多声音齐声回应，不过几乎被它们爪子刮擦金属车顶发出的那种持续咔嗒声给淹没了。

“我是约翰·泰勒，”我高声回答，“别逼我上来。”

声音停顿了很久。它们都静悄悄的，最后，那个非人类的和声说：“那就告辞了，亲爱的王子，当你回到你的帝国，可别忘了我们。”

一阵急剧的昆虫脚步声响起，它们全都离去了，列车在寂静中晃动前行。俄罗斯人和朋克女孩都瞟了我一眼，又匆匆将目光移开，不与我对视。乔安娜也看着我，她眼也不眨，但她的声音可没这么镇定：

“它们认识你。它们的话是什么意思？”

“我不知道，”我说，“我从来都不知道。这也是一直困扰我的问题。夜城里有许多不解之谜，不幸的是，我便是其中之一。”

在通往夜城的剩余路途中，谁也不再说话。

3

夜城地下铁

我们像幽灵一样由地下世界走出了地铁，四面八方都是喧嚣吵闹的人群。列车早已离开，快得就好像它很渴望离去一般。缓慢的自动扶梯载满新到的乘客，每个人都小心翼翼地目不斜视。在到达自己的目的地之前，没人希望受到别人的注意。鲜有的几个公然冷眼四处打量的家伙是掠食者和鹰喉鸡，他们在寻找猎物。没人正眼看我，但很多人都在偷瞟并窃窃私语，真让我这个安静的访客受不了。夜城里的闲言碎语是唯一比光速还要快的东西。

人潮依旧如同记忆中那样拥挤。男孩、女孩、其他的人，一派欣欣向荣的景象，一切如常。他们走出地铁站，来到街面，把握住机会自由呼吸新鲜空气，然后在无尽的夜色中四散开来，去追逐属于自己的救赎与诅咒。走了没几步，乔安娜便跌跌撞撞地停下脚步。她睁大眼睛，浑身发抖，眼前这个奇怪而陌生的全新世界让她惊呆了。

这个跳跃的新城市几乎拥有自己的生命，亮丽的颜色与墨黑的阴影、欢迎与拥抱、恐惧与威胁、诱惑与憎恨，一切的一切都呈现在眼前。到处都有明亮的霓虹灯在闪耀，炫目刺眼，这是对瘾君子、被骗者和所有孤独灵魂的无尽诱惑。迷人的招牌将意志薄弱的人们吸引进形形色色的夜总会，它们会向你提供神秘的愉悦和新奇的满足，你可以和陌生人在烟雾缭绕的房间里喝酒跳舞，享受无休止的颤动，就像快车道上没有丝毫阻碍的生命。红男绿女们舔着嘴唇，扭着屁股。这里就像地狱一样危机四伏，但却比地狱有趣得多。

见鬼，最好是回去。

形形色色的人在街道上拥来拥去，从怪异的到虚幻的都有，他们一心追逐自己的目标。与此同时，公路上的呼啸声一刻也没有停歇。车子开得飞快，绝不减速，与那个街道上每天拥挤不堪、交通速度数个世纪不变的伦敦形成鲜明对照。由于令人震惊的堵塞，伦敦交通的平均时速现在仍然只有十六公里左右，多么重要的大人物都只能龟速前行。不过，至少现在街道上散发着的是难闻的汽油味，而不是马粪臭。

许多在夜城飞奔的时髦亮丽的车辆都是乔安娜从未见过的。这些车的外形、尺寸，甚至连概念在现实世界中都难以想象。如果你想睡个好觉，最好不要去探究其中一些车以什么为燃料。出租车靠低劣的圣水供能，豪华轿车则依赖新鲜血液，救护车用的是蒸馏过的苦楚。在夜城，什么都可以出卖获利。乔安娜步伐不稳，几乎走到了人行道边，我不得不伸手拽住她的胳膊。

“小心！”我冲她大声说，“它们中有一些并非真正的车子，还有一些已经饥饿难耐。”

但她不听我的。她抬头望向天空，仰起的面孔充满惊愕和恐惧。我笑了笑，也抬起头来。深黑的天空永无尽头，数不清的星星在闪耀，比你在现实城市中能看到的多得多。不过，星星的光芒比不上那一轮满月，它比乔安娜曾经见过的月亮要大上十几倍。我一直不太确信到底是因为夜城的月亮更大，还是因为它离我们更近。或许有一天，会有人带着一大笔钱雇我去查明真相。

我回头看看乔安娜，显然她仍在努力使自己平静下来。于是，我静静地站在一旁，缓缓环顾四周。毕竟五

IKEA

年了，但一切还是我记忆中的样子。心怀绝望的人们，在下雨湿滑的街道上来去匆匆，急切地奔向同样老套的甜蜜陷阱。我或许只是吃不到葡萄说葡萄酸吧。夜城里有许多奇迹和秘密有待发掘，有许多壮观的盛景等着你去体会并永留心间。只是找到它们需要经历一些困难，就是这样。夜城跟其他任何一个大都市都很像，只不过被放大、强化了，就如同我们在美梦或噩梦中曾经走过的城市街区一样。

地铁站入口旁有一个售货亭，货架上陈列着用薄膜包裹好的T恤衫。我看到了其中一些衬衫胸口的文字：“好孩子上天堂，坏孩子来夜城。我的母亲服用镇静剂，害我长出这恶心的锤头趾。”当然还有永恒的“迈克尔·杰克逊因我们的罪过而死”。我轻轻叹息。都是普通的旅游商品。乔安娜忽然转身望向我，嘴巴猛地闭上，仿佛她刚刚意识到之前自己一直张着嘴。

“欢迎来到夜城，”我笑着说，“到了这里，你会以为自己精神错乱。”

“现在是晚上，”她麻木地说道，“一天的其他时候会是怎样的？我们离开时天刚开始黑。”

“我告诉过你，这里永远是黑夜。人们来这里寻找在别处不可能找到的东西，其中很大一部分东西只能存在于黑暗中。”

她慢慢地摇了摇头：“我们真的不是在伦敦了，对吗？我猜，我必须尽量保持开放的心态。”

“噢，我可不会那样做，”我严肃地说，“你无法预知什么东西会走进你的心。”

她瞪了我一眼：“我永远弄不清你什么时候是认真的，什么时候是在开玩笑。”

“在夜城没法说清。这里就是那种地方，生命、死亡和真实，这些概念在这里都是不确定的。”

一群混混儿高声喧哗着向我们这边走来，他们将挡在面前的人撞开，甚至故意将对方推上公路，看着对方在不鸣笛、不减速的车流中躲来躲去。这伙混混儿放声大笑，互相推搡，传递着酒瓶，一个个喝得酩酊大醉。他们喧哗、讨厌，只顾享受每一分钟。他们身上那种暴力的威胁感散发出一股腐尸的味道。总共是十三个人，都穿着光亮的皮衣，吊着金属链，脸上文有颜色鲜艳的帮派刺青。他们的牙齿都尖锐锋利，前额用皮带固定着恶魔的犄角。他们大喊大叫、大摇大摆地走在街上。如果有人没及时为他们让道，他们便会恶语相向，以便能找些麻烦，最好是能出手伤人。

这时，他们中的一个发现了乔安娜，并马上意识到她是个新来的菜鸟、任人宰割的羔羊，而且还是个女人。他把这一发现告诉了兄弟们，于是，他们心怀不轨地拥上前来。我走出阴影，上前一步，挡在他们和乔安娜之间。这伙人猛地停下来，我能听到他们唇齿之间冒出我的名字。很快，他们都亮出刀子，细长的刀身立即反射出霓虹灯的光芒。我冲着这些混混儿微笑，其中几个开始慢慢后退。我笑得更厉害了，这些家伙突然就转身溜走了。我深深松了一口气。说真的，我不太确信自己到底是不是在虚张声势。

“谢谢，”乔安娜的声音很平稳，“我想知道，他们是什么人。”

“魔鬼。”

“你说的是帮派名称吗？”

“不，他们本身就是魔鬼，只是装扮成街头混混儿的样子，没准刚刚释放出来。在这里，各种东西我们都会碰上。”

她思索着我的话：“你把他们吓坏了。”

“是的。”

“你怎么会如此特别呢，我是说在这个地方？”

我无奈地笑笑：“我要是知道就好了。这么说吧，我在夜城有着某种名声，至少过去如此。有兴趣的话，我们可以去某些地方看看，看看我的名字是否还在广为流传。”

乔安娜环顾左右：“我们不需要报警或是怎样吗？没准那些……那些魔鬼会再袭击其他人。”

“夜城根本就没有警察，”我耐心解释，“也没有太多法律，一切都可以发生，这也是夜城的魅力之一。这里有……当权派，他们有能力惩罚那些严重越轨的家伙。希望我们别遇上他们。”

乔安娜深吸一口气，然后缓缓吐出：“好吧，我没事了。我来这里是要找我女儿，只要有助于我找到她，什么事我都能应付。你说过自己有找人的天赋，让我见识见识吧。”

“没那么简单。”

“你怎么现在才这样说？”

我迎上她责怪的目光，更加小心地选词造句：“我拥有一种天赋，可以称它为魔法，或者直觉，或是任何你觉得合适的流行词语都行。我能够利用这种天眼寻找失踪的人或物，尤其是那些常规搜索和调查找不到的东西。只有在法律不像现实世界那么严苛的夜城，这种天眼才能发挥作用。但我必须仔细确定何时、何地、怎样使用它。这里有我的敌人，那些坏家伙。使用我的天眼就好比向黑暗的角落投去一线光明，那会引起注意，我的敌人能通过这些光亮找到我，然后杀了我。”

“这些敌人都是什么人？”乔安娜问，她那淡蓝色的眼睛中第一次流露出某种关心，“为什么他们那么希望杀了你？你做过什么？一个令魔鬼胆寒的人又怎么会害怕这些人呢？”

“他们的人很多，而我只有一个。从我记事开始，他们就在追杀我。那时我还只是个孩子。为了找到我，他们曾经放火焚烧了整个街区。这些年来，他们杀害了很多与我关系较密的人。如果我的朋友还能活着，那简直就是个奇迹。他们也并不是一直在此出现……有时候我觉得他们也会害怕我。总而言之，我一直无法弄清楚他们是谁，或者他们为何如此想弄死我。在世俗世界里，我是安全的，他们不能一直追到那里。但跟我一样，他们也有自己的地盘。我之所以接下这个案子，是因为它很容易，简单易行。只要运气好一点，我们就能找到你的女儿，让你们俩坦率地聊聊，然后再带你们离开此地，没人会注意到我的到来。现在请你保持安静，让我集中精神，需要的时间越短越好。”

我屏息凝神，沉入自己的内心，我的天眼犹如一朵尚未打开的花骨朵，在我的脑海里绽放，然后扩散到夜色之中。我的天眼睁得很大，那是我的神秘之眼。忽然，我看到了，她在那里，就在我面前。凯茜·巴雷特的残影在黑夜中闪烁着微光。她遗留下的形象被烙刻在她出现的那一刻，淡雅的色彩勾画出一个半透明的幻影。来往的路人在她周围走过，抑或径直穿过她的身体，却全然看不见她。我把注意力集中到她的形象上，重返过去，近距离地看着她出现在地铁站的出口，四下张望，她为自己发现的这个新世界感到眩晕、兴奋。她穿着基督教救世军的制服，不过有些破旧，她看起来十分愉快和健康。凯茜忽然回过头，仿佛有人在叫她。接着她笑了，灿烂的笑容洋溢在脸上。她看起来容光焕发，喜形于色，就好像在某个地方意外地遇到亲密的伙伴。她开始踏上街道，匆匆走向……走向什么东西。我无法看清或感受到那个东西，但它却能促使她坚定不移地奔向它，如同飞蛾扑火。

我又重新开始回顾这段场景，再次看着过去的幻象从车站入口走了出来。凯茜的形象依然十分清晰，离现在最多不超过几个星期。她脸上的表情令我困惑。与绝大多数离家出走的孩子不同，凯茜来到夜城并不是要逃避某人或是忘记过去的痛，她的到来具有某种目的性，是要寻找某个特别的东西或人，是这个特别的它或他将她召唤至此。我皱起眉头，将天眼张得更开，但深夜的空气中没有冒出什么特别的东西，也没有足以将人们从安全的世俗世界召集到夜城的呼唤。

或许，那个召唤者将我屏蔽了。这种想法让我担忧，当我集中注意力时，这里没有太多事物能逃过我的眼睛。该死的，我是约翰·泰勒，我才不管他们愿不愿意被发现。

除非……我面对的是当权派中的一个。

我双手环抱，让我的意志向各个方向展开，隐藏的世界在我周围纷纷显形。古老的权力轨道纵横交错，无形地将物质世界分割开来，它们燃烧得如此耀眼，以至于我被迫挪开视线。幻影一边游移一边呼号，他们陷入时间片段的束缚，反反复复穿行在没有尽头的道路上，就好像被困在琥珀中的昆虫。虚幻的巨人踱着步子缓缓经过城市，根本不屑低头俯视脚下渺小的人类。神仙、鬼魅以及恶人正忙于各自神秘的生意，谁也没有看我一眼。可是，那个将凯茜·巴雷特诱骗到这里来的什么东西，依然没有一点踪迹。

我再次集中意志，仔细地将画面层层铺开，重新建立起自己的屏蔽。曾经有一次，我在利用天眼构建画面的过程中完全忘了防范，侥幸没有意外发生，但那是很久以前的事了，当时我肯定亮得像个耀眼的太阳。是把这种能力展示出来的时候了。我伸出手，死死抓住乔安娜的手，使她与我的思维相连，当她通过我的天眼看到街上的情景时，乔安娜开始喘息。她看到了凯茜透明的身影，于是冲她大声呼唤，并迈步向前。我立刻松开她的手，关闭一切，彻彻底底将我的天眼掩藏好，以免哪怕有一丝光亮泄漏出去，令我暴露。乔安娜气愤地责备我：

“发生了什么事？她在哪里？我明明看到她了！”

“你看到的只是一个过去的幻影，”我认真说道，“是在时间坐标上留下的脚印。凯茜离开这个地方至少两个星期了，这段时间足以令她惹上某些严重的麻烦。但至少现在我们可以确信她的确到这里来了，而且她还活着，至少两个星期前是如此。你看到她脸上的表情了吗？她来这里是有目的的，她要到某个特定的地方去。”

乔安娜迅速换上了平时的冷面孔，就好像因为我令她真情流露而感到羞愧。她再次开口时，声音又完全恢复了平静：“特定的地方，这是好是坏？”

“不一定，”我坦诚地回答，“这里是夜城。现在她可能在任何一个地方。或许她已经找到朋友，获得了保护、启迪，或者诅咒，这些东西在这里都很便宜。我认为……我要到某个地方去寻求一些帮助。你愿意去世界上最早建成的夜总会玩玩吗？”

她那暗红色的嘴角动了动，可能是在微笑吧：“听起来不错，我可以来一杯烈酒。见鬼，我可以来好几杯烈酒和一杯酒后饮料。那个地方叫什么？”

我露齿而笑：“陌生人。”

4

陌生人酒吧

“陌生人”酒吧是人类历史上最古老的饮酒、聊天、放浪形骸的场所，穿过那些令你头发飘扬的街道，然后拐进一条并非总是存在的小巷，便可到达那里。通常，我认为如果让人看到你冲进那里，将是一种耻辱。小巷灯光朦胧，路面铺着鹅卵石。“陌生人”的入口是一块平铺的钢板，与之相应的则是肮脏的墙壁。门框上方是一盏不大却很有格调的霓虹招牌，上面是用古老的梵语书写的店名。老板不相信广告，他也不需要打广告。如果你存心要找到英国最老的酒馆，你一定能找得到。相反，如果你没这个打算，你可能一辈子也找不到它。那里并不需要排队等候，但账单却可能要了你的命。我将招牌上的字面意思解释给乔安娜听，她面无表情地看了看。

“这是一家什么酒吧？”

我被逗得一乐：“只不过是个世界各地的陌生人都能进来安详平和地喝杯酒的地方，没人会找你麻烦，没人会想和你谈论体育、政治或宗教，没人会向你索要签名。好人坏人可以互相请客喝酒，这里要求每个人严格地保持中立。‘陌生人’几经变化，已经存在了好几个世纪。没有人确切知道它到底有多么古老，但它始终是个酒吧，形式不同罢了。我最后一次到这里时，那时的装饰毫无疑问是最高档的，具有一种带有威慑性的魅力，还有最好的烈酒和……有趣的顾客。不过，夜城里的一切都变得很快，所以，等我们进去后你要跟紧我，抓牢你的提包，不要跟任何陌生女人说话。”

“我又不是没去过夜总会。”乔安娜冷冷地说。

“但跟这家不一样，你没来过。”

我走上前去，门缓缓打开。尽管不愿承认，但我确实放心了不少，因为门只会为那些在老板看来声誉良好的人开启。离开了这么久，我还不太确信自己的声誉怎么样。我们分别的时候并不友好，见鬼，我的酒吧账单还没有还清。可是门却开了，因此我就像回到了自己的地盘一样走了进去。乔安娜走在我身旁，表现出最妩媚和威严的样子。抬起头，别东张西望。记住，在这里，他们能嗅到你心里的恐惧。

我在大厅中间停下脚步，打量四周，从容不迫。老地方根本没有太大改变，同样的都铎王朝家具，周围的人们就如同柔软的玩具，竭尽全力地赶在回家之前暂时忘却烦恼，墙壁和天花板上依然挂着不堪入目的壁画或浅浮雕，波斯地毯上依然存留污渍。我心中泛起一丝乡愁。我看了看乔安娜，她正努力保持着最冷漠的面容。我领她向前，跨过一些挡路的大腿，走下金属台阶，来到如同石墙环绕的宽大深坑中的酒吧。

再次见到这间酒吧，涌入我脑海的第一个词是“肮脏”，不过用“破败”来形容也很贴切，显然那种高档装饰已经不存在。我顺着楼梯往下走，脚下发出咣当咣当的响声，这是安放楼梯时就设计好的，酒吧的投资人不希望被突如其来的家伙弄得大吃一惊。这里有大量搭配不当的桌椅，另一端设置了一些小包厢，满足那些不想受到干扰的顾客，或是用来暂时隐藏一具尸体。灯光永远调得很暗——一方面是为了营造氛围，另一方面也令你无法将周围看得一清二楚，包括你的同伴。大部分桌子已被形形色色的人占据，他们就是我离开夜城的原因之一。尽管其中的大多数人假装没在看我，但我还是认出了许多面孔。高声的聊天被隐秘扬声器中传出的嘈杂重金属摇滚乐湮没。封闭而不流通的空气里充满烟雾。靠近楼梯底端的墙上贴着一张告示，写着：进入本店，风险自担。

乔安娜示意我看那张告示："此话当真？"

"当然，"我平静回答，"酒吧的食物很可怕。"

"环境也是，"乔安娜冷淡地说，"我感到自从来到这里，自己的身份就降低了。请告诉我，我们来这里是有目的的。"

"我们来打探消息，"我耐心解释，跟客户说这句话永远有百利而无一害，当你觉得他们快要发火了时尤其如此，"我们得弄清楚是谁或者是什么将凯茜召唤到夜城来的，还有她离开了我的天眼追踪范围之后，又去了哪里。假如找对了人，你就能在'陌生人'酒吧得到任何想要的答案。"

"而且还得找对贿赂的人吧？"

"瞧瞧，你学得真快。在夜城里，钱不仅仅会说话，它还能呼喊、尖叫，缠住你的胳膊。它曾在不同时期帮助绝大多数大人物在人生的起起落落中渡过难关。有人说这个地方从文明发端时起便已经存在了。"

乔安娜哼了一声："看起来从那时起它就没怎么被打

扫过。”

“罗格里斯帝国衰败后，梅林·萨坦斯鲍恩便埋葬在这里，就在酒窖下边，偶尔还会现身吓唬人。在夜城这个地方，死亡并不能阻止你成为一名重要人物。”

“你是说那个掌控一切的魔法师梅林？”

“我可不愿意还有第二个梅林存在。我只见到过他一次，但已经被吓得魂飞魄散。”

乔安娜摇晃着脑袋：“我得马上喝上一大杯。”

“夜城里的很多人都有这种感觉。”

我走向房间尽头延伸出来的红褐色吧台。回来的感觉不错，我可以感到体内长久以来压抑着的那一部分正在逐渐苏醒、伸展。对于夜城，我有一种爱恨交织的情感，不过，逃到真实世界只让我了解到自己对夜城有多么渴望。尽管充满恐惧和危险，还有不时发生的兽行和根深蒂固的邪恶，但只有在这里，我才觉得自己真的还活着。而且，在我年轻的岁月里，这间酒吧还为我留下了一些欢乐时光。不可否认，大部分原因是那时的我还只是个小毛孩，没人关心我是谁，或者我可能会是谁。我带着乔安娜从拥挤的桌子间穿过，谈话的喧嚣一点也没有因此降低。唱片更换了，扬声器里，行刑者乐团开始歇斯底里地演唱《英雄不再》。酒吧老板在用这种方式告诉我，他已经注意到了我的到来。噪音令乔安娜却步，她将手拢到我的耳边说：

“他们这里一直就这样吵吵嚷嚷吗？”

“差不多吧，”我大声回答，“这是亚历克斯·莫里西的地盘，他想怎么玩就怎么玩。他喜欢重金属摇滚，从不喜形于色，也不去迎合别人的需求。有一次，一个家伙来到这里要求播放美国乡村音乐，结果亚历克斯向他开枪射击，很多人拍手喝彩。”

我们走到吧台旁。与以往一样，亚历克斯·莫里西在那里。这家酒吧有一份很长的酒吧招待兼老板名单，组成了一个时间久远得令人生厌的家族，而他是名单上的最后一个人。不太清楚他们留在这里是不是为了保护魔法师梅林，还是与此相反。没人愿意去问，因为如果你这样做的话，亚历克斯就会大发雷霆。如果有机会，他会立刻离开“陌生人”，但他做不到，这一点不是什么秘密。古老而讨厌的条约将他的家族与酒吧捆绑在了一起，亚历克斯不能离开，除非他能从家族成员中找出某个人来接替他的位置。自从亚历克斯·莫里西成为长长名单中的最后一位，他的脾气便愈发暴躁，并且经常发泄到客人身上。

据说亚历克斯出生时心情就不好，从那以后就越来越糟，脾气始终火爆，给你找零钱时傲慢无比。如果他找你要账时，你敢少给一分钱，那就等着让上帝保管你的灵魂吧。作为不列颠尤瑟王的一名直系后裔（或多或少可以这样说），他声称自己是不列颠王位的真正继承人，只可惜是个私生子。他还声称如果自己以合适的力度用脑袋撞墙，就可以预知人们的未来。此时他正在从容不迫地为另一个客人服务，但他知道我在这里。发生在亚历克斯酒吧内的一切都逃不过他的眼睛，有时候甚至你还没做，他便已经察觉。他喜欢玩的恶作剧就是在电话铃响起之前便摘下听筒答话。

我斜靠在吧台上注视着他。看上去他还是我记忆中的样子，面目狰狞可恶，这样说并不过分。亚历克斯现在应该快三十岁了，但看起来要比实际年龄老十岁，瘦弱、苍白、闷闷不乐，总是在为什么事烦恼。整日愁眉不展在他的鼻梁上留下一道消不掉的沟壑，如果你十分难得地看到他的笑容，那毫无疑问，你的麻烦来了。他总是穿一身黑色的服装，上边有设计师的阴影图案。一顶时髦的黑色贝雷帽扣在后脑勺上，掩盖住头上那一块从十几岁便开始的秃顶。他总是说，那块秃顶是上帝恨他的最佳证明。想起来时，他也会刮刮胡子，但这并不常见，近在手边的玻璃酒杯也不常洗。黑色的长头发在他不断

进入本店风险自担。

的抓扯下蓬乱地支棱着，他是够邋遢的。

吧台后依然挂着那副迷人的挂历，上边是黑暗女霸主艾尔薇拉，她摆出一系列照相般的姿势。如果让她自己看到这些画面，恐怕她并不会高兴。酒吧用的杯垫上印的全是令人兴奋的画片。总之，亚历克斯的女人缘很差，绝大部分女人无法满足他的期望。他结过一次婚，直到现在还不愿提起此事。他鄙视整个世界，并且以此为荣，他是夜城里最糟糕的马提尼酒调酒师。

我想我们算是朋友，我们能容忍对方的很多事情，要是换了另一个人，恐怕一秒也忍不下去。

最终，他不再装着不知道我的到来，顺着吧台懒懒地走过来瞪着我。

“我今天醒来时发现我的幸运兔子腿长成了一只新兔子，那时候我就知道今天一定是糟糕的一天。”他愤愤地说，“如果我知道那预示着你又回到了我的生命中，我早就会关上所有的门窗，并把锁扣熔化。你有何贵干？”

“很高兴再次见到你，亚历克斯。生意怎么样？”

他用力哼了一声：“营业收入减少得太多，掘地三尺也挖不出利润了。我的酒窖里冒出一个捣蛋鬼，在我的啤酒桶旁神出鬼没，酒桶龙头被他开了又关。苍白的迈克尔宣布，由于他现在是借尸还魂，按照常理来说他已经死了，还有验尸官的报告为证，所以他不需要再支付欠下的数目庞大的酒吧账单。而现在你又来了。这样的夜晚会让我梦到血腥的叛乱，或是在公共场所安放炸弹。你回来做什么，约翰？你说过永远不会回来，那是你说过的唯一明智的话。”

“我身旁这位女士叫乔安娜·巴雷特，她的女儿失踪了，就在夜城，我现在还一无所获。”

亚历克斯透过墨镜看着我：“我还以为你什么都找得到。”

“的确是那样。但我的天眼在失效之前只向我展示了这么多，有人把那个离家出走的女孩藏了起来。我无法锁定她的行踪，除非我能与她离得更近些。也就是说我需要指引。艾迪在这儿吗？”

“是的，但我倒真希望他不在。他坐在角落里常坐的桌子旁，正忙于他那崇高的买卖。”

就在我们说话的时候，三个雅皮士不知从哪里冒出来，包围住了我。我一边透过安装在吧台后的长镜子观察他们，一边不慌不忙地转过身，故作好奇地看着他们。他们长得很像，都很年轻，都穿着裁剪一流的套装，头发收拾得很整齐，一边耳朵带着耳环，手上的指甲也修剪得十分干净。当然，还有破旧的学生领带。他们似乎都对我有些不满，直勾勾盯着我的脸的那个人仿佛有些面熟。我注意到乔安娜正尽量装着对他们几个毫不在意。这对她有好处。我背靠吧台，扬起一边眉毛，略带一丝傲慢。面前那个高大奸诈的生意人将脸凑得更近，呼出的气带着一股薄荷味，喷到我的脸上。我讨厌薄荷。

“约翰·泰勒！”那个雅皮士声音很大，尽力让自己听起来凶狠、强硬，不过他的声音太尖，实在不适合传递这种感觉，“该死的约翰·泰勒！噢，上帝真好，对吗？他把你送回我身边了。我一直就说你总有一天会回来的，泰勒，所以我个人可以向你保证你将得到你应得的一切！”

“你好像认识我，”我冷冷地说，“不过我恐怕不认识你。难道我欠你钱？”

“你就别装作不记得了！我告诉过你永远别回来，泰勒，我告诉过你永远别再让我看到你的脸。你让我很不爽。”

“让你不爽并不难。”亚历克斯从吧台后冒出一句话。他正饶有兴趣地看热闹，绝对没有一点上前干预的意思。

那个雅皮士装作没听到，即便如此疯狂的人也不会傻到去招惹亚历克斯。他拼命对我怒目而视，微微有些凸的眼珠差点夺眶而出，而他的两个朋友则凶神恶煞般地在他身后做后盾。

“我说过的，泰勒，如果再让我见到你，我就会杀了你。你这个爱管闲事的蠢货，居然管起大人的事来了！”

“啊哈，”事情终于明朗，“很抱歉，但都已经五年了。现在我记起你了，你那有限的词汇和反复的恐吓让我回想了起来。芬奇·托马斯，对吗？有一天晚上，你曾在这里扇你女朋友耳光，因为你心情不好，或者说可能心情不好吧。我本来没有打算管这件事，真的，我没有。如果她蠢到仅仅是因为你有钱，可以在夜总会花天酒地，就愿意跟你这样一个强盗在一起的话，那就是她自己的事情。可问题是你后来把她打倒在地，并且一直踢到她肋骨断裂，而且这么做的时候，你还在那里发笑。于是，我拿骰子砸你，拿走你所有的信用卡，最后将你从一扇关着的窗户扔了出去。据我回忆，你在落荒而逃的时候，一边丢下那几句著名的威胁言论，一边努力把碎玻璃碴儿从屁股上抠下来。任何一个人都应该从这件事中吸取教训，补上道德课。亚历克斯，我很惊讶你会让这个卑鄙小人回到这里。”

亚历克斯耸耸肩，胳膊肘撑在吧台上说：“我能跟你说什么呢？他的父亲是这个城市的大人物。他们的父亲们都是。”

酒吧里的音乐戛然而止，当人们意识到正在发生的事情时，喋喋不休的喧闹声很快便消停下去。此时，周围的人们兴致勃勃，在暗地里打赌，已有许多钱在转手。每个人都想看看约翰·泰勒是否依然胜券在握。我自己也想知道。

“你无权这样跟我说话。”芬奇·托马斯说。他的声音如此做作，以至都变了调。

“我当然有这个权力。我已经这么说了，你刚才难道没听到吗？”

他从夹克里抽出一把细长的金色长柄弯刀，这个危险的器具是专门打造的，正好和他的手型吻合。刀身闪烁着明亮的寒光，可以看出刀刃锋利无比。另两个雅皮士也抽出了相似的武器。一定是最新式的东西，德鲁伊教派的款式。

“我们这就教训你。”芬奇·托马斯的嘴咧得很宽，声音不大，喘着粗气，眼里闪烁着兴奋的光芒，“我们这就教训你，教训你，教训你。让你尖叫，泰勒。让你的血溅满整个酒吧，直到你求我把你杀死。我从不相信那些关于你的故事。上次你只不过是趁我不备才得手。在让你哭喊尖叫后，我们会稍等一阵，以便你能看着我们动你的女人，我们会……我们会……”

我用自己的双眼死死盯住他的双眼，他的尾音慢慢消失。我已经听够了，听得太多了。这些卑鄙的虫子正在自取灭亡。他安静地站着，想摆脱我的视线，但却做不到。我控制住他了。当他想转身逃跑，却发现无力挣脱时，脸色忽然一片土灰，汗珠也渗了出来。他呜咽着，昂贵裤子的裆部显露出一大片深色的痕迹，尿裤子了。他的手不听使唤地摊开，金色的弯刀脱离他无力的手指，跌落在地，在一片寂静中发出巨大的声响。此时他害怕了，真的害怕了。我冲他微笑，血从他凝神的眼眶里流出，顺着脸颊淌下。他嘴里发出呜呜声，像是虚弱的动物在呻吟，接着他开始翻白眼，整个人毫无意识地颓然倒地。他的两个雅皮士朋友站在那里，瞠目结舌地看着倒在地上的他，然后又看着我。两人用颤抖的手举起金色的弯刀，鼓起勇气发起进攻。亚历克斯提高了嗓门儿：

“露西！贝蒂！有人闹事！”

露西·克尔特林和贝蒂·克尔特林瞬时出现在雅皮士身后。克尔特林姐妹已经为亚历克斯当了多年保镖。这两个身材魁梧、令人胆寒的女孩最多只穿T恤和短裤，这样能更好地展示她们令人印象深刻的肌肉。其中一个金发碧眼，另一个则是浅黑色皮肤，除此之外，两人之间没太大区别。她们身上散发着一丝令人胆寒的魔力，只需大声咳嗽，便能解决麻烦。她们逼向两个雅皮士，将对方手中的长柄弯刀击落，抓住他们用力撞向吧台，并用膝盖猛顶他们裆部，然后拎起二人，扔出了酒吧。围观人群爆发出阵阵欢呼和掌声，还有几个家伙吹起了口哨。我不满地看着亚历克斯说：

“我能解决他们的。”

他用力哼了一声：“我可是见过你解决问题的时候会发生些什么，我得花很长的时间在事后收拾烂摊子、清理血迹。看看这里，已经有一个躺下了，看在上帝的分上，就不要去招惹我的另两位客人了吧。”

我接受了亚历克斯好意送上的白兰地酒。亚历克斯只会对最亲近的人道歉。克尔特林她们折返回来，将仍在无声抽搐的芬奇·托马斯拖了出去。

“他会向他老爸告你的，”亚历克斯评论道，“他老爸会不开心，甚至会对你恼羞成怒。”

“恨我的人多了，让他去排个号吧。”我回答，在公共场所你就得用这种方式说话。上帝都清楚，即便不再结仇，我的敌人也已经够多的了。可是，年轻的芬奇·托马斯和他的同伙应该不时受到一点教训，这只不过是遵照普遍原理罢了。乔安娜正盯着克尔特林她们，问：

“她们是谁……什么？”

“我的骄傲与荣耀，”亚历克斯充满感情地回答，“贝蒂·克尔特林和露西·克尔特林姐妹。她们是这一行中最好的保镖，当然，这一点我永远不会告诉她们。她们比美洲猎犬还要凶猛，却便宜得多。对了，她俩结婚了，还曾经生下一个孩子。”

乔安娜看起来有些头昏。“我想我们得去跟艾迪谈谈了，”我友好地说，“一会儿再聊，亚历克斯。”

“如果你非要去找他的话，就去吧。假如你会听我的，我便不会让你去。你是个麻烦，约翰，你一直是个麻烦。”

重金属摇滚乐再度响起，强劲刺耳，人们对好戏已经收场感到有些遗憾，重新继续各自的谈话。他们依然有很多话题可聊。毫无疑问，约翰·泰勒回来了，还是像原来一样敏捷。我没法将一切设计得更好，完美的戏剧性一幕有助于赶走那些讨厌的“苍蝇”，但它也有可能引来不必要的注意。我迈步走向远处靠近酒窖的角落，乔安娜跟在我身旁，正奇怪地看着我。

“别去管亚历克斯的话，”我平静地说，“据我所知，他是我认识的人中唯一患有永久性起搏器介导心动过速的人。”

“刚才你对那个可怜的王八蛋做了些什么？”

“我用目光把他制服了。”

乔安娜瞪了我一眼，显然她决定不再继续深入探究这个话题。这样才明智。

“我们要去见的艾迪是谁？他又怎么能够帮助我们找到我的女儿呢？”

“剃刀艾迪，”我回答，“被誉为折叠剃刀朋克之神。他的名字是在很久以前得到的，那是一场巷战，两个帮派的领地之争。当时艾迪只有十四岁，但却已是个老练毒辣的杀手。他擅长使用一把手柄镶有珍珠的剃刀，用它来杀人。他已经有点疯狂了。接下来的几年里，他为任何出得起价钱的客户杀人，抑或仅仅是为了吸引一些关注便大开杀戒。”

“你认识的都是些最奇怪的人，”乔安娜嘟囔着，“这样的人怎么能帮助我们呢？”

“等等，我还没说完。事情有了转机，艾迪失踪了。他在诸神街遭遇了什么事情，直到现在他仍不愿谈起，等到他回来时，一切都变了。现在，他睡大门口，靠乞讨为生，吃残羹剩饭，想去哪儿就去哪儿，仿佛在以一种残酷的苦修来为早先的罪行忏悔。他选择下手的对象已变成那些别人无法触及的坏家伙。那些人自以为受到金钱和权力的保护，不会遭到因果报应，别人却往往发现他们以离奇的方式神秘死亡，那就是剃刀艾迪干的，一个为了好处办事、极其招人烦的杀手，所谓的好处不便明说。”

“你又在对我说教了，”这是我带乔安娜来到夜城后，她头一次显得轻松了点，“可问题是……他能否帮我找到我的凯茜，他会要报酬吗？”

“不会，钱对艾迪而言一文不值，或者说不再有用。不过他还欠我个人情。”

“我不想知道为什么。”

“最好不要知道。”我表示赞同。

最终，我们走向酒窖石墙边的阴暗角落，那里放着一张桌子，光线特别暗。桌子后边坐着的就是剃刀之神艾迪，那是一个消瘦的人形，穿着一件过大的灰色外套，显然日积月累了很多污秽和油垢。只要看着那件衣服，就足以令你浑身发痒，味道则更加难闻。据说为了逃避剃刀艾迪的气味，连老鼠都会躲回下水道。五年来，他一点儿也没有变，同样空洞的表情、通红的眼睛。没人在乎他，也没人招惹他。他喝酒是免费的，作为回报，艾迪从不在这里杀人。

他面前的桌上放着一瓶设计师之水，瓶子上爬满苍蝇。更多苍蝇萦绕在艾迪周围，有些靠得太近，已经被他的气味熏死。我冲艾迪笑笑，作为回应，他冷淡地点点头。我拉过一把椅子，在他对面坐下。那种味道还是我印象中那么难闻，但我希望这种感觉没有在我脸上表现出来。乔安娜也搬了把椅子坐在我旁边，尽量只用嘴呼吸。艾迪说话的声音很低，如同幽灵。

“你好，约翰。欢迎回家。你看上去气色不错。你为何只有在想要寻找什么东西的时候才会来看看我呢？”

“找到你可并不总是那么容易，艾迪。还有，你是个令人恐惧的浑蛋。呃，过得怎么样？最近杀了什么有趣的人吗？”

这个幽灵苍白的嘴角流露出一丝笑意：“都是你不认识的。我听说你要找的是个离家出走的人。”

乔安娜插话进来：“你是怎么知道的？”

“在夜城，没有不透风的墙，”艾迪回答，然后将摇曳的目光转向我，“去要塞看看。”

我点点头，我自己早该想到那个地方：“谢谢你，艾迪。”

“在那里你会找到苏西。”

“很好。”我尽量让自己声音显得很高兴，苏西和我有一段历史。就在我准备将椅子往后推时，艾迪忽然转头盯着乔安娜，乔安娜明显露出了异样的神情。

“在这个男人身边你可得小心了，小姐，约翰不是那种交往起来很安全的人。”艾迪说。

“你还想起了什么需要告诉我的吗，艾迪？”我小心地问。

“有人在找你，约翰。”

“一直都有人找我。”

艾迪淡淡一笑：“这些可都是坏人。”

我等了等，可他没再说什么。我点头致谢，站起身来，乔安娜也立刻起身，我带她向吧台走去。一路上她都在深呼吸，不住地发抖：

“可怕的小男人，那是什么臭味？我发誓，那种气味闻起来就像某种死了之后又被从地里面挖出来的东西散发出来的。”

“为了不发疯，”我巧妙地回答，“关于剃刀艾迪的故事，你最好别问。”

我们又回到吧台。亚历克斯盯着我，表示祝贺。我看了看乔安娜说：

“你在这儿等等，我打个电话到我们要去的要塞打听一点消息。最好不要去招惹那些拿着枪的人。”

我走到吧台一侧借用免费电话。可是，即使是在拨号、听来自要塞的语音提示和留下简短信息的过程中，我依然仔细聆听着乔安娜和亚历克斯的对话。小心你的敌人，更要小心你的朋友，还有客户。干我这一行的，只有这样才会活得更长。亚历克斯向乔安娜投去自以为迷人的笑容，她没有笑脸相迎：

“给我一大杯丹麦威士忌，不加冰。”

“然后，”亚历克斯说，“再来一杯酒后饮料。你不会相信有些夜晚别人会向我要什么，设计师啤酒、酒精饮料以及拥有暧昧名字的血色鸡尾酒。有个人居然还要了一杯打桩机——伏特加酒加西梅汁，简直是野兽。”

他用一支还算干净的玻璃杯慷慨地为乔安娜倒了一大杯酒。她若有所思地看着他：“你认识约翰·泰勒？”

“很遗憾，是的。”

“你对他有多了解？”

“到他允许我了解的那种程度吧。”亚历克斯说，显得异乎寻常地严肃。金发碧眼的女人是他的一块软肋，尤其是那些鸡蛋里挑不出骨头的完美女人。也正因如此，我才让他们单独待在一起。亚历克斯斜靠在吧台上，身体倾向乔安娜。“约翰不愿意向人们敞开心扉。已经五年了……到现在都还是这样，我知道他总有一天会回来，这个地方在他身上留下了深深的烙印。他生于夜城，也将死于夜城，很可能会英年早逝。他总是要充当救世主，拍马赶来营救某些进退两难的可怜浑蛋，除了他，那些人再没其他指望。约翰总是不幸事件中的笨蛋，看起来他仍然自大，相信自己知道别人最需要的是什么。”

“他怎么会变成了一个私家侦探呢？”

“他拥有一种寻找东西的天赋，这是他从父母那里继承下来的唯一有用的东西。你听说过那个故事吗？这里的每个人都听过，关于约翰的爸爸在知道他娶的女人不是……不是真正的人类之后，是怎样一点一点杀死自己的。我对自己的前妻也有同样的感受。愿她得到安息。”

“很抱歉，”乔安娜说，“她是什么时候去世的？”

“她没有去世，”亚历克斯回答，“这只不过是我个人的愿望罢了。”

“我能信赖泰勒吗？”乔安娜认真说道。

“他做的那些自认为正确的事情，你都可以信赖。不过结果可能是你期待的，也可能事与愿违。因此这个问题取决于你自己。”

“剃刀艾迪说我们应该去要塞。”

听到这个地方，亚历克斯有些吃惊，但还是点了点头：“听起来没错。”

“那是什么地方？另一家酒吧？”

“很难说，要塞是一个戒备森严的庇护所，用来保护那些被非人类生物诱拐绑架的人。有着同样遭遇的很多人凑到了一起，买了大量枪支，向所有人和形形色色的种族表明，不来一场昏天暗地的战斗，就别想再碰他们。那里的每个房间都配有一台摄像机，以便他们随时处于监控之中，即使是睡觉。其中有些人甚至在自己身上缠满了爆炸装置，随时准备引爆。据说那里的武器弹药足以用来发动一场相当庞大的战争。”

“去那里有用吗？”乔安娜问。

亚历克斯耸耸肩：“他们不是那种会回答你私人问题的人，他们对陌生人总是保持警惕。总之，这么多年来，要塞已经成为任何需要帮助或保护的人的避难所，有些人跑到那里只是为了安全地待上几天。很多离家出走的人都曾去过要塞。”

“他们是好人吗？”

“噢，当然是。偏执、暴力、疯狂，如同一只发疯的猫，但是……”

我想我已经听够了。我挂上电话，走到他们身边。亚历克斯或许知道，也或许不知道我一直在听他们谈话，无关紧要。我对乔安娜点点头。

“电话拨不通，只有自动答录机的留言。我们必须亲自去那里问问。”

“那就别再等了。”乔安娜一边说，一边将剩下的酒一饮而尽。亚历克斯殷勤地眨了几下眼睛。乔安娜将杯子重重放在吧台上："记在泰勒账上。"

"你可学得真快。"亚历克斯说。

我与乔安娜并肩走向金属台阶。没人打量我们。乔安娜忽然看着我：

"约翰？"

"怎么了？"

她摇了摇头，欲言又止。

5

无面使者和剃刀之神

我们走出“陌生人”酒吧，踏进昏暗阴沉的后巷，坚固的钢制店门在身后紧紧地关上了。总的来说，情况还不是太糟。艾迪提供了一个线索，就是没人想谋害我。亚历克斯甚至连我长期拖欠酒吧的账单也没有提起，我当然不会认为他心肠变软了才这样，可能是因为他发现了乔安娜这样有钱的客人，还认识了她，心情较好的缘故。乔安娜皱着眉头，茫然地看着周围，双手紧紧地抱着双肩，突然打了个寒战。这很正常。此时，小巷两侧的墙壁上和鹅卵石铺就的路面上，凝聚着厚厚的白霜，天气冷得快要把人冻僵了。我们在酒吧里面才待了这么一小会儿，夜晚的天气已俨然是冬季的感觉了。乔安娜望着我，眼神里有些怪罪之意。她的呼吸在静滞的空气中形成了浓浓的白色雾气：

“说说，这天气到底怎么回事啊？我们走进那扇门的时候，还是舒适的夏夜呢。”

“实际上，在夜城，没有严格的天气之说。同样，”我耐心地解释着，“也没有季节之说。在这里，夜晚永远不会结束。看到温度变化，不用觉得这是天气在变化，就当成是情绪变化吧，仅仅是这座城市表达自己的方式。有时候，我觉得这里就应该是这样的天气。这大概也是雨水很多的原因吧。”

我沿着小巷向前走去，乔安娜大步与我同行。她的鞋跟踩在鹅卵石地面上，清脆地响起咔嗒咔嗒的声音。她正在琢磨着怎样开口问我一些私人问题。她如果问的话，我愿意告诉她。

“艾迪说有坏人在找你。”她终于开口说。

“别担心。夜城地方很大，外来的人很容易迷失。不管是谁，等到他发现我们的踪迹时，我们早就找到你的女儿并带着她离开了。”

“如果总是有坏人在这里找你的话……你何不待在夜城之外呢？”

为了礼貌起见，对于她的提议，我想了好一会儿。

这是一个严肃的问题，应该认真地回答。我说："过去漫长的五年里，我一直在尝试像你说的那样去做。但夜城就是具有一种诱惑力，世俗的伦敦没有任何事物可以与之相比。它就像是一个色彩缤纷的世界，并非只是简单的黑白两色。这里的一切都更为刺激，意义更为重大。各种信念、各种行动、各种生活……在庞大的系统中，占有更重要的地位。但是归根结底，还是因为我在这里会比在伦敦生活得更好，我的天眼只有在夜城才能发挥作用。虽然我本人并不看重名声，但在这儿，我还算是个人物。再说，人都不愿意别人向自己发号施令，这对办事是不利的。"

"亚历克斯说这里就是你的家，你属于这里。"

"家是心灵栖息的地方。这里的大多数人不敢展露自己的真心，因为有人会把它吃了。"

"艾迪说他们是坏人，"乔安娜固执地说，"而且他似乎可以识别坏人。说真的，我们会马上遇到危险吗？"

"在夜城，总是会发生这样的事。形形色色的人因为各种在其他任何地方都无法表达或满足的情感和需求来到这里。他们中的很多人喜欢冒险，但大部分人清楚，招惹我更加危险。"

她看着我，被逗乐了："真是个狠心的人。"

“只有不得不狠心的时候，我才狠心。”

“带武器了吗？”

“我一支枪也没带，”我说，“从未感到有这个必要。”

“我也能照顾自己。”她突然说。

“这一点我不怀疑，”我安慰她说，“否则，我是绝对不会同意你和我一起来的。”

“哦，这个苏西是谁啊？就是艾迪说我们会在要塞遇到的那个人。”

我直直地看着前方：“你问了好多问题，是吧？”

“我觉得自己付的钱应该物有所值。她是谁？老情人？宿敌？”

“是的。”

“她会是个大问题吧？”

“也许吧。我们曾经共事过。”

乔安娜笑了，女人就喜欢探听这样的事情。她问道：“她也欠你人情吗？”

我叹了口气，有些不愿回答这个问题。因为我意识到“是”还是“不是”这样简单的回答是没办法搪塞乔安娜的。有些女人纯粹就想无所不知，即便这事和她们一点关系也没有。

“不算是什么大人情。嗯……射手苏西，也有人称她霰弹枪苏西，还有人一看见她就喊：‘天哪，是她，快跑！’她是唯一因为过于残忍而被英国空军特种部队开除的女人。后来，在夜城内外专门寻找被悬赏的失踪人物。可能要塞有她要找的人。”

乔安娜死死盯着我，而我还是直直地朝前看着，谨慎地显出镇定的样子。“这样啊，”最后她说，“她会帮助我们吗？”

“可能会。只要你有钱请她。”

“只要是我女儿的事，钱不是问题。”

我看向她：“早知道这样，我应该多向你收点费用。”

她大笑，接着咳了起来，于是又紧紧抱住双肩，抱怨道：“该死，天又冷起来了！我手指都快失去知觉了。回到白昼后，我一定会很高兴的。街上可能会更暖和些。”

我突然停住了脚步，她也随我停了下来。她是对的。天气很冷，冷得不自然。我们已经走了很长时间，不应该还在小巷里，应该早就走出巷口了。我望向身后，“陌生人”那盏小小的霓虹灯如同黑暗中的萤火虫在远处闪烁着。我看了看巷口，并不比我们出发时更近些。我在回答乔安娜的问题时没有注意到，小巷已经变长了。有人在玩空间结构的游戏，延长了小巷……能量耗尽，天气就会突然变冷……我能感觉到陷阱正在向我逼近。现在我正寻觅着，已经感觉到空气中的魔力，如同静电一样发出噼啪声，使我手臂上的汗毛竖了起来。一切似乎都很遥远，发出声响的魔力正在一点一点地靠近，我们仿佛置身于水下。有人已经控制了我们周围的空间，好像正在放下箱盖。

在我观望的时候，出现了六条黑影，挡住了巷口。他们身着黑衣，站在那里，等着我走过去。

“下次你想挑衅的时候，”乔安娜悄悄地说，“在业余时间里做。好像是芬奇·托马斯的老爸派出的援军。”

我点点头，尽量不让脸上露出释然的表情。当然，我松了一口气，是觉得假如那些人是芬奇·托马斯一伙的，就不必担心了。德鲁伊教的魔法与城市荣誉都没有什么可担心的，我有能力对付这六个来自德鲁伊教模仿雅皮士的小子，会把他们整得落荒而逃。一旦我略微残酷点，粉碎他们集中的意志力，小巷的魔咒瞬间就会瓦解。这时，不知从何处射出一束浅红的光线，注满了小巷，照亮了即将笼罩血雨的场面，这样某个人就可以欣赏表演。借着光线，我看清了巷口等待着我的一切，瞬间恐惧到了极点，差点当场呕吐。

他们站在一起，总共六个，似人非人。他们有着人类的外形，但骨子里不是人，穿着普通的黑衣，戴着悦目的领结，脚上的皮鞋擦得锃亮，帽子懒散地扣在头上，帽檐垂得很低。但那只是伪装的一部分，是为了帮助他们融入人群，以免他们走在街上时吓得旁人惊声尖叫。这些东西确实发挥了作用，可是，当你朝帽檐下看时，就发现蹊跷了。因为你看到的应该是他们的脸，但是他们没有脸。从下巴到眉头，只有毫无表情的皮肤。没有眼睛，但他们却可以看。没有耳朵，他们却可以听。没有嘴巴，也没有鼻子，他们根本不需要呼吸。面前的一幕透漏出某种令人恐惧的味道，有悖于自然与常理，足以使任何一个精神正常的人感到恶心。

我知道他们，以前就知道。他们行动迅速，力量强大，永不知倦，一旦开始追踪，就是一直追踪到地狱，他们也决不会有丝毫犹豫。我曾经目睹他们拉扯人的四肢，践踏还在尖叫的人体。噢，是的，我认识他们，很早就认识了。他们突然迈步向前，镇定而从容，步调精确地一致，无声无息地向我走过来，甚至连脚步声也没有。

我喉间发出了声音，就像狐狸看见猎犬包抄过来时发出的声音，也像是无法从梦魇中醒来的人发出的声音。我害怕得浑身发抖，汗珠沿着脸颊滚落。我自小就一直害怕的追踪者，终于还是找到了我。乔安娜看出我在害怕，立刻也感到了恐惧。看到曾经淡定的我如今变了模样，她也立刻意识到情况真的很糟，有些不知所措。我的心在尖叫。逃跑隐匿了这么多年，他们还是找到了我。我见过他们的“杰作”，想到自己也会死得很惨，惨不忍睹，人们看见就会呕吐。

我回过头看，想看看是否来得及回到“陌生人”。也许可以穿过酒吧，奔进后院，再通过陈旧的酒窖……但他们已经堵住了后路。有六个，也站在一起，截断了我的希望，截断了我的安全通道，截断了我逃脱的机会，我甚至没有察觉到他们的出现。我在世俗世界里待得太久，已经变得脆弱大意了。我又转过头看着眼前正在逼近的这六个家伙，呼吸开始变得困难，双手无助地张开又握起。

“他们……他们是什么东西？”乔安娜问我，双手紧紧地抓着我的胳膊。她和我一样恐惧。

“无面使者。”我答道，声音小得像蚊子叫。这还是我好不容易才发出来的声音。我的口中干渴难受，喉头仿佛有只手掐着：“就是一直在寻找我的那些人。他们会毁掉人的尸体，残忍至极，这是他们一贯的杀人作风。”

“就是艾迪警告过的坏人吗？”

“不是。这些是他们的杀人使者，他们一直派来杀我的人。有人出卖了我，他们不可能这么快就追踪到我，也不可能这么快布置好如此完美的陷阱。有人告诉了这群狗娘养的何时何地可以找到我，有人把我给卖了，卖给了这些无面使者。”

我低声和乔安娜讲话时，脑子也在飞速地转动着。一定会有办法脱离目前的困境。必须有。不可能就这样简单地结束，不可能在这个空荡荡的“盒子”中央，就在这条肮脏不堪的小巷里等着自己的五脏被掏出来。

“你现在能和他们斗吗？”乔安娜问。她嗓门儿很高，快要发狂了似的。

“不行。离开这里太久了，我的天眼还没有回来呢。”

“别忘了！你是个狠心的人。”

“他们更狠。”

“你不是能只……只盯着他们就让他们落荒而逃吗，就像你对付芬奇·托马斯那样？”她的声音蓦地中断了。她现在非常清楚地看到了他们，无面使者。

“他们没有眼睛！”我说，声音变得有些歇斯底里，“根本没办法伤害他们，因为他们没有任何知觉。甚至也没办法杀死他们，因为他们根本不是真正的活物。”

我努力想把自己的天眼最大程度地激发出来。它的绝大部分还在我的后脑沉睡着，整整五年没有使用过。尽管我知道以后要为此付出沉重的代价（如果有以后的

心

话），我也要一点不留地强迫它醒来。我冲击着自己的极限，用意念与包围着我的魔咒对峙着，试图摸清它的弱点。前后都已经被堵住，不过，小巷两侧的墙壁也许……我可以找到些东西，所以我努力地在墙壁上搜寻。这两道墙壁虽然只是些坚固的砖块，可是在夜城，它们能够掩盖很多东西。毫无疑问，我的第三只眼——天眼，在眼前这座墙壁中发现了隐藏于砖块和灰泥后的一扇旧门的轮廓。这扇门的空间此刻被右侧墙壁占据着，只有具备天眼的人才能看到。从它的外部看来，很长一段时间内没有被开启过，但它的时间惯性不是我的对手，因为我正在竭尽全力，用所有的意念撞击它，空间颤抖了。

无面使者似乎感觉到了什么，不约而同地微微抬头。我又撞了一下那扇门，它呻吟着，只是裂开了一条小缝儿。明亮的光线在门边闪耀着，溢进了小巷，逼退了原来不自然的红光。这是阳光，纯洁无瑕。无面使者畏缩地退开，但只退了一点点。我能够听到门后吹来的风声，凛冽粗犷，那是自由的声音。

“那是什么？”乔安娜问。

“我们逃生的路。”我的声音更坚定了，“在夜城，只要知道往哪儿看，就能发现很多薄弱的地方和裂缝。来，我们从这儿出去。”

“我不能出去。”

“什么？”

“我动不了！”我看着她。她没开玩笑，脸色苍白，像一只在屠宰场待宰的动物，眼睛睁得大大的，双手使劲儿地拽着我的胳膊。“约翰，我怕！他们让我觉得害怕。我动……动不了。我喘不过气，脑子也转不了了！”

她惊惶失措，开始发狂。夜城对她来说，还太难以接受。我之前就明白了这一点。看来我必须行动起来。我用力拖着她走向我刚才打开的门，但她的双腿却不合作，四仰八叉地倒在了路面上，还差点把我给带倒。我把她的手用力拉开，于是她蜷缩起来，无助地呻吟着，浑身颤抖。我看了看门，又看看正在逼近的无面使者。门那么远，他们这么近，我又拉不动她。但我自己能离开，仍然来得及走到门边，能够打开门越过，然后将它合上，这样就安全了。但是这就表示要丢弃乔安娜。无面使者会杀了她的。太恐怖了。一方面是因为他们绝不会留下目击者，一方面是为了警告我，也警告其他人。他们以前就是这样做的。

她和我没有关系。乔安娜·巴雷特、钱、骄傲以及傲慢的处事方式驱使我放弃自己理智的判断，返回夜城，同时，也使我为她感到难过，为她愚蠢可怜的女儿感到难过。我不欠她什么，也没有任何东西值得我冒着生命危险来救她。她跑不动，她跌倒，那都是她自找的。我能够做的就是留下她，任由无面使者处置，然后我就安全了。

我转向墙壁内的门，放开了对它的控制。门马上就砰地合上了，阳光也随之不见，小巷又充斥着可怕的红光。我返身站到乔安娜身边，握起了拳头。她也许不是我的朋友，甚至连盟友也算不上，但她是我的客户。对于这一点，我常常会忘记，但我始终尽力不失信于客户。人必须有尊严。

我抛掉最后一丝骄傲，用意念拼命地发出呼救信号。如果不是在夜城，即便有些人听到了我的求救，也不会在意，但亚历克斯可能会听到……会做些什么。然而，甚至在我打开意念的时候，无面使者的意念仍然向我压迫过来，非人类的怪声正震耳欲聋地企图充斥我的脑袋，挤迫出我自己的意念。我不得不再次关闭自己的意念，进行自卫。不会有帮手了——没有受难的耶稣，也没有最后一刻到来的援兵。同以往一样，在这个永不结束的黑夜里，我始终独自一人。只有我自己，还有最终会要我命的敌人。

无面使者围了上来，六个在前，六个在后，慢条斯理，因为他们知道我无处可逃。他们无声地移动着，像鬼魂，像幽灵，也像是致命的意念，空洞的脸比任何谋杀的表情都更恐怖。他们的目的与企图清楚地表现在他们的行动上——敏捷，轻松，完全同步，但是并不优雅，对于他们来说，这个特性有太强的人类味道。我举起拳头向他们表示挑衅，他们也抬起了苍白无色的手。第一次，我看清他们修长的手指末端是皮下注射器针头，在并非指甲的末端伸出了十厘米长。细长的针头，正滴出浅绿色的液体。这是一种新的东西，我以前从来没见过。突然间，我恍然大悟，而且非常肯定，我不在的时候，游戏已经发生了变化。他们来这里不是为了杀我，而是要用这些针头给我注射，麻痹我，直到我不能再斗下去，就将我拖到……另外的地方，拖到他们神秘的主人们面前，那些坏人面前。

我可能大声喊叫了，我甚至连速死的尊严也得不到。我的那些敌人已经计划要慢慢地折磨我，让我痛哭、恐惧、发疯，也许是为了让我也变成无面使者，去执行他们的命令，说他们想说的话，做他们要求的事，同时某一微小部分的我将永远被困住，在自己看不到的地方无助地尖叫。我宁愿去死。最后，因为恐惧，我反倒有些生气。让他们都见鬼去吧，让他们都见鬼去吧。如果我逃脱不掉，至少也要激怒他们，使他们下手杀掉我，这样他们就没有胜利，无法如愿以偿了。

说不定，如果我拖延的时间够长，还能找出办法脱离危险。有时，在夜城，会有奇迹发生。

第一个无面使者已经触手可及，于是，我一拳击中它空洞的脸。这一击聚集了我所有的力量。我的拳头深深地陷进它的脑中，刚好在正中间本来应该长着鼻子的位置。苍白无色的肉不自然地翻了出来，像面团儿似的向周围伸展。我抽出拳头的时候，一些表皮黏糊糊地贴在手上，而它在重击之下几乎没动地方。其余的一拥而上，将我围在中间，我迅速地旋转着身体，向他们击去。他们动作迅速，但我的动作更迅速。他们力量强大，但我却是在玩命。我抵挡了一会儿，但拳头就像打在尸体上一样，心中莫名地升起一股怒意。他们的身体特别柔软，里面好像什么也没有，也许真的没有任何东西，只是盛满了敌人对我的仇恨。他们对击打根本不屑一顾，只把它看作一种瞬间而逝的东西吸收进去，然后再返回继续吸收。他们的手从四面八方向我袭来，像蛇一样反复地想用手指上的针头扎我。他们像机器般盲目地坚持着，我能够做的就是不停地移动，不断地躲避。随着越来越沉重的呼吸，我的动作慢了下来。他们的针头划裂了我的白色风衣，浅绿色的液体斑斑点点地溅在了上面。事实上，我已经变得疯狂起来，抓起其中的一个朝墙上摔去。如果活人被这么一撞，早就粉身碎骨了，但无面使者碰到砖墙后，如同一个打不破的玩具一样，只是稍微变平，就又向我弹了回来。没有表情，坚持不懈，悄然无声。我就像是在与噩梦战斗。在他们忙着对付我的时候，我大叫着让乔安娜快跑，但她只是蜷缩在地上，嘴角惊恐地耷拉着，睁大了双眼，几乎无意识地盯着眼前的一幕。无面使者这时全都集中在我周围，我又累又冷，只能尽量牵扯他们相互搏斗，针头插到彼此的身上，而不是我的身上。我的愤怒与恐惧都快用完了，再也坚持不住了，剩余的力量正在迅速地消失。我正想着怎样才能让他们把我杀掉，这时他们之中又出现了一道黑影。情况发生了变化。

无面使者意识到还有别人时，马上全都转过了头。新东西已经进了小巷，比他们更加恐怖，甚至更加危险。他们能够感觉到他的到来，暂时忘记了我的存在。我感恩戴德地倒在鹅卵石地面上，躺在乔安娜身边，急促地呼吸着，心脏在胸腔里急剧地跳动。乔安娜伸出双臂抱住我，靠在我身上，脸埋在我颈间。我完全能够看到这个新出现的东西。

无面使者环顾四周，空洞的脸同时转动着，就像是同一张脸。他们看不到目标，有些茫然，这不是计划之中的事。后来，其中的一张脸突然变得与其余的脸不同了，一条长长的红线出现了，横在本该是长着眼睛的位置上，血立刻渗了出来。这个生物犹疑地抬起装着针头的手来触摸流血的脸，好像是想检查伤口。一个影子从他旁边掠过，快得如同脑中一闪而过的思绪。他抬起的那只手被完整地从手腕处切掉摔落，血从切口喷涌而出，射进寒气中，还冒着热气。我笑了，是那种沾沾自喜的笑，因为我猜到了救我的人是谁。战斗已近尾声，无面使者会全部完蛋。只不过他们还不知道罢了。

有东西在那些空脸的身体上划过，快得看不清楚。血同时从一百个伤口处喷射而出，飞溅到空中。无面使者不顾一切地打斗，但打到的都是自己人。他们想逃跑，但无论走到哪儿，影子总是已经到了他们前面，将他们撕裂，撕成了碎片。他们叫不出来，但我想他们在最后的时刻才认识了恐惧，遭受了自己曾经带给别人的痛苦。

也就是几秒钟的事儿，一切就结束了。不多不少，十二个一直追踪我的无面使者，已经变成了几百甚至几千个碎片，散落在整个小巷里，一些还在扭曲着。灰暗的砖墙被血染成了红色，鹅卵石路面也因为沾上了血而变得滑溜溜的，只有乔安娜和我周围这一小圈免遭此难。十二张没有五官的脸皮，也被以极其熟练的手法从没有特征的头颅上剥离，牢牢地成排钉在墙上，就钉在“陌生人”那扇紧闭的钢制店门旁边。

红光咔嗒一声消失了，小巷又恢复了往常的阴暗。彻骨的寒冷慢慢变弱。我低声地安慰着乔安娜。她攥住我的手终于松开，然后，我冲静静站在那盏霓虹灯下的身影点了点头：

“艾迪，谢谢了。”

剃刀艾迪不易察觉地笑了，双手放进宽大的灰外套口袋中。他身上一点血迹都没有沾到。

“这是还你的情，约翰。”

他说话的样子让我恍然间明白了很多东西：“你早知道会发生这样的事！”

“当然。”

“那你为什么不早点出手啊？”

“因为我想看看你是否还拥有天眼。”

“那你至少也该通通气嘛！为什么没给我提个醒儿啊？”

“因为你不会听的，我也想趁机警告一下无面使者的幕后老板。而且，我也特别讨厌欠任何人的情。”

现在我明白了："是你告诉他们我会在这儿的。"

"约翰，欢迎回来。缺了你，老地方都不一样了。"

有东西动了一下，好似一道黑影掠过，又好似一丝微风吹过。站在霓虹灯下的人影已不见了踪迹。小巷空荡荡的，只剩下遍地的身体碎片和沿着墙壁流下的鲜血。我早该猜到的。在夜城，每个人都有自己的安排。乔安娜仰起苍白的脸孔看着我：

"都结束了？"

"是啊，结束了。"

"很抱歉。我知道我该跑的，但我吓傻了。以前从来没有这么恐惧过。"

"没事了，"我说，"不是每个人陷进困境时都能游泳的。你过去的生活中经历的事不足以让你应对无面使者。"

"我过去总觉得自己什么事都能应付，"她静静地说，"我一直都必须坚强——必须做一个斗士——必须保护我的利益，以及我的孩子。我了解游戏，了解游戏的规则，知道该怎么使用拥有的东西做自己想做的事，胜过所有的人。但是这件事……这件事超出了我的能力。我觉得自己又变成了个孩子，茫然无措，无能为力，不堪一击。"

"这里的规则也没有什么太大的不同，"过了一会儿，我又接着说，“还是掌握在强者手中，弱肉强食。我们有些人是不会被打倒的，因为还要与困境做斗争，要帮助我们能够帮助的人，这是我们必须做的。”

“你真是我的英雄啊。”乔安娜说道，第一次露出了些许笑容。

“我不是英雄，”我明确地说，“我只是能够找到一些东西。我来这儿不是为了清理整顿夜城。夜城太大，而我太渺小。我只是一个人，利用自己所具备的天眼帮助客户，因为每个人在困难的时候，都应该有个可以求助的人。”

“在这之前，”乔安娜说，“我从来没有遇到过令我尊敬的人。你可以逃走，丢下我，救自己的命。但是你没有这样做。你就是我心目中的英雄。”

她将嘴唇靠向我。片刻之后，我们亲吻起来。她依偎在我怀中，贴着我，身体暖暖的，让人觉得安慰。很久以来，这是我第一次感到自己又有了生气。我高兴了一会儿，就好像刚睡醒时的感觉。之后，我们相互拥抱着，在冷冰冰的路面上坐了一会儿。其他的一切都变得无关紧要了。

6

要塞中的乱战

我招手叫了一辆马车，向要塞出发。距离太远了，没办法走着去，尤其是在“陌生人”外边又发生了那样的事情，我觉得需要坐一坐了。这段时间我不在街上抛头露面，这大概是个不错的主意。拉车的这匹马小跑着过来，碰到想要挡路的车辆都会怒目相向。这是一匹克莱德谷马，通体月白色，有着宽阔的背、厚重的银色马蹄。它拉着一辆华丽的双轮双座马车，十九世纪的式样，用黑白两种檀木制成，牢固地钉着一些黄铜饰品。一个男人坐在车顶，身上裹着一件破旧的皮制防尘衣，配着一把老式短枪，长长的枪托上蚀刻着魔符，令人产生不悦的感觉。马拉着车向我和乔安娜跑近，他则小心地环视周围，仿佛随时准备使用那把硕大的短枪。乔安娜此时基本上已经恢复了素来镇静而高傲的神色，很快就迷上了这匹马。她快速走到了马身旁，拍拍马背，又蹭了蹭它的鼻子。马感激似的嘶叫起来。

“真不错啊，”乔安娜赞道，语气里尽是柔情，“你觉得它是想要糖呢，还是想要个爱人啊？”

“不用了，女士，”马说，“糖会蛀掉我的牙，我讨厌看牙医。不过，我不会拒绝胡萝卜的。要是你的情人需要糖的话，你可要当心了。”

乔安娜眨了几下眼睛，然后看着我，嗔道：“你是故意的。每当我觉得自己避开了夜城的时候，你就突然弄出这样的东西来捉弄我。我肯定，我的神经细胞正坐在角落里大声哭呢。”她回过头对马说：“抱歉，我没有胡萝卜。”

“那么就上车，别浪费我的时间，”马说，“在这个行业，时间就是金钱，而且我还有借款要还呢。”

“请原谅，”乔安娜踌躇地问，“不过，我是否可以理解成这个……是你的车子？这儿你说了算？”

“说得对，”马回答道，“为什么不是我说了算呢？所有的累活儿都是我干的。不管风吹雨打，我都辛苦地在外奔跑。背上的这些凹印儿都是这该死的挽具留下来的。

夜城里的每一条路、每一个路线，以及重铺的弯道我都非常熟悉。还有很多小道儿，那可不是随便谁都知道的。只要是你能说出来的地方，我就能把你送过去，而且比任何一辆出租车都要快。”

“那么车顶的那位先生是……”乔安娜问。

“老亨利吗？他坐在那儿，只负责收车钱、找零钱、玩玩鸟枪。没人敢在我们面前捣乱，除非他们不想活了。对付这样的人，那是手到擒来。一旦银行的钱还清了，我就要考虑投资控制性武器了。单是这样想想，就已经兴奋得不行了。现在我们要在这里站一整夜呢，还是要去什么地方啊？即便是一直站着，我也要额外收费。”

“知道要塞吗？”我问。

“当然了，没问题。不过，我估计在区口就会把你放下了。谁知道那些疯子什么时候又要开枪杀人啊。”

老亨利“哼”了一声表示赞同，举了举他的短枪。我为乔安娜打开车门，她上了车，神色有些茫然。我随后也上了车，关上车门，出发了。车座包着红皮，非常舒适。地方不大，但感觉安逸。马车跑得非常平稳，车下应该装有相当精密的弹簧。

“我不喜欢出租车。”我说，只是想在乔安娜恢复常态的时候找些话说，“你永远不会知道他们到底是为谁效力，或者说回去后会向谁报告。司机常常会谈论政治。而夜城里为数不多的出租马车，完全是独立的。马都是那样固执。你可能已经注意到，老亨利连缰绳也没用，一切都由马来决定。再说，老亨利可能得腾出双两手，专门来握着他那把笨重的手枪。”

“他为什么需要枪呢？”乔安娜说，声音已经恢复了正常。

“为了防范其他的车辆。不是所有看起来像车的东西都是车。说不定什么时候，那些正跑着的东西会来劫车。”

“我们还是换个话题吧，”乔安娜说，“和我多说说射手苏西。不是说我们可能会在要塞遇见她吗？她听起来……挺令人好奇的。”

“噢，她也就那样，说得再多，也还是苏西啊，”我笑着说，“她追踪逃匿的歹徒，就像猎人寻觅猎物一样。再隐秘的地方，她都找得到。防护再好的地方，她都能拿着枪攻进去。苏西不是最精明的人，但肯定是最执着的人。在她眼里，只要价钱合适，就无所谓风险。大家都知道，苏西什么样的枪都用，有时候也使用一些她专门制作的枪，但她最喜欢用的是滑杆式霰弹枪。一般情况下，她总是使用滑杆式霰弹枪，听到枪声就能知道她的踪迹。只要看到那些踢开的门，随处听到的叫声和溅在墙上的血迹，就能找到她。她只要一出现，就会有战斗发生，也有可能是救人。她真是个可怕的女人。”

“你们过去……很亲密吗？你说过你们曾经……”

“我们合作过几个案子，但苏西不会让任何人和她走得很近。我认为她是不知道该如何与人亲近。我也不时地听人说起有男人走进她的生活，但往往会落荒而逃。”

“剃刀艾迪、霰弹枪苏西……约翰，你认识的人都非常有趣。你认识的人里没有普通人吗？”

“普通人在夜城都不会活得很长。”

“她会帮助我们，还是阻挡我们呢？”

“难说，”我老实地答道，“苏西不是非常容易相处的人，尤其是在你想把目标活着带回来的时候。她是个杀手。之所以选择追捕悬赏的逃匿人物，是因为这样她就有合法的借口枪杀很多人。”

“但你喜欢她，不是吗？从你讲到她时的声音，就能听出来。”

“她经历了很多事，受过很多苦。要是脆弱一点的人早就倒下了。我很佩服她。”

“你信任她吗？”

我脸上掠过一丝笑容：“在这里，你无法信任任何人。现在你应该已经明白这一点了。”

她点点头：“就像剃刀艾迪。”

“他是我的朋友。大多时候是这样。”

后来的路上我们没有再说话，我们两个都有很多事情要思考。乔安娜大多时间都看着窗外。我没有这样做，因为这些东西以前都看过。马车终于猛地停住了，马回头叫了一声，告诉我们已经到目的地了。我率先下了车，付钱给老亨利，而乔安娜则向要塞投去她的第一眼（我给的钱肯定可以让老亨利拿到一笔不菲的小费，他会记住的。说不定什么时候会急着要车呢）。马等候着，待老亨利点头表示一切就绪后，就又出发了。我走到乔安娜身边，她还在凝视着要塞。它确实值得一看。五年来，这里没有发生任何变化。

要塞最初是一家大的折扣商店。商品总是堆得高高的，价格非常便宜，但是卖出之后绝不接受退货。它主要经营武器买卖，不同时代、不同地方的武器应有尽有，完全可以满足顾客的要求。但这同时也是它的一个错误，货源过足。即便是在夜城，也只是有一些人随时需要杀人。因此它就暗地里煽动一些帮会之战，来刺激需求。这个时候，当局就盯上了它。第二天，这里就被挂牌出售，由外来的逃难者接管，也接管了里面的枪机、枪托，还有一大堆枪管。

要塞是一座几层的建筑，大致成方形，门窗全都装上了钢制的防护栏，屋顶上安放着重型枪架，有朝上的，也有朝下的，还有各种各样的电子设备。只要有人接近要塞，就会受到严密的监视。整个前墙上用各种语言刷着“要塞”这个词，但其中几种语言只在夜城使用。要塞里的人并不躲躲闪闪，反而为自己感到骄傲。现在，要塞主要是外来逃难者最后的避难所，但过去，只要是需要的人，都可以在这儿短暂停留。这些逃难者提供咨询服务，如果没能解答别人的问题，就会提供其他的地方，而且也会提供任何顾客想要的武器的相关资料。要塞的信条是：杀掉所有的人，让上帝来筛选。很多人十岁起就遭到绑架，原因就是如此。少数滥用要塞好客这一点的蠢人，来不及夸耀就丧命了。

要塞位于伏都教商业学校与一家军用品商店之间。乔安娜停下来，朝窗内看去。伏都教学校现在陈列的是圣约翰系列产品。有容易吞咽的圣约翰草胶囊，有画着滑稽人脸的黑根，还有各式各样的护身符。橱窗上的木偶被装扮成丧尸之神巴隆·撒麦迪的样子，旁边还有一个假坟墓。不过，看起来俗气至极。

军用商店的橱窗里挂着各个年代的军人制服，陈列着一些已经灭亡的国家曾用过的奖章，还有一个供管理人员使用的手提箱，箱子合着，上面写着“我们提供背囊式核武器”。乔安娜看了好一会儿，说：

“他们不是在开玩笑吧？那是真品吗？”

“肯定有点不对劲儿，”我说，“不然，要塞会买走的。也许你得自己提供钚。”

“上帝会哭泣的。”乔安娜说。

“他确实哭过，”我表示赞成，“是为了更糟糕的事情落泪。”

我们走近要塞的前门，这时我开始感到确实有什么地方非常不对劲儿。门上方的安全摄像头已经破碎，结实的钢门微微敞着。我皱皱眉头。这扇门从来没有这样开过。从来没有。我轻轻捏了一下乔安娜的胳膊，让她停住，并示意她不要出声，待在我身后。然后，我小心翼翼地把门再推开一点。里面隐约有枪声传来，偶尔还夹杂着叫声。我笑了一下，说：

“看样子，苏西在这儿。靠紧我，乔安娜，尽量别轻举妄动。”

我把门完全推开，朝里面看去，门厅空无一人。我放轻脚步走进去，然后小心地观察着眼前的形势。

门厅原来非常舒适，是专为初访者设计的，但现在一片狼藉。时尚的家具全都翻倒在地，墙壁上的乡村风景画东倒西歪，上面有很多弹孔，墙角那棵高高的橡胶植物也布满了来意不善的弹孔。平时，必须从一个曾在机场用过的巨型金属探测器穿过，才能进入门厅。此刻，它已经被摔在半道上。空中还漂浮着一点烟雾，有无烟火药的味道。有人在这里打了好多发子弹，而且就在刚才。

我慢慢穿过门厅，乔安娜尽可能地紧紧尾随着我，就差没有钻进我的口袋里了。我查看了一下天花板四角的安全摄像头。小小的红灯表明它们还在运行。有人肯定看到了这里发生的一切，却没有援军到来的迹象，这只能意味着，在楼内更远的某个地方，战斗还在进行。我开始感到形势真的很糟。

门厅另一边的门通向要塞内部，这会儿也敞开着，上面所有的锁与门栓都已经破裂，一个铰链已经完全脱离了门的侧柱。我谨慎地把门推到一边，看向远处的走廊。墙上有新留下的弹痕，但没看到尸体。从前面更远处传来好几声枪响，还有愤怒的喊叫声。

“我们是不是应该立马到旁边的军用商店拿几把枪啊？”乔安娜问。

“我们拿来的话，你会用吗？”

“会用。”

我看着她："你只是受惊过度，对吧？我不喜欢用枪。枪太容易让人犯错，而且不是道歉就能纠正的错误。此外，我从没觉得有这个必要。"

"要是对付无面使者呢？"

"枪根本挡不住他们。"

乔安娜瞟了一眼走廊天花板上的摄像头："为什么到处都是安全摄像头啊？"

"逃难者的逻辑。他们在每个房间、每条走廊、每个角落都装了摄像头。还在门上放了很多的小机关，来对付开门的人。有一组人轮流盯着监视器。这些人打心底里害怕外星人再来找他们，因为没人知道那些灰溜溜的狗东西们是怎样来去自如的，所以摄像头始终开着。他们觉得，即便人类眼睛看不到的东西，摄像头仍能拍下它们的踪迹。我猜，一旦保安人员发现了它们，就会按响看到的所有警铃，这样每个人都会马上抓起最近的武器，射击那些看起来不完全是人的东西。他们甚至还在马桶和淋浴器里安装了摄像头，就是为了以防万一。这里的人再次被掳走的时候，必然会有一场恶战。"

乔安娜做了个鬼脸："根本没有隐私嘛，严重的偏执狂。"

"他们真要找你的话，你就不会这样感觉了。我越看这里发生的事……越不喜欢。所有的迹象都在说，有人，或者是有东西闯进了门厅，要塞的人也开火了，显然没什么作用。听声音，他们还在战斗，但完全是在撤退。某种东西把他们逼得一步步后退，已经退到了他们的中心地带。这会儿，形势已经很明显了。不过，尸体在哪儿啊？也许，仅仅是也许……外星人还是来了，正在寻找失踪的俘虏……”

“你是说真的吗？”乔安娜说，“外星人？”

我的目光穿过空荡荡的走廊，思考着所有的可能性：“所有的种类最后都会找到夜城这里。过去是，现在是，将来也是。外星人并不比我在这儿见过的很多事物更怪异。”

“也许我们应该改天再来。”乔安娜说。

“不行。这里的人都是好人，现在他们可能需要
我不能就这样走了。我永远不会这样做。苏西可能也
那边……该死，真是该死。我过去根本不会这样。你要想的话，可以在外面等着，我去看看情况。”

“不。不管你在哪儿，只要和你在一块儿，我就觉得更安全，我的英雄。”

我们相视而笑，然后，我带头沿着走廊前行。枪声逐渐大了起来，还有断断续续的叫喊声和咒骂声。一路

上，毁坏的东西越来越多，但还是没有尸体，甚至连血迹也没有。考虑到枪火的数量，是谁侵入了呢……走廊尽头蓦然向右拐去。我们现在离枪战的地方很近了。我回头让乔安娜好好站在后面，接着迅速向拐角另一边看了一眼。终于看清了。我早该想到的。我深深地呼了口气，走过拐角，完全暴露在对方的视野中。我非常愤怒，提高了嗓门儿，语气冷漠地命令道：

“所有的人都住手，马上住手！”

射击声立刻停止了。我面前的走廊突然静了下来。浓浓的烟雾在静止的空气中盘旋着。走廊的尽头，一大群人躲在家具堆成的路障后。那些家具是他们从旁边的房间里拉出来的。我看到，在我出现之前，至少有二十种枪从临时搭成的路障里伸出来。看起来，大部分是全自动的。在走廊的这一边，也就是我这端，与他们相对的是一个金发女郎，一身黑色皮衣，双手握着两把滑杆式霰弹枪，屈膝蹲在她自己的临时路障后。她回头看了我一眼，轻轻地点点头：

“约翰。听说你回来了。过会儿再见，我马上就会把这群自虐专家解决掉了。”

“放下枪，苏西，”我语气严厉，“我是认真的。都不要再开枪了。否则，不管是谁，我都不客气了。”

“该死，”一个声音从对面的路障后传来，“还嫌不够糟，现在连约翰·泰勒也来了。老子简直想骂人。说说，你们哪个笨蛋惹到他了？”

射手苏西站起身，冲我吼了一声。她看起来还是那样动人，秀色可餐。当然，前提是你不介意被她反咬一口吃掉。苏西像往常一样，穿着一套黑色的摩托皮衣，上面饰有钢制的链子和珠子，诱人的胸部围着两带子弹，脚上是及膝的皮靴，鞋尖包着钢片。《摩托车女郎》与《逍遥骑士》这两部电影，苏西看过很多次。罗杰·科尔曼拍摄的《地狱天使》系列电影，每一部她都非常喜欢。

她的脸非常引人注目，棱角鲜明，下巴刚毅，及肩长发用一根皮制的发带束在脑后。那根发带可能是用她杀掉的第一个人的皮制成的，那时她刚十二岁。一双深蓝色的眼睛，神色冷漠而坚定。紧紧噘起的嘴唇极少展开笑容，只有伤人流血时除外，因为这个时候她觉得最自在。她从不忍受蠢人，钱是进得快也花得快，一般来说都会痛快地悉数用尽。她总说自己没有朋友，敌人也死光了，但据说有一些人曾经不受她的控制，悄悄走进了她的生活。我，就是其中的一个。

她站在那里，在缭绕的烟雾与走廊中摇摆不定的灯光衬托之下，仿佛来自地狱的奥丁神婢女瓦尔基里。

“让我猜猜，”我说，感觉有些累，“你破门而入，要求他们交人。他们一拒绝，你就宣战。对不对？”

“我有正式的通缉公文，”苏西说，“他们对我的态度非常粗鲁。”

我想了想说：“我相信他们心里一定非常过意不去。嗯，尽量不要把他们全杀掉，苏西。我需要个活口回答几个问题，最好是没受过什么伤的。”

“嘿！把枪都收起来！”对面路障后的那个声音再次响起，“我们可能是有点着急。这里没人敢得罪霰弹枪苏西和约翰·泰勒，除非事不得已。我们不能就此谈谈吗？”

我看着苏西，她耸耸肩：“他们只要把人交给我，我就离开。”

“如果我们把他交给你，你会杀了他的，”那个声音说，“他来我们这里就是为了避难的。”

“这个人说得对，”我说，“你往往都会把他们杀掉，不留活口。”

“没人想要这些家伙的命。”苏西说。

我看着走廊那边对着我的那二十多把枪说：“如果苏西真想要你们死的话，你们现在已经没命了。她已经给了你们很多机会。我认为，你们应该考虑投降。”

“对来此投靠的人，我们得保证他们的安全，”那个声音固执地说，“这才是我们的信念、我们的目的。我们愿意谈谈条件，但决不会违背我们的原则。”

我看向苏西：“你这次到底在追踪哪个可怜的人？”

“不是什么重要的人，只是个龌龊的律师，他夺走了一个客户的钱财就逃了。五百万英镑。不管追回的数目是多少，我都可以拿到百分之十的酬金。”

“律师？”那个声音说，“噢，该死，你刚才为什么不说？如果知道他是个律师，我们早把他交给你了。”

我对苏西笑了笑：“又一次不战而屈人之兵。看看，假如你先说明白原因，事情就会很容易吧？”

苏西嘟囔了一声，才把霰弹枪放下来：“我讨厌讲道理，这会损坏我的名声。”

我转向对面的路障，以免她看到我脸上的笑容：“我来这儿，是想找一个出走的人，名字叫凯茜·巴雷特。她碰到的麻烦可能比她想象的要大。有没有叫这个名字的人来过？”

“只要苏西还在那边，我是不会出来的。”路障后的那个声音回答说。

“你不用出来，”我耐心地说，“如果你不想让我也发怒的话，只要好好回答我的问题就行。”

“凯茜在这儿待过，”那个声音马上说，“但她已经离开了，说大约一个星期后回来。她说是有什么东西正在呼唤她，是很精彩的东西。我们全都劝过她不要理睬，但她不听。这里不是监狱，所以……她提到过贝莱斯顿街。”

“谢谢，”我说，“你帮了我们很大的忙。”

“我们别无选择啊，”那个声音说，“消息已经传开了，说你在‘陌生人’已经解决掉那帮狗娘养的了。他们还正在收拾残局呢。”

我只是点点头。不是我做的事情归到我的头上，已经不是第一次了。可能是艾迪先这样说的，以表示对我的歉意。这样一来，我的声名大振。任何有关我的事情，人们都会信以为真。

“你们自已处理和苏西的事情吧，”我说，“只要把她要的给她，你们和她之间就不会有什么问题了。”

“太感谢了，”那个声音痛苦地说，“我宁愿再次面对外星人也不想和苏西为敌。”

我示意苏西到拐角那边去一下，这样我们可以私下说说话。我把她介绍给乔安娜，两个女人互相笑了笑。我知道她们不会有更多的交流。

“看来，”苏西说，“又找到一个迷失的羔羊来照顾啊，约翰？”

“这是为了生计，”我说，“有段时间没见了，苏西。”

“五年零三个月。我一直都知道，你总有一天会爬回我的身边。”

“对不起，苏西。我来这儿只是为了办案，找到我要找的人，就会很快离开这里，回到安全、正常的世俗世界。”

她上前一步，紧紧盯着我，眼神狂野而严肃：“你永远不会适应那里的，约翰。你属于这里，应该和我们这些怪物待在一起。”

我没有作答，还是乔安娜开口打破了僵局：“你和约翰究竟是什么关系啊，射手小姐？”

苏西大声地哼了一下：“我曾经射中过他，但他活过来了。我曾经接下一单生意，要追踪他，结果没做成。我们断断续续合作过几次。遇到危险的处境时，他是个不错的人。他总是把我带到发起行动的地方，是真正的行动。只要约翰在，绝不会无聊。”

“那就是你的全部生活吗？”乔安娜问，“暴力，还有杀戮？”

“那就够了。”苏西回答说。

我想，这场谈话的安全系数差不多已经到顶了，就对乔安娜说：“我知道贝莱斯顿街，离这儿不远。就是在夜城这样一个与众不同的城市里，它也显得相当乱。如果凯茜已经在那里落脚的话，我们越快找到她越好。”

“需要帮助吗？”苏西问。

我若有所思地看着她：“如果你愿意，我不会拒绝的。你忙吗？“

她耸了耸肩：“最近比较太平。我讨厌太平。我先把这里的事情解决掉，把欠我的收回来。我会追上你们的。还是老价格？”

“当然，”我说，“我的客户很乐意出这个价。”

苏西看看乔安娜：“她最好这样。”

乔安娜刚开口说了点什么，就注意到苏西的枪直对着她，于是非常理智地决定不再冒犯她。为了掩饰自己的窘态，她背向苏西，把注意力集中了到我身上：

“至少现在我们已经知道了一个地方。凯茜在那儿碰上麻烦的可能性大吗？”

“不知道吸引她过去的东西是什么，所以很难说。我没觉得贝莱斯顿街有什么吸引人的地方。那里地势平平，除了下水道，没有比那里更低的地方了。除非掉进悬崖，否则那里就是海拔最低的地方。不知道这几年是否发生了巨大变化，情况会不会不同，毕竟我已经离开很久了。苏西，有变化吗？”

她摇摇头说：“还是个蛇窖。要是你能把那条街烧成平地，整个城市就会好闻一些了。”

“别担心，”我马上对乔安娜说，“她是你的女儿，你自己说过，她能照顾好自己。我们现在也马上就去找她。”

“别打包票，”乔安娜说，同时撇了撇嘴角，“凯茜一直都很擅长逃脱别人的追踪。”

“遇到我们这样的人就不行了。”我自信地说。

“世俗世界没有我们这样的人。”射手苏西接着说。

“世俗世界真幸运。”远处路障后的人终于舒了一口气。

7

未来时空的巨型甲壳虫

乔安娜同我一起离开，射手苏西还暂时留在那里，整个要塞都因为她而心惊胆战。我们出了要塞，直奔贝莱斯顿街这个乱区。每个城市至少都有这么一个地区，在那里，所有的规则都被打破，人性出现后就会堕落，文明也只在某个时期存在。贝莱斯顿街就是如此。那里从来不会有人支付房租，连生活中最不起眼的舒适也只有最强大的人才能享受，泛滥成灾的老鼠因为害怕而结队走动。那里实行的是暴民统治，蛮横的居民很少能够长时间结成帮派，一致行动。他们生活在黑暗中，因为他们喜欢这样生活，这样活着不用看到自己堕落得有多深。喝酒、绝望，这就是贝莱斯顿街的生活秩序，到那里去的人都不是无缘无故跑去的。因此，凯茜选择它作为她的目的地更令人困扰。究竟是什么能够将她这样充满生气、始终理智的年轻女孩吸引到那样一个地方呢？

在她心里，那里会有什么东西等着她呢？

天空正在淅淅沥沥地飘着小雨，湿淋淋的街道闪闪发亮，让人恍惚感到一股清新的气息。空气中弥漫着各种各样浓重的烹调味道，是从很多餐馆里飘出来的，不过也只有其中的部分味道特别诱人。始终挂着的霓虹灯在雨中似乎有些模糊，来来往往的行人脸上浮现着饥饿与愤怒的神情。夜城的紧张节奏马上就要开始了。

“这里简直就是地狱。”乔安娜突然蹦出一句。

“有时候，这里就是彻头彻尾的地狱，”我说，“不过，它也有吸引人的地方。就像坏男孩总能让好女孩心跳加快一样，黑暗中的快乐也能够诱惑我们离开世俗世界，来到夜城。”

乔安娜哼了一声：“我过去一直认为在伦敦能够找到各种各样的乐子。我在公用电话亭里看到过一些明信片，印着淫秽广告，价格也不贵，提供各种各样的服务……嗯，都有什么服务啊？”

“相信我，”我郑重地说，“你不会真想知道这些事。说点别的吧。”

“好吧。那么，在夜城长大是一种怎样的体验呢？”乔安娜看着我，认真地问，“这里肯定是……一个非同寻常的地方，对孩子来说尤其是吧？”

我耸耸肩：“我就是这样的感觉。每天都有奇迹发生，人们就不再会好奇吃惊了。这里的确是一个具有魔力的地方。不说其他的，就说在这里长大，是绝不会感到单调的。总会不断地碰到麻烦，好奇心再强的小孩也不会再有要求了。不过，这里倒是一个能够学会自律的好地方。如果有人要你有所行动，或者告诉你有恶人来抓你的话，他肯定不是在开玩笑。在这里，很小的时候就要学会生存的本事，不然，很难长大成人。你不能相信任何人会在背后支持你……不管是朋友还是家人。但至少在这一点上，大家倒不会遮遮掩掩。

“这些对我来说都是正常的，乔安娜。你的世界是平静的、公平的，多数时候很有逻辑性。伦敦给我的印象就是如此，安全，正常，可靠，可以预测……没有什么独特之处，也可以享受到很多方便。即便有时会发生一些事情，对你或其他人也没有什么太大的意义。夜城里却是充满了预兆和预言，还有来自上上下下的侵略与干涉。不过，在你的世界里基本上是安全的，会受到保护，但是也……令人感到单调无味，而且谋生特别困难。办完这件案子后，我会回去的。但是，说实话，我也不知道，回去是因为比较喜欢那里，还是因为已经不习惯这个到处是神灵妖魔的地方了。”

“这个贝莱斯顿街，”乔安娜说，“听起来是个危险的地方，对夜城来说也是这样。你确定凯茜是去那里了吗？”

我停住脚，她也随着我停下来。这也是我心中的问题。要塞那个人说出这个地方，也许就是想让我们离开，令苏西放松对他的攻击。换了我，也可能会这样做。但是……这是唯一的线索。我皱起眉头，觉得有些沮丧。路过的行人远远地绕开我们。一直以来，我都能利用自己的天眼有所发现，所以我的名声越来越大。如果回到夜城，天眼已经无法使用，那会令我难以忍受。只要凯茜真的在贝莱斯顿街，我至少应该能看到一点点。

我急速运转自己的意念，重重地敲击着黑夜，强迫自己的天眼在这个隐匿的世界里驰过神秘的地域。它带着怒气，狂野地撞击着周围的空气，肆意地推开那些紧锁的房门。行人抱着头，大喊着从我身边退开。我双手垂在身体两侧，握成了拳头，就像正在追踪猎物的狼一样，脸上不由得浮起了以前那种邪恶的笑容。左侧太阳穴处，一阵疼痛猛烈地袭来。我的功能已经沉睡了很长时间，刚刚重新启动就超越它的极限，这会给自己带来伤害。但此时因为我既受挫又愤怒，根本不在乎这个了。

我可以感觉到，凯茜就在那里，离去的时间不长，她的踪迹还在这个隐匿的世界边缘飘荡。但这种感觉就像一个人在黑暗中伸手取东西，感觉到它的存在，却看不见。有某个人，或某种东西，不想让我看到她。我的笑容更加邪恶了。去死吧。我推压的劲道更大了，自己的意念好像正在用力地冲撞着带刺的铁丝网。血从我左边的鼻孔慢慢地滴落下来，双手已经没有了知觉，伤得很严重。接下来，某种压力、防卫被我的意志突破了，凯茜的幽影出现在我面前。这是最近的一个画面，就在几天前，就在我面前的街上摇曳着。我抓住乔安娜的手，这样她也能够看到这个画面。凯茜急匆匆地在街上走着，步子很大，我们立刻跟了上去。她的脸忽亮忽暗，但可以肯定是满面笑容。她正在倾听着什么。那是只有她自己能听到的奇妙声音，那声音正在召唤着她的心灵，牵引着她走过去，就像钓鱼人逗弄钓到的鱼儿一样，将她径直带到了贝莱斯顿街。她脸上的笑容才是最糟糕的事情。我想不到在我的生活中有什么东西可以让我像凯茜这样，如此渴望得到某种东西。

“有东西在叫她。”乔安娜说。她紧紧地抓着我的手，弄痛了我。

“是在召唤她，”我说，“就像海妖召唤古代的希腊海员那样。这个传说可能是假的，但也可能不是假的。这里毕竟是夜城。我最困扰的是，它就在那儿，可我连它的形状也感觉不到。我的意念感觉不到任何东西，以前从来没有发生过这样的事，没有东西能逃过我的意志。这说明防护层很厚，魔力很大。但强大的东西一出现在夜城，就应该也出现在每个人的雷达范围内，大家应该早就发现了。一个新出现的大玩家会扰乱每个人的计划，但现在没有人发现它在这儿……除了我。如果我无法弄清楚那个强大的东西想从离家出走的女孩那里得到什么，那可就丢人了。”

无论我使用什么办法来捕捉凯茜的幽影，她都能避开。我的天眼退回脑中，关闭了。头痛现在更严重了，有一会儿，我只能站在路中央，双眼紧闭，挣扎着集中自己的意念。估计等这个案子结束之后，我得养上好长一段时间才能恢复。我睁开眼睛，乔安娜递给我一块手帕，指指我的鼻子。我轻轻擦拭着左鼻孔，流血终于停止了。我甚至没有察觉到她已经放开了我的手。我第一次回来，事情就这样棘手。乔安娜紧紧靠在我旁边，想以她的存在来安慰我。头痛很快消失了。我把沾上血迹的手帕还给乔安娜，她有点矜持地接了过去。然后，我们继续向贝莱斯顿街走去。我没有提起我刚才的失败，她也没有。

“苏西真的像大家想的那样危险吗？”过了一会儿，乔安娜这样问我。她只是想找点话说。

“如果让我说，是比大家想的还要危险，”我坦白说，“她的名声是建立在敌人的尸体之上的。她冒的险完全是她自己心甘情愿的，恐怕维京的狂暴武士也会自愧不如。苏西不知道什么叫害怕，而且克制、同情和自卫在她那里也根本没有意义。”

乔安娜不由得笑了：“约翰，你可真是的，你在这里的熟人就没有普通一点儿的？”

我自己也笑了：“这里没有普通人。普通人不会在这样的地方逗留。”

我们继续走着。虽然行人远远地就会给我们让路，但他们连瞅都不瞅我们一眼。夜城的人非常尊重个人隐私，因为很多人都有太多的事情要隐藏。车辆呼啸而过，从不停住，也很少减速，总是火急火燎地驶向某个地方，做些别人肯定不赞成的事情。夜城这里没有交通灯，就是有，也不会有人注意。这里也没有政府划定的斑马线。如果想横穿街道，只能凭借勇气与决心，逼迫车辆让路。不过，有人告诉我，行贿也是相当有效的。我看看乔安娜，问了一个早就想问但迟迟没有问出口的问题。现在我们离凯茜越来越近，我觉得必须知道答案：

“你说过，凯茜这次出走不是第一次了。她为什么老是出走啊，乔安娜？”

“我努力找时间陪她，”乔安娜说，眼睛盯着前方，“有时间的时候，我希望能和她说说她自己的事情。但总是抽不出时间，我太忙了。上帝分派的时间，我全都用来工作了，就是为了能有所成就。在商界，女人要想出人头地并保持自己的位置，就得比男人多付出十倍的努力。我每天接触的人早餐都是吃鲨鱼的，胃口特大，说不准什么时候就会反咬一口出卖我。我拼死拼活地工作，就是为了有保障，也是为了赚钱给她买必须买的东西。这在凯茜的眼里就是理所当然的事儿。不过，老天没让她对商业产生一丁点儿的兴趣，这倒是好事，这样她才有可能过上惬意的生活。”

“你喜欢自己的工作吗？”

“有时候喜欢。”

“有没有想过试试别的工作？”

“我就擅长现在的工作。”她说。我只好点点头。这我都知道。

“她没有继父吗？”我随意地问道，“或者像父亲一样的人？有没有她可以求助，或者可以谈话的人？”

“天哪，没有。我发过誓，绝不会再次错误地把自己和男人绑在一起，”乔安娜恨恨地说，“凯茜的爸爸让我受了那么多苦，而且他还觉得理所当然。我绝不会再犯那样的错误了。现在，我是属于自己的。不管是谁，想走进我的生活，就得符合我的条件。能做到这点的男人不多。况且，我也没办法抓住这少数的几个人。还是因为工作。但是，凯茜从来不缺她真正需要的东西。我把她教育成了一个聪明、敏锐而独立的人。”

“独立得连你也管不住她了？”我轻声问，估计乔安娜也不会把我放在眼里。

这个时候，周围的世界突然发生了变化。活生生的城市消失了，我们蓦然间来到了另一个地方，一个非常糟糕的地方。乔安娜和我跌跌撞撞地连续走了几步，才站住了脚，然后迅速看看周围。街道上一个人影也没有，路上也没有任何车辆，我们四周的建筑大部分已是残垣断壁，较高的楼宇显然早在很久之前就坍塌了。视线所及之处，没有一座建筑超过三层。此刻我能够看到几公里之外，直至地平线，全都遭到了彻底的毁坏。我缓慢地转了一圈，四周的情形一样。我们来到了死地。伦敦、夜城、老城，都成了过去。邪恶的东西已经来过，把这里踏成了平地。

此刻，天色很暗，因为所有的街灯和闪烁的霓虹灯都不见了。仅有的一点光亮呈暗紫色，仿佛夜晚自身也受了伤。四处的景物难以看清，到处都是影子，黑漆漆的。在这些倒塌的建筑中，看不到一盏普通的灯，甚至摇曳的营火也没有。只有我们，站在夜色中。乔安娜在包中摸索着，终于拿出了打火机。她的手颤抖得厉害，打了六次才打亮。在这样一个夜晚，暖黄色的火苗显得有些突兀，亮光也照得不远。她高高地举起打火机，我们环顾四周，想看看自己到底在哪里。其实，我已经明白发生了什么，心不由沉了下去。

四周静悄悄的，非常静，一点声音也没有，只有我们蹒跚的脚步声和粗细不均的呼吸声。这样寂静、奇异、怪诞，令人不安。城中的啸叫声与居民一起消失了。伦敦已经受到重创，声音全部消失。我只能借着古怪的紫色光线观察周围，发现我们来到了一座空城。静谧的气氛压得人几乎透不过气来，我简直想放声大喊……只是想出声证明自己的存在。但我没有喊出声。可能会有什么东西在倾听。更糟的是，也可能什么都没有。

我一生中从来没有过这样孤独的感觉。

周围的建筑物都已经变矮，不成样子，在风吹雨打后，边角已经磨损，长期暴露于风雨中才会如此。窗户全是光秃秃的，没有一块玻璃，门也都不见了，只剩黑乎乎的门框，宛如眼睛、嘴巴，或者伤口。目睹这样一个繁华的城市变成现在的破败模样，一种难以忍受的悲哀在心中升起。几个世纪的建造与扩张、无数生命的给予与支持，结果却一无所有。我缓缓迈步向前，灰尘在脚下荡起。乔安娜喉头咕哝了一声，也跟在我后面朝前走去。

天气寒冷，冷得刺骨，仿佛所有的热量都离开了这世界。空气静止，没有一丝风。我们在这个曾是街道的地方走着，在这片曾经繁华的地带穿行。在这样的静谧中，脚步声似乎异常大，在远处回荡着。我们两个现在浑身发抖，但不是因为寒冷。这是个坏地方，我们不属于这里。远处，残破的建筑在地平线的反衬下抑郁地站着，呈现出参差不齐的轮廓。城市内外，全都完了。

“我们在哪儿啊？”乔安娜终于问道。举着打火机的那只手现在稳了一些，但声音却还在抖。我没有责备她。

“不是……在哪儿，”我回答，“是在什么时间。这是未来。看样子，是很遥远的未来。伦敦已经陷落，文明来了又走了。这甚至还不是尾声。有人合上了有关伦敦与夜城的书本，狠狠地合上了。我们撞入了时空移位区，这是个封闭的区域，时间可以后退到过去，也可以前进到未来，或者在两者之间。当然，我上次走这条路的时候，没有遇到时空移位区。只要是稍微有点脑子的人，都能够避开时空移位区。时空移位区一般都有明显的路标，不过它们的随意性很大。没有人理解它们的运行机制，连产生的缘由也不知道。它们来来去去，卷入其中的人也都随之来来去去。”

“你是说我们困在这儿了？”

“不一定，我已经启动我的天眼在找出口了。时空移位区的物理空间不大，只要我能找到边界，打破一道缝隙……”

“不是很大？”乔安娜的声音变高，因为激动而有点沙哑，“我可以看到几公里外，一直延伸到地平线！我们得好几个星期才能走出这里！”

“真相往往不是表面看到的样子。到现在，你应该明白这点了。”我尽量使自己的语气保持镇定轻松，听起来见多识广、令人安心，一点都不像是在猜测，“我们在这个时空移位区待的这一会儿，我已经看明白了，实际受到影响的面积还是比较小的。一旦我在边界打开一个洞，穿过去，马上就可以回到我们自己的时间里。而且，只有半个小时的距离，很容易就走完了，当然，前提是没有出错。”

“出错？”乔安娜重复着，注意到了这个字眼。“可能会出什么错呢？只有我们在这里。这里又是遥远的未来，所有的人都死掉了。你感觉不到吗？伦敦的灯已经熄灭了……”

“任何事都不能永远存在，”我说，“在时间上，一切都有终止的时候。我想，连夜城也是这样。时间足够长的话，最伟大的纪念碑也会倒下的。”

“也许是他们扔了炸弹。”

“不对。我觉得，夜城即使受到轰炸，也还会幸存。这里无论发生了什么，都是最终的局面了。”

“我讨厌看到这样的伦敦，”乔安娜平静地说，“它总是那样生机勃勃。我过去一直认为它会永远存在。我们把它建设得如此美好，经营得如此坚固，爱得如此深切。伦敦会比我们所有人存在的时间都要长。我想我错了。我们过去都错了。”

“也许我们只是离开了这里，在别的地方建造了另一个伦敦，”我说，“只要有人在，我们就需要夜城，或者类似夜城的地方。”

“那么，要是人们不在了，会怎样呢？谁知道我们在多远的未来啊。几百年？几千年？看看这个地方！它是死的。它完全死了。一切都完了。我们也是。”她突然打了个寒战，然后盯着我，好像这都是我的错，“你碰到的事情都不轻松，对吧？时空移位区……在夜城，也是常见的吗？”

“嗯，”我小心地说，“不算罕见。”

“也是，”乔安娜说，“在夜城，连时间都没办法相信。”

我无话可说，只好不断地环顾四周。几千年？这里的废墟看起来是有点久远，但是肯定没有那么久远。“不知道人都到哪里去了，是在看到城市遭受厄运后，马上离开了吗？如果是这样的话，都去哪里了呢？”我说。

“也许大家都到月球上去了，就像歌曲里唱的那样。”

我抬起头，顿时一阵寒意渗到了灵魂深处。天色如此黑暗的原因，突然间清晰得可怕。空中没有月亮。有史以来，一直悬挂在夜城上空的月亮，此时在漆黑的空中不见了踪影。大部分星星也消失了。只剩下十几颗，三三两两地散落在一望无际的黑幕上，散发出黯淡的光芒，仿佛是黑夜中的最后几名哨兵。这些星星距离如此遥远，它们可能也已经遁去，我们看到的只是遗落的光辉……

星星怎么可能消失呢？到底发生了什么……

“我过去一直觉得夜城的月亮似乎大很多，因为离得特别近，”我开口说，“或许……它最后也落了下去。上帝啊，我们到底前进了多久啊？”

“如果星星不见了，”乔安娜轻声问，“你觉得太阳还会升起吗？”

“我不知道该怎么说……”

“但是……”

“我们是在浪费时间，”我粗声打断她，“尽问些回答不了的问题。别担心，我们不会一直待在这儿的。我的意念已经找到了远方的边界。我马上带你到那边去，很快就会离开这个鬼地方，回到我们自己的地方。”

“等一下，”乔安娜问，“你说远方的边界？我们为什么不能转个身，从来时的那道门回去呢？”

“没那么简单，”我回答，“时空移位区一旦形成，就是上帝也没有办法改变。这里是一整段时期。我们要想回去，就只能再到要塞附近，这样，时空移位区就还是在我们和贝莱斯顿街中间。我们必须绕过这里，才能到贝莱斯顿街。所以，我们需要做个游戏，勘测出这个时空移位区的跨度和影响到的面积。不然，我们会在这里送命的。”

“这样的勘测可能需要多久啊？”

“问得好。即使我们能找到一个强人，分文不收，马上进行……也要几天，也可能要几个星期。”

“时空移位区会有多大呢？”

“这个问题也问对了。也许几公里长。”

“真是荒唐，”乔安娜说，“肯定还有其他办法可以到贝莱斯顿街的！”

我为难地摇摇头：“时空移位区和贝莱斯顿街在某个层面上是相连的。我可以感觉到这一点，所以我们到这儿不可能是偶然的。有人，或者某个东西在保护它的领土，不愿意我们干涉。没有别的办法。我们只能穿过这个地方，到远方的边界去。我在那里能够强行打开一个出口，那样我们应该刚好到贝莱斯顿街的旁边。不会太难。不要那么沮丧，况且，我也没看到有什么明确的危险。只要跟着我就好了，我的天眼会准确无误地把我们带到那儿的。”

乔安娜看着我，我也看向她，极力显出自信的样子。说实话，我自己也没有把握，心里也正七上八下呢。过了一会儿，乔安娜先移开了目光，不高兴地朝四周看去。

“我憎恨这个地方，”她有气无力地说，“我们不属于这个地方。没人属于这里。可是凯茜已经走了很久了，所以……往哪个方向走？”

我直指前面，于是，我们一起出发。乔安娜将打火机举在面前，但黄色的光根本照不了多远。微小的火苗安静地燃烧着，连一丝风都没有。我尽量不去想打火机还会再亮多久。与它相比，四周的紫光似乎更暗了。我觉得更冷了，仿佛空洞的黑夜正一点一点将我所有的体温吸走。我本想做个简单的火把，但一点木头也没找到。看到的只有砖块、碎石和无穷无尽的尘土。

沉寂让我愈加不安。万籁俱寂，很不自然，像在坟墓里一样。对，就像是坟墓里的那种感觉。沉寂里好像有种预兆，好像在阴影的最深处，有东西正在窥视着，伺机发起攻击。这可能是个空城，但不代表夜晚里也是一无所有。我突然想起了小时候，父亲把我放在床上熄灯时的感觉。他只在没有喝醉、头脑还清醒的时候哄我睡觉。孩子们都知道黑暗的秘密，知道黑暗中有怪物，可能会出现，当然也可能不出现。此刻，我们就在这里，在最黑的夜晚中。我越来越确定，有东西在窥视我们。怪物总是存在的，这是夜城的人学到的第一件事。

有些怪物就和你我的样子差不多。

这里的怪物也许就是伦敦这座死城，它憎恨回来的生命。也可能这个怪物只是孤独。一个男人和一个女人，同时出现在这个生命已被遗弃的地方。人类总是成双成对。

行走在曾经的主道上，我们的脚步声似乎变得越来越响，传得越来越远。尘土本可以消声的。这里的尘土也够多了，到处都是，堆积了一层又一层，恐怕只有上帝知道这里多久没有动过了。这条街是尘土最多的地方，我们虽然觉得不好走，但也清楚别无选择，只能沿着街道中心前行。我们害怕离两侧的建筑太近，也许它们会塌下来。我们走路的振动就足可以危及到摇摇欲坠的断壁残垣，那么，所有的墙就会轰然倒塌，荡起大量的尘土。我捡起一块砖，它立刻裂成了两半。我仔细研究，想看看它究竟有多古老，竟已经变得如此脆弱。不过我想到的数字都与真实情况相去甚远，人类的心智承受不了那么大的数字。

我正思考着自己所处的地点和时间，可情况就在这时变得更糟了。我开始听到了声音，起初很小，我还以为是自己的幻觉。但很快，四面八方都响起了声音。细微却令人心烦的声音，似乎正慢慢地靠近。我没有那么好的想象力。这些声音似乎是熟悉的，但又不那么熟悉，有一种奇怪的不祥预感。它们还在坚持不懈地逐步靠近。我没有回头，但我的眼睛却在不断地查看着走近的每一个暗影。没有发现什么。我加快了脚步，这些声音也亦步亦趋。它们暂时只是尾随跟踪，保持着一定的距离，但始终没隔太远。我的手心出汗了。我几乎可以描述出这些声音，咔嗒，咔嗒。乔安娜也察觉到了，于是毫不掩饰地盯着四周。打火机的火焰猛烈地摇曳着，真担心它会熄灭。我一只手按着她的手臂，示意她放慢脚步。

“那到底是什么？”她激动地问，“是有东西跟着我们吧？活的东西？”

“我不知道，但这些声音同时从很多方向传来，说明它们有很多个，全在我们周围。”我注视着那些废墟的影子，但什么也没看出来。任何东西都可能藏在那里，任何东西。这会儿，我有点生气了：“不管它们是什么，好像目前都只是想和我们保持一定的距离。可能是我们害怕它们，它们更害怕我们。”

“别管这个了，”乔安娜说，“还有多远到边界啊？”

我运用自己的天眼核算了一下：“还要走半个小时。如果跑过去的话，可能只用一半时间。但是跑起来可能会被发现。”

她突然转向我：“会不会是无面使者，又在后边追你啊？”

我摇摇头：“剃刀艾迪才教训过它们没多久。不管谁是它们背后的主谋，都会花点时间想想后果的。换作我，也会那样。即便是那些大人物，只要听到剃刀艾迪的大名，也会紧张。再说，无面使者追踪我的本领还没这么高。否则，我也活不到今天了。也许……是虫子？我一直认为，要是有东西比人类活得长，那就是恶心的虫子。科学家也常说，这些东西是核战争中唯一能幸存的生物。很可能就是虫子。该死！我就讨厌这些爬行的昆虫。”

“你确定不可能是其他有人性的东西？也有可能是某个可怜的灵魂陷进了这个时空移位区，因为受伤被困住了，想引起我们的注意吧？”

我皱起了眉头。我本来应该想到这个的。不可能，但……于是我发功在黑夜中搜寻，想找到这些声音的来源，结果令我吃惊的是，我很快就锁定了一个人的踪迹。我们就在他的上方。

“有个人在这儿！一个人……一个男人，只有他自己。没有动。可能是受伤了……这边走。”我说。

我在街上跑了起来，一团团尘土随着我咚咚的脚步声翻腾起来。乔安娜也和我并肩跑着。我开始习惯了奔跑，而且有点喜欢上了。我们变得异常兴奋起来，仿佛听不到周围那些声音了，因为在这个令人畏惧的死城，居然又发现了一个活着的人类。他可能是访客，可能是幸存者……也可能是众多疑问的答案。他可能是某个求助的灵魂。重要的事情先处理。我的天眼像雷达般追踪到了他的准确位置，因此，我们离开主道，跑到旁边的一条小巷，马上就改跑为走，因为害怕震倒小巷两侧的砖墙。但这里的墙壁非常结实，我们走过去的时候，墙壁纹丝不动。

最后，我们停在左侧墙壁上的一个大缺口前，缺口的边缘参差不齐，看起来似乎是……有机的，所以它不像是个入口，更像是个伤口。我用指尖对着一块突出来的砖小心地戳了一下，可它却没有碎裂。奇怪。缺口的另一边很黑，空气中飘着若有若无的味道，但显然是霉味。我打了个手势，要乔安娜把打火机举近些，可惜只能照亮几厘米的距离。

“他在那里面吗？”乔安娜问，“你肯定？黑漆漆的……而且我什么也没听到。”

“他在那里面，”我语气坚定，“我的功能在这样的事情上绝不会错。但确实有点怪。”我谨慎地把头伸进缺口里，“有人吗？能听到我说话吗？嗨！”

我们等着，却没有人回答。我提高嗓门儿说话的时候，这堵砖墙根本没动一下。我听了听，感觉到那些一直跟着我们的声音已经不响了。我心想，或许我们甩掉了它们，但又不敢确信。我缩回头，研究起这个缺口来。看着看着，我愈发不喜欢现在这个情形了。整件事情似乎是个陷阱，以受伤的人做诱饵。在缺口另一侧的黑暗中，可能有什么东西在等候着。但里面肯定有个人，即使他没有回答，我也可以确定。如果他受了伤……我们可能就是他求生的唯一机会。要是将人抛弃在这个荒凉的地方，我会受到诅咒的。那么……我深深吸了口气，霉味使我的鼻孔和嗓子眼儿有点发痒。随后，我小心翼翼地钻过墙上的这个缺口。大小刚好够我过去。我伸脚碰到了地面，走进对面漆黑的房间内，静静站着听了一会儿，没有一点反应。我往旁边挪了挪，乔安娜也进来了，微弱的黄光也随之出现。

看起来，是两个房间被打通了，房间里相当乱。地板上到处是黑黑的东西，看起来不像是砖块。我不愿意用手摸出这是什么东西，于是又往房间内走了一点，小心地绕开这些东西。室内的空气因为封闭而有些霉味，干燥之中带着酸味，但还潜藏着腐烂的味道，仿佛就在不久前，有东西死在这里。地板上没有灰尘，但光秃秃的墙壁上却长着一堆堆难看的白毛。在天眼的引导下，我移动着。乔安娜将打火机举在我们前面。阴影威胁似的在四周跳动着。接着，我们也看清了对面的墙角，那里矗立着一个肮脏、硕大的灰茧。它直达屋顶，三米高，一米宽。这么大的灰茧里藏着什么样的虫子呢？我想了一会儿，然后果断地决定不再想这个问题了，我最讨厌爬行动物。我继续朝四周搜寻目标。尽管我的天眼领着

我向前，但哪里都没看到那个人。

最后，我们站到了茧子前。在打火机火苗的照耀下，它微微泛着光。已经没有别的地方好去了。

“告诉我，你和我想的不会是一样的吧。”乔安娜说。

“他在那里面，”我不情愿地说，“他还活着，活着，就在那里面……因为他去不了别的地方。”

我用力地咽了口唾沫，伸手去摸茧子。它的材质摸起来热热的，湿漉漉的，有点像丝，也有点像蜘蛛网。我费劲地抓住灰茧，使劲儿扯它。这恶心的东西黏糊糊地沾在我的手指上，不自然地伸展着，没有断开。我竭尽全力，才把茧子外面这一层撕开一个洞。后面露出一张脸，是张人脸，脸色灰白，双眼紧闭。我犹豫了，尽管我的天眼从来没有判断错过，但也觉得他肯定死了。这时，他的眼皮动了一下，好像在努力睁开眼睛。

我将两只手都伸进刚刚扯开的洞里，准备将他脸上沾着的东西撕掉。那东西挣扎着，紧紧黏着我的手指和那张脸，在我撕扯的时候，灰茧还努力修补着断裂的线丝。我大声喊乔安娜来帮忙，然后一起扯开了一个更大的裂口，那个人的头部和肩膀露了出来。我将那张脸上残存的东西扯掉，他的眼睛总算睁开了。我不得不承认，我认识这张脸。这张脸看起来比我记忆中要老一些，皱纹多了很多，眼睛里的恐惧远远超出我的想象。不过，他显然还是剃刀艾迪。

当他的双眼看见我的时候，眼神慢慢变得清晰。我用乔安娜的手帕将他脸上最后的一点黏液擦干净。他的眼睛有了意识，但仅此而已，他还认不出我。我和乔安娜一边大声说着鼓劲的话，一边一点一点地撕裂茧子，最后终于撕开一个出口，把艾迪从里面拽了出来。他整个人都已经瘫软，毫无反应，身上还穿着那件灰白色的旧外套。外套此刻比我记忆中的还要糟糕，有很多洞，破烂不堪，已经被黏液浸透，被血迹之类的东西染黑。

虽然我们把他从茧子里拉出来了，但他的腿还无法站立，所以，我们只好把他放到地上，让他背靠着墙坐下。他大口喘着粗气，好像还没适应过来。我不愿意去想他在里面待了多长时间，也不愿意去想他遇到了什么事。我的心头有无数的疑问，但为了让艾迪恢复神志，我只是平静地说着话，试图和艾迪进行交流，让他清醒过来。他的眼睛盯着我，并没有理睬乔安娜。

“没事了，艾迪，”我说，“是我，约翰·泰勒。你已经从那个……东西里出来了。你得恢复力气，让腿站起来，这样我们就可以离开这里，回到夜城。艾迪？听得到我的声音吗，艾迪？”

他的眼睛一眨也不眨，但逐渐变得有神了，不过，恐惧却一点没有消退。他的嘴巴慢慢动了动。我俯下身，倾听他微弱的说话声。他的声音沙哑、痛苦，好像已经很久很久没有说过话了：

“约翰……泰勒，都怪你，你这个……浑蛋。上帝也会诅咒你下地狱的。”

“什么？”我惊得一下子直起了身体，他肯定误会了什么，“我是要把你从这里救出去，艾迪，很快就没事了。”

“永远都不会好了……再也不会了。这都是你的错。通通都是。”

“艾迪……”

“我有机会的时候……该杀了你的，在你把我们……都毁掉前，杀掉你。”

“你在说什么？”乔安娜愤怒地喊道，“我们也是刚到这里！他还什么都没做呢！这里是个时空移位区！”

“那我也要诅咒你，为你……你将要做的事诅咒你。”

“你是因为这个在怪我吗？”我迟疑地问，“你在……为了我还没有做过的某件事怪我？艾迪，你一定知道，我绝不会把世界变成现在这个样子的。一切都结束了，但无论如何，这不是我的选择。你得告诉我，告诉我怎样做才能阻止这种事情发生。”

剃刀艾迪扯了扯嘴角，慢慢挤出一个痛苦的笑容：“自杀。”

“你曾经把约翰出卖给无面使者，”乔安娜说，“我们为什么要相信你的话？或许，我们应该把救你的事情忘掉，把你再扔回茧子里去。”

“这些事不会发生的，艾迪，”看到他眼睛里又浮现出恐惧的神色，我马上说，“和我们一起，帮我们阻止这一切。我们离时空移位区的边界已经不远了，我可以将它打破，让我们都回到家，回到我们所属的地方。”

“回到……过去？”

他的话让我愣了一会儿。如果这个艾迪艰难地走了很长的路到达了这里，我能冒险将他带回去吗？夜城会接受两个剃刀艾迪吗？我把这个想法丢到了一边。这个问题不重要。我绝不能把艾迪一个人留在这里，留在黑暗中，留在这个茧子里。有些事情，稍微有点人性的人都不会做。

我们把他扶起来。这次，他可以自己站着了。经历了这么多，他还是剃刀艾迪，还是那么刚强。乔安娜和我搀着他走出房间，连推带拉地帮他穿过墙上的那个缺口，来到小巷里。等我们全都进入黑暗之后，那些声音马上又响起来了。艾迪听到了那些声音，不由得有些畏缩，但也仅仅就是一小会儿。现在，他目光平稳，神情坚毅。我们回到主道后，他已经能够自己行走了。某种可怕的东西制服了他，但他还是剃刀艾迪。

“这里怎么只剩下你一个人还活着？”我终于开口问他，“这里到底是什么时间？是多少年后的未来？我离开夜城五年，刚刚回来。这对你计算时间有用吗？真该死，艾迪，这个城市陷落后，过了几百年啊？”

“几百年？”艾迪重复着，“看起来，是像过了几百年。不过，我的时间感一直很好，并没有几百年，约翰，从你背叛我们所有的人、致使夜城陷落算起，只过了八十二年。”

乔安娜和我对视了一眼，然后转头看向这个空荡荡的城市：倒塌的建筑，没有星星、没有月亮的夜晚。

“你做得太绝了，约翰。眼前这一切都要归咎于你。都是因为你的所作所为。”艾迪想加重责备的语气，但他太累了，“所有的人都死了……因为你，这个世界灭亡了。幸存的那些生命，也变得麻木、堕落……就像在变质的水果上蠕动的蛆一样。只有我活下来了……来讲述这场变故。因为我不能死，这是交易的一部分……八十二年前，我在诸神街做了一笔交易。愚蠢，真是愚蠢啊。我活了很长时间……看着我在乎的一切人与事在我眼前结束，看着我所有的梦想破灭，变成噩梦。现在我真想死啊……但我死不了。”

“约翰做了什么？”乔安娜急切地问他，“他做了什么……造成现在的局面？”

“你不应该去寻找你的妈妈，”艾迪说，“你无法应对自己发现的事情，无法面对真相。”

“等一下，艾迪，”我痛苦地说，“你会回家的。在时间上，回到过去的夜城。我向你发誓……我们会找到办法阻止这一切。我宁愿死，也不会让这样的事发生。”

剃刀艾迪转过头去，不愿意看我。他深深地呼吸着相对清新的空气，仿佛已经很久没有呼吸过这样的空气了。他现在走路基本上恢复了正常。我领头朝边界走去，大家都走得很快。但是，我们还没有走出这条街，情况就发生了变化。

它们是从路上的洞里爬出来的，前前后后，左左右右，包围了我们。漆黑闪亮的身体正灵活地从落满尘土的地面上大小不一的洞口里挤出来。我们立刻停住，迅速看向周围。视线所到之处，全是细长的腿、带壳的躯体、复眼，它们的牙齿咯咯作响，下颚发出咔嗒咔嗒的声音，细长的触角也在颤抖着。各种各样的昆虫，是我从未见过的种类，而且身形全都大得恐怖。还有很多不断地从摇摇欲坠的墙壁上快速地爬下来，这么巨大的身形，动作却轻如空气。它们爬下来，加入到已经围着我们的成百上千只昆虫中间，一起跳跃着、翻腾着，仿佛一条有生命的毯子盖住了地面。最小的也有十五厘米长，大的有六十厘米长，甚至还有接近一米的。它们的下颚呈锯齿状，看起来锋利而有力，足可以一口咬掉人的一条胳膊或者腿。有时，它们还爬到其他昆虫上面，以便更清楚地看到我们。不过目前，它们至少还是保持着一定距离，我们还是安全的。

我感觉到胃里的东西正在往上涌，我真的无法忍受爬行动物。

“瞧瞧，”我强迫自己语气轻松地说，“我过去一直都认为，昆虫最终会继承世界。只是从来没想到，它们这么大。”

“蟑螂。”乔安娜说，声音里充满了厌恶，“倒胃口的东西。以前看到的时候，应该多踩死几只。”她冲着最近的昆虫晃了晃打火机，它们似乎真的后退了一点点。一定是光把它们吓退的。虽然现在光对这些虫子已经不能产生真正的威胁了，但它们仍然有怕火的基因。或许我们可以利用火光打开一条路，逃出去……我瞥了瞥艾迪，想看看他的反应，结果吓了一跳。他正在无声地哭泣着。

这些昆虫对他做过什么？强大骇人的剃刀艾迪，折叠剃刀朋克之神，居然因为一大群卑贱的虫子落泪？我心痛得话都说不出来了。无论如何，在我离开这里之前，一定要狠狠地复仇。

“真是……恶心，”乔安娜说，“这里是野生动物的地盘。最原始、最令人恐惧的大自然大概就是这个样子。”

“说对了。”一个熟悉的声音响起，语气欢喜而得意。我迅即四下环顾，他在那里，在一小圈昆虫中间——那就是古董王。他是我的一个旧相识，离开夜城之前就认识了，但我们并不是朋友。我觉得古董王没有朋友，敌人倒有一大堆。此时的他一身20世纪20年代黑帮打扮，从脚上的白色鞋罩，到颜色令人窒息的马甲和边缘缀着摁扣的帽子，每个细节都完全照搬。但他太胖了，对于这套衣服来说，他至少超重十五公斤，肚子被半开着的马甲箍得紧紧的。他还是像过去一样，给人一种虚伪的印象，好似全身上下都在伪装。他的脸色过度红润，眼神灼人，笑容里没有一丝真诚。此时此地的他，还是原来的老样子。不知从何而来的黄色阳光照耀在他的周围，那些昆虫都远远地待在光线之外。

“你究竟在这里干什么，古董王？”我问他，“你从谁那里偷了这么难看的衣服？”

“这衣服很不错吧？”古董王得意地说，“这可是黑帮教父艾尔·卡彭的真品。趁他没注意，我从他个人的衣橱里拿来的。他不会想起这件衣服的，他还有二十套衣服，和这件样子差不多。我还有卡彭的制衣店出具的真品证书呢。”他眉开眼笑地看着周围，丝毫不受眼前情形的烦扰，“我们相遇的地方真够奇怪的，是吧，约翰？”

“我想，你认识这个人吧？”乔安娜看着我，几乎是埋怨地问道。

“这是古董王，”我抱歉地解释说，“你能想到的，他都能收集到，就是已经被铁丝网给围住拴起来，他也能手到擒来。在他眼里，没有罕见的东西，也没有不起眼儿的东西，只有他没弄明白的东西。他对于独一无二的物件的欲望无穷无尽，不拿到手绝不罢休。听说，他是按照自己编制的索引进行收集的。古董王偷东西、骗人，可能是夜城里最缺德的人。任何东西都是他追逐的目标，也不管对别人有多宝贵。我也认识别的收藏家，为了能够参观古董王那个声名在外的秘密收藏室，那些人宁愿倾尽所有。最近怎么样啊，古董王？找到凤凰蛋了？”

他耸耸肩：“得等到它孵出来，才能下结论。”他笑着转向乔安娜，“亲爱的，你不会相信约翰说的这些话吧，我被人误解得太深了。”

“根本不是别人误解你，”我说，“你就是个大强盗，小气，而且爱管闲事。考古的人都拿你的名字吓唬他们的孩子。你从不在意别人受到的伤害，只要得到你想要的东西就行。”

“我是在拯救那些东西，不然，它们就会从历史上消失。”古董王神色不变，“将来，我会在夜城建座博物馆……不过，现在的对手太多，他们都很嫉妒我，要是现在建的话，他们会兴高采烈地把我抢劫一空的。”

“你在这里干什么呢，古董王？”我说，“我想，这里不会有什么值钱的东西让你看上眼吧。”

“约翰，你的见识真够浅的，”古董王难过地摇摇头，“身边都是宝贝，却视而不见。看看你周围，这些虫类在我们那个世界可是闻所未闻啊，都是些绝无仅有的种类，别的地方都没有。我认识些投机昆虫的收藏家，他们要是知道我得到的东西，肯定会嫉妒得吐血。当然，我会带回去一些做副本，高价拍卖掉。最近，穿越时空费用很高的。”

“穿越时空？”乔安娜马上问，“你有穿越时空的设备？”

“没有，”古董王说，“虽然我的确展览过一些比较精制的装置……但没有你说的东西。我有一种天赋。在夜城，很多人都有。亲爱的约翰善于寻找，艾迪杀人用剃刀，快得没人看到过他的刀……我可以在时空中随意穿越，所以我能收集到这么多可爱的东西。现在我回答你即将问出的问题：我不携带乘客。你们怎么到这儿的，约翰？”

“是时空移位区，”我说，“我正要去边界，这些昆虫就出现了。你从什么时间来的，古董王？准确的时间。”

“你刚刚离开夜城的时候，”古董王回答，“你当时匆匆忙忙的，发誓再不回去。我想你是回去了吧？”

“就在你离开之后五年，”我说，“我就回去了，但心情还没有变好。”

“真是惊喜啊。”古董王看着身边那些昆虫，高兴地咧嘴笑了，“啊，这么多好东西，我都不知道该从哪儿开始了。我等不及要把这些东西带回收藏室，好钉到标本板上。”

乔安娜哼了一声：“希望你带的屠宰瓶儿够大。”

昆虫在我们周围不停地翻腾，触角兴奋地抖动着，透出危险的信息。我决定赶快说重要的事：“古董王，艾迪说我们现在位于八十二年后，但这里全都已经毁坏。你知道这是怎么回事吗？”

古董王展开他那双指尖光秃秃的胖手，做了个不知道的手势："未来这么多，可能的时间表也很多。这只是其中的一种可能性。未来，一切皆有可能发生。"

"你有天赋，对未来很清楚，才到这里来，"我说，"你连这些昆虫的存在都知道。和我说说，古董王。不然，我就对你不客气了。"

古董王只是得意地笑着说："你没资格威胁我，约翰。事实上，你还没有意识到危险有多大。你说对了，我早就研究过这些昆虫，只不过离得远远的，以免受到伤害。我知道它们为什么对我们这么感兴趣，它们是对人类感兴趣。我还知道他们为什么没有杀掉你，恐怕这个原因会让你不高兴的，不过，你认为它们就是些昆虫而已。它们的头脑很清醒，根本不会害怕，也不会有其他的情感。正如我们理解的那样，它们甚至不受知觉的干扰，它们只关心生存。我一直都很佩服它们的无情，佩服它们诚实和坚持不懈的个性。"

"你总是怪里怪气的，"我说，"说重点吧。"我感到周围的昆虫正在慢慢移近。

"你从不观察研究，"古董王说，"昆虫在寄主体内孵卵，当然寄主不是昆虫。卵在寄主体内逐渐孵化后，幼虫就会在里面啃噬寄主，直至找出一条通道出来。当然，这对寄主来说有点残忍。不过……凶狠、毫无良心、毫无怜悯就是这些昆虫的本性。然而，在这个未来世界，唯一活着的物种就是昆虫。所以，它们的寄主就是……你旁边这个不幸的人。到现在为止的八十二年来，剃刀艾迪不死的身体就是一代又一代昆虫的寄主。进去的是虫卵，出来的是已长上牙的幼虫，它们就这样繁衍着。当然，这对可怜的艾迪来说，是相当讨厌的，因为要活着被反反复复地啃噬。不过……我从来就没喜欢过他。”

我没有回头看艾迪。我不愿让他看到我的震惊与恐惧，尤其是他还以为这一切都是我造成的。我现在明白了为什么昆虫把他囚禁在茧子里。它们不能冒险，让他有自杀的机会。我太愤怒了……要是我有足够的力量，我会把世界上每一只可恶的昆虫都踩死。

“现在，你们也到这里来了，约翰，”古董王说，“你和你的女朋友。你们就是新的寄主，可以孵化更多幼虫。我认为，你也不会比艾迪支撑的时间长，但我相信，在你生命延续的这段时间，它们会好好利用你的。我想，我能够帮你逃走……不过，我也没那么喜欢你，约翰。”

突然间，剃刀艾迪大吼起来，弓起背，整个身体开始抽搐颤抖。我抓住他的肩膀，但他痉挛得极其猛烈，无法抓牢。他倒在地上，咬紧牙关，控制自己不再喊出声来，但他的眼睛却不受控制地流出了泪水。我跪在他旁边，心里已经明白发生了什么。几百只拇指大小的幼虫正啃噬着他，从他身体里挤出来。这个时候，我不能退开。那是些湿软、黑色的物体，牙齿像小型的剃须刀。有些甚至从他的眼睛里钻出来。他的外套大部分已被鲜血浸透。乔安娜单腿跪下，呕吐起来，但还是牢牢地抓着打火机。我抓起几把幼虫，恶狠狠地攥紧。它们的内脏顺着我的手腕落下去，但是，幼虫太多了。

“我能做些什么，艾迪？”我绝望地问，但他根本没有听到我的话。

“你只有一件事可以做，”古董王说，“杀了他，让他从长期的痛苦中解脱出来。当然，你做不到。别忘了，他是大名鼎鼎的剃刀艾迪，是死不掉的。好好看看他，约翰。一旦那个打火机里的燃料烧完了，它们就会冲向你……这就是你的未来，也是她的。只要它们让你活下去……”

我不理睬他的恶言相向，只管全神贯注地发功。如果还有东西可以杀掉剃刀艾迪，让他最后得到安宁的话，我的天眼一定会找到它的。很快，我找到了答案，而且相当明显。唯一可以杀掉艾迪的东西就是他自己的折叠式剃刀，那个从未有人见过的剃刀。我知道它不会在他身上，否则他早就用上了。但昆虫也不能将他与剃刀分开。艾迪和他的剃刀是被一个约定绑在一起的，这个约定只有神才能解除。我进一步集中自己的意志，找到了那个地方。昆虫将它放在那里，但艾迪拿不到。它们把剃刀深深地埋在艾迪的体内，埋在他的内脏里。

我毫不迟疑，伸手插进幼虫出来时留下来的一道伤口，用力将它撑开，然后将手深深地伸向艾迪的内脏。他尖叫起来，我只当没有听见，继续运功。他伸腿踢我，我就用身体压住他。乔安娜这时已经在干呕，但她无法移开目光。当我的手指握住那把旧式的折叠剃刀时，血已经将整个小臂染红了。随着我抽手的动作，艾迪发出号叫声。血从我手上和剃刀上密集地滴落下来。艾迪躺在地上，战栗着，发出低声的哀号。我打开剃刀，抵住他的喉咙。我认为他眼中满是感激的神色。

“再见了，艾迪，”我轻轻地说，“非常抱歉。请相信我，我绝不会让这样的事发生的。”

“多么感人啊，”古董王说，“但你不是真的这样想吧？”不用回头，我也知道此时他在幸灾乐祸，“你知道，如果你毁掉昆虫们唯一的寄主，然后自己和这个女人离开这个时空，就等于是将这些物种置于灭绝的境地了。你真的要杀死地球上唯一幸存的生物吗？”

“没错。”我说。在我割破艾迪的喉咙时，他动都没动一下。我按着剃刀的手劲道很大，甚至能感觉到不锈钢刀锋割在颈骨上嘎嘎作响的声音。我一定要杀死他。血喷涌而出，浸透了他的衣服，浸透了我的衣服，也浸透了铺满尘土的地面。艾迪平静地躺在那里，没有了呼吸。之后，我抱起艾迪，流出了他再也不能流出的泪水。因为，尽管我们有很多分歧，有很大的不同，但他一直都是我的朋友。当他呼出最后一口气，生命离他而去的时候，他的剃刀也从我的手里消失了。我将他的身体放到地上，颤巍巍地站起身。古董王看着我，完全惊呆了。

“我憎恨爬行动物。”我解释说。

昆虫们突然尖叫起来，非人类的尖叫声填满了暗紫色的夜空。它们愣了一会儿，但最后终于意识到我刚才的行为将会产生的后果。越来越多的昆虫发出了叫声，声音越来越高，最后，在这个荒凉的城市里，似乎到处都响着它们的叫声。我脸上浮现出旧时的笑容，恶魔的笑容。古董王看到眼前的情景，不由得后退了一步。昆虫在我们周围沸腾起来，向黄光的界限逼近。我刚刚杀了它们未来所有的后代……除非它们能够想办法利用我，还有乔安娜。我再次查看了一下到远方边界的距离。跑十五分钟，也许十分钟，这由我们的求生意志决定。只要打火机的燃料能够支撑住。

古董王突然发出一声大喊，他脚旁的地面上裂出了很多洞。下面的昆虫并没有被他的光芒吓到，反而向他扑去。古董王的一条腿陷进了一个敞开的洞里，随即痛苦地大喊起来，因为一些看不到的钳夹深深地刺入了他的腿中。更多的洞在我和乔安娜周围的地面上裂开，但我已经全力将乔安娜拉起，发足狂奔。我们没有带走艾迪的尸体。他终于可以什么都不用关心了，而且他的尸体已经开始腐烂了，因为他终究敌不过漫长的岁月。

我们从古董王身边跑过。他凄厉地叫着，手在衣服口袋里来回摸索着，最后拔出一个亮晶晶的小罐儿，对着洞口喷射。更多的昆虫在地下大叫着。古董王的腿从洞口抽了出来，上面大块大块的肉不见了，裂开的骨头清晰可见。古董王抽泣着，看到又有洞口绽裂，就疯狂地朝四周喷射着小罐里的液体。由于他的注意力被分散，罩着他的光也随之摇曳着。他像个失望的孩子一样骂了一声，然后消失到时空中去了。光蓦地消失，昆虫向前冲去，追逐着正奔向边界的我和乔安娜。

乔安娜已经控制住了情绪，脸色严肃而专注，打火机举在前面，仿佛是举着一个阻挡僵尸的十字架。我注意到火苗好像变小了，但我什么也没说。它要么支撑得住，要么撑不住。簇拥在我们周围的昆虫，急切地尖叫着，呼唤同伴向我们攻击。但是，尽管打火机的火焰形成的光圈在逐渐缩小，它们仍然无法进入。它们有的形大如狗，有的形大如猪，而我憎恨所有的昆虫，无论大小。乔安娜和我朝着它们径直跑去，它们在最后一刻才闪到一边，巨大的黑色嘴巴像捕熊的夹子一样迅速闭上。我又瞥了一眼乔安娜的打火机，有些不愿意接受自己看到的情形。火苗估计亮不到边界了。如果真是这样的话，我们也就到不了那儿了。所以，我得再一次发功，寻找能量小径。

在夜城，有很多这样的小径，名称各有不同，从牧场的生育科学到彩虹发光术，利用无形的能量将世界上的物质凝聚在一起，形成名目不同的各式路径，只有视力最强的人才能看到。假如你有勇气在它们上面奔跑，你就能够实现自己的愿望。这只是推理。此时，即使在这个荒芜的地方，能量小径仍然存在。我的天眼捕捉到一条刚好通向时空移位区边界的小径，于是将它召唤成形。一条清晰明亮的小径出现在我们面前，闪烁不定。昆虫们马上退后，避开这束新光，好像被烧到了一样。乔安娜和我牵着手，继续拼命地跑着，火星随着我们沉重的脚步四处飞溅。

然而，我的速度已经慢了下来。在这漫长艰难的一天快要结束的时候，发功耗掉我太多的能量。发功的次数也过于频繁，强度过大，此刻代价出现了。我的头突突作痛，几乎看不清小径之外的东西，血从鼻孔不断地流出，沿着下巴滴落，双腿好像离开了自己的身体。乔安娜不得不拽着我，使我完全凭着毅力朝前移动。我能感觉到边界越来越近，但看起来似乎遥不可及，就像在一些梦境中，你拼命奔跑，却始终到达不了任何地方。乔安娜正冲我大声喊着，可是我几乎听不到她的声音。昆虫如同一条不怀好意的地毯快速移动着，始终包围着我们。

我感到筋疲力尽，疼痛也不断袭来。即便如此，在腿软倒地的时候，我还是感到有些吃惊。我用力敲击着小径，身体轻微颤抖了几下，但并不足以令我重新站起来。魔力近在咫尺，却无法使用，真是痛苦不堪。昆虫们就在光的边缘汹涌波动，毫无表情的复眼紧紧盯着我。乔安娜俯下身，想把我拉起来，可我太重了。我侧过身，抬头看着她。

“马上离开这儿，”我说，“我只能把你带到这儿了。剩下的，我就无能为力了。边界就在前面。我已经打开一个出口，可以将你带回夜城。去找你的女儿吧，乔安娜。对她好一点，就当是怀念我。”

她放开我的手臂，手臂无力地落到明亮的路面上，我却感觉不到疼痛。

“我不会丢下你的，”乔安娜说，“我不能把你一个人丢在这里。”

“你当然可以。如果我们两个都死在这里，谁来帮助你女儿？别担心，我会在昆虫抓住我之前死掉。我保证。也许……我此刻死在这里，就能够阻止这些事情的发生。有时，时间就是这么有趣。求求你，快走。”

她站在那里，俯视着我，脸上突然没有了表情。也许是由于过度震惊，也许是正在考虑事态。她转过身，背对着我，目视着这条伸向边界的小径。它只能凭借她的信念而存在。她准备自己离开，任我死在这里。我感觉到了我内心的矛盾，既诅咒她的这个决定，又想劝她离开。我一直都知道，夜城中有东西想杀害我，所以我讨厌自己居然还想拖个人和我一起死。这时，她回过身，脸上木然的表情已经消失。接着，她伸出双手，再次抓住了我的胳膊。

“起来！”她语气里带着火药味儿，“该死的，站起来！我们一起走的路还不够长，你现在不能放弃！没有你，我不会离开的。你如果不站起来，就等于让我和你一起死。所以，站起来，你这个浑蛋！”

“好吧，”我觉得自己在说，“你如果坚持这样……”

在她的帮助下，我又站了起来，跌跌撞撞地沿着闪烁的小径向前走去。我一直觉得自己没有一点力气了，下一步就是最后一步。可是，乔安娜却使我继续走了下去。她半搀扶半背着我，时而安慰，时而怒骂，支持着我继续前行。她一直拉着我，昆虫们也跟着叫了一路。我们一到边界，立刻就从我打开的裂缝中坠落下去，回到了我们自己的时空。

我们摔到一条雨后湿滑的街上，大口地喘着粗气。这座有生命的城市一贯的喧嚣声在我们周围响起，多么动听啊。明亮的霓虹灯、喧闹的交通、拥挤的人群。夜空缀满了耀眼的星星，悬挂着灿烂的圆盘大月。回家真好。我们并排躺在人行道上，人们从我们身边走过，对我浸透衣服的血迹没有多加注意。夜城是一个伟大的地方，大家都不喜欢多管闲事。我看着月亮恒定不变地亮着，说了声抱歉。不是每个人都能够看到自己未来的行动可能造成的后果的。如果他们的行为真的造成了危害，世界也只能承受。我不知道该不该把未来的事情告诉当今的剃刀艾迪。还是不要告诉他吧。有些恐怖的事情，最好不要让人知道，就连折叠剃刀朋克之神也不例外。

并不是每一个未来都会被铭刻记忆。我该知道的。在此之前，我看到的已经够多了。但我仍然有犯罪感，即使我不知道原因。

“你不应该去找你的母亲。”这是未来的艾迪对我说的话。我一直奇怪母亲为什么要抛弃我。而且那个女人根本不是人类。过去，一到后半夜，我常常失眠，怀疑我之所以能够帮助别人找到对他们重要的人与物，是不是因为找不到对自己至关重要的东西。现在好了，在凌晨三点，我有别的事好想了。

我看看乔安娜：“有一会儿，我真的以为你准备把我丢在那里。”

“有一会儿，”她慢慢地说道，“我是准备这么做的。连我也觉得吃惊，自己身上居然有这种毅力。”她皱起眉头，“不过，事情……有些奇怪，我身上有某种东西不想帮助你。别让我给你解释，因为我自己也说不清楚。就像是话已经到了嘴边，比如一个字或者一个记忆，但怎么都抓不住……不管了，这个不重要，重要的是我们两个都出来了。现在，我们不能再躺在这湿冷的地上，起来吧，去找贝莱斯顿街。别忘了，我们就是为了去那儿，才受这个罪的。我很好奇，它到底是个什么样子，最好它值得我们受这么大的苦。”

“凯茜在那儿。”我说。

“我们会找到她，不管她遇到什么样的麻烦，都能帮她解决。其他事情都可以等。对吧？”

“对。”我答道，虽然不完全清楚我在同意什么。

等我明白她说的究竟是什么的时候，当然，已经太晚了。

8

没有时间的咖啡馆

我刚刚看过世界末日，杀掉了一个老朋友，发现自己打算终其一生寻找的人现在也不能再找了，所以我决定放松一下。碰巧，附近有一家很不错的咖啡馆，于是我坚定地牵着乔安娜的手，带她到了那里。我们两个人都需要喘口气、放松神经。如果你没有学会能休息就休息的话，那么，即使是最坚强的灵魂，也会被夜城碾碎。乔安娜不想去，因为贝莱斯顿街和她女儿的命运马上就要揭晓。但我坚持要她一起去。她肯定也累得不行了，因为我们还没有到咖啡馆，她就不再争辩了。

即便在夜城众多的黑色奇迹之中，霍克风之吧仍然显得别具一格。因此，我在它外面站了片刻，以便乔安娜能欣赏它独特的外观。不巧的是，她此刻没有心情欣赏。真是遗憾，这样完美的古建筑不是随处都能看到的。20 世纪 60 年代的华丽气派，足以让人不知身在何地。帝高牌霓虹灯错落有致，波普艺术招贴画颜色鲜艳，仿佛可以烙在你的眼球上。我正劝乔安娜进去，印度风情的格子门有礼貌地为我们打开了。跨进咖啡馆，我深深地吸了一口熟悉的 60 年代空气，焚香的味道、藿香水的味道、香烟的味道，还有各式各样刚刚煮好的咖啡味，以及几种记不起来牌子的头油味。

像往常一样，室内人声鼎沸，空气中满是 60 年代标志性的喧哗。我一边朝周围熟识的面孔笑着打招呼，一边领着乔安娜在迷宫般的桌子间穿行，想到咖啡馆的后部寻找一个相对私密的位置。“陌生人”是我谈生意的地方，或者可以说是独自一人思考问题的地方，霍克风之吧 & 烧烤店则是我寻求精神平静的处所。乔安娜轻蔑地看看时髦的塑料桌椅，还是坐了下来。我把这理解为，她开始相信我的本能了。面对这里多元的文化气氛，她怀疑地皱了皱鼻子。我装模作样地研究着手写的巨型菜单，而她则打量着四周。霍克风之吧里总是有很多引人注意的东西。

这里的装饰大部分是闪光灯，墙壁上、天花板上，

甚至地板上都画着旋涡状的色彩，完全打造出一个迷幻世界。一个塔迪斯时间机器大小的自动唱机源源不断地流淌出 60 年代经典的热门歌曲，对于那些投币人选择的曲目置之不理。奇想乐队刚刚唱完《午后阳光》，接着是爱之匙乐队的《白日梦》。我的脚随着音乐打着拍子，同时不露痕迹地看着乔安娜，而她正在研究着周围的那些面孔。我们旁边的桌子坐满了旅行者。他们来自遥远的地方、遥远的时代。有英雄，有歹徒，还有介于两者之间的各色人物。有几个特殊人物，只在这种地方才能感觉自在。不同的称谓，不同的面孔。有人在动摇，有人在鼓励。还有一些非同一般的嫌疑犯。

音速刺客正在向诺丁山巫师炫耀他新买的振动式手枪，迷失时间的维多利亚时代冒险家正在请他刚认识的脱衣舞女郎喝最好的香槟，琥珀王子像平时那样一个人坐着，正努力地回忆他是怎么到这里的。许多间谍故意装作没有发现彼此。说来奇怪，雷鸟特攻队的崔西五兄弟全都坐在同一张桌子旁，而在离我们较远的一个角落，一群肤色黑如科尼利厄斯部落的人还是以前的老样子，大声嚷嚷着，摇动着一份账单，无意付钱。我不由地笑了。这里没什么大的改变。当然，它也还是像过去一样能招来顾客。霍克风之吧没有岁月的痕迹，这也是它引以为豪的一点。

两个戈戈舞者身上仅围着一些白色的羽毛，在地板中央金色的围栏内精力充沛地跳着，上下左右地摇摆着头部。戴着银色假发的舞者向我眨眨眼，我也礼貌地对她笑了笑。一位女招待轻快地走到我们桌旁。她脚蹬一双粉色高跟鞋，鞋跟有二十厘米高，穿着塑料迷你短裙、硬挺的白色男式衬衫，头顶蜂窝状的发型，仿佛要倒下来一样。我站起来，脱掉白色风衣，指指浸透着血迹的地方。她会意地点点头：

“噢，约翰·泰勒，当然可以。我愿意为你做任何事，宝贝！欢迎回来。气色不错！要点餐吗？”

她嚼着口香糖，声音高昂而尖锐，让人有些不快，但不可否认，她非常真实。我坐回去，将菜单递给了她：

“两瓶可乐，要维罗尼卡的。没别的了。尽快处理好我的外套，我在办案。”

“从来没听说过你有不办案的时候，亲爱的。有未来的消息吗？”

“投资电脑业。”

“太棒了！”

她摇摇摆摆地踏着高跟鞋走开了，好像一艘漂在海上的轮船。周围几只友好的手向她伸去，但她熟练地将这些手打开了。一个披头族站起来朗诵了一首诗，我们全都扔东西砸他。动物乐队在唱着《旭日东升旅馆》，是未经审查的一个版本。我试着找了一下，在CD编辑器上发现了它。乔安娜俯身向前，盯着我说：

“告诉我，你拽我进来的咖啡馆不是以丑陋的60年代为主题吧。我经历过60年代，一次就足够了。他们给你洗衣服这段时间，我们没必要浪费时间在这里逗留！凯茜现在就在附近，我能感觉到。”

“我们可以在这里待上一个月，外面街上一秒钟都不会过去，”我平静地说，“它就是这样的地方。而且这里洗衣服也有点特别，他们会把客人的衣服一直运送到中国，再运回来，并保证回来的时候干干净净。他们能够把耶稣裹尸布上的耶稣轮廓除去，会把衣服浆两遍，不另收费用。”

“我需要喝一杯，”乔安娜粗声说道，“但不要什么见鬼的可乐。”

“相信我，你会喜欢他们这儿的可乐的，因为这里不是仿造的60年代咖啡馆，是货真价实的60年代咖啡馆。”

“该死！这不会又是一个时空移位区吗？”

“也不是这样……原来的霍克风之吧是60年代所有

伟大冒险家和精英人物常去的地方，在那个时代非常受欢迎。但不幸的是，这家咖啡馆在1970年被烧为平地，可能是自毁行为，以此抗议甲壳虫乐队的解体。之后，人们在那个地方建造了一座枯燥无味的商业学校。不过，令人庆幸的是，因为很多具有特异功能的名人仍然记得这家咖啡馆，依靠他们的帮助，它以灵魂的形式回来了。这里的整座建筑是一个大的灵魂栖息地，是一个毁灭已久的死亡建筑。”

“一个灵魂咖啡馆。”

“不过，这里的人大多数是真实的，有的是从60年代穿越时空来的，有的是借物还魂。霍克风之吧确实集中了这个多彩时代所有美好伟大的事物。因为这个咖啡馆不是真实的，所以你可以点叫所有60年代后不存在的东西——灵魂食物、灵魂饮料，因为不是真实的，所以不会对真实的人体产生影响，很符合减肥饮食的原则，也是你纵情怀旧的最后一次机会。你已经有多久没喝过真正的可乐了，乔安娜？”

刚才的女招待回来了，端着一个画着几只猴的锡盘，上面稳稳当当地放着两个低矮的老式玻璃瓶，瓶盖上带有波纹。她在桌子的边缘熟练地磕了一下瓶盖，瓶盖于是弹向空中，但却没有泡沫从颈口溢出。她在我们每人面前放了一瓶，将塑料吸管插进去，很快地咧嘴一笑，吹破了口香糖，然后摇摆着走开了。乔安娜这时怀疑地看着面前的瓶子：

“我不需要吸管，又不是孩子。”

“用吧，这也是体验的一部分嘛。这个……可是真正的可乐。这种含糖量丰富、咖啡因浓度高、口味浓烈的旧式可乐，你可能再也喝不到了，墨西哥的有些地方除外，但那里很明显只是以此为噱头而已。尝尝吧，乔安娜，你的味蕾马上会狂喜地颤抖。”

她啜了一口，我也啜了一口。她又喝了几口，我也照做。然后我们两个都后仰靠着椅子，“啊”“呀”地赞叹不已。黑色的液体在身体中流动，激活了我们已经疲劳的所有细胞。“直到失去了，才知道曾经拥有。”唱机里低声地哼着这句歌词。我点点头表示赞同。

“见鬼，”乔安娜讶异地静默了片刻后说，“见鬼。这是真的东西，不是吗？我已经忘了可乐过去美妙的味道。这个贵吗？”

“在这儿不贵，”我回答，“这是60年代，还记得吧？他们接受所有时期的硬币和借条，因为大家都不愿意被拒之门外。”

乔安娜稍微有点放松了，但嘴巴周围的肌肉依然绷得很紧："这确实令人非常愉悦，约翰。但我来夜城不是为了娱乐。按照你的说法，我女儿现在就在几条街外，那我们在这里做什么？我们什么时候才会去救她？"

"我们来这里，是因为需要喘口气，恢复一下。如果我们要冒险到贝莱斯顿街，就必须精神饱满，反应迅速，必须恢复每一分才智。否则，我们还没有看到他们过来，他们已经把我们的脚砍掉了。贝莱斯顿街离这里虽然只有几个街区，但完全是一个不同的世界，邪恶，暴力，甚至可能比我们刚刚逃离的地方还要危险。是，我知道，凯茜待在这样的地方，你更想赶紧去救她。但我们需要把体力恢复到最佳状态，才能去救她。记住，我们待在这里的这段时间，那边的时间不会流逝。

"乔安娜，经历过这一切后，你现在的状态很好。我很感动。真的。不过，即使是最锋利的刀刃，在砖墙上砍得次数多了，也会变钝的。所以，我想让你坐在这里，喝点儿可乐，欣赏周围的环境，等我们两个都做好准备了，再回到夜城。你可能觉得自己已经见识过危险的地方了。但是，你不知道，要是在贝莱斯顿街搞砸了，他们会活活把你吃掉。这很可能是真的。我认为……在出发前，有些事情需要我们俩谈谈。"

"什么事情？"乔安娜挑起眉毛问。

“有关凯茜的事情，还有她的处境，这些需要……弄清。”我小心地说，“除了表面上的事情之外，应该还有一些隐情。我能感觉到。”

“有很多问题还没有回答，”乔安娜说，“我也知道。谁在这里召唤凯茜，原因是什么？为什么选择她？除了对我而言，她不是重要人物。我是一个成功的女商人，但我挣的钱还没到让人绑架或诈骗的地步。况且，这里是夜城，像我这样的人在这里无足轻重。所以，为什么要挑中凯茜呢？纯粹只是少年离家出走吗？如果我知道这些问题的答案，就没必要雇你这样的人了，对吗？”

我缓缓地点点头，承认情况的确如此。乔安娜接续往下说：

“约翰，我觉得我们在这里不是因为需要休息。我想，这是你的休息区。你也经历了很多事情。你杀掉了剃刀艾迪，他是你的朋友，而你杀了他。”

“我杀他，是因为他是我的朋友，因为他太痛苦了，因为这是我唯一能够为他做的，也是因为我一直都能做出必须做的狠心事。”

“那你的手为什么在颤抖？”

我低头，看到手正在颤抖。说实话，我没注意到。乔安娜将一只手抚在我手上，颤抖慢慢停止了。

“和我说说艾迪，”她说，“不是说诸神街的那个艾迪。讲讲你和艾迪之间的事。”

过了一会儿后，我说：“我们合作过很多案子。艾迪……很厉害，但他不够聪明。有些问题不是通过武力就能解决的，武力有时候适得其反，会毁掉自己想要拯救的事物。艾迪出现在‘陌生人’找我帮忙的时候，就是这种情况。当然不是公开找我帮忙。不过我们会交谈，谈话最终会转到他的麻烦事上，然后他和我就会离开‘陌生人’，进入夜晚中，找个不需要用到大锤或者剃刀的办法来补救。

“有时……我自己有解决不了的问题的时候，他会突然出现来帮助我。”

“听起来更像是合伙人，不像是朋友。”乔安娜说。

“他是个杀手，”我说，“是剃刀艾迪，折叠剃刀朋克之神。这些日子以来，他杀人都是出于善意，没有不良企图，但说到底，他还是在杀戮。他不会用其他途径来解决问题，所以，与这样的人是很难亲近的。他在黑暗中比我走得还要远。但是……他改变了自己的人生，乔安娜。他在诸神街不管发现什么神灵，就会摆脱一切束缚去赎罪。你怎么会不佩服这样的勇气？如果像他这样的人都能改变的话，我们所有的人也都有希望改变。

“我努力过，想做他的好朋友，努力过，想改变他，让他过一种不同的生活，这样他就不必做杀手。当我难过，需要找个可以倾诉并且能够保密的人的时候，他就默默地倾听。当他觉得有些人对我构成威胁时，就警告他们别靠近我。当他认为有人在蓄谋伤害我的时候，就会先对他们动手。他以为我不知道这一切。

“我在时空移位区杀他，是为了结束他的痛苦。我一直心肠很硬，必须做的事情就会去做，但做到这些并不容易。”

“约翰……”

“不要，不要想把我和你绑到一块儿，乔安娜。我的生命中没有位置来容纳不能自保的人。”

“你仅有的朋友就是像剃刀艾迪和射手苏西一样灵魂已被扭曲的人，这就是原因吗？或者，你是故意结交一些被自己内心的恶魔困扰的人，这样，他们就不会给你压力，让你面对自己的内心，对吗？你在害怕，约翰。害怕向任何人真正地敞开心扉，因为这样做会让你变得脆弱。约翰，你不能这样生活，活着不能只是为了解决客户的问题。”

“你不了解我，”我说，“你也不可能了解我。我是……我必须这样做，只是为了生存。我独自生活，是因为我在的地方有时非常寒冷，非常黑暗，我不想让我可能关心在意的人陷入危险。至少在我掉下去的时候，我不想拉住别的人和我一起掉下去。”

“不能这样生活。”乔安娜说。

“当然，你知道怎样成功地经营自己的生活。可是，你的孩子只要有机会，就离家出走。在我们离开前，有些必要的问题还是谈谈吧。要是我们最后到了贝莱斯顿街，找对了地方，踢开门，结果发现凯茜在那里，实际上很快乐，怎么办？要是她快乐，而且安全，不需要别人来救她呢？要是她发现了值得追求的人或物，不想离开，又该怎么办呢？在夜城，会发生些比较奇怪的事情。如果真是这样，你能转身离开，让她留在那里吗？毕竟，我们千辛万苦才找到她。或许，你会坚持带她一起回去，回到你能够理解和赞成的生活中去。这样，你就可以时刻看着她，保证她长大后，不走你的老路。是这样吗？”

乔安娜将她的手从我手上拿开：“要是她真的快乐……我可以让她留在那里。一个人要是分不清真实世界和自己理想的世界，那他在商界也撑不了多久。重要的是她的安全，我只要知道这个就放心了，我可以经常回来看她。”

“好，”我说，“我们再说说另外一种情况。要是她在一个糟糕的地方，我们强行把她拉走，然后你把她带回家后，怎么办呢？你打算以后怎么做，才能避免她一有机会就再次逃走？”

“我不知道，”乔安娜说，我不得不赞赏她的诚实。“我只希望，我这么远来找她，为她承受这么多事……会打动她，让她明白，我真的关心她，虽然我不是很善于表达。如果我们没有其他话题好说，那么这次的经历应该会让我们有共同语言。我们总是觉得对话很困难。”

“或者听她说。给你女儿一点时间，乔安娜，我真的不想再找一次。”

“我也想到了这一点，”乔安娜有点冷淡地说，“我一直认为凯茜什么也不缺。我显然错了。就是没有我，我的公司也可以维持一段时间，如果不行，那就让它见鬼去吧，有比工作更重要的事情。”

我点头笑了，片刻后，她也回以微笑。事情不会这样简单，这么容易解决，但认识到问题至少成功了一半。她有了这么深的认识，我感到高兴。我就是希望她能够考虑到这些问题。我们继续喝了一会儿可乐。第五次元乐队唱完了《水瓶座》，接着又唱起《让阳光闪耀》。

“我们最后到的那个未来，”沉默了一会儿后，乔安娜说，“可能不是以后会成为现实的未来，甚至也不是可能性最大的，但它还是恐怖得令人后怕。你，怎么可能会成为毁灭整个世界的人啊？你真的有那么大的威力吗？”

“没有，”我说，“至少，现在没有。这一定和我从失踪的妈妈那里继承的东西有关，或是与以后继承的东西有关。我从来没见过她，也不知道她是谁、是做什么的。没人知道。我父亲那个人对夜城所有糟得不能再糟的事情都已经习惯了，但知道母亲的事情后，竟然酗酒而死。”

“他在这里是做什么的？”乔安娜问。

“他为那些当权派工作，就是那些监视我们的人。父亲去世后，我查阅过他的文件，希望能够找到些线索，帮助我解决心中的疑惑。那时我十岁了，还相信能找到所有问题的答案。但看到的却是一堆垃圾，日记、信件、他和母亲的相片，这些东西都没有，甚至连一张结婚照也没有，肯定是他把这些东西全都毁掉了。仅有的几个认识我父母的人，在很久之前就消失了，是由于很多原因……被迫离开的。后来，没有一个人回来参加父亲的葬礼。

“这些年来，有很多人提到过我母亲，说法各种各样。有的是关于来历不明的她嫁给我父亲，生了我，然后又消失的原因，有的是关于她不带走我的原因，但始终没有人能够弄清楚关于我的这些怪事——我的天眼除外，因为对于夜城的孩子来说，这是再普通不过的事儿。”

乔安娜突然皱起了眉头：“在来这里的地铁上，蜂房冷姐妹听到你的名字后，没有来纠缠你，而是退开了。她们请求你以后到了你的帝国，记得他们。”

我不由笑了：“那说明不了什么。在夜城，说不定丑小鸭长大后就变成了天鹅，甚至凤凰。所以，明智的人会同时下多种赌注，而且不到万不得已的时候，绝不会树敌。”

乔安娜俯身向前，将可乐推到一边，眼神更加犀利地盯着我：“现在你已经知道，要是找到你母亲，世界可能会变成什么样子。那你还打算继续找你母亲吗？”

“真是振聋发聩的提醒啊。看来，我得多吃点东西好好想想啊。”

“你没有回答我的问题。”

“我知道。一旦这个案子结束了，我就会离开夜城，根本没打算待在这里。五年前，我离开这个闹哄哄的地方，是为了发挥自己的天眼帮助世人，这个目的并没有改变。不过……这里虽然危险可怕，但我越来越感觉这里就是我的家，觉得我属于这里。你们那个安全理智的世界似乎没有我的位置。在这里，我至少可以觉得自己对客户真的有用。这种感觉……对我很重要。”

“噢，是的，”乔安娜说，“你在这里的确很重要。”

我看着乔安娜的眼睛，尽量表现出平静的样子：“我想说的是——实际上，我虽然对母亲的事情很关心，但还不足以让我愿意冒险让世界变成那个样子。”

“但那个未来可能会变的。”

“是，它是可能会变。在夜城，任何事情都可能发生。喝美味的可乐吧，乔安娜。别为这个费神。”

留声机里正播放着热烈的《亚瑟·布朗的疯狂世界》。“那就不说这个了。”这个时候，乔安娜的心情总算平复下来，提出了另外一个问题，“你要对我说实话，约翰，你认为凯茜还活着吗？”

“我没有理由给出别的回答，”我坦白地说，“我们知道，就在不久前，她还活着。我的天眼捕捉到的最后一个画面，才过了几天而已。我知道是某个人或某种东西召唤她来到了夜城，但没有直接证据可以证明有人会伤害凯茜，也没有证据证明不会有人伤害她。不过，人在黑暗中摸索的时候，最好是乐观些。况且，也没有威胁与危险的明显迹象。我们必须认为她还活着。我们必须……抱有希望。”

“希望？在这里？”乔安娜问，“在夜城？”

“尤其是在这里。”我按住她的手，我们的手挨着，舒服而自然，“我会为你做我能做的一切，乔安娜。只要还有一点点希望，我都不会放弃。”

“我知道，”乔安娜说，“你是个善良的人，约翰·泰勒。”

我们久久地注视着彼此的眼睛，然后一起笑了。即使都对自己没有太大的把握，我们也信任对方。我知道这样想并不妥当。“绝不要和客户产生私人感情”是用粗体字写在《私家侦探要素》这本书的第一页上的。紧接着的是“要提前拿到尽可能多的现金，以防支票被退”和“不要去找马耳他之鹰，因为只能以眼泪告终”。我不笨。我也读过雷蒙德·钱德勒的书。但现在，我什么都不在乎。我一定要为自己做出最后的努力。

“你现在退出还不算晚，”我说，“你做的也够多了。待在这里，就让我一个人去贝莱斯顿街吧。你在这里会比较安全。”

“不，”乔安娜把手抽出来，立刻说道，“我必须和你一起去。当你查清……我女儿的事情时，我必须也在那里。我要知道真相，她也得知道……我很关心她，所以自己也来了。该死，我有权利去那里，约翰。”

“是的，”我说，心底里暗暗为她骄傲，“你有权利。”

“约翰·泰勒，幸好我还活着，”一个冷淡却掩饰不住喜悦的声音响起，“他们告诉我你回来时，我简直不敢相信。我觉得你不会那么没头脑，泰勒。”

我听出了这个声音，所以不紧不慢地转过头。没有几个人可以无声无息地接近我。站在我后面的肯定是沃克。他全身上下都散发出城市绅士的气息，反应敏锐，穿着时髦，处事圆滑。即使略显肥胖，相貌还是非常英俊，眼神冷漠，微笑淡然，感情则更冷漠。他现在已经四十多岁了，但还是很有风采。像沃克这样的人，是不会退步的，他们只会变得更加神出鬼没。他穿着一身剪裁上乘的都市套装，优雅地掀了掀礼帽，向乔安娜致意。我看着他。

“沃克，你怎么知道来这里找我？我也是几分钟前才想起到这里来的。”

“我知道每个人的去向，泰勒，你应该还记得的。”

“约翰，这位是——？”乔安娜问。听她的声音，好像看见这样的人一点都不奇怪。我差点为她喝彩。

“也许，你该把我介绍给你的客户。”沃克说，“我可不想一开始就不顺利。”

“你的领带歪了。”乔安娜说道。听到她的话，我恨不得亲她一下。

“他姓沃克，”我介绍道，“名字，没人知道，估计他的妻子也不知道。神神叨叨是他一贯的作风。新闻里也都说他神秘莫测，比泳池里的鲨鱼还要危险。在夜城这里，沃克就代表当权人士。不要问谁是当权人士，他不回答这样的问题。你要知道的就是，他可以突然派人把你、我或者其他任何人拖走，而且不保证我们还能再出现，除非对他有用。他拿人命当儿戏，全是为了保持他目前的状况。”

“我是为了保持平衡。”沃克语气轻松地说着，并弹了弹一尘不染的袖子，“因为必须有人来做这件事。”

“没人知道沃克向谁报告，也不知道谁向他传达命令，”我接着说，“是政府、教堂，还是军队。不过，听说紧急情况下，哪里都有他的援兵，他们随时都会飞奔而来。他的话就是法律，他会采用各种手段来巩固自己的影响力，结果也总完全符合他的心意。他走近的时候，从来没人看到过。你永远都说不上他何时会笑着从暗地里慢慢走出来，说上几句妙语，平息风波。当然，有时候是火上浇油。

“他有获悉答案的天资，没有多少人可以对他说不。有人说，他曾经让尸体从解剖台上坐起来，和他谈话。”

“你过奖了。”沃克说。

“你要明白，他不是在否认我说的话。沃克能够号召所有的当权人士和统治力量，并让他们回应他。他有权力，但没有责任感，也没有良心。在这个并非只有光明与黑暗的地方，沃克始终保持低调，如同一个正直的公仆。”

“泰勒，这都是责任所在，”沃克说，“你不会明白的。”

“沃克不喜欢我这样的人，”我冷笑着说，“在他眼里，我们都是些流氓侦探，只知道坚持掌握自己的命运和灵魂，只会蹚浑水。人们很少像现在这样，能在公开场合看见他。他比较喜欢待在暗处，所以人们看不到他在暗中操控。任何人都会为他效力，都会执行他的命令。所以，沃克没有必要脏了自己的手。当然，如果他指派的那些普通人死了一个，很快就会有更多的人来填补。对沃克来说，只有目的才能证明手段是正确的。因为他的目的就是，将夜城及其居民与它周围的世俗世界严格隔离。”

沃克轻轻点点头，好像在等待喝彩：“我喜欢你的介绍，泰勒。你的介绍比我自己说的精彩多了。”

“据说，只要他觉得有必要把人送入虎口，”我越说越气，语速也就越来越快，“就会让他们准备送命。他很是让人害怕，偶尔也令人佩服。夜城里几乎每个人都想杀掉他。白天快要过完的时候，他就回到世俗世界里，回到他的家人身边，忘掉一切有关夜城的事。我们这里的事，在他眼里也就是一份工作罢了。我觉得，他把整个夜城视为一场高度危险、充满刺激的奇异表演。如果他认为自己可以逃离这一切的话，就会用核武器攻击夜城。只是他不能这样干，因为他神秘的主人们是不会允许的。原因在于，他们和与他们相似的人需要一个地方，玩一些这里独有的游戏，纵情享受那些他们在世俗世界根本不能允许的乐子。

“这就是沃克，乔安娜，不要相信他。”

“说话真不留情。”沃克低声说。他拉过一张椅子，坐下来，刚好在我和乔安娜之间，然后优雅地翘起了腿，双手交叉放在面前的桌子上。周围中断的谈话又继续了，因为沃克显然不是冲着他们来的。他身体前倾，朝我俯身过来。我也不由自主地稍稍前倾，想听听他要说些什么。如果沃克对我和我的案子有兴趣的话，情形就会比我原来想的更严重。

“最近，在贝莱斯顿街不断有人失踪，”沃克轻快地说，“我们也是过了一段时间才发觉的，因为走失的都是没人惦记的人。流浪汉、乞丐、醉鬼、瘾君子，都是些常常在街头晃悠的垃圾。虽然事态已经明了，我还是觉得自己没有理由去管。毕竟，没人关心。再说，都是些无关紧要的人。要是说有影响，那就是这个地区的环境这段时间似乎有所改善。去贝莱斯顿街的人，意味着他已经选择离开人类。只是最近……一些相当重要的人物走进去后，就再也没有出来，所以上面就命令我调查。”

“我想知道，”我狠狠地看了一眼沃克，“这些相当重要的人物在贝莱斯顿街这样的污水坑里干什么呢？”

沃克似乎对我那一眼毫无感觉，面不改色地说：“事实上，他们在贝莱斯顿街都没有生意。那个地方本身也没有什么特别之处，能吸引这些理智的正常人到那里逛。很有可能是一些未知的力量或人把他们召唤到那里去的。要不是……如果有某种强大的事物已经来到了夜城，我们应该早就会察觉它的存在，除非它可以避开我们。严格地来说，这是不可能的。所以，神秘啊。你也知道，我特别讨厌神秘的事物。我正在考虑怎样做才好，就听说你又在夜城出现了。那么，事情很快就会解决了。我知道，你正在寻找一个离家出走的孩子。”

“是这位女士的女儿，”我说。沃克再一次向乔安娜点头致意。

“是你的天眼让你相信她在贝莱斯顿街吗？”

“是这样。”

“你觉得她是被召唤到那儿的？”

“不一定是被迫的。”

沃克的手优雅地挥了一下，似乎有些蔑视的意味：“那么，泰勒，给你十二个小时，查出贝莱斯顿街的秘密，然后用各种必要的手段恢复原状。要是你失败了，我就只好实施我原来的计划，就是彻底毁掉整条街，包括里面的一切。”

“你不能那样做！”乔安娜开口说，“我的凯茜还在那儿，你不可以！”

“他做得出来，”我对她说，“他以前就这么干过。沃克一向最喜欢毁灭政策，即使得牺牲一些无辜的人，他也一点都不会手软。沃克认为，没有人是无辜的。而且，把我拉进去，他就不必让他自己的人冒险了。”

“说得完全正确。”沃克接着我的话说，然后，他潇洒地站起来，从马甲的口袋里掏出一块老式怀表看了看时间，“十二个小时，泰勒，一分钟也不能超过。”说完，他收起怀表，若有所思地看着我，“最后一次警告。记住……在夜城，任何事情都要准确无误，不能敷衍了事。我想，你离开这里很久了，但不至于忘记这里的基本生活准则吧。”

他停顿了一下。我以为他还有话说。正在这时，那位女招待拿着我刚洗好的外套走了过来。时机就这样错过了。女招待展示了一下洗得干干净净的衣服，希望获得我的认可。而沃克则宽容地笑了笑，说：

“不错，泰勒，看来还是很怀旧。我现在得走了，还有很多事情等着我做呢。欢迎回来，泰勒。别耍花招。”

他正要转身离开的时候，我叫住了他：“沃克，你过去是我父亲的朋友吧。”

他回头看着我：“是的，约翰。”

“你查出我母亲的身份了吗？”

“没有，”他回答，“我从来没查过。不过，要是找到她，杀她之前，我会让她告诉我的。”

他很快地笑了笑，手指靠了靠帽檐，然后离开了咖啡馆。没人看着他离开，但门在他身后一关上，原来的低语声一下子高了起来。

“你和他又是什么关系？”乔安娜这时候问我，“为什么任由他那样和你说话？”

“沃克？要是他想在我鞋上拉屎，我也不会说什么的。”

“从我们到这儿，我还没有看到过你向任何人让步，”乔安娜说，“他有什么特别的？”

“沃克不一样，”我说，“大家都很敬畏沃克，不是因为他本人，而是因为他代表的人。”

“代表当权人士？”

“不知道。有些问题没有答案，但更吓人。”

“那谁又来监视这些监督人？”乔安娜问，“谁能令当权人士诚实呢？”

“我们要绕进这个哲学问题的旋涡了，”我说，“不过，没时间了。喝完你的可乐，然后我们就去贝莱斯顿街。”

“时间！”乔安娜回过神来。她匆忙地大口喝掉剩下的冰镇可乐，这样子她的头会疼的。

9

贝莱斯顿街上的怪屋

贝莱斯顿街紧挨着一片荒地，街上房屋破旧，街灯已经全部碎掉，因为这里的居民觉得在黑暗中比较自在，也可能是为了掩耳盗铃，不想看清自己堕落到何种地步。当我领着乔安娜沿街前行时，几乎可以感觉到街头的老鼠在奔跑着找寻藏身的地方，但它们不动的时候，四周又恢复了异样的安静。街上到处堆积着已经腐烂的垃圾，肮脏的石墙上画满了乱七八糟的东西，整条街散发出腐烂的气息——从物质、情感到精神，都笼罩在这种气息下。街道两侧的房子，窗户玻璃已经没了踪影，只是用硬纸板挡住，或者报纸糊住，有的干脆就那样空着。粪便撒得遍地都是，动物随处排泄，也有些不管不顾的人和它们一样就地解决。房屋都是些古老的廉价公寓，长年失修，如果不是相互支撑着，可能已经倒塌了。

也许沃克是对的，在这里修座好墓也得花费不少城市改建费。

但是……这儿有些不对劲儿，还不是一般的不对劲儿。街上空荡荡的，一个人影也没有。门洞下以及凹陷的逃生出口处，看不到蜷缩在一起的流浪汉，也看不到乞丐与抢劫者，看不到疯狂的兜售者与求购者，甚至连窗后也没有一张朝外窥视的苍白面孔。贝莱斯顿街过去常常人头攒动，简直就像一群白蛆在裸露的伤口上不停地蠕动。附近的街道上传来交通与人流的声音，但听起来异常遥远，仿佛从另一个世界传来，若有若无。

“人到底都在哪里啊？”乔安娜悄悄地问。

“问得好，”我说，“估计，等我们找到了答案，也不会喜欢它的。我宁愿认为大家都逃走了，不过……我现在怀疑他们没那么幸运。这里的人大概都没能活着出去。这里发生了不祥的事，而且还没结束。”

乔安娜环视四周，不由得颤抖了一下：“以亲爱的耶稣的名义，是什么东西把凯茜召唤到这样一个地方的？”

“我们来看看吧。”说着，我再次唤醒自己的天眼。我的功能在不断变弱，我的感情也越来越脆弱。但是，距离如此之近，足以让我看到凯茜的幽影在这条街上昂首阔步地走着，因为激动，她整个人看起来容光焕发。我从来没有看到过这么快乐的人。她来到一座房子前，停住脚步，认真地睁大眼睛上下打量。与其他的房子相比，这座房子没什么不同。这时，房门在她面前慢慢打开，于是，她大笑着跑上石阶，消失在门后的黑暗中。门在她身后合上了。我能看到的，也就是这些了。无论什么原因，她再也没有离开这座房子。我抓住乔安娜，重现了刚才的画面，让她也能够看到。

“我们找到她了！”乔安娜激动地说，把我的手都抓痛了，“她在这里！”

“她是在这里。”我抽回自己的手，“我们先查看一下这座房子，看看我的天眼能否发现它过去和现在住着什么人，然后再进去。”

我们径直走向这座房子，停在脏乱的石阶前。石阶尽处就是那座油漆已经剥落的房门。房子是用砖和灰泥砌成的，窗户上污迹斑斑，看不出有人住的迹象。门看起来很薄，不堪一击。要是我想进去的话，这扇门大概挡不住我。不过，这里是夜城，你永远都不知道会发生什么……我将自己的意志力集中在房子上，却大吃一惊，不由自主地发出了讶异的声音。我的面前根本没有房子，

更不用提有关房子的历史、情感和回忆了。我的天眼发现，我只是站在一块空地前。这里没有房子，从来就没有过。

我再次抓住乔安娜的手，希望她能发现一些新情况，结果她惊讶地叫道：

“我真不明白，房子哪里去了？”

“房子哪儿都没去，”我说，“我只能告诉你，这里一直都没有房子。”

我放开她的手，收回功力，房子又出现了，就在我前面。

“又是一个灵魂吗？”乔安娜问，“像咖啡馆那样？”

“不是。如果是灵魂的话，我会辨认出来的。这个是固体，在物理上是存在的。我们看到凯茜走进去了。这里有什么东西……正在和我们对着干，它掩盖了自己的真实属性。”

“是屋内的东西吗？”

“可能是。这样，我们就只剩下一个办法了，就是硬闯进去，亲自看看。一座房子……不止是一座房子，它是什么呢？”

“我不管它是什么东西，”乔安娜恼怒地说，“找到我的凯茜，带她离开这个鬼地方，才是最重要的。”

我抓住她的胳膊，不让她冲上台阶。因为马上就要知道结果了，她激动得满脸通红，胳膊也在我的手中颤抖着。她发现我拽住了她，回头生气地看着我。我尽量平静地宽慰她。

“如果我们栽进陷阱，根本就帮不到凯茜。这样盲目冲进一无所知的地方，根本没有任何用处。”

“幸好我在这儿，是吧？”响起了射手苏西的声音。

我立刻看向周围，发现她就在街上，站在我身后，正得意地微笑着，肩头露出了她那把装在皮套里的滑杆式霰弹枪枪托。我用眼神表示非常欢迎她的到来。

“先是沃克，现在是你。过去从来没有人可以这样悄无声息地靠近我。”

“老了，约翰，”苏西说，“心肠也变软了。找到要我射击的东西了吗？”

“可能，”我指着前面的房子说，“我们要找的人就在那里面。不过，我的天眼发现，这里肯定有不合常理的地方。”

苏西对我的话不屑一顾：“哪来那么多废话！来吧。要是你担心的话，我带头。”

“苏西，这次不行，”我说，“我对这房子的感觉真的非常不好。”

“你总是有不好的感觉。”

“而且，一般都是对的。”

“那倒是。”

我缓缓地走上石阶。周围还是没有人，可是，我能感觉到有一双眼睛在看着我，这让我感到了压力。苏西手握霰弹枪，在我身侧跟着向前移动，就像我们原来的配合一样，她知道自己就应该在那里。由于苏西的出现，乔安娜只能往后靠，走在最后，神色有点烦躁。我们踏在石阶上，脚步声似乎大得有些不同寻常，不过这没关系。因为不管在这座奇怪的房子里等着我们的是什么，它都已经知道我们出现了。我在门前停住。上面没有门铃、门环，也没有信箱。我握起拳头轻轻扣击房门。每次扣击，木门似乎都凹进去一点，好像腐烂了似的。古怪的是，扣门的声音也软绵绵的、闷闷的。屋内没有回应。

“要我把锁砸开吗？”苏西说。

我试着转了一下门的把手，居然动了。把手是无色金属制成的，摸上去温润潮湿，感觉不大舒服。我在外套上抹了抹手，用鞋尖推门，门一下子就开了。屋内黑魆魆的，没有一丝声响。乔安娜从我旁边挤进了屋内，急切地在黑暗中搜索着，嘴巴张开，好像要大声呼叫凯茜，但被我阻止了。她又一次怒视着我。我能感觉到，此刻的她心急如焚。苏西从内袋取出一个手电筒，打开交给了我。我点头表示感谢，随后来回地照向面前的大厅。明亮的光束几乎照遍了所有的东西，但大厅似乎又长又宽，而且很空。我缓慢地向前移动，乔安娜和苏西也一同迈步。

等我们全部进了屋内，门就在我们身后自动合上了。我们一点都不吃惊。

10

怪物的召唤

空旷的屋内黑洞洞一片，寂静无声，仿佛一切都静止了，又像走进了地球的一个洞穴内。我感到好像有某种东西正屏住呼吸，等着看我们下一步如何行动。随着缓慢移动的脚步，我胸前与背后的肌肉僵硬起来，准备迎接攻击，但不知何故，攻击根本没出现。四周充满了危险，可是我却不知道是何种危险，甚至说不出可能的来源和方向。就是在未来的时空移位区，我也没有如此紧张。但是，为了到达目的地，又不得不走进陷阱。

我打着手电筒来回晃动，影子在我周围急速跳跃。尽管光束的亮度已经最大，但并没有改变那种黑暗的感觉。我可以依稀看到，右侧有两扇门，左侧有一个通向二层的楼梯。这些日常见到的普通事物，却在这种气氛中显得有些狰狞。对于三个在黑暗中盲目徘徊的渺小人类，这不是一个有益健康的地方。空气厚重而压抑，炎热而潮湿，就像人造温室里的湿热感觉，硕大的多汁植物在那里面被强行催熟，保鲜的时间就会缩短。苏西在我旁边静静地移动着脚步，同时紧紧盯着周围。此时，她举起了枪，重重地哼了一声，说：

“这里很潮湿，像在热带一样。还有这里的味道……好像是腐烂的味道……”

“这是个旧房子，”我说，“很多年没人看管了。”

“不是那种发霉的味道。闻起来更像……腐烂的肉味。”

我们交换了一下目光，继续朝厅内走去。缓慢的脚步声在空洞的屋内回响着，碰到光秃秃的灰泥墙上又弹了回来。屋内没有家具，没有家电，没有地毯，也没有其他舒适的家具。墙壁上没有装饰品，没有海报或者画之类的，甚至连挂历也没有。根本没有东西可以表明有人曾经在这里住过。这个想法似乎意义重大，尽管我暂时还说不清原因。毕竟，这是在贝莱斯顿街，不是一个正常人生活的地方……

“你注意到地板了吗？”苏西轻声问我。

“有什么特别的？”我说。

“黏糊糊的。”

“哦，非常感谢你的提醒，”乔安娜接口道，“我没必要知道这个，谢谢。一离开这儿，我就会烧掉脚上的这双鞋子。这整个房子都很变态。”

她现在站回了我的一侧，盯着周围，有些紧张，但更多的是……不耐烦。她不喜欢这座房子，但眼前的情形对她的影响显然不像对于我和苏西那样大。她的样子有些……古怪。我想，终于要找到凯茜，其他的东西都不能吸引她的注意了。我们在大厅的中间停住了脚步，环视四周。苏西的枪放低了一点，因为没有可以瞄准的目标。

“看样子，这个湿乎乎的地方最后的住户好像是在夜间潜逃了，把能带走的东西全都带走了。”苏西说。

我点点头，觉得自己此刻说不出什么理智清醒的话来，只是越来越紧张了。暗处有一双不怀好意的眼睛在监视着我们，这种感觉非常强烈。我一直想回头看看，心中坚信会发现某种可怕的东西正蹲伏在那里，准备一跃而起，但我没有这样做。那里没人。有人的话，苏西会知道的。一个人如果不能学会控制自己的本能，在夜城是站不住脚的。

我身旁的墙壁上有一面镜子，引起了我的注意。过了一会儿，我才意识到它不对劲儿的地方。这面镜子里没有任何映象，只是一块镶在木框里的玻璃，根本不是一面镜子。

我右侧有两扇通向其他房间的门，就是普通的门，没有什么特别之处。我慢慢走近最近的那扇门，苏西立刻也到了旁边，举起了枪。乔安娜有些犹豫。我谨慎地将耳朵贴在门上听了听，但传入耳中的只有自己的呼吸声。我慢慢转动把手。它湿湿的，仿佛受热散发水汽一样。我在衣服上蹭了一下手，接着推开了门。我想起了一首儿歌的歌词："来我的客厅吧，蜘蛛对苍蝇说。"

门轻易地转开了。铰链没有发出一丝声响。门后的房间也是一片黑暗。我站在门洞里，用手电筒向房间里照了照。黑暗似乎吞噬了手电筒的亮光。里面一样没有家具、电器，也没有人待过的痕迹，一点没有家的感觉，反倒更像是一个电影布景。我退出来，走到另一扇门前。第二个房间和第一个完全相同。

"不管这里发生过什么，我们好像都错过了，"苏西说，"肯定有人告诉他们我要来。"

"不对，"我说，"情况不是你说的那样。还有某种东西在这里，只是我们看不见。"

我几步走到那个楼梯旁，看到的只是光秃秃的木板、简单的扶栏，没有丝毫的装饰，也没有磨损的痕迹，看不出新旧，仿佛从来没有人触摸过……我提高嗓门儿，喊道：

“嗨！有人在家吗？”

封闭的空气削弱了我的声音，听起来又小又弱。随后，从二楼传来关门的声音。苏西和乔安娜立刻也走到了楼梯下。那扇门“砰砰”地关了一次又一次，显然是蓄意如此，几近嘲弄，既是威胁，也是邀请，仿佛在说：“要是你敢的话，就上来看看。”我抬脚踏上第一级楼梯，“砰砰”的关门声立刻停止了。无论如何，它知道我的举动。我回头对苏西和乔安娜说：

“有人在家。”

乔安娜猛地向前冲去。如果我没有拉住她的胳膊阻止她，她已经不顾一切地冲上楼梯了。她头都没回，用力地挣向一边，想甩开我的手。我不得不拼尽全力抓着她。我反复地叫着她的名字，声音也不断增大。最后，她挣扎得头晕目眩，呼吸粗重，脸庞红热，充满了怒色，几近狂野：

“放开我，你这个浑蛋！凯茜就在上边！我感觉到了！”

“乔安娜，我们并不清楚上面有什么……”

“我知道！我得到她身边去，她需要我！放开我的胳膊，你……”

乔安娜看到自己难以挣脱，伸出另一只手，像动物的爪子一样向我脸上抓来。苏西抬手就抓住了乔安娜的手腕，手劲儿很大，肯定弄痛了乔安娜。她叫着反抗起来。苏西加大手劲儿，将她的手腕扭转过来。乔安娜疼得倒吸一口气，停止了挣扎。她愤怒地看着苏西，后者只是冷漠地回看着她，说：

“除了我，没人可以打约翰。巴雷特夫人，老实点，不然你会听到自己手腕上的骨头一块一块碎裂的声音。”

“别急，苏西，”我说，“她刚来夜城，还不了解我们面对的那种危险。”

不过现在，她应该已经知道了。

“那她最好快点知道，”苏西说，“我不会任由她给我们带来危险。那样，我会先杀了她。”

“死掉的客户不会付账的。”我提醒她。

苏西哼了一声，放开了乔安娜的手腕。不过，她还是没有走开，准备一有必要就出手阻挡。我也放开了乔安娜的胳膊。她狠狠地瞪着我们两个，阴沉着脸揉捏疼痛的手腕。我开口劝她，同时竭力使自己的声音显得镇定：

“乔安娜，你现在一定不能乱了阵脚。我们马上要成功了。你一直都非常信任我，现在也要相信我所做的事情。楼上除了凯茜，肯定还有其他东西等着我们走进它巧妙设计的陷阱里去。我们必须小心谨慎，否则我们就救不了凯茜，明白吗？”

她生气地噘着嘴巴，眼睛闪着怒意：“你根本不理解我的感受，根本不知道一个母亲的爱，她就在上边，她需要我，我必须到她身边去！”

“克制自己，不然我就让苏西把你拽出去，踢到街上，”我不紧不慢地说，“这是为了保护你。我说到做到，乔安娜。你现在这个样子，不仅会阻碍我们，而且还会给我们带来危险。我知道，这个地方……让人不安，但你不能任由它控制你。你没有那么脆弱，乔安娜。你应该知道，它控制不了你的。”

“你根本不了解我，约翰，”乔安娜这样说着，但声音已经平静了很多，“对不起，我会控制自己。只是……近在咫尺，快要让我发疯了。凯茜有危险，我能感觉到，我必须去帮她。让我留在这儿吧，约翰，我会好好的，我保证。”

乔安娜这个样子已不像平时的她了，但我还是勉强地点了下头，心想她的异样都是因为受到这座房子的影响。这座房子已经在和我的天眼较劲儿了。我让乔安娜做了几次深呼吸，似乎起到了作用。我不喜欢她受到房子影响后变成的样子，疯狂得几乎失控，完全不是我所认识、喜欢的乔安娜。她以前从来没有如此不安，即便在时空移位区也没有表现出刚才的样子。肯定是这座房子在作怪。

“你不该带她来这儿的，约翰，”苏西说，“她不属于这里。”

她的声音不是特别严厉，也没有责备的意味。她只是像过去那样，在说自己看到的事实。

乔安娜盯着她，又生气地提高了声音：“你根本不在意我女儿的事情！你来这儿，就是为了钱！”

“完全正确，”苏西根本不为所动，“你最好乖一点，才能付钱给我。”

她们两个一冷一热，唇枪舌剑，对峙了好一会儿。但是，我并没有去注意她们的举动。这座房子到底有什么玄妙呢？我为此困惑不已，始终觉得自己遗漏了某种东西：到底是什么东西召唤凯茜来这里？沃克说到的那些失踪的重要人物又是被什么东西召唤而来？然而，此刻我已经站在这里，站在这个秘密之中，这里却什么也没有，除了那个在二楼装神弄鬼的东西，房子里没有任何东西，根本什么都没有……我沿着楼梯向上走去，乔安娜和苏西立刻闭上嘴，跟着我往上走。苏西上前一步，又站到了我身边，将枪指向前方。

楼上没有再传来砰砰关门的声音，毫无反应。当我们爬到二楼时，看到的只是更多光秃秃的墙壁和房门。所有的门都紧紧地关闭着。苏西的目光在四周缓慢地移动，搜寻目标，她的枪也随着视线转动着方向。乔安娜着急得全身发抖。我看了她几眼，示意我和苏西准备行动了。接着，我望向那些关闭的房门，它们似乎在得意地望着我。苏西突然提高了嗓门儿：

“只有我发现二楼更明亮了吗？”

我皱起了眉头，意识到自己在这一层能够看清更多的东西，甚至在手电筒光束之外也是如此。“不只是你，苏西，黑暗好像正在退去。不过，看到光线的来源时，或许就是大难临头的时候。但是……”我突然打住了话头，仰头看着天花板，这才意识到上面根本没有灯泡，甚至灯具的印痕也没有。这……就是在贝莱斯顿街，也太不寻常了。

“我刚刚产生了一个念头，”苏西说，“是个相当令人不安的念头。如果这座房子不是真的在这里，那么，我们现在踩着什么？难道我们只是悬浮在一块空地上方吗？”

“你说对了，”我说，“我也是这么想的。确实有些让人不安啊。我运功看看，你也四处观察一下。”

当我尝试运功的时候，功力却提不起来。外界的某种东西包围了我的头部，使我无法打开天眼，看清眼前情景的本质。我使尽剩余的力量与它对抗，却没有发现任何东西。我咒骂了一声，这里究竟是怎么回事？是什么不想让我看到，不想让我了解真相？苏西皱着眉头四下察看，渴望找到能够攻击的实体。

“你想怎么做，约翰？踢开所有的房门，一间一间地找吗？除了你的追踪目标，只要看到移动的东西就开枪吗？”她说。

我打了个手势，示意她不要讲话，同时伸直耳朵寻找我觉得已经发现的声音。微不可闻，但的确存在，离得不是很远，就在其中一扇关闭的房门后。有人在哧哧地笑着，仿佛一个努力藏住秘密的孩子。我快速沿着走廊向前走去，乔安娜和苏西紧跟在后。在每个房门前，我都停住脚步，贴门倾听，直到找对了门。我握着把手试着转动，门立刻就动了，像是在发出邀请。我将门推开一点点缝隙，退后一步，示意乔安娜紧跟着我，然后冲苏西点点头。她咧嘴笑了一下，随即踢开了门，我们一行三人全部冲进了房间。

这个房间和屋子其余的地方一样，空荡荡的，只是多出个凯茜·巴雷特。她仰面躺在房间另一侧的木地板上，从下巴到脚趾盖着一件长而脏的雨衣，像块毛毯似的。我们这些想要救她的人冲进来的时候，她没有起身，只是高兴地朝我们微笑着，好像世界上没有她在乎的东西。

“嗨，”她开口说，“进来吧，我们一直在等你们呢。”

我谨慎地看了看身边，房间里没有其他的人了，不过，我并没有忽视她说的那个“我们”。有人在暗中看着我们，这种感觉现在比任何时候都要强烈。光线也更加明亮了，只是还是看不到光源。我打量着这个房间，烦扰的感觉越来越强。它没有窗户，没有家具，也没有装饰，映入眼帘的只有墙壁、地板和天花板，像素描一样。仿佛这座房子觉得我们已经到了这里，它也没有必要再装了。我收起手电筒，紧紧抓住乔安娜的一只胳膊，让她待在我身边。她似乎没有注意到我这个举动，而是全神贯注地看着她女儿，而凯茜甚至连胳膊肘都没有支起来，也没怎么看我们。我开始怀疑她是否能够移动。

她越过雨衣的领子，看着每个人的时候，憔悴的脸上展开笑容。我几乎认不出她了。和乔安娜在我办公室给我看的那张照片相比，她瘦了很多，脸上的颧骨都突出来了，肤色发暗，曾经漂亮的金黄色头发失去了光泽，用油腻的黑绳儿绑着，垂在凹陷的脸颊两侧。她看

起来一副没吃饱的样子，大大的眼睛深深地陷了下去。事实上，她的样子就像是几个月都没有好好吃过饭，不像是才失踪几个星期。我瞥了一眼乔安娜，不知道自己是否应该那么轻信她告诉我的一切。不，我不应该怀疑她的话。我的天眼也看到凯茜几天前才进入了这座房子，那时候，她完全不是现在这个样子。

苏西双手持枪，紧盯着周围：“这里臭烘烘的，约翰，有点不对劲儿。”

“我知道，”我说，“我能感觉到。就是这座房子有问题。”

“是她！”乔安娜叫道，“我的凯茜。她在这儿！”

“不止她一个人，”我说，“苏西，看住乔安娜，别让她做傻事。”

我缓慢地向前移动，屈膝跪在凯茜身侧。在我的体重压力之下，木地板似乎有点下陷。凯茜愉快地对我笑着，好像这里是她最愿意待的地方。我又靠近她一点，从她身上散发出难闻的气味，像是病了好几个星期似的。

“嗨，凯茜，”我说，“你妈妈要我来找你。”

听到我的话，她想了一会儿，脸上仍然保持着令人发冷的笑容：“为什么？”

“她担心你。”

“她以前从不担心我。”她声音平静而空洞，好像记起了很久之前发生的事情，“她有自己的工作，有钱，有男朋友……她从来不需要我，我只是个累赘。现在，我自由了。在这儿，我很快乐，拥有自己想要的一切。”

我没有转头去看这个空房子：“凯茜，我们来带你离开这里，带你回家。”

“这就是我的家。”凯茜说，脸上一直浮着微笑，“你带不走我的，这个房子不会让你这么干的。”

我尖叫着跌倒在地，有个巨大的黑色东西正如饥似渴地撞入我的意念中，最后终于显形。

它同时从四面八方撞击着我，撕扯着我的防线，但又仿佛看不见、摸不着。它，就是这座房子。它，是活的。它曾经以其他的面貌出现，可能还会再次变化，但现在它是一座房子，而且正在咀嚼着。

我一点点将它逼出了我的意念，我的防护墙再次逐渐成型，最后，意念终于完全回到我自己的掌控之中。房子不见了，我脑中存在的只有我自己。刚刚所做的努力，假如换成另外一个人，很可能已经力竭而死。我蜷缩在凯茜旁边的地板上，恢复了知觉，浑身不停地颤抖着。太阳穴剧烈地跳动着，头痛得要裂开似的，血正一滴一滴从鼻孔里涌出。苏西跪在我身边，一只手放在我肩上，大声地喊着什么，可是我听不到。乔安娜待在门口，只是看着，脸色木然，毫无表情。我的脸颊压在空无一物的木地板上，慢慢地感觉到了它的温度——温暖、湿腻，而且异常光滑。我的脸颊深深地陷在虚软的木头中，能感觉到脉搏的微弱跳动。

我挣扎着撑起双手，在苏西的全力帮助下，跪坐起来。血从我的鼻子滴落到地板上。我几近麻木地看着虚软的木头吸收了滴落的鼻血，最后没有留有任何痕迹。我现在明白发生什么事了，知道了自己走进了什么样的陷阱。我伸出手，拉掉凯茜身上的外套，真相呈现在眼前。她瘦得吓人，赤裸的身体正慢慢地融入木地板中，与地板的界限已经分辨不出了。

11

幽灵的复仇

“这间房子，”我说，“它是活的。而且它很饿。”

此时，我已能感觉到房子包围着我，听见这个异类生命的脉搏，那种耀武扬威的咆哮在我的潜意识里响起。它是在嘲笑我，现在，它已无须隐藏。我抬头向上看，苏西正喘着粗气，握紧枪的手指关节绷得发白。对她而言，枪才是唯一有意义的东西。她目光犀利地环顾房间，很想找到开枪射击的目标，发起进攻。乔安娜十分安静地站在门口，不去看凯茜。她那苍白的脸上毫无表情，恐怕在她眼里我也是个陌生人。

“告诉我，”我说，“告诉我为什么，凯茜。你为什么到这来，到这种地方来，是出于你自己的意愿吗？”

“这间房子叫我来的，”她愉快地答道，“它敞开一扇门，我走进来，发现自己置身于一个全新的世界。如此生动明亮，如此鲜活，就像一部从黑白过渡到彩色的电影。这间房子……需要我。这种被别人需要的感觉原来从未有过，这间房子让我在生命中第一次感到开心。它爱我。它也会爱你们。”

我用手背抹去鼻子里流出的血，说：“它在吞噬你，凯茜，这间房子快把你吃了。”

“我知道，”她幸福地说，“这不是很好吗？它将使我成为它的一部分，使我成为某种伟大事物的一部分，使我成为某种靠自己永远不可能企及的重要事物的一部分。我再也不会沮丧，再也不会感到失落、孤独或不幸，再也不用为任何事担心，永远。”

“那是因为你将死去！它在对你撒谎，凯茜，尽跟你说些你想听的。当这间房子袭击我的意识时，我终于看清了它的真面目。它饿了，仅此而已。你只不过是它的食物，就像被它吞噬的所有其他受害者一样。”

凯茜冲我微笑，她正一点点死去，却又毫不在意，因为房子不会让她在意。苏西走到我身旁，将我拽起。她用尽蛮力扶我起身，直到我的双腿又能站稳，然后将脸贴到我的脸上，说：

“跟我说话，约翰！这里发生了什么？这间房子到底是什么？”

我深吸一口气，但这并没让我如愿站稳，不过至少此刻摇晃已在减弱。与原来在夜城的很多次经历一样，我最终找出了真相，而它一点也没能让我感到满足或安慰。

“这间房子是个食肉者，”我说，“一种异类生物，来自某个远离我们的异类空间，在那里，生命的形式多种多样。它可以让自己成为它想要的模样，换上与周围环境一致的颜色，隐藏在普通外表之下，用一种无法抗拒的声音召唤它掠食的对象。它在贝莱斯顿街捕食那些失落、孤独、缺乏关爱和关心、被城市抛弃而无家可归的人——他们即便失踪，也不会有人想起他们。房子用一种令人深信不疑的声音发出召唤，只对他们说好听的。它甚至会吞食少量重要人物，或许人们太容易受到好话的影响，地位重要并不足以保证你远离内心深处潜藏的绝望。”

“快说重点，约翰，”苏西晃动我的肩膀，“房子将人们引诱进来，然后呢？”

“然后便以他们为食，”我说，“它把他们吸干，把他们的一切吸入自己体内。通过食用他们的能量，它变得更强大。在他们活着的时候，它会令他们快乐，使他们不想逃跑。”

“上帝啊，”苏西看着凯茜那骨瘦如柴的身体说，“从这个孩子的外表来看，这间房子已经已快将她吸干了。我们必须离开这里了，约翰。”

“什么？”我不解地问，或许是不想理解。

“我们已无能为力，”苏西淡淡说道，“我们来得太晚，即便我们有可能将这个孩子带离此地，她也很有可能在回到街上前便因流血过多而死。她现在跟死没有两样，因此，别管她了，现在还有机会，在这间房子还没有对付我们之前，离开这个鬼地方吧。”

我慢慢地摇了摇头：“我不能那样做，苏西。我不能留下她不管。”

“听我说，约翰！我不做自取灭亡的事。这笔生意结束了，我们能做的就是让这个孩子痛快地死去，或许这样能让房子放弃它的一些战利品。然后，我们离开这里，把手榴弹带来。你带乔安娜离开，这个孩子留给我处理。”

“我不会这样做，不会弃之不顾！她得跟我们一起回去！”

“没人能离开，”凯茜说，“没人能出去。”

门在我们身后的门框里发出巨大的嘎吱声。苏西和我警惕地注视着四周，就在此时，门重重地关上，然后消失，它的边框隐入周围的墙壁。门的颜色褪去，一眨眼的工夫，只剩下一堵没有标记、没有缝隙的墙，丝毫看不出那里曾经有一扇门。忽然，包围我们的四堵墙泛起波纹，缓缓地扩张、收缩，这使它看上去更像个器官，柔软、松弛、有韧性。深紫色的脉络在墙上蔓延，有节律地蠕动。头顶上，一只巨大的非人类的眼睛显现在天花板上，寒冷而怪异，如同某个古老冷漠的神灵，眼睛一眨不眨地俯视着新的祭品。磷火在墙面燃起，散发出惨淡的光芒。我终于知道光线是从哪里发出的了。空气里有了新的味道，混合着血液、铁锈和腐蚀性化学制剂的味道，又浓又重。

“没人能离开这里，”凯茜说，“无处可去。”这时，在她的声音中出现了另一个声音，刺耳、从容，绝对不是人类的声音。

苏西走到先前那扇门所在的地方，掉转枪头，拿霰弹枪枪柄拼命砸墙。重击之下，蠕动的墙面只是稍稍凹陷，但没有破碎，甚至没有开裂。苏西不停奋力敲打，嘴里也在咕哝着，但毫无用处。她愤怒地盯着墙壁，气喘吁吁，只能无助地踢向墙面。皮靴被墙壁牢牢黏住，她不得不用尽全力把脚拔出来。鞋尖的一部分不见了，已经被墙消化掉。天花板上滴下黑色的液体，更多的黏液则顺着墙缓缓滑落，其中一滴落在她裸露的手上，顿时冒出一阵皮肉灼烧产生的烟气。

“约翰，这到底是什么鬼东西？发生了什么？”

“消化液，”我说，“我们在它的胃里。这间屋子认为我们太过危险，不能像对付凯茜那样慢慢消化。它不想细细品尝我们，我们就要成为羹汤了。苏西，快为我们找条出路。就在墙上炸个洞吧。”

苏西狠狠地咧嘴笑着说：“我还以为你永远不会这样要求呢。往后退，小心泼溅开的东西。”

她拿霰弹枪瞄准墙壁上曾经是门的位置，开枪射击。墙吸收了子弹，近距离开火产生的影响仅仅是缓缓向四周散去的波纹，就好像往池塘里扔了一块石头。苏西骂了一句，继续尝试。她重新装填弹药，持续射击，直到四周的空气里充满火药难闻的味道和震耳欲聋的枪声。但当霰弹枪的咆哮渐渐平息下来时，波纹已经消散在毫无痕迹的墙上。苏西回头看着我说：

“我们的麻烦大了，约翰。不要低头看，不过你的鞋子在冒烟。”

“当然，”我说，“房子不在乎吃的是什么。”

苏西紧紧盯着我，她在等我做决定。没有可以攻击的敌人，她不知道该做些什么，但她相信我能找出一条路，使我们逃出去。她总是太愿意相信我。这也是我之前离开夜城的原因之一，我讨厌害自己的朋友一个个倒下。我努力思考，一定有一条路能离开这里。我过了这么多年才回来，经历了那么多疯狂的困难，却要死在这个超大的胃中。我回来不是为了再次失败。我看着凯茜，然后又看看乔安娜，她依然静静地站在有生命的墙边。自从房子显露原形后，她便一言不发，一动不动。她的表情安静得出奇，目光茫然，甚至苏西向她身旁的墙壁开火时，她也没有眨眼。当时我以为她是吓呆了。

“乔安娜！”我大声喊，“到这里来，跟你女儿谈谈。看看你能否让她把注意力转移到你身上，将她与房子分开。我已经想到如何让她和我们重获自由了，但我不清楚这对她会有什么作用……乔安娜！听我说啊！”

她缓缓扭过头，看着我，她的眼中有一种迟缓的恐惧，令我不敢直视。

“你为什么要她和我谈？”凯茜问。

“因为我需要你妈妈的帮助。”我回答。

“可她不是我妈妈。”凯茜说。

这句话在安静的房间里无休止地回响，它那可怕的含义驱散了我脑中所有的其他想法，我甚至没有去怀疑凯茜这句话的真假。即使我不愿意，但还是能听出她的声音是真诚的。那些原本无关紧要的琐事和细节霎时汇聚到一起，在这恐怖的瞬间大白于天下。乔安娜看着我，除了一丝平静的、听天由命的哀伤外，她的眼里什么也没有。她已失去所有活力，似乎无须再伪装了。

“对不起，约翰，”她缓缓说道，“但我想现在一切都结束了。你来到这里，我的使命也就结束了。我想，我真的在乎你……但我必须承认我不是那个自己想要成为的人……”她的声音变了，我从她的声音中听到了那个怪异刺耳的声音，“我只是把你们引入屠宰场的那只带头山羊——完美的诱饵，设计好这一切就是为了引诱你回到夜城，以便你能得到……处理。”

“为什么？”我的声音低得像是耳语。

“这间房子提供了所有必要的细节——具体的客户、具体的案子、最能吸引你的女人。这个人将躲过你所有的防备，令你无视自己的本能，引导着你毫无抵抗地走向末日。从来就没有乔安娜·巴雷特这个人——只是一个扮演的角色，一个执行任务的工具。但它们将我造得太完美，约翰，我真的曾经一度忘了自己是谁，我以为自己是个拥有真情实感的真正女人。即将发生在你身上的一切会留给我太多的遗憾……但我无法阻止这一切的发生。”

“我们之间的所有情感都是假的吗？”我说。

“只有你是真的，约翰，只有你。”

“所有……这一切？”我说，“所有这一切都是为了我一个人设计的吗？这间房子是被邀请到夜城来的吗？它在这里捕猎、吃人、谋杀，只是为了抓住我吗？为什么？我早已离开夜城！我已不再对别人构成任何威胁！为什么还要把我带回这里？”

“问你的母亲吧，”那个声音透过乔安娜说，“她好像回来了。而你……是个有可能弄清楚一切真相的威胁。”

“这都是谁干的？”我问，“谁是幕后主使？”

“难道你猜不出来吗？”乔安娜说。她的脸渐渐融化，只留下无面使者空洞的面具。

我尖叫起来，但发出的声音就像最终被捕兽夹夹住的小动物发出的哀鸣。乔安娜向后靠向活着的墙，没入其中，微微蠕动的墙面将她淹没，就像重新吸收自己创造或生下的东西。转瞬之间她就消失了，只留下浅浅的波纹，但很快连波纹也不见了。我早该料到，我应该有记性，在夜城，你不能相信任何人、任何事。沃克曾经试图警告我，但我没有听。我忘记了，在这个地方，爱只不过是他们用来伤害你的另一件武器，你的过去永远不会离你而去。泪水滚落脸颊，我哭了。

“见鬼，”苏西瞪着乔安娜消失的墙壁说，“想想看，我没办法从这个家伙手里拿到报酬了。”

她冲我叹气，但我没有反应。天花板上滴落的消化液此时已如同一场小雨，刺痛、灼烧着我裸露的面部和双手，我根本不在乎。某个人，或者说某个东西刚刚将我的心击碎，我不再在乎任何事情。苏西走过来，一只手搭在我肩上，死死盯住我的脸。她不善于表达感情，但她在尽力而为：

“约翰，你必须听我的。你可以稍后再为她哀伤，不管她是什么，或者曾经是什么。可你现在千万不能崩溃，我们得离开这里。”

“为什么呢？”我说，“每个人都希望我死，或许我也应该死吧。”

她给了我一记耳光，打得很专业，但不是很气愤。“那我怎么办，约翰？”她说。

“你怎么办？”

“没错，或许我命该如此吧。我根本就不该让你逃跑，藏在伦敦。我可能不算你最好的朋友，因为我不知道朋友相处的诀窍。可那个孩子该怎么办呢，约翰？凯茜，你还记得她吗？还记得你回到夜城要营救的那个人吗？你打算现在就放弃她吗？你会仅仅因为为自己感到难过而眼睁睁地看着她死吗？”

我缓缓转头，看着凯茜，她一息尚存。“不，”我最终说道，“这一切并非她的错。我从未让一个客户失望过。握住我的手，苏西。”

“什么？现在可没工夫谈情说爱。”

我盯着她：“你得相信我，苏西。我知道自己在做什么。我们靠攻击无法逃离，因此听我的，相信我的天眼。”

苏西看了我好一阵子，确信我又恢复了理智，这才用力点了点头。她把霰弹枪插入背后的枪套，握住我的手。我能感受到她手掌上的老茧，但她紧握的手坚定而有力。她对我充满信心，这使得我们融为一体。我疲倦地喘气，准备再好好干上一仗，因为我还能做的也只有这些了。

“我们得找到房屋的心脏，”我说，“杀死它的心脏，就能杀死这间房子。但是，心脏不会在这里。为了保护它，房子一定把它藏在别的什么地方，某个……通常没有人能触碰到的地方。不过，我不是普通人，我能找到它，我能找到一切。”

我尽可能摈弃干扰，回归内心，召唤我的天眼，再度开启意念。房子突袭而来。

很长一段时间，我似乎处于虚空中，这种感觉很好，不用担心要支付的账单，不用担心无法解决的问题，不用担心帮助不了的客户，不用为我生命中的秘密而烦恼，不用承受它们带给我的无尽伤痛，也不用担心自己关心的人。刚开始的时候，我有一个梦想，梦想着帮助那些无路可走的人们，但梦想不会长久，它们争不过现实。现实中，你要赚钱买食物、付房租，为了找到某个人，你的脚会穿过大街小巷去寻找，走得生疼。

在残酷无情的现实面前，你只能让自己的理想一点点、一天天地向它妥协，这样做只是为了在面对世界的恶意或冷漠时，能够获得一点点成功。直到某个时候，你开始惊讶，除了那个人类躯壳，自己竟然一无所有，而造成这种结果的原因仅仅是你没有别的更好的事情可做。

但不知为何，梦想并没有完全熄灭。因为在夜城，梦想有时候是你前进的全部动力。放弃它们，也就是放弃生命。

在夜城长大的我看到了很多行尸走肉，他们可以行走，可以说话，可以做出各种动作，比如从一家酒吧到另一家酒吧，一杯接一杯地喝酒，但在他们的眼睛背后，什么也没有。那里没有本质的东西。在我父亲心脏最终停止跳动、幸运地入土为安之前的很多年里，他便是这样一个活死人。我无法帮助他，我只是个孩子。

很快，我的天眼便开启了。这种天赋只有我能驾驭，令我与众不同。就算我不这样以为，在别人看来也会如此。

在那个安全的虚无世界，恋爱和感情的柔波拍打着我的思绪，希望我将一切都忘记，除了此刻永恒的爱情和快乐，那是所有欲求的终点，以及永无终结的休憩。一个无声的低吟向我允诺，我能得到自己曾经想要的一切。我所要做的一切便是放弃争斗，倚靠在椅子上静静接受。可我并不相信这个声音，因为我真正想要拥有的唯一东西已随着这间房子将乔安娜融入体内而被夺去。那个声音越发迫切，我轻蔑地一笑，因为我能听到隐藏在这个声音之下那个无休止、不知足的欲望。

我的梦想、我的现实，我紧紧依靠它们，恍如一个溺水的人，绝不放手。它们使我成为自己。我成为现在的自己，并不是因为对我不理不睬的父亲，也不是弃我而去的母亲，不是我从未想得到的神奇的遗传，甚至也不是那一大群始终追击着我的身份不明的家伙。如此之多的影响想要塑造我的个性，而我却将它们统统否认。我选择帮助别人，但在我需要帮助的时候，没有一个人向我伸出援手。从那时起，我就不再相信当权派能够拯救我。我的父亲就是当权派中的一个，而他们却连他也保护不了、安慰不了。我主宰自己的生活，决定自己的命运，让别的人和物都见鬼去吧。

此刻，我的愤怒在升腾，炽热，狂暴，猛烈，它吞没了关于爱情和快乐的虚假承诺，或许是因为在骨子里我从未相信过这类事情。至少，这些与我无关。空洞的虚无四分五裂、土崩瓦解。我能感到身边有人，是射手苏西。她那飘忽的手与我的手握在一起，正信赖地静立于我身边。凯茜·巴雷特第一次明白了自己被欺骗得有多深，开始诅咒，和我一样怒火中烧。与此同时，附近某个地方还存在一个无言的声音，那声音就像发自某个曾经相信自己叫做乔安娜的女人。我发誓，我感到我的手中还握着另一只飘忽的手。

我伸出胳膊拥抱他们，用我的天眼将他们罩住。我们结合在一起，比那该死的房子更加强大。

天眼不仅仅被我用来找东西，它也能胜任其他事情，例如锁定敌人的弱点并进行攻击。我用天眼出击，伴随着震动和恼怒、痛苦和恐惧，房子尖叫起来。我想已经很久没人能伤到它了。

虚无被存在替代。我处于某个介于二者之间的地方。我站在一处空旷的平原上，地面向四周无限延伸。这是个灰色的地方，柔和、朦胧、恍惚，虽然并非真实的场所，但已足够真实。我可以站稳脚跟，苏西和凯茜与我站在一起。苏西穿着银色的盔甲，上边布满可怕的刺钉。凯茜看起来跟原来照片上的差不多，只不过现在极度疯狂。我没有低头打量自己，无关紧要。不远处有另一个影子，十分模糊，难以看清，但我知道它是谁，它一定是谁。此刻，我们都闪烁着光芒，是这灰色世界里耀眼的生物。我们三人围绕一缕旋转的黑暗烟柱形成宽阔的圆圈，同时用鲜艳的血红色长鞭发起攻击，一鞭鞭抽向那片平淡无奇的天空。房子那刺耳而野蛮的声音从中传来，仿佛对我们的阵阵锤击：

“都是我的！都是我的！都是我的！”

可我的天眼很强，我对这种声音放声大笑。它实际上只有密谋和欺骗，而现在二者都帮不了它。我迈步向前，苏西和凯茜与我一起行动。那柱黑暗开始在我们的光芒下退缩，向着远离我们的方向收缩。我们步步紧逼，黑柱越来越窄。宽阔无垠的平原上，我们的四周出现了成百上千虚幻的身影，他们静静地站在那里，充满希望地注视着眼前发生的一切。这些全都是那间房子的受害者。它不仅吃掉他们的躯体，这个该死的家伙还吸收了他们的灵魂，锁在自己体内，以增强它那非同寻常的生命力。那个叫乔安娜的女人残留的躯壳走上前，站稳，全然不顾房子在想方设法将她撕碎、吸收，我再次感受到她的手又被我握住。通过她，我将手伸向其他被俘获的影子，默默地为他们提供一次复仇的机会，这也是他们此时能够得到的唯一通往自由的机会……他们纷纷伸出手迎向我。

能量在我体内汹涌澎湃，它点燃了我的天眼，我在燃烧，如此耀眼。我走向面前的黑柱，苏西、凯茜和所有其他受害者与我一同前行。房子的尖叫一声接着一声，黑柱不断收缩，越来越稀薄。最后，我终于把自己闪闪发光的双手和那个对我充满信赖的苏西、误入歧途的凯茜，以及那个我本来可以深爱的女人的灵魂牢牢握在了一起。此刻，我们都如同阳光般耀眼。我积聚了我们全部的怒火、仇恨和渴望，用我的天眼引领着所有的受害者，向伪装成房屋的那个东西的黑色心脏发起攻击。它无力而惊恐地哀号一声，打着旋的黑柱忽然消失。从今往后，再也不会听到房子的声音了。

这就是我天眼的另一个作用，找到别人的死穴。

我从不带枪，我不需要枪。

我环顾无尽的平原、灰色的空地，那成百上千的受害者已经消失，他们的灵魂终于被释放，去寻找留给他们的平和。随他们而去的，是那原本被设计好的诱饵，她也简单地学会了做人到底是什么样子，并且不会放弃这个梦想。

你不得不相信梦想，因为有时候它们也相信你。

我重回躯壳，迷茫地环顾四方。在这间房子受害者死去灵魂的帮助下，我找回了全部力量。我仍然困在一个封闭的房间里，没有出口，但此刻房子已经死去。空气里充满了恶心的腐臭，天花板上的眼睛紧闭着，然后消失了，墙上的磷光也渐渐褪去，参差的裂纹在墙上缓慢扩展，将墙面分割开来，如同一块块腐肉。凯茜·巴雷特躺在地上，显得很憔悴、消瘦、半死不活，但最终还是摆脱了地面的束缚，被房屋临死时的痉挛吐了出来。她挣扎着想要坐起来，脸上写满兴奋。我扶她坐起，为她披上我的长风衣。她用皮包骨的双手将衣服裹紧，费劲地给我一个简单但真实的笑容。

“它骗了我，”她说，“它跟我说了我心里想听的每件事，所以我信任它。等它终于得到我，它令我开心，可我心里却一直在呐喊。你救了我。”

“这是我应该做的，”我说，“这是我的工作。”

她打量了我一会儿：“假如我妈妈真的知道我在这里惹上了麻烦，我宁愿相信她会派来某个像你这样的人，某个……值得信赖的人。”

“瞧瞧，这一幕可真他妈感人，”苏西爽朗地说道，“不过我真想马上离开这里。”

“好主意，”我说，“我才把这件风衣洗干净。”

我和苏西一起将凯茜搀扶起来，扶着她走。这不难，她的体重不超过六十五斤。

“我们刚才在哪？”她唐突地问道，“那个灰色的地方，是哪里？”

“这间房子的心脏是它最脆弱的部分，”我一边说一边催促着她朝墙壁曾经有门的位置走去，“因此，房子把它的心脏藏在别的地方。如果你听得懂的话，那是现实的另一个空间尺度。那是古老而神秘的把戏，但我能找到任何东西。”

“你确定它已经死了吗？”苏西说，“永远不会再回来了吗？我的意思是，房子还在这儿，我们依然困在里边。”

“它死了，”我说，“从味道和目前的状况来看，我敢说它的躯体已经开始腐烂。它从未真正属于我们这个世界，只不过是它膨胀的欲望令它生存于此。苏西，为我们造一扇门吧。”

她看着我：“你应该记得，上一次我的枪不大有用。”

苏西咧嘴笑着，像个恶作剧得逞的小孩。她抽出霰弹枪，而我则扶着凯茜。她再一次端枪对墙平射，墙壁四分五裂。苏西一次次地上膛开火、上膛开火，最后走上前用双手扒开墙洞边缘的碎块，将它扩得更宽。她看着手上滴落的秽物，扮了个鬼脸，说：

“该死的东西土崩瓦解了。”

“整间房子很快就会倒塌，”我说，“它已经不稳当了，我不希望被埋在这里，你呢？搭把手，苏西。”

我们用力架住凯茜虚弱的身体，奋力从犬牙交错的墙洞挤了出去，几乎摔倒在前边抖动的走廊上。我们刚刚站稳脚跟，身后的墙洞边缘便如熔化的蜡一般汇聚到一起。奇特的光线照耀四方，就像鬼火发出的惨淡微弱的光，令人作呕的浓重腐臭味很快变得让人难以忍受。我催促大家沿着走廊奔向楼梯，所过之处，两端的墙壁已经变黑，裂成小块。天花板向我们头顶压下，就好像它已无力支撑自己。此刻，整个地板都在颤抖，锯齿状的裂纹在墙面上扩散开。就在我们到达楼梯顶部的瞬间，脚下的地板轰然塌陷。

“快点跑，伙计们，”我说，“我想，这间房子不再留恋这个世界了。”

“没错，”苏西说道，“按照常理，我本该消灭它体内的一切。不过我带的弹药不够。”

我们匆匆忙忙顺着摇晃的楼梯向下跑。凯茜也竭尽全力配合，不过还是帮不上多大的忙。这间房子已经消化掉她绝大部分肌肉，但她还是十分勇敢。楼梯旁的墙壁渐渐熔化，仿佛滴落的蜡油。台阶如同黏稠的糖浆，黏住我们的脚，必须用很大气力才能将脚拔出。我抓住扶手做支撑，不料一整块栏杆脱离本体，被握在了我的手中，腐化流脓。我做了个鬼脸，将它扔到一边。

我们冲到宽敞的门厅，扶着凯茜继续奔跑，与此同时，四周摇晃的墙壁开始同时向内收缩，天花板分泌出浓稠的液体，朝我们滴落下来。前门只剩下一个腐蚀殆尽的黑紫色的洞，淅淅沥沥的边缘好似滴血的伤口。它渐渐闭合，自我收缩。洞口已经太小，我们谁也无法穿过。

“噢，上帝啊，”凯茜说，“我们永远也出不去了。它永远也不会放我们走。”

“它死了，”苏西说道，“这并非它的意志所为。不管情况如何，我们都将离开，对吗，泰勒？”

“没错。”我回答。

收缩的洞口曾被伪装成门的样子，我可以透过它瞥见外边的世界，那里清晰、平静、相对正常。我盯住闭合的洞，用我的天眼向它施压，它被迫开启，再度张开。苏西和我牢牢抓住凯茜，一起冲向墙洞，给它致命一击。腐烂的组织向我们扑来，但转瞬之间，我们已经冲了出去。我们冲上了贝莱斯顿街，回到了人类的世界，不期而至的雨将我们冲刷得干干净净。

我们蹒跚而行，在道路中间停下，气喘吁吁，如同刚参加完一场疯狂的庆祝晚会。我们让凯茜坐下，她用手撑住坚实的地面，尽管很脏，但路面就是路面，再也不会装扮成别的什么东西。凯茜开始哭泣。我回头望着死去的房子，它在原来的位置上渐渐下陷、坍塌，一扇扇窗户犹如一只只疲倦的眼睛渐渐闭上。我们刚才穿过的那个洞看起来就像一张瘀血、浮肿的嘴。

“在地狱中腐烂吧。”我说。

我最后一次用我的天眼击打这个已死的东西，在它的边缘不断进攻。这个曾经伪装成房屋的生物已经离开夜城，不复存在，回到了它来自的那个丑陋世界，留下来的只是一些不断腐烂的碎块和已经渐渐被雨水冲散的恶臭。等到沃克和他的人赶到时，甚至已没有什么需要掩埋的东西了。

尾 声

雨差不多停了。我有些发抖，或许并非由于寒冷。夜空中至少还是繁星点点，衬托着一轮巨大的明月，我试图从中获得些许安慰。我坐在人行道上，蜷缩在弄脏了的风衣里，看着沃克的人蜂拥在马路对面房屋曾经存在的那块空地上。看上去，他们的运气并不太好，不过偶尔还是能够找到一些正在腐烂的污秽组织，并为此激动不已，大呼小叫地将它们放入一个带有拉链的塑料包中。或许是作为证据，或许会在以后分析研究，没准沃克只是希望为自己也建起一栋这样的房子。那个星期里，沃克一直试图寻找某些新的卑鄙手段，好用在那些不小心成为他敌人的人身上。此时，他正命令他的人离他远一点，他一如既往地小心翼翼，不愿把自己的手弄脏。

就在我带着苏西和凯茜逃离那间房子后不久，他便率领自己的一小队人马出现了。他和他们一直都在旁边静静观察，随时准备插手，以免万一到了最后，我功亏一篑。我一直认为沃克是一只很棒的秃鹫。

凯茜友善地靠着我坐在地上，依然裹着那件邋遢的长风衣，不愿脱掉。沃克不知从哪里为凯茜弄来一大杯牛肉汤，她偶尔啜上一口。她的身体被房子吞噬得如此瘦弱，以至忘了什么是饥饿。苏西手握霰弹枪，站在旁边守护我们，哪怕沃克只是目光离我们太近，她也会狠狠地瞪他一眼。即使是沃克也清楚，最好别去与射手苏西的视线相对。

虽然乔安娜的幻影已经随着那栋房子消失，但对她的记忆依然在我的脑海里栩栩如生，我无法相信她欺骗了我如此之久……可她看上去如此真实。我不得不怀疑，自己对她的那份信任或许和凯茜对房子所做承诺的那份信任是出于同一种原因，我们都是听到了自己想听的。我爱乔安娜，因为她是由我的敌人专门为我创造的完美爱人，坚强而柔弱，强大而绝望。其实，这些特点与我很像。某些人的功课还真是做得认真，这些浑蛋。可我仍然认为，到了最后，乔安娜相信了自己，因为我相信她。简而言之，她在愿望的推动下，成为了真正的人，哪怕只是一小会儿，那是她自己的渴望。在夜城，梦想可以成真。每个人都明白这一点。但当你醒来，它们却又会消失。

苏西低头看着我，皱起眉头，仿佛猜中了我的心思："你总是太容易伤感，泰勒。你会忘了她的。嘿，你还有我呢。"

"我真幸运。"我说。她是一片好心，只是表达方式很特别。

"而且我们狠狠地揍了那栋房子，不是吗？"

"是的，"我说，"我们把它狠揍了一顿。"

苏西面无表情地望着那片空地，沃克的人正在忙碌着。"你认为在我们干掉它之前，那家伙吃了多少人？"她说。

我耸耸肩："夜城里，有多少迷失的灵魂和失败者？他们中间，又有多少人没有得到丝毫的注意或关心？沃克只是在一些有影响的人意外被房子吞没后才涉足这件事的。"

沃克听到我们说他的名字，漫不经心地踱步走了过来，不过，他依然对苏西保持着警惕。她脸上露出不悦的微笑，掉转枪口对准他，我示意她让他过来。有些事情我必须了解，此时我感到体力恢复了一些。他优雅地摘下头上那顶硬礼帽，向我们致意。

“你早就知道。”我说。

“我只是怀疑。”沃克说。

“假如你早就知道了，”我一字一句地说，“还会让我在毫不知情的情况下进去吗？”

“可能吧。你不是我的人，泰勒，我不欠你什么。”

“甚至包括真相？”

“噢，尤其是真相。”

苏西眉头紧锁：“你们俩是在谈论房子还是乔安娜？”

“这无关紧要，”我说，“沃克对他自己保守的秘密向来很警惕。告诉我吧，沃克，我母亲真的回来了吗？”

“我不知道。”他冷静地与我四目相对，态度坦率而诚恳，不过，他一直如此，“有些流言……不过流言随处都有，不是吗？也许……为了以防万一，你应该等待。”他将目光移向那片空地，好避开我的目光，“我总能时不时地给你找些事做。当然，都是非官方的，因为看起来你的工作能力还是那么强。”

“你的胆子不小啊。”苏西说。

他给她一个笑脸，俨然一副文雅端庄的公仆模样：“亲爱的，这都是工作。”

“我可不是你亲爱的，沃克。”

“你也别以为我不懂得感激。”

我赶在事情失控之前插话进来："沃克，能为我照看凯茜吗？护送她回到现实世界，回到她妈妈身边，她真正的妈妈。"

"当然。"沃克回答。

"别再提那个蠢货了，"凯茜高声说道，"我不会回去，我永远不会回去。我就留在这儿，留在夜城。"

我愤怒地瞪着她："你疯了吗？忘了自己经历的一切了吗？"

她越过手中那杯牛肉汤冲我微笑，笑容中没有幽默的成分。"噩梦不止一种。相信我，即便这里再糟糕，比起我逃离的地方，根本算不了什么。我希望和你待在一起，约翰，你能雇一个秘书吗？每个私家侦探都得有一个伶牙俐齿、精明能干的秘书。我想这是写在规则手册里的。"

苏西忍不住大笑。我瞪她一眼，她跟着又是一通猛咳。沃克对那块空地再次产生了兴趣。我怒视着凯茜说：

"我刚救了你的命，但我不会收养你！"

"我们走着瞧吧，"凯茜充满自信地说，她也扫视着路面，"你认为它到底是什么东西？"

"无非是另一种掠食者，"我说，"只不过没有绝大多数掠食者那么显眼。它只是……夜城的传说之一罢了。"

永夜之城

第一季 ④

创世女神的诡计

[英] 西蒙·格林 / 著
杨冰 / 译

哈尔滨出版社
HARBIN PUBLISHING HOUSE

黑版贸审字08-2018-085号
图书在版编目（CIP）数据

创世女神的诡计 / (英) 西蒙·格林 (Simon Green) 著 ; 杨冰译. — 哈尔滨 : 哈尔滨出版社, 2019.10
（永夜之城. 第一季）
书名原文: Hex and the City
ISBN 978-7-5484-4883-9

Ⅰ. ①创… Ⅱ. ①西… ②杨… Ⅲ. ①长篇小说—英国—现代 Ⅳ. ①I561.45

中国版本图书馆CIP数据核字(2019)第211878号

书　　名：创世女神的诡计
CHUANGSHINÜSHEN DE GUIJI

作　　者：[英]西蒙·格林　著
译　　者：杨　冰
责任编辑：韩金华　王婉竺
责任审校：李　战
装帧设计：柯　桂　徐胜男

出版发行：哈尔滨出版社（Harbin Publishing House）
社　　址：哈尔滨市松北区世坤路738号9号楼　邮编：150028
经　　销：全国新华书店
印　　刷：天津兴湘印务有限公司
网　　址：www.hrbcbs.com　www.mifengniao.com
E-mail：hrbcbs@yeah.net
编辑版权热线：（0451）87900271　87900272
销售热线：（0451）87900202　87900203
邮购热线：4006900345（0451）87900256

开　　本：787mm × 1092mm　1/32　印张：31.75　字数：508千字
版　　次：2019年10月第1版
印　　次：2019年10月第1次印刷
书　　号：ISBN 978-7-5484-4883-9
定　　价：168.00元（全四册）

凡购本社图书发现印装错误，请与本社印制部联系调换。
服务热线：（0451）87900278

目录

CONTENTS

1

异次元怪兽的入侵

夜城里什么东西都有，从神圣的遗产到污秽的法器一应俱全。除非具有钢铁般的意志，不然我绝不推荐任何人参加在夜城举行的拍卖会。我已经很久没有出席任何拍卖会了，虽然大部分人根本不敢在拍卖会中跟我抢标，但使我常在拍到真正想要的东西之前不得不拍下一堆垃圾。有一次我意外拍到了一张召唤妖精用的符咒，在随后的几个月中，总有一只只有我才能看到的女妖精跟着我在夜城里晃荡。

夜城是隐藏在伦敦的魔法之心，神祇与魔鬼不但可以并肩而行，有时甚至会加入同一个互助团体。想在这种地方当私家侦探，就必须做好出席各种场合的心理准备。这次我受夜城大甩卖馆的首席拍卖师雇用，担任拍卖会安保人员，负责维持秩序。这听起来挺容易，但也是一个警讯。因为在我的生活中，从没有这么简单的事情。

我提前来到会场仔细检查一遍。我已经好几年没来这里了，其间发生了很多事。我曾背部中弹，逃离夜城，而后又重回夜城，但新的出场并不是很成功。拍卖行的看门人瞟了我一眼，并不打算放我过去。不过我报上自己的名字后，他吓得脸色发白地让到一旁。拥有好名声，或是坏名声，能让你进入即使是军队也难以攻入的场所。

首席拍卖师正在紧张地来回踱步，一看到我便大步穿过空旷的大厅迎了过来。她勉强挤了个笑容，然后很用力地跟我握了握手。她叫卢克雷蒂娅·格雷夫，是个身材矮小、体格壮硕的女人，身穿老式粗花呢服装，乌黑圆亮的眼睛上戴着一副单片眼镜。她看上去五十出头儿，面目狰狞，花白的头发在后脑勺上盘成圆形发髻。她似乎火气很大，神情严厉地瞪着我："你早该出现了，泰勒老兄。自从那该死的东西到后，我在自己的地盘上也不安心。从来没有什么让我这么困扰过。我们标榜的是任何东西都可以在这里拍卖，但比起它们自身的价值来说，有些东西带来的麻烦更大。若非职责所在，我才不愿意跟那玩意儿有任何瓜葛。最近我又在参加赌狗比赛了，你知道这是怎样一回事。那些该死的动物只要一听说我在它们身上下了大注，就立刻开始装病，甚至心脏病也犯了。不过，我可以保证，老兄，这次的特殊拍卖品绝对标出大天价。"

正当我准备问她到底是什么东西这么麻烦的时候，一群两米高的玩具熊打断了我的话。它们看起来很破旧，正在小心翼翼地搬运各种拍卖品，一边走路一边低声交谈。这些玩具熊似乎都经历过许多大场面，当他们从卢克雷蒂娅·格雷夫身边经过时，其中的几只开始大声谈论关于成立工会的必要性。它们将每件拍卖品分别小心翼翼地放进对应的玻璃陈列箱中。

“我最好检查一下是否一切就绪，”格雷夫缓慢地说，“它们以为都放好了，可它们只是些没脑子的东西。这又是为了省钱而采取的一种糟糕管理模式。老兄，你可以到处看看，记住什么也别碰。”

她转身离开，像一艘开足马力的拖船，吓唬那些玩具熊去了。大甩卖场的前身是十三世纪一间储藏农产品的仓库，这么多年来，始终没有发生过什么太大的变化。墙壁由乳灰色的大块石头砌成，石头之间彼此紧密贴合，没有用灰泥。墙壁向上延伸，与拼接成复杂格子结构的木椽相连，光影交错。墙上只有一些狭小的窗户，地板则由未经抛光的原木制成，缝隙里填充着锯木屑。这里没有什么奢华的陈设，毕竟人们来此并非为了参观的，这是一个严肃的交易场所。

我从一排排廉价折叠木椅前走过，来到朴实无华的拍卖台，看了看那些放在陈列箱内的拍卖品。跟往日一样，拍卖品鱼龙混杂，包括大名鼎鼎的、臭名昭著的、价值可疑的、出处难辨的。夜城是个什么都能买到的地方，只不过，买到的不保证是你真的想买的。要么你运气不错会大赚一笔，要么将为此送命，结局很少有其他的情况。因为拍下一件东西是一回事，有没有能力一直拥有它又是另一回事。

第一件拍卖品是一块沉重的大腿骨，标签上写着这是《圣经》记述的该隐用来杀死亚伯的武器。附件是一封来自伊诺克古城的证明信。不过在夜城，这种资质证明是没有人会当真的。紧挨着的是三尊不同的马耳他之鹰、一支据说能预知未来的占星术士羽毛笔、一把科学怪人男爵用过的解剖刀、一个据说装着圣女贞德骨灰的小木漆箱，以及一个雪人脚制作的伞架。其他的都是些垃圾和废物，只有收集狂才会对它们感兴趣。当然，我对这些拍卖品一点儿兴趣都没有。

我从来都不相信这些拥有神奇法力的物品。它们总是令你失望，要么电池在最糟糕的一瞬间用尽，要么激活咒语不对，要么需要使用时却找不到使用说明。它们很可能只是唬人用的，我想，这一点倒与我有些相似。

我在一块配有华丽银色边框的穿衣镜前停下脚步，打量着镜中的自己，这面镜子里可以看到你想看到的一切。我在镜中的样子似乎没有什么特别，但至少有点私家侦探的味道，高高瘦瘦、皮肤黝黑、面容神秘，穿着一件很久没有洗过的长风衣，衣角已有些破旧。这就是我在夜城的生活。我喜欢接那些没人愿意接的案子，乐在其中。我拥有一种寻找东西的天赋，我对事实真相有着强烈的渴望，永远像被拧足了发条一样，拼到所有人都精疲力竭，也要让谜团浮出水面。

父亲发现我的母亲并非人类后酗酒而亡。没有人知道我母亲的真实身份，不过夜城里的每个人对此都有自己的想法。有人将我视为异教徒，另一些人则认为我是未来世界之王。另外，打我出生开始，就有一群不明身份的敌人一直想要置我于死地。

我尽量不想这些事。

卢克雷蒂娅·格雷夫步伐沉重地走到我身边。此时，她的另一只眼睛上也戴着单片眼镜了。我在想自己要不要发表意见，但决定先不开口。格雷夫接着之前的话题跟我说话，好像她根本没有离开过一样：

“老家伙，这里有各种稀奇古怪的拍卖品，有些拍卖品即便是在夜城也难以想象有人拿出来卖。就在上周，有个蠢蛋拿自己的灵魂来委托拍卖，但却没有预约。噢，是的，这种事我见得多了，为了钱，人们什么都干得出来。不过，泰勒，这个大厅当然时时刻刻都受到层层守卫与保护，确保我们不被人放火、盗窃、偷换，不受任何外力的影响，而且这整个区域也被当权派确定为中立地域，即便是古董王那样顽固的家伙们对这里也存有敬畏之心。按照我的理解，拍卖行是众多争论的根源所在，所以当权派插手进来接管生意，确保一切都有序进行……因此，我们本该十分安全……”

“但是呢？”我问。

“但是，今天我们将要拍卖某件即使对我们自己来说也相当特殊的东西。老兄，这正是请你来的原因。至于接下来怎么办，就是你自己的事了。只不过千万别指望我能帮上你，也别指望那些熊，它们貌似强壮，实际上它们胆子小得跟灰尘一样。要是各种尝试都失败，我建议你使用你那著名的异能来追踪小偷……”

“你为何要雇用我？”我饶有兴趣地问道。

她大声地哼了一下：“接受我们保单的人坚持要求我们另外雇些人。在预算所能担负的范围内，你是最佳人选……”

我还在等待更进一步的回答，一个熟悉的身影走了过来。是王尔德——梦宫仙境妖精的时尚顾问兼造型师。她是一个高大、嗓门儿大的牙买加人，同时也是个精明、严苛、目中无人的烟鬼。要是有人胆敢对她的意见表示反对，她便会将烟圈吐到他们脸上。此刻，她身穿一套印有活泼的淡紫色图案、裁剪得十分合体的服装，与她深蓝色的肤色形成有趣的对比，加上她头上戴着的那顶羽毛丛生的帽子，我不由自主地扬起一道眉毛，看了看她这副新打扮。与往常一样，王尔德率先发难：

“别一副不以为然的样子，亲爱的。淡紫色是这一季的流行色，无论你是否喜欢。”

她装着不经意的样子，在我面前摆了个姿势，脑袋微微后仰，展示出她那高高的颧骨和性感的嘴唇。王尔德是个骄傲自大的女人。不过，她看我的眼神有些闪烁，拿烟的手也不如想象中那么沉稳，她有烦心事。或许源于看到我而产生了紧张情绪吧。我常常令人们不安，这种结果部分归因于我小心经营起来的名声。但王尔德并未将注意力放在我身上。

她环顾着拍卖大厅，不停地吐着烟圈。

“我一直厌恶回到夜城，”她唐突地说，“粗俗，亲爱的，十分的粗俗。我宁愿把时间花在梦宫仙境那些妖精身上。她们虽然肤浅，但起码肤浅得可爱。”

英雄所见略同，我心里想，不过我还没有傻到把心里这句话大声说出来。据说王尔德会把烟头戳到她看不顺眼的人身上。

“我回到这里只是为了出席时装展示会，并且储备一些香烟，”她继续唠叨，“当然，还有拍卖特殊物品的时候要来，”她第一次直视我的双眼，“很高兴你也在这里，约翰。这就意味着拍卖行把此次拍卖看得很重要。他们应当如此，因为我将参与某些……特殊商品的竞拍。”

格雷夫又大声说道：“我同意，亲爱的。它是独一无二的无价之宝，同时也极度危险。人们不应该去碰有些东西，或者至少只能躲在一段安全距离之外，用棍子去轻轻碰一下就行了。”

“有谁愿意告诉我，到底是什么东西这么厉害？”我声音里的威严使她俩同时直起身望着我。王尔德吸了最后一口烟，将烟头扔在地上，用靴子碾灭。格雷夫瞪了她一眼，却看到王尔德紧接着点燃另一支烟。她若有所思地盯着我，说：

“我终于撞大运了，亲爱的。在寻找别的东西时，我无意中发现了我的小小战利品。当时我正四处旅行，想要找到某些与众不同的东西来满足那些欲望永无止境的妖精。我看到了关于一家了不起的新公司的报道，因此去了东京。这家公司专门使用百分之百的火山喷发熔岩来制作令人惊叹的盆景火山。不过当我赶到时，公司已经消失，只剩下地面上一个个冒烟的洞。我本可以告诉他们，让利销售真的是一个糟糕的经营口号……总而言之，我又绕道去了中国，在那里，我发现了……这个。”

她忘记手里还拿着香烟，用一个夸张的手势指了指一个较小的陈列箱，烟灰随着她的动作散落。她低声念叨着些安抚小孩子的话，赶紧将灰尘从箱顶上掸开。我倾身向前，端详起来。玻璃后边是一只蝴蝶，大小一般，也不是特别好看。事实上，它看上去很普通。它悬浮于半空中，翅膀张开，呈飞翔状，周围笼罩着微光。这只蝴蝶已经定格在了某个特定的时空中，就像琥珀里包裹的昆虫。我看看王尔德，她又一次抢在我之前开口说话：

“是的，就是它，不过跟你想的可不一样。解释起来有点复杂，你尽量理解吧。混沌理论认为，假如一只蝴蝶在中国扇动翅膀，可能会在美洲掀起一场风暴。既然世上的一切都是彼此关联的，或者至少有些微妙的联系，所以，倘若你能发现并捕获特定的那只蝴蝶的话……是的，我做到了，就是这只。小小的捣蛋鬼，却是独一无二的强大武器。我打算以独一无二的价钱将它拍卖出去。噢，古董王一定会嫉妒死的！”

王尔德和古董王曾经是一对恋人，当时没人看好两人的恋情，不过也不好明说。“蝴蝶效应又不是什么新鲜玩意，真是的。”格雷夫用她铿锵有力的学院派声音说道。拍卖师们的语气常常让人想起失败的学者，因为大部分的拍卖师都是当不上学者才转行去搞拍卖。她继续说："在古老的罗马，占卜师能通过观察鸟类的飞行来预测未来。"

王尔德不屑地看了她一眼："他们还会将山羊开膛破肚，然后通过羊肝的指向来指控某人通敌卖国。他们还选择含铅的材料做下水管道，让自己铅中毒。"

"拜托各位，我们还是尽量不要偏离正题，"我说，"所谓的蝴蝶效应，不就是一个比喻吗？又不是真的有那样一只蝴蝶。"

王尔德极为轻蔑地冲我笑笑："亲爱的，在夜城，比喻也能像其他任何东西一样真真切切。在这里，比喻符号可以拥有它们自己的身份。因此，不管是哪个幸运的家伙在这次拍卖会上赢得了这只蝴蝶，他都将拥有证实所有蝴蝶效应理论的力量。推倒多米诺骨牌中的第一块将会对未来产生影响。拥有它的人就能预测甚至可能控制未来的形势。可能性是无穷尽的！至少理论上如此。相信我吧，亲爱的约翰，我将变得富有、富有、富有！"

"假如它真的潜藏着如此强大的力量，你为什么放弃它呢？"我问。

王尔德摆出一副"何必庸人自扰"的姿势，说道："约翰，亲爱的，我还没有傻到试图将它握在自己手中的地步。那样的话，每天应付那些试图夺走它的大人物就够啦。你也应该相信，梦宫仙境的那些不识好歹的妖精绝对不愿意卷入其中的。不，想要获利，最好的办法就是在中立地域举办一场拍卖会。”她亲吻了一下陈列蝴蝶的箱子，说：“然后，我拿到钱就溜之大吉，闭门不出，直到一切风声都渐渐平息下去。”

“假设如你所说，它真的有可能在短时间内使一切变得糟糕透顶的话，我很奇怪为什么当权人士没有加以干涉，查抄这只蝴蝶，”我皱着眉头说，“沃克通常不会对可能威胁到他地位的东西坐视不理的。”

“沃克或许觉得自己能掌控这里的一切，”王尔德漫不经心地说，“但当权人士始终懂得自由贸易的重要性。”

“都是些俗不可耐的家伙。”格雷夫一边说，一边用力地擦拭自己的单片眼镜。

“或者，”我说，“当权派们并不认为这只蝴蝶是真的。”

王尔德哈哈大笑，潇洒地吹出一个完美的烟圈：“不在乎就是为了在乎，亲爱的。”

这时，竞价人开始入场，在为谁有权坐在前排而争得不可开交。我礼貌地向王尔德和格雷夫致歉离开，然后前往大厅巡视，观察会场里喧嚣的人群。绝大多数是些不知名的陌生面孔，他们是某些不愿在公开场合露面的人或集团的代表，或者只是些希望能找到便宜货的家伙。还有些人显然是著名的私家侦探，来这里看看那只蝴蝶的出售将创造怎样的历史。最终，会场里聚集了一大堆人，占满了所有座位，一些人被迫倚墙而立。玩具熊们不得不搬来更多的椅子，它们一边干活儿，一边喘着粗气发牢骚。现场也有人类工作人员在分发印刷精美的拍卖品宣传册。人们叽叽喳喳地交谈着，有些人表现得很有礼貌，有些人火药味十足，许多人在蝴蝶展示柜前探头探脑，还有些默默地观察着其他买家的一举一动。格雷夫走到拍卖台后，示意所有人安静，王尔德则一脸骄傲地站在她的蝴蝶陈列箱后。我默默地站在大厅后部，仔细观察所有人的举动。

就在此时，一个巨大的雪人蓬头散发地跺着脚走进大厅，整个会场的气氛顿时凝滞下来。它足有三米高，邋遢的毛皮下是健硕结实的肌肉。当这个巨大的生物笨重地穿越过道，一把抓过那把雪人脚伞架时，每个人不禁向后一缩。它恶狠狠地怒视着所有人，然后跺脚转身离开。没人敢阻止它。一段寂静过后，人们确信那个雪人已经走远，不会再回来，才松了一口气，拍卖会终于正式开始。

格雷夫先从一些次要的拍卖品开始，并且很快便落槌确定了买家。每个人都在耐心地等待着那件重量级拍卖品。我集中注意力盯着人群中那些熟悉的脸。幸灾乐祸的杰基坐在人群正中，他的出席并未让我感到惊讶。杰基是一个情感体验迷，我可以看到他正贪婪地吸收着他周围那些人流露出的各种心情。杰基刚一进入会场就主动与我握手，并且过长时间不肯松开。他身材很肥胖，一身臭汗，时不时露出皮笑肉不笑的扭曲表情，一双眼睛水汪汪的。他穿一套黑皮大衣，肩上挂着银质勋章，颈戴六芒星。只有这样，他才能吸收那些相互冲突的象征符号所激发的感情。为了保护自己，杰基总带着一只超大的紫色德国猎犬。

巫师桑德拉·钱斯趾高气扬地走进大厅，好像是这里的主人似的，她总是这副德行。钱斯已然将傲慢上升为一种艺术。她占据了紧邻拍卖台的前排座椅，仿佛一切都是理所应当，也没人敢去阻止她。她身材高挑，在一头蓬乱的红色卷发映衬下，她的皮肤白得有些病态。她几乎什么都没穿，修长的身体上只是些随机泼洒的红色液态乳胶（传说这种液态乳胶是圣水和其他东西的混合物，对她能起到保护作用）。她的脸上和身上还遍布着很多扎入体内的钢刺，这使她在雷暴天气中绝对是个危险人物。她的腰上松弛地系着一根点缀了奇怪魔法符号的简单皮带，上边拴着一串棕色的小口袋，里边装着她的各种工具：坟地泥土、魔力之血、蝾螈之眼和青蛙之蹼等魔法材料。我仔细地观察她，她并没有参与那些不太重要的物品的竞拍。大家都看得出她来这里为的就是那只蝴蝶。她那棱角分明的脸上露出犀利寒冷的目光和狰狞可怕的微笑。我早就领教过她的厉害了。

钱斯的特长跟死亡有关，她能从尸体那儿找到你想要的答案。很久以前，我跟她共同处理过一些案子，不过我们的相处并不融洽。她只要得到结论，不在乎手段。过去我也曾那样，但我一直在改进。对我而言，钱斯就像一面镜子，常常让我想起过去那段糟糕的岁月，以及两个我不太喜欢的人。忽然，她转过头来，与我四目相对。她的直觉向来不错。她冷峻地点点头，我也向她点头致意。接着，我们都将目光从对方身上移开。

目前，钱斯和夜城里更令人恐惧的大人物之一哀悼者走得很近。有时候，他也被称作自杀之神或是痛苦之神。据说，谁大声念出他的名字，就会被整崩溃。没人知道钱斯和哀悼者之间到底保持着何种关系，大多数平时想象力丰富的家伙甚至都不敢揣测此事。即使是在夜城，有些事情也不可随性而为，那样做很危险。据我所知，钱斯原先并未对拍卖会表现出过任何兴趣。难道她是代表哀悼者来参与竞拍的？也许是吧。可那个自杀之神想用这只蝴蝶做什么？当然，不管他打算怎样，都不是啥好事。谁也没胆子与哀悼者的代表竞买那只蝴蝶，我在想自己是不是应该就此做点什么。当我看了看其他竞拍对手，多少感到轻松了一点。这里聚集了很多其他的大人物，他们能与钱斯抗衡。

假如不幸最终她胜出，我还能为公益事业尽一点力——偷走蝴蝶，夺路而逃。

坐在不远处的是舞王和舞后，两人都很傲慢，与往常一样互不搭理。奇怪的是，他们俩实际上都不想要那只蝴蝶，他们只是不想让对方得到它。曾经的一对恩爱夫妻，如今劳燕分飞，各自引领不同的舞蹈宗派。此刻，舞王以一副凯尔特人的模样出席，身上布满靛青色和宗教疤痕，而舞后则依然打扮成迪斯科女王的样子。他们举手投足间流露出的那种优雅、端庄，意味深长，就好像两人都在和着只有他们能听见的旋律翩翩起舞。

彩绘食尸鬼混迹于最后到来的人群中，他是代表古董王来参与竞拍的。古董王已经在三个不同场合被人发现试图偷窃，没脸亲自参与竞拍了。彩绘食尸鬼是最肮脏、长相最邪恶的小丑，你绝对不想在某个偏僻小巷中遇上他。他那蓬松的装束由反差极大的色彩描绘而成，从他不怀好意的目光和矫揉造作的脸上，透露出难以名状的邪恶感。他摇摇摆摆地走进大厅，俨然一个混迹于校园里的混混儿，他咧开鲜红的血盆大口，露出一排锉得很尖的牙齿说：

“你好，你好，你好，女士们，先生们！很高兴到这里来。我刚从索多玛城飞回来，不过并不是很累！有人想玩找尸体的游戏吗？我肯定自己能想得起把她埋在哪儿了……”

他是众所周知的午夜小丑、笑面杀手、嗜血魔头。尽管他认为自己高高在上，但其实他只是个地地道道的跑腿小弟。

终于轮到拍卖蝴蝶了，我立刻把目光转至展台。刹那间，仿佛人人都想要出价，众人都在竞相举起胳膊或点头。格雷夫尽量维持着现场秩序，可即便是她那双经验老道的拍卖师眼睛，也很难跟上节奏。现场火气越来越大，有些人认为自己被拍卖师故意忽略，粗言相向，甚至动起手来。我在过道上奔前跑后，瞪了瞪那些起哄的人，警告他们检点些，现场的人实在多到无法控制。钱斯不断举手，使得价格一路飙升，但看上去没有谁愿意放弃。彩绘食尸鬼斜靠在椅背上，每当他超过钱斯的出价，便露出猥亵的笑容。其他人也在吵闹着，有的在公然怒骂，都希望自己的出价能被拍卖师看见。格雷夫无助地四处张望着买家们。这只蝴蝶真是一件伟大的珍品，它足以燃起任何人的野心。我留意着现场的局面，眼前的一切并非我想看到的。拍卖大厅内的防御系统能阻挡所有魔法攻击，但却没有能力应对刀枪。不管最终谁拍下了蝴蝶，随之而来的必将是一场骚乱。看来我真得做些什么了。平时，仰仗我那能镇得住局面的名声，我能够仅靠无声的语言或严厉的目光解决一些问题，但现在的场面已难以控制。

就在这时，我发现了什么情况，奇怪的情况——尽管会场上危机四伏，混乱不堪，到处都有即将上演的暴力场面，但我却哼唱起一首二十世纪七十年代的老歌曲。更奇怪的是，离我最近的那些人也在哼唱同样的旋律。有几个甚至中止竞价，一个劲儿地唱起歌来，不过从他们脸上的表情可以看出，他们自己也不明就里。我意识到这首歌正在人群中蔓延。在夜城，和谐与难以抗拒的冲动往往意味着有事情将要发生。通常它暗示着来自于外界的干扰。

此刻，连格雷夫也停止应标，用力揉搓前额，好像深受什么干扰似的。钱斯和彩绘食尸鬼都站了起来，一脸困惑。人群里传出令人不安的咕哝声，越来越大。演唱时间过去了，可我们都能感受到些什么——一种越来越大的压迫感。更多的人站起身来，惊恐地东张西望。每个人的心里都很清楚，一定有什么东西来到了我们中间。

“有什么东西来了，”钱斯说，“是不好的东西。”

此时几乎所有人都已站起身来，四处张望，寻找正在逼近的威胁，但却毫无结果。一双双紧张的手握住了各式各样的武器。玩具熊们蜷缩在一起，松软的脚掌上露出了利爪。拍卖大厅里一片寂静，紧张的空气快要凝固。人们能够体会到越来越大的压迫感，犹如蓄势待发的暴风雨，又像电闪雷鸣的前奏。忽然，拍卖大厅那些存在了数个世纪的防御系统化为灰烬，一个发光的身影顷刻间摧毁了所有装置及措施——这是个活生生的影子，庞大，非人，就像投入清澈溪水的毒药那样渗透进了我们的现实世界。

我知道它是什么，一定是它。灵兽，来自于某个更高或更低的维度空间。它是无法阻挡或回避的入侵者，因为它要么就是太真实，要么就还不够真实，总之人类的力量无法阻止它。当我跟着灵魂发现者老卡纳奇学习时，曾经遇到过这些灵兽。一生之中两次遭遇到这种东西，对我来说真是不公平。我应该逃跑，但我知道自己不会那样做。

当来自于低维度空间的灵核渐渐展露出来时，人群开始陷入恐慌。散乱的能量劈头盖脸地落入大厅，这些能量闪耀的黑色彩虹和发出微光的光环萦绕在那些并不存在的人们的四周。墙壁、地面、天花板上都浮现出一些丑陋、扭曲的面孔——怪异扭曲扭曲的厚嘴唇暴露出锯齿状的牙齿，黑色的眼珠在它们的眼窝里滴溜溜直转，一种非人类的声音在我们脑海中激荡，说“我们来了，我们来了”。一排排座椅间，一只巨大的手忽然出现，向上伸出木质指尖，人们惊声尖叫着四散逃开。尽管有人高声念叨着魔法符咒，但毫无作用。

廉价的木椅子忽然爆炸，变成挥舞的木头触须，扫向逃散的人群，将他们紧紧缠住。在这些木头触须的作用下，人们的胳膊和大腿被折断，悲惨的叫声充斥于拍卖大厅。四周的墙壁不断膨胀、凹陷，像在附和某个庞然大物的喘息。地面起伏不停，整个大厅摇摆得如同汪洋里的一条船。

所有没被固定的东西都在飞来滚去。有的人身上的衣服胀大，有的人的衣服因缩小而被撑破。空气中燃起无源之火，墙上不断渗出水珠。还有石头冰雹、鱼儿雨，人们口中说的也尽是些莫名其妙的话。

我奋力穿过混乱的人群，一把抓住格雷夫，她正双膝跪地，麻木地倚靠着那摇摇晃晃的拍卖台。我拖着她站起身，她像个孩子一样紧靠着我。我本希望她能召唤出某些应急的备用魔法，可看上去事与愿违。玩具熊们东倒西歪地挤在惊慌失措的人群中，它们很想出点力，但除了尽量用自己残破的身体掩护他人外，似乎也做不了别的什么。

一种强烈的情绪在我们的脑海中刮起风暴，轻而易举地将我们的防备摧毁殆尽。人们就像被狗吓坏的老鼠一样，开始歇斯底里地大哭、大笑、嘶吼。我笑得太厉害，自己都觉得难受，但又无法停止。接着，那种原始的恐惧感席卷而来。这种恐惧来自黑暗，来自堕落，来自那些已经无法控制自己的人。人们互相打斗起来，因为他们必须对什么发起攻击才行。在恐惧情绪的作用下，男男女女纷纷倒地，再也没有站起来。一种新的气氛浮现出来，拍卖行已成为一个光怪陆离、不堪忍受的场所。少数人跌跌撞撞地走向出口，可他们发现门已经消失，再也无路可逃。

幸灾乐祸的杰基膨胀得像只河豚，正在解开纳粹军装上那一颗颗银纽扣。他痛苦地傻笑着，不断吸收围绕在周围的种种情感，那些超越了他的食量和能力的感触一股脑儿地灌入他体内。他凸出的眼眶中流出带着黏稠血液的眼泪，顺着面颊滑落。彩绘食尸鬼正在一面膨胀的墙面上奔跑，像一只仓促逃窜的特大型昆虫，想要躲避那些通常是由他给别人带去的痛苦情感。他脸上的妆已经与汗水糊成一团，嘴角上再也看不到笑容。

钱斯的魔法几乎毫无用处，不过她仍在坚持反击。她气势恢宏地站在一个闪耀着微光的保护圈内，怒火中烧，通过纯粹的意志力抵抗灵兽入侵。她会一种指向骨巫术，无论将其施展于哪个方向，那些跃跃欲试的外部力量就会被推出物质世界。但其作用只能持续一小会儿。它们很快便会回来。

面对共同的敌人时，舞王和舞后再次联合到一起，他们依靠自己的舞步在起伏不平的地板上踏出强有力的和声。他们将自己的狂暴与愤怒跳进舞蹈中，逼退侵袭而来的力量。他们踏出绝妙的韵律，一举一动之间都流露出令人惊奇的优雅，身上散发着人性的光辉。他们总能在互相配合时将舞蹈演绎到极致。

王尔德站在一个妖精的光环中，按照合同，她受到梦宫仙境的保护，但除此之外，她什么也做不了。她两手环抱，可怜巴巴地站在那里。

我独自一人站在一旁，不情愿地下定决心，自己必须做点什么了。

实际上我不愿被迫出手。我喜欢保持神秘，这有助于构建我的名声。相对魔法而言，恶名能为你带来更多方便。通常是这样。不过，此刻灵兽们因还没看清我的本质而对我手下留情，但天晓得它们还会留情多久。我知道问题在哪里，也大概知道怎样去解决。假如我做错了的话，那我多半会死得很难看，不过这种事情我早就习以为常了。

我与灵魂发现者卡纳奇一起工作的时候，他曾对一个灵兽施加了驱逐符咒。我觉得符咒会在将来的某天派上用场。便趁他不注意，将那条符咒藏了起来，据为己有。他拥有的这类东西很多，少一件也不会在意。我在自己口袋里各种各样的神秘破烂中翻找，最终掏出一枚来自于睡梦之乡的金币。金币上的文字没人能懂，一张脸孔图案严重磨损。我从来都不愿意依赖这些东西，如果它没用的话，恐怕我也很难有机会回去向卡纳奇抱怨。拥有魔力的物品往往缺乏品质保证。

我举起硬币，念出激活魔力的咒语，一道可怕的光线从硬币中放射出来，它明亮耀眼，穿透力极强，人类根本无法直视它。硬币里释放出的东西跃入大厅，迫不及待地履行起自己的天职。它用一种比人类历史还要悠久的语言咆哮着，声音响彻整个拍卖行。灵兽们消失了，那些强烈的情感与恐惧也消失了。墙壁、地面和天花板恢复了静止与坚实，那只抓住男男女女的木头胳膊顿时裂成碎片。人们慢慢环顾四周，想要确认最糟糕的事情是否已经过去。

钱斯用一种悲痛的声音缓缓说道：“有什么别的东西来了。”

是另一种灵兽。这次是来自更高维度空间的访客。我们都能感受到它的到来，一种庞大得难以接受的东西正降临到我们的现实世界中。这种东西大得无法想象，以至于它必须压缩自己的身躯。包括我在内，所有人的第一冲动便是逃跑，但逼近的访客带来的力量使我们无助地困在原地，犹如被毒蛇盯上的老鼠，或是被放大镜汇聚的光线炙烤着的昆虫。它最终以某种物质形态出现在拍卖行，它仿佛拥有很强的吸引力，将我们向它吸近。对我们有限的现实时间来说，它太过真实了，真实得要将一切吸收进它的身体。

它沉稳地进入了我们的世界，并且不断扩展，我们甚至无法描述出它扩展的方向。它的思想犹如一盏刺眼的聚光灯，将每个人的意志击破，目的是为了寻找那件将它引向这里的东西。想也不用想就能知道，它一定是在找那只蝴蝶，那件拍卖会上真正独一无二的物品。此时，灵兽似乎还不太确定它想得到的东西在哪里，或许是因为展示柜外设置的力场将蝴蝶暂时控制在时空之外。灵兽继续向人们的意识深处入侵，迫使他们，协助它寻找蝴蝶。我的周围到处都是在痛苦、震惊和恐惧中大声呼喊的人，他们尖叫着：“把它赶出去！”连那些大人物也跪在地上哭泣、颤抖。整个大厅里唯一几乎未受影响的人就是我，我不愿去想为什么。

灵兽不习惯在只有三维坐标的空间内思考，但最终，即使通过排除法，它还是能锁定蝴蝶。它所具有的引力越来越大。现实世界的细节正被这个不期而至的外来物体剥离、吞没、吸收。并非它要这样做，而是因为它本身就有这种力量。玩具熊们在某种召唤下，缓缓向它靠近，随即一个个跌倒在地，变回没有知觉的玩具。紧邻来袭物的人们开始发生可怕的变化。忽然间，不管你从哪个方向看，都只能看到一些人的背影。他们失去了面孔，变得模糊。穿在身上的衣服也像被一只看不见的手抹平，不再有任何细节或差异。紧接着，颜色也消失了。人们变得如同二维照片上的黑白人物，然后竟成了粉笔画，最终被吸进那强大的引力井中。一切真实存在的东西都被剥离了。

我不去理会身旁那些歇斯底里的尖叫与哀号，而是努力思考。驱逐魔法不会对如此强大的对手起作用。见鬼，这么强大的力量几乎不会给处于较低维度空间的我们留下任何机会。这个家伙来这里完全是因为那只蝴蝶。无论最终谁掌控了蝴蝶，都能对未来各种级别的维度空间进行预测甚至控制。因此，来自上界和下界的灵兽才会不断闯入我们的世界，直到其中之一最终得到那只蝴蝶。它们根本不会在乎自己的做法将对这个世界和生活在这个世界上的人造成多大的伤害。因此，我能做的只有一件事。

我摇摇晃晃地走向那些玻璃陈列箱，迫使自己与引力井发出的可怕吸力对抗，直到我终于站在那个装着蝴蝶的玻璃箱前。它依然处于力场中，如此微小的东西居然拥有那么强大的潜在力量。我将手伸向箱子，王尔德担心我会杀了那只蝴蝶，大声呼喊起来。即便正在遭遇外来物的侵袭，她却还在关心自己的宝贝。我用自己的异能寻找东西，张开天眼——我的神秘之眼，去搜索能够破除蝴蝶力场的咒语。

我念出了咒语，力场土崩瓦解，蝴蝶顷刻间消失，它最终自由地回到被捕获时所在的时空片段中。一旦恢复了活力，它又成了一只普普通通的蝴蝶，不再非同寻常。它重归寻常，对任何人都不再具有任何意义。

转瞬间，引力井消失得无影无踪，来袭的灵兽脱离了现实世界，因为这里已没有吸引它的东西。大厅里所有的人都摔倒在地，大都发自内心地庆幸刚才那一场折磨终于烟消云散。我坐下来，背靠着坚实的墙壁，好好享受了一会儿发抖的感觉。

当然，并非每个人都对最终结果感到满意，比如王尔德。她可怜兮兮地在围着大厅徘徊，口里念叨着："我本有可能成为富豪、富豪、富豪……"她本来会死，而且死得很难看，不过身为绅士，我懒得去告诉她这些。许多为了竞拍蝴蝶而来此的人走上前，尖刻地责问我为何不用某种更好的方式来处理问题。我摆出一副凶狠的表情，他们才识趣地走开。很多人在这次事件中死去，我协助拍卖行的员工将尸体堆放到大厅一角，等着当权派最后露面处理。我觉得自己最好赶在沃克和他的人前来询问一些愚蠢的问题之前离开。我如此这般告诉了王尔德，她缓缓点了点头："我想我还是可以试着去找另一只蝴蝶的……"

我沉默地向她指了指大厅里的一片惨象，她不禁打了个寒战："或许还是不要去找了。"

"坚持做你的时尚吧，"我冷冷地说道，"危险会小得多。"

她挤出一点笑容："命该如此啊。"说完，她转身离去。

我走到格雷夫身旁，同情地看着她惨遭破坏的拍卖大厅，告诉她支票寄送的地址。她气愤地瞪着我说："事情都搞成这样了，你不会真的还想要报酬吧？"

我十分严肃地绷起脸："我做事从来都是要报酬的。"

她想了想，然后说自己十分明白我的意思。我笑了笑，与她道别，回到夜城的街道上。

2

吃恐龙的梦幻餐厅

绝大多数情况下，我上餐馆吃饭，部分原因是夜城拥有宇宙中最棒的餐馆，主要原因是我没有做饭的天赋、时间以及兴趣。当然，有时候我会把冷冻的东西放进微波炉里加热到吱吱作响就可以了。我也很喜欢独自进餐，因为既然都花了钱，当然要好好享受食物的美味。但这次，我倒是和我那个年轻的秘书凯茜·巴雷特约好共进晚餐，因为她专门从我的办公室给我打来电话“命令”我这样做。在这种问题上，凡是凯茜决定的，我毫无发言权。这点我已经习惯了。

每当凯茜坚持说我们有必要一起吃顿饭聊上一会儿时，这意味着会有麻烦了。它们并非你在夜城每天都能听到的那些比比皆是的普通麻烦，而是那种令人意想不到的无比棘手的超级麻烦。我在走进上城区、前往餐馆区的路上思考着自己最近惹了什么大麻烦。上城区被认为是那种上档次的地方，在那里，人们往往忙于生计，没有人会去在意谁在哪里吃饭这样的事情。

霓虹灯在我周围闪烁，湿滑的路面反射出模糊的色彩。萨克斯管和低沉的贝斯旋律在夜总会永不打烊的大门前回荡。黎明永远不会光临夜城，因此只要你的口袋里还有钱，或者你还有灵魂可出卖，那么饮酒、跳舞、欢唱也永远无须停止。

我思前想后，觉得自己不应遇上什么特别大的麻烦。手头的案子都已完结，没有留下什么琐碎事情需要回过头来处理。我也不相信是办公室出了问题，因为凯茜一直以很高的效率管理着我的办公室，除非那部自动电话答录机又被魔鬼控制了。该死的，那些高科技设备都很贵。或许税务局的人要向我征收奢侈税了。噢，是的，在夜城，我们都得交税。不过我始终不太清楚这些钱到底交给谁了……

最近的一场短暂暴风雨在人行道上留下一个个小水洼，但夜空已经清澈无比。繁星闪耀着光芒，比我在外边的世界看到的更加明亮；夜城的月亮似乎也比正常世界中的月亮大出十几倍。没人知道为什么夜城的月亮这么大，或许有人知道，但他们从未谈起过。夜城是个充满神秘与谜题的地方。跟往常一样，大街上熙熙攘攘，男的、女的、不男不女的，各自怀着私人目的，正是那些欲望或好奇的激情将他们引领或拖拽进了夜城。在这里，你可以购买或出卖一切，尤其是那些你认为在所谓的文明世界里无法企及的东西。代价通常是你的灵魂，或者别人的，不过你会觉得很值得。林林总总的享乐与服务从每一扇窗、每一道门中向你招手。车辆川流不息，甚至不曾放慢速度。人们都知道要远离车道，因为有些看起来是车的东西可能并非真正的车。

我来到事先约定的见面地点，令我吃惊的是，凯茜有史以来第一次比我先到。她蹦跳着用力朝我挥手，好像我会找不到她似的。凯茜总是很出众——犹如黑暗中闪耀的火花。她才十七岁，金发碧眼、个子高挑、身材苗条、气质端庄，此刻身穿可爱迷你裙，搭配一双白色的长靴以及一顶白色的贝雷帽，这身打扮令她尤显突出。自从我的老搭档射手苏西推荐她看《复仇者》电视秀节目后，她便开始特别注重打扮。凯茜在我脸颊上轻轻一吻，挽起我的手，露出她认为最动人的微笑。

“你想去哪里吃饭？”我温和地对她笑着说，“毫无疑问，肯定又是什么高档昂贵的餐厅。去爱丽丝餐馆怎么样？在那里什么都可以吃得到。要么去文卡奇妙大杂院？什锦巧克力？不去？你变了。拐角处有一家刚开张的店：华丽伊丽莎白一世……”

凯茜扮了个鬼脸：“听起来挺老派。”

“他们尤其擅长做伊丽莎白女王一世时期盛行的特别食物，比方说善知鸟。他们将这种鸟归类为鱼，这样一来，他们就可以在自己宗教信仰中规定的斋戒日里吃这些鸟。”

“可是……善知鸟并不是鱼！它们长着喙！还有翅膀！”

“既然欧盟可以因为西班牙人用胡萝卜做果酱便将它归为水果，那么善知鸟当然也可以是鱼。伊丽莎白一世时期的人们在没有用刺猬皮做毛刷前还吃刺猬呢。还有兔子，那些刚从母体内剖出来的小兔子。”

“好恶心哦，”凯茜说，“不用了，谢谢。我已经决定好去哪儿了。”

“一定会让我大吃一惊吧。”

“我想去梦幻餐厅。你知道的，只有他们那里能用绝种的或是想象中的动物做菜。就在上个星期，他们在《黑夜时报》的生活时尚版获得了极佳的评论。我知道那里不是什么人都接待的，但你肯定有办法让我们进去，因为你哪儿都能去。”

“希望那是真的，”我说，“这边请，你这个爱捣乱的小美食家。”

我带着她走上街道。她挽着我的胳膊，一路上兴高采烈地讲着一些无关紧要的事情。显然，那个坏消息已经糟糕到必须在一顿真正的美食之后才可以谈论的地步。我倒吸一口凉气，整理了一下那枚被我用作风衣领针的银质麒麟角，它能够有效地探测出隐藏的毒药。

梦幻餐厅的入口是一扇简朴得几乎毫无特色的绿色大门，门上有一幅精心手绘的图案。它不需要广告，人人都来这里。餐厅的大门被施加了咒语，只允许预约客人、名人，或是在梦幻餐厅有良好信用记录的人进入。看到我刚一碰那扇门，门便立即敞开，凯茜不由自主地露出佩服的表情。我们走进大门，发现自己身处丛林中的一片开阔地。这是一块空旷的沙地，放眼望去，四周全是高大的雨林乔木，上边缠绕着各种蔓生植物。倒不是说你能看多远，繁茂的丛林层层叠叠，遮住了绝大部分光线，树木间是影影绰绰的浓密黑暗。动物的声音从四面八方传来，有鸟鸣、狮吼，也有突然的人类的惨叫，这些叫声偶尔会被某种巨大的咆哮或呼啸打断。空地上笼罩的空气炎热干燥，一丝风也没有。感觉如同身处真正的丛林空地，或许本来就是，毕竟这里是夜城。据说从来没有动物会冒险钻出丛林，出现在这片空地上。因为它们十分担心被吃掉。

我若无其事地领着凯茜朝等候安排餐位的长长队伍前方走去，服务员领班恶狠狠地盯着我。几个客人在我们经过他们身旁时生气地抱怨着，但那些认出我的人很快劝他们闭上了嘴。我的名字像一个警告或一条诅咒被人们在口中默念，很快就传遍了整个餐厅。我在领班面前停了下来，摆出一副“千万别打算招惹我”的样子。他是个矮小结实的家伙，身着与他极不搭调的燕尾服，棱角分明的五官扭曲在一起，那种表情好像说明他已经便秘了很久。显然，他很想跟我说“见鬼”去吧，然后叫他那些保镖把我赶出去，但不幸的是，他的老板里克已经站在他身旁。餐厅中等待着的一些人发出不满的嘘声，对我得到的这种甚至无须用钱去买的优先接待特权极端不满。里克没理会他们，冲我点点头。他不喜欢握手，只是冲凯茜笑了笑，话说回来，凯茜真是个人见人爱的女孩。

他穿着一件精致优雅的白色晚礼服，与他那张饱经风霜的脸形成鲜明对比。他的嘴角总是叼着一支烟，他甚至从未考虑过要在自己的餐厅里设置一片非吸烟区。

“你为什么总能猜到我什么时候会来这里？”我对此的确感到有些好奇。

他淡然一笑：“这也是服务的一部分。此外，在夜城，谁也不愿意把自己弄得手忙脚乱。这很容易影响生意。”

“这位是我的秘书，凯茜。”

“约翰，你说是秘书就是秘书吧。”

“不，真的，这位真是我的秘书。”

“你总喜欢雇用漂亮的女孩子。”

“嘿，在我决定扯烂你漂亮的衣服之前，给我们俩找张桌子就行了。”

“当然可以，约翰。不管我们这里有多拥挤，总还会为你保留一张桌子。”

“为什么？”凯茜马上问。她一定是嗅到了故事的气息，或者更确切地说是闲言碎语的味道。她总喜欢将自己的不够老到视作一种可爱，我可没心情去点醒她。

“约翰曾经帮过我的忙，”里克说，“有一道点心不见了，约翰帮我找到了它，那是一条成精的蛇鲨，它装扮成一个客人想要逃出餐厅。每当你以为自己已经见识过夜城所有的怪事之后，总会有更多的怪事令你惊骇。”

“最初是什么让你到夜城来开店的？”凯茜问。

他笑了：“我是为了美丽的日落而来的。”

“可这里总是黑夜！”

“我被人耍了。”

凯茜疑惑地看着里克，然后又看看我，她已感觉到自己理解不了别人的这个玩笑，但也没有再问。里克领着我们往空地最深处角落里唯一保留着的空桌子走去。当我们从其他桌子边经过时，坐在那里的人们纷纷低下头回避我们。里克为凯茜拉出椅子，而我只能自顾自了。年轻漂亮就是一种特权。桌布朴实洁白，桌上的银质餐具完美无瑕，装盐和胡椒粉的小罐简直就是工艺品。手抄本的菜单很大，你得两只手才拿得住。里克陪我们待了一会儿，确认我们满意后，才转身向别的急需他到场的地方走去。里克不和客人打成一片，这是他的原则。事实上，你有可能在他的餐馆连续吃上一个月，却根本见不上他一面，他喜欢这样。凯茜将目光越过大号菜单，顽皮地看着我：“有一张桌子随时候命，还是梦幻餐厅！这可真让我印象深刻。”

“别这样。我们离开前，我还是得埋单的。里克对我的感激可没到可以白吃白喝的地步。”

每张桌子旁都立着一个过于精巧的高大红木衣帽架，因为没有哪个顾客希望自己的外套或随身物品离开自己的视线，否则很有可能会被敌人窃取。多疑是夜城里的一种生活方式，它的存在有很多充分的理由。我从翻领上取下银麒麟角，然后挂起风衣。我喜欢保持神秘感，这一切都有助于营造我的名声。凯茜随手将她的贝雷帽扔向衣帽架，挂在顶端。我有些羡慕地看着她。我从来就没法做出类似的事情来。我在她对面坐下，两人认真地研究起手中的菜单来。邻桌的人们以为我没有注意他们，纷纷扭头打量着我。有些人手画十字架，或者祈求上帝保佑，或者用邪恶的眼神瞪着我。我心里想，如果我猛然间跳起来，口里大喊一声“呸”，真不知会有多有趣，不过我最终还是忍住了。凯茜小声吹着口哨，又从菜单上方看着我。

“约翰，这可真是一份特别极端的菜单啊！他们从哪儿弄来所有这些原材料的呢？”

我点点头说：“里克的餐馆是独一无二的，即使在夜城也是如此。据我所知，他是唯一始终在用那些通常并不存在的生物做菜的餐厅老板。我问过他这些东西是从哪里弄来的，他只说他有自己的供货渠道。我知道他聘请了专业的野生动物猎手捕获珍稀动物。不过，他从不提问，从不在乎猎手怎么做，只要别把活的动物带回来就好。显然，真正的难题是找到并留住那些一流厨师——他们必须能应对在准备其中一些膳食时所遇到的问题，例如在做蛇发女妖眼球汤时必须蒙眼睛。”

一名服务员走过来，低头看着我们。它是只巨型企鹅，留着一束小胡子，长着一双盛气凌人的眼睛。它意味深长地看了看我们的点菜单，然后用单调死板的语调背诵出当日特价菜品：“章鱼没有了，但我们希望很快能再捕获到。也别点恐龙，因为我们找不到。今日特价菜品是人肉，因为昨天有一位客人没有付账。”

凯茜看着我：“它不是在开玩笑吧？”

“我想不是。企鹅的幽默感似乎并不出名。”

“你们这些人类！”服务员发出嘘声。

我们决定不予理会。“厨房在哪里？”凯茜环顾着开阔的丛林间。

“只有里克才知道，”我回答，“他从未跟别人说过。我有一种可怕的感觉，假如亲眼见过厨房，我们将无法咽下任何从那里端出来的食物。”

“你从拍卖会上买下什么好东西了吗？”凯茜用那种只有年轻人才擅长的直率唐突地转换了话题。

“没有。实际上并不是你想象的那种拍卖会。或许下次吧，”为了显得我也能忽然转移话题，我说，“你妈妈怎么样？”

“很好，”凯茜装作一副仔细地研究着自己手中菜单的样子，这样便可以不用看着我，“还和过去一样成功、富有。她在自己公司里为我安排了一个很好的职位，只要我愿意回家，就可以随时上任，可我不愿回去。事实上，我们分开得越远，关系反而越好。只要我们不在同一时区，我们就能彼此以礼相待。你呢，是否有幸得到了关于你母亲的消息？”

“没有，”这回轮到我看菜单了，“即便有极少数几个知道一些情况的人，他们也不愿谈及此事。很难找到真正认识她的人。我爸爸连她的照片都没有给我留下。显然，母亲离开后，他发现了她的真实身份，烧毁了一切与她有关的东西……”

“你对她的长相还有一点印象吗？”

“没有。什么也记不住。连她的声音都忘了。她走的时候我应该已经四岁了。按道理应该记得一些关于她的事，可我却没记住。我很好奇，她是不是……在离开前，对我做了什么手脚。当然，也可能是我父亲后来干的。没有可以供我询问的人。”我俩都沉默地思考了一阵。“呃，”最终我先开了口，“你还在跟那个音乐小子约会吗，那个里奥·摩恩？”

凯茜听到我的话似乎打了个寒战：“当然没有。就那个畜生？我早把他扔进垃圾桶了。他自以为多了不起，好像我该对他表现出来的关心心存感激似的。没人像那样对待我。他那所谓的一流乐队也烂透了。哥特式的朋克乐队，我问你，你会喜欢吗？”

“行了，别说了，”我坚决地说，“你准备好回家了吗，凯茜？我是说，回到现实世界，回到真实的生活中？”

“没有。为什么这样问？你打算解雇我吗？”

“你知道我不会的。但你并非出生在这里，没有什么可以把你拴在夜城。你跟我们大多数人不同，只要愿意，你随时都可以离开这个精神的污水池。你可以在伦敦某个健全的地方开始新的生活，在那里没有人一心想要杀了你。”

“我永远也不会回去，”凯茜放下菜单，迎上我的目光，“我喜欢这里。我花了人生中的大半时间试着逃离那健全、正常、令人厌恶的世界，我根本不适合那种地方。夜城是如此……鲜活！总有新鲜事发生！就像一场永不结束的聚会——

有着最好的音乐、最沸腾的夜总会、最怪异的人们……约翰，在这里我才有家的感觉。我一生寻觅的正是夜城这种地方。我属于这里，”她咧嘴笑了，“看来我是个夜猫子吧。”

我也冲她笑笑：“我只是……只是担心你，凯茜。”

“我才担心你呢！我的理由可要充分得多！”

“你是否已经准备好告诉我，我们为何要一起吃这顿昂贵的晚餐？”

她深吸一口气，慢慢呼出，然后盯着我的眼睛，神情十分严肃：“我想和你一起办一个案子。一个特殊的案子。我要做你的搭档。我总提这样的要求，可你总是搪塞……”

“因为你的准备还不够，”我尽量让自己的语调平缓、理性，“凯茜，自打我将你从那栋想要把你吃掉的房子里救出后，你已经把自己调整得完全适应了夜城的生活。但是，你对夜城的态度还不够认真。你还没有培养起那些在处理真正的案子、遇到各种紧急情况时所需要的敏捷与才智。有些东西能够将你吞噬，包括你的肉体和灵魂。大多数时间我让你一个人待着，是因为你选择了与我共事。我的名声保护着你。但要是真的投身战斗，坏人们会毫不犹豫地通过威逼你来起到攻击我的作用，或者至少会分散我的注意力。”

“我可以照顾自己！”凯茜生气地说。

“没错，你敢不顾一切地投身那些夜总会，而我在没有后备援军的情况下却绝不敢踏足。可是，你却没有足够的经验来分辨出自己是否被戏耍或引诱。”

“可我看清了里奥·摩恩呀！”

“凯茜，每个人都知道里奥·摩恩。而我说的是那些大人物，那些强大的统治人物。他们热衷于玩自己的那些小心思的游戏。更重要的是，你从来没有被迫杀过人。和我一起干活儿，很有可能必须开杀戒，只有这样才能保住你的命，或是说我们的命。你觉得自己做得到吗，说真的？”

“我不知道。”凯茜回答。

“你当然不知道。没人知道，直到他面对生死存亡的状况。在那之前，谁也不知道自己是否有能力杀人。杀人是一件永远改变人心的重大事件。在杀害他人性命的同时，你也等于杀死了自己内心的一部分。在那之前，你想要和我一起处理案子，真正的案子，都太过危险，因为说不清楚事情何时会变糟。”

就在这时，一大群从看不见的厨房里逃窜出来的旅鼠打断了我们的谈话。它们开始了一次大越狱，成群结队地扫过这片开阔地，如同涌起一层毛皮组成的浪潮，食客们惊声尖叫，纷纷抬起脚。旅鼠们爬上桌椅，甚至蹿上一些低矮的树干，然后按照旅鼠古老的方式纷纷跃向空中。凯茜和我为它们打气加油。

“瞧，那一只带了个降落伞！那一只像个滑翔机！加油，小东西，加油啊！”

很快，一切都结束了。旅鼠们蹿入周围环抱的丛林中，尖声欢唱着胜利的歌曲。客人们重新坐了下来。没有人从那看不见的厨房里冲出来追旅鼠。这些东西一直都被列在菜单上，旅鼠不会存在断货的问题，因为它们每天都好像没有明天一样，不停地繁殖。对很多旅鼠而言，的确没有明天。

凯茜和我继续研究菜单，那只巨型企鹅则在一旁抖着脚盯住我们，它的一只眼睛稍稍抽搐了一下。

“别点渡渡鸟肉排，”我奉劝凯茜，“只有游客才会吃它们。不管这周他们又用哪种调味料来掩盖渡渡鸟的味道，吃起来一定还是很糟。你觉得……大鹏鸟蛋煎蛋卷怎样？来四个。不要？好吧，煎蛋卷里边总会混杂些乱七八糟的内脏……新鲜的狮头羊身蛇？烤猛犸象，总是大份。要么来点九头蛇？”

“不，”凯茜说，“希腊食物不合我的口味。”

考虑很久后，我们最终决定来点龙肉夹饼（当然，是炭火烤制的那种），另外还有美味健康的沙拉，甜点是傻笑猫冰激凌。我们刚把点菜单交给服务员，热气腾腾的食物便已经送到，是由另一只巨型企鹅用推车送来的。这只企鹅的身上别着一枚名牌，上边写着：“嘿！我的名字是……游客滚蛋。”我相信里克厨房里一定有个先知。两只企鹅将食物端上桌，并同时不屑地哼了一声。我握着那枚银麒麟角，偷偷测试了一下我和凯茜的菜肴。

“没有投毒的迹象，”一种高傲的声音在我脑中说道，“但是热量不足，味道也太咸。你不是在减肥吗？”

我将麒麟角收好。真讨厌那些多嘴多舌的幻象。只要给它们一份稳定的工作，它们就自以为成了你的母亲。

凯茜和我默默地吃了一阵子。龙肉很鲜美，有浓郁的烧烤味。旁人的低声交谈在我们周围继续着，人人都显得彬彬有礼。当龙肉夹饼和一些沙拉已成为美好的记忆后，我们靠在椅背上，满足地等待餐后甜点。当然，点心很快便上来了，企鹅服务员麻利地收拾走用过的餐盘，一把将账单拍在桌上。账单里没有包含服务费，它们不敢收。服务员离开后，我探过身子，悄悄对凯茜说：

“凯茜，有一件事，你一直比我做得好，那就是你了解每种事物的最新潮流。看到那边桌旁坐的那位身穿深蓝色服装、扎着校友领带的绅士了吗？那到底是什么鬼打扮？”

我所说的那个人额头上有一个清晰可见的洞，这个洞穿过他的大脑，从后脑勺出来，基本上就是在头上穿了一个可以看穿脑袋的大洞。不过我尽量不去看。

凯茜看了一眼，嗤之以鼻地说：“终极穿环术。这种造型的设计思想是，从额头上穿洞来扩大头盖骨上的骨盘，给脑袋扩充更多的空间，进而达到变聪明的效果。这种新时尚只不过接受了逻辑推衍得到的结论。就我个人而言，更愿意坚持喝补脑液。不过，那些东西也没有用，但它们带来的痛苦比这小得多。”

“依我看，决定不在自己头上钻洞才是相当聪明的表现，”我尽量神情自然地说，“真好奇，风钻过那个洞的时候会不会吹奏出音乐来呢？要么……或许可以从那个洞里抽出一根线——神经丝线！有助于去除那些难以理解的思想！”

凯茜咯咯笑了，差点被口中的点心噎到。她将冰激凌浸没在一大杯免费蓝酒中。里克附送的这瓶酒已被凯茜喝得所剩无几，我却滴酒未沾。凯茜将酒精视为另一种食物。我点了杯可乐，并且坚持原味。服务员为了报复，拿过来的时候居然往可乐杯里放了一根吸管，这个浑蛋。

忽然，空地上所有的谈话声戛然而止，丛林里传出的那些动物鸣叫也偃旗息鼓。整个世界如同屏住了呼吸。只有一种轻柔的声音，就像微风轻拂发出的谐音，命运女神大踏步地从丛林之中飘然而出。她身材苗条，气质端庄，一举一动中透露出优雅。她身穿一袭修长、闪亮的银色晚礼服，与她炯炯有神的眼睛交相呼应。她拥有细腻的东方人特征，长长的黑色直发，樱桃小嘴。她盯着我，展露出一个令人死而无憾的微笑。她如同梦境一般，穿越丛林的黑暗，径直向我走来。被她甩在身后的那些花草树木若非百花齐放，就是当场枯萎，有的甚至边开花边枯萎。她所到之处，所有餐具都变成黄金。有个盲人因为她的到来而重见光明，也有个男的两脚一伸，当场因为心脏病发作而死去。突然之间，里克餐厅所有人的手中都多了一个苹果。

人人都笑容满面地迎向命运女神，伸手想要触摸她，不过全都落空。有人转过脸去，有人向她施展魔咒。她极度冷静，丝毫不去理会那些无礼的举动。人们四下张望，想要弄清楚她是来找谁的。通常，命运女神现身要找的人要么即将鸿运当头，要么很快便会厄运不断。虽然常有人召唤她，但当她

真的屈尊降临时，又很少受人欢迎。接着，她在我的桌前停了下来，其他人心里的石头终于落地，可以轻松呼吸了。

命运女神没等我招呼便在我对面坐下，她身下的那把椅子也不知是从哪里冒出来的，就那样恰到好处地出现了。她对凯茜笑了笑，凯茜也傻傻地回以惊讶的笑容。接着，命运女神将全部注意力放到我身上。此刻我已极度警惕，随时注意我跟凯茜身上或周围环境有没有突然改变，不过命运女神似乎不喜欢炫耀自己的本领。但我没敢放松，因为最美的幌子下往往隐藏着最危险的事物。我知道自己拥有很多魔法，包括一些甚至不为我自己所知的东西，但面对像命运女神这样强大的人物，我是毫无抵抗力的。因此，如果自己拿不准，那就先装腔作势。我向她报以我自认最自信的笑容，勇敢地迎上她那冷静的银色目光，心里强烈希望自己能平安无事。凯茜忽然失去了令人目眩的魅力，看样子正准备藏到桌子下或是躲进我的口袋里。她明白过来自己遇到了真正的噩兆。引起神对你的注意，通常不是个好主意。我用眼神告诉凯茜别担心，然后将精力放在命运女神身上。

“我并没有召唤你。”我小心翼翼地说，只想打破恐怖的沉寂。

“是的，你没有，”她用轻柔而有些颤抖的声音说，我感觉像是自己身上的痒处正在被什么尖锐无比的爪子抓挠，“是我来找你的，约翰·泰勒。我想请你替我办件事，代表我处理一个复杂的问题。我希望你能为我调查清楚夜城的真实起源。我希望你弄清它是从何而起，如何而起，还有最重要的是，它为何存在，目的是什么。”

我目瞪口呆地坐在那里愣了好一阵子，彻底迷惑了。我一直希望某天会有某人雇我调查夜城的起源，这在我职业生涯中或许算是最伟大的案子，但万万没想到事情会在这种情况下发生。这其中一定有猫儿腻，天底下从来没有这么好的事情。比方说，为什么像命运女神这样的强权主宰会需要我这种普通人类的帮助？我把自己的疑问说了出来，而且尽可能更礼貌地措辞。命运女神再次用她炫目的微笑震撼着我。她那尖锐的牙齿闪着金色的光芒，就好像沐浴在阳光之中。

“我想知道，为什么在夜城，各种可能性总是不在我的掌控之中；为什么那么多事情，不管是好的还是坏的，都在这里成为现实。或许这里受到过诅咒，如果是真的，那又是谁干的，为什么要这样做？我想了解这些事情。假如我明白了夜城的起源，或许我能更好地按照自己的角色需要操控这里，毕竟我的角色本该如此。”

我不慌不忙，若有所思地看着她。命运女神属于瞬态生命之一，具有物质人形的抽象概念或意识。她拥有骇人的超凡力量，但却受制于她的具体化身。通常她很长一段时间才会现一次身，可这里毕竟是夜城。就像其他每个权力与主宰一样，她的出现总是带有目的性，而且她的个性以极端善变而闻名。

“我并非你第一个找的调查人，是吗？”最后我说道。

“当然不是第一个。几个世纪以来，其他许多人都拥有了为我办这件事的荣耀，但都以失败而告终。或者至少可以这样说，他们中没人能回来告诉我离成功还有多远。但我的性格使我绝不放弃。我总是在寻找下一个有希望的……”

“笨蛋？”我说。

她再度亲切地向我露出灿烂的微笑：“但你不同，约翰·泰勒。我对你的成功寄予很高希望。毕竟，你能找到任何东西，不是吗？”

我想着她说的话，在她等待的时候，我从各个角度考虑着将要面对的问题。当有些事情看上去美好得不像真的时，那几乎可以肯定这不是真正的好事，尤其是在夜城。命运女神耐心地坐在我对面，宛如一只晒着太阳的猫。凯茜已将自己的椅子尽可能往后退，只差没坐到邻桌去，从她不悦的神情可以明显看出，她不希望我跟这个案子，或是跟这个客户扯上任何关系。但如果我连这个险都不敢冒的话，我便不会重回夜城。于是，我向命运女神缓缓点头，装出一副了然于心的样子说道：

“为数不多的那几个公开宣称自己了解夜城真实起源的人，似乎铁了心要保守他们的秘密。知识就是力量。这些人都是些强权主宰的大人物，拥有跟你一样强大的实力。在应对我的打扰和威胁时，他们恐怕不会表现得多客气。”

“你从来没有因此而退缩过。”命运女神甜甜地说。

“没错，”我说，“但我还是想弄清楚：既然你那么渴望弄清楚一切，为何不亲自去寻找答案呢？”

命运女神略微点了点头，承认了我问得对："我不像人们想象的那样去直接插手世间事。我的角色需要我保持……神秘感。我喜欢在远处操控，希望通过那些……无知的小人物帮我操控命运。"

"也就是可以拿来牺牲的小人物。"

"也可以这样说！"

我皱起眉头："我从沃克那里承接了很多类似的工作。你为何选择我，有什么特殊原因吗？"

"因为你没有毁灭那只蝴蝶，或者试图将它据为己有，而是放其自由。"

"好心总是得不到好报。"我说。

"请你工作要怎样的价码？"命运女神说，"接这个案子你想要多少？"

"你有多少？"

她的脸上忽然露出一丝猫将老鼠堵在墙角般的笑容："约翰·泰勒，我要给你的东西远比金银值钱得多。我知道你的母亲是谁。只要你为我找到我想要的答案，我就会告诉你。"

我向前探出身子，能感到自己的声音变得冰冷不悦："告诉我，现在就告诉我。"

"很抱歉，"命运女神完全不为所动地回答，"天下没有不劳而获的事情。"

"我能让你告诉我。"我说。

人们开始起身离开座位，纷纷后退。凯茜似乎也想退却，但忠诚促使她原地不动。命运女神对我的话不屑一顾，轻蔑地笑了起来。

“不，约翰·泰勒，你做不到。因为你和我一样，受制于自己扮演的角色。”

我坐回椅子，忽然感到十分疲惫。凯茜瞪大眼睛看着我：“难道你要接这案子吗？”

“我必须这样做。我和她一样，迫切地想要知道夜城的起源。”

凯茜又瞪着命运女神：“你至少会在约翰为你工作的时候，赐给他一些好运吧？你让他做的事情是那么多。”

“如果我让自己公开站在约翰·泰勒这一边，”命运女神说，“我的同类就会公然出面对付他。你也不想事情变成那样，对吧，约翰？”

“不，我当然不想，”我说，“你们这种人即使在夜城也太强大，太怪异。但是……我能否说自己是在为你工作？那样的话，能提升一点我的威信，甚至有可能让我进入某些比较麻烦的场所。”

“随你的便，”命运女神回答，“但我不能，也不愿直接介入你的调查。”

我露齿而笑：“我要问询的那些人不会知道这一点的。”

“那么这个任务就交给你了，”命运女神说，她优雅地站起来，略微欠身，“可别把性命给丢了。”

她突然消失了，就那么一转眼的工夫。她刚才站的地面冒出一股清泉。我想里克不会在意的。就我对他的了解，他或许利用这道清泉作为梦幻餐厅的一处新特色。围观的人们直到这时才终于松了口气，纷纷坐回原来的位置。小声的谈话声再度开始，其间夹杂着许多向我瞥来的目光。有些人动手往自己口袋里藏那些变成黄金的餐具，企鹅服务员赶来加以制止。里克才不会让这些小伎俩得逞呢。

“我已经决定……不插手这件案子，”凯茜说，“我几乎完全可以确信自己有某些紧急的文件需要回办公室处理，我想我该回去了。”

“我知道。”我说。

“但你还是不会打算独自一人做这件事吧，对吗？你肯定会去寻求支援，强大的支援。射手苏西怎么样？或者死亡男孩？还是剃刀艾迪？”

我摇了摇头：“都是不错的选择。不幸的是，霰弹枪苏西还在追踪肥猪大屠夫，看样子还得持续一段时间。死亡男孩正跟一名北欧女孩打得火热，大概也不想蹚这趟浑水。至于剃刀之神，他目前正在诸神街忙着干一桩不可告人的勾当，虽然我不知道是什么事情，不过一定特别烦人，因为有些神灵都跑出来哭喊了。他们都没时间，但我脑子里已有了其他适合这个案子的人选。我想，我得去找找狂人，然后可能再一起去找一个叫‘罪人’的人。”

“你还不如现在就对着自己脑袋开上一枪，一了百了。”凯茜说。

3

魔法三剑客

我走出餐厅，来到夜城的街道上，去寻找一名真正的占卜师。世上总有很多人不愿被发现，尤其是在夜城。我不想使用自己的天赋，除非是在十分紧急的情况下，因为我的敌人们会在我开启天眼的时候追踪到我，他们依然期盼我死。每当我打开天眼，就会在黑暗中发出耀眼的光芒。幸运的是，夜城里从来不乏那些有能力找出秘密的人（有的说不定也不是人）。有些人宣称了解过去、现在和未来的秘密，但绝大多数人只是为了赚钱。至于少部分真正有能力的人，却又不轻易相信人。在夜城，骗子永远大行其道。所幸的是，作为成功完成一件案子的报酬，我曾经得到过一个占卜师的地址，他是那为数不多的沦落在夜城这个精神污水池里的诚实占卜师之一。在百年的岁月侵蚀之下，这位占卜师变得行为古怪，爱八卦且口风不严，但我想这是干他们那一行人的通病。

我离开上城区，前往古老的城镇大道，这条街的两旁全都是各式各样的商店，以华丽的建筑和精美的包装为卖点，是个罪恶大量滋生、诱惑应接不暇的地方。简而言之，我要去的是夜城唯一一家大型购物中心。大量外来世界的品牌店和专卖店很难在这里立足扎根，因为夜城的居民比较偏好冷门的产品。不过还是有例外的时候，财富商业中心有来自所有时空的商品经销商与快餐连锁店。常言道，太阳底下没有新鲜事，这句话对于从来见不到太阳的夜城而言，并不适用。

我踏入宏伟的财富商业中心入口，享受着没有人看到我就往出口方向逃离的自在感。财富商业中心是我能将自己视为平凡大众的为数不多的几个地方之一。来自不同时空的购物狂在这里齐聚一堂，寻求刺激和堕落，享受千载难逢的讨价还价之乐。人们穿着各种不雅的服装，用各种不同的语言和暗号彼此打招呼，欣赏着别处找不到的商品，将整个购物中心挤得水泄不通。每个店铺都有闪亮的招牌，它们的橱窗里都摆满奇珍异宝。数不清的店铺比肩接踵地填塞在同一个购物中心，似乎是要将内部世界变得比外边还要庞大。显然，为了容纳下其中所包含的商业机构，这里的空间已经膨胀了。

招牌与商标自四面八方涌来。不管全新的还是二手货，应有尽有，当然还有血液银行（自动捐血，请大方一点，别逼我们找上门来）。

在购物中心的中心位置，有一口老式许愿井，大多数人都无视它的存在，匆匆忙忙从它旁边经过。这口井是其貌不扬的传统石造圆井，周围长了一圈低矮的青草，井口上方是红色石板搭的平顶，生锈的铰链上挂着一只水桶。井边有块招牌，写着“请你投入一枚硬币许下心愿”。换在别处，这只是一个供孩子们玩的玩笑罢了。但这里是夜城，任何玩笑都可能成真。大多数占卜师一开始也都是别人眼中的笑话。但我要找的这个特殊占卜师有着准确预测现实的良好记录，他知道某样东西接下来将会出现在何处。我认为现在这个时代，一技之长就是一切。我斜靠在水井石墙上，不经意地环顾周围。没有人注意我或是这口井。

“你好，占卜师，”我说，“我该怎么做？”

“你绝对意想不到，”从下方深处传来一个低沉冒泡的声音，“噢，匆匆的行者，为我投入银币，作为对你的祝福，我将回答你的任意三个问题。第一个回答明确但毫无用处，第二个隐讳却准确，而第三个则是黑暗中的一柄利剑。你投入得越多，收获也越多。”

“别跟我废话，”我说，“我不是游客。我是约翰·泰勒。”

“噢，真该死，你又回来了，是吗？”占卜师的声音中显然带着些怒气，“你很清楚，只要你一出现，我就会头痛。”

“你根本没有头。”

“完全正确！是你这种人坏了我们占卜师的名声。你想做什么？我很忙。”

“忙什么？”我有些好奇。

“相信我，你现在不会想知道的。如果你的井壁布满青苔，作为智慧之泉，你认为这是件很轻松的事？你想要做什么，泰勒？”

“我在找一个叫狂人的人。”

“噢，我的上帝，他比你还讨厌。他能让我的胃翻江倒海，如果我有胃的话。想得到答案，你得花上些钱。没有白给的信息，这是规矩，别怪我，我只不过是在工作。当对我的诅咒最终消散，我会飞快地离开这里，快得让你眼花缭乱。”

“好吧，”我说，“要得到一个直接的答案，得多少滴血？”

“只需一滴，这可是对你的优惠，可爱的王子，”占卜师说，他的声音忽然变得逢迎起来，“当你走进你的王国时，一定要记住我。”

我朝水井中的黑影俯瞰：“你一定听说了什么。”

“或许有，或许没有，”占卜师自鸣得意地说，“你最好在我涨价之前赶快付账吧。”

我用一枚大头针在拇指上扎了一下，朝井里挤进一大滴鲜血，可以听到一阵轻柔、恶心、心满意足的动静。

“你可以在克拉普旅店找到狂人，”他说，“就在附近。在那里你得提高警惕，不要跟陌生女人说话。现在就请滚蛋吧，我的脑袋都快开裂了。好日子已经不多啦。”

克拉普旅店位于一整排油漆斑驳的建筑物之中，而这排建筑都已经很多年没有重新粉刷过了。我一只手推开门，心想真不该忘了戴手套。我大步迈进大厅，装出一副建筑检修员或是其他某种有正当理由来此的人的样子。大厅和我想象的一样污秽不堪，地毯踩在脚下吱吱作响。几个性别不明的人在我进入大厅的时候放下手中的八卦杂志朝我看来，不过在认出我的身份之后，目光立刻转向别的方向。

我不太清楚狂人在这种地方干什么。我想他已经不再关心诸如享乐之类的健全人的日常琐事。但话又说回来，哪个地方对他而言都差不多。这里也是个不错的藏身之地。除非的确有事，不然一个正常人是不会到这里来的。

我向躲在铁窗后面的旅店员工走去，两个精灵为我让路。她们浓妆艳抹，瞪大眼睛打量着我。她们的翅膀看起来有些皱皱的，不过依然散发着魅力。我笑了笑，对她们摇了摇头，发现她们被拒之后的反应居然是松了一口气。天知道我的名声传到这里后已经变成了什么样。

“我不回答问题，”旅店员工刻板地说，“哪怕你是声名远播的约翰·泰勒，也不能逼我回答任何问题。我什么也没看到，什么都不知道，这是我的职责所在。你吓唬不了我的，比你厉害的角色我见多了。再说，这扇铁窗被施有魔法、下过诅咒，并且还通了电，所以不要打什么歪主意。”

“可我已经在这里了，而且我是来帮你忙的，”我笑容可掬地回答，不让他的态度影响我的心情，“我要带狂人离开。”

“噢，谢天谢地！”店员的态度立刻发生了改变，他向前探过身子，脸上忽然带了些恳求的意思，让人觉得有些可怜，“请带他离开这里吧。你就不知道，有他在，一切都被弄成什么样子了。尖叫，哀号，腥风血雨。房间里乱七八糟，所有的房门忽然打不开。我的胆量已经不如从前，他害得我们的旅店声誉扫地。”

“我倒是觉得，在这一地区，这并非什么坏事。”我说。

“把狂人带走吧。求你了。”

“我们会感谢万分的。”一个精灵边说边凑到我面前。

我很有礼貌地谢绝了她的好意，旅店员工告诉了我狂人所在的房间号。电梯是坏的，于是我走楼梯。光滑的石砌台阶没有安装扶手，墙壁被刷成暗淡的灰色。我在很远的距离之外就可以感觉到狂人所在的房间，犹如一头狂野的猛兽，静静地躲在角落等待猎物上门。随着我慢慢接近，不舒服的感觉也越来越严重。当我踏上二楼走廊的时候，心中不禁涌现出一股即将去看牙医的恐惧，而且还是个会带来坏消息的恐怖牙医。气温急剧下降，呼出的空气在我面前凝结成雾，心跳也不受控制地开始加速。我在空荡荡的走廊上缓步而行，身体微向前倾，似乎必须突破一道看不见的压力才能前进，脑子里本能地高声尖叫：在还来得及时，赶紧离开。

我在门外停下。门上的号码跟店员告诉我的一样。不过即使他没有告诉我，我也能找对地方。这个房间犹如让你在午夜惊醒的痛楚，让你想到诸如“肿瘤”和“毒药”之类的可怕字眼。我仿佛看到了某个心爱之人的死亡，或你所爱的人亲口说她将离去，投入别人的怀抱。这个房间如同恐怖和悲剧，似乎正缓慢地将我一生的信仰通通从体内剥离。只不过这一切都不是那个房间在作怪，而是因为狂人的存在。

我不知道他的姓名，他真正的本名。我甚至觉得他可能根本没有名字。名字代表一个人的身份和历史，狂人很久以前便已将那种东西抛在脑后。现在的他是一个愁容满面、极度危险、令人困惑的男人，与现实世界之间维系着一种非常微弱的关系。至于当初让他疯到无可救药的原因，则是夜城之中一个家喻户晓的故事，同时也是最令人毛骨悚然的故事之一。

时光回到20世纪60年代，狂人是一个脾气古怪的巫师，是美国国家航空和宇航局的首席科学家蒂莫西·利瑞的顾问。他是一个天才，名下有很多专利，对知识有着强烈的渴望。到了20世纪60年代末，他将自己的研究领域由物质空间转到人类的精神世界，开始涉足玄学及数学本质理论。他研究多年，探索着极度隐晦的神秘现象，试图摒弃人类受限的感官与心智，找出一种能够看穿现实世界的全新视角。

不知怎的，他变得能够看透那些我们生活在其中的舒适假象，能直接面对隐藏于已知世界之下的完整景象。不管他在那短暂的永恒里看见了什么，他的理性都已经在那一瞬间完全崩毁。或许是因为完整的现实比我们所认知的恐怖许多，也可能是更加美好。不管是恐怖还是美好的景象，那景象都同样令人无法承受。现在，狂人整日生活在幻象中，而且从不在意任何事情。他与我们的区别在于，有时候他能控制自己所处的幻觉。不过有时候，幻觉会控制他。

与狂人相处是极端危险的事，因为他不相信自己在现实中看到的现象。对他来说，所有的一切都是幻觉。在他周围，世界追随他的幻想与希望、他的恐惧与怀疑，现实通过自我重组来跟上他跳跃的思维。这可能有益，也可能让人困扰，有时甚至很恐怖，因为对他而言，所谓的伙伴与朋友也可以是幻觉的一部分。他甚至能够在你没有意识到的情况下改变你的个性或你的过去。那些胆敢把他惹急的人往往会被变成别的东西——惨不忍睹的东西。因此，大多数人会任由他去他想去的地方，做他想做的事，这会相对安全些。幸运的是，狂人想做的事情并不多，而想要利用他去达到个人目的的人通常也没有什么好下场。

此刻，我正站在他的门口，忍不住呼吸急促、大汗淋漓，想办法鼓起足够的勇气伸出紧握成拳的手去敲门。自从上次面对异教徒杰西卡·索洛以后，我还从未这么胆战心惊过。至少我还拥有一件可以对付杰西卡的武器，如今却只能见机行事。不过，我也不是全然无助，因为每当狂人不爽的时候，就会自动发出警告讯息，不知道为什么，狂人的身边随时回荡着反映他心情的背景音乐。只要仔细聆听，就能够察觉他的情绪变化。

我站在门前，举起手来准备敲门，感觉就像是站在一个大火炉或是黑死病看护所外面一样，敢开门就必须自行承担后果。我深吸一口气，轻轻敲响了门，清晰有礼地报上自己的名字，然后推开房门，走进狂人的房间。不知何处传来《人

$\Delta G = \Delta H - T\Delta S$
$3Fe_2O_3 + CO_2Fe_3O_4 + CO_2$
$Ar\,3d^2 4s^2$

们都在对我说话》的歌声。

房间内部的空间比外表看来大多了，只不过空间的形态十分诡异，似乎存在太多不确定的因素。我本来以为会看到一个肮脏的小房间，但如今眼前却是一间豪华大套房，有大床、古董家具，以及各式各样精美的装饰。整个房间笼罩在闪烁的光芒之下，所有东西的细节全都不太对劲。地板跟墙壁之间并非直角，天花板更是倾斜得难以形容。至于刺眼的光源来自何处，则是完全看不出来。所有东西在我目光移开之后立刻转变形体。地板确实存在，但是我却有一种站在悬崖边缘的感觉。房中的声响都深沉而悠远，似乎我已潜入水底。我静静地站着不动，集中精神思索我为何来此，因为我有一种感觉，好像只要稍稍丧失对自己的控制，哪怕只是在短暂的瞬间忘了自己是谁，我就有可能灰飞烟灭。

这也是人们不愿靠近狂人的原因所在。

他正躺在大床上，眼里流露着不屑与迷惘。他是个矮小却很结实的家伙，蓄着浓密的灰色胡须。这时他突然坐起身子朝我看来，两眼之中仿佛没有焦点，但却又透露出一种狂野与绝望的神色。看上去，他似乎疲惫而忧伤，就像一条无缘无故受到惩罚的狗。他还是那身打扮：黑色 T 恤搭配邋遢的牛仔裤。衣服这种无关紧要的东西，对他而言根本没有任何意义。当然，他也绝不会去洗衣服，这从他身上散发出的味道就可以判断出来。

房间的墙上都写满了一排排字迹潦草的数学公式。显然狂人所到之处，这些方程式就会自动出现，而在他离开之后就会立刻消失。从来没人看出过这些方程式的奥妙，或许这是件好事。狂人看着我身后的某处而我并没有随着他的目光回头去看。无论他看到的是什么，我都相信自己绝对不愿意看到。过了一会儿，狂人将目光移开，我稍稍放松了一点。我的出现使他的心情有所变化。在我们四周，房间正随之发生改变。角落里的阴影正在聚拢形成一股深邃无比的黑暗，其中隐藏着某种蠕动的东西，似乎是童年噩梦里面的骇人怪物。

“你好，狂人，”我用冷静平淡的语气说，“我叫约翰·泰勒。还记得我吗？我们在陌生人酒吧和止血带俱乐部见过几次面。我们有个共同的朋友，剃刀艾迪。记得吗？”

“不记得，”狂人用低沉喘息的声音哀伤地说，“不过，我很少记得什么人，因为这样更安全。但我认识你，你是约翰·泰勒。噢，是的，你是个很危险的家伙，充满仇恨。我想，如果我真的想起了你的话……说不定我会被吓坏的。”

狂人这种角色都会怕我，这让我自己也感到害怕。我将这个想法放到一边，专心面对眼前的情况。我到底要如何才能让这段谈话顺利进行，并且说服狂人跟我一起去调查夜城的起源呢？

“我准备调查夜城的起源，”我说，“希望你能帮我。或许在调查过程中，我们会碰到能够帮助你的人。”

“没有人帮得了我，”狂人说，“我自己都帮不了自己。”他侧过头去，像只小鸟一样斜眼打量着我，“你为什么要找我帮忙，约翰·泰勒？”他似乎展现出少有的理智，于是我趁着这个机会继续劝说。

“我将会面对一些比我强大许多的对手，”我说，“所以我想带你一起去可以困住对方，或许你只需躲在背后即可。”

“这挺有意义，”狂人几乎像正常人一样点着头，“好吧，我跟你一起去。我好像已经躺在床上沉思了好几个月，自己也觉得有些厌倦了。没错，我会跟你一起去。我一直都想找点事做，让自己分心，以免老是去想一些……不好的事情。其实我比你还要害怕我自己呢。走吧。”

他摇摇晃晃地下了床，动作中散发出一种诡异感。他站起身，我这才发现其实他和我差不多一样高，不过似乎比我重很多，仿佛走入真实世界里他就突然变得更重了一样。此时，墙角的阴影退却了。狂人走向门口，我跟着他走出房间，不敢再回头张望。这时他的背景音乐转变成一首以萨克斯管为主乐器的爵士曲调。

趁着关门时，我匆匆地看了看房间内部，发现里面已经变回原来的小房间，阴暗肮脏，布满灰尘跟蜘蛛网，显然已经很多年没有人住过了。有什么东西躺在床上，它开始起身，我重重地关上门，退了出去。狂人站在一旁耐心地等着我，我领着他下楼走进大厅。我们在大厅一现身，所有人通通躲了起来。我跟狂人来到夜城的街上，一起去找那个叫罪人的家伙。

罪人是夜城中另外一个家喻户晓的人物，在他身上发生过的传奇故事与悲剧就跟狗身上的跳蚤一样多。罪人早年的事迹已不可考，只知道有一天他突然决定要将灵魂卖给魔鬼。他仔细地研究所有相关细节，做好了万全的准备，然后将撒旦从地狱中召唤出来。不是什么低等恶魔，也不是什么堕落天使，而是上帝的宿敌——撒旦本人。历史跟文学名著里都不断地告诉世人这种行为有多愚蠢，但是罪人显然对自己的能力很有信心。他召唤了撒旦，令撒旦化身为讨喜的形象，然后说他自己想要出卖灵魂。当撒旦问他想要用灵魂换取什么的时候，罪人回答道："真爱。"撒旦迟疑了，因为真爱并非撒旦所擅长的领域。然而罪人坚持只要真爱，撒旦又没道理不做他的生意，于是……一张以鲜血签下的合约就此诞生。罪人以自己的灵魂为代价，换来的就是能跟自己的梦中情人度过十年的欢乐时光。

撒旦说道："在这个时间前往那个酒吧，梦中情人会在那里等你。"说完哈哈大笑，然后就消失了。罪人在指定的时间前往指定的地点，真的就遇上了他的梦中情人。他俩互相倾慕，坠入爱河，很快便结为连理。他们一起快活地生活了十年。接着，时限到了，撒旦在最后一晚的午夜时分从地底现身，前来收取罪人的灵魂，要将他带往永恒苦难的地狱。罪人在撒旦面前点头说道："能够体会到真爱，一切都很值得。"然而撒旦却告诉他："你被骗了。你的梦中情人根本不是人，她是我的手下，是我派去引诱你的女恶魔。她只是假装关心你而已。在你之前，她关心过无数个男人了。"罪人道："又有什么关系呢？我爱她，而且我将会永远爱她。”撒旦耸耸肩，取走了罪人的灵魂。

于是罪人成为地狱中唯一保有真爱的灵魂。不管爱人的真相如何，不管在地狱之中受尽多少折磨，他始终顽固地相信爱情。由于整个地狱里的气氛都因他而改变，撒旦实在不能容许这种灵魂的存在。最后，撒旦只好将罪人赶出地狱。由于罪人曾与魔鬼订约，所以当然也没有资格上天堂。

在天堂跟地狱都容不得他的情况之下，他就只好来到夜城，不死不活，永远地行走在霓虹闪烁的街道上。这就是罪人的故事。

尽管罪人待人十分友善，但是大部分的人都不愿意与他亲近。由于并不算真的活着，所以他没有影子；又由于无法再死一次，所以任何攻击对他都没有什么作用。如今的他不管犯下什么罪行都无须害怕惩罚，因此，他对自己有严格的道德要求。只有当他认为迫不得已时，才会做出骇人听闻的事情来。善与恶的观念在他身上已经不适用，他已经超脱这种世俗的判断了。大部分的时间里他都不会去管别人的闲事，不过如果有人胆敢惹他的话，通常都会死得很难看。一个在夜城广为流传的说法是：如果他能做足够多的好事或者坏事，便能再次跻身天堂或地狱。至于到底选择哪一边，决定权依然在他手中。

我前往罪人最常出没的地方——普罗斯帕罗与麦克·史考特图书馆。我先打了电话过去以确认罪人在那里。电话那头的图书馆员对我说："喔，是的，他在这里。另外，如果您要过来，泰勒先生，可不可以请您顺便把我们仅存的科学怪人男爵的《我行我素》带来归还？这书已经超期很久了。"我含糊不清地说了几个字，然后赶快挂上电话，顺便想了想上一次看到那本书是什么时候。

虽然心存担忧，但我还是再次用起手机来。在夜城里拨打手机是很危险的事情，除了话筒里常常传来奇怪的声响之外，还有一堆来自其他空间的垃圾讯息。当然，最麻烦的是手机能够让人轻易追查我的行踪。只可惜这可恶的小道具太实用了，让人不想用都不行……既然凯茜跟我保证这部新款手机内安装了所有保护咒语，可以防止任何形式的入侵，那我也只好姑且信之。我每次必须使用它时，只能在心里祈求上帝保佑，并且抱着侥幸的态度。

我和狂人走进图书馆的地下室，最后在研究区的老位子上找到了罪人。他一个人坐在椅子上，面前的桌上摆满了好几摞大书，正专心地阅读着一本古老的典籍。

空气中弥漫着书籍的气味，看起来就像个文学迷宫一样。这里的照明良好，不会太过明亮。整个研究区到处写着"肃静"的标语，还有不少指示书籍主题的牌子，其中有些还标明"阅读的后果请自行负责"。不少学者坐在书桌后面，无视其他人的存在，犹如古时候的修道士一样专注于他们的工作。我穿越狭窄的书柜走道，笔直地朝罪人走去，狂人步伐轻松地跟在我身后。罪人在我们来到他身前的时候抬起头来，对我点了点头。他的个子不高，身材很结实，外表给人一种清爽的感觉，看起来就像是永远升不了职的公务员，其貌不扬，没什么特色，完全不会引人注目。但是当他的双眼朝我望来的时候，目光却突然炯炯有神，笑容中也透露出一丝不安的气息。

罪人似乎老早就在这里等我了。当他终于开口说话的时候，声音中流露出一种亲切有礼的感觉："好啊，好啊，约翰·泰勒。我有预感今天会见到你，所以就坐在这里读一本旧时爱读的书，等待你的到来。"

我看了看他面前摊开在桌上的书，是《圣经》。我转向罪人扬了扬眉毛。

罪人笑了："就像一位哲人曾经说过的那样，我要寻找漏洞。"

我们周围的人纷纷起身，收拢书籍纸笔，向出口走去。或许是因为狂人的出现，或许是因为我，或许是我俩加上罪人，这种阵容让人忍不住要担心害怕。说真的，我并不怪他们。研究区中只剩下几名顽固的老学究抱着他们的书本不肯离去。在夜城，只有心志坚定的人才能担任学者的工作。狂人在书堆中闲晃，所到之处所有书籍都浮现阵阵涟漪，无论外形与内容都产生了变化。我不禁想那些书里写了些什么，是毫无意义的胡言乱语？抑或是超乎想象的智慧与秘密？不管是哪种情况，我都认为还是不去碰为妙。

这时我的目光被一名外表甜美的年轻女子所吸引。她是个身材高挑的金发美女，身穿白上衣、黑短裙、长袜、素鞋，头上戴了顶小草帽，一副女高中生的打扮，手里捧了一大摞书，正从书堆中走出。她明亮动人，笑靥如花，美艳不可方物，任何人见到都要为她疯狂。她的一举一动都散发出自然清新的优雅气息，简直不属于人间。她的双唇有如玫瑰花蕾般诱人，双眼有如星际银河般深邃。我情不自禁地站直了身体，不过她却只是浅浅地看了我一眼，然后就从我身边走过，将手中的书放在罪人的桌上。这时我才发现狂人的背景音乐变了。

“请允许我为你们介绍，”罪人用他轻缓、耐心的声音说，“这位是我的女朋友，就是多年前我深爱的那位魔鬼女妖。我不知道在你们眼中的她是什么样子，因为她会以每个人心中最渴望的异性模样出现在别人眼前。”

我不敢肯定刚才看到的是否就是我心里喜欢的。我想我看过太多关于千变女郎的电影。我点点头，礼貌地向女妖报以微笑，她噘了噘嘴坐上罪人的书桌，露出修长的双腿。我实在好奇她在罪人的眼中究竟是什么模样。这时狂人向后退开一步，神情不悦地瞪了女妖一眼，然后又往一旁晃走。至于狂人眼中的她是什么模样，我就不那么想知道了。

“这些是你想要的书，西德尼，”从女妖的声音里可以判断出她很是不悦，“有什么别的需要，尽管开口。”

“她的名字叫美丽毒药，”罪人平静地说，“《死海古卷》中有几首关于她的诗很特别，不过没有一首是颂扬她的。在无数次与天堂的战争中，她曾经杀害过无数的天使；在对抗人性的战争里，她也以女妖的身份征服过数不清的男性。在她身边，你得注意自己的言行，千万不要背弃她。我深深地爱着她，可她毕竟是个女妖。顺便说一句——只有她可以叫我西德尼。”

我谦恭地向女妖点点头：“待在地狱之外的感觉如何？”

美丽毒药迷人地耸耸肩：“我无法相信会有凡人在知道我究竟是谁后依然真正地爱上我，渴望得到我。是的，那正是我的作用所在，将罪人送入永久的深渊，用短暂的声色娱乐夺走他不朽的灵魂。但是，像西德尼一样真正地爱上我，即使已经知道了真相，即使已经身处永恒的炼狱之中仍不改变初衷的事从来都不曾发生过。所以我从地狱走了出来，重回人间，和他厮守在一起。表面上我是以邪恶使者的身份而来，目的是要再度诱惑他的心志、腐化他的灵魂，以便魔鬼撒旦能正当地收回他的灵魂。可实际上，我回来是要和西德尼待在一起，来试着理解那种被称作……真爱的东西。”

“那是你的说法，”我说，“尽管你嘴里这么说，谁又能保证你真正的目的不是为了他的灵魂？”

她看着我，笑容依旧，但目光冰冷：“你可曾在爱人面前毫无保留地诉说心中的秘密？所有黑暗、深沉，连对自己都不愿承认的秘密？你可曾彻彻底底地与另外一条生命融为一体，即使面对永世不灭的地狱之火也不愿分离？我的西德尼愿意为我如此付出，只为了一个我从来不曾了解的理由。地狱里是容不下真爱的。如果有爱，那就不配称作地狱。我得知道为什么他对我会有那样的感觉。我得弄明白，即使我不知道为什么。”

“但是你爱过很多人。”我说。

“噢，没错，”美丽毒药说，“你无法想象有多少男人，但是他们对我来说都不值一提。他们活着的时候都大言不惭地说爱我，但是一旦踏入死亡境地，马上通通改口。他们可以为了逃离地狱而毫不犹豫地背叛我，对他们而言，我根本也不算什么。而西德尼……却与众不同。”

“美丽毒药是她的种族中唯一没有参与前一阵子夜城天使战争的女恶魔，”罪人温柔地说，“因为我让她别介入。现在回到主题，夜城是个谣言满天飞的地方，据说善变的命运女神雇用了你来调查夜城的起源。你真是结交了不少有趣的朋友呀，约翰。我必须承认自己一直对夜城的起源感到好奇。没猜错的话，你这次来是为了找我一起参与这项史上最危险的冒险，对吧？”

“完全正确，”我说，“有你和狂人在身边，或许最终我能活着完成这个案子。只是不知道你有没有空能暂时放下手中的研究。”

罪人合上《圣经》，不过手掌却不从封皮上移开。“我进入天堂的唯一希望便是积德行善，”他平淡地说，“而且要做惊天动地的好事才行。我认为在众多强者的夹攻之下保住你的性命，应该够资格称得上是这种等级的好事。”

“那我怎么办，西德尼？”美丽毒药问，“你不会抛下我独自上天堂吧，对不对？你明明知道我俩只有在地狱之中才能永远相依。”

罪人笑了，怜爱地拍了拍她的手：“我不会撇下你一个人上天堂的，因为没有你的地方便不是天堂。”

“亲爱的西德尼。”她探出身子，亲吻他的额头，用手指缓缓拨弄他的头发。

罪人坚定地盯着我：“如果我答应你的要求，和你一起去，那么美丽毒药也得和我在一起。我不能与她分开。”

“太好了。我还带着狂人，”我说，“火力越强越好。”

“我听说过这话，”狂人从书堆深处回答，“我不是火力。我是一种威慑。”

“关于夜城起源的真相已被隐藏很久，”罪人若有所思地说，“或许有什么充分的理由吧。大概是因为像夜城这种令人胆寒的地方一定有着一段极度恐怖的开始。几乎可以肯定，夜城的根源与腥风血雨和无尽苦楚有关。你一定能理解，约翰，我们要去揭开的秘密会对夜城里人们的安全与稳定造成威胁，所以我不能让秘密被公开。最重要的是，我会坚持不做有害的事情。你愿意接受这个条件吗？”

“当然，”我说，“我只把结果告诉我的客户，也就是命运女神。之后她会怎样利用得到的消息就是你和她之间的事情了。能接受吗？”

他点点头。我们相视而笑。不过我的笑容之下隐藏了些许的不安，我认为让美丽毒药跟来是很不明智的举动。事情已经够复杂了，实在不需要一个地狱来的女恶魔在我们背后监视。但既然罪人如此坚持，那我也就不得不答应，起码暂时必须答应。反正说不定之后也会有用得到她的地方。

“噢，亲爱的，”罪人忽然站起身说，“看来有坏事发生。”

我赶紧环顾四周：“为什么这么说？”

“因为狂人的音乐刚刚变得紧张而激动。”

他说得没错，的确如此。而在紧张的音乐之中，13名身穿西装的男子自四面八方现身，个个脸上充满自信，显然是冲着我来的。刚刚那些不肯走的学者一看，纷纷抓起书本以飞快的速度逃离现场。就连图书馆的员工也在顷刻之间消失得无影无踪。他们不想和接下来发生的事情有任何相干，而我一点也不怪他们。我认得这13个家伙，他们是沃克手下最著名的狠角色——传说中的“正义侠士”。之所以这样称呼他们，是因为沃克只有在对付那些惹得当权派极其烦恼的人时，才会派他们出来。

正义侠士外表都是很有教养的绅士，身穿昂贵的西装，搭配传统的领带，举手投足间散发出贵族般的高傲气息。有几个脸上露出轻蔑的表情，似乎出现在图书馆这种地方已经大大地降低了他们的身份一样。虽然他们看来像是一群上流社会的败类，不过我却一点也不敢小觑他们，因为所有正义侠士都是法力高强的格斗法师。他们的老大吉米·哈德雷在我面前停下脚步，瞪着我，目光中充满不屑。

吉米·哈德雷是个典型的势利鬼，蓝眼，冷漠无情，要不是那双斗鸡眼，他还算得上英俊。他有一头油亮的黑发，嘴角习惯性地挂着一丝冷笑。此刻他穿着一套上好的西装，戴着一副灰色的手套，因为他不喜欢弄脏双手。我跟他见过几次面，不过都是很久以前的事了。我们两个一直以来都看不惯彼此，主要是因为他把自己视为权力的象征，而我偏偏又将他视为臭气熏天的狗屎。现在，既然吉米·哈德雷跟这一群走狗通通出现，就表示沃克不打算对我客气了。吉米看了罪人、美丽毒药以及狂人一眼，然后挑起一道眉毛，示意他们离开。

“噢，吉米，”我说，“快教我如何只动一边的眉毛就做出那么酷的表情，实在太厉害啦。”

“泰勒，亲爱的孩子，”吉米慢条斯理地说，还是和原来一样无视我的幽默，“我就知道总有一天沃克会派我来抓你的。谁叫你一天到晚爱管不该管的闲事！不过这一次你似乎真的惹火了所有当权的大哥，就连沃克都决定要跟你翻脸了。你得跟我们走。只要你乖乖听话，我们就会温柔对你，不然的话，我们可是有权以暴力手段对付你的。猜猜看我们喜欢和平，还是暴力？”

他身后的正义侠士们咯咯笑起来，一个个都摆出一副懒洋洋的贵族姿态，用纤长的手指慵懒地比画着魔法手势。没有人天生就这么讨人厌的，这些家伙都是一辈子作威作福才会变成这种德行。不过，我依然不敢轻视他们。空气之中隐隐浮现魔法的能量，似乎随时都有可能爆发出来。格斗法师的力量足以与夜城中的强者抗衡，是一群极端危险的人物。我不敢掉以轻心，于是身体微向后倾，靠在一个书柜上，双手于胸前交叉，然后以冷酷的眼神回敬他们。如果我连这些自大的小混混儿都对付不了的话，干脆退休算了。我就算要败，也该是败在真正的强者手里才行。看到几名讲理之人脸上的笑容消失，我不禁在心中感到一丝快意。我可不是那么容易让他们的名声给唬住的，不过我倒是希望自己的名声可以唬住他们。

“很高兴又见到你，吉米，”我说，“你今天看起来气色不错。那么，当权阶级不希望有人调查夜城的起源吗？那真是不幸呀，因为我爱查什么就查什么，从来不需要当权者允许。如果今天只是我个人的兴趣也就算了，不过很可惜不是这么回事。今天雇用我调查此事的乃是命运女神本人，而这两位打算跟我一起去查的伙伴，分别是狂人和罪人。不用我说你也该知道，你们根本不是我们的对手。我建议你立刻滚回沃克身边，吉米，乖乖当个跑腿的小鬼，告诉他约翰·泰勒不会因为任何强权胁迫而停止调查此事。奉劝你尽快离开，免得我突然改变主意。”

几个正义侠士不安地换了个姿势，但吉米·哈德雷并没有畏缩。“一堆废话，”他咕哝着，“我从来都不相信他们谈论的任何关于你的传言，泰勒。你无非是个善于骗人的小败类罢了，而我们却有真本事。我们现在得用强制手段了，不要怪我们不客气，”他看了看罪人，“你别插手。继续看你的书，做你的学问。我们来这儿不是找你。”

罪人淡然一笑：“沃克应该派比你更加强大的人来才对，告诉你一个坏消息，要动约翰·泰勒就必须先问过我，因为我也想要调查夜城的起源。”

“退下。”吉米·哈德雷用冷酷的声音说道。

“在我所处的时代，我可见过比你吓人得多的东西，”罪人说，“滚吧，小鬼。趁你还有机会的时候赶紧跑吧。”

面对如此公然的挑衅，吉米苍白的面颊上出现了两道愤怒的红斑。他对着罪人比出神秘的手势，致命的能量在空气中噼啪作响。我认为已经到时候了，于是一脚踢向吉米的裤裆。他痛得眼珠子都快掉出来，忍不住捂住股间弯腰向前。只见美丽毒药跨出一步，双手一扭就将吉米的脑袋给扯了下来——胆敢在她面前威胁罪人的人是绝对不会有好下场的。她在吉米的嘴唇上轻轻一吻，然后随手将脑袋丢到一旁。无头死尸向下一沉，跪在地上，两手不停抽搐。他体内的魔法能量迅速散去，颈中鲜血四下乱喷，染红了附近所有书柜。罪人以责备的神情看向美丽毒药，但是女恶魔只是优雅地耸了耸肩。

正义侠士们在震惊、恐惧与愤怒中哭天喊地，当罪人和我将目光转向他们时，这群人立刻安静下来。他们的脸上凝结着愤怒的决心，同时不停比画着神秘的手势，将魔法向我发射过来。最先袭来的那些咒语盘旋在罪人周围，但对他毫无伤害，反而还被反弹了回去，顿时将好几名正义侠士轰得体无完肤。好几道法术正对美丽毒药而去，不过却在她弹指之间消失得无影无踪。她本是个堕落天使，存在的岁月比世界还要久远，人类的魔法在她面前根本没用。

我从外套内袋里掏出一副“混沌骰子”，将它们抛向正义侠士中间。他们身边的世界立即陷入一片混乱，所有能出错的环节通通出错。魔法失效，肌肉痉挛，他们像小丑似的叠成一团。其中一个掏出一把画满符咒的手枪，对准罪人就是一枪。那颗子弹在罪人的胸口轰出了一个大洞，但却没有鲜血流出。他低头看了看胸口的大洞，神色间透露出些许忧伤，接着，他将目光投向那个胆战心惊的正义侠士。“魔法枪？我可是从地狱的苦难中爬回人间的男人呀，孩子。可你真的不该这样做。简直太侮辱人了嘛。美丽毒药！”

“遵命，亲爱的西德尼。”美丽毒药身形一闪，以肉眼无法跟上的速度冲入正义侠士之间，发挥无人能及的骇人魔力，谈笑之间就将剩下的正义侠士撕成碎片。有几个想逃，不过动作却没她快。我趁着大家在忙的时候推倒身旁的一个大书柜，将两个正义侠士无情地压倒。

一切就这么结束了，整座图书馆恢复了往常的宁静，只剩下鲜血缓缓滴落在地板上的细微声响。正义侠士全部毙命。这并非我期望的结局，可当你将自己与罪人和美丽毒药这样的角色绑在一起时，这种事的发生便在所难免。美丽毒药得意地欣赏着自己的杰作，脸上浮现满足的笑容。我朝狂人看去，发现他也加入了战团。不知道什么时候他将自己周遭转化成日本武士电影里的场景，他身穿和服，脚踏尸体，手里拿着染血的武士刀。他低下头看着面前的尸体，恶狠狠地皱着眉头：“怎样？你觉得受够了吗？回答我！”

要是那个人还没死的话，这场景一定很有趣。

美丽毒药在尸体间轻快优雅地翩翩起舞，投到罪人怀里，看他是否受伤。他悲伤地看着她，看着她所做的一切，但什么也没有说。美丽毒药脸不红气不喘，若无其事地依偎在罪人怀里。她发现自己手上染满了鲜血，于是享受地将指头上残留的血一点点擦干净。她看出了罪人脸上的失望，于是孩子似的噘起嘴：“对不起，西德尼，但有我在，没人可以伤害你。毕竟，女孩是情绪的动物呀。”

罪人叹了口气，看了看随处可见的尸体：“我们本该留下一个活口，让他给沃克传话的。”

“噢，我想他会明白的，”我说，“13个死去的格斗法师足以构成一份威力强大的声明。沃克……恐怕绝不会感到高兴。”

“很好，”狂人已经穿回了原来的衣服，“我一直就不喜欢那家伙。曾经有一次，他想将我关起来。对了，其实是好几次。”

“但是，”我想了想说，“或许我最好还是跟他谈谈，好让事情缓和一下。否则他和他手下那些各式各样的恶棍们将会对我们步步紧追。没错，我要去和那家伙谈谈。我知道怎样对付沃克。”

“要我们和你一块儿去吗？”罪人问。

“我想最好还是我一个人去，”我说，“只是去跟他谈谈，顺便说点大话唬唬他，没有必要弄到暴力相对。再说，我不想让他以为我不敢一个人去找他。沃克对这类细节是很敏感的。你们就先在这里等我。看着狂人，不要让他闯祸了。”

罪人说：“请不要去太久。”

我走出图书馆，向身边的各位图书馆员赔笑表达歉意。然后，我给办公室里的凯茜打了电话，叫她帮忙查一查沃克目前所在的位置。

“噢，当然可以，”她几乎毫不犹豫地回答，“没问题，让我在计算机里查查。我们订购了对夜城所有大人物的实时跟踪服务，可以随时知道他们所处的位置。”

“我们订购了这种服务？”我问。

“我就知道你没有好好看我交给你的最近一期简报！说真的，约翰，你从来都不听我的……现在，沃克，沃克……啊哈，目前他正在自己的俱乐部里独自用餐。还有什么能帮你的吗？你与罪人、狂人相处得怎样？”

“呃……挺有意思的。”说完，我挂断电话。我不希望她为我操心。

4

伦狄尼姆俱乐部的阴谋

去见沃克跟拜访牙医没什么区别，不管多有必要都让人很不想去。

沃克是个西装笔挺的文雅绅士，他是夜城当权者的对外代表。所谓当权者，是一群隐身幕后操控夜城一切事务的人，他们权势滔天，身份却秘而不宣。沃克似乎对夜城里发生的一切了如指掌，不过如果他当真什么都知道的话，绝不可能容许我活到今天。话说回来，派出正义侠士押我归案，让我们复杂的关系又踏上了新的台阶。虽然以前他也常常对我威逼利诱，但是从来没有像今天这么过分。派正义侠士来对付我！这实在是很不留情面的举动了。

夜城里有不少私人俱乐部，而几乎所有这类俱乐部通通位于一个十分偏远的地区：俱乐部之地。俱乐部之地是个十分僻静的区域，不过却随时派有保安进行严密的巡逻。这些俱乐部专为一些不为外界忍受的团体提供隐密的聚会场所，让他们可以相互交流、巩固投资、汇集信息，并且能够关起门来为所欲为。

这些俱乐部无关宗教，会员都是一些非常独特的团体。比方说，有一家名叫“黑夜部落”的俱乐部，会员就仅限吸血鬼、狼人，以及食尸鬼。另外有一家死亡俱乐部，专为科学怪人男爵手下的原创生物及其后代服务。科学怪人男爵自从19世纪以来就一直不停地推陈出新，创造了很多怪异生物。当然，还有一家专为所有形式的不朽生命而设的生命俱乐部（光靠这些会员自远古时代留在银行中的存款利息就够支付俱乐部所有开支了），其座右铭是：“永生不朽，宁死不屈。”

沃克在夜城最古老、最豪华、最高级的男士俱乐部：伦狄尼姆俱乐部。历史上所有足以影响夜城居民生活的重要决策都是在这里决定的。伦狄尼姆是伦敦在罗马时代的名字，我始终不大确信伦狄尼姆俱乐部是否真的像它的罗马名字所说的那样历史悠久。

正门入口由古老的石头砌成，围绕巨大橡木门的景观显然具有罗马帝国时代的特色。栩栩如生的浮雕刻画的场面能让古罗马的皇帝叹为观止。伦狄尼姆俱乐部象征着权力，其中必然包括那种能够为所欲为的权力。

俱乐部区到处都有守卫，不过没人敢过来盘问我的目的。我好歹也算是个威名远扬的狠角色。我来到伦狄尼姆俱乐部唯一的入口前，俱乐部看门人立刻向左跨出一步挡住我的去路。他不可一世地站在门前，脸上的神色比黑夜还要阴沉，整个人严肃到仿佛穿着西装出生的一样。他眼看我来到面前，脸上肌肉抽搐一下，明显对我这种角色竟然意图进入他所守卫的大门而感到非常不满。

看门人与他的门通过魔法相连，只有他能打开门。和这扇门一样，他虽然上了年纪，但身体强壮，对各种伤害有免疫力。想要在他的守护之下进入伦狄尼姆俱乐部比登天还难。他不收取任何贿赂，也不畏惧任何威胁，魔法和科技对他通通没用。世人对他所知甚少，只知道他为人十分势利，看不起任何他自认比他低等的人物——不是伦狄尼姆俱乐部会员的人。没有人记得他在成为俱乐部门房之前是做什么的，认识他的人有不少都已经上了年纪了。我露出亲切的微笑，装作一副跟他很熟的样子。

“嘿，”我说道，“我是……”

“我知道你是谁，”看门人说，他的声音如同势不可当的雪崩一样刺耳、狂暴，“你是约翰·泰勒。你不是会员，也永远不可能是。所以，你不能进去。”

这使得协商的可能性微乎其微。“你真的认为我永远不能成为会员吗？”我板着脸对他说，“有些人说我是等待崛起的王者。”

他的嘴里难得地传出一声极短的冷笑：“夜城里这类唬人的头衔多得很，先生。”

他的话切中要害。我只得向他甩出我唯一的王牌：“我来这儿是要见沃克。他在等我。”

看门人重重地叹了口气，站到一边。大门缓缓向内张开，恍如天堂中的光芒从屋内射入夜色之中，就差没有两排天使夹道欢迎。我高昂着头，从看门人身旁迅速走过，走进俱乐部大厅，摆出一副好像我要把这里买下来的气派。报上沃克的名字能让你进入很多地方，比万能钥匙或是半吨炸药更管用。我刚往大厅中央走了不到十步，立刻就有一名侍从迎了上来。此人穿了一套传统的连身侍从装，戴着一顶白色的假发，肩膀的宽度足足可以容下两个我。看来在他优雅的外表之下多半隐藏了骇人的肌肉。他对我淡然一笑：“请在这里等等，先生。我会告诉沃克先生他的……客人到了。”

他说完一弹手指，四周突然飞出一大堆铁链向我缠来。在我还没来得及反应之前，手腕、脚踝以及喉咙都已经被铁链缠绕了好几圈。铁链向外一扯，我全身肌肉顿时动弹不得，只能使尽全力抬头挺胸，不让铁链把我拖倒在地。我向侍从看去，不过对方已经离开大厅去确认沃克是不是真的在等我。要是沃克跟他说没有的话，我怕要吃不了，兜着走了。我相信他会想要见我的，至少他得弄清楚那13名正义侠士为什么没有跟我一起出现。

从某个角度看来，这些铁链也算是一种恭维。至少表示这间俱乐部很重视我。他们不想放任我到处乱跑，免得有会员受到打扰。当然铁链也可以防止我靠一张嘴骗过人类守卫。

我尽量往好处想，不过当你随便一动都怕会折断筋骨，鼻子很痒却又没办法搔的时候，再乐观的人只怕也很难不去做最坏的打算。为了分散自己的注意力，我开始观察大厅里的摆设。以前我从来不曾这么深入观察伦狄尼姆俱乐部。

伦狄尼姆俱乐部的大厅，主要是由几根有蓝色条纹的大理石圆柱，以及闪闪发亮的瓷砖墙壁所构成，俱乐部的前身可能是古罗马人的澡堂。我想它恐怕是世界上最大、最奢华的浴室了。那些每天必须为这些瓷砖上蜡的清洁工真是世界上最可怜的人。

地板上铺着厚厚一层奶白色地毯，可能是想造就一种漫步云端的感觉。整片天花板被一幅美不胜收的油画所填满，我曾经听说过这幅画，但是却从来不曾见过。这幅画从来没有任何复制品流出伦狄尼姆俱乐部，这是米开朗琪罗不曾公开过的真迹，描述的是两派天使军团在天堂里大战的景象。画中的景象壮丽非凡、气势无匹，只能以叹为观止来形容。这么好的画出现在这里，供那些伦狄尼姆俱乐部的会员欣赏，实在是有些浪费，可这就是生活，我们这些市井小民又能说什么呢？在我眼中，画里的每名天使似乎都有独特的特征与个性，仿佛画家是按照真正的天使形象所绘的一样。当然，说不定米开朗琪罗真的目睹过这场天使战争。

大厅中还有不少优美的雕像，都是出自穆尔、达利以及毕加索的手笔。这些雕像栩栩如生，美到令我难以直视。我听说过，必须去触碰，靠触觉去体验它们，而不仅仅是眼观。

但我想我不会尝试这样做，哪怕身上没有枷锁。因为这些雕像过于真实，令我感到害怕。而且，我敢肯定如果任何像我这样的非会员试图那样做，所有的卫士都将忽然间从地下冒出来砍断我的双手。俱乐部里所有的奢华，都是会员独享的尊荣。

许多重要人物为了重要议题在大厅里外来来往往，安静地移动，轻柔地低语。我完全忽视满身锁链的存在，很有礼貌地对他们微笑点头，不过他们倒是全都想尽办法忽视我的存在。或许是因为他们不认识我，也可能是因为他们知道我是谁。这是间年代久远的俱乐部，有着古老的建筑与不变的传统，这间俱乐部的一切都是非常压抑的。有时候，源远流长的习俗比任何魔法都要强大，尤其是一些“禁令”的传统。比方说，承认一名出现在俱乐部里的“非会员”的存在，就是明令禁止的事。我皱了皱鼻子，想要缓和发痒的感觉。那个报信的侍从显然不赶时间，我也就只好想办法找点事做。我用脚尖在地毯上写下许多脏话，至少在心理上算是一点小胜利了……

侍从终于再度出现，他那神情沮丧的脸告诉我，沃克说要见我。侍从不情愿地弹了下手指，链条消失。我从容不迫地缓缓伸了个懒腰。然后，我向侍从微笑，他朝着我的方向略微鞠了个躬。

“沃克先生在餐厅等你，先生。需要我帮您拿外套吗？”

“不，我又没带枪。”我回答。

俱乐部里的餐厅当然又是个极尽奢华的地方。十几张餐桌上铺着纯白的桌巾，各式佳肴的香味加上各种美酒的气息，实在令人忍不住垂涎欲滴。我向前走去，唯一能做的，就是强迫自己不要去抢人家桌上的食物来吃。

餐厅里的会员一致忽视我的存在。我认出几张有名的面孔，有些是贪婪到了极点的有钱人，有些是能力超凡入圣的次等神、精灵领主、魔法师，以及外星人。伦狄尼姆俱乐部以其特有的方式海纳百川。整间餐厅里，只有传说中的维多利亚时期的冒险家朱利恩·阿德文特对我点头微笑。沃克的座位位于餐厅最里面的角落，此刻他背墙而坐，就跟往常一样穿着一套灰色的西装。他抬头看了我一眼，点了点头，不过没有笑容。

"你已预料到能见到我？"我说。

"当然，"沃克用干冷的口气回答，"不管是用逼的还是用请的，我总是有办法把你弄来。"

我不等他招呼便在他对面坐下，身后的侍从很不情愿地问我需不需要菜单。

"没必要了，"沃克说，"他不会在这里待多久的。"

"你可以邀请我和你一起用餐。"我说。

"我也能让你去死。"沃克说。

他冲侍从摆摆手，对方向沃克深深鞠了一躬，迅速离开。我看了看沃克到底在吃些什么，然后用力哼了声。都是些索然无味的英国食物：烤牛排、布丁、大块肉汤，以及一些蔬菜。或许饭后他还会再要一份蒸布丁。

“沃克，这太像你了，”我说，“老点一些无聊的健康食品，一点想象力都没有。”

“这些都是好东西，”沃克一边说一边极其标准地切着面前的牛排，“又好吃又容易消化。”

“公立学校的饮食毁了你的味觉。”我说。

沃克扬了扬眉毛：“你哪懂什么公立学校的生活？”

“完全不了解，但我以此为荣，”我说，“现在，沃克，我们得商量商量，就我和你。你的势力遍布夜城……”

“是的，”沃克细细咀嚼着嘴里的食物，“的确如此。我的手下是我的耳目，他们无处不在。你刚一接手，我就能知道你手头案子的详细情形。”

“因此你就派正义侠士来抓我？”

“不错。虽然他们的手段过于残暴，但是对我始终忠心耿耿。只要派他们去找的人，从来没有敢不来的。我知道他们的力量不足以阻止你，但至少他们可以吸引你的注意。可以请问他们为什么没有跟你一起来吗？”

“因为他们都死了。”我回答。

沃克扬起一道眉毛：“原来如此。真让我……大吃一惊。你对待我的手下通常不会这么绝情。”

我什么也没说。他显然还不知道我已经得到了狂人、罪人和美丽毒药的帮助。于是，他以为是我杀了那帮正义侠士。这对维护声望有很大的帮助。

“不过我从未喜欢过哈德雷，”沃克承认，他用餐叉穿起一块肉，“讨厌的家伙，太过自大。事实上，他是个彻头彻尾的自大狂。”

“跟我听到的关于他的说法有些不同，但也差不多，”我说，“会有什么麻烦吗？”

“你是说杀害13名家族背景强大的年轻人？噢，绝对有麻烦。我是不在乎他们的死活，不过他们背后庞大的家族势力一定不会轻易放过你的。到了明天这个时候，夜城里所有的赏金猎人手里都会持有你的通缉令，你脑袋的价钱将会一路飙升。别寄希望于我会保护你，毕竟死的是我的手下。”

“让他们放马过来吧，”我说，“我从未指望你的保护。”

他微微点头，同意我的说法，然后说：“你的新案子，泰勒……”

“是的。”

“别接了。”

我靠向椅背，认真地打量他。沃克如此直接，这并不常见。我问道：“为什么？”

“当权者不会对任何调查夜城历史及起源的人手下留情。”

“为什么呢？”

沃克叹了口气，好像在面对一个无知的小学生：“因为你很有可能会查到一些埋藏许久的事情，一些足以影响当权者地位的东西。我可以肯定有不少人对这类信息感兴趣，到时候他们一定会使尽各种手段向你取得调查结果。这些人里面有很多是连你都无法拒绝的人物，为了取得这项秘密，他们会不惜一切，甚至引发战争。我们绝对不能容许这种事情发生。夜城还没有从上次的天使战争里恢复元气。为了防止另一场夜城大战，当权者多半会命令我将你消灭。”

“而你并不愿意执行这道命令？”我说。

“当然，”沃克说，“你是注定会早死的，不过在你死之前对我还有不少用处。”

“我为你做了那么多事，为你解决了那么多麻烦，结束了天使间的战争，拯救了整个夜城后，难道你真的会杀了我？”

“天使战争是你引起的。”

“突然挑剔起细节来了？”

沃克眯起眼睛看着我：“有一条界线你不可逾越，泰勒。这条界线任何人都不可逾越，这对大家都有好处。那么，是谁雇用你的？”

轮到我扬眉毛了：“我还以为你都清楚呢。不会吧，沃克？”

“通常情况下的确如此。不管是谁雇用了你，一定都是强大得可怕的人物，只有这样的人才能在我的人面前隐藏身份，这本身就够令人担心的了。”

“我从不暴露客户的身份，沃克，你明白的。我只能说……作为报酬，我将知道我母亲的身份。”

沃克放下手中的刀叉，长时间地盯着我。忽然间，他显得更加苍老、疲惫。最后他说：“相信我，约翰，你不会想知道的。”

当沃克开始用我的名称呼我时，往往意味着我遇到了真正的麻烦，但这次，他的声音和表情中都透露出一种奇怪的感觉……

我说："你都知道！自始至终你都知道我母亲是谁，但你却不告诉我！"

"是的，"沃克说，他不理会我的愤怒，"我之所以从来没有告诉你，是因为我想保护你。你父亲和我……曾经关系密切。"

"那他酗酒致死时你在哪里？"

我的语气冷得像冰，但是沃克依然不为所动。他直视我的目光，平心静气地说道："我根本帮不了他。在那之前很久，他就不再听我的了。我们都有权选择堕入地狱的方式。有时候，我觉得夜城存在的意义，就是要折磨我们这些罪有应得的人。"

"告诉我，"我命令道，"告诉我我母亲的名字。"

"我不能说，"沃克回答，"这是有原因的。我是仅有的两个知道她名字的人之一，上帝希望我们将这个秘密带进坟墓。"

"另一个家伙是古董王。"

"是的。可怜的马克，他也不会告诉你的。别去管这些了，泰勒。知道母亲是谁不会让你开心的。这要了你父亲的命。"

"她要是回来了会怎样？"我问。

"她不会回来，她不能回来。"

"你确信吗？"

“我确信，”沃克靠向椅背，他仿佛在变小，消失，“放弃这个案子吧，约翰，不会有好结果。夜城的起源最好永远被人遗忘。”

“甚至对当权派也是如此？”

“很可能。为了我的安全起见，他们也不是所有事情都跟我说。就让过去留在过去吧，不要让过去的伤痕影响现在的人。”

我居然真的考虑了一下他的建议。我从未见过沃克对任何事情表达出如此强烈的关心。但是最后，我还是摇了摇头。

“我不能，沃克。我必须去做。我必须知道……关于夜城、关于我母亲的事情。我的一生都在为别人或自己探寻真相。”

沃克坐直身体，换回往常的自信神情，冷冷地瞪了我一眼，然后开口道：“放弃这个案子，约翰。”他的声音在我脑中有如雷鸣，就像上帝在教诲他的门徒。这是当权者的声音，通过他们的仆人沃克传达命令。当权者赐给沃克这种无法违背的声音，使他得以强迫别人执行他们的命令。据说沃克曾经利用这个声音让停尸房里的尸体起身回答他的问题。他的一字一句在我的头脑中回荡，充斥着我的思维，使我像一只被刺穿的蝴蝶一样如坐针毡。

接着我们面前桌上的所有餐具都开始震动，刀叉弹起，碗盘飞溅，洁白无瑕的桌巾瞬间染上无数污点。整张桌子剧烈摇晃，四根桌脚在猛烈的撞击之下几乎断裂。然后地板也开始摇晃，整间餐厅有如地震一般。人们害怕地尖叫，使劲抓着面前的桌椅不放。过了一会儿，一切慢慢平静了下来，我脑中的回音也逐渐消失。我轻松地站了起来，微笑着看了看目瞪口呆的沃克。

“感觉如何？”我说，“主子的声音也不过如此。我毕竟还是继承了一些我母亲的力量。”

我迈开大步离开，没有人胆敢看我一眼。我特意从朱利恩·阿德文特的桌旁走过，当我确信在我和沃克的餐桌之间已经有一根粗大的大理石柱遮挡着时，我唐突地在朱利恩对面坐下，压低身子，以便他的身体能挡住我。我伸出一根手指放在唇上示意他别出声，他会意地点点头。稍稍调整一下角度，我便能看到坐在角落里的沃克。他正陷入沉思，显然没有注意到我并未真的离开餐厅。我想是我临别时的最后一句话让他出神。我倒想看看他会怎么做，会去向谁汇报，此刻他已确信，他的那些正义侠士无法再威胁我了。

最后，他召来一名服务生清理桌上的餐盘，然后对身边点了点头。周围的环境开始变化，空间扭曲，一名美丽的女子在沃克身旁凭空出现。我心里暗骂一声，完全没想到刚刚专心应付沃克的时候，旁边居然会有人在偷听。以前的我绝对不会犯下这种错误。而当我认出那个女人是谁之后，心情越愈发沉重起来。

坏彭妮是个受雇的独立侦探，她的出现总是让人始料不及。她邪恶而又残暴，美艳但却心如蛇蝎，恐怕是世界上最危险的狠角色之一。只见她对着餐厅众人嫣然一笑，摆出一个优雅至极的姿态，试图虏获所有人的目光。大部分的人都忍不住偷觑她的身影，不过也有一些人特意避开她的目光，忽视她的存在。坏彭妮拥有世界上最美丽的容貌，以及卡通人物一般的魔鬼身材。她身穿一套经典款黑色小礼服，配上长长的白丝手套和黑色网袜，嘴里还叼了一根长烟嘴。她头上的秀发有如夜色一般神秘，棱角分明，唇形透露出无比的傲慢，双眼散发出深邃的黑暗。她的性感不单是来自傲人的双峰，更来自她全身上下油然而生的一股狂野之气。她将性感提升到一种恐怖的层级，简直已经变成一件杀伤力极强的武器。她随身携带两把枪及数不清的飞刀，不过没人知道这些武器藏在什么地方。

我们彼此认识，打过一点交道，关系平平。我们对对方都存在一些不满，但是也曾在机缘巧合下合作过几个案子，当然都是在没有更好的选择之下被迫合作的。

沃克请她在身旁坐下，侍从立刻出现，为她拉开椅子，然后又替她调整好座椅离餐桌的距离。坏彭妮对这种待遇早已习以为常，不过还是纡尊降贵地对那名侍从浅浅一笑。侍从被她笑得一阵酥麻，估计连自己的名字都忘得一干二净了。

“你不用拿菜单来了，”沃克冷冷地对侍从说，“这位女士不会待太久。”

坏彭妮噘起嘴：“即使你请客，我也不会在这里吃，亲爱的。我有自己的原则。”

沃克示意侍从退下，侍从不情愿地离开了。我稍微向外侧了侧身，好听清楚沃克他们的谈话。坏彭妮的出现让我有些担心，即使以前站在同一阵线的时候，她也会让我坐立不安。朱利恩饶有兴趣地望着我，同时还继续享用他的美食。身为《黑夜时报》的总编辑，他知道我此刻的举动绝对会帮他带来一篇很棒的报道。

我有点惊讶，沃克居然找了坏彭妮帮忙，他通常很谨慎。相反，坏彭妮为了钱可以替任何人工作，从侦查到暗杀，无所不为。对她而言，为正义工作还是为邪恶卖命本无所谓。正如她常说的，金钱不问出处。她既没有任何个人偏好，也不在乎任何道德规范。她完全无视是非，并且乐此不疲。我知道，在过去，当权派偶尔因为不能亲自出面，甚至需要对所作所为加以抵赖时，曾雇用她干过几次肮脏的勾当——完全是无偿服务。作为回报，当权派对她的某些更加龌龊的行为睁只眼，闭只眼。在夜城，这就是生意。

她语气平缓地对沃克说："近来我比较喜欢策划骗局，享受一步步逼近目标的快感，偶尔用一点暴力手段增加刺激，平添乐趣。"

"我知道你还喜欢勒索，"沃克说，"好塞满你的保险箱。"

坏彭妮扇动她那长长的眼睫毛，说："一个女孩总得生活吧。而我对投资又始终不在行。反正只要放点消息说我要出版回忆录，马上就有人送支票来封我的口。这次你要我做什么，沃克？相信一定是件非常棘手的事情。"

"你已经听到我与约翰·泰勒的谈话了。"

"是的，但坦白地说，那对我没有什么意义。"

“我要你帮我解决泰勒。”

坏彭妮目光犀利地看着他：“你最好说得具体一点，亲爱的。”

“我要你不择手段地阻止他调查手边的案子。只要能让他收手，我不在乎你怎么做。”

“也就是说……亲爱的约翰不再在你的保护之下了？”

“是的，”沃克说，“你对付得了他吗？”

“当然，亲爱的！他只是个男人罢了。”

“分散他的注意力，转移他的视线，做你认为有必要做的一切。但是，如果你的这些尝试都失败了，你可以让他消失。”

“要我杀死约翰·泰勒？”坏彭妮说，“噢，太棒了，亲爱的！这绝对会令我名声大振！”

“除非其他的尝试都失败了。”沃克严厉地说，可坏彭妮根本没有听。

“我该怎样杀了他，让我想想都有什么方式……那个霰弹枪苏西以为自己有多厉害，等我杀了泰勒她就知道了！”

我想我该离开俱乐部了。

5

魔法师附身

我刚离开伦狄尼姆俱乐部，手机立刻就响了起来，我从外套口袋中取出手机，满脸怀疑地看着屏幕。很少会有人打电话给我，一来是因为没多少人知道我的电话号码，更重要的是他们知道，除非有极其紧急的情况，否则最好不用这种方式联系我。

夜城里没有安全的信号。除了随时有莫名奇妙的人在监听，甚至会加入对谈之外，还有许多不请自来的广告、其他异界的入侵。说真的，我连手机是如何在夜城中运作的都不清楚，因为夜城绝对不在一般基地台和通信卫星的涵盖范围之内。不过这也表示我的敌人无法用全球定位系统来找我。我一直猜测手机运营系统是靠某种强大的魔法维持的，可又完全想象不出是谁在提供这项服务，或者为什么提供。我也不知道他们什么时候会抽出时间来收取使用费。如果我是个喜欢烦恼的人，这些事一定会令我郁闷不堪的。

我总是会先看看手机显示屏——自从我的一位前女友在一次不幸的意外中死去后，我便养成了这个习惯。当看到呼叫我的是亚历克斯·莫里西时，我感到稍稍放松了些。作为世界上最古老的酒吧——陌生人酒吧的老板兼招待，亚历克斯是夜城里为数不多的几个有资格在任何时间给我打电话的人之一。他原来从未给我打过电话，因此我想最好还是接听为妙。刚开始，电话那头一片寂静，接着又传来一阵类似微风轻吹的飒飒声，显得很悠远。我喊了两次亚历克斯的名字，终于，我听到了他刺耳、紧张、压抑的声音："约翰，你得来一趟陌生人酒吧。你得马上来。情况紧急。"

"亚历克斯？发生什么事了？你听起来不大对头。你还好吧？"

"我无法阻止他！酒吧内的时空倒转！处处可见过去的景象！就好像毁灭将至……"

电话断了，话筒中只剩下无用的杂音，于是我将电话收了起来。真讨厌在对话的过程中被打断，不过亚历克斯似乎真的惹上了大麻烦，而且整间酒吧都遭到威胁。我不能坐视不管，因为我很喜欢那间酒吧。当然，这整件事很可能是个陷阱，而亚历克斯就是诱饵。所有本能都在警告我不要去，而想要在夜城生存就必须学会信赖自己的本能。或许沃克已经将坏彭妮派到陌生人酒吧等我上钩了，这很符合他的作风。

因此，如果无法确认，那就凭直觉吧。不管选择什么交通方式，要穿越夜城抵达陌生人酒吧都需要一段时间，而这段时间足够让我的敌人设下任何陷阱与圈套。不过稍动脑筋，我就有办法在转瞬之间进入陌生人酒吧，或许能把我的敌人逮个正着。

坏彭妮的身影在我脑海浮现，但我果断地将它抛开。

我从外套的另一个口袋里拿出一张特殊的俱乐部会员卡。它很特别，据我所知，亚历克斯只发出过五张。我用卡片轻轻拍打自己的面颊，脑子里不停地思考。或许他们就是想要我用这张卡……或者希望我有这样的顾虑，从而不用这张卡……还是先把精力集中在手头的问题上吧。这是一张简单的浅浮雕卡，呈浅黄色，上边用黑色哥特体写着酒吧的名字，还有血红的字书写的“你在这里”。我所要做的一切只是将食指按在血红的字迹上，储存在卡片里的魔法便会将我迅速传送到酒吧。根本不需要时间，另一个好处在于无须通过有人看守的前门。归根结底，值得我这样做的原因是亚历克斯需要我的帮助。于是我将拇指紧紧摁了下去，卡片被激活了。

卡片从我手中滑出，速度如此之快，令我指间发烫。它悬浮在我面前的半空中，绽放出超自然的光芒，在存储能量的作用下不停地颤动。亚历克斯不是个喜欢低调的人，他加持的魔法一定要有全套的特殊效果才够炫。接着卡片迅速扩张成一扇门。我一把推开魔法门，大步走了进去，瞬间来到陌生人酒吧。魔法门在我进入之后立刻关上，当场幻化为原先的会员卡，回到我手中。

我赶紧环顾四方，准备好应对各种麻烦。不过眼前却出现一幅意想不到的景象。酒吧空空荡荡，而且跟我印象中完全不一样。地面上浮了一层淡淡的晨雾，十分诡异。空气阴冷，我呼出的空气在面前凝结成雾。我几乎感觉不到脚下踏着的地面，仿佛地板存在于十分遥远的异度空间里面。酒吧外有一阵狂风飞舞，刮在墙上发出刺耳的尖啸声响，隐隐包含了一股绝非人类所发出的说话声。我曾经听过这种风声，这是时间裂缝出现的前兆，能够将涵盖的空间短暂地带入过去或未来。在时间之风的吹拂下，即使是最强大的强者也不能掉以轻心。这种风出现通常就表示大事不妙，因为当时间都变得无常，天知道在时间之后等待的会是什么样的危机。

整间酒吧空无一人，平常爆满的酒客如今完全不见踪迹。照理说酒吧只有在亚历克斯休息的时候才会关门，但要是亚历克斯在休息的话，会员卡应该不会将我传送过来才对。此刻我独自站在一个几乎认不出来的房间里，房间后部光滑的桃木长吧台不见了，原先堆积在吧台之后的那些酒水以及赠品也随之消失。取而代之的是一张由柳条编织而成的巨大而令人惊愕的脸。它大得似乎能将人吞噬。绿色的柳条面孔上展现的是一种恐怖的表情。忽然，我浑身一颤，但与寒冷无关。在电话里，亚历克斯曾说酒吧在重返过去……眼前的景象会不会是世界上最古老的酒吧早期的模样呢？

我缓步向前，贴地的迷雾拖拽着我的双腿。目之所及，尽是掀翻的桌椅，犹如黑暗的孤岛一般插在深灰色的迷雾之中。不管事发当时有多少酒客在场，他们必定都以最快的速度逃离了现场。我知道为什么了，因为最明显的线索此时就在酒吧中，支配着整间酒吧中的变化。我停在一段距离之外，小心翼翼地观察对方。

那是一棵巨大笔挺的橡树，树干粗壮，盘根错节，看起来像是从天地初开就存在于此，但我从来未见过它。错杂的树根紧密地深入地下，没准已经扎进酒窖里；浓密的树枝向上扩散，不少都突出到天花板之外。整棵树上没有任何树叶，不过酒吧的两名保镖，露西和贝蒂被一股股粗壮的藤蔓和槲寄生绑在了树干上。她们已被打得不省人事，淤青的脸上血迹尚未完全凝固。她俩都是魁梧强壮的女人，都有一颗好战的心，她们一定被打得很惨。我伸手触碰树上的藤蔓，试图放她们下来，不过旁边立刻甩出更多藤蔓向我张牙舞爪。我缩回手，藤蔓马上安静下来。我在心中暗骂一声，已经了解这里出了什么事，也知道是谁在搞鬼了。

“行了，梅林，”我说，“现身吧。”

话一说完，柳条巨脸前方的地板上浮现一道五芒星，绽放出坟场特有的阴森光芒。在越来越凝重的气氛之中，古老的魔法师梅林，撒旦的独子——梅林·萨坦斯鲍恩，缓缓地自五芒星中浮现，昂然而立，脸上挂着冷酷高傲的笑容。梅林已经死去好几个世纪了，一直埋葬在酒吧的地窖之中。然而在夜城，真正的强者并不会因为死亡而消失。梅林的确死了，不过他的灵魂依然存在，从来不曾离开。

我终于了解亚历克斯在电话里讲的话了。酒吧里的所有变化都是梅林时代的一种再现。而梅林只有透过亚历克斯的肉体才能在现实世界中现身。因为亚历克斯受到一道跟陌生人酒吧一样古老的家族诅咒，他一生一世都注定是梅林赖以现身的媒介。这些日子以来，梅林已经很少现身了。这让人人都能稍感安慰，而一旦他出现，对每个人来说都意味着坏消息的降临。

梅林一手轻轻地抚摸着柳条巨脸，似乎在缅怀什么古老的记忆，接着转身向我看来。他身材高高瘦瘦，全身一丝不挂，皮肤有如尸体般惨白，自喉咙之下全身都文满了塞尔特与德鲁伊教派的符咒刺青。在这象征力量的强大外表之下，他已死的肉身因为腐烂和不同程度的衰变而起泡、变色。即使是梅林那可怕的意志，也无法完全阻挡时间流逝的创痕。一头灰色的长发披散至瘦骨嶙峋的肩下，并且缠绕成结，上边覆满黏土。他那宽阔的额上戴着一顶槲寄生王冠，上边长出了些红的绿的有毒浆果。他的脸很长，颧骨突出，样子丑陋，两团火焰在原本应该是眼珠的眼窝里跳跃。他的胸口正中有一道很古老的伤口，从未愈合，透过它依然可以看到破碎的骨头和撕裂的肌肉，他的心脏便是被从那里被取出的。

梅林或许一直都是最强大的魔法师，凭借他无与伦比的意志，依然存在于世间，乃是夜城中最古老、最邪恶也是最危险的强者之一。

“我们最近太常见面了，”我说，“有人会说闲话的。”

“你还是那么傲慢无礼，约翰·泰勒。”梅林以一种超过一百五十多年没有人使用过的口音说道。

“是你借助亚历克斯给我打电话，然后你又在他身上附体。”

“当然。你有必要来这里。有些事必须得说，有些话必须得讲。你正在着手做一件事，连我也无法看出结果将走向何方。”

听他这样说，我的第一反应是转身快跑。如果梅林开始谋划某事，即使是其他那些强权主宰，也一定会在别的某处召开紧急会议。但我不能丢下亚历克斯不管，而且我对梅林将要说的话心存好奇。此外，我也完全相信，即便我拔腿便跑，也会被梅林再度抓回。

“好吧，”我尽可能假装平静，漫不经心地说，“我们谈谈吧。是什么风把你吹回现在了？做噩梦了？”

“死去的人是不做梦的，”梅林说，“有时我会对这一点十分感激。”

我仔细环顾着变化后的酒吧，说：“为何要重新装修呢？”

“这间酒吧很古老，甚至比我还老。有人说它几乎和夜城一样历史悠久。如果我告诉你有多少有名的人物曾经在这里买醉，你一定非常惊讶。不管是英雄还是魔头，是官宦权贵还是市井小民，大家都会光顾这里。这里……是少数几个曾经给我家的感觉的地方。也就是因为这样，我才决定将自己的尸体埋葬于此，”他看了看四周，眼中火焰翻飞，露出恐怖的笑容，喃喃地道，“啊，回忆呀……”

“我们能继续谈正事吗？”我说，“好让我把亚历克斯弄回来。”

“他一点儿也不重要。他的存在只是因为或许能为我所用。很久很久以前，我将他的家族和他的后裔与这间酒吧捆绑在一起，这样我便能确信某个具有我的血缘的人待在这里，从而让我得以在有必要的时候现身。”

“等等，”我说，“你的血缘？我还以为亚历克斯是与大龙头尤瑟和其子亚瑟王一脉相传呢！”

梅林哈哈大笑：“和大龙头一脉相传？错了，孩子。亚历克斯·莫里西不具备任何王族血统。他是我的，他体内流着我的血，是从我和背叛我的女巫尼姆尔所传承下来的血脉。他是属于我的。”

我很想破口大骂，但终究还是忍了下来。我不想惹他生气，所以只能尽快听他把话说完。

“梅林，你为什么把我叫到这里来？你想我做什么？”我问道。

一张巨大的铁王座在梅林身后凝聚成形，那是他强大的意志将脑中的记忆实体化的结果。这张王座十分原始，完美展现了权力与欲望，乌黑的金属上刻画了许多栩栩如生的字符和诅咒，似乎趁我不注意就会偷偷地移动。我只认得其中一些符文，而那些符文所代表的意义，让我庆幸自己不认得其他的内容。梅林头也不回地坐在昏暗的王座上，那副架势犹如一条巨龙盘旋于成堆的头骨之中。在深色金属的映衬下，他苍白的皮肤格外刺眼。他露出一嘴古老的黄牙向我微笑，仿佛我是他宠爱的儿子一般。我没有响应他的微笑。

“你新接的案子，约翰·泰勒。有人要你调查夜城的起源，而雇用你的人肯定是掌握支配力量的强者，甚至是更强大的实体。你接下这件案子不久我就知道了，因为我在夜城各地设下了警报，主要就是为了得知这类事情。你是在伦狄尼姆俱乐部里触发我的警报的。很久以前，我曾经是那里的会员。”

我一点也不惊讶。我心想。

“这可不像其他普通的案子，”梅林说，“接下这件案子，也就意味着你开始插手一件无法阻止的事情，这使得整个时空泛起了涟漪，警告所有等待这一刻已久的强者。夜城内外的那些古老力量苏醒过来，要么帮助你，要么阻止你。此事牵连广泛，远比你想象中还要严重。我本可以立即杀了你，以阻止这些事情的发生。良善与邪恶的势力将会有无数死伤，恐怖的力量将会横行大地，一切都不会再跟以前一样了。然而，或许真相大白的时刻当真来临，或许古老的教条已经过时，该是我们迎向全新世界的时刻了。”

他沉默了一会儿，说：“我把你带到这里，约翰·泰勒，是要告诉你我所知道的一切，好助你一臂之力。也许是因为我也不清楚夜城的起源吧，我无法接受世界上居然还有我知识范围以外的事情。我想要知道夜城的起源。”

“你认为得到答案能让你摆脱这间酒吧吗？”我一字一句地说，“让你最终得以彻底死去，获得解脱？”

梅林大笑，不过笑声中没什么欢愉的气息：“不，孩子，除了我，没有任何人强迫我留在此地。我在等待我的心脏和我全部力量的回归，然后……然后，有些账就该好好算了！”

顺便说一下：女巫尼姆尔偷了梅林的心脏，接着又把心输给了别人。梅林因此而失去了大部分的力量。夜城里所有人都听过这个故事，不过没有人想要寻找那颗心脏，更别说将心脏交还给它的主人，没有人会蠢到那种地步。即使这样，梅林也已经是个够危险的人物了。

“夜城真正的起源跟你母亲的身份息息相关，”梅林若无其事地说道，“这是大家公认的事实。奇怪的是，没人知道这个事实是从哪里传开的。别问我你母亲是谁，也别叫我猜。世界上只有非常少数的几个生命是我无法看清的，而你母亲正是其中之一。在你出生前几年，曾经有那么一个时刻，整个夜城突然颤抖，所有人都抬头看天，因为大家清楚地看到一个意料之外的生物降临世间。某种具有恐怖力量的古老事物在物质世界再生，一切平衡都被永久打破。然而这恐怖的感觉稍纵即逝，因为，那个来历不明的生物将自己隐藏了起来，从此再也没有任何人探知它的下落。而这只是接下来一连串凶兆的开端……你母亲绝对足以和掌握支配力量的强者相提并论，甚至比他们更强大。”

根据我的推测，你母亲最有可能是史上最伟大的女巫摩根·拉菲，亚瑟王时唯一足以与我匹敌的力量。她是个非常有趣的生命，不但法力强大，而且美艳无比，只是我从来不曾真的能够接触她的内心。一直以来我都怀疑她不像外表显露的那么简单，而且我也不曾相信过她告诉亚瑟的那个狗屁故事，说什么她是亚瑟同父异母妹妹。她这么说只是为了要接近他而已，亚瑟最大的弱点就对家人的情谊。这就是身为孤儿所必须付出的代价。她利用亚瑟生下了一个儿子——莫德雷德，然后再利用这个儿子毁灭亚瑟的卡米洛特宫殿。我不禁怀疑，你母亲是不是为了要毁灭夜城所以才生下你。哦，没错，我知道你在时间裂缝之中的遭遇。我看过你经历过的未来，所有人、所有事物通通毁在你的手中。这些年来，有不少强者都曾预见过那个未来。”

“我以为摩根·拉菲已经死在你手里了！”我意图转变话题。

“我尝试过，”梅林冷冷地回答，“但我无法确认……她总是说她会回来。注意，亚瑟也说过同样的话，我还在等待。”

“也就是说，你逗留于此并不是仅仅在等待你那颗心脏的回归？”我说。

当时我还沉迷在创造国王的游戏里，利用亚瑟王的传说。但是亚瑟超乎我的想象，超越所有人的期待，成为一个非常特别的人。他是世界上最完美的人，也是我唯一忠心追随过的王。我为他铺设了美丽的梦想，而他用双手将梦想带入现实。一个奠基在理性与怜悯之下的国度，将所有古老的疯狂一扫而空。黑暗的时代里绽放出耀眼的光芒。

梅林点了点头："亚瑟……很特别。时光回到我还是个左右政界、呼风唤雨的人物的时候，经过我与大龙头尤瑟的密谋，亚瑟得以上位。可他变得超出所有人的想象，或者说不像人们希望的那样发展。他与众不同，是我们所有人中最棒的，是唯一值得我追随的人。是我为他编织了伟大的梦想，使得他美梦成真。一个奠基在理性与怜悯之下的国度，将所有古老的疯狂一扫而空。神圣的罗格里斯帝国，在黑暗年代中如此耀眼地燃烧着。"

他顿了顿，一只手托起下巴，继续回忆："我本来可以成就更伟大的事业。身为撒旦与凡人所生的唯一子嗣，我的宿命就是成为毁灭基督教的王，但是我拒绝了这项荣耀。我非常睿智，很小的时候就有自己的想法。我不要听从他人为我铺好的命运，我要走出自己的路。为了确保我的自由，我将抚养我长大的女巫全数杀光，然后陆续又除掉了许多打算利用我对抗基督教的败类。我母亲早就死了。她死于难产，是个名不见经传的巫婆。"

"那你的……父亲呢？"我问。

"我们不跟彼此交谈。那些年，我始终让自己忙忙碌碌，乐此不疲地拥立国王、建立国家，然后再将其毁灭。再然后，我遇到了亚瑟，一切便发生了改变。他令我惭愧，为我自己狭隘的眼界惭愧。我爱他。他是我无尽黑暗中的光明。我清楚地狱是真实的，可他令我相信天堂也的确存在。我将生命献给他，我宁愿为他而死，可是……我也一直都知道想要救他就必须违背他本身的意念。他用死亡捍卫自己的梦想，证实自己的梦多么可敬。他和莫德雷德在一次战役中相遇，双双死在彼此的怀抱中，他们甚至没有弄清楚是什么使他们置身那血腥的战场。我当时正在别的地方，杀死了摩根·拉菲。没有了亚瑟，我不再关心其他事情。当亲爱的叛徒尼姆尔出现并偷走我的心脏时，对我简直就是一种解脱。她的确美极了，孩子。”

我认为又到了转换话题的时候了，毕竟听一个死了几百年的老鬼缅怀过去，是绝对没有好结果的。“你对夜城的起源知道多少？”

梅林在他的宝座上挪了挪身子，脸色又变得冷酷专注：“当我还年轻时，我向比我老到的那些强者学习。他们告诉我夜城是由一个来历不明的强者创造出来的，目的是为了在大地之上保有一片不受天堂与地狱管辖的自由乐土，一个真正无拘无束的地方。这就是为什么我能在死后这么多年依然存在世间……当然我的血统也是原因之一。这就是我所确切了解的一切，想查出更多内幕，你必须询问比我还要古老的强者。我有一位老师仍然留在夜城，不过如今的他已经不比当年了。他叫猎人赫恩，在英格兰还很原始的年代里，他是支配伟大的绿色之梦的森林之神。”

“在哪里可以找到他？”我问。

“好问题。我已经有上千年不曾见过他了。很显然，森林之神的力量在这一千年里大幅衰弱。城市的建立、文明的入侵、林地的陨落，凡此种种都在腐蚀他的能力。我想，如今的他应该只剩下一个空壳，不再是我印象中那名强者了。但不管变得多虚弱，他依然保有许多古老的知识，许多不曾跟我分享的秘密。或许你可以劝服他将秘密说给你听。运用你宝贵的天赋，孩子，只要你有胆量，就去找出猎人赫恩吧。”

“在我离开前，你还有什么要告诉我的吗？”我说。

他邪恶地笑了笑，说：“你清楚的……你使用你的异能为我找到心脏。”

“你可以试试看。但即使你能使我找到它，你也一定明白，我会在把它交还给你之前将它摧毁。”

梅林缓缓点头：“是的。你会那样做，不是吗？”

他站起身来，身后的王座立刻消失。他满怀惆怅地看了看眼前的酒吧原貌，然后缓缓地沉入五芒星里，回到地窖里的坟墓中。五芒星的蓝光一条接着一条隐去，当最后一条魔法的光芒消失时，亚历克斯·莫里西重见天日，他正像个婴儿一样蜷成一团，躺在地上。我看了看四周，发现酒吧已经恢复原状，晨雾、橡树跟柳条大脸通通消失不见。时间之风停止吹拂，记忆中的原始风貌荡然无存。我深深地吸了一口气，感觉像放下一块巨石一样。每次跟有能力随手将我消灭的强者谈话，都会给我一种喘不过气的感觉，不幸的是，我的工作常常需要面对这种情况。我扶着亚历克斯坐起，让他背靠在已经恢复原状的红木吧台边。他浑身发抖，强忍泪水，眼中饱含着恐惧和愤怒。

“你从来都没有告诉过我，梅林，”他痛苦地说，“数百年来，你从来没有告诉我任何我们家族的人，原来我体内流的不是王族的血液，原来我竟然不是伟大神圣的王族后裔，我只是梅林的后代。我这一生都没机会逃离这间酒吧……”

我深感同情，但明白这时最好什么也别说。出于友情或支持的表白从来都不能安抚亚历克斯。因为这类东西跟他自怨自艾的形象很不搭调。最后，他自己摇摇晃晃地站了起来。尽管带着愠怒，但他已经缓过神来，知道自己身在何处。我能看出他准备开始破口大骂，我立刻指了指地上的两名保镖。露西和贝蒂没了橡树的束缚，此刻正慢慢地清醒过来。我叫亚历克斯去照顾她们，借以分散他的注意力。他照做了，虽然一副颇不情愿的样子。毕竟好的员工并不好找。

露西和贝蒂基本上并没有受伤，只不过气得快疯了。似乎是梅林在毫无预警的情况下控制了亚历克斯，强迫他打电话给我，然后再完全附身，二话不说就把酒吧转变成原始风貌，登时吓跑了所有顾客。当露西和贝蒂出声抗议的时候，梅林一手一个就将她们甩倒在地。我想她们之所以这么生气，多半是无法接受自己竟然这么轻易就败在梅林手下吧。她们是肌肉发达的健美女郎，随时都在对付各式各样找麻烦的人。在陌生人酒吧这种地方，所谓“找麻烦的人”包含的范围可是非常广泛的。亚历克斯和我安抚了她们一会儿，招呼她们去清理地上乱七八糟的桌椅，然后走回吧台前。

“我想我对槲寄生过敏了。”露西一边狂抓胳膊一边说。

“你对什么都过敏，”贝蒂说，“这全都是心理作祟。”

“我想我们该喝杯白兰地缓缓神。”亚历克斯回到他惯常所在的吧台之后。

我扬起一道眉头：“免费？”

亚历克斯皱起眉：“仅此一杯。”

就在亚历克斯忙于倒出两杯上等白兰地时，我将他不在时所发生的一切都告诉了他。他不时应和两声，不过却没有露出惊讶的神情。想让亚历克斯吃惊很难。我若有所思地打量着他，说：“你怎么知道你的真实身份是梅林的后裔？通常当你被附身时，你都是完全没有意识的。”

“是他让我知道的，”亚历克斯说，“他想让我知道。”

我再次决定转换话题。我借助会员卡联系我的新搭档，回到了图书馆。卡片变成一扇门，在酒吧和图书馆的科研书籍区域之间开启了一道缝。罪人的脑袋从门里探了出来，脸上满是好奇的神色。

“真是个不错的小窍门，”他温和地说，“我还以为没有什么能穿越图书馆的防御系统呢。”

“这得感谢梅林的魔法支持，”我说，“没有多少地方能阻止他闯入。”

罪人扬扬眉：“你的交际圈挺高级嘛，约翰。”

美丽毒药挤到他身旁：“噢，瞧瞧，亲爱的西德尼，是酒吧！咱们穿过去吧。我真的想喝上一点酒。”

“或许是个好主意，”罪人答道，“狂人刚才一直在宗教研究书籍区域徘徊，嘴里不住说着：‘不，不，全都是谬误，已经有不少书消失不见，还有很多遭到改写。’我想图书馆的人对此一定会有所不满。”

“过来吧。”我说。

罪人和美丽毒药来到酒吧，然后我们又将狂人劝进来。他的眼神凶险而恐怖。我关上门，收起会员卡。亚历克斯站在吧台后深深地吸了一口气，说：“我从来没有想到用我的卡片来招呼不速之客。看来我得建立一套新的审查系统，最好包括手术刀、电锯，但绝不包含麻醉药。”他跟往常一样，毫无表情地打量着我的新伙伴们。这反倒让我稍稍松了口气。这种毫不掩饰的坏脾气表示亚历克斯已经恢复正常，过不了多久就会开始胡乱骂人，然后故意找错零钱。他明目张胆地瞪着狂人：“你……我认识你。离吧台远一点，不要把葡萄酒都变了味，或是把啤酒变甜，或者害得我酒吧里的点心变质。你最好离一切都远点。就待在那里，一动也别动，甚至不要呼吸。我发誓，约翰，每次你邀请朋友来这里，都会把这个地方的档次给降低。”

“狂人会好好的，”我承诺，“是不是，狂人？”

“谁知道呢？”狂人说，“谁又说得清？”

“这位是罪人，”我赶紧对亚历克斯说，“这位是他的食尸鬼朋友，美丽毒药。”

亚历克斯对他们怒目直视：“噢，上帝，这可是很具夜城特色的爱情故事啊。来自阴间的古怪夫妻，堕落笨蛋和替罪羊，来自地狱的真实女友。可她为什么看起来这么像我的前妻?”

“别去扯那些没用的了，”我说，“听着，朋友们，我刚刚与梅林进行了一次简短却艰难的谈话，他说我得去跟一个老家伙谈谈，猎人赫恩。你们中有谁知道能在哪儿找到他吗?显然，最近他没有出现在人们的视线中，我真的不想在这个案子刚一开始就使用我的异能，除非逼不得已。”

“当然，”罪人说，“你不想吸引你那些身份不明的敌人注意。你知道，我的消息也很灵通。这几年，你在夜城已经变成跟我差不多等级的传奇人物了。我知道不少关于猎人赫恩的事情。图书馆里有很多跟他有关的记载，不过大部分的传说都有矛盾之处。不管怎样，所有记载似乎都认为他已落入凡间，不再是古老的强势人物。他有可能去了影子瀑布。”

“哪里?”此时狂人处于一种比较清醒的状态。

“那里是超自然生命的坟场，”亚历克斯总是喜欢有机会炫耀自己的知识，“当传奇人物遭到世人遗忘的时候，他们就到影子瀑布去等死。地方有一点偏僻，但物有所值。那里特别宁静，或许你们喜欢那里的生活方式，可我个人不喜欢。狂人的背景音乐里为什么突然变了?我明白，别问。但我觉得赫恩依然没有离开夜城。我敢肯定不久前看了些有关他的报道……”

他从吧台下抽出一沓旧杂志，快速翻找起来。最终，他抽出一份夜城自产的低俗而粗糙的流言小报《超自然调查者》。

上边所有的故事都是《黑夜时报》不齿报道的。亚历克斯在光滑的页面上飞快地翻阅，我看了看封面上的大标题。

亚历克斯一边翻找书页，嘴里还一边嘟囔："漫步者，我们悬赏目击者……DNA检测结果证明，皇室家族是蜥蜴的后裔……噢，这点我们都清楚……啊哈，找到了。就在这里，《昔日强势人物，今朝沦落何方》。显然，猎人赫恩已沦为贫民窟的一员，有人看到他在街上靠乞讨为生。"

"在哪里？"我问。我一点儿也不惊讶。夜城里许多无家可归的流浪汉都曾是风光一时的大人物。因果自轮回，人人难逃避。

"报纸上说他到处走来走去，"亚历克斯将小报放在吧台上，意味深长地看了看我，我无奈地叹了口气。

我沉入内心，以一种无以言喻的方式收敛我的心神，唤起我的异能。只要我用心去看，就能找到任何人或物。内心深处的天眼一经打开，整个夜城之中的景象立刻尽入眼底。

我眼前的夜城犹如一座布满毒藤的游乐场、一个插满生锈铁钉的生日礼物。霓虹闪耀的街道和广场在我搜索的目光中一闪而过，使我得以瞥到那些通常躲避于大多数人视线之外的人和生物。夜城里的空间具有许多不同的层次，而并非所有层次都在人类的理解范围之内。我迅速浏览，筛检我的目标。我看到一个衣衫褴褛的人影，大半个身子躲在一个已经被雨水浸透的纸箱中。一只粗糙的手伸出箱子外，无言地乞求怜悯。人们目不斜视地从他身边经过。一个被邋遢的毛毯覆盖的大脑袋从箱子里慢慢探了出来，缓缓望向我这边。巨大的犄角支起毛毯。即便是沦落到如此境地，赫恩似乎依然能在被人关注时有所觉察。

就在此时，眼前的景象突然消失，我再度回到酒吧之中。我已经找到了赫恩的位置，但是还没机会看仔细就被我的敌人发现了。每当我使用异能的时候，整个人就会发出耀眼的光芒，而我的敌人就会追踪这道光线找出我的行踪。如今十二名无面使者凭空出现，当场将我团团包围。它们是我敌人放出的猎犬，是多年来一直不停追杀我的怪物、我一辈子都无法甩开的噩梦。

它们拥有人类的外形，却没有人类的心灵。身穿黑色西装，头戴垂边软帽，借着低垂的帽檐遮盖面孔，好让它们可以肆无忌惮地行走于人类世界。不过现在，如此近距离地面对猎物，它们不再有心去遮遮掩掩。它们没有脸，头的正面只是空白拉伸的皮肤，从下巴到额头完全没有任何特征。它们没有眼睛，但却能看见我；没有耳朵，却能听；没有嘴巴和鼻子，但它们也无须呼吸或言语。它们行动敏捷，力量强大，并且从不知疲倦。我知道它们为了追踪锁定我，常常要连续数小时长途奔袭。为达目的，它们会将阻挡在去路上的人撕成碎片。

它们异常镇定地包围着我，我已无路可逃。无面使者没有顾及酒吧里其他人的存在，它们一个接一个地举起细长的手，向我展示由指尖冒出的恐怖针头，针头里不断有暗绿色的液体滴落。单纯将我杀死已经不能满足它们了。如今它们决定将我带回巢穴慢慢折磨，不然无法解它们的心头之恨。

我一辈子都在逃避它们的追杀，不过至今我仍不明白它们为什么要杀我。

我心跳加速，手心颤抖，呼吸急促，冷汗直流。我打不过它们，它们不但强壮异常，而且身体非常柔软，弹性十足。我无法伤害它们，无法撕裂它们，无法阻止它们，甚至连拖延时间都办不到。我心里非常明白，因为我已经试过无数次了。不论我出手多重，它们始终越战越勇。多年以来，我应付它们唯一的方法就是逃跑。我惊慌地看着亚历克斯："召唤梅林！我们需要梅林回来！"

"我办不到，"亚历克斯说，"很抱歉，约翰。他只有在想来时才来。要是他想出现在这里，那他现在早该在这里了。"

"让他见鬼去吧，"罪人愉悦地说，"我们不需要他。你还有我们，约翰。噢，这些是可怕的无面使者吧。看起来很唬人，不过我见过更可怕的怪物。美丽毒药，能否请你……"

"当然，西德尼，我愿为你付出一切。"美丽毒药嫣然一笑，美丽的外表在刹那间荡然无存。她嘴里长出尖牙，双眼血红，手中冒出利爪，以无与伦比的速度向前冲去，登时来到两名无面使者身边。在它们转身之前，美丽毒药已经把它们杀死。美丽毒药身形一晃，已经向其他无面使者扑上去。在美丽毒药的愤怒之下，它们充满弹性的肉体根本一点机会也没有。

有一个无面使者向罪人冲去，不过却突然停下脚步，仿佛撞上了一道看不见的墙壁一样。罪人面带忧伤地看着它，伸出一只手放在它空洞的额前。无面使者就像一片枯萎的树叶开始起皱，战栗着倒在他脚下。狂人摇摇晃晃地走上前对付其他家伙。在他凶猛的目光下，它们纷纷溶解、消散，化作一摊冒着泡泡的水。

它们在这里比较虚弱，我寻思着。这间酒吧的防御措施非常强大。梅林的魔法削弱了它们的力量。第一次，我感到自己有能力击败它们……

我脸上燃起一股全新的自信。除了剃刀艾迪攻击它们的那次以外，我从未见过它们这么快便土崩瓦解。可现在，它们能被阻止，它们能被摧毁，我能毁灭它们。还剩下六个手足无措的家伙。我上前一步，它们全都转身面对着我。

“来吧！”我说。

“好吧，”亚历克斯出人意料地说，“我不容许任何人骚扰我的顾客，不然有损商誉。贝蒂，露西，该你们上工啦。”

他从吧台后走了出来，手上握着一根施加了魔法的棒球棒，贝蒂和露西甩甩拳头，逼近无面使者。我笑了，有朋友的感觉真不错。我将目光重新投向无面使者，它们已有些踌躇。

“你们完蛋了，”我说，“全都完蛋了。”

我们四个对余下的无面使者发起猛烈进攻，大家齐心协力，将它们揍得屁滚尿流，不过过程并非轻而易举。尽管梅林的防御减弱了它们的力量，但它们的身躯依然软得出奇，能够吸收攻击能量，它们挣扎着想要将指尖的针头扎到我身上。我一拳击中其中一个的脸，费了好大的劲儿才拔出来。亚历克斯看准一个脑袋当头就是一棒，想不到球棒竟被对方的身体吸了进去，好不容易才拔了出来。

幸亏，我们很快就发现了它们的弱点，将它们打倒在地，然后在它们爬起之前将它们杀掉。露西跟贝蒂一人捉住无面使者的一只手臂，使劲向外一扯，将对方扯成两半。亚历克斯一棒将一只击倒在地，我立刻举起一张桌子用力砸下。所有人都很享受这种感觉，因为今晚我们已经闷太久了，也因为我从来不曾击败过它们，从来没有过。

在尽情发泄的同时，我心里也慢慢明白了一件事情。我的敌人一定知道陌生人酒吧是在梅林的守护之下，他们还是把无面使者派到这里来找我。这表示他们已经狗急跳墙了。

发泄完了之后，我们全都背靠吧台而立，大口地喘着气，对着彼此会心一笑。我感到欣喜若狂，因为我终于击败了自己内心最古老的梦魇。突然之间，所有的尸体停止抖动，然后无声无息地消失，回到创造出它们的地方。我们全都大声欢呼，就连罪人也不例外。

“这些家伙是从哪儿来的？”他问。

“不知道，”我说，“我从来都不知道。”

“谁派它们来的？你的这些敌人是谁？”

“我也从不知道他们是谁。没人知道。”

“夜城的强势人物？或许来自外界？也可能来自其他空

间……”

“我不知道！”

“那你为什么不用你的异能找到他们并确认他们的身份？”罪人冷静且理智地说。

我瞠目结舌地看着他。坦白地说，这个想法从未出现在我的脑海中。可能我想过，但是直觉地压抑在心里，因为我太害怕了。如今我亲眼看到无面使者败在我的手下，安安稳稳地站在陌生人酒吧的保护之中，身旁都是力量强大的朋友……我缓缓点了点头，再度开启我的天眼。

这次不同。我的异能让我看到了一个遥远的景象。我似乎超脱了现实，成为一道单纯的存在，没有面孔、没有身体，独自飘浮在一个陌生的世界里。我飘过一望无际的黑暗荒凉，见到震撼人心的残败废墟。不久之后，我认出了这个地方。这是一个可能发生的未来，一个我曾由时间裂缝不小心踏入的空虚境界。我的异能将我带到了末日之后的世界。在这个未来里，夜城以及所有文明都已经不复存在。

这个未来是我造成的，一位垂死的朋友大概这样告诉过我。

目光所及，到处都是毁灭的痕迹，伟大的建筑全部坍塌。除了一些残垣断壁之外，就只剩下满地的残砖烂瓦。街上停满了毁坏的交通工具，完全没有任何动静。夜城死气沉沉。天空弥漫着一种诡异的暗紫色，远方的地平线上竖立着建筑物的荒凉轮廓，而天空的尽头也不见月亮的踪迹，就连星星都只剩下稀稀落落的十来颗，孤独黯淡地挂在夜色中。

一眼望去，世界似乎已经毁灭好几个世纪了，不过我却知道没有那么久。我上次通过时间裂缝来到这个未来的时候，未来的剃刀艾迪告诉过我这里离我毁灭夜城不过82年的光景。所有文明以及人类一族完全灭绝，只因为我坚持踏上寻找母亲的旅程。在帮助未来的艾迪解脱之前，我曾对他发誓绝不会让未来这一幕成真。

我朝废墟俯冲而下，沿着两旁的建筑残骸高速游走，对准某个特定的地点前进。我猛扑向破裂的大地，在残垣断壁间飞驰，奔向某个特定的位置。我的最终目的地是一所满目疮痍正在崩塌的房屋，似乎没有什么特别之处，但我知道这是我要找的地方。这是敌人的藏身之处。破碎的窗户没有一点点光亮，可我敢说里边一定有光，一定有生命，他们借助黑暗隐藏自己。当我来到屋子跟前，另一种感觉冒了出来。眼前的景象是我上次造访这个未来的之前几年。当时，人类还没有完全灭亡。我飘过岌岌可危的墙，进入一间狭小，有人拼死防守的内室，蜡烛头闪烁的火花是唯一的光源。接着，我终于看到了我的敌人们。

我认识他们。

我的敌人是这未来时光里仅存的一些大人物，是夜城最后的守卫者，他们会聚起各自残余的力量，疯狂地试图毁灭过去的我，抢在我能做……所有那些我已经做了的可怕的事情之前。眼前的幻象只能告诉我这么多。正是为了拯救夜城和世界，我的敌人们想要杀死我。

他们围在一盆炭火之前取暖，以抖动的双手跟不安的言语凝聚所有残存的力量，默默地对抗着屋外传来的恐怖声响。接着他们停止动作，静静聆听。我可以听到他们耳中的声音。某个非常巨大的东西在暗紫色的夜空中移动，缓缓地向着他们走来。从对方移动时所发出的声音听来，我很庆幸自己看不到它的长相。屋内的生还者一动也不敢动，每张营养不良的脸上都浮现出恐惧的神色。他们怕得不敢发出丝毫声响，唯恐惹来对方的注意。好在那个可怕的东西最终走远了。他们的防御还能保护他们，至少现在还行。

不管是什么将夜城引向灭亡，事情都还没有结束。显而易见，生命正在逝去。我悬浮在敌人们的上空，他们看不见我，也没有起疑心，我听他们谈论着那些来自外界的妖怪，它们身处夜色之中，无处不在。显然，还有其他一些分散于废墟中的小块领土在继续抵抗，但它们正在一个接一个地被铲除，已经有好几个月没有听到它们的消息了。如今聚在这个小房间里的人，很可能就是人类最后的希望。若是他们也失败了，那么夜城中唯一的活物将会只剩下昆虫；而这些昆虫已经被大战中所释放出来的能量影响，开始变异。

真不忍心看着这些我所处年代的大人物变成如今这副可怜的样子。杰西卡·索洛不再是骇人的异教徒，尽管肤色还是那么可怕，但此刻看起来更像个凡人。她身穿一件破破烂烂的黑皮夹克，下着一条紧身裤，怀中抱着一个古老而破旧的玩具熊，就是我为了帮助重建她迷失的人性替她找到这只熊的。但是此刻她却利用玩具熊跟我之间的联系来侦测过去的我的正确位置。

她身旁坐着死亡侦探拉里·奥博利文，他身上裹着一件原本非常漂亮的西服残存的破布。他静静地说希望自己能像他的兄弟汤米那样痛快地死去，这样就不用眼睁睁地看着夜城走到这个地步。杰西卡伸手绕过他的肩膀，无奈地拥抱着他。

数字视频狂将起皱的双手靠近火盆取暖。天使之战后，他又把自己被天使剥掉的皮肤给缝回身上，针脚组成许多奇怪的图案，围绕在他身上原有的那些熟悉的硅晶节点和魔法线路周围。他的头上顶着一道光环，看不出是什么奇怪的能量所造成的。他不着衣物，瘦弱的身体只用几条皮带紧紧缠绕，或许是靠着这些皮带才能保持人形。

失去可怕魔力后的皮毛之王如今已经变成一个普通人。他的身上用银链子挂着各种魔法宝物，半露半掩在他皮大衣上浓密的皮毛之间。他的手上托着一只水晶球，不过这件可怜的法器已经残破不堪、布满裂痕。每一次突然的动静都会令他抽搐、战栗，他的双眼可怜地打着转。

屠夫安妮穿着一套残破的深色晚装，衣领的后摆处露出刻入她肩胛骨皮肉间的神秘徽章。在这里见到她，我并不惊讶。许多人的尝试已经表明，安妮很难被杀死。她有着将近两米的身高、健硕的肌肉，尽管如此，她看上去还是显得有些……憔悴。战争使她心力交瘁。她的身旁摆了一碗鲜血，用以补充火盆旁五芒星上的魔力。只见她拿刀在自己手腕上划了一下，在已经半干的碗中滴满自己的鲜血。

我静静地听着他们说话。他们的声音很轻，似乎从很遥远的地方传入我的耳中。

“派去的人失败了，”杰西卡说，“我们的使者被消灭了。”

“12个全都死了？”数字视频狂问，“从来没发生过这种事。他一定纠集了新的盟友，强大的伙伴。”

“也许是他变得更强了，”拉里·奥博利文说，“因为他的时代已经来临。我们还要尝试吗？”

“不，”屠夫安妮说，“为时过早，我们太弱。等恢复元气再说，还有时间。”

“我们明知用我们的力量突破梅林的咒语是一次冒险。”杰西卡说。

“我想念他，”皮毛之王说，他的嘴角在颤抖，“他给了我们希望，他是如此骁勇善战。当他们最终将梅林拖垮，当着他的面吞下他的心脏时，我身体的一部分也跟随他死了。他终将是我们中最棒的一个。”

他们是在与谁战斗呢？我心里琢磨。这场战争是针对谁呢？居然能摧毁像梅林那样强大的人物。在房屋之外，在黑暗之中，到底隐藏着什么？

“我们得制造更多的无面使者，”安妮说，“我们得为下一次派遣做好准备，只待时机成熟。”

“我们已经有一具尸体了。”皮毛之王说。

“我们不能用他！”杰西卡立即打断了他，“不能！他是我们中的一员。”

“可现在他只是一具尸体。”安妮说，“这是他的意愿，相信你也了解他。你该知道这种时候到外面去挖尸体有多危险。没有尸体，我们无法制作人形躯壳。”

“但不能用朱利恩·阿德文特的尸体。”杰西卡说。

“他早已准备好为此献身，”拉里说，“他喜欢当英雄，而这就是他最后的机会。如果你不愿意动他的尸体，我们来就可以了。”

我没有听到他们接下来的对话，因为我太震惊了。朱利恩·阿德文特，传说中的维多利亚时代的冒险家，居然也是我的敌人？也许他有时不能认同我的作为，但我们一直都是朋友，彼此支持。我们为了正义并肩战斗……他怎么可能也想置我于死地？他绝不会与谋杀或背叛沾上边……除非诱惑如此巨大，他的良知没有给他任何选择的余地。或者所有别的选项更加糟糕。倘若朱利恩能成为一个无面使者……那我就不得不面对这样一种可能：过去我所遭遇的那些无面使者有可能是由我朋友的尸体制造的。

“我还是那句话，我们要做的就是杀死约翰，”屠夫安妮一边滴血一边说道，“想要活捉他实在太危险了。”

“不，”杰西卡立刻接话，“现在不行，我们必须将他活着带到这里拷问。我们必须弄清楚他为何要那样做……又做了些什么。用药物与绝望感逼迫他，他最后一定会招的。到时候，我们或许就能想出办法阻止这一切。”

“到时候，我们再杀了他。”皮毛之王说。

“没错，”数字视频狂说，“为了他的原罪，为了这么多条人命，也为了他所继承的血脉。”

影像突然幻灭，我在一瞬间回到了陌生人酒吧。我站在酒吧的正中央，全身剧烈地抖动，冷汗一滴一滴地滑过脸颊。罪人伸手扶住我的身体，亚历克斯则递给我一杯白兰地。我感激地接过，一饮而尽，颤抖的牙齿将杯沿磕得直响。我在发抖——太多真相，来得太突然。

我将一部分看到和听到的告诉了他们，但并非全部。有些事他们目前不需要了解。有些事……我不能告诉他们。他们几乎和我一样震惊，全都以全新的眼光打量着我，包括狂人。他们眼中的我将会毁灭夜城。我不怪他们用这种眼光看我。按照刚刚的景象所示，我的敌人反而才是好人。为了防止这一场毁灭世界的大灾难，他们迫不得已只好出此下策。

我已经向未来世界的那个剃刀艾迪许下诺言，我宁死也不会让可怕的未来成真。但会不会打从我接下这个案子的那一刻起，已经在实现那恐怖的未来呢？如果夜城的起源真的与我母亲的身份息息相关，那调查这起案子会不会是多米诺骨牌中推倒所有其他骨牌的第一块呢？

“时间隧道只代表未来的一种可能，”亚历克斯说，“人人都清楚这一点。”

“都只是可能而已，”罪人附和着，“时间的分歧比大树上的树枝还要多。”

我摇摇头：“既然追杀我一辈子的敌人都是来自这个未来，这说明它成为现实的可能性极大，几乎是必然。”

“那你打算怎么办？”亚历克斯问。

罪人说：“你自己决定是否继续这个案子吧。不必勉强，你可以避而不管。但如果你决定继续下去，美丽毒药和我将追随你一起调查。因为我太想知道接下来会发生些什么了。”

“没错，没错。”狂人接话道。

“我们继续，”我说，“我已经接受委托了，而我从来不让顾客失望。真相才是重点。至于真相会伤害到什么人，那都是以后的事了。”

6

老鼠巷的森林之神

我从前门离开陌生人酒吧，脑子里很乱。我早就知道夜城是古老的，如果梅林说得没错，那么夜城在他还很年轻时就已是一座古城。可夜城的历史到底能追溯到何时呢？假如它的出现是为了达到某种目的，那又是谁创造了它？一种可怕的猜测涌上心头，或许我已经知道答案了——我失踪的母亲。

我一个人走在前边，迈上潮湿阴暗的小巷，向霓虹闪烁、喧闹繁华的大道走去，我的伙伴们跟在我后边。罪人和美丽毒药手挽手地漫步，他俩时而耳语，时而窃笑，就像一对热恋中的年轻人。如果我并不知道他们中的一个是来自地狱的魔鬼该有多好啊，可在她身后，却是数个世纪的背叛与道德沦丧。狂人在最后，他的目光迷离，真是谢天谢地，因为当他开始注意这个世界时，事情便会变糟。在这个案子进行的过程中，我已不止一次地想，当初应该更加慎重地选择同伴。

来到大街的人行道上，我立刻发现有人在监视我们。沃克一刻也没有忘记派人跟踪我。至少目前还没有看到坏彭妮的身影，不过她是属于“不鸣则已，一鸣惊人”的那种狠角色。沃克的人这么快便发现了我的行踪，这并未让我感到惊讶。他清楚我在某种情况下有可能去陌生人酒吧，所以在那附近布置暗哨比较稳妥。坦白地讲，他的人在人群中不显眼。不过，沃克一直长时间地监视我，以至于那些人已经成了熟面孔。事实上，当我办案毫无进展时，常常会将他们带到某个地方喝上一杯，然后向他们阐述我的种种理论学说。在这种时候，我们谁也不用去考虑别的，彼此都能舒服一点。他们大多数对此表示赞同。在夜城，今天的敌人可能成为明天的朋友，或者至少是同盟。当然，这话反过来讲也是有可能的。我们都没有将这种共识告诉沃克。他不会明白的。

我四下张望，暗自计算着跟踪者的人数。大概有 20 个，其中有一半是新面孔。20 个，真让我惊讶。比平时跟着我的多得多，足可以看出沃克将这次的案子看得有多重。

我的同伴们自然没能发觉有任何盯梢者，我不得不将那些人一个个指给他们看。

“别对他们指指点点，”我友好地说，“给他们留点面子。”

因此，我们改为向他们招手。其中有一个被吓得撞上了电线杆。

“我不喜欢被监视。”美丽毒药恶狠狠地皱着眉，完全破坏了原先脸上那种天真的表情。

罪人轻轻拍了拍她的肩膀："亲爱的，这只是因为他们不像我这样了解你。"

"我敢确信这只是些诱饵，"我说，"分散我们的注意力，要我们忽略躲在伪装法术跟隐形斗篷之后的真正监视者。我想，沃克对我们这件案子的进展十分关注。"

"我很难说清楚夜城里谁与这件案子有关，谁与案子无关，"罪人说，"不管我们发现什么，都很可能对这里的人产生影响。或许我们应该多找几个帮手，作为我们的后援，以备不时之需。"

"不行，"我立刻反对，"沃克代表的是当权人士，他们关心的仅仅是维持现状。如果我们过于接近真相，他们一定会下格杀令的，还是不要牵扯太多人进来比较好。"

罪人看着我："你似乎对前景不太担忧。"

我耸耸肩："太多人希望我死，当权派只能排队等候了。此外，沃克和我曾经较量过。只要还是我在前面跑，他在后面追，我就有优势。"

"我不喜欢被人盯梢，"狂人忽然说道，"不过，我知道是谁在盯着我们。我们并不孤独，永远都有人在旁监视。他们在镜子的另外一边偷看我们的一举一动。他们痛恨我们，只因为我们的存在比他们真实。记住睡觉的时候要把镜子翻过去面对墙壁，这样他们就无法进入我们的世界了。"

"好的，"我说，"谢谢你的提醒……"

“我没有疯，”狂人忧伤地说，“不论对我还是对其他人而言，我如果真的疯了反而比较好，但是……如果你看过我所看过的景象……你就会知道世界绝非表面看来那么简单。我们接下来要去哪儿？”

我眨了眨眼，决定回答这个问题：“我们要去上城区的餐厅大街。我可以在那里找出猎人赫恩的踪迹，但怎么去是个问题。只是，搭乘任何大众交通工具都无法甩开沃克的手下，我可不喜欢让他们这么轻易地跟踪我们。”

“何不买辆车呢？”罪人说。

美丽毒药的头上突然嗡嗡作响，冒出一道由苍蝇组成的光环。接着她伸出恐怖的利爪，在面前的空气里画出诡异的符号。一阵阴影袭来，将她整张脸笼罩其中，只留下两点火红的目光静静地燃烧着。我被她吓得退开一步，狂人则以哀伤的表情盯着她。

我浑身一颤：“你不是认真的吧？你看得清路上的汽车吗？那些可不是普通的汽车。有一半在那里跑来跑去的东西只不过看起来像车，剩下的靠魔法运行的讨厌东西能令美丽毒药胆寒。更别提只要把大拇指伸出窗外，立刻就会被吃掉了。”

“我有办法可以去上城区，”美丽毒药出人意料地说，“西德尼，如果你希望我那样做的话，我可以带大家直接到那里。”

“噢，当然，”罪人说，“可我居然不知道你可以……”

美丽毒药念了一句令大家耳朵疼痛的咒语，然后，一道地狱之火在我们四周猛烈喷出。黄色的火焰里爆出大量的硫黄臭味，不过我们丝毫没有感到火焰中的高热。地狱之火向上一喷，接着瞬间消失得无影无踪。

一切尘埃落定之后，我们已经出现在上城区的街道上，美丽毒药也恢复为原来的清纯样貌。我感到一阵头重脚轻，于是用力摇了摇头。刚刚传送的时间虽短，但我耳中仿佛听到了数不清的凄惨叫声……我看了看美丽毒药，她则故作端庄地对我笑了笑。

“我不知道你有这种能力。”罪人的声音听来十分平静。

“只不过是从地狱旁边快速绕过罢了，”美丽毒药说，“亲爱的西德尼，我毕竟是个魔鬼女妖。我们必须拥有随时前往任何地方的能力，这是我的工作需要。”

“我看到你了，”罪人说，“在那里的一瞬间，我看到你真正的模样。”

她低下头：“西德尼，我无法改写自己的出身。”

“没关系，”他说，“没关系。原来我就见过你的真实模样。我下地狱后，他们做的第一件事便是让我看你的真实面目。但那并没有改变我的感受。我爱的是你，而不在乎你的外貌。”

“我始终不明白这一点。”美丽毒药说。

“当然不明白，”罪人温和地说，“因为你是地狱来的女恶魔呀。”

他俩相视一笑。我环顾四方。繁华的街道上人来人往，他们刚刚目睹了我们从地狱之火形成的圆圈里走出来，但似乎没人对此感兴趣。毕竟这是夜城。人以及其他生物只关心自己的事，也期望其他人不要多管闲事。不过，再怎样忽略我们的出现，大家还是都会刻意远离我们。我二话不说向前走去，同伴们立刻随后跟上。我认得这个地方，也知道要上哪儿去找赫恩。我以前来过这里。上城区拥有所有最好的餐厅跟俱乐部。然而即使最华丽的光芒也免不了会照出阴影，而赫恩目前就在某处阴影中。

我经过一间非常有名的法国餐厅，然后转入一条较为阴暗的小巷子。餐厅光鲜亮丽的招牌和旁边这条巷子中鬼气森森的黑暗，形成极度强烈的对比。巷子里又湿又冷，肮脏污秽，不出几步就有一种走入截然不同的世界的感觉。这是一条阴郁异常的小巷子，通往一个人迹罕至的后巷迷宫。到处堆满了垃圾，每隔几步就会看到几扇餐厅的后门。这些后门都是顶级餐厅的顾客从来不曾到过的地方，是供货商跟员工们的入口，是所有垃圾的集散地，而这也就是夜城中所有流浪汉都喜欢来这里的原因。因此，夜城里的贫民和流浪汉会聚至此，远离那个对他们漠不关心的日常世界。

我打量着这个叫老鼠巷的地方。它没发生过任何改变。

这里仍旧是全夜城最黑暗的地方。这里的黑暗跟缺乏街灯完全没有关系。那是发自灵魂的一种黑暗，可以接触人心之中最深邃的恐惧。街道上的霓虹灯无法穿透其间，甚至连白色的月光也不能照亮此地。这里的味道非常难闻，除了浓厚的腐臭味之外，还有令人无法忍受的绝望气息。就连地上的大石头都黏糊糊的。在这恶心的阴影之中住了一群遭到社会遗弃的人，他们是迷失的灵魂，被世人遗忘。

“猎人赫恩，那位古老的森林之神，就生活在这种地方？”罪人说。

“的确是由巅峰跌至谷底，”我说，“但你没法肯定自己就一定不会沦落。至少在老鼠巷，他还有同伴。很多无家可归的人和贫民在这里终老，因为餐馆的员工会将不用的食物倾倒在这里，从零碎菜渣到整块牛肉应有尽有。将这些东西扔给这些乞讨的人吃比花钱将它们运走更划得来。”

“这里为何被称作老鼠巷？”美丽毒药问。

“你觉得是为什么呢？”我反问，“看看你站的地方。”

“我从来没有想过夜城会有这么多无家可归的人，”罪人说，“这里简直就是一个社会——乞讨者的贫民窟。”

“我想我们现在还是应该称他们为流浪汉，”我说，“因为如果称他们无家可归的人，我们就要回避这样一个实质性问题，为什么我们不为他们寻找住的地方？他们已经在这里很久了。夜城的经济基础都是从失败者身上压榨来的，这里对待失败者可是非常残酷的。”

老鼠巷是夜城居民对这一带的称呼。这些巷子里面到处都是大纸箱、简陋的遮蔽物、破烂的帐篷，以及挤在毛毯之下抱在一起取暖的人们。男男女女，各种体形、各种年龄的，就像船难的受害者一样聚在一起，又像被人满为患的国家赶出来的难民。黑暗中到处闪耀着明亮的双眸，阴影里随处隐藏着武器的凶光。也许他们穷困潦倒，但他们还是不喜欢被人盯着看。

“他们养狗吗？”狂人问，“我觉得所有无家可归的人都养狗。”

“这里没人养狗，”我回答，“一旦有狗在这里出现，便会沦为这些人的盘中餐，或者被老鼠吃掉。这里的老鼠非常可怕，所以街友得聚在一起，不敢落单，不然的话，难保晚上睡觉的时候不会被老鼠拖走。”

罪人看着我：“约翰，你似乎对这里很熟啊。”

“我在这里住过一段时间，”我说，“很多年前，我曾被逼到走投无路的地步。当时整个夜城只有这里没有人会问我的过去，也没有人在乎我是谁。他们愿意接纳任何人。这里绝对是个逃避他人的好地方。在这里，你不得不一心想着如何取暖、怎样保持干燥、下一顿饭从何而来，对于烦恼太多的人而言，这里是个不错的选择。”

“你在这儿待过多长时间？”美丽毒药问。

“不知道，很长。我就是在这里认识剃刀艾迪的。直到现在，他还偶尔在此过夜，”我小心翼翼地走进空地，一边适应四周的黑暗，一边寻找着熟悉的面孔，“那边是吗啡修女，还是那副习惯的装束。她自愿来到此地跟街友同住，希望能够以信仰的力量帮助他们。她的血管能通过她的眼泪为穷人们制造出各种药品。在老鼠巷，从来都不乏流泪的理由。她流出的眼泪能缓解周围人的苦楚，她从不拒绝任何人。不久前，有一伙歹徒想绑架并利用她，好为他们提供永不枯竭的药品源。他们凶神恶煞般地出现在这里想要将她拖走……结果被街友围殴致死，死后连尸体都被吃了个精光。”

吗啡修女向我迎了过来，黑色的衣服已破烂不堪，但依然流露着疲惫的高贵。她比我记忆中苍老了许多，不过住在这种地方总是老得比较快。她的长袍已经破成一缕一缕的，她的笑容困乏但却和蔼。

“约翰·泰勒，我就知道你会回来。”她说。

“我只是来看看，修女。”

“人人都这样说。”

“修女，我是来找猎人赫恩的，我们要和他谈谈。”

“可他想要和你们谈吗？”吗啡修女瞪着美丽毒药，“这个家伙的身上有地狱的臭味。”

这里除了人之外，还有一堆怪物，甚至还有几台残破不堪的机器人在能量耗尽之前不肯轻易倒下。在夜城，即使是最底层也愿意包容一切。这里甚至有一名身穿破烂太空服的外星人，似乎是遭到同伴遗弃所以才流落至此。现在到处都可以见到外星人的踪迹了。不论人家有什么样的过去，老鼠巷都愿意无条件接纳。要不是因为这样，当初他们怎么会收留我？

“我们不是来这里找麻烦的。”我认真地说。

“你就是个麻烦，约翰。”吗啡修女说着转身离开。

我四下寻找愿意帮忙的人。这个地方只要用钱或酒就可以买到不少帮助。我看到骷髅恶魔躲在木条架起的毛毯之下，没精打采地偷偷瞄了我一眼。这家伙在赌桌上输光了一切，连自己的肉体都输得一干二净。他全身上下输到只剩一副骨头了，但是还是不愿死去。其中一些骨头显然被啃噬过，应该是老鼠干的。我看到不少其他有名的人物，不过没有一个对我表示善意。

“难道没人做点什么来帮助这些人吗？”罪人问，“难道没人在意吗？”

“别忘了你身在何处，”我说，“夜城是以不关心任何事情而闻名遐迩的。人们就是因为这点才对夜城趋之若鹜。不过还是有极个别的人乐善好施，例如吗啡修女。还有普，他依然会出现在这样的地方分发热汤，顺便传一传道。朱利恩·阿德文特通过《黑夜时报》为各种慈善团体筹款。可是，夜城里绝大多数人宁可装作不知道还有这种地方、这种人群的存在。他们不愿由此想象自己一旦在夜城失败将会付出的代价。”

我的伙伴们和我引起了人们的注意。即使在这种地方，还是有不少人认得我们的面孔、听说过我们的故事。越来越多流浪汉在我们四周聚集。我警惕地盯着离我们最近的黑影。所有外来者，往往还包括那些好心施舍的人，都会被他们看作进攻的目标。流浪汉们不怕我们，他们已经沦落到这个地步，不会再害怕任何事情。他们开始跌跌撞撞地站起来，用毯子裹住身体，从各个方向朝前逼近。我快速朝身后瞟了一眼，发现离开的路依然畅通，如果要撤退的话，现在还有机会。我不想伤害任何人。罪人和美丽毒药保护性地站到我左右，那些衣衫褴褛的人靠得越来越近。他们似乎全都是冲我来的。

忽然，他们在我面前跪了下来，并且深深低头鞠躬，嘴里像在祈福一样默念着我的名字。其中一些人试图用他们邋遢的脸触碰我的手。有些人好奇地摸着我的白色风衣，好像这样的摸索能治愈他们的伤痛似的。我茫然四顾，寻找吗啡修女，但她依然背对着我们。人们如同参加圣会一样跪在我面前，一张张脸上写满了崇拜。

“噢，”罪人说，“这可真是……出人意料。只是有那么点让人担心。”

“相信我，”我小心地将手背在身后，不让他们触摸，“如果有什么是我们可以肯定的话，那就是我绝对不是重临人间的耶稣。”

“当然不是。”美丽毒药说。

她说这话的语气有点奇怪，罪人和我都看着她。“你是不是知道什么？”我问。

“我知道的事情超出你的想象。”美丽毒药回答。

当事实证明我不会带来什么奇迹时，这些流浪汉立刻对我失去了兴趣，纷纷转身离去。狂人在他们中间踱来踱去，他们将他视为自己的一员。因为他们看得出狂人跟他们一样，是属于被世界遗弃的那种人。

我小心翼翼地穿过堆积的硬纸箱和简易帐篷形成的迷宫，终于在我的异能向我展示的那个地方找到了猎人赫恩。他依然蹲伏在那个被水浸湿、塌了一半的纸箱里，身上裹着些又黑又脏的东西。眼看我和罪人还有美丽毒药来到面前，他整个人都往纸箱里面缩去。我们连哄带骗地叫他出来，不过通通徒劳无功，后来我报上了姓名，他才终于愿意现身。

只见他缓缓地离开大纸箱，脸上充满不确定的神色，犹如一只受惊的小动物一样，随时打算逃跑。要不是额头上长了两根雄壮威武的雄鹿角的话，他看起来就跟一般衣衫破烂的流浪汉没什么两样。他比我想象中要矮小，身高不到1.6米，外表十分粗犷，像个原始人一般。他的皮肤非常粗糙，脸上瘦骨嶙峋，长相奇丑无比，双眼深深地陷在眼眶之中，双唇静静地在潮湿的空气里颤抖。他全身散发出一股恶臭，一种带点麝香味的野兽气息。他的一只巨大的手掌上紧紧地捧着一个用人类头盖骨做成的乞讨饭碗。

“我已经算不上什么神了吧，是吗？”他用一种我从未听过的口音低吼道，“已经过去很久了。但是，还是有一些崇拜者存在。大都是些新世纪的嬉皮。呸！不过，现在这世道，能抓住什么就别放手。不管怎样，信仰依然是我力量的源泉。猎人赫恩只不过是孩子们听到的传说罢了。反正我向来不是人们喜爱的神。赫恩代表了追逐、狩猎以及杀生，向来就让人联想到浸在鲜血中的尖爪跟利牙。”

他的声音渐渐变得清晰，仿佛开始记得该如何发声了：“人们通过向我献祭，祈求我让他们在狩猎中获得好运气、好天气，祈求我让敌人死亡，还祈求我远远躲开。我是一个危险的、反复无常的神，我喜欢恶作剧。是的……我曾经是名危险而又善变的神，非常喜欢作弄凡人。然而，只要是受我保护的凡人，绝对没有任何势力胆敢动他们一根汗毛！不！不……很久很久以前……我就已经失去了原有的一切。你们找我究竟有什么事？诸神之街有更多更强大的神祇，而且收费都很合理。我已经失去力量，心中也不再保有秘密，就连一点睿智的建议也无法提供。”

“我们是来打探消息的，”我说，“寻找一些问题的答案。”

赫恩浑身颤抖，像一条落水狗。“我什么也不再知道。世界在前进，噢，是的。森林消失了，全都变成了今天的城市。钢铁、石头、砖瓦，里边渗透着的魔法我根本就不了解。我憎恶城市，憎恶夜城，憎恶变老。只要活得够长，你就将眼睁睁地看着自己曾经喜欢的一切腐烂、溃败、灭亡。”他猛地抬头看着我，说，“我认识你，约翰·泰勒。我太了解你了，绝不会拜倒在你的脚下。你想要怎样？有什么问题？”

“给我讲讲那些古老的日子，”我说，“当英格兰还很年轻时，那个属于你的年代。”

他咧嘴而笑，露出一口残缺不全的牙齿：“我还记得我的光荣岁月，骑在我的月光牧马上领导着野生狩猎组织。在那一夜，所有的男人和女人都成为我的猎物。在很久很久以前……我曾经以人类为狩猎目标，而现在，我却吃他们不要的残羹剩饭。任何人都有可能落得与我一样的下场。只要一个不小心，你就可能自权力顶端跌落，再也没有第二次机会。人们成为农夫，而不是猎户。乡村发展成城镇，森林越来越小。人类越发强大，我却越发渺小。城市……夜城就是最早成为城市的地方之一，是堕落的开始。”

“不是最早的城市？”罪人问。

赫恩再次露齿而笑：“关于这一点，在我的年代之前就已经众说纷纭了，去问更古老的神，那些打从天地初开就已经存在，至今依然屹立不倒的生命。那些比我更野蛮、更残酷的家伙。”

“我听说，”我小心地问，“我母亲与夜城的诞生有关系。你知道这件事吗？”

他轻松地耸耸肩：“不太确信。我想没人清楚你母亲的身份。我有个看法，不过每个人都有看法。要是你问我的话，我想你的母亲是梅宝女王，仙境的第一任女王，在位时间在泰坦尼娅女王之前。我记得梅宝美得就像黎明，比四季更加强大。她行走于闪电之中，舞动在月光之下，一个表情就足以挑动人心，一眨眼就能够让人忘却一切。梅宝女王，崇高而又可怕。妖精们现在已不再谈论梅宝了，但她们依然害怕她，害怕她还会回来。为了支持小可爱泰坦尼娅，大多数故事和神秘历史的传说中都没有提及梅宝，但一些人依然从未淡忘梅宝女王。”

“发生什么事了？”我问。

他轻笑一声，笑声非常低沉难听：“去问哀悼者吧，就是在墓穴中起舞的那个家伙。他挥舞着对手破碎的骨头，撕咬着他从对手胸膛里掏出的心脏。死亡对我们这些人而言不算什么。我们的历史拥有决定命运的力量。”

赫恩侧过丑陋的大头，似乎在聆听一个只有他听得到的声音，然后他说：“我还记得当妖精发现城市、文明，以及冰冷的钢铁已经成为无可避免的趋势时，她们就立刻决定要离开人类的世界。她们踏上了不为人知的小路，退入只有她们才知道的秘密世界里。没错，我早该趁着有机会的时候跟她们一起走的。她们有邀请过我！跟人类比起来，我跟妖精更合得来。然而妖精打算永久隐居，我却不愿意就此默默无闻。没错，真该跟她们一起走的。但是不要！我就是要留下来打必输的仗，然后眼睁睁地看着世界变成我不认得的模样。”所以，猎人赫恩就到了这里，混居在堕落与无望的人群中，进行自我惩罚。

“为什么？”美丽毒药问。

赫恩爬回自己的硬纸箱，不过目光始终没有离开我的脸：“去问荆棘之主。现在请你们立刻离开，否则我将杀了你们。”

我们转身离开，留下他一个人在纸箱中哭泣。

我四处寻找狂人。我们该采取进一步行动了。“接下来去哪里？”我说，“我想听听大家的意见。”

“去找荆棘之主，如何？”罪人提议道。

我情不自禁地后退一步，并且注意到美丽毒药也有些畏怯。我十分严肃地看着罪人道：“除非完全没有其他选择，不然我绝不去找荆棘之主，荆棘之主可是连沃克也不敢轻易得罪的狠角色。何必去招惹他呢？”

“因为赫恩提到了他。”

“的确如此。还有别的建议吗？”

“好吧，”罪人说，“那我们去找哀悼者吧？”

我打了个寒战。“我们到底为什么要去见这些疯狂的怪物？”

“因为赫恩说了，我们得去问那些老家伙，”罪人平静地说，“哀悼者是我所知道的最老的一个家伙了。”

“是的，没错，”我不情愿地承认，“毫无疑问，他了解各种各样的往事，要是你能说服他开口的话。可你要知道，夜城里那些古老的强势人物可不是靠着友善、平易近人的态度成名的。甚至再也没人确信哀悼者变成了什么样，除了知道他拥有超级死亡魔法，而且会疯狂使用它。我甚至不愿意大声说出这个名字，害怕被他听到。他有可能是个魔鬼，或是某个瞬态生命，甚至是一个精神极度错乱的人。没人清楚。有人说他喜欢吞噬灵魂……”

“可他要比赫恩古老得多，”罪人固执地说，“如果有谁知道夜城历史的话，我一定把赌注押在哀悼者身上。”

“所以你建议我们直接闯入他的地盘问他？”我说。

“要是你害怕的话，可以躲在我身后，”罪人说，“由你决定，约翰。你到底有多想触及这个案子的真相？是不是想到可以为此深入一个强权主宰人物的老巢的地步？”

“噢，该死，”我说，“这又不是第一次。”

“孩子们……”美丽毒药开口说话，“我想我们得帮帮狂人了。”

我立刻回头看去，只见狂人在老鼠巷的纸箱跟帐篷之间跳起了芭蕾舞，所到之处百花齐放，地板及墙壁间处处涌出清澈的泉水。当他一舞终了，一道喷泉自其脚边狂喷而出。一名流浪汉接了一杯泉水，尝了一口，然后兴奋地告诉大家地下喷出来的是纯威士忌。此言一出，所有人都以全新的目光看着狂人。

流浪汉们纷纷上前，围在狂人身边，要求他用魔法为他们变出食品和酒水，温暖和光明，以及安稳的栖身之所。他们用手在他身上触摸，恳求的声音渐渐变成命令甚至威胁。狂人试图后退，但他已经无法抽身。我想靠近他，可是太多人挡在我们之间。我冲那些流浪汉吼叫，希望能喝退他们，但他们根本不听。接着，我浑身泛起鸡皮疙瘩，心脏几乎要停止跳动。

离狂人最近的砖块开始冒泡、熔化、流散。地面在摇晃，仿佛有什么潜藏在地下的东西正向上拱，想要破土而出。老鼠巷沐浴在色彩变幻的光线中，空地上出现许多无源的阴影。狂人已失去控制。

流浪汉们纷纷退却，哭喊声中充满震惊、慌乱和难以抑制的恐惧。狂人周围的世界正在破灭。我一把抓住罪人的胳膊。我无法呼吸，觉得自己随时都可能扑倒在地。目光所及之处，所有事物的细节都发生了变化，迥异于常。一个流浪汉抓住

狂人，想迫使他停止改变一切，但结果只是在狂人的目光中胆战心惊地尖声叫喊，并渐渐发生变化，直到看起来像一幅现代艺术画作，每个维度都能看清，充满了强烈的透视感。可怕的是，他依然活着。狂人看着自己的杰作，脸上毫无表情。

吗啡修女将变成画的人搂在怀中，一面安抚着他一面瞪着我："这全是你的错！是你把他带到这里来的！快做点什么啊！"

我从外套口袋里掏出一些有用的小东西，打起精神，准备再度上前。就在这时，罪人从我面前冲了过去。他大步上前，迎上狂人的目光。两个人一起静静地对视着，迷失在彼此眼中。狂人平缓地长舒一口气，将脸扭向一旁，他身旁的世界这才开始平静、稳定下来。罪人非凡的特性犹如给狂人来了一颗定心丸，使他镇定下来。

老鼠巷一片沉寂，再度恢复原貌。许多流浪的人在啜泣、发抖。罪人拉着狂人的胳膊，将他带离空地，狂人像小孩一样乖乖地跟了出来。

"真是哪儿也不能带你去。"我说。

7

哀悼者之死

我们离开了黑暗的老鼠巷，回到灯红酒绿的上城区。夜色十分深沉，霓虹灯无比明亮，我们终于再度踏入熟悉的夜城了。

从某种意义上说，离开老鼠巷就好比获得新生。这和我上次离开老鼠巷的感觉一样，那已是很多年前的事了。我深吸了一口气，环顾四周。拥挤的人行道上，人群依然熙来攘往，人们都在忙自己的事情，沃克的探子们依然在自认为安全的距离之外监视我们。沃克给的工资还不足以让他们跟踪我们进入老鼠巷。不过跟踪的人数似乎有所增加。我公然怒视着他们，同伴们则在旁边耐心等待。一些探子退进了门廊和巷子口的阴影中，但一些新手只是冷冷地回望着我。我将他们一一指给罪人和美丽毒药看。狂人已经再度沉迷在自己的幻想世界里了。

“看来我们有新朋友了，”我说，“并不是那种普通得每天都能见到的盯梢者。看到那边的七个东方绅士了吗？就是那些左眉上文着染色体图案的人。那是来自巾爪帮的格斗法师。他们的出现，表明了沃克向我们宣告豁出一切的决心。”

“危险人物？”罪人问。

“非常危险。”我回答。

“没什么了不起的，”美丽毒药说，“我们也是危险人物。”

“可是，”罪人说，“格斗法师？沃克把这案子看得够重的，不是吗？那边两位披着狼皮、戴着爪形项链的绅士呢？”

“超自然追踪者。他们能从臭鼬成堆的工厂里追踪到我们的气味。心灵传输法也无法甩掉他们，他们会径直跟在我们后边，同时还吸收我们的魔法。”

“有办法摆脱他们吗？”罪人问。

我咧嘴笑了笑：“当然。去那些他们不敢跟着去的地方。”

“我不想看到那三张面孔，”美丽毒药柔声说道，“他们身上有一股神圣的臭味。”

我顺着她指的方向望去，忍不住暗地里诅咒起来：“他们可是大麻烦——神圣三人组。一个男人，一个女人，还有一个刚死不久的人。他们都是耶稣会的鬼神学家、罪恶俱乐部的付费会员。他们借助终身禁欲产生的紧张来增强他们的法力。他们拥有永不衰竭的精力，对世界怀有非常强大的恨意，尤其对夜城。正常情况下，当权者根本不会允许他们进入夜城。可恶！沃克这次是来真的了。我们不能再依靠地狱之火传送术，因为神圣三人组只要用眼神就能轻易扑灭地狱之火。”

“我可以杀了他们。”美丽毒药说。

“不，你不行，”罪人说，“如果你还想和我待在一起的话，就不行。”

“好吧，当然，亲爱的西德尼。可是，以后你必须再向我解释一下怎样保持克制。”

罪人忽然看着我，他那惯常的温和眼光里带着思索与估量：“我想，在你为罗马教廷拿回堕落圣杯后，你应该已经成为罗马教廷的宠儿了，对吗？”

“那是一件为教皇完成的特殊任务，”我说，“不是罗马教廷。沃克随时都可以造访教会、政府和军队，从而获得支持。可我已经很多年没见过这种八方人马会集的场面了……绝对不会仅仅为了我就这样。”

“那我们该怎么做？”狂人问。这把我们吓了一跳。你很容易忘记他还在听，甚至一不小心就会连他的存在都给抛到脑后。

“我想……我们就让他们跟着吧，”我说，“从这里到哀悼者的老巢不算太远。当他们意识到我们是要去哪里时，其中大部分人会放弃跟踪的。这不能怪他们。要不是迫不得已，我也不愿去那个鬼地方。事实上，就连现在我还在想尽量不去那里的办法。”

“躲在影子里的麻烦，”狂人说，“他们一直在盯着你，而你却看不到他们的眼睛。”

我们都想了想他的这句话。“恭喜你，”罪人说，“说得很中肯，而且很直白。”

“当我认真说事时，总是没人听我的。”狂人悲伤地说。

罪人转过身来对着我，似乎下定了什么决心。“我忽然有了一个想法，”他坚定地说，“据说现在钱斯与哀悼者有些关联，不过没人知道是怎样的关联。我们能否通过接触她，从她那里得到某些信息？没准还能让她充当中间人。”

“我对此表示怀疑，”我说，“首先，那只是传言。第二，自从我将那只蝴蝶放走之后，她对我可不大感冒。”

罪人没有开口，一直等到确信我话已说完，他才叹了口气，说：“你几乎跟每个人都有某种关系，是吗？”

“并非全都是负面的，”我反击他，“夜城里一定有没想过要取我性命的人。”

“我可不愿相信你的话是真的。”美丽毒药说。

我们就这样带着一群监视者，浩浩荡荡地步行离开上城区，沿路的街道越来越脏乱，路旁的霓虹灯也渐渐暗淡。街道上的陌生人自顾自地匆匆而过，周围建筑物密密麻麻地挤在一起，窗户全都紧闭着或者安装了铁栅栏，大门对所有人关闭，只为知道正确密码的人而开。我们已经身处怪癖集市，所有的恋物癖患者、强迫症患者，甚至极端的宗教狂都会来这里搜索那些在常人眼里根本毫无乐趣的东西。这里不是观光客的游览胜地。怪癖集市甚至能让夜城的常住人口感到恶心。我之前来过一次，事后我不得不把去那儿穿的鞋子烧掉。

经过的人们眼睛都死死向下看，谨慎地给彼此留出足够的空间。这是一种很文明礼貌的做法，可空气中还是凝聚着怪诞和病态的浓重气氛。当跟踪我们的人意识到我们是要往哪里去时，他们开始三三两两地退却，继而一溜烟地跑了。但那些更强大的灵魂依然跟着我们，他们将挡在眼前的人撞向一旁，以免我们溜出视线。当我们在狭窄的街道上继续穿行时，我情不自禁地耸起肩，好像预感到袭击将要来临。怪癖集市是个让人不舒服的地方。相反，美丽毒药在这里却显得心花怒放，她愉快地行走，对每个人报以微笑。罪人似乎完全不受感染，毕竟他的爱人是一个魔鬼女妖。狂人的音乐里传出愉悦的嗡鸣……

最后，我们来到一间乌烟瘴气的殡仪馆，现在这里就住着那个名叫哀悼者的苍老、可怕的家伙。他常常变换落脚点，部分原因是很多人和其他东西都希望他死去或离开，还因为仅仅他的存在便足以将周围的生命力吸干。哀悼者也被称作自杀之神、苦难圣人、眼泪暴君。如此多的名号集于一身，却没人崇拜他。人们只有在丧失一切信心、希望和任何信仰的情况下，才会去求助于哀悼者。

我们一起站在看起来弱不禁风的门前，门板只是挂在褪色的石墙上。整个建筑没有任何窗户。门的上方是一块已经失去光泽的黄铜名牌，上边用哥特式维多利亚字体写着这个地方的名字——麦克斯威尔陵墓。在因引起公愤而关闭前，殡仪馆已几乎存在了两个世纪。这是很久以前的事了，从那之后，夜城公墓成了夜城唯一提供葬礼服务的地方。

关于麦克斯威尔陵墓的故事，即使在两百年后的今天依然广为流传。那是个非常不堪入耳的故事，就算在夜城这种地方也一样。内容大概是关于麦克斯威尔家族在黑暗无声的房间里对死人和活人所做的那些事。这个家族崇拜尸体内脏，他们的行为令人发指，无法用言语描述。最终，麦克斯威尔家族的所作所为被揭露，于是，他们被吊到最近的街灯上，然后被火活活烧死。人们排着队对他们进行了好几周的唾弃后，所有残存的尸首被小心翼翼地埋在了同一个棺材内。

正是因为发生在这里的恐怖事件，当权人士决定不再考虑设立自由企业，并决定将来所有的葬礼都交由夜城公墓处理。麦克斯威尔陵墓从此被荒废。许多年后，哀悼者移居至此，可你依然能感受到那污秽的石头上渗漏出的邪恶。也许这里让他有种家的感觉吧。

忽然间，周围似乎比刚才更加宁静，我好一会儿才知道原因——狂人的乐音停止了。他就站在门前，皱着眉头近距离端详着门板，但很小心地不去触碰，仿佛是在听某种只有他能听到的声音。“为何亡灵不肯安息？”他说完便离开，没有等待回答。

我看着罪人，说：“是我越来越糊涂，还是他越来越清醒了？”

“可能是脑袋坏了，”罪人说，“我们该怎么做？大声敲门宣告我们的到来？”

“噢，我想他知道我们在这里，”我说，“哀悼者是个强权主宰。他不可能感觉不到我们的出现。”

我小心地走上前，轻轻推了推门。门缓缓向内打开，铰链发出响亮的吱吱声。和许多古老人物一样，哀悼者是个传统主义者，有些喜欢小题大做。木门之后的空间里有一点十分微弱的红光，以及一股非常紧张的沉默气息，除此之外什么都没有，感觉就像是打开了一扇通往地狱的大门。我们在门外等了一会儿，不过没有人跑出来迎接我们。

“门居然没关，真让我有些吃惊，”罪人说，“我是说，这里再怎么说也是夜城，任何没被钉死在地上的财物都和没有主人一样。”

“任何蠢到胆敢入侵哀悼者巢穴的人都已经活得不耐烦了，”我说，“除非得到哀悼者的允许，不然从来没有人进去之后还能再走出来的。”

美丽毒药说：“可我们是要进去，还是站在门阶上商讨策略？直到哀悼者不堪其烦，跑出来见我们？”

我看看罪人，说：“真是个有进取心的女朋友。”

“你并不了解。”罪人回答。

我在前边引路，罪人和美丽毒药分列我的后侧左右两边，狂人踉踉跄跄地走在最后。门在我们身后自动关上，谁也没有感到惊讶。

陵墓的内部比貌不惊人的外部看起来要大得多。最初的那些小生意场所已被宽大空旷的大厅取代，里边萦绕着血色薄雾。我们看不见大厅另一端的景象，从超高的圆形天花板来判断，大厅另一端只怕离这里还有段距离。我们进入了一个广阔的空间，每一步踏在地板上的回音都要好一阵子才会传回来。有人说过，空间的扩张能容纳下所有邪恶的存在。这里是哀悼者的老窝，世界上最糟糕的地方之一。我们每个人都能从骨子里体会到这一点。

“我喜欢这里，”美丽毒药说，“感觉就像回到了老家。”

空气十分寒冷，但是又很闷。尽管没有任何空气对流，血红的迷雾依然不断地翻滚流转，仿佛拥有自我意识一样。脚下的石板上沾满了来自坟场的泥土。迷雾中的血色来自大厅另一端的暗红光源。这道红光缓缓地颤动着，让我们有种感觉，仿佛走在死神的血河之中。迷雾中隐隐传来鲜血、腐肉，以及死亡的气息。

“我们是不是来到了地狱？”狂人问。

“这里不是地狱，”美丽毒药说，“但你能从这里看到地狱的影子。”

我们继续行走。大厅的尽头仿佛遥不可及。我不知道我们已经深入陵墓多远。我们都开始发颤，包括狂人。寒冷已将我们体表的温度吸光。

我们紧紧贴着彼此走路。死去的人自血雾中走出迎接我们，男人、女人，甚至有些还是小孩，有数百个，每一个都是外表恐怖的尸体。他们身上都带有死亡的伤口，不论是刀伤还是勒痕，每一道都是了结自己生命的印记。他们冷漠地对我们展示丑陋的伤口、干涸的血迹以及断裂的脖子。他们的皮肤完全没有血色，面无表情，只有透过漆黑的双眼才能看出他们所承受的无尽苦难。

一大群死人拖着冷酷的步子，身上的衣服全都是破布。他们都举起一只手，召唤我们向前。人群中闪开一条过道，我带头走了进去。死人的队列在我们前方继续无声地让开，接着又在我们身后聚拢。我们只能朝他们希望我们去的地方走。一些死人用手抓挠着我，就像老鼠巷的流浪汉那样。他们用死气沉沉的眼睛望着我，用苍白的嘴巴念叨着：

“救救我们。帮我们摆脱哀悼者吧。我们不知道会是这样的情形。我们想躺下，我们想得到安息。救救我们！放了我们，或者杀了我们。”

我能做的只有继续前行。

哀悼者是个十分古老的家伙，比大多数被称作夜城历史的东西还要古老。他从自杀中获得供给和能量，以苦楚、绝望和死亡为食。尸体从四面八方逼近……所有死者都把自己的死法写在身体上，不是为了警告他人，而是为了见证自己所受到的诅咒。

最终，开始有迹象表明我们正在接近哀悼者本人。高高的屋顶上忽然落下许多犹如生长在丛林间的藤蔓，我们不得不从中挤过身去。有许多完全由剃刀刀刃制作的巨大雕塑，我们小心翼翼地从它们之间穿过。哀悼者就把这里当作自己的家。淡红色的薄雾此刻已渐渐散去，取而代之的是各种有毒气体的味道。

最后的这点变化出其不意地几乎将我击倒。其他人并没有受到杀伤力越来越强的薄雾的影响，可我第一次意识到了危险，我的头开始眩晕，我似乎无法喘息。我的思维在自我纠缠，不断重复，意识越来越模糊，接着，银质麒麟角探针发出响亮的声音，传入我的脑海：

“有毒！是毒气，你这个笨蛋！做好防护！快吃芹菜！”

我将麻木的手伸进外套口袋，掏出一棵芹菜咀嚼起来。我身上总会带着一棵芹菜，提前预备好各种各样有用的材料便能应付类似现在的紧急情况。芹菜嚼起来很苦，但它令我迅速清醒过来。这是一种古老的窍门，但很好用，这是很久以前我在霍克风之吧遇到的一个游医教给我的。

石板上螺旋形地散落着一些枪支和子弹，我们将面前的踢开。抛弃的药丸拼凑起的彩虹踩在脚下嘎吱作响。死人聚在四周，离我们越来越近。我坚持正视前方。

如今死人已经站满了整间大厅，黑压压的一片，在迷雾之下看不到尽头。这是我第一次确定自己没有选错伙伴。除了这三个家伙之外，任何人面对这种场面都会想转身拔腿就跑，就像我现在的感觉一样。活人根本不应该如此接近死亡。哀悼者的仆人包括从古至今所有在夜城里自杀的人，这表示他拥有夜城第二大的军团势力，只比当权者差一点点而已。当权者会任由这个情况继续下去，纯粹是因为哀悼者从来不对管理夜城的权力感兴趣。在这个时间永远停留在凌晨3点，黎明永远不会到来的地方，苦难与自杀绝对不会短缺。

至于这个笼子究竟是围绕着哀悼者而建，还是哀悼者一开始就置身其中，就完全不得而知了。笼子的六个侧面完全没有出口。哀悼者超长的四肢沿着躯体外围围绕，一圈接着一圈，全然不符合任何解剖学上的规则，单凭笼子里的铁栏杆加以固定，而铁栏杆插入他身体的地方一点都没有渗出血迹。他的胸口也插满了栏杆，没有任何起伏，看不出呼吸与心跳的迹象，不过浑身浓密的体毛则缓慢地旋转，展现出一种令人印象深刻的规律图样。他的脸挤在栏杆之间，静静地看着他的访客。整张脸在栏杆的挤压之下变得非常扁，脸皮几乎要撑破，其中一个眼洞里还插了一根栏杆。他的鼻子已经腐烂，或许是被什么怪物咬掉，耳朵也已经不见了。他的嘴巴是一条化脓的伤口，其后是一排金属烂牙。变形的额头上突出一对干裂的羊角。

哪怕只看哀悼者一眼，也会让人深受伤害。简直太大，太……怪异了。

空气中有某种情绪散发出的恶臭，其中包含着憎恨、绝望和沮丧，哀痛成了唯一的出路，所有这一切气息都混合着浓郁呛人的麝香味。当然，一切都不正常。哀悼者散发出的所有恐怖都来自意外死亡、不必要的死亡、自伤和对生命的浪费、潜在的虚幻和家族的毁灭。对哀悼者而言，苦楚便是食物和饮料。

“是谁的鬼主意说要来这里？”罪人低声说。

“你的主意。”我说。

“你为什么要听我的？”罪人说。

笼子后方的迷雾突然让一阵感受不到的风吹散，露出一大堆蜂巢愤怒姐妹的尸体。它们的尸体像垃圾一般被任意丢弃，堆得老高，起码有几百具，甚至上千具，足够吓坏任何人。闪亮的昆虫外壳以及所有细长的肢体都已经腐烂，恶魔般的面孔冰冷无神，巨大的复眼以及复杂的口器了无生气。蜂巢愤怒姐妹、基因恐怖分子、昆虫界的救星、潜意识心灵的掠夺者，基本上是全世界所有生命都痛恨的种族。尽管如此，看到它们作为对哀悼者的献祭，支离破碎地躺在这里，我心里还是有些不好受。

当哀悼者开口时，他的声音开始听起来好像某个装成你朋友的人，在你最易受到攻击时，他就俯在你耳边说谎话，歪曲事实。

“约翰·泰勒，它们全都在这里，”整个大厅里如今只剩下他的声音，“再也没有了。它们来得早些，是来找你的。它们想要在这里设伏，将你掳到解剖台上，然后把你开膛破肚，挖出你所有的秘密。它们希望能把你的继承权据为己有。它们知道你会来这里。消息来自一个占卜师。它们真的应该了解得更详细些。我不会允许任何人妨碍我的客人，或者破坏我的计划。于是，我用它们乐意听的甜言蜜语将它们全都骗到这里，然后便看着它们在我的影响下自相残杀，直到一个也不剩。作为一种昆虫，它们的尖叫还算令人满意。现在，它们已经不存在了。从今往后，蜂房会一直空空如也。这是我送给你的礼物，约翰·泰勒。”

“谢谢你，”我说，“你可真……客气。”

“并不是这样，”哀悼者说，“我不会跟人客气的。你为何来这里，约翰·泰勒？”

“我在调查夜城的起源，”我说，“代表命运女神而来。我的同伴是狂人、罪人和魔鬼美丽毒药。我已经咨询过梅林·萨坦斯鲍恩和猎人赫恩，”我还想尽可能再多说些名字出来，可在无情的哀悼者真身面前，我实在没法表现得更自如，因此我直奔主题，“你能告诉我些与夜城的起源、创立目的相关的事情吗？”

“夜城可比我老得多，”哀悼者回答，他的声音像是一种虚伪而讽刺的低语，“比我认识的所有人都老。唯一能让你得到答案的……是你的母亲。至少有这个可能。”

“你知道关于我母亲的什么事？”我问。

“她曾于世间消失，但如今却又再度降临。我们真是幸运呀！巴巴朗，巴巴朗。在一大批光明与黑暗使者的帮助下，我们才得以摆脱她，那已是好几个世纪前的事情，可就是那三个愚蠢的男人将她带了回来。”

“三个男人，”我急速思索，“当然有我父亲，还有古董王，以及……沃克？”

“当然。要不还会有谁？三个真正的好朋友，他们的理想如此远大，对未来的计划如此美妙……”

他停止说话，变形的嘴角淌下脓液。他充满期待地用一只不眨的眼睛望着我。我在拼命想，这跟我想要的结果不一样，不过这一整天都是如此。

“我曾经遇上过原始之神，”我说，“古老的恶魔，诞生于造物之初。当时他们在公墓附身了几具尸体。他们提到了我母亲。他们说她是一切的开端，也将在这个最糟糕的城市里再度成为开端。你知道他们这么说是什么意思吗？”

“她正在回来，”哀悼者说，“夜城将永远不再是现在这个样子。我记得夜城早期的日子，那时候，当权派还没有限制那些想在这里娱乐的家伙的欲望与野心。那段日子里，我们都处在自由奔放的统治下，光明与黑暗并存，不管是光明、黑暗，还是不愿在这两者之间做出选择的人都有选择的自由；这才是夜城所代表的精神。那是奇人怪物并存、梦想与诅咒共在的年代，一切似乎都有可能。现在的我们都不是当初的样子。世界年轻时，夜城也很年轻，这个世上的所有王国都不曾制造出任何像当时的夜城那样疯狂、自由、辉煌的地方。”

“那里……发生了什么？”我说。

“我们将你母亲赶走，因为我们希望不受她控制，可没有了她，我们却迷失了方向。夜城发生了潜在的瓦解，成为梦想的阴影。我们现在拥有的只不过是一个容有小小野心、不可告人的娱乐场所。”

“你认识我母亲？”我问。

“或许吧，毕竟过了那么久。那些事我已记不太清，包括我自己的过去，更别说其他事了。但有一点很清楚，当时我还很年轻，但夜城已经非常古老了。”

“在你还是人类的时候？”罪人问。

我吓了一跳。说真的，我已经忘了旁边还有其他人。

“人类？”哀悼者毫不掩饰言语中的不屑，“多么渺小的东西。我伟大而光荣。我一直都在这里，永远都会在这里。”

“胡说！”美丽毒药轻快地说，她走上前，紧盯着笼子里扭曲的东西，“你跟我不是一类。你是被制造出来的，是世界，或者说你自己的愿望使你成为现在的样子的。你的体内并无永恒，也没有地狱或天堂的影子。你只是肉体，具有凡尘的欲望与错觉。”

哀悼者号叫起来，整个笼子都在摇晃。他的叫声令人害怕、焦虑，他扭曲的身体带着愤怒，或者震惊，不住地颤抖，铁棒上的黑色铁屑纷纷落地。一定很久没人敢这样跟他说话了。我真想为美丽毒药鼓掌。黑色的铁棒不断发出咔嗒声，不过笼子依然牢固。哀悼者的皮肤因为剧烈的抽动而裂开，但依旧没有鲜血流出。大厅内的死尸不安分地躁动着，血色薄雾在翻腾、动荡。我们都能感觉到空气里涌动着一种力量。美丽毒药十分镇定地看着哀悼者。罪人和狂人躲在我身后，其实我也希望自己能有个藏身之处。想要离开陵墓可不是件容易的事情，没有明显的出口。终于，哀悼者平静下来了，他冷冷地盯着我们，目光里充满恐怖。

“想知道你母亲是谁吗？”他的声音很冷很冷，“如果我曾经确切知道的话，那我也已经忘却，或者被迫忘却，但他们无法在这些年里不让我思考和推断。我相信她是那个被称为巴达哈的莫里甘的古老而恐怖的家伙，克尔特人的战争女神，野狼、乌鸦与渡鸦都是她的化身。对她而言，每一个死去的战士都是献祭，每一次屠杀都是乐事。总有一天，她将成为20世纪的神秘女神和指路幽灵。而你正是她唯一的儿子，在将死亡和毁灭蔓延开。你引起的天使之战毁了夜城。接下来你到底还准备做什么，约翰·泰勒？”

“你压根就一点也不了解她，”我仿佛忽然看破了某些事情，“都只是些猜测和无端的妄想。为了能在现世保全自己，你放弃或是遗失了你的记忆，以便更好地品尝你窃取到的苦楚。你怎么会知道我母亲究竟是谁呢？你甚至连自己最初的模样都不记得，更别说夜城了。”

“这并不重要，”哀悼者忽然平静下来，“你的提问到此为止。对我而言，现在才是重要的。或许过去的日子并不像我记忆中那般美好与自由，但是不管怎样，我都不会任由你威胁我如今拥有的生活。所有这些甜蜜的苦难、绝望和诅咒……你想把它们都带走。可我不想这样。我绝不会任由你挖出任何可能影响到我力量源泉的秘密。”

“你怕我母亲。”我说。

“可我不怕你，约翰·泰勒。如果我在这里杀了你，让你成为我掌控的军队的一员，我便关闭了唯一那扇可能让你母亲通过，进而统治夜城，毁了我们所有乐趣的门。我们将再度变得安全。”

我朝左右看了看我的同伴，确认他们依然还在。接着，我昂起头，以一副信心满满的样子看着哀悼者：“你真的以为有办法一次解决我们四个？你知道我们都是什么人吗？”

“这不重要，”哀悼者说，他的声音渐渐减弱，仿佛正在对我们失去兴趣，“你们在我的地盘，在我的力量控制下。我会让你们见识到恐怖的景象，让你们见识宁愿结束自己的性命也不愿意继续看下去的影像。接着你们将会回到人世，受困于自己的尸体中，完全丧失自我意识，永远成为我的仆人。你们所受的痛苦将会足够我继续存在好几个世纪。”

短暂的宁静过后，狂人大笑起来，他的心情变糟了。

罪人也在不住地摇头：“你能让我们瞧什么，你这个笼子里的怪物？我是罪人，我知道地狱的秘密。”

“我是美丽毒药，来自地狱的魔鬼。”

“我是狂人，我曾看穿隐藏在世界之后的真相。”

“还有我，”我说，“约翰·泰勒。你无法想象我曾见过多么糟糕的事物。放马过来吧，哀悼者。尽管放马过来吧。”

哀悼者摇摆起来，笼子再次咔嗒直响，此刻，他的声音变得极度刺耳：“杀了他们！把他们都杀了！”

在他非人的意志的驱使下，所有的尸体自迷雾中出现，迅速向我们扑来。他们没有任何武器，全凭蛮力及数量的优势将我们团团包围。他们伸出苍白的手臂，自四面八方倾巢而出。奇怪的是，他们似乎完全看不见狂人，他们在狂人的身旁移动，毫不留情地攻向其他人，而狂人只是站在原地，面带忧伤地看着他们。

美丽毒药这时已经杀出一条血路，她在尸群中以迅雷不及掩耳的速度移动，一边高声大笑，一边撕裂身旁的尸体，践踏脚下的残躯。在她欢愉的笑声之下，无数的尸块被抛向空中。对美丽毒药而言，再多的死人她也不放在眼里。罪人皱起眉头看着爱人的行为，不过却没有试图制止她。死人们扑到罪人身上，一爪一爪地击中他的身体，但是却完全无法在这个不被天堂与地狱所接纳的男人身上留下任何伤痕。

我从袋里掏出一袋盐，在自己周围撒成一个圈。死人无法越过盐，因此他们只能在圆圈之外将我团团围住，笨拙地举手挥舞着。尽管有盐圈的阻挡，他们还是尽可能向前紧逼。我的心跳加速，不停转动身体，随时保持着盐圈的完整。我的呼吸越来越快，我不喜欢这样。我的力量不足以对抗如此强大的死亡军团。我呼唤其他人，可大家都离得太远，无法过来帮助我。接着，我看到围绕在自己四面八方的那一张张死气沉沉的脸，一双双一眨不眨的眼睛里流露出的全是痛苦。一切都不是他们的本意。他们的一举一动都只是遵从主人的意愿，他们是哀悼者的奴隶。他们用自己最后一点勇气结束生命，希望脱离无法忍受的生活带给他们的那些痛苦、责任的纠缠，可到头来却发现自己陷入了更加糟糕的境地。在这里，死亡换不来平和，曾经哪怕只有丁点儿邪恶的家伙都将得不到安息。

我越想心里越怒，因为我非常明白痛不欲生的感觉，了解想要自杀的痛楚。当年如果稍微再钻一下牛角尖，今天我可能就跟这些可怜的灵魂站在一起了……连死人都得不到安息？我们究竟将夜城变成什么鬼样子了？我的怒火燃满全身，犹如一道冰冷的烈焰一般，迅速理清了思绪，心情也平静了下来。我激发异能，打开天眼，试图找出奴隶与主人之间的关键联系。我的思绪飞奔，瞬间看到了所有的亡者头上都有一条闪亮的银线与笼子里的哀悼者相连。哀悼者通过这条银线操纵着这些死人。我怒火中烧，轻而易举地运用心灵力量同时剪断了每一条银线。

所有死人在一刹那停止动作，甚至有些还扑在半空中的也都静止不前。陵墓中有了新的感觉，好像无尽的紧张气氛终于被打破。哀悼者尖叫着，那叫声有如锯开腐肉的电锯，在大厅中引发阵阵回音。死人们的灵魂有如熄灭的星光一般离体而去，身体一个接一个摔倒在地，终于成为自由之身。他们绽放出耀眼的光芒，照亮整个黑暗的厅堂，然后通通消失不见，奔往早该前去的归属之地。

我并不认为所有自杀的人都得下地狱。上帝是不会如此残忍的。

随着最后一批灵魂的离去，我的视线恢复正常。我环顾四周，血红色的薄雾已经散尽。罪人和美丽毒药，甚至包括狂人，都一脸茫然地到处张望。尸体在我们周围堆积成山，不再抽搐了。曾经弥漫在整个大厅内的那种绝望与恐惧制造的压抑氛围已经像噩梦一般退却，因为这里不再有什么值得害怕的了。我们放眼向哀悼者曾经所处的位置望去。黑色的铁笼已支离破碎，金属棒抛撒下大量黑色的铁屑，并渐渐断裂、消融。笼子底部纵横交错的铁栏杆上，躺着一对被剥夺了所有力量、绝望地彼此紧抱的赤身男女，正擦拭着震惊与失落的愤怒之泪。他们不再躯体相连，不再是强势人物，不再是那个被称作哀悼者的邪恶老家伙。无论他们对自己做过些什么，或是被迫做了些什么，都已成为过去。在如此长久的岁月之后再度成为凡人，他们两人必定十分难受。我是考虑过杀了他们，不过实在想不出待他们如此宽容的理由。最后我转过身去，对同伴们点了点头。

"该走了，"我说，"我想我们已经达到了来此地的目的。"

"那他们……怎么处理？"罪人问。

"等待消息传开，"我说，"他们现在已经是普通人了，毫无防御能力。他们会明白苦楚究竟是怎样的感觉。夜城里很多人都跟他们有未算的旧账。"

"你不能这样丢下我们！"消融的笼子里传出一声号叫。可能是那个男的，也可能是那个女的。"你有望成为夜城的大英雄！你不能抛下我们！"

"走吧。"我说。

我朝大厅外走去，同伴们无声地跟着我。伴随着魔法的淡去，大厅开始坍塌，一砖一瓦渐渐消失。很快，古老的房间都将恢复原貌，呈现出古老记忆中麦克斯威尔家族所做的一切。然后，在那折磨、绝望与死亡交织的古老氛围中，曾是哀悼者的这一男一女或许除了自杀，别无选择。想到这些我笑了。这感觉不错。

为何亡灵不肯安息？因为在夜城，总有那些强权主宰打算利用他们。

我们走出麦克斯威尔陵墓，怪癖集市离奇的氛围让我感觉如同呼吸新鲜空气。我发现沃克派出监视我们的人似乎都消失了，而街道上其他的人也都了无踪迹。整条街道空荡荡的，两旁所有建筑的大门通通紧闭，所有窗子里看不到一丁点儿光。

“你为何闷闷不乐？”罪人问，“只要你愁容满面，一定是个不祥的信号。狂人的音乐又紧张起来了。”

“沃克似乎撤走了他所有的人，并对这里进行了隔离，”我说，“如果不是有什么阴险的勾当要实施，并且不希望被他人看到，他是不会这样做的。既然他在众目睽睽之下干过的勾当已经令人发指了，现在他做出想要毁灭证据的动作，应该值得我们认真看待。”

我们靠在一起彼此掩护，连狂人也挤了过来，大家眼观六路、耳听八方。战胜哀悼者之后，我本可以休息一会儿，但现在要面对的是沃克，他总在敌人最虚弱的时候发起攻击。街道依然空旷，城市的喧闹自很远的地方隐隐传来。沃克是不是已经知道我打败了哀悼者？莫非就是这一点成为那最后一根致命稻草，令沃克认为我这个人过于危险，必须除掉？这么多年之后，他最终还是决定杀死我？

他是否知道我已了解关于我母亲回归的部分事情?

也有可能是因为当权派不再给他选择的余地。他们命令他阻止我进一步接近那些可能动摇他们目前地位的真相。他曾试图在伦狄尼姆俱乐部警告我这种事可能发生。想到这里，我已知道谁将出现，她在观察，等待适当的时机现身。一定是她。

街道另一端的阴影中传来一阵昂贵高跟鞋踏在人行道上的脚步声。我们一起转脸去看，坏彭妮婀娜多姿地向我们摇摆而来。她醒目、浮华，给人甜蜜的感觉。她酷爱高跟鞋，是夜城最性感、最具诱惑力的杀手。她身上依然是上次在伦狄尼姆俱乐部出现时穿的那件经典黑色礼服，不过现在胸前溅有血迹，更多的血迹刺目地展现在她那双长及上臂的白色晚礼服手套上。她在一个离我们适当的距离处停了下来，笑容灿烂地向我们打招呼。垂在臀部一侧的手上拿着一对血迹斑斑的犄角。

“你好，约翰，”她的声音让我足以相信等待着我的全都是坏消息，“旅程以爱人间的聚会结束。你的旅程则在这里告终。”

“我们根本不是爱人，”我坚定地说，“我完全不清楚我们是何关系，但显然不是爱人。沃克终于还是让你采取进一步的行动了，对吗?”

她扬了扬眉毛:“你已经知道我在为沃克工作了?你当然知道。我差点忘了，你是约翰·泰勒，你无所不知。”

“过奖了，”我说，“你从哪里弄来那对犄角的，彭妮？”

“从猎人赫恩身上，我把他杀了，”坏彭妮轻快地说，“沃克要拿赫恩杀一儆百，让大家知道回答你问题的下场。噢，别那么悲伤，亲爱的！他是个非常老的神，他的时代已经结束。我无法容忍那些过气家伙的存在。世间最大的原罪就是不肯跟上时代的潮流。”

她漫不经心地将犄角扔在地上，寂静中只传来极其短暂的磕碰声。对一名曾经强大的神而言，这实在是个不怎么样的结局。

“我从沃克那里给你带来一个消息，”坏彭妮自然而然地摆出一种挑衅的姿态，“当权人士真的十分希望你此刻就放弃这个案子。现在回头，不再深入，别去赚那点小钱。否则……”

“我能猜测你便是那个否则吗？”我说。

“回答正确！我的爱人，我真希望你偶尔也能做一次明智的抉择，维持现状有何不对？我一直都是当权者的忠实支持者，因为这能源源不断地为我提供很多很好的商机。杀人能让我赚到很多钱，女孩总得吃饭啊。”

“要是我拒绝呢？”我说。

“我说过的，亲爱的。杀人能赚到很多钱。”

“我们曾经有过感情的，你依然下得了手？”

“正是为了我们那段感情！没有男人可以把我甩掉的，甜心。”

“看得出来你们两位也有一段过去。”罪人说。

“闭嘴。”我说。

“你不打算把新朋友们介绍给我吗，约翰？”坏彭妮笑容可掬地环顾四方。

我扬起一道眉毛：“沃克没有告诉过你？还是你最近没有向他汇报？你在调查案子的时候总是很懒散。好吧，这位是罪人，这是他的女朋友美丽毒药，这位是狂人。我们刚结果了哀悼者。”

“噢，亲爱的，”坏彭妮说，“多难过的事啊！看得出来，你又跟坏朋友鬼混了。我该拿你怎么办呢，约翰？我知道了！我现在就要把你杀了。为了方便起见，顺便把你的朋友也一并杀光好了。”她威严地对罪人笑笑：“你并不赞同约翰的做法，对吗？多好啊。或许你愿意为我折断他的脖子？那就太好了。其实，我真希望看到你们在我面前自相残杀。”

说话间，她忽然成了世界上最美丽的女人。她的性感就像被谁刚刚开启的炉膛一样闪耀。她的身影充满整条街，让人根本无法回避，看着她就渴望拥有她，甚至可以为此放弃生命。我有我的异能，坏彭妮有她的天赋。她已变成你愿为她去做一切的女人，包括杀人。她最强大的武器从来都是她自己。一旦你的冲动被她激发，没人能抗拒她。但是……撇开我们每个人所具有的特殊技能不说，尽管罪人、狂人和我都是男人，可美丽毒药却是一个来自地狱的魔鬼女妖。

“业余水准。”她说。

就在此时，她的魔咒被打破了。坏彭妮的魅力灰飞烟灭，她成了一个普普通通的漂亮女人，只不过体重有点过重。她目瞪口呆地看着我们，一脸茫然。过去我从未想到有谁能如此轻而易举打破她的魔咒。我对她笑笑：“干得不错，彭妮。可说实话，这种把戏我见得多了，不会上你的当。”

她向后跌开一步，嘴里暗骂了几句脏话，然后戴着白手套的手里突然多了两把大枪。她在极近的距离对我开枪，她要杀死我们所有人，不过由于我熟知她的作风，所以早就先闪到一旁。而就在我向旁闪开的同时，她已经开始朝其他人开枪。我们通通都得死，她绝不能让自己的魔法轻易被识破的事情流传出去。不过她这个举动是个致命的错误。假如她把精力集中在我身上，没准还能射中。我身手敏捷，并且十分机警，但我的身体不能防弹。

子弹甚至找不到狂人。他站在那里，神情严肃地眨着眼，脑子里想着别的事情，身后的墙上不断地传来子弹反弹的声响。我不清楚子弹能对一个魔鬼女妖造成怎样的伤害，可罪人不愿等着看结果。他快速上前几步，挡在爱人与坏彭妮之间，子弹不断砰砰地没入他的胸膛，但却没有产生显著效果。坏彭妮眨了眨眼，然后向他的头部射击。还是没有用。于是，她蹲下身踢他的脚。他向后倒去，坏彭妮把枪口对准了美丽毒药。

我从后方扑上去，一把抓起坏彭妮的手臂。她向前一弯，手臂一举又将我甩到一边。我重重地在地上一摔，立刻向旁滚开，闪过了接踵而来的一排子弹。罪人从地上爬起，对着

坏彭妮又迎了上去。她将枪里的子弹全部射光，每一颗都打在罪人的要害上，但是罪人却一点事儿都没有。他的眉宇间具有他的罪过留下的印迹，这个世界上再也没有任何东西可以真正伤害到他。他在坏彭妮面前停下，坏彭妮则将最后一发子弹射入他的左眼中。

“哎哟。”罪人冷冷地说。极短的一瞬间，他的眼球便自我修复，接着，他一瞪眼，子弹被挤了出来，落入他的掌心。他将它交还给坏彭妮：“我想，这是你的。”

她大吼了一声，枪不见了，取而代之的是两把不知从哪里冒出的银刀。她将两把刀深深插入他的胸膛，只留下刀柄在体外。这是魔法武器，上边刻有古老的咒语，一条是诅咒，一条是祝福。我知道有些神会在这种攻击下倒下。但是罪人却还是站在原地坦然受之，看得我忍不住都想要出手鼓掌。

坏彭妮两手在壮观的胸前交叉，噘嘴道：“这样可不公平，亲爱的。”

“站到一边，西德尼，”美丽毒药在罪人的身旁说，“我要跟这女人把账好好算一算。”

“不。”罪人说。

“她想杀了你，亲爱的！我不能坐视不管。这不符合我的本性。”

“你从地狱出来是为了和我待在一起，为的就是要改变你的本性，还记得吗？”

“是的，可……”

“嘘……”罪人说，美丽毒药暂时闭上了嘴。

坏彭妮冲美丽毒药吐了吐舌头，然后满怀希望地看向罪人：“如果你真的不打算杀了我，亲爱的，我能要回我的刀吗？它们是我的传家宝，要是我把它们弄丢了，爸爸会发火的。”

罪人费了些气力才从胸口拔出银刀，彬彬有礼地将之交还给她。坏彭妮接过刀，偷偷朝我所在的方向瞟了一眼，看看是否还有机会除掉我，当发现可能性不大后，她将刀收了起来。我上前走到她身边。

“我们该怎么处理你呢，彭妮？”我说，“不然你会带着更强大的武器继续跟来，另外再找机会暗算我们。你跟我一样，都不是会半途而废的人。”

“我跟你可不一样，约翰·泰勒！我有我的风格。”

我们所有人都没反应过来，美丽毒药已经冲上前，一把掐住坏彭妮的脖子，将她向后放倒。彭妮拼命尖叫挣扎，但却无法摆脱她的控制。美丽毒药的指尖此刻变成利爪，张开的血盆大口露出锋利的獠牙。鲜红的嘴唇离彭妮的脖子已经很近，她不再像一个英国公立学校的女生。她暴露出本来面目，成为一个不折不扣的地狱女恶魔。

“别这样！”罪人说，不过在看到美丽毒药的牙齿贴上彭妮的喉咙之后，他就立刻停下了脚步，“求你了。别杀她。”

“她必须得死，”美丽毒药一边以嘴唇蹭着彭妮的喉咙，一边以十分理性的语气说道，“你也听到她说的，西德尼，她奉命杀死所有有可能跟我们谈话的人。要么我现在就咬断她的喉咙，要么这个案子到此为止。”

“我绝不会为了办案而牺牲任何无辜的性命。”我说。

美丽毒药皱了皱眉：“你认为这是个无辜的家伙？”

“或许整体而言不算，但是目前看来她是。杀了她，你就是永远与我为敌。”

美丽毒药咧嘴笑了。“永远不要威胁魔鬼，约翰·泰勒。我们的记性很好，”她又看看罪人，“而且，你也不会允许他伤害我，对吗，西德尼？”

“你在混淆主题，”罪人说，“现在的问题在于，你不能在这个女人毫无还手之力的情况下杀了她。或许她本该死，可我们和她不一样。我们必须比这做得更好。所以放了她吧，就算是为了我。”

美丽毒药考虑了好一会儿，在这个过程中，坏彭妮大气都不敢喘。接着，魔鬼女妖一把将她推倒在地，然后不慌不忙地回到罪人身边。坏彭妮站起来，拍打身上的尘土，冲我微微一笑，显得有些虚弱。

“我知道你不会让她杀了我的，约翰。你一直就是个感情用事的人。我会再来找你。到时候我一定会杀了你。”

“你已经失去了最好的机会，”我冷冷地对她说，“现在，我已经非常接近我母亲了，彭妮。你要是敢阻碍我的话，一定会有人出面取你性命。”

坏彭妮露出一丝恐惧，然后转身离开。对一个穿着晚礼服和高跟鞋的人而言，她的动作非常迅速，转眼间，她便消失在街道尽头的阴霾中。我不能冷血地杀了她，但我也不会高尚得连吓唬她一下都不做，感情用事也只能到这一步。我并不太担心她会跟着我们。我觉得我们的探险已经接近尾声。我清楚接下来该去哪里。

“接下来我们该去哪里？”狂人兴致勃勃地加入了探讨。

“是什么有趣的地方吗？”

“恐怕不是，”我说，“我确信我们得去见见荆棘之主。”

罪人瞪着我：“我没听错吧，约翰？但我想我们一致认可这真是个糟糕的主意，对吗？我是说，你的想法具有百分之百的野心、勇气和周密思考，但在自卫能力上却要差很远。荆棘之主……或许是夜城最古老的家伙了，而且也是最强大的。我在老鼠巷说起他，是因为赫恩先提到了这个名字。我并不当真的。”

“荆棘之主，”美丽毒药说，“我们在地狱便知道他。他们说他认识耶稣。他们说天使和魔鬼在他面前都必须下跪。”

“可如果说还有谁会了解夜城起源的话，那个人就是他，”我说，“他在罗马人建立伦狄尼姆俱乐部之前已存在了。沃克和彭妮之所以杀了赫恩，或许是出于这样一个原因：使他没法告诉我们该怎样找到荆棘之主。”

“这可真是个糟糕的主意。”狂人说。我们全都扭头看他，但他再也没有多说什么。

8

地底之境的水晶洞穴

我心事重重地带着大家离开怪癖集市，努力回想上一次修改遗嘱是什么时候。我早就决定如果出了什么意外，就让凯茜继承我的生意，但我从没有真的抽时间动笔把它写下来。变更遗嘱是属于能拖就拖的事情，因为没有人喜欢考虑自己的身后事，总觉得时间充足……直到你意识到自己正走在去与荆棘之主会面的路上。我想给凯茜打个电话，最后再跟她说说话，可理智还是否决了我的想法。除了“再见”，还能说什么呢？

同伴们似乎并不担心。罪人和美丽毒药手牵手迈着步子，又像恋爱中的年轻人一样开始说笑起来，狂人则沉浸在自己的世界里。我曾试图向他们说明此行有多么危险，他们微笑着点点头，说他们心里很清楚，但事实上他们并不明白，至少不完全明白。否则，他们绝不会同意与我结伴而行，前往地下世界。我有一种冲动，为他们着想，我希望他们不要陪在我身边，可另一种更现实的想法战胜了它。假如我想在旅程的最后一段幸存，就会需要他们的帮助。为了得知夜城的起源以及母亲的真相，我当真愿意牺牲他们的性命吗？

或许吧。毕竟他们算不上是朋友。或许这正是我选择他们参与此案的原因——即便非得将他们抛入狼群，我也不会觉得有什么大不了的。

我被这个冷酷无情的想法吓了一跳，于是四下乱看，想找点什么来分散注意力。也就在这个时候，我发现沃克派出的所有盯梢者再度出现，而且通通明目张胆地跟着，完全不再隐藏踪迹。当我们走过的时候，他们立刻聚在一起，随时准备自卫。格斗法师甚至已经在他们和我们之间施展起防御咒语。符咒的痕迹在空气中发光，绽放出诡异的火焰。我走到一定的距离之外停下脚步，平心静气地观察着这些监视者。

“我早就告诉过你们应该杀了她，”美丽毒药说，“坏彭妮就是个多嘴的家伙。一定是她把我们的动向告诉他们的。”

“他们不安、害怕、士气低迷，”我说，“我就喜欢沃克的手下这一点。现在看好了，看我是怎样对付他们的。”我又向前迈了一步，他们全都向后退缩。我对他们露出神秘的笑容：“嘿，孩子们，我这里有一些好消息和一些坏消息。坏消息是，我们已经把坏彭妮教训了一顿，让她回家哭鼻子去了。没错，我们还消灭了哀悼者。是的，我们现在是要去见荆棘之主。真正的坏消息是，我撒谎了，根本没有好消息。有什么问题吗？”

所有监视者几乎同时决定回去找沃克请求下一步的指示。不一会儿，他们便已完全消失。那三个耶稣会的恶魔论学者甚至当场拔腿就跑。

“这真让人担心。”罪人说。

要见荆棘之主，必须进入地下。夜城的地底下有着各式各样的墓穴、矿坑通道、运河渠道，以及下水道，统称为地下世界。地下世界里住了不少人以及许多其他的生物，这些家伙只能在黑暗中行动，完全见不得光。他们在地底出生，在地底生活，在地底死亡，其中有很多终其一生都不曾离开地底，不曾见识过夜城中的霓虹灯。这些存在于地底的通道，当然也提供给夜城居民一种隐秘的移动方式，不过很少人会使用，因为住在地下世界的生命不喜欢见到外人。他们脾气暴躁，很喜欢杀害并吃掉任何打扰他们的人。

但是，想要进入荆棘之主的地盘就必须通过地下世界。我从来不曾去找过荆棘之主，印象中应该没有人做过如此疯狂的事。不过我经常会主动收买一些未必用得到的消息，因为没有人可以保证查案的过程中会需要什么情报。兜售地下世界和荆棘之主的资料给我的是个没有眼珠的男人，因为他两颗眼珠都已被地底的居民咬掉。据他空洞的低语声所言，要找荆棘之主，必须通过一片比夜晚还要深沉的黑暗，一条看不到尽头的地下通道，那里有一群隐身有如巨虫一般的沉默怪物。

地下世界没有醒目的入口。我带着同伴们穿过一系列越来越窄、越来越暗的街道。看到我们到来，那里的人们纷纷躲进阴暗中。我们来到了最接近的入口前。那是一座小型的私人花园，必须穿越一道深锁的大门才能进入。我透过顶部带尖的铁门栏观察花园。看上去这是个很漂亮的地方，被煤气灯照得雪亮。我们好像是找到了一朵出淤泥而不染的莲花。花园里到处都是高大的树木、开花的灌木和赏心悦目的花朵。门内传来一股浓郁的香味。美丽毒药紧靠在我身后。“这么美丽的地方怎么会出现在这片区域？为什么这道门明显被施加了保护咒语？”

“夜城到处充满神奇，”我说，“我们经常能看到神秘的东西，就像吃家常便饭。”

“你是说你也不知道？”罪人说。

“是的，”我说，“但我有一把钥匙，是过去一件案子的部分报酬。”

“你不打算给我们讲讲这个案子吗？”美丽毒药说。

“还是不要知道比较好。”我严肃地回答。

“你可真是充满神奇。”狂人说道。我们全都扭头看他，可他却一句话也不再多说。

我从钥匙圈上取下钥匙，插入锁眼，没有拧动，于是，我不得不使出些力气，最后终于转动了钥匙。保护咒语解除了，就像紧张的气氛忽然放松了下来，我推门进去，然后让到一旁，好让其他人先走。这并非完全出于谦让，因为我不信任这座花园。在确认没有坏事发生之后，我才跟着他们走了进去，重新关好门。

在淡蓝色的月光照耀之下，整座花园笼罩在一种虚幻诡异的气氛之中。树木又高又瘦，光秃秃的，在老式煤气灯昏黄的灯光照射下，露出恐怖的阴影。一条狭窄的泥地小道在花园中蜿蜒向前，两侧是成片的灌木丛和夜里才开放的花。尽管一点风也没有，但花园里的一切都在缓缓移动。连花瓣也像噘起的嘴一样一张一合。这些花大部分都是白色跟红色的，而它们给人的感觉让我不禁联想：白色代表骨头，红色代表血肉。我曾经听过一朵玫瑰花歌唱，而那是我这辈子听过的最邪恶的歌声。

“好地方。”罪人停下来闻了闻一朵花。接着，他迅速缩回脑袋，皱起鼻头。

“不，”美丽毒药说，“我不这么认为。”

“地狱来的恶魔果然有过人的眼力，”我说，“这里的一切都根深蒂固。你不会想知道它们的养分从何而来。现在，我们该去花园中部的雕像那里了。记住：什么都别碰。”

那条狭长的小道弯弯曲曲，不过我们还是能把花园里的一切看得清清楚楚。最后我们来到了天使的雕像面前，这是一个跪在地上哭泣的折翼天使，由于风雨和时间的洗刷，天使的面容已经开始腐蚀，也有可能是天使的眼泪造成的。天使的身后是一个月晷，还能显示正确的时间。我抓起时针，小心翼翼地旋转了 180 度。整座月晷仪开始剧烈震动，接着指针向旁边滑开，露出一条深不见底的通道。

通道约莫一人宽，看起来像是直通地狱一般。通道一边装设了一组黑色的铁梯，无尽地向下延伸。我们轮流探头向黑暗的通道望去。美丽毒药在手中召唤一团地狱之火，不过却照不了多远。最后我们决定让她先下去，带着火焰在前面引路，没人愿意在一片漆黑中进入井中。

于是美丽毒药先下去，然后是不愿意离开她身边的罪人，接着下去的是狂人，我在最后压阵。我手握铁梯横档，手心又热又湿，头顶上狭小的光圈很快消失在远方。而此刻在美丽毒药肩头舞蹈的火苗仅能让我们看清彼此。我不喜欢地狱之火的颜色，它令我感到……心神不安。我将注意力集中在铁梯之上，发现每阶之间的距离很大，似乎根本不是设计给人类使用的。

我把肩膀顶在两旁的墙上，一步一步向仿佛没有尽头的地底爬去。我们一直爬、一直爬，到后来手脚肌肉都开始酸痛，但是依然看不到通道的底端。我很想改变主意回头往上爬，不过已经没有力气可以爬回去了，所以只好继续向下走。我们的呼吸越来越凝重，在宁静的通道中听起来格外大声。

当美丽毒药忽然宣告她的脚触到井底时，我们都如释重负般地喊出声来，连狂人也是如此。他似乎与我们越来越合拍。或许他需要有同伴，需要有事可做；又或许他感受到了某种危险的来临，以至于他不得不更加集中精神小心应对。我并不想问他，他的答案肯定能把人噎个半死。

我们从井底鱼贯而出，踏上一条光滑的小道。道边是一条运河，这是黑暗世界中的黑暗河流。运河两侧的石壁上有一些很深的巨大爪印，应该是某种庞大生物在石头上留下的。在美丽毒药跳跃的火焰照亮的范围内，看不到任何人或物，只看到一个高高的支架上挂着一个小小的银铃。我们四个人挤在狭窄的走道上，借着彼此的存在寻求慰藉。我们都感觉这里不是什么好地方，空气又湿又热，犹如身处蒸汽室中，而且弥漫着一股非常难闻的腐败气味。

“现在怎么办？”罪人问，声音十分沉闷。

“我想我们该摇这个铃铛，”我说，“我所知的一切只能将我们带到这里。从现在开始，我们面临的都将是未知的恐惧。”

“摇铃铛？”罪人说，“你怎么知道那不是附近怪物的午餐铃？”

“没法确信，”我说，“要是有别的想法，大家尽管提。此外，你有什么好担心的？你刀枪不入。”

“说不清楚，我只是很能抵挡伤害罢了。要是被什么够大够狠的东西吃掉、消化，再排泄出来后，我也不清楚自己还能不能活命。我是很独特，但我也有自己的极限。”

“男孩们，男孩们，”美丽毒药喊，她正跪在运河岸边，将被火焰照亮的手探向黑色的流水，“我敢说我看到有什么在这里游动……你们觉得他们会在里边养鳄鱼吗？我听过宠物鳄鱼被冲到下水道的故事……”

“我强烈觉得这里的居民会把鳄鱼当作甜点，”我坚定地说，“如果我是你，我就离水远远的。慢一点，小心一点。小心点，只有最凶猛的怪物才有资格在这种地方存活。”

“摇铃铛吧。”罪人说。

我用力摇了摇铃，尖锐、刺耳、令人难受的巨大声音响彻运河，但却没有一点回音。

我们全神戒备，随时准备面对来自黑暗里的攻击，不过始终没有事情发生。铃声消失了，一切都安静下来。我们紧绷的情绪再度放松下来，不过狂人的背景音乐却依然没有恢复播放，或许是因为没有任何音乐可以配合当前的处境。接下来，从我们的右边，渠道的深处，黑暗的阴影之中，突然传来了一阵小船破水而来的声响。我们全都瞪大了眼睛，盯着昏暗的阴影，最后终于看见一艘平底小船自黑暗的水面上漂了出来。小船四周围绕着一道金色的光芒，船上站了一个人，那人手中拿着一根银色的船桨，缓缓地操控小船朝我们划来。这艘平底船大约有 6 米长，船身涂满了明亮的蓝彩，船头两侧各画了一颗大大的黑眼珠。船上的人身穿一件鲜红色的大斗篷，脸上戴了一张乳白色的面具。令人不安的是这张面具只有一个眼洞，左眼的眼洞。小船在我们身前停下。接着斗篷男对着我们深深地鞠了个躬。

“欢迎来到地下世界，愚蠢的可怜虫们，”他的声音非常雄浑，带有一股浓重的法国腔调，“你们想要我把你们带到哪里？我必须承认，能选的地点并不多。尽管最近死亡使者都很安静，但逆流而上很糟，顺流而下更糟。前一段时间，有人在水里下毒，不过那些腐烂的怪物吃毒药就跟吃饭一样，因此更加兴旺。我希望你们心里有个明确的目的地，我可不接待观光团。如果我是你们的话，我现在就会循原路离开。这里没什么好看的，越深入越危险而已。”

“跟我想象中的欢迎方式非常接近，”我终于可以插上嘴了，“能把我们带到荆棘之主那里去吗？”

“你是真的活得这么不耐烦了吗？”船夫说，“要自杀还有更好的办法，而且大部分的自杀方式都不会那么痛苦。”

“荆棘之主，”我坚定地说，“能，还是不能？”

“很好，朋友们。上船吧。别掉进水里。水里的居民们可是从不休息的，而且十分饥饿。”

我们小心翼翼地跳上了船，船身十分稳当，没有因为我们的体重而摇晃。船夫将船桨插入水中，船身立刻向前远远划开，看来这名船夫也是个深藏不露的狠角色。不过话说回来，不是狠角色也不可能在这种地方生存下来。在船上的金光的照耀之下，我们都松了一口气，美丽毒药也将地狱之火熄灭了。小船在黑暗中无声地前进，船夫在船头凝望远方。至于那孤独的左眼里看见了什么，他都没有泄露给我们。

“现在，下到这里来的游客不多了，”他说，苍白面具后的声音十分清晰，“倒不是说我们曾经拥有多少游客，在很大程度上，我们喜欢这种状况。平和、安静是美妙的事情。你们能明白吗？你们中有名人吗？我已经不像以前那么喜欢听人说长道短了。”

“这是罪人，”我说，“这是美丽毒药，这是狂人。我是约翰·泰勒。”

船夫摇了摇头：“没听说过，很抱歉。在我脑海里一点印象也没有。我还记得我曾载过一次朱利恩·阿德文特。他是一位真正的绅士。”

“你在这里有多长时间了？”我问。

“我也不知道。不要告诉我，因为我不想知道。那还是20世纪初，当时一群大呼小叫的流氓将我追到巴黎一处新开放的地铁站里，于是我第一次来到夜城。很快，我发现了通往这里的道路。我已厌倦了喧嚣的城市生活，只希望能过上隐居的生活。不过，我的确怀念歌剧……仅此而已！我在这里提供摆渡服务，以便让自己有所寄托，也是对我浮躁的年轻时代进行忏悔。”

“能告诉我们一些关于地下世界的事情吗？”罪人说。

“这里有一部分跟夜城本身一样古老，也一样凶险。最初，这里只是一系列的下水道、地下运河与泰晤士河的支流，后来罗马人在上面扩大城市的规模，也在地下建立了许多陵墓，以满足他们见不得光的欲望，这真是一个非常实际的民族。他们相信只要诸神看不见他们的作为，死后就不会得到任何惩罚。至今还有很多居住在地下世界的人认同这种想法，当然，我所谓的“人们”代表了很多不同的种族。近年来，地下世界的人口越来越多。有些是来此隐居的，为了追寻更好的灵魂而独自坐在昏暗的石室里修道。有些是即使在夜城这种地方也还是很怪的家伙，是无法跟任何人相处的怪人。当然，还有像我这种为了逃离正常世界而来到这里的人。另外还有已经在这里定居了好几个世纪的地底之民。他们在地下陵墓中建立起自己的城市。只要不去打扰他们，他们就不会把你们当作祭品献给神明。吸血鬼、食尸鬼、还有一些古老生物的后代……这里什么样的家伙都有，不过不需要担心他们，朋友们。我的小船受到古老力量的保护，只要你们坐好，我会把你们带到荆棘之主的门口。在那之后，希望我的神能够看顾你们，因为荆棘之主绝对不会手软。”

“你曾经见过他吗？”罪人问。

船夫在他的面具后哼了一声：“没有。很有可能你们也见不到。他受到了很好的保护。”

他轻松地拨弄船桨，沿路上他一直用男中音的嗓音唱着雄壮的歌剧及俏皮的法国民谣。狂人随着他的歌声应和，演奏出完美动人的旋律。水下不断有不知名的怪物游过，偶尔甚至会撞上小船船底，不过始终没有任何东西浮出水面。船上绽放的金光照亮天花板，露出天花板上刻画的无数天文标记，代表着从古至今都不曾有人在地球上见过的星系图形。美丽毒药依偎在罪人身边，无视周遭的一切，轻轻地在他耳边呢喃低语。罪人没有响应她的言语，只是不时摇一摇头。

小船终于慢了下来，最后在一段看起来没什么特别的河道旁边停下。戴面具的船夫拄着船桨，四下看了看，说：

“我只能将你们带到这里了。这是个糟糕的地方，我的朋友们。再见了，但我怀疑我们是否还会再见。”

我们上岸之后，他立刻将小船推离河岸，沿着来时的方向返回。他不再继续唱歌了。船上的金光随着渡船的远离而暗淡，周遭的光线渐渐为旁边一道拱门上方的红光所取代。拱门上刻有几个古希腊文字。我们面面相觑，呆立了一阵。这时，美丽毒药嘘了一声说：“再也没人研究这些经典的东西了。请允许我轻而易举地为你们翻译一下，上边写的是：食肉就是谋杀。”

“太好了，”罪人说，“我们落到素食者的地盘了。”

“不知何故，我对此相当怀疑，”美丽毒药说，“我可以闻到活生生的东西正在腐烂变质的味道，就是从这道拱门里飘出来的。”

我也能闻到一种让人难受的浓烈、刺鼻气味，好像停尸房在烈日下暴晒一样。虽然体会不到空气的流动，但显然气味是从敞开的拱门里飘出来的。或许，这是一种警告——或者威胁，这没有本质的区别。我们没有别的地方可去，除非回头。我带头走了进去，其他人不情愿地跟在我后边。

我们进入一条短短的隧道，蜿蜒的石壁上渗着水珠。很快，我们来到一处被挖空的巨大洞穴中。这里大得足以召开一场盛大的圣会，但你是不会希望参观这样的教堂的。洞顶上用绳子悬挂着各种屠夫的工具，锯子、砍刀和肉叉，所有这些东西上边都留有已经凝固的血迹。洞穴另一端是一个粗陋的宝座，由一层层的肉铺成，有些是新鲜的，但大多数显然已腐坏，周围围绕着一大群嗡嗡作响的苍蝇。洞穴所有的墙面上刻满了渗着鲜血的人名，是各种不同语言的文字。

“是那些比我们先来的人的名字吗？”罪人感到好奇。

“不知道你们注意到了没有，”美丽毒药说，“这里似乎没有其他出口。”

“我注意到了。”我说。

“这可跟我对荆棘之主领地的想象完全不同，”罪人说，“伙计们，我们很有可能受骗了。”

围绕在血肉宝座周围的苍蝇忽然炸了窝，愤怒地嗡嗡作响，在洞穴里极快地盘旋起来。我们一边低头躲避，一边胡乱地挥舞双手拍打，接着，苍蝇们回到了血肉宝座。它们的体积在膨胀，形成了一个粗略的人形。它靠结实的腿站立起来，一个黑色的身影耸立在我们面前，它那尚未成形的脑袋拂过洞顶。接着，它一屁股坐在了血肉宝座上，巨大的嗡鸣渐渐幻化成某种人类的语音，听起来猥亵而充满敌意，是一种嘲弄的口吻。

“欢迎欢迎，亲爱的旅行者们，”它说，“你们已经找到通往荆棘之主领地的大门。你们只能到此为止。他不希望被人打扰，所以才叫我在这里守卫。我是来自地狱的恶魔，被荆棘之主束缚于此，目的就是要确保没有人能够打扰他。我是受到诅咒的地狱王子，注定要在此服侍天堂的仆人，直到夜城毁灭，或是时间本身走到了尽头为止。有时候，我觉得整个宇宙都充满讽刺。不过，在这里我吃得很好。美丽毒药，你好，好久不见了。你觉得我的家怎样？虽然不太大，但却拥有某种家的味道。”

“你好，小伙子，”美丽毒药说，“你怎么会被控制在这里？”

“因为他是荆棘之主，了解太多禁止传播的事情。你身边那位就是你的罪人吗？地狱里唯一有爱的灵魂？”

“是的，”美丽毒药说，“这就是我亲爱的西德尼。”

“你被骗了，”魔鬼对罪人说，“居然相信地狱的谎言，真是够傻的。她会将你腐化，把你拖回地狱。她一定会那样做，这是她一直擅长的工作。”

“只要给我充足的时间和足够的动力，”罪人说，“或许我能将你打死。”

我觉得有必要在谈话气氛进一步恶化之前予以干预。

“嘿，我是约翰·泰勒。毫无疑问，你听过这个名字。我来这里是想和荆棘之主谈谈。因此，请让到一边，否则我会在你身上找点乐子的。”

“约翰·泰勒？”坐在宝座上的翻腾人形向前探了探身子，以便把我看得更清楚，“我对你印象很深，真的。不过，我一直以为你会更加高大。但我工作的职责不允许我让你通过。处在我现在的位置上，所剩的荣耀也仅限于此了。不管你会对我做些什么，与荆棘之主迁怒于我时给我的惩罚相比，都不值一提。我是被他的意志束缚在这里的。而且，从上一个访客到来算起，已经过去很久了，我饿得厉害。”

黑色的人形猛地站起来，迅速膨胀成一个巨大的身影，占据了半个洞穴，嗡嗡声震耳欲聋。它试图用一只大手抓起狂人，但那些苍蝇只是从他身边滑过，无法造成伤害。魔鬼犹豫了一下，将手朝我伸来。手指在伸展，变成直奔我的脸而来的一柱柱苍蝇群。它们猛冲而至，试图钻进我的嘴巴、鼻子、耳朵和眼睛。我一阵惊慌，双手在脑袋周围猛挥，同时紧闭嘴巴和双眼，苍蝇布满了我的脸。接下来，令我惊讶的事发生了，它们全都从我身上离开，退却，显然是受到了反击。魔鬼呆立原地，好像和我一样惊愕。我抓住这个瞬间，唤醒我的异能。我的天眼睁开了，只一小会儿，我便发现了将这个魔鬼困在这里的咒语。

在我找出咒语的同时，体内某种本能立刻自动关闭异能。因为我在那一瞬间已经感到某个恐怖的东西正在急速逼近，试图找出我的确切位置。敌人这回派出比无面使者还要可怕的东西，而我的所有本能都警告我不能随意使用天赋，不然这头全新的怪物一定会遵照主人的意志毫不留情地击杀我。

我念出咒语。它们并不是人类语言，甚至不是人类发出的声音，但只要听到它们，便会让很多人发疯。我缓慢但清晰地念出咒语，迫使它们一个音节一个音节地冒出，那恐怖的声响在我脑中回荡，差一点就要震爆我的脑浆，然后和血肉宝座以及所有的屠夫工具一同消失。剩下的只有暗红色的光芒和刻在石壁上的受害者名单。

美丽毒药十分困惑地看着我：“你怎么可能念诵如此强大

的咒语？你的灵魂应该已经被轰出体外了才对。”

“我有很多秘而不宣的东西，”我说着，感到喉咙一阵刺痛，刚才血肉宝座摆放的洞穴石壁后暴露出一个开口，“似乎就是这里了。”

我们都小心翼翼地挪上前，打量这个新的开口。它的形状像门，有光滑的边缘和顶框，但仅此而已。没有警示标志，也没有居家常用的进门擦鞋垫。开口之后是一段很长的楼梯，开凿在岩石表面上，向下延伸，十分宽大。沿着楼梯排布的顶灯散发出的苍白光芒仅够照亮下一级台阶的深浅，就像一条通往地狱的长廊。没有扶手，紧挨岩石外侧台阶边缘的是深不可测的无底洞。我将一边肩膀紧贴岩石，开始下楼梯，过了一会儿，我们进入黑暗的深渊，大家一步一步谨慎地走了很久。

“到了吗？”狂人问。

“闭嘴。”我说。

“我们还在夜城之下吗？”罪人说，“我们好像真的已经走了很长一段路了。”

“我们尚未离开夜城，亲爱的，”美丽毒药向他担保，“我知道。”

“我们处在地球的黑暗世界，”狂人说，“这里保存着那些最古老、最危险的秘密。这里住着古老的家伙，他们就睡在我们四周，在泥土里，在活着的岩石中，在空间中的空间里。你们得小点声。有些老家伙很警醒，甚至连他们的梦境都能对我们有限的世界产生影响。我们正行走在世界初成、混沌初开之前那些被遗忘的神灵和沉睡的魔鬼之间。”

“我比较喜欢你胡言乱语的时候。”罪人说。

顶灯其实是纸灯笼，按照固定的间距钉在石壁上。它们微微抻长的一面都是些无声尖叫的面孔。当我们从旁边经过时，这些痛苦的脸都转过来注视着我们。

“他们还活着吗？”我说，“依然在经历痛苦？”

“噢，是的。”美丽毒药的声音里充满一种满足感。

“安静。”罪人说。

“可他们是什么？”我说，“他们是谁？”

“不请自来的客人。”狂人回答，此后的一段时间，没人想要开口。

我们越来越深入地球深处。楼梯围绕着巨大的深渊盘旋而下。黑色的石壁向我们表明这里已修建了很久，最开始应该是用的工具，到后来似乎仅仅靠的是双手挖掘而成。有人刻意在夜城下构建了这个无底洞，可到底是谁，究竟是为什么，又是在什么时候修的？这依然是个谜。会是人类所建的吗？靠一己之力还是得到了其他协助？他们为什么想这样做？是不是因为荆棘之主太过危险，以至于他们不得不将他深深地葬在地表之下？越深入地底，我的心里就越害怕。我的手在颤抖，嘴唇发干。这个案子实在牵连太广、太重要了，我当初根本不应该接下来的。我很想回去当个普通的私家侦探，要手段唬唬市井小民，好好经营我从未真正获得的声誉。但是不行，我必须继续下去，为了找寻真相，我已经花费了许多心力，就算失去了所有继续下去的勇气，我也必须凭借一股顽强的意志力努力走下去。

靠近肩头的石壁变得越来越坑洼，露出越来越多的蚀痕，小股的液体顺着黑色的岩石滴落。我停下来仔细查看潮湿的墙面。

“别碰。”罪人说。

“我不会碰的。你认为这是什么？是酸雨，还是什么与之等效的地下物质？”

“不，”美丽毒药说，“是眼泪。”

罪人疑惑地看着她：“你知道这个地方？”

“当然。所有魔鬼和天使都被警告不得来此。我们差不多已经到了荆棘之主这个夜城监督者的领地了。”

“监督者？”我问，“难道说他就是站在当权派身后的人吗？”

“不是，”美丽毒药说，“他可比那种人要强大得多。他负责审判，从无怜悯与同情。”

“我想回家。”狂人说。

“这是你一整天来说得最明智的一句话。”罪人说。

阶梯终于走到了尽头，将我们带到一个巨大而又高雅的水晶岩洞之中。突然之间，我们头上绽放出一道舒适宜人的光芒，借着水晶表面的反射，当即将整间岩洞照耀得有如白昼一般，给人一种站在巨大钻石之中的感觉。

水晶洞穴的正中央是一块光滑的浮雕石板，石板上静静地躺着一个男人。他一头灰发，身穿灰袍，面色祥和，浑身毫无危险气息。我们都进入这间华丽的洞穴，不知所措地环顾四方。我本以为我们会遇上更强大的护卫、更严密的防御，可一切都静悄悄的，感觉就像身处于宁静的暴风眼之中。

每个水晶表面都刻有伊诺语的文字，一种远古时代人类为了与天使沟通所创造的语言。我看得懂，但是不知道怎么念。这年头会念这种语言的人不多了，因为它的发音会腐化人心。美丽毒药顺着一堵墙前行，指尖触摸着那些符号。

“是名字，”她柔声细气地说，“数不清的名字，都是那些来自天堂和地狱的各种级别的天使的名字……甚至连我的名字都有。我堕入地狱前的本名，没有人能知道……”

“但是……它们为何被写在这里呢？”罪人说。

“因为了解一个事物的本名就意味着拥有对它的权力，”美丽毒药说，“命令它，掌控它。那个将荆棘之主带到这里，使他成为夜城监督者的家伙，赋予了他掌管天堂与地狱中所有天使的权力。”

“难怪在天使之战中他可以将天使们的翅膀撕裂了，”罪人说，“但谁能赋予他那种力量呢？”

“我想到两种可能性。”狂人说。

“闭嘴。”美丽毒药说。

她的语气中透露出惊恐与愤怒。我全神贯注在石板上的男人身上。打从我们进入水晶岩洞至今，他完全没有任何动作。尽管如此，我却不认为他在沉睡，因为正常在睡觉的人都应该会呼吸才对。

就在此时，他呼地面向我们坐起来，我一阵心悸。我们全都被他的眼光虏获，呆立在原地，犹如一群被人当场抓到的小偷。灰色长发、胡须以及布袍让荆棘之主看起来就像是《圣经》里的先知一样。就是会告诉你说大洪水要来了，不过挪亚方舟却已经离岸的那种先知。他拥有人类史上最苍老的面孔，眼神之中隐含着一股永恒的狂野愤怒。整座水晶洞都充满了他恢宏无匹的强大气势，我们所有人都在他的瞪视之下变得渺小。

当然，狂人除外。他高喊着："爸爸！"并且试图往荆棘之主大腿上爬。我们奋力抓住他，用蛮力将他拖了回来。接着，我们一个个跪倒在荆棘之主的面前，是他的出现促使我们这样做的。狂人耸着肩，与我们一起跪下。我低垂着头，好让自己看起来像在忏悔。这是个接受审判的地方，我能感受到这一点。毫无同情和怜悯的审判总是让人害怕。

荆棘之主慢慢站起来，关节发出咔嗒的巨响。我抬头匆匆瞥了一眼，他斜撑着一根光秃秃的木棍，我感到自己的心都在颤抖。据说这根木棍是从最初的生命之树上截下的。当他最终开口时，他的声音就像岩石在相互碾压。

"我是击碎所有心脏的那块石头，我是将耶稣固定在他十字架上的铁钉，我是刺穿王者眼睛的利剑，我是能使我们都变得更加强大的必要苦楚，我是夜城寒冷、清醒的心脏。我有权主宰存在于这里的一切，确保夜城不受危害。我维护着

这伟大的尝试，看守着它，参与审判所有试图破坏或践踏它的人。我是切除感染的手术刀，使人睿智的碎心石。我是荆棘之主，我认识你们所有人。罪人、美丽毒药、狂人，还有约翰·泰勒。起身吧，我正在等你们。”

我们站起身，心里没底地互相打量，就像被出人意料地带到校长面前的孩子一样。我迫使自己大声地说话，因为要是说我学会了什么对付夜城大人物们的方法的话，那就是无论你心里有多害怕，也绝不能让他们看出来，否则他们会肆意地虐待你。

“那么，”我说，“我们在这里是要接受审判吗？”

“不，”荆棘之主回答，“这里欢迎你，约翰·泰勒。”

一种极度的紧张从我体内冲出，但我没表露在脸上。我盯着他：“很多人认为我的存在是对夜城的威胁。你的意思他们都错了？”

“不。因为你是一个特例，”接着，他浅浅一笑，“你在我的眼中就和在其他人眼中一样，是个难解之谜。假如你觉得那让你恼火，想想看，我的感受又是怎样。”

他微笑着环顾我们。刹那间，他给我们带来的那股压抑感消失了。虽然荆棘之主现在看上去仍然那么独特，但至少没人会觉得自己随时都会被摧毁了。荆棘之主伸了个懒腰，就像一只太阳晒得太久的猫。

“你们费尽周折寻找答案，”他说，“我希望我能为你们提供更大帮助。但说实话，我只是夜城的一个小官员、小仆人。

或许我的确比世间所有希望与理性都还要强大，但那只是为了监督夜城所必备的能力。其实说到底，我也不过是一个无法卸下负担的老头罢了。我是夜城所有行动与决定的中心，而我已经非常厌倦这种生活了。想问什么就问吧，约翰·泰勒，我一定会把我所知道的和盘托出。或许这是我唯一能对夜城做出的反抗吧。”

“对不起，”罪人彬彬有礼地说，“可我们余下的这些人呢？我们也可以免于你的审判吗？”

“你们无须担心，”荆棘之主冷冷地回答，“只有约翰·泰勒才要注意。尽管你们三个在整个夜城中也算是独一无二的人物，但那是出于各种原因，目的是塑造你们的命运。你们的身份早已在决定一切重要事务的地方，也就是隶属光明异界的神圣法庭中决定了。我的审判无法加诸你们身上……罪人、魔鬼、狂人，我无权凌驾于你们之上，”他认真地打量着他们，然后又看着我，“你选择这些人陪同你寻找答案是明智的。除了他们，再也没有谁能逃脱我的审判。现在，问你的问题吧。”

“好吧，”我说，“告诉我你了解的关于夜城起源的一切，它存在的目的和真实本源。”

“夜城很古老，”荆棘之主说，“我想可能只有它的创造者才知道它到底有多老。当然，它的存在先于我。不过当时生活在此的人并不是太多，这里更像一个那些身份与意图尚未浇铸成形的生命与力量积聚的场所。当我第一次来到这片陆地时，罗马人便已经存在于此。当时这里还被称为罐头小岛，就像大不列颠一样。罗马人对夜城既害怕又崇敬，于是，他们围绕它修建了自己的城市，目的是将它包围、保护起来，同时也是为了使他们的臣民和帝国不受夜城影响。约翰，他们也知道你母亲，并且崇拜她，不过现在已经没人知道她叫什么名字。要是我曾经知道的话，我也已经忘记，或者很有可能是被洗去了记忆。我曾花了很长时间考虑这个问题，关于她可能是谁，或是什么……几个世纪以来，我想到了许多名字，又一一否定。我最佳的猜测，也是我现在的想法是，你母亲被称作卢纳，也就是盖娅的妹妹。”

“等等，”我抬起一只手，“盖娅……大地女神？就是那个盖娅？你认为我母亲是月亮女神？”

“是的，朗照于夜城之上的月亮的化身。你认为这里的月亮为何那么大？因为她一直密切注视着自己的杰作。你是月亮之子，约翰·泰勒，既非真正的光明，也非真正的黑暗，你和臭名昭著的毒蛇之子尼古拉斯·霍布是同母异父的兄弟。我相信是卢纳创造了夜城，目的是让自己在地球上有一席之地，和她姐姐一样，在人类发展进程中留下足迹。”

“可是……我听说，”罪人恭敬地说，“你们正在谈论的那位女士已经……疯了好一段时间。”

“是的。”荆棘之主回答。

罪人看着我：“这能解释很多事情。”

“胡说！”我的话让每个人都目瞪口呆地看着我，我用力地摇着头，死死瞪着荆棘之主，“你是在猜测，就像所有别的猜测一样。我找过的每个人对我母亲的身份都有完全不同的想法，可你们都不真正了解关于她的任何事！”

“你能不能不冲着夜城监督者大吼大叫啊？”美丽毒药说，“我们还想安然无恙地离开这里呢。”

“如果我曾知道真相，那段记忆也被人夺走了，”荆棘之主冷冷地说，“我只能推测。你母亲小心翼翼地掩盖自己的行踪。我想，恐怕没有比我更老的人能回答你的问题了。你的询问到此结束。”

“不，”我怒视着他冰冷的双眼，“我必须继续下去。我必须知道真相。你要阻止我吗？”

荆棘之主淡然一笑：“也许吧，但我想我不会那样做。约翰·泰勒，你是个危险人物，可你意味着我在这里肩负的职责终于有了结束的可能。这让我很开心。”

我努力想象被困在这个小洞里好几千年是怎样一种感觉。他唯一的伙伴只有那些偶尔被带到他面前接受审判的人。他永无止境地盯着夜城，看着这个让他越来越觉得疏离的世界中一代代的兴衰荣辱，仅有的安慰便是责任和义务的锤炼。他曾经是个人，一个普通人。或许他有着夜城监督者这样显赫的头衔，但实际上，他只是个囚犯。

“是谁使你待在这里的？”我问。

“即使我知道，那段记忆也已经被人夺走了，”荆棘之主沉思了一会儿，“我猜也许我是自愿的，但我很怀疑这一点。”

“我们一定还有别的地方可去，”我说，“夜城里有那么多古老的神灵及力量，一定还有谁知道些什么……”

“用你的异能吧，”美丽毒药忽然说，“用异能找到一切是你所具有的传奇色彩的一部分。为什么不用异能找到你母亲，或着至少找出可以指点一条明路的人？”

“没那么简单，”我说，“否则我早就做到了。事情越隐秘，我使用异能寻找就越困难，花的时间就越长，我的敌人也就越容易确定我的位置，并派出杀手来抓我。刚才我在魔鬼守卫的大门那里使用异能时，就感觉到有什么东西正在接近我，想要现身。它可比无面使者邪恶得多。如果我再度开启异能，它便会找到我，甚至出现在这里。我甚至觉得连荆棘之主都无法阻止这个由我的敌人们释放出的可怕怪物。从现在起，我的异能只能作为一种最后的手段。”

“还可以用时间隧道。”罪人说。

我退缩一步：“我真的不想尝试。时间旅行是在你用尽所有办法后才会考虑的一种选择，它产生的麻烦往往比它能解决的问题还要多。”

我此刻已经清楚我的敌人正在某个可能的未来采取行动，派出他们的使者逆时光而行，因此，做时间旅行可能会增加我暴露行踪的机会。

美丽毒药并不相信我的话：“可我们能借助时间旅行直接回到夜城起源的时候，亲自见证它的创立啊！一切答案也就不再神秘！”

“不是个好主意，”狂人说，“那个时候到处广布着可以摧毁我们每个人的生命与力量，我曾见过它们。过去和我们想象的并不一样。”

我们都看着他，可他却不再说话。显然，他越来越清醒了，但却依然不易沟通。

荆棘之主忽然抬起头：“当权派已经派人进入地下世界，他们无视所有停战协议。显然当你驱逐了我大门前的恶魔时，某种当权者的警报就被触发了。他们已经将大门挡住，并且试图封起所有的入口。”他转头向我说道：“如果你愿意，我可以杀了他们。他们的人数不过几千而已。”

毫无疑问，他做得到。想到被折翼的天使以及沃克手下的那些监视者，我立刻就摇了摇头。

“有时候，死亡是解决问题的最佳途径，”荆棘之主说，“但还是按你的意愿吧。我可以为你们提供另一个出口。目前还没有一个活着的人通晓我领地上的所有出入口。”

“你的意思是你还有不为当权派所知的秘密？”罪人说，“我真震惊，告诉你吧，我真的很震惊。”

荆棘之主不屑地哼了一声：“我们有好几百年没有互相交谈了。他们负责夜城的政治，我掌管灵魂。”

“在想出下一步之前，我们还是得先甩掉沃克的手下才行，”我说，“如果当权派已经命令他宣布可以公开对付我的话……”

“或许我能帮上忙，”美丽毒药缓缓说道，“我有一段……过去，与沃克有关。”

罪人瞪了她一眼："从来没听你提到过。"

"我认识很多男人，"美丽毒药依然声音清脆地说，"数不清的年代中数不清的男人。我曾被当权派作为礼物送给沃克。我可以用我们之间这种过去的联系重新拜访他，并且……跟他谈谈，通过那段关系叫他召回手下，甚至可以套出一些答案。当然，如果他不肯合作的话……"

"你不能杀了他。"罪人说。

"当然不会，亲爱的。我还要留他问问题并且召回手下呢。"

"你得活着，并且毫发无伤。"罪人厉声说。

"你有时候真是个扫兴的人。好吧，我严格照你说的做。我会施加一种咒语，这样你们都能看到我们的会面，"她伸出双手捧住罪人的脸，"你得学会相信我，亲爱的西德尼。我必须这样做，好向你证明我自己，"忽然，她笑了："我可以向你保证，沃克绝对想不到会遇上这种事。"

9

柳树茶馆的记忆

美丽毒药优雅地从一圈地狱之火中走出，笑吟吟地出现在目瞪口呆的沃克面前。我可以看出他心里的震惊，因为他同时扬起了两条眉毛。他坐在一张铺着漂亮桌布的桌子旁，正要把手上端着的茶杯往嘴边送。美丽毒药不慌不忙地向四周看看，向我们其余这些人传递回来的影像表明，那是一个老式茶馆，备有古典乐团以及许多穿黑白制服的服务生。美丽毒药突然现身的时候，所有乐手都目瞪口呆地停止演奏，女服务生也都立刻躲到一旁。美丽毒药开心地对着沃克微笑：

"柳树茶馆！是让我们感到特别的地点之一。过了这么多年，我们能在这里再度相遇，可真美好啊！"

沃克叹了口气，放下茶杯。这是一只精美的素白瓷杯，上边有柳树图案。全副武装的男男女女从四面八方冲过来，包

围了桌子，他们的枪口都死死地瞄着美丽毒药。有的警卫手持护身符和十字架，还有人手中拿着原始的指向骨。美丽毒药只是冲沃克扬了扬眉毛。沃克语气疲惫地对所有警卫下令：“全都退下吧，没事。这个人我认识，回到你们的岗位上去。大家的反应速度不错。除了你，罗夫特，待会儿来找我。”

警卫人员不情愿地收回武器，退回岗位。坐在周围桌边的人们这才又渐渐放松下来。沃克看了看那些交头接耳的音乐家，他们开始演奏一首巴赫的曲子。沃克看着美丽毒药，他脸上没有笑容：“你好，索菲亚。”

“你好，亨利。好久不见了，不是吗？”

“我能问问你是怎么绕过柳树茶馆的防御和我自己的护卫措施来到这里的吗？”

“因为我们过去的关系，亲爱的。我们彼此相连，直到永远。”

“过去总是困扰着每个人，”沃克冷淡地说，“尤其是在夜城。我不会说很高兴再度见到你这种客套话，因为我见到你一点也不高兴。”

美丽毒药噘起迷人的嘴：“怎么这么不热情？难道你都不愿请我坐下吗？”

沃克又叹了口气，随意指了指对面的空椅子。他的表情一如既往地沉着镇定，但我知道，在他那厌世表情背后，一定正在拼命思考着。沃克从来不会被意料之外的状况困扰太久。美丽毒药优雅地坐下来，双手放在桌面上，好让沃克看见。同时，她的两眼紧盯着他："我真的很想来一杯茶，亲爱的。"

沃克看了看面前精美的瓷茶杯，发现杯里已经空空如也，于是向女服务员做了个手势。服务员们面面相觑，彼此间通过扬眉和摇头简短而无声地交流着。接着，到茶馆工作时间最短的女服务员无奈地走上前来。她踉踉跄跄地来到桌前，勇敢地笑了笑，沃克点了一壶茶，并且再要了一个杯子。

"还要别的什么吗？"服务员颤抖着问，"小仙人松糕？鲜奶酪？要我替您挂外套吗？"

"下去吧，"美丽毒药说，"不然我就把你的内脏烧干。"

女服务员拔腿就跑，跑到安全的距离之外立刻放声大哭。沃克责备地看着美丽毒药："你一点也没变，索菲亚。我得花上一大笔小费才能弥补你刚刚的举动，天知道他们以后还肯不肯让我踏进茶馆消费。"

"我以为现在夜城是你在掌权，亨利。"

"权力还是有限的。请保持文明的举止。我得考虑自己的名声。"

另一个女服务员过来送上一壶新茶。她将第二个杯子朝美丽毒药所在的方向一放，眼睛看也没敢看她便跑了。沃克给美丽毒药倒上一杯热气腾腾的茶，没征求对方的意见，便替她加了少量牛奶和一块方糖。美丽毒药欣喜地鼓起掌来。

"你还记得！你对小事总是很上心，亨利，"她深情地注视着他，"亲爱的，你看起来老了，但越来越成熟了。"

"你看上去还是和我记忆中一样，"沃克说，"不过话说回来，你本来就是，对吧？你的本质如此。”

“你看着我时，你看到的是什么？”美丽毒药细细地品了一口茶，“每个人眼里的我都不一样，因此我自己从来都不清楚。”

“我们这么说吧，或许我年轻时对玛丽莲·费斯佛太过着迷，大概就是这样吧，”沃克紧盯着她，“你说我们依然彼此相连是什么意思？我们……在一起已经是好多年前的事了。我应该受到了保护，不会被……意外访客打扰的。”

美丽毒药耸耸肩：“许多年前，当我被赐给你时，我们之间就建立了某种联系，以便你能随意召唤我。那种联系不会被任何力量打破，除非你死亡或是我被毁灭，这是规则。女妖并不只是圣诞礼物，她是一生的礼物。毕竟，与我相伴就是一种不可饶恕的罪过。不过还是很高兴再次见到你，亨利。我必须说你刚才的表现很好。我甚至想象过你会大叫着摔东西，或是召唤伏魔法师。”

“我不会再激动了，”沃克说，“这对我的形象不利。你到这里来做什么，索菲亚？”

她将目光移开，斜靠着椅背凝视着茶馆。音乐家们在奏乐，女服务员们来来往往，其他桌的人温文尔雅地品茶交谈。没有谁注意沃克这一桌。美丽毒药再次看着沃克，高兴地点点头：“我一直喜欢这个地方，如此安静、肃穆，每个人都只管自己的事。我很高兴它依然存在，它一点儿也没有变。不过我想，这种地方的魅力正在于一成不变。茶的味道也很好。

或许我刚才应该要一点小仙人松糕。”

“柳树茶馆从未真正火爆过，”沃克说，“但我喜欢它。”

“因为它曾是让我们感到特别的地方之一？”

“不是。”

美丽毒药瞪他一眼：“别破坏了气氛，亨利。我们正在进行一次相当美妙的谈话。我要改变话题了。”她指了指放在沃克左手边桌上的那个水晶球，球体内烟雾缭绕。“我看出来了，这是用来跟所有那些工作中的手下保持联系的。我还以为没人再用这种东西了。但话说回来，你一直都是个传统主义者。”她说。

“我的确喜欢那些经历了时间考验的事物，”沃克说，“没有经过考验的新科技，天知道能有多可靠。”

“你原来不是这样刻板的啊，”美丽毒药说，“还记得另一个让我们感到特别的地方吗？”

“噢，求你了，”沃克说，“你不是说鸦片窟吧……”

“紫色阴霾，”美丽毒药愉快地说，“20世纪60年代时适合那些喜欢幻觉的人的场所。在那段日子里，你真的轻松很多，亨利。紫色阴霾依然存在吗？”

“幸好不在了。目前那里是个健康疗养中心和健身房，名叫健康狂热。是一个让年轻的生意人为了避免心脏病提早到来，趁着午休时间跑去伸展腹肌的地方。”

“真遗憾，”美丽毒药说，“我在想，那个通风管道中还有没有留下那个老地方的一点痕迹？过去，你只需大声说出一个地方的名字，就可以去到那个地方。”

“我已经很多年没有想到过紫色阴霾了，”沃克说，“不过，有很多过去的事我不愿想起。”

“别那样看着我，亨利。难道再次见到我你一点也不高兴吗？”

“是的。”

“可我们曾一起度过那么多美好时光！”

“你是一个女恶魔。你能不能诚恳地说说，那些在你看来重要吗？现在看着你，我有一种……很矛盾的感情。”

“我曾经令你愉快。”

“你是被作为贿赂送给我的。”

“作为礼物，”美丽毒药说，“一个女妖，让你尽情纵欲，满足你的一切幻想。来自当权派的犒赏，犒劳你代表他们所做的出色工作。只有在我的怀抱里，你才能够真正像个孩子一样宁静入眠。”

“接受当权派的礼物必须小心，”沃克说，他的表情依然冷漠，但声音里却透着犀利，“你是个诱饵，目的是诱我上钩，并把我与他们牢牢地拴在一起。这是他们惯常的做法——确保让他们的人习惯，甚至沉溺于只有当权派和夜城才能提供的那种极端享乐中。即使是在当时，我也早该清楚这一点，如此诱人的诱饵背后一定隐藏着一副钩子。”

“如果说在我们共度的时光里，我看起来很喜欢你的话，那是因为我的工作要求我如此，”美丽毒药说，“那不应是真的，或者说不该被认为是真实的，只不过比跟别的行业的交易高贵一点罢了。我想你明白那一点。没错，我是你的，会做你想要我做的任何事情，可那只在合同期有效。我在第一次见面的时候就已经明明白白地告诉你了。”

“我知道，”沃克说，“可当你离开时，我还是陷入崩溃。我以为自己在你心里多少会有些地位，但你离去时却连头也没有回。”

“当然了，亲爱的。那是我的工作——腐蚀人类，引诱他们堕落。我无法带走你的灵魂，因为当权派不允许我那样做。不过，我的任务是让你沦落到愿意为了让我重投怀抱付出一切的地步。”

“我想尽了一切办法试图让你留下来。我会愿意为你做任何事情。”

“你做的一切都很讨我喜欢，可我有别的合同在身。我的出现只是为了完成交易。你却是那种坚持要在其中混杂进爱情的人。”

“我那时太年轻，”沃克说，“这是那个年龄常常发生的误会。但我不该威胁你。”

“是的，亲爱的，你不应该那样。我不得不向你展示一些我的本性，我的真面目。”

沃克缓缓点头：“只瞥了你一眼，就让我做了好几个月噩梦。我居然和这么恶心的东西有过那些亲密时光……我把皮肤洗刷到发痛，直到鲜血淋漓……你的临别一爪，至今依然在我心中留着不可磨灭的疤痕。”

美丽毒药忽然露齿而笑：“想要我更好地亲吻它吗？”

“我宁愿你从未亲吻过，”沃克靠向椅背，认真地打量着她，“知道和我同床共枕的到底是什么后，我既震惊又害怕。我放手任你离去，想尽办法从此不再想起你。我想……你就是让我远离夜城一切诱惑的原因。闪亮的霓虹谎言、肮脏的秘密快感……你开拓了我的视野，让我了解到这里是个什么样的粪坑，以及当权者的表里不一。当权者除了金钱、权力以及夜城所提供的娱乐之外，根本什么都不在乎。每天在这里被人踩在脚底下的小人物，对他们而言，一点意义都没有。我下定决心，绝对不能像他们一样堕落。”

“现在你掌权了？”

“我掌权的唯一目的，就是不要让其他人掌权。我不相信任何其他人有办法拒绝诱惑。一定要有人能够保持清醒，随时以客观的眼光看顾这个地方。一定要有人能够把野兽关在笼子里面。是你让我了解夜城……已经堕落到什么样的地步。”

“这也是你和其他人举行可以使其他维度空间的生命进入地球的仪式的原因吗？”

“是的，”沃克抿了一口茶，又一次从容地改变了话题，“你来这里做什么，索菲亚？我可不认为地狱的魔鬼会对过去被他们迫害的人有何怀念。或者当权派又将你赠给了别的什么人，某个我应该知道的人？”

“不，”美丽毒药说，“现在我和罪人在一起。”

沃克放下杯子，抬起一道眉毛："你就是那个女妖？好吧……真让我吃惊。真的。也就是说，正和约翰·泰勒一起反抗我的女恶魔就是你？你就是无法抗拒有权力的男人，是不是？"

"我现在和罪人在一起，"美丽毒药耐心地说，"只和他一个人。从官方的角度来讲，我是受到指派离开地狱，去腐蚀他，打碎他的心脏，玷污他的灵魂，使地狱能够再度召唤他。但事实上，我是自愿接受这个任务的，我想尝试并理解那种即使在地狱也能存在的爱情，一个人怎么会真诚地爱上我这种堕落的家伙。"

"你希望我相信你的话？"沃克说，"我比别人都清楚，爱情对你而言一文不值。"

"那都是过去的事了，"美丽毒药说，"从那以后，许多事都发生了改变。在和我的西德尼相处之后，我才渐渐开始理解他对我的感觉。有可能，我也开始理解那时候你对我是怎样一种感觉了，理解我对你的伤害有多深了。"

"我结婚了，"沃克说，"非常幸福，已经快23年了。"

"真为你高兴。她叫什么名字？"

"希拉。我们有两个儿子。凯斯在上牛津大学，罗伯特在服役。他俩都是好孩子。他们是在夜城外长大的，他们对我真正的工作一无所知。"

"我很开心，亨利，真的。"

"那么，这个罪人，他真的爱你吗？"沃克的声音显得很轻松，但这只能骗过其他人。

“是的。即使在地狱，也是一段传奇爱情。”

“我也爱过你。”

“他即使看过我的本来面目，看到我究竟是谁后，依然爱我，我亲爱的西德尼……很抱歉我伤害过你，亨利。”

沃克喝了口茶说：“魔鬼都说谎。这是他们的本性。”

“即使魔鬼也能改变。”

沃克冷冷地看着她：“你以为我会相信这种鬼话吗？”

“我相信，”美丽毒药说，“我必须相信。”

他们一起坐了会儿，默默地喝着茶，一言不发，周围依然是文雅的交谈声。

“我知道你派人将荆棘之主领地的大门堵得严严实实，”美丽毒药忽然说道，“还有更多的人堵住了其他出口。我想，是当权派的指令吧？”

“当然，”沃克说，“可既然你能出来到这里见我，我不得不认为其他人也能做到。我最好和我的安保人员说说，将守卫进一步加强。或许还应该多找一些专家来。你是为了这件事来找我的吗？你要求我帮忙？”

“再多专家也无法阻止我们，亲爱的，”美丽毒药平静地回答，“荆棘之主站在我们这边。”

沃克居然眨了眨眼：“见鬼，你们究竟是怎么办到的？我还以为没人能逃脱他的审判。”

“他信任我们，”美丽毒药说，“尤其是信任约翰·泰勒。

跟我说说当权派吧，亨利。”

“为什么？”

“因为我想听。”

沃克耸耸肩：“要是这能让你快点离开这里的话……其实当权者也没多大的秘密。他们和每个人想象中的一样，是城市的代名词，是古老、稳固的商业家族，在对夜城数百年的投资中获得了巨大的回报，包括财富、力量和权势。躲在伦狄尼姆俱乐部之后的人，从不对外炫耀他们的富有与权力，但却在幕后操纵着那些这样做的人。他们是幕后的推手，为了维护自我的地位无所不用其极。我为他们工作，只因为我是最好的选择。许多年来，我一直在找能够替代我的人选，但是大部分的人根本不想听我说。几乎没有人愿意担负起我这个地位所需担负的责任，而极少数有兴趣掌权的人却都是为了错误的理由，于是我把这些人通通交给当权者处置。我掌权，做我应做的事，因为我是唯一不会被夜城里种种诱惑影响的人。我已经看透这个地方了，我很清楚这一切背后所隐藏的本质。”

“那究竟是什么呢？”美丽毒药问。

“一场怪诞的演出。一个臭名昭著的城市。所有人性罪恶面的集散地。这也是当权人士最适合经营此地的原因。因为他们只在乎它为自己带来的金钱。他们偶尔也会来这里玩玩，纵情释放那些在外边的世界无法得到允许的欲望，但一天将要结束的时候，他们都会回家，将夜城抛在身后，跟我一样。”

“而你却从不纵欲，是夜城里唯一正直的人，或者至少也是唯一道德高尚的人。还有……或许是最胆小的人。你为什么这么害怕夜城，亨利？”

沃克十分礼貌地思考了一下她的问题：“因为……很可能，总有一天，夜城里的邪恶诱惑以及腐败堕落将会突破一切藩篱，冲入正常世界。”

“那真的会是一件很糟糕的事吗？”美丽毒药说，“如果人人都知道了事情运转的真相，会是怎样的情况？如果他们最终都能看到真实的一幕又会怎样？如果他们可以看到强权主宰，看到躲在世界大幕之后的生命与力量，并与之交谈……如果他们了解核心机密，或许一切会变得更好。”

“不，”沃克说，“在貌似合理的因果世界背后，事情已经够糟的了。如果所有狂热分子和恐怖分子，或者仅仅是那些有些野心的好心人，了解到夜城里面所能提供的真正选择，那整个世界很快就会为了争夺力量而毁在他们手中。”

“你过去不是这样的，”美丽毒药说，“不像这么……愤世嫉俗。”

她和沃克在柳树茶馆中继续交谈，不过却改变了我们眼前的影像，让我们看见过去所发生的事情。

眼前影像一变，我们也在瞬间了解到转变之后的一切讯息。我们知道那是发生在 1967 年的事情，也知道如今走在夜城街道上不断交谈、嬉笑、打闹的三个年轻人就是亨利·沃克、查理·泰勒和马克·罗宾逊。

我首先认出了沃克，因为他的长相没太大变化，但他的装束还是让我吃了一惊。似乎回到年轻时代后，亨利·沃克是个衣着华丽的时尚追逐者。他像一只苗条的孔雀一样大步前行，穿着国王大道所能提供的最棒的、色彩炫目的衣服，戴着一副窄边椭圆太阳镜，一头浓密的黑色卷发看上去十分完美，简直就像一个年轻的神。

马克·罗宾逊，也就是后来闻名夜城的古董王。他也很容易辨认，因为即使在当时，他显然也是歌星猫王的追捧者——全套猫王的配备及特征，包括油腻腻的黑色刘海、耳朵两旁的招牌鬓角以及刻意微翘的上唇。他身上的黑皮夹克装了太多拉链和铁链，走路的时候发出叮叮当当的响声。他一刻也静不下来，浑身充满了活力，总是比其他两个人靠前或落后一些，喋喋不休地高谈阔论。他的笑声十分开朗，完全发自对生活乐趣的享受。他有雄心壮志，认为已经规划好了自己的整个未来。

我花了很长时间才认出查理·泰勒，我的父亲。我没有他的照片。母亲走后，他将一切都扔掉或是付之一炬。在眼前的影像里，他比我还年轻，看起来跟我并不像。他与我想象中的一点儿也不一样。跟两个朋友不同，他穿了一套深色的西装，打了一条领带，胡子刮得很干净，头发也剪得非常整齐，看起来就跟普通上班族没多大差别。但最让我惊讶的是，他看起来是多么自由自在，轻轻松松，和他的伙伴们在一起，他是多么高兴。这正是我辨认起他来颇为困难的原因。原来，我从未见过父亲开心的样子。

1967 年，和所有其他地方一样，夜城进入了转变期。他们是三个满腔热血的年轻人，美好的未来已在他们面前展开，他们将要改变世界。

最后，他们进入了最时尚的会议中心——霍克风之吧。我从未见过这个地方原始的样子。这家店毁于 1970 年的一场大火，有人说是房子自焚的，如今以一栋鬼屋的形态存在。尽管如今建筑本身已经变成鬼屋，不过里面的顾客可都是真人。影像中的霍克风之吧，看起来跟后来的那栋鬼屋没什么两样，完美呈现出如梦似幻的 20 世纪 60 年代风格，有着洛可可式的闪亮霓虹灯、引人注目的各式流行海报。即使处于不同的时空，我似乎依然可以闻到店里所散发出来的咖啡、线香、烟草，以及精油等的气味。大型点歌机里播放着所有当年最流行的音乐，塑料桌面旁边站满了那个年代著名的人物。沃克、罗宾逊和泰勒一边走进去，一边微笑着向众人挥手致意，可没有一个人对他们有多在意。当时，他们三个还不是重要人物。谁会想到，今后这三个人一个将管理夜城，一个是收藏一切强大法器的人，一个是毁灭夜城的始作俑者。

亨利、马克和查理占据了角落里剩下的最后一张桌子，接着向一个身穿白色塑料服饰、嚼着口香糖的女服务员点了咖啡，然后拿起最新的夜城特别版杂志阅读。查理刚翻开一页，就被马克一把抢了过去，他急切地想知道他们是否刊登了他寄去的那封关于猫王才是刺杀肯尼迪的真正凶手的信。当然，沃克已经看过这期杂志。他总是最先了解一切。

我们倾听着这三个年轻人的交谈。尽管他们都很幽默，但似乎已经失去了耐心。他们受到了压制，受到了一成不变的习惯的压制，受到了那些不愿尝试任何新东西的人的阻碍，那些东西已经存在了几十年，甚至上百年。时尚是一回事，罪孽却常常是由时尚产生的。站在顶峰的人都不希望发生制度上的改变。这三个年轻人决心在必要的时候抓住权力和时机，推行必要的改变。当然，是为了所有人的利益。他们希望引领时代，引领真正的思想解放。每个处在 1967 年的年轻人都是梦想家和空想家。

看完杂志后，他们的展示时间就到了。即便是在当时，马克也是个收藏家，手头有很多特别的东西。他从肩包里将宝贝取出，并迅速向四周扫了一眼，确信没人注意，然后才将他的发现恭恭敬敬地放在面前的桌子上。亨利和查理疑惑地看着这个放满破旧手写稿纸的木箱。

“行了，”沃克说，“这次又是什么？最好别再是关于罗斯威尔的报告。如果那里真的发生了什么，我们现在也已经知道了。”

“你别急，”马克神秘兮兮地说，“我会向你证明的。的确有人拍下了对外星人的解剖录像……当然，还有人说两年内将有月球来客降临地球，因此……”

“你到底发现了什么，马克？”查理耐心地问，“它对我们有何好处？”

“是不是可以用它来勒索别人？”沃克充满渴望地说，“我一直都希望能勒索某人。”

马克贪婪地咧嘴笑了，一只手压在那一摞稿纸上，仿佛害怕有人会悄悄将它们偷走：“这可是好东西，我的朋友们。它是一份没有公开发表的手稿，是取之不尽，用之不竭的能量源泉，作者是那位伟大的魔法师克劳利，他被誉为世界上最邪恶的人。不知你们是否相信报纸上写的东西，可我大都不信。但克劳利却是真真正正存在的，至少曾经存在，传说他最厉害的法术从来不曾公开过。这些是他晚年极度缺钱的情况下拿出来卖的，只可惜那时候已经没人对他感兴趣了。魔法界的人将他排挤在外，报纸也不想继续报道他。最后这份手稿落入某家出版社手中，然后我又用整套的《火星攻击》卡片作为交换，从一个助理编辑那里得到了它。跟那些曾经拿到过这份手稿的笨蛋不同，我认真地从头到尾细细阅读，现在我可以明确地告诉你们，我的朋友们……这是对我们所有祈祷的回答，是通向我们渴望已久的终点的康庄大道。”

“天啊，你在自我陶醉，”亨利说，“到底是什么，马克？我希望不仅仅是另一本魔法书。”

马克依然乐不可支：“手稿中的一章记载了一段特殊的强大咒语，或者说是一项克劳利已经动笔，但却一直不敢完成的工作。但我们不要忘了，克劳利胆子依然很大。为了召唤某个最强大的生物，并让它承载自己的意愿，他开始了这项工作，但当他仅仅瞥了一眼自己试图召唤的东西之后，便放弃了接下来的其他仪式。他写道，美丽，可怕……仅此而已。他从自己位于苏格兰湖畔的豪宅逃走了，再也没有回去。”

“等等，”查理说，“你的意思是说，我们要尝试某些对克劳利来说都太可怕、太危险的事情？”

“啊哈，”马克得意扬扬地说，“但我们会在他失败的地方成功，因为我知道克劳利缺少的是什么。最近，我从原来的朋友怒火肯尼斯那里得到了一捆信件，写信的人详细描述了克劳利试图召唤的灵魂，并介绍了怎样能安全地对它加以控制。我的朋友们，我们有办法召唤被称作巴巴朗的瞬态生命，并将我们的意愿托付给它。”

“依据什么理念？”亨利问。

“呃，我还在研究，”马克承认，“这得看你对信件的特定部分能解读得多深刻。这个生命是情感、欲望或妄想的化身，也可能是三者共同的体现。明白了吧，的确很重要吧？我们已经抓住了某个力量之源，把握住了能带来转变的武器，这就是它！”

“要是失败了怎么办？”查理问，“听起来这可不像是即便出了差错你也应付得来的魔法。”

“要是事情败露了怎么办？”亨利也问，“雄心壮志固然重要，但我们还得考虑自己的前途。”

马克瞪着他俩：“光靠嘴巴说是不够的，你们得准备好放手去做！任何有价值的东西都带着一定风险。仅凭雄心壮志是推翻不了当权派的！”

亨利狐疑地哼了一声：“你对这些信件的起源了解清楚了吗，马克？你确信其中已包含了我们需要的一切吗？”

“是的，是的，”马克答道，“现在告诉我，你们是否加入？”

“我们得找个安全的地方来做这件事，”亨利若有所思地说，“或许我知道一个地方……这件事交给我吧。你呢，查理？”

“首先，我想研究一下那些手稿和信件，”查理说，“我想有充足的时间来亲自做个调查。好明确我们自己究竟是要做什么……不过，如果一切都检验合格的话……我们就必须去做。这样的机会不把握住，我们就是十足的傻瓜。”

影像突然转变，这时三个年轻人站在一栋空荡荡的仓库中。就着窗外的灯光，仓库中广大的空间一览无遗。光秃秃的地板上完全没有任何家具，泥灰墙上贴满了早已被人遗忘的摇滚乐团及政治组织的发黄海报。墙上还有许多风格粗犷的巨幅作品，有花朵、彩虹。地上遍布着残留的蜡烛和被踩踏出的粉笔印。亨利有些骄傲地环顾四周。马克则东张西望，对自己感兴趣的东西指指点点，既紧张，又兴奋。查理背靠着关严实了的大门，眉头紧锁，正在一个厚厚的笔记本上记录着什么。

“这里潮湿，难闻。我听得出来，在这里真正能找到的只有藏在墙壁里的老鼠。说真的，亨利，你就只能把事情办成这样吗？租下这个垃圾场要多少钱？”

“实际上一分钱也没花，”亨利平缓地回答，“它的主人欠我一个人情。这里没那么糟吧……好吧，就算是那么糟，可我们又没有打算住在这里，不是吗？”

“你调查过这里的背景吗？”马克问，“有没有什么可能干扰我们计划的事情？”

“历史可疑，与肮脏接壤，但都与我们无关，”亨利说，“几年前，我和一个当时认识的女孩来过这里，好像是叫杰西卡。主人把这里出租给新的乐团做练习场地，偶尔也会有嬉皮在这里玩乐。整间仓库可能充满了毒品残留物，所以请不要大口呼吸，也不要去舔墙壁。”

“我可以坦诚地告诉你，我从来没有过这样的想法，”查理说，“但是现在这个想法却在我脑中挥之不去。我们租下这里多久？”

“10天，整个建筑都属于我们，”亨利回答，“绰绰有余。”

“在这种隐蔽的场所，没人会盯上我们，来找麻烦，”马克轻快地搓着双手说，“好极了！”

亨利看了看查理说：“你还满意吗？上个礼拜你几乎不曾离开迈克尔·斯科特图书馆，有没有查到任何我们应该注意的东西？”

查理板着脸：“没有什么。巴巴朗仪式并非什么新东西。它已经存在了很久，只不过形式各不相同。迪博士的《符咒大全》中对它有很多描述。当然，《圣经》中也提到了，不过内容不太正面。唯一能让众人达成一致的是，这种仪式举行起来很危险。我根本找不到哪怕一份关于有谁成功完成这个仪式的报道。”

“那是因为他们没有掌握我信中的内容！”马克说，“来吧，我们必须这样做！现在已不能回头！不能在离实现梦想只有一步之遥的时候回头！”

“由你决定，查理，”亨利没有理会马克，“你是头儿。我们是前进，还是后退？”

查理想了很久，然后耸耸肩：“管他的，动手吧。”

当年的他们都还太年轻了。

场景再次变换，出现在我们眼前的是巴巴朗仪式。当然，只是些剪辑过的重要场面，但依然令人震撼。冗长的仪式包括对某个瞬态生命的召唤、保持和物化现身，不仅仅是单纯的魔鬼或灵魂，而是某个真正的强权主宰，抽象概念的逼真化身。巴巴朗是一个很老很老的名词，对于它究竟代表着什么，没有人能达成共识。三个年轻人只是将它看作一种能用来对付坏人的武器，因为他们是可能阻碍即将来临的变更的人。三个年轻人下定决心，不能停步。如果必要的话，他们将通过暴力手段来获取自由。就像大多数极端的狂热者一样，他们看不到潜在的危险，即使能看到，他们也将熟视无睹。毕竟，他们是在为了更美好的未来做这件事。

举行巴巴朗仪式要求三个年轻人禁食数天，还得几乎连续不断地诵唱，并在地板上不停画圆圈和五角形，在墙上画防御和保护符号，按照一定规律摄取神圣的香草和药物。他们如饥似渴地喝下一瓶瓶水，又在挥汗如雨的宗教舞蹈中将之消耗掉。他们不能睡觉，甚至不能休息。六天之后，他们全都狼狈不堪，几近崩溃。他们如今双眼充满血丝，声音干涩难听，两手抖到必须重复好几次才能画出正确的符文。他们饿到不再感到饥饿，渴到不再感到口渴，血管里产生了奇怪的化学作用，脑子不断听到不存在的声音。他们在布满石灰符号的地板上跌跌撞撞地旋转，配合嘴中凌乱的曲调踏出诡异的步伐。他们已经进入半疯状态，几乎不属于这个世界，将思绪推入极限，到达现实的另一个层面，直到终于找到要找的东西为止。

或者说是他们要找的东西终于找到了他们。对方比他们想象中还要强大，比他们所能承受的极限还要恐怖，但是他们依然以紧绷的意志与其对抗，最后终于将它带入现实之中。那是一股古老的强大力量，一个名叫巴巴朗的女性实体。三个年轻人感觉到对方渐渐逼近，感到一股全新的力量进入他们体内。他们的心灵无比澄澈，逐渐与巴巴朗建立起紧密的联结。它真的非常美貌、恐怖，而且陶醉在自我的力量之中。

接着一切都开始出错了，而且立刻就错到难以收拾的地步。一声非人的怒吼充斥整间仓库，在所有物质表面上产生共鸣。名叫巴巴朗的实体突然消失得无影无踪，瞬间被一个更为强大的造物所取代。

对方侦测到这道物质界的开口，立刻把握机会取代巴巴朗的地位，在物质界中凝聚成形。它将巴巴朗推回来时的异界，凭借恐怖的实力来到开口前。仓库剧烈震动，墙壁不自然地扭曲，三个年轻人好似洋娃娃一样冲入空中，最后跌在起伏不定的地板上。他们布下的符文在对方的力量之下变成一堆完全没有意义的无用粉末。一个自天地初开就被逐出物质界的古老、强大、恐怖、狂野的实体渐渐浮现，终于在此时此刻找到机会重临人间。开口中绽放一股无法逼视的强光，伴随着整个世界的鸟禽同时尖叫的巨响，一个巨大到超乎人类想象的实体，将自我形体压缩到足以进入物质界的程度，然后缓缓走了出来。

三个男人挤在一起，无助地看着他们召唤出来的东西，然后同时放声尖叫，犹如一群孩子终于发现隐藏于黑暗之中的怪物。接着对方向外一冲，瞬间击破了仓库墙壁上所有的保护结界，散入夜城里，完全消失不见。

整个货仓几乎毁于一旦，围绕着它的建筑物也都遭了殃。大火在废墟间肆虐，数以百计的人丧命。唯一的幸存者便是亨利·沃克、马克·罗宾逊和查理·泰勒。尽管步履蹒跚，眼冒金星，但他们却毫发无伤地从货仓的残迹中走了出来。他们的命保住了，但他们不明白是为什么。他们受了很大惊吓，大部分记忆随之丧失。

直到过了一段时间，他们才开始渐渐回忆起来。记忆的碎片回到他们的脑海中，但这个时候说什么或做什么都没有意义了。不管被他们释放出来，并且潜入夜城的是什么，那些因此而付出生命的人已无法复活。于是到最后，他们决定不跟任何人提起此事。

他们胆战心惊地度过了好几个月，夜城中始终没有出现任何不寻常的事件。可能那个化身根本就没有形成，那股力量无法在物质世界中维持它的存在。亨利和马克暗自庆幸，但查理依然心存疑虑。他穿梭于一个个图书馆之间，在包含最古老知识的厚书堆中查找，想要弄清楚到底发生了什么。当他发现自己无法查清后，他找到另外两个人，告诉他们必须把事情说出来，警告当权者。

但是亨利跟马克并不愿意公布此事。他们觉得，为了拯救自己，除了让查理背黑锅外，他们别无选择。于是，他们开始散布谣言，说查理为了自己那未获批准的研究而造成了货仓地区的灾难。当然，他们并没有证据，也没有因此有过什么诉讼，但查理从此失去了当权者的信赖，再也没有机会大展宏图。他在被解雇之前主动辞职，之后继续未完成的研究。他承接所有能赚钱的活儿，用这些钱来维系他自己正在进行的研究，即弄清楚他参与过的究竟是什么事。数年后，他变得相当成功，并且牢牢地坚持着自己的信念。

三个曾经最好的朋友如今各走各路，因为他们都把仪式失败的原因归咎于对方。沃克的观点是，那个仪式本身太过危险，根本就不该去尝试。他留在当权派那里，开始从其内部进行改革。他开始迅速发迹，职位越来越高。马克离开了当权派，成为古董王，和其他人一样，也很钟爱自己的新事业。很多年过去了，三个不再年轻的男人过上了各自的新生活。

场景转回到亨利·沃克与美丽毒药一起喝茶的柳树茶馆。

我们看着沃克替美丽毒药重新倒满茶。他总是那么温文尔雅。

“都是很久以前的事了，”沃克说，像是对某些未曾听到的评论的回应，“那时候，我们都是不一样的人。”

“你到底有没有弄清楚毁了你们仪式的究竟是什么？”美丽毒药优雅地一边喝茶一边问。

“别再问了，”沃克说，“我告诉你的已经太多。你到底来做什么，索菲亚？”

她冲他微笑：“有人说约翰的母亲正在回来。”

“那就祈求上帝保佑吧。”

“她为什么现在回来，亨利？她和约翰现在的案子之间有何联系？”

沃克脸色一变，似乎当场就要命令美丽毒药离开或是叫手下进来强行驱离，但是他没有。只见他脸色稍显和缓，仿佛挑着一副沉重的负担太久，忍不住要把担子放下一般。他靠回椅背，瞬间露出疲惫不堪的老态，双眼沉浸在过去的回忆里。

“都是马克造成的，”他终于开口，声音平淡，甚至有些空洞，“他将自己的未婚妻介绍给查理认识。但他是被……利用了。当时他已经是古董王。有人尊敬他，有人鄙视他，评价完全因人而异。查理是一个研究专家，几乎是个隐士。他给马克打电话，想借助他身为古董王的能力寻找一个助理——我很怀疑这是查理的本意，我对此表示怀疑——当时查理正在调查夜城的起源，他好像着魔了一样将自己所有的资金投入研究案里。马克花了大价钱，请教了各种专家，最后将一名叫芬妮拉·戴维斯的年轻女士引荐给查理。她是一个很有前途的学者，声誉很好，长得漂亮，富有朝气，口齿清晰，并且也对夜城的起源感兴趣。很快，她便和查理坠入爱河，然后他们结婚了。”

沃克冲着面前的空茶杯皱了皱眉，但没去加茶。“可怜的查理。他没有弄明白自己也被芬妮拉·戴维斯利用了。查理并非重点，约翰才是重点。”他说。

“什么意思？”美丽毒药向前探了探身子问，“为什么约翰这么重要？”

“我还记得他刚出生时的情景，”沃克没有看她，继续说道，“我从未见过查理如此开心。他在自己研究上花的时间越来越少，在他的新家庭上花的时间却越来越多。他不再是个隐士，他要拥抱生活。在芬妮拉的帮助下，他接受了新的研究任务，为自己重新赢得了学者的名声。他和马克还有我终于言归于好，多年之后再次成为朋友。我们都老了，或许比以前睿智了，最重要的是……我们终于找回了快乐。我们都喜欢芬妮拉。她是多好的伙伴啊！后来，查理到底还是发现了他深爱的妻子的真实身份。但忽然间她失踪了，虽然我们通过各种渠道寻找她，但可惜再也没人见过她……不管我跟马克如何苦劝，查理还是变得越来越消沉。我们想救他，但他将我们拒之门外，只有在看着他那幼小的儿子约翰时，他才会流露出些许活力。马克和我在暗中密切关注着约翰，尽量照顾他。在约翰还没有长大到足以保护自己之前，我们阻止了好几次无面使者对他的袭击。”

“约翰知道这些吗？”

“我从未问过他。”

“可是……是什么促使他母亲现在回来的呢？”

“没人清楚。要是我们知道的话，我们就能……采取些措施……”

“来阻止她？”

“我不认为有任何人能够阻止她。索菲亚，你为何对这些事情有这么大兴趣？”

“因为我跟约翰合作想要找出夜城的起源。越接近真相，我们就越肯定约翰的母亲跟这一切有着密不可分的关系，只不过我们遇见的人对于他母亲的身份都有完全不同的看法。”

“如果说我还在乎你的话，”沃克说，“我会告诉你，离约翰·泰勒越远越好。这是为你好。”

“你才应该离我们远点儿，”美丽毒药说，“我不希望你受到伤害，亨利。”

沃克扬起一道眉毛：“你会吗？真的吗？”

“也许吧。我还在努力接受所谓的爱情这个观念。把你的人都撤了吧，亨利，看在我们旧情的分上。”

“我办不到。约翰太过分了，已经严重威胁到当权者的地位。我一定要阻止他。”

“你是说杀了他？”

“我会尽可能活捉他的。”

“噢，亨利……是什么让他变得如此危险？他母亲会是谁，能够吓倒这么多强大的人？”

“难道你还没听明白吗？”沃克几乎有些恼怒地说，“我们通过巴巴朗仪式召唤并放走的东西，就是约翰的母亲！”他猛地扭头盯着我，“我知道你在那里，约翰，你一直在看，一直在听。我早该把这一切都告诉你，但是我不想看到你为了上一代的错误而受苦。很抱歉事情走到这个地步，你必须立刻悬崖勒马，主动放弃，否则我将别无选择，取你性命。因为你身上流着你母亲的血液。”

10

莉莉斯的诡计

看到这一切后，我觉得自己应该大喝一场，喝到烂醉如泥。接下来，或许我会坐在黑暗的角落里，静静地抽泣上一阵。

美丽毒药又使出地狱之火，将自己从柳树茶馆传输至荆棘之主的水晶洞穴，回到我们身边。她一回来立刻就扑入罪人的怀中，向他表明自己跟沃克彻底地结束了。温存了好一会儿之后，她不太高兴地望着我说："沃克怎么会知道你在看？他应该不可能发现才对。"

我耸耸肩："嘿，我们说的可是沃克。他无所不能。我想，这算是他的职责范围。现在最重要的是要先离开这里，免得沃克把你提到的那些不为人知的出口封了，索菲亚。"

"你不能这样叫我，"美丽毒药不屑地说，"只有亨利才行。"

我看了看罪人："那你们在家里时，你是怎么叫她的？"

“亲爱的，”罪人严肃地说，“不过你也不能这样叫她。”

“最亲爱的西德尼。”美丽毒药再度拥抱罪人。

“你们都该走了，”荆棘之主说，“我看看能否拖住沃克的人，为你们赢得一点时间。我或许办得到。”

罪人看起来不太相信：“你能抵挡沃克派来对付你的那些军队？”

“我是荆棘之主，我有权控制所有生活或存在于夜城的人。”

“尽量别伤害他们，”我说，“其中很多人只是奉命行事。”

“我会做出判断的，”荆棘之主说，“我不会做出承诺。解决过分的家伙也是我的分内之事。”

我若有所思地看着他：“你为何这么愿意帮助我们？”

他耸了耸肩，再次躺回他的石板，让自己躺得舒服些，说：“我说过了。因为你的关系，我感觉到一切都要走到尽头，而我十分期待任何能够放下重担的机会。出去的时候不要用力关门，否则我会把你们变成什么东西的。”

他闭上了眼睛，我则皱起了眉头。我很讨厌这种感觉，最近似乎每个人都排队告诉我末日就要到了。每当我闭上双眼，就会看到时间裂缝中那个荒凉的未来：残破的建筑、死寂的夜晚、无尽的昆虫以及死在我怀中的剃刀艾迪。当时我对着他的尸体起誓，我宁死也绝对不会任由那个未来成真。

“那么，接下来我们去哪里？”美丽毒药一边调整着小草帽的位置，一边问道。

“还剩下什么地方可去吗？”罪人问。

“回陌生人酒吧。”我不情愿地说。这一定会令亚历克斯不快。我掏出会员卡，说道：“照情况看来，我跟沃克是迟早要翻脸了。如果要和他正面冲突，我希望可以选在一个熟悉的地方。”

其他人没有别的意见，于是我激活卡片，走进酒吧，把正准备上床睡觉的亚历克斯吓了一跳。他已经关上大部分灯，椅子也翻到了桌面，此刻只裹着一件白色的睡衣，戴着一顶尾部有穗的松软睡帽站在吧台旁。他极其不屑地盯着我们，然后走到吧台后，隐藏起自己裸露的小腿。他应该穿一件更长些的睡衣。

亚历克斯在酒吧楼上拥有自己的房间，过去我曾在那里待过几次，睡在他那令人极不舒服的沙发上。他所有的家具都已经烂到垃圾场都不会收的地步。除非碗槽里放不下了，不然他绝不洗碗。

“我们已经打烊了，”他冷冰冰地说，“打烊了，不营业，都给我滚出去，难道你们无家可归吗？”

“行了，”我恶狠狠地说，“这里站着几位渴极了的客人，你绝对不会相信我们今天的遭遇的。”

亚历克斯叹口气：“我听够了。好吧，每人一杯酒，不过要用打烊后的超贵价码来算。还有，我可不会为你们热吃的。你以为我是你什么人，你妈？把那该死的会员卡还给我，泰勒！要是我想要人们在任何时候不请自来的话，我还不如雇个人呢。我是不是应该假设你又惹来了一堆追杀者，随时可能有全副武装的人冲进来大打出手？”

“只猜对了一部分。”我回答。

“知道吗，泰勒？你就是个扫帚星！”

我环顾四周：“你的保镖呢？我需要多一点帮手。”

“我已经让她们回家了。”亚历克斯说。他厌烦地替我们倒好酒。我要了一大杯苦艾白兰地，罪人要的是马尔文矿泉水，美丽毒药坚持要配着小雨伞装饰的曼哈顿鸡尾酒，而狂人想要伏特加酒配梅子汁。在为我们服务时，亚历克斯其实有些害怕。狂人喝酒时，我们都有些担心。我细品着杯中酒，同时仔细打量着酒吧。陌生人酒吧至少具备一个优点，那就是想要出其不意地进来极其困难。酒吧处于层层护卫下，受到梅林·萨坦斯鲍恩魔法的直接控制。要真有什么事发生，我们也会在任何进攻发生前得到警告。

“那么，”亚历克斯神情严肃地说，“到底是什么使你们这么快就跑到这儿来的？”

“几乎可以肯定，沃克正在赶往这里的路上，”我说，“一旦他发现我们不在他料想的地方，用不了多久，他就会想到这里是我最喜欢的避难所。等他来到这里时，他很可能会叫手下先把我杀了，然后再找灵媒来拷问我。”

“我可以打电话叫保镖回来，”亚历克斯说，“或者你希望我试着联系霰弹枪苏西？”

“她已经在忙另一件案子了，”我说，“等我们找到她，事情多半已经结束了。何况还有罪人和美丽毒药可以保护我们。”

“还有我！”狂人神采飞扬地说。

“好吧，是的，”我圆滑地说道，“可你并不总是专心，对吗？”

“没错。”狂人一边说，一边试图吃他的杯子。

亚历克斯死死盯着美丽毒药：“为什么她看起来这么像我的前妻？”

“接下来我们还是讨论一下下一步该怎么办吧，”我用很大的声音坚决表明自己要转开他的话题，因为我已明知这种谈话持续下去将毫无益处，“我们的案子似乎已经查到尽头，再也没有任何线索可追了。夜城里已经没有更古老、更强大的生命，可以提供任何关于夜城起源的线索。其实真要说起来是还有啦，比方说恐怖种族，或是洞穴巨人，不过除非我们都挑好了棺材、选好了墓地，不然还是不要去打扰他们比较好。反正他们也不太可能跟我们说话。我可以唬过大多数的人，也有办法对付许多不是人的怪物，但是不管怎样，我还是有极限的。”

“听你这样说，真让我如释重负，”亚历克斯说，“你回来之后就变了很多，约翰。你越来越把自己的声望当作武器，你似乎开始相信自己真的是等待崛起的国王了。”

“或许是这样，”我喝完了杯中酒，“但话说回来，在夜城，向来都不乏类似的例子，别看我现在只是个黔驴技穷的私家侦探。”

“你还有你的异能，”美丽毒药在鸡尾酒杯口上方冲我眨巴着睫毛浓密的双眼，“为什么不依靠它来看看下一条线索？”

“因为我不敢，”我说，“那样的话，我的敌人一定会发现我……他们已经准备好新武器在等我，比无面使者还要可怕的武器。我不清楚会是什么，但我能感到它在盘旋，等待时机现身报仇……”

人人都在盯着我，于是我果断地闭上了嘴。有些事他们不必知道。幸运的是，这时我们的注意力都被通往酒吧的金属楼梯上传来的一种沉重、整齐的脚步声吸引。连狂人也和我们一起扭头看着楼梯口。我呼吸急促，心跳加速，两手不由自主地伸入口袋。沃克应该不会这么快……不可能是他。我正想着，就看到命运女神慢慢地走下铁梯，步入酒吧之中。我们全都松了一口气，觉得宁愿面对神灵也不想跟心情不爽的沃克为敌。命运女神看起来跟原来一样——一个秀气精巧的东方人，穿着一身修长、闪亮的银色晚礼服。她那张樱桃小口红得像成熟的李子，两眼炯炯有神，犹如明亮的星星。她会让人赢得乐透彩，也会使人突发心脏病；她可以让你突然罹患癌症，也可以使你踏入荣耀境界。在她面前，什么事情都有可能发生。所有人都被她的气势所虏获，当然，亚历克斯例外，他站在吧台后用力哼了一声，说：

“难道没人在门上挂出‘打烊’的牌子吗？我真怀念以前锁了门就不会有人来打扰的年代，看来我得更新防御法术了。你想要什么，女神？”

"你好，约翰，"命运女神没有去管其他人，而是把全部注意力放到我身上，那种感觉就好像突然被置身于聚光灯下，"我想我应该来看望你一下，确认事情进展得如何。现在有什么结果要告诉我的吗？"

"是的，"我说，"有一些有趣的进展……"

"我问你的不是这个，约翰。"

"这么说你是个瞬态生命，"罪人说，"噢，印象深刻，真的。最近我们不常见到你们的血肉化身。事实上，只有在非常时期才会出现呢。"

"我来这里是有原因的。"命运女神依然看着我说。

"是的，"狂人唐突地插话进来，"的确如此。可你并非命运女神。你甚至不算是什么神灵。"狂人的脸色苍白而不自然，现出一块块色斑，但他似乎完全清醒："我认识你，女士。我原来见过你。"

"你是见过我，"那个不是命运女神的女人说，"可怜的东西。"她优雅地对他微笑，而他则退缩一步，举起双手，仿佛是要保护自己。她的声音十分平静，也许还有一点遗憾。这时，她将目光和笑容再次转向我："对不起，我欺骗了你，约翰，但要是你知道了自己到底是在为谁工作，你就不会接下这个案子了。"

她卸下了环绕着自己的魔法，那个甜美精致的东方人不见了，取而代之的是一张新的面孔。狂人一直退到吧台旁，恐惧之情溢于言表。即使是处于迷糊状态，他对事物的认识也比我们其他人更为深刻。他把头扭向一边，闭上双眼，低声呜咽。此刻，那个女人看起来已与刚才完全不同。她高挑苗条，有着乌黑的头发、眼睛和嘴唇，犹如黑白照片中的人物。她的面孔棱角分明，颧骨突出，鼻带鹰钩。她的嘴唇很薄，不知为何让人觉得有些过宽，那双黑色的眼睛里燃烧着一团能够烧透任何东西的火焰。她依然穿着微微发光的银色礼服，但此时她看起来与其说是时髦，不如说是邪恶。

“你好，约翰，”她用低沉、平滑的声音对我说，感觉如同苦涩的蜂蜜，“我是你的母亲。”

这句话好像在整个酒吧里回荡。一切变得寂静无声，仿佛历史的脚步情不自禁地停下来欣赏这意义重大的瞬间。我不知道该做什么或者该说什么。我曾在脑中排练过无数次跟母亲重逢时的景象，但我从未想过居然会是这样。在多年的寻找与困惑后，我从未料到她会在不经意间走进我的生活……可我应该想得到，事情总会按她的步调进行，而不是按我的。我原以为自己会知道该说些什么。我曾常常在黑暗中演练所有那些指责与尖刻的话语，但是……

我对她的记忆等于空白，连她离开之前的印象也没有。我本该有印象的，因为当时我也不算太年幼无知，可她似乎将一切与她有关的东西都带走了。即便如此，我还是常常认为自己见到她时可以认出她来。我怎么能不认识自己的亲生母亲呢？但她在我面前透露出的那种生硬与邪恶让我觉得她是个陌生人。我不知道自己对她的感觉是怎样的。一切发生得太突然。

我的母亲对我笑笑。这本应该是一个理解的微笑，但在她脸上却成了充满敌意的笑容，就像某种优雅的猫科动物在审视着自己的猎物：

“来吧，约翰，放松些。在沃克赶到之前，我们有很多事要谈，比方说我为何要伪装成命运女神。她只是我的一张面具罢了，目的是要促使你展开这段调查。”

“你为什么想要我接这个案子？”最后我这样开口，“你为什么让我去调查那些你已经知道答案的问题？”

她说：“因为我想要你将事情搅浑，将人们鼓动起来。我希望每个人都思考和谈论夜城的真实起源，以及夜城本身所代表的意义。我希望每个人议论数个世纪以来，夜城的变化是多么巨大。我还希望你能告诉他们它是怎样以及为什么发端的，又是谁创造了它。这样，他们便能明白夜城意味着什么，好让他们都了解我的回归有何意义。”她热切地看着我，她的笑显得更加狂野：“我回来了，约翰。这么多年后再见到我，你难道不感到高兴吗？”

“你抛弃了我。”我说。

她轻松地耸耸肩：“那是必须的。我知道你会活下来，因为你是我的儿子。”

“这段时间你都在哪里？”

“行走于夜城之中，变换着不同的面孔，了解当今夜城的规则和状况，它的变化太大了。它不应该变得如此黑暗，或者说俗气。”

“你究竟爱过我吗？”直到话已出口，我也不明白自己怎么这么直截了当地问了这个问题。这几个字是自己从我口中跳出来的。

“当然。正因为如此，我才离开了你的父亲。这能让你成为人类，获得暂时的纯真。”

“你是谁？”我问。

她说：“我是莉莉斯，亚当的第一任妻子，因为不愿屈从于亚当的强权，被逐出了伊甸园。不过，你得理解，这只不过是个比喻罢了。一个简单的传说能帮助你理解复杂得多的事实。你不会以为我原来的形体就是如此，是吧？我比这副外表更为伟大，力量也更加恢宏。我如今的外表只是另一张面具，为了缅怀过去而戴的面具。这就是我身为你的母亲时所使用的面孔及身体。”

“芬妮拉·戴维斯。”我说。同时，我的脑子里在想，莉莉斯？我母亲是《圣经》中的神话人物？

“完全正确，”狂人从我身后瞟了她一眼，他的声音尽管透着惊吓，但几乎完全正常，“莉莉斯只是某种更强大的东西射入我们有限的真实世界的一个投影。这个女性人类身躯只是用来承载莉莉斯的一举一动的，就像所谓的布袋木偶。她其实是……”

他想不出任何言语来形容。或许在我们有限的语言之中根本就没有任何话足以形容她。不管狂人看见的她是什么样子，他根本没有能力描述给我们听。他开始不住地颤抖，接着便是呼喊，酒吧及里边所有的人和物都开始随着他颤抖，仿佛一阵强大的地震来袭一般。桌椅跳跃，地板乱晃，墙壁凹凸起伏，坚硬的岩石出现不自然的扭曲。诡异的色彩自四面升起，毫无意义的声响也自八方而来。距离变成了不可靠的观念，所有物品同时存在于极近及极远的位置上。方向在毫无预警的情况下变幻，令人完全摸不着头脑。狂人与现实之间的联系再度转弱，导致他附近的现实变得虚无缥缈。梅林的老橡树突然在酒吧中央成形，接着又转变成一座以人骨堆积而成的尖塔，最后消失不见。地板上出现一道道不规则的裂缝，露出底下许多双不怀好意的眼睛。我听到在现实的界限之外有许多祟动的声响，似乎有不少怪物都在等待进入人世。

“够了。”莉莉斯厉声喝道。

她话音刚落，一切便都安静下来，恢复正常状态。狂人释放出的非现实顿时被抑制，莉莉斯的超级存在稳定了世界和他，使得酒吧迅速复原。他不再发抖、呼喊，脸颊上很快泛起了些许红润。莉莉斯若有所思地看着他，说：

“你见过不该见到的景象，凡人的心灵根本不该承受那种现实的。让我取走你体内那段记忆，使你能够再度成为无知而又快乐的凡人。”

“不，”狂人的坚决令我们全都吃了一惊，“即便是痛苦的真相，也比悦人的谎言要好。”

“但真相会要你的命。”莉莉斯说。

“不，”狂人答道，“我习惯了。”

不知为何，那种想法更令人担忧。我大声清了清嗓子，好引起每个人的注意。

“所以说，”我尽量声音冷静平缓地对母亲说，“你就是莉莉斯。我知道一些关于你的故事。是普在很久以前告诉我的，那时候他还是我的老师。”

“瞎子普？”亚历克斯说，“那个无赖牧师？基督恐怖分子？他还在这里？”

“是的，”我说，“如果你再打断我的话，亚历克斯，我会让我母亲把你变成茶壶。”

“好吧，”亚历克斯一把抢过我放在吧台上的空酒杯，“不准再喝了。你每次喝酒就会乱发脾气，约翰。”

我没有搭理他，继续看着莉莉斯说：“那些故事说，在你被逐出伊甸园后，你下了地狱，在那里与魔鬼成婚，生下了那些困扰世间的妖魔鬼怪。”

“那时我还年轻，”莉莉斯说，“你明白的。当我们还是叛逆的年轻人时，都会做些让自己后悔的事。我旅行过许多层次的现实面，看过各种难以想象的景物，塑造出我个人的观念，最后终于来到人类的世界。当时，人类并不是什么了不起的生物。自然界的力量实体与强大生命依然行走于人间，随时都有全新的传奇故事诞生。我创造了夜城，一个独立于世界中的小型世界。罗马人属于非常有趣的种族，代表了文明中最野蛮的一面。有些罗马人崇拜我，而我也任由他们崇拜。”

“下面请注意了，约翰，因为这是很重要的部分。创建夜城的设想是为了让它成为一个不受地狱与天堂干涉或威胁的地方，一个远离正义与邪恶间不可避免的战争波及的地方，世界上唯一真正的自由乐土。尽管夜城后来的发展跟我的预期大不相同，不过事情本就这么无常。

“夜城位于人世，但又不属于人世；稳定，但超然独立。创造这个地方的过程耗费了我极大的心力，衰弱了我的力量，于是当年的众多强者聚集在一起想要联合起来驱逐我。这些家伙有些是人类，不过大部分都不是人。他们将我排除在这个现实之外，放逐到地狱边境，为的是要得到全面的自由。我不怪他们，起码不是非常怪罪。反正他们都已经死得差不多了，而地狱边境也不算是非常糟糕的地方。地狱边境那里没有形体的概念，所有的东西都以十分虚幻的方式存在。”

“就像原始之神那样的存在？”我想表示自己听得明白。

“噢，拜托。跟我比起来，它们只是些粉笔画罢了。但作为一个没有形状或样貌的概念，我做不了任何事。我被困在地狱边缘，无法打开一扇通往另一个领域的大门，直到这里的某些人开启了一道能为我所用的缝隙。那是巴巴朗仪式的一部分，我轻而易举地将那个瞬态生命推到一旁，而使自己接受了召唤。他们没做好功课，不知道仪式的防御有缺口。当我将地狱边缘甩在身后，他们已无法阻挡我出来了。

“我顺利脱险，让自己进入一个他们脑海中的理想化躯体中，然后我便失踪了。一方面是因为我想隐藏起来看看我不在的时候这里的变化有多大，另一方面是为了避免被宿敌发现。当时我依然比较虚弱。我得心平气和地恢复我的能量。过了些时候，当我恢复以后，我选择了查理·泰勒，因为他似乎已经了解了一点点真相。我伪装成叫芬妮拉·戴维斯的女人和他生下一个孩子。这个孩子使我在现实中扎根，我再也不会被迫离开。我并没打算要逗留的，但你如此迷人，约翰……我原来从未有过人类孩子。我的骨肉，我的灵魂……我很想看看你的未来会怎样。我享受与人类的相处，做母亲，担当那个我最初就一心想要成为的角色……

“然后，查理发现了真相。是有人告诉他的，我一直没发现是谁。可那意味着我必须再度消失，回到夜城中更加秘密的深处，那样就没有人会怀疑你的身份和使命。要是当时的任何一个大人物产生了怀疑，他们便会排着队要杀你，理由数不胜数。我知道查理是不会说出去的。如果有人怀疑过是他把莉莉斯召唤回来的，那他死亡的方式将是夜城的一段传奇。当然，他依然相信他的研究将再度揭开一种驱逐我的方式。他不能跟他的老朋友亨利说这些，他也不能和成为古董王的老朋友马克谈，因为是马克首先发现芬妮拉·戴维斯的。查理只能靠他自己，因为他再也不能相信任何人，就连自己的儿子都不能相信。可怜的查理。

“我从未发现是谁告诉的他。但不管是谁，他们始终都没有谈论过此事。或许是因为他们知道一旦暴露身份，我会用什么手段来对付他们。

“现在，我的力量回来了。星空又开始运转，夜城里所有最危险的能量与权势都在天使之战中被很好地削弱了。我就知道把暗夜圣杯带进夜城将会引起轩然大波。该是我重建夜城的时候了，我要把夜城重新装饰成我想要的样子，一个在概念上……更加纯粹的地方。没错，重建的过程中会死很多人，但是想吃炒蛋，总得先把蛋给打破才行。”

她冲我们环视而笑，等待我们的反应。我脑海中能想起的只有我在时间隧道中见到过的那尸横遍野的场景。那就是她所谓的纯粹概念吗？或者说明她的计划将发生某些可怕的失误？为了保卫他们眼中的夜城，强权主宰们会向她发起战争，人人都将成为失败者？

“不行，”我说，每个人的目光随之转向我，连我自己都能听到语气里的冷酷，我尽可能冷静地面对莉莉斯深邃的目光，“我不能让你那样做，莉莉斯。我曾见过因为你我对立而造成的死寂未来，我绝不会让那个未来成真的，即使要赔上你我的性命也在所不惜。”

莉莉斯摇摇头：“真是比毒蛇的利齿还要锋利……”

“有其母必有其子。”一个熟悉的声音说道。

我们扭过头，目瞪口呆地看着沃克不急不忙地从金属楼梯上下来，走进酒吧。他看起来还是一副绅士派头，冷静，镇定。他在楼梯底部停下脚步，对我们大家笑笑，然后礼貌地冲莉莉斯举帽致意。

“都没有人愿意敲门了吗？”亚历克斯气恼地说，“好吧，我要装上带刺的铁丝网，布置好杀伤性魔法。”

“你也知道荆棘之主不可能长时间地糊弄住我，对吧？”沃克看着我说，“特别是在我们有如此紧急的事情要谈的时候。”

“独自一人敢于来这里，你真的很勇敢，”我说，“面对一群你无法用你的声音控制的人，感觉如何，亨利？”

沃克淡然一笑：“因此我才带了援军，约翰。”

就在此时，楼梯上拥入了大批人马，在沃克两旁集结，几乎挤满了半间酒吧。我认得其中几名是格斗法师，不过如今他们人数多得惊人，而且脸上全都是凶猛异常的神情。他们都是专业的战士、冷血的杀手，是当权者打算毁灭一切的时候才会派出的最后王牌。但真正引起我注意的是最后走进酒吧的两个身影。

坏彭妮昂首挺胸地走下楼梯，俨然一副王室成员光临角斗场的架势。她冷冷地对我笑了一笑。紧跟在她身后的是普，我的宿敌普，他身材高大、肩宽体阔，是一个基督战士，牧师袍外边罩着平时那件皱巴巴的灰色斗篷，一头狮子般灰色的长发，一块简单的灰布遮住他失明的双眼。普扬起他那被冷酷无情的信仰充斥的硕大脑袋，转过头来对我的方向缓缓地点了点头。

“很抱歉我召集了一些人，”沃克低声道，抚摸着整洁的袖子里一小块看不见的棉布，“不过我的大部分人此刻都正在赚取可以改变他们人生的大钱，他们要拖住荆棘之主，以使他无法跑到这里干涉我们，拯救你们无用的灵魂。我恐怕这已是你的末路了，泰勒。可别说我没有给过你机会，从你回来之后，我已经放过你很多次了。只是这次，当权者明白指示要你和这里所有人全部死光，因为你们管了不该管的闲事，”他停顿了一会儿，然后看着莉莉斯，“芬妮拉……我那最古老的罪过，你又回来找我的麻烦了。我很高兴能够亲眼见到你的末日。”

“可怜的亨利，”莉莉斯说，“你总是把钱花在不切实际的梦中。”

我没有理会他俩，而是看着普。他感觉到我的目光，似乎十分不安，甚至伸手调整牧师领圈。然后，他挑衅地伸直了双肩，嘴巴绷得很紧。我清楚，无论说什么都改变不了他的立场。但我还是得试试。

“你好，普。我还以为你不会干这种邪恶的事情呢。”我说。

“我的生意就是和罪人打交道，因此，我必须到有罪恶的地方，”普粗着嗓子说，“是还账的时候了，约翰，在上帝面前认罪吧。”

“你真的是来这里杀我的吗，普？”

“是的。可能的话，我将拯救你的灵魂。这可是看在旧情面的分上。”

“我母亲在这里，”我说，“你知道我母亲吗，普？”

“当然。我一直都知道。我告诉过你，我用双眼换来了智慧。我就是那个告诉你父亲他娶的是谁和是什么的人。那时候，我还相信你能得到救赎。”

听到这一切，我既愤怒又震惊：“是你告诉他的？你拆散了我的家庭！你毁了我的生活！”

“你本来就不应该降生，约翰，你是憎恨的源头，”此刻，他的声音竟显得有些友善，“我本该在很久以前就结果你的，现在我要为自己的软弱付出代价，必须忍痛杀害一个……纠缠多年的宿敌。”

“我不会让你碰我儿子一根汗毛，牧师。”莉莉斯说话了。

普的脑袋猛地转向她的方向。他朝她伸出一根指头，念出一段冗长而狂暴的咒语。我能听懂一点，是古老的羊皮纸和禁书上的段落。这是一段驱魔咒，包含了阿拉米语、拉丁语和错误的埃及语。古老的字句在空气中锤击，充满魔力，莉莉斯放声大笑。普停止念咒，一脸困惑。

“我知道这首歌，”莉莉斯说，“这是基督教用来对付被称为古罗马军团的侵略者的驱魔咒，他们最后变成了低头啃食的猪。但我可比那要古老得多。”

“你无法抵抗我！”普几乎是喷出这句话，“我是上帝的代言人！”

“我们关系向来不好。”莉莉斯回答。

她随手一比，普当场飞身而起，冲过整间酒吧，最后撞在坚硬的石墙上，碎骨声清晰可闻，口中鲜血狂喷而出。他自墙上滑下，蜷缩在地板上，不断地抽搐。莉莉斯大笑，愉悦的声音就像泉水叮咚。

我奔向普，单膝跪在他身旁，将他揽入怀中。如果有人比亲人和朋友更加亲近的话，那肯定就是认识一辈子的老敌人了。我将他傲慢的头贴在胸前，血从他嘴里不断涌出，弄脏了我白色的风衣。他眼前的灰布松脱，露出其下两个空虚的眼洞，气若游丝，而且呼出的空气中已经带有细细的血雾。

“约翰？”他说。

“别说话，普。我在这儿。”

“骄傲……骄傲的原罪害死了我。我真的以为我能对付得了她。”

“安静。”

“我本该在很久以前就杀了你的。”

“我知道。”

“但你只是个孩子，我以为你能获得救赎。后来，我看到你如此努力地想要成为一个好人，于是我迟疑了。当你离开夜城的时候，我以为一切真的可以如此画下句点。但最后你还是回来了，你为什么一定要回来，约翰？”

“安静，普。”

“早就料到你会给我带来死亡。我希望……我能让你看到光明。它真的是那么……美丽……”

我怒视着莉莉斯：“救救他吧！他是个好人，他不应这样死去！”

“你得学会坚强，约翰，”莉莉斯说，“必须懂得当机立断。”

我理应冲她大喊大叫，或是向她承诺什么，但普已经停止了呼吸。“你没有必要杀害他的，”我说，“没有必要。”

“有没有必要我自会决定，”莉莉斯说，“你必须忘掉这些所谓善与恶的传统观念。只有对夜城有好处才叫善，其他的都叫恶。跟我来吧，我的孩子，我会教会你很多东西。”

这时沃克无声地下达命令，众手下立刻展开攻击，对着罪人跟美丽毒药发动无数毁灭性的法术。格斗法师们高举着双手，念诵着咒文，挥舞着魔法护身符、魔棒、指向骨等强大法器，空气中处处迸发出魔法能量。许多桌椅都在他们的法力下爆炸，但是罪人跟美丽毒药却丝毫不为所动。亚历克斯飞快地低头猫腰，拖着狂人一起藏身在吧台后。我听他叫了几句什么梅林的防御魔法会让他们知道厉害之类的话，但是我很清楚不能单靠那些东西。沃克是当权派的喉舌，而梅林……休眠时只是个死了的魔法师。

沃克和莉莉斯互相对视，全然不顾周围的嘈杂。

我小心地将普的尸体平放在地板上，将那块灰布重新覆盖住他的双眼。我抬起头，冲亚历克斯呼喊：“有没有办法叫梅林再度现身？”

“你想让情况变得更糟吗？”亚历克斯头也不抬，躲在吧台后回答，“我想得等到最后关头再说。”

“我个人认为，我们已经度过了无望的时候。”狂人说。

在惊涛骇浪的魔法爆破声中，我几乎已经听不到他们说话。罪人站在美丽毒药前边，用他那刀枪不入的身体保护着她。刚开始时，魔法袭击似乎根本找不到他，尽管到处都在爆炸，酒吧里的家具受到巨大损毁，但他所站的地方却安然无恙，也没有别的伤害产生。但是攻击魔法以数量取胜，很快就超越了罪人身体所能闪躲的极限，开始命中目标。枪械中击发的魔法子弹一颗颗地进入他的胸膛，尽管没有溅出任何血液，但是那些伤口却也没有愈合的迹象。咒语燃烧着他的肉身，折断他的骨头。罪人没有发动进攻。尽管他拥有谜一般的过去，但他从未学会憎恨任何人。我想，他的心中根本就没有恨。他就那样站着，一动不动地对抗所有那些投向他的攻击，不肯倒下，不肯让美丽毒药受伤。

没有什么魔法能逼近莉莉斯。

当我看着眼前发生的一切，想要确定怎么做才好时，坏彭妮利用了我的分心。她依靠自己能出其不意地现身的能力，出现在我身后，把一把刀捅进我后背。在这危急关头，某种本能对我发出警告，但长长的刀身已深深没入我的身体，扎中我的脊椎。我猛地挥动手臂，将彭妮挡开。接着，疼痛使我无法动弹。我双膝跪地，气喘吁吁，感到头晕目眩。我紧咬牙关，努力让自己保持清醒，强迫思维不至于涣散。我的口中似乎没有流出鲜血，彭妮没有扎中我的肺。尽管很痛，但还忍得住。我缓缓地将一只手背到身后，试图拔出背上的匕首，但是却根本碰不到刀柄。那就只好让它留在背上，晚点儿再来拔了。

我站起身来，额头上不断冒出冷汗。彭妮眼看那一刀没能取走我的性命，气得边骂脏话边跺脚。她取出另一把匕首，对我直扑而来。接着我们四目相对，彼此都犹豫了一阵。我其实不太了解她。我们在几个案子中有过合作，但我们的关系从不密切。可此时我想，即便我们曾经亲密也毫无意义。她要杀我，我能从她的眼神和她冷酷无情的笑容中看到这一点。普的死让我如此愤怒，我也得向某人撒撒气。

她握着另一把刀朝我走来，我屏气凝神，激发我的异能，开启我的天眼，我发现了能让坏彭妮总是出其不意地现身的魔法。此时，对我而言，解除这种魔法，并使它脱离彭妮，简直是轻而易举。她满脸恐惧地看着我，她已失去再次出现的能力，渐渐无声消隐，永远无法再回来。

我挥手道别，希望自己脸上没有露出微笑。我不喜欢看到自己为了这种事情而笑。

可使用我的异能就意味着容易受到敌人们的袭击。他们几乎立刻就发现了我，并且派出了最新的武器，径直穿透了酒吧的防御。明亮的光能闪耀，刺眼而强大，就像炫目的太阳。除了莉莉斯，所有人同时惊声尖叫，向后退开。所有充满敌意的行为全部停止，一直令我不安的怪物终于在现实之中成形。强光慢慢消失，敌人派来杀我的恐怖武器终于在我面前现身。

是霰弹枪苏西。

她看起来老了些，一副历尽沧桑的样子，容貌出奇地丑陋。她凌乱的长发已经苍白，上面尽是灰尘和污垢。她的身子在那件破破烂烂的皮衣里显得异常瘦弱，但似乎拥有非同寻常的能量。她仿佛支配了一切生死，有如行走凡间的死神一般。她的凝视冷酷异常，令人心寒。半张脸完全烧毁，脸上皮肤焦黑，一只眼睛紧闭在火焰的创伤之下，嘴角向上卷曲，露出不变的诡异笑容。

最可怕的是，她的右手前臂直到手肘的部分完全被世界上威力最强大的真言枪取代了。这是一把用来击杀天使的武器，虽然和我上次见到时的模样相差甚大，从一把手枪变成了一把霰弹枪，不过依然是我所见过的最丑陋、最污秽的武器。它用血肉与骨头制造而成，并以布满血丝的软骨包覆，最后再用紧绷的皮肤作为外层。枪柄是褪色的枯骨，十分拙劣地插在她的手肘之上。粗重的缆线自枪身伸出，一根一根地与苏西上臂连接。肉制的枪管上反射出潮湿的光芒，外层皮肤里隐隐渗出湿热的汗水。

真言枪是十分古老的武器。在造物之初，当上帝的那句“要有光”还在反复回荡时，它已经存在。真言枪知道每件事物和每个人的秘密名称，只要把这些名字反过来念诵，就可以将任何东西反创造，完全自世间抹去，让对方从来不曾存在过……这是一把无法对抗的武器，它渴望被人使用。

苏西缓缓地环顾酒吧内部，所有人也都盯着她看，没有人胆敢轻举妄动。最后，她的目光终于停留在我身上。我不愿意在她面前退缩，也不愿意回避她的目光。

“我已经忘了……你曾经是这副模样。”她的声音嘶哑刺耳，说话仿佛令她痛苦。

“苏西？”我问。

“不。不再是了。很久以前便已不再是了。”

“噢，上帝呀，苏西，他们对你做了些什么？”

“是自愿的，不然的话我根本不可能在你造成的世界里存活这么久，约翰。我要求他们改造我，赐给我这把枪，使我和枪永远地合二为一。真言枪是疯狂的，所以我现在也一样，但我会坚持到将你从每个人的不幸中赶出去。如果你还有点人性的话，约翰……现在就死吧，这样才能拯救世界。如果胆敢反抗我，我就会让整个酒吧灰飞烟灭。”

一个格斗法师惊慌到了极点，终于对她丢出一记毁灭法术，其他法师立刻跟进，将霰弹枪苏西周遭炸得面目全非。然而在真言枪的守护下，他们根本伤不到她。她转向攻击她的人，脸色一变，嘴角一斜，运用真言枪的力量说出反创造的字眼。那是我听过的最恐怖的声音，所有人通通吓得发抖，发出尖叫声，就连莉莉斯也偏过头去。在苏西的言语作用下，那些对她开火的格斗法师全部在一瞬间遭到抹杀，彻底消失。

许多人跪倒在地，狂呕猛吐。其他还没崩溃的立刻冲上楼梯，夺门而出，眼中充满了疯狂的神色。沃克没有试图阻止他们，但他自己没走。即使是这一刻，他依然骄傲地坚守着自己的职责。苏西慢慢地将目光转回到我身上。我两脚发抖，几乎站立不定，但是仍然直视她的冰冷目光，伸出颤抖的双手在她面前摊开。

“我不会伤害你的，苏西，”我说，“我永远都不会伤害你。”

“但你已经伤害我了，约翰。你已经那样做了。”

她张开嘴，就要发出能使我毁灭的可怕声音。千钧一发之际，梅林·萨坦斯鲍恩在他后裔亚历克斯的身上显灵了，他随意比画了一下使时间静止。一切都进入停顿状态，一动不动，连空气中的扬尘也随之凝固。

我无法动弹，但我能感受到接下来会发生什么。我能感到真言枪因为被魔法抑制而在挣扎。梅林·萨坦斯鲍恩不慌不忙地走向霰弹枪苏西，打量了她一阵，然后将真言枪从她手臂上拔了出来。骨肉扭曲撕裂，鲜血在空中翻飞。当将她和真言枪结合在一起的能量被击碎后，苏西发出尖叫声，真言枪也发出尖叫声，这是盛怒下令人恐惧的声音。苏西身形一闪，瞬间消失不见，被逐回由我一手打造出来的死寂未来。真言枪也一并消失，或许是回到那个未来，或许是逃到了其他的时空，某个可以让它尽展所长的时空。

时间很快恢复。梅林和莉莉斯彼此注视——撒旦唯一的儿子和上帝最初的造物。最后，梅林向莉莉斯鞠了一躬，然后消失了，只剩下瑟瑟发抖的亚历克斯神情困惑地待在吧台后边。

剩余的那些格斗法师再度展开对罪人和美丽毒药的攻击。在经受了一番打击后，他们急需在别人身上找回面子。他们当然不会笨到去惹莉莉斯。罪人依然站在他们和美丽毒药之间，他的身体吸收着各种咒语和诅咒子弹的惩罚。现在，他的伤势越来越重，正在慢慢被撕成碎片，但他不愿向旁边让一步，暴露出被他保护着的魔鬼女妖。身后的美丽毒药一脸哀求地看着沃克，可他只是面无表情地回望着她，脸上一如既往地冷静沉着。他今日来此是为了完成一件违背本愿的任务，为完成目标，他是绝对不会罢休的。

虽然清楚魔法正在一点点蚕食自己，但罪人还是站着不动。他不能让那些攻击穿越他，伤害到美丽毒药。如此强大的魔法可能会毁了女妖的躯体，让她无法以人形现世，她会成为另一个受到诅咒的灵魂，在地狱永受煎熬。他无法容许这种事情发生。因此，他站在那里，承受着一切。

子弹射进他体侧，削走暴露在外的肋骨，他发出低吟，但没有大叫，因为他担心那样会令他的爱人担心。咒语点燃了骨骼上的肉和脸上的皮肤，鞭挞和刀割在将他撕碎，他变得越来越微弱。他明白，这样下去自己会失去肉体，成为一个名不为天堂及地狱所接纳的孤灵，默默地消逝于天地之间。他明白，只要放弃美丽毒药，他就可以轻松自救。然而他终其一生只为了追寻真爱，如今既然已经找到了，他宁愿牺牲自己的性命也不愿意看见真爱毁灭。

美丽毒药明白他的心意。她清楚地知道，罪人为了捍卫爱情绝对会站在自己面前直到肉身消失为止。或许，即使只剩下灵魂，他依然不会退缩。她再也无法坐视他如此受罪。她不能眼睁睁地看着一个为自己付出这么多的男人到最后还要奉献生命。他对她的重要性突然之间超越了她的性命。于是她离开他的保护，走到他的身前，用自己的身体来守护他仅存的残躯。她终于了解了爱情与牺牲的意义。在这最后一刻，她终于如同他爱她一般地爱上了他。

忽然，一阵炽热的光爆发出来，明亮灿烂，美丽毒药想起了自己在堕落之前曾是天使。在她爱情的感召下，她过去所有的罪恶都被烧掉，她又成了原来的那个天使，可以重回天堂。她周身明亮，亮得无法直视，我们都转过头，但还是可以听到巨大翅膀的拍打声。

“跟我来，去天堂，”天使对罪人说，“你已经证明了自己的崇高，就像我一样。”

明亮的光线向上升腾，慢慢隐退，他俩都消失在空中。

酒吧里变得十分安静，我们都在互相张望，刚才见证的一幕令我们有些恍惚。最后，沃克首先缓过神来。他招呼手下的格斗法师，他们将目光瞪向了我。只要能杀了我，我母亲就会失去在这个世界扎下的根基，他们就有可能再度驱逐她。我尽量挺起胸，但背上的刀还是对我有很大影响。我缓缓地看着他们，脸上挂着一丝冷笑。如果非死不可的话，起码要死得有尊严。

正在此时，或许是受到了刚才那一幕的激励，狂人从吧台后大步走了出来，每个人都扭头看他。他忽然放声大笑，声音铿锵有力。

“如果现实变得无法承受，”他平静地说，“那就改变现实。”

他将所有的力量通过意志传递出来，在酒吧内奔腾，使他眼中的现实强加于一切之上。剩下的格斗法师们齐声尖叫，法力瞬间离体而去，当场成为一群束手无策的普通人。沃克

踉跄着后退，黯然失声。扎在我背后的刀和伤口不见了。狂人用他那毫不妥协的目光盯着莉莉斯，她抬起一只手，像要自我防御。

虽然狂人的力量并不能伤到莉莉斯，不过还是震慑了她。她有些犹豫，第一次显得不那么自信。她和他的力量在空中撞击，他奋力想要将她赶走，而她则努力要留下来。这种僵局保持了很久。于是，我用尽最后一点气力找到了她进入陌生人酒吧的那道门，将她推了出去。

她消失了，但她的声音依然在我脑海中低吟着一句话："我会再见到你的，约翰。我的儿子，我很喜欢你。接下来还有伟大的事业在等着我们。"

这之后，酒吧里变得十分安静。莉莉斯走了，梅林、罪人和美丽毒药也走了。可怜的苏西也被逐回我为她打造出来的凄惨未来。沃克的大部分手下不是死就是逃，剩下的也都失去了伤人的能力。狂人蜷缩成一团，躺在吧台前的地板上，大声打起呼噜来。沃克走上前，低头看他。

"每每最出人意料的就是那些一直被忽略的人，"沃克语气平缓地说，"我真想知道他醒来后会变成什么样。"

"希望能神智健全，"我说，"我想，那最后的努力费尽了他全部的能量，以及他的疯狂。或许如今他终于可以忘记曾经见到的景象，和其他人一起活在现实之中。"

"你一直是个乐天派，约翰，"沃克说，"乐观对我而言是一种奢侈的态度。"他盯着我看了很长时间，眼神冷冷的："你在夜城已经没有任何朋友了。你的存在已经威胁到所有人的生命安全。今后整个夜城的人都会与你为敌。”

“那只是你以为而已。”我说。

沃克慢慢点了点头，然后向我举了举他那顶圆顶礼帽。他用目光召集起剩下的人，离开酒吧。他们带走了普的尸体。亚历克斯从吧台后走出来，在他们身后大声责骂，同时极其哀伤地看着散落在酒吧里四分五裂的桌椅，重重地叹了口气：“我不得不把保镖们叫回来善后。我最讨厌付加班费了。你现在打算怎么办，约翰？”

“我要去时间之塔，”我回答，“我要回到过去，在古老的夜城里寻找可以给我答案的人类、神灵或是任何自然界的力量。我要知道阻止莉莉斯的方法。只要能够阻止她接下来的行动，我不惜付出任何代价。”

亚历克斯哼了一声，显然他并不相信：“你觉得我们看到的真的是苏西吗？”

“也许她来自某种可能的未来。我绝不会让这样的事情发生在她身上。我不会让任何人伤害她，包括我自己。”

“至少我们现在知道你母亲到底是谁了，”亚历克斯说，“莉莉斯。谁能想到呢？”

“她不是我母亲，”我说，“从来都不是。”